BASTEI
LÜBBE
TASCHENBUCH

Weitere Titel der Autorin:

Vorübergehend verschossen

Anke Maiberg, geb. 1974 in der Nähe von Hamburg, hat Jura studiert und ist Mutter von drei Töchtern. Die damit einhergehende Vorbildfunktion lässt sie erfolgreich hinter sich, wenn sie am Schreibtisch durchgeknallte Frauen auf romantische Feldversuche schickt. *Ist das Liebe oder kann der weg?* ist ihr erster Roman. Anke Maiberg lebt mit Mann, Kindern und Katze in Berlin.

Anke Maiberg

# IST DAS LIEBE ODER KANN DER WEG?

Roman

BASTEI LÜBBE TASCHENBUCH

BASTEI LÜBBE TASCHENBUCH
Band 17286

MIX
Papier aus verantwortungsvollen Quellen
FSC® C083411

Dieser Titel ist auch als E-Book erschienen

Originalausgabe

Dieses Werk wurde vermittelt durch Agentur Brauer


Lektorat: Karin Schmidt
Textredaktion: Sylvia Gredig
Titelillustration: © shutterstock/Jagodka
Umschlaggestaltung: FAVORITBUERO, München
Satz: two-up, Düsseldorf
Gesetzt aus der Arno
Druck und Verarbeitung: CPI books GmbH, Leck – Germany
Printed in Germany
ISBN 978-3-404-17286-3

3 5 7 6 4 2

Sie finden uns im Internet unter www.luebbe.de
Bitte beachten Sie auch: www.lesejury.de

*Für Ruth*

Die Geschichte, Personen und Schauplätze in diesem Buch sind fiktiv. – Zugegeben, das Dorf Freesbüll dürfte so manchem in geografischer Hinsicht bekannt vorkommen, und Tante Lisbeth trägt einige Züge meiner verstorbenen Tante Ruth … das ist aber nur eine Hommage an den für mich schönsten Ort der Welt und einen meiner Lieblingsmenschen. Wahrheitsgemäße Aussagen zum Leben meiner Tante oder den Bewohnern, Institutionen und Unternehmen von Nordfriesland sind nicht beabsichtigt!

# EINS

Er geht zur Maniküre«, sagte ich und nippte an meinem Sekt. Katja verdrehte die Augen und schlug sich mit gespielter Verzweiflung eine Hand vor die Stirn – aber dann schrieb sie den Punkt beflissen auf. Hierzu nutzte sie meine *Cosmopolitan*. Genauer gesagt, die große Bilderstrecke mit den sexyesten *Bond*-Szenen aller Zeiten. Noch genauer: ein Foto von Daniel Craig, wie er in *Casino Royal* nur mit einer himmelblauen Badehose bekleidet aus dem Atlantik steigt. »Da muss man ja damit rechnen, von Frauen zum Objekt gemacht zu werden«, hatte Katja gefeixt und Bonds nackte Brust zum Notizzettel umfunktioniert. Mit blauem Kuli entstand darauf eine Liste: Außer dem gerade hinzugefügten »Maniküre« hatte sie schon »untreu«, »selbstverliebt«, »rücksichtslos« und »kein Balkon« notiert. Das alles galt natürlich nicht für James Bond – was wussten denn wir, ob 007 einen Balkon hat? Nein. Es ging um meinen Freund.

Thema des Abends war, dass Stephan mich im Grunde gar nicht verdient hatte. Um das zu untermauern, erstellten wir diese Sammlung seiner fiesesten Eigenschaften und Negativpunkte, und Katja brainstormte wie eine Weltmeisterin. Gerade platzierte sie mit breiten Buchstaben »triebgesteuert« über dem Saum der Badehose. Der Plan war, dass ich die Liste später an meinen Kühlschrank pappte. Wie die Moppelpo-Fotos bei einer Diät, die auch davon abhalten sollen, wieder schwach zu werden. Oder wir würden sie nachher verbrennen. Zusammen mit der Voodoopuppe, die Sandra gerade bastelte.

Sandra war meine zweitbeste Freundin nach Katja. Rang zwei deshalb, weil sie mich in ihrem Beruf als Zahnprophylaxe-Assistentin einmal im Quartal über die Schmerzgrenze trieb. Ansonsten hatte ich sie beide gleich lieb. Und Sandra gab ebenfalls alles beim Stephan-Exorzieren. Sie hatte alte Sportsocken so ineinandergeknüllt und mithilfe von Haargummis in Form gebracht, dass ein Püppchen mit Armen, Beinen und Kopf entstanden war. Statt Augen hatte sie ihm mit Edding zwei Kreuze gemalt.

Als ich Stephans Maniküre erwähnt hatte, war sie aufgesprungen. Jetzt kehrte sie mit einer Packung künstlicher Fingernägel in den Händen aus dem Badezimmer zurück. »Die benutzt du doch nicht mehr, oder?«, fragte sie. Nein. Wie Sandra wusste, lagen die Dinger schon seit Ewigkeiten im Schrank. Ich hatte sie mal im Kaufrausch in einer Drogerie erstanden und eine Zeit lang davon geträumt, auch mal Nägel in Mandel- statt in Zwiebackform zu haben. Aber jedes Mal, wenn ich die Packung dann zu Hause in die Hände genommen hatte, war ich mir albern vorgekommen und hatte sie wieder fortgeräumt. Im Grunde hatte ich sie im Hinterkopf schon fürs nächste weihnachtliche Schrottwichteln vorgesehen. Da konnte ich sie genauso gut auch fürs Voodoopuppe-Basteln hergeben.

Sandra riss die Packung auf und drapierte die Nägel um die Enden der Frottee-Ärmchen. »Holt mal einer Sekundenkleber?«, forderte sie dann, als sie sich die richtigen Positionen überlegt hatte.

Katja fühlte sich nicht angesprochen. Sie hatte damit begonnen, Daniel Craig ein kompliziertes Meerjungfrauen-Tattoo auf den Bizeps zu malen, und konnte gerade nicht aufstehen. Ich brummte. Täuschte ich mich, oder kippte hier gerade die Stimmung? Als sie bei mir angekommen waren, hatten die Mädels noch laut geschimpft und Stephans Fehltritt zum Anlass wütender »Männer sind doch alle Schweine!«-Schimpftiraden genommen. Aber allmählich schien der Kriegsrat zu einer heiteren Mal- und Bastelstunde zu verkommen. Na ja. Solange mich keiner bat, einen Roibuschtee zu kochen … Ich stand auf, kramte den Kleber aus der Küchenschublade und sah dann zu, wie Sandra die Sockenpuppe pimpte. »Lässt er sie nur feilen, oder kriegt er auch Lack?«, fragte sie nach.

»Lack ist ihm zu auffällig«, verriet ich, was Stephan mir eigentlich im Vertrauen gesagt hatte. Aber Vertrauen konnten wir ja wohl knicken. »Er schwört auf pflegendes Nagelöl und anschließend ein Politur-Finish.«

Katja machte Würgegeräusche und setzte auf der Liste zwei dicke Ausrufezeichen hinter »Maniküre«.

Als Sandra fertig war, hielt sie die Puppe auf Armlänge von sich entfernt und betrachtete sie kritisch. »So sieht's jetzt aber irgendwie albern aus«, stellte sie fest.

»Ich glaube, Voodoopuppen haben normalerweise keine Fingernägel«, pflichtete Katja ihr bei.

»Ich glaube, Voodoopuppen haben normalerweise auch nicht ›35-38‹ auf dem Bauch stehen«, sagte ich schulterzuckend. Die Leistengegend der Puppe hatte offenbar den Teil meiner Sportsocken abbekommen, bei dem die Schuhgröße in den Stoff eingewebt war. Aber solange wir kein Youtube-Video von unserem kleinen Exorzismus ins Netz stellten, würde uns schon keine Abmahnung für Pfusch am kultischen Zauberzubehör ins Haus flattern.

Sandra fing an zu kichern. »Stellt euch mal vor, Stephan hätte wirklich so ein Tattoo! Um die Damenwelt auf die Länge seines Gemächts hinzuweisen!«

Auch Katja prustete los. »Genau! Wär das nicht praktisch? Wir sollten ihm mal einen Tipp geben. ›Du, Stephan, falls du noch eine Methode brauchst, um die Frauen für dich zu gewinnen …«

»Das scheint er aber nicht mehr nötig zu haben«, knurrte ich. Ich spürte, wie sich meine Muskeln unwillkürlich verkrampften, als ich an die Szene vom Abend zuvor zurückdachte.

Da hatte Stephan es offenbar ganz ohne die Hilfe von Tattoos geschafft, den Fokus einer Frau auf sein bestes Teil zu lenken. Und fokussiert war sie gewesen, die Frau mit der roten Mähne und den Schlauchbootlippen. Was die da auf Stephans Bett abgezogen hatte, erforderte Konzentration und außerdem eine Beweglichkeit, die nur auf falsch verschraubten Gelenken oder extremer Disziplin beim Yoga beruhen konnte. Was mir beides fehlte. Ich verzichtete beim Yoga nicht nur regelmäßig darauf, mich richtig in den Dehnungsschmerz reinzulehnen … ich verzichtete auch oft genug aufs Yoga als solches. So wie gestern, als ich den Kurs geschwänzt hatte. Um stattdessen zu Stephan zu gehen. Und ihn beim Fremdgehen zu erwischen.

»Hase, mach da keine große Sache draus!«, hatte er rausgepresst, als er mich nach Luft schnappend in der Tür hatte stehen sehen. Unter dem Spagat der Schlampe eingeklemmt, hatte er es noch nicht mal geschafft, mir auf die Straße hinterherzulaufen.

Ich seufzte. Katja hielt mir einen Nougatriegel hin. Donnerstags, wenn die Mädels zum Seriengucken zu mir kamen, gönnten wir uns auch immer gleich alles, was uns in den Werbepausen angepriesen wurde. Also, nicht die Kleinwagen. Aber die Süßigkeiten und den Sekt. Heute hatten wir, Festplattenrekorder sei Dank, das Fernsehen zwar aufgeschoben, weil wir uns erst mal um meinen Liebeskummer kümmern mussten. Das Naschzeug gab es aber trotzdem schon mal. Während ich an dem Keksteil meines Riegels herumknabberte, stellte ich fest, dass wir wirklich leichte Beute für die Marketingleute waren. Fehlte nur noch, dass wir uns alle pastellige Unterwäsche zulegten und einander kichernd Enthaarungsprodukte zuwarfen.

Hmm. Enthaarungscreme. Meine Stimmung hellte sich auf.

»Ich weiß, was ich mache!«, rief ich und schnipste mit den Fingern. »Ich habe doch seinen Schlüssel …«

»Ja, da habe ich auch schon dran gedacht«, unterbrach mich Katja. »Also, du könntest den Schlüssel in ein Paket mit Hundekacke stopfen und Stephan aufs Kopfkissen legen!«

Sandra und ich verzogen vor Ekel den Mund.

Katja zuckte mit den Schultern. »Und was wolltest du sagen?«, fragte sie mit dem beleidigten Tonfall des verkannten Genies.

»Also, an Rache dachte ich auch«, sagte ich gedehnt. Die beiden nickten zustimmend. Katja gab mir den »Gefällt mir«-Daumen. Ich lehnte mich vor und senkte konspirativ die Stimme. »Stephan findet doch immer, dass er aussieht wie McDreamy.« Sandra guckte ungläubig.

Klar, den zärtlichen Blick von Patrick Dempsey in *Grey's Anatomy* hatte er nicht. Er schaute einen eher so adlermäßig-durchdringend an. »Wegen seiner Haare«, erklärte ich. Und das musste man Stephan schon lassen, die dunklen Haare waren fast wie bei McDreamy. Dicht, glänzend und sanft gewellt.

»Na, Komplexe hat Stephan jedenfalls keine.« Katja verdrehte die Augen. Stephan und sie waren Kollegen, und sie fand ihn nicht im positiven Sinne selbstbewusst, sondern eher großkotzig – was sie auch gerade in der Liste ergänzte. Und »intrigant«. Auf ihrer Stirn bildete sich vor Wut eine Furche.

»*Glitter Angel?*«, fragte ich verstehend nach und traf damit ins Schwarze.

»Der hinterhältige Mistkerl!«, giftete Katja. »Das Mandat stand so was von mir zu! Und dass du die ganze Zeit zu dem gehalten hast, verstehe ich sowieso nicht! Ich meine, dich wollte er auf die Premiere doch auch nicht mitnehmen!«

»Er hat doch gar keine zweite Karte. Er muss da doch nur hin, um den Mandanten zu bespaßen«, rechtfertigte ich Stephan reflexmäßig. Das Thema Premiere war bei Katja ein Dauerbrenner.

Es ging um Folgendes: Katja fühlte sich von Stephan verraten, weil er sich ein Mandat geangelt hatte, auf das sie total scharf gewesen war. Es ging um einen Filmfonds. Filmfonds, das waren Konstrukte, mit denen deutsche Gutverdiener ihr Geld in Hollywood-Produktionen anlegten. Normalerweise keine glamouröse Sache, eher das Gegenteil, wie das halt bei Steuerrecht so ist. Wer bei der Kanzlei Blöcher und Schramm einen Filmfonds betreut, der flaniert nicht mit dem Headset durch ein Filmstudio, sondern korrespondiert mit dem Finanzamt und trifft allenfalls die völlig unspektakulären deutschen Zahnärzte, die in die Fonds zu investieren pflegen. Die Filmstars bekommt ein Anwalt nicht zu Gesicht. – Außer bei *Glitter Angel*. Für diesen Film hatte der Hauptinvestor, ein Industrieller mit dem denkbar glitterfreien Namen Ulf Herkenrath, einen derart großen Batzen angelegt, dass die Kanzlei Karten für die Europapremiere erhalten hatte. Also, der den Fonds betreuende Anwalt. Also: Stephan.

Katja würde vor Neid noch ein Magengeschwür bekommen, befürchtete ich. Ihre Idee mit der Hundekacke auf dem Kopfkissen entsprang wahrscheinlich neben ihrer Loyalität mir gegenüber nicht zuletzt auch der Tatsache, dass sie Stephan statt der schönen Hauptdarstellerin Sarah Norton von ganzem Herzen die Pest an den Hals wünschte. Und sich selbst in die starken Arme der männlichen Hauptrolle Chris Fletcher.

Katjas Gehetze hatte ich immer ein bisschen ungerecht gefunden, denn Stephan freute sich noch nicht mal auf den Termin. Er hatte mir erklärt, dass die einzigen Perlen in seiner Nähe die Schweißperlen auf der Stirn von Ulf Herkenrath sein würden. Die Stars tummelten sich bei solchen Events höchstens abgeschirmt im VIP-Bereich, und Ulf Herkenrath müsste ich mir so vorstellen wie die Typen im Flugzeug, die über die Lehne zu einem rüberquellen und einem dabei jovial ins Ohr kalauern, welche von den anwesenden Damen sie nicht von der Bettkante schubsen würden, höchstens rein. Stephan würde sich also den ganzen Empfang über hinter einem Stehtisch vor Ulf Herkenraths Körperfülle in Sicherheit zu bringen versuchen, Altherrenwitze parieren und aus Langeweile Kanapee-Servietten falten.

So hatte ich mir das jedenfalls bis jetzt vorgestellt. Allerdings zerpixelte sich dieses Bild gerade vor meinem inneren Auge und setzte sich neu zusammen. Wie war das? Dieser Herkenrath wollte jemanden ins Bett schubsen? Und Stephan, der kleine Fremdgeher, sollte sich um ihn kümmern? Na, womöglich bestand Stephans Idee von guter Mandantenbetreuung doch nicht nur darin, ihm bei der Party ein frisches Pils zapfen zu lassen. Mein Kopfkino zeigte mir nunmehr in beeindruckender HD-Qualität meinen Freund, wie er sich bei Ulf Herkenrath unterhakte, auf einen Raum voller rothaariger, schmollmündiger Premierenluder zeigte und ein paar der Damen zu sich heranwinkte …

Okay. *Genug jetzt, Inga!*, ermahnte ich mich. Es hatte keinen Zweck, eifersüchtig zu sein! Das einzig Gesunde war jetzt, die Beziehung hinter mir zu lassen. Jawohl. Blick streng nach vorn. Keine Gedanken mehr an Stephan. Außer, was die Vergeltung anging.

Ich schüttelte also die Gedanken an *Glitter Angel* ab und erklärte den anderen meine Racheidee. Also, Stephans McDreamy-Haare. Zunächst einmal schilderte ich, was er sich da allmorgendlich so alles reinfingerte, um die perfekte Welle zu erzeugen. »Der hat's gut!«, nuschelte Sandra, die ihre hoffnungslos feinen blonden Haare resigniert als braven Bob trug, und begann, der Stephan-Puppe ein voluminöses Toupet anzukleben. Dafür verging sie sich mit der Nagelschere an meinem Luffa-Massagehandschuh, den sie flugs ebenfalls aus dem Badezimmer geholt hatte. Und da ich diesen genauso wenig benutzte wie die falschen Fingernägel, machte es mir nichts aus, dass Sandra die Luffa-Fasern jetzt als Puppenlocken recycelte.

»Jedenfalls …«, ich ließ meinen Blick verschwörerisch zwischen meinen Freundinnen hin und her wandern, »wenn man eine Portion Enthaarungscreme unter das Gel mischen würde …«

Katjas Augen leuchteten. Sie entriss Sandra die Puppe und entfernte ihr den Luffa-Skalp wieder. »Kojak!«, jubelte sie und wedelte mit dem Sockenknäuel.

Sandra war auch ganz zufrieden. »Was wohl das rothaarige

Luder dazu sagt?«, freute sie sich. Ich ließ mir nicht anmerken, dass mir das einen Stich versetzte. Ging Sandra etwa davon aus, dass Stephan die wiedersah? War die womöglich mehr als nur ein One-Night-Stand gewesen? »Vielleicht liebt sie Stephan wegen seines Charakters?«, maunzte ich.

Katja tippte auf die Liste, die noch immer auf ihrem Schoß lag. »Herzchen, ich fürchte, so blöd bist nur du.«

»Bin schon kuriert«, erklärte ich tapfer und nahm einen großen Schluck Sekt. Wurde Zeit, dass ich mir härtere Sachen ins Regal stellte. Kann man Aperol auch pur trinken?

»Brav.« Sandra betrachtete die Sache damit als abgehakt. Sie holte sich die Voodoopuppe zurück, beflockte den Kopf mit neuen Locken und griff anschließend nach der Fernbedienung. Die nahm ich ihr aber weg und zeigte auf Voodoo-Stephan. »Wir wollten den doch noch anzünden!«

Sandra sah die Puppe auf ihrem Schoss zärtlich an. »Das gibt giftige Dämpfe«, erklärte sie, »wegen des ganzen Klebstoffs. Verbrennt doch den Bond.«

»Nix gibt's!«, wehrte Katja den Vorschlag ab. Schützend legte sie eine Hand über die Zeitschrift. Das Meerjungfrauen-Tattoo war wirklich gut geworden. Trotzig wie zwei Kindergartenkinder, denen man ihr Spielzeug fortnehmen will, blickten die beiden mich an. Ich lenkte ein und versprach, dass jeder seinen Mann nachher mit nach Hause nehmen durfte.

Mit mutigen, ausgefallenen und möglicherweise leicht kriminellen Racheideen ist es meistens so, dass sie einem am nächsten Morgen albern vorkommen. Oder einen der Mut verlässt. Oder beides.

Beste Freundinnen, die den Freund nicht leiden können und auf eine mutige, ausgefallene und mindestens leicht kriminelle Verstümmelungsaktion schon lange gewartet haben, sorgen für diesen Fall vor. Zwar mussten Katja und Sandra beide am Freitag arbeiten und konnten mich daher nicht persönlich begleiten – aber schon zum Frühstück bekam ich Anfeuerungsgesänge (»Mach ihm die Haare schön, mach ihm die Haare schön, mach ihm, mach ihm, mach ihm die Haare schön!«) und wohlüberlegte Ratschläge (»Denk an Gummihandschuhe!«) aufs Handy.

»Ach, ich weiß nicht«, zauderte ich, als Katja mir am Telefon einzuschärfen versuchte, die Handschuhe nicht nur beim Enthaarungsmittel-Panschen, sondern auch schon beim Betreten der Wohnung zu tragen. Als Nächstes würde sie mir zu einer Strumpfmaske raten! Da fiel mir etwas auf. »So ein Quatsch. Ich bin Stephans Freundin! Ich kann Fingerabdrücke hinterlassen, so viele ich will!«

»Die Exfreundin«, korrigierte Katja.

Wie oberlehrerhaft! Ich seufzte vernehmlich. Katja entschied sich, mich misszuverstehen.

»Du bist doch die Exfreundin, oder?«, hakte sie nach. »Du hast doch wohl nicht entschieden, dem Schwein zu verzeihen?«

»Natürlich nicht!«, versicherte ich ihr sofort und verschwieg, dass mein Entschluss ein klein wenig zu wanken begonnen hatte. Vielleicht, hatte ich beim Duschen überlegt, schämte Stephan sich ja furchtbar und traute sich nur nicht, mich anzurufen? Was, wenn in meiner Abwesenheit der Bote vom Blumenladen mit einem Riesenbouquet Rosen vor der Tür stand? Wenn ich ehrlich sein sollte, ich war überhaupt nicht in Rächerlaune, sondern in Stimmung, Liebesbeteuerungen entgegenzunehmen. »Verzeih mir, Mausi, es war der größte Fehler meines Lebens, und ich werde nie eine andere lieben als dich …«, oder so etwas in der Art. Und danach ab zum Kuscheln und langes, reuiges Rückenkraulen. Langsam übergehend in wohligen Sex, bei dem ich mich ohne schlechtes Gewissen einfach mal träge ausstreckte und genoss, wie Stephan mir mit allen zur Verfügung stehenden Mitteln seine Liebe bewies. Er konnte, wenn er wollte, sehr schöne Dinge mit seinen Händen anstellen. Und anderen Körperteilen. Wenn er sich mir ausgiebig widmete, konnte es mitunter passieren, dass ich mich regelrecht vergaß. Die Leute über mir hatten mich nach so einer Nacht einmal auf ein merkwürdiges Quieken aus meiner Wohnung hingewiesen und gefragt, ob ich neuerdings Meerschweinchen hätte. Oh ja, die Meerschweinchen-Moves. Von denen wollte ich mich wirklich nicht trennen.

Katja war mir auf die Schliche gekommen. »Du wartest doch nicht etwa darauf, dass er anruft, oder?«, bohrte sie. »Inga! Denk an Catwoman! Und Alice Schwarzer!«

»Alice Schwarzer im Catsuit motiviert mich nicht«, maulte ich.

»Sollte sie aber. Oder findest du es emanzipiert, dich betrügen zu lassen?«

Ach, Mann …

Nicht kochen können. Nicht gut singen. Notfalls auch nicht gut Auto fahren – alles kein Problem. Aber nicht emanzipiert sein, das wollte ich nicht über mich sagen lassen. Um Viertel nach zehn stand Catwoman alias Inga Hering also in der Choriner Straße, schloss die Haustür auf und stapfte entschlossen die Stufen zu Stephans Wohnung hinauf.

Stephan wohnte teuer. Das ahnte man an der Ausstattung des Hauses mit Tiefgarage und Video-Gegensprechanlage und natürlich an der guten Lage mitten in Prenzlauer Berg. Sehen konnte man's aber nicht. Jedenfalls dann nicht, wenn man ein Architekturbanause war und in kahlen, ungemütlichen Räumen nicht den Ausdruck besonderer Lifestylekunst erkannte. Die Wände seiner Wohnung waren aus Waschbeton und der Fußboden aus einer Art Turnhallen-Linoleum, und Innenwände hatte diese Wohnung auch nicht, außer bei Bedarf Schiebetüren rund ums Klo. Wirklich. Man konnte in dieser Wohnung duschen und dabei dem anderen beim Kochen zugucken oder beim Pieseln aus den Panoramafenstern gucken und den Leuten im Hinterhaus zuwinken. Überaus loftig. Wie *Flashdance* für Reiche, hatte ich immer gefunden. Und nicht zum ersten Mal überkam mich die Lust, meinen MP3-Player einzudocken und eine Runde wie Jennifer Beals im Film wild durch den Raum zu hopsen. – Hm. Heute letzte Gelegenheit, stellte ich fest. Warum eigentlich nicht? Stephan war bei der Arbeit, die Putzfrau kam nur dienstags, und die Rothaarige würde ja wohl noch keinen Schlüssel haben. Ich betrachtete mein Exemplar. Er baumelte an einem Miniatur-Alfa-Romeo-Lenkrad. Als er ihn mir gegeben hatte, hatte Stephan ein ganz schönes Tamtam gemacht. »Vertrauen ist die Grundlage jeder Beziehung. Ich vertraue dir. Und als Beweis vertraue ich dir meinen Schlüssel an.« Bla, bla, bla. Nachträglich musste ich Katja recht geben, die schon damals den zeitlichen Zusammenhang mit seiner einwöchigen Geschäftsreise suspekt gefunden hatte. Natürlich hatte ich mich erboten, in der Zeit die Installation seines Surroundsystems zu überwachen. Wer weiß, vielleicht hatte die Rothaarige auch schon einen Job und damit einen Schlüssel übertragen bekommen. Spiegel über dem Bett montieren oder so. Vorsichtshalber sicherte ich die Wohnungstür mit der kleinen Vorlegekette.

Während ich Stephans Rechner hochfuhr, verdunkelte ich die Fenster und machte mich auf die Suche nach passender Kleidung. Kein *Flashdance* ohne Stulpen! Bei Stephans Sportsachen fand ich allerdings nur Basketballshorts und Thermorückenpflaster. Aber er hatte gleich mehrere schwarze Strickpullis. Wunderbar! Allein schon wegen der Sache mit dem Schlüssel entschied ich mich für den teuren Kaschmirpulli aus London und schnitt die Ärmel ab. Dann zog ich mich bis auf die Unterwäsche aus. Mann, war das hier fußkalt! Und das im Spätsommer! Noch ein Grund mehr für die Stulpen. Ich beguckte mich im Spiegel und fand, dass ich umwerfend aussah. Klar, Jennifer Beals war dunkelhaarig und ich blond, aber mit etwas Kopfüber-Haare-Zerstrubbeln brachte ich es immerhin auf das nötige Volumen. Das war in Achtzigerjahrefilmen schließlich das A und O. Auf Youtube schaute ich mir zu Lehrzwecken noch mal ein paar Originalszenen an. Dann drehte ich die Lautstärke hoch, zog den Startbutton nach links und tanzte los.

Es machte einen Heidenspaß. *What a feeling!* (Ich sang natürlich auch mit.) Ein oder zwei Beals'sche Sprünge ließ ich lieber weg, ich wollte schließlich nicht mit gerissenen Bändern und gebrochenen Wirbeln aus der Wohnung robben müssen. Aber was Ausdruck und Leidenschaft anging, gab ich alles. Das Surroundsystem auch. Bis zur Erschöpfung wirbelte ich, trippelte, sprang, rotierte (und schwitzte) wie die im Film, bis ich fand, dass die Jury mich auch in die Akademie aufgenommen hätte. Schnaufend nahm ich mir dann ein Glas Wasser und ließ mir von Stephans stahlgebürstetem Riesenkühlschrank ein paar Eiswürfel hineinwerfen. Endorphine, stellte ich dabei fest, machten ausgesprochen emanzipiert. Ich hatte keinerlei Skrupel mehr, die Racheaktion durchzuführen. Mit dem Geschirrtuch wischte ich mir gründlich den Schweiß ab und hängte es danach mit einem wohligen Ekel wieder an seinen Platz. Ich war bereit zum Giftmischen.

Es funktionierte hervorragend. Ich spülte gut die Hälfte von Stephans Stylingcreme in den Abfluss und verquirlte den Rest mit der Enthaarungscreme, die ich auf dem Hinweg noch schnell in der Drogerie besorgt hatte. Stephans Milchschaumschläger hatte mit der Konsistenz zunächst etwas zu kämpfen, schlug sich aber tapfer durch und produzierte eine hervorragende Emulsion. Sie roch zwar etwas ungewöhnlich, aber das würde Stephan kaum merken, wenn nach dem Duschen Schwaden von Duschgel-, Aftershave-, Deo- und Herrenduft durch die Wohnung waberten.

Ich räumte alles schön auf, fuhr den Rechner runter, packte die verschwitzte Unterwäsche samt Stulpen in meine Umhängetasche und zog Jeans und T-Shirt wieder an. Ich war allerbester Laune, fühlte mich sexy, vital und vollkommen frei von Liebeskummer. Lässig zog ich die Tür hinter mir zu, warf den Wohnungsschlüssel in den Briefkasten und radelte heim. Jammerschade, dass heute

Freitag war. Selbst wenn Stephan schon morgen die ersten Haare ausfielen, würde es bis Montag dauern, bis Katja ihn im Büro sehen und mir über den Erfolg meiner Enthaarungsaktion berichten konnte. Ich konnte es kaum erwarten!

Zu Hause duschte ich. Danach jagte ich eine Packung Tiefkühlgemüse durch die Mikrowelle, inspizierte den Akkustand meines Handys und checkte meine E-Mails. Man bot mir an, nächstes Wochenende ohne Angebotsgebühren online Auktionen einzustellen, ein Versandhaus versprach, noch zehn Tage auf Portokosten zu verzichten, ein Reisebüro schickte einen Gutscheincode, und eine Zeitung wollte, dass ich an einer Umfrage teilnehme. Sonst nix – was mich irgendwie unzufrieden machte.

Ich fühlte mich rastlos. Süßigkeiten halfen da meistens, aber die hatten Katja, Sandra und ich alle aufgefuttert. Ich surfte herum. Auf *News Online* gab es nichts Neues. Außer, dass Sarah Norton zugab, bei den Dreharbeiten zu *Glitter Angel* etwas mit Chris Fletcher angefangen zu haben. Ätsch! Die jedenfalls würde sich nicht von Stephan angraben lassen. Aber schade um Chris Fletcher. Um ein paar schöne Gedanken zu generieren, googelte ich »007 Badehose« und bekam gleich dutzendweise das Foto von Daniel Craig auf den Schirm, das Katja mir gestern entführt hatte. Aber auch das von Borat im Ganzkörpertanga. Gruselig, wer stellt denn so was unter dem Stichwort 007 ins Netz? Schnell schloss ich den Browser. Mein Desktophintergrund poppte auf. Ein Foto von Stephan. Beim Segeln, mit bronzefarbener Haut und nautisch konzentriertem Blick in die Ferne … rasch klickte ich auf das Textverarbeitungsprogramm.

Ich konnte ja auch meinem Job nachgehen, wie die meisten Menschen um diese Uhrzeit. Als Freiberuflerin arbeitete ich von zu Hause aus, was mir mitunter Probleme mit der Disziplin bereitete. Es gab so viel in meinem Leben, was mich von der Arbeit ablenken konnte … Aber in diesem Fall half sie mir vielleicht umgekehrt mal, mich von meinem Leben abzulenken. Ich öffnete die Datei meines aktuellen Werkes.

Mein Beruf war es, Betriebsanleitungen zu übersetzen. Zu Beginn eines Auftrags ging ich in die Agentur und holte mir den Text und, wenn das jeweilige Gerät klein genug war, ein Beispielexemplar. Bei Pürierstäben ging das gut und bei Brotschneidemaschinen; beim Aufsitzrasenmäher neulich hatte ich passen müssen (manchmal ärgerte ich mich über meine Stadtwohnung). In der Regel bekam ich aber Übersetzungsaufträge für Betriebsanleitungen technischer Anlagen, denen ich weder einen Nutzen noch einen Spaßfaktor abgewinnen konnte, und begnügte mich bei der Arbeit deshalb meist klaglos mit Prospekten und sonstigem Bildmaterial. Meine letzte Aufgabe, bevor ich mir ab Montag mindestens zwei Wochen auftragsfreien Urlaub genehmigt hatte, bestand darin, die Faltbroschüre einer Erdwärme-Heizung zu übersetzen.

Boahhrgh. Alles, was ich über eine Heizung wusste und nach meinem Geschmack auch jemals wissen musste, war dies: warm – Knauf nach rechts/kalt – Knauf nach links drehen. Und jetzt war ich dazu verdonnert, mich über todlangweilige Fachlexika zu beugen und Technikersprache (Englisch) in Technikersprache (Deutsch) zu verwandeln. Und dafür hatte ich Linguistik studiert! Ich seufzte und versuchte, meinem Sprachgefühl dadurch Ausdruck zu verleihen, dass ich gelegentlich statt wörtlich »manuelle Wärmeaktivations-Drückvorrichtung« ein gewagtes »Heiztaste« übersetzte. Was sehnte ich mich nach Texten, in denen an Stelle von Photovoltaik und Thermospeichern einfach mal nur Sonne und Kaminfeuer ihren Dienst taten! Deshalb verfolgte ich beruflich inzwischen auch Plan B. Wenn in den nächsten Wochen alles klappte, würden »lange Kolben« und »Druck auf dem Ventil« zwar auch in Zukunft noch gelegentlich eine Rolle bei meiner Arbeit spielen, aber in einem wesentlich kurzweiligeren Zusammenhang …

Ich ließ zu, dass meine Gedanken zu der E-Mail abglitten, mit der ich gestern den Probetext übersandt bekommen hatte, der über meine berufliche Zukunft entscheiden konnte. Sollte ich nicht doch schon mal reinlesen? Oder hielt ich mich an meinen Plan, erst ganz tapfer das Heizungswerk zu Ende zu übersetzen?

Bevor es zu einem inneren Ringkampf kam, erlöste mich das Telefon. Allerdings nicht das Handy, sondern das Festnetz, was mich ein wenig stutzig machte. Wer ruft schon heutzutage noch aufs Festnetz an? Stephan jedenfalls nicht. Aber vielleicht die Boten vom Blumenladen, um zu fragen, ob ich jetzt zu Hause sei und sie den Strauß vorbeibringen könnten?

Ich schaute aufs Telefondisplay. Nö. Es war nur die liebe Tante. »Die liebe Tante«, das war meine Tante Lisbeth. Sie nannte sich selbst so. Damit rächte sie sich dafür, dass mein Vater uns Kindern beigebracht hatte, »Tante Lisbeth« zu ihr zu sagen, statt sie einfach nur beim Vornamen zu rufen.

Ich nahm ab und meldete mich brav. »Inga Hering.«

»Hallo, hier ist die liebe Tante.«

»Hallo, Tante Lisbeth. Lange nichts von dir gehört.«

»Das muss ich auch bemängeln«, sagte sie und ließ vom Tonfall her durchblicken, dass sie zu rund neunzig Prozent im Scherz meckerte.

»Wir sind noch in dem Alter, in dem du bei mir anrufen musst. In zehn Jahren melde ich mich dann bei dir«, gab ich zurück.

»Ist das der Deal zwischen dir und deiner Mutter?«

»Das ist ein ganz allgemeingültiger Generationenvertrag«, erklärte ich. »Wenn die Kinder erwachsen sind, werden sie trotzdem erst noch jahrelang von den Alten betüddelt. Andersrum läuft's erst dann, wenn die Eltern tatterig geworden sind oder auf die Enkelkinder aufpassen sollen.«

»Darum ruft mich nie einer an!«, stellte Tante Lisbeth fest. Sie war geistig voll beisammen und körperlich noch so, wie man das nach über sechzig Jahren ohne sportliche Betätigung halt sein kann, und sie hatte auch weder Enkel- noch überhaupt Kinder. Außer denen, die sie in der Sparkasse immer erfand, um beim Weltspartag Kuscheltiere »für die Kleinen« abzustauben. Auf ihrem Bett tummelten sich die Stofflöwen, -frösche und -maulwürfe der vergangenen dreißig Jahre.

»Sorry«, tröstete ich halbherzig. Aber sie nahm's wie immer gelassen. »Ich kann auch gar keine Enkelkinder gebrauchen«, erklärte sie. »Die Blagen spucken einem nur die Bluse voll. Deine Mutter kann's aber übrigens kaum erwarten!«

Das wusste ich. Mamas Berichte, wer von meinen Klassenkameradinnen schon wieder alles ein Baby, ein süüüüßes Baby, bekommen hatte, wurden immer penetranter. Dabei war ich noch nicht mal dreißig. »Ich hab vorhin gerade mit ihr gesprochen«, fuhr Tante Lisbeth fort. »Deshalb rufe ich auch an. Sie hat mich daran erinnert, dass dein Freund Rechtsanwalt ist.«

Super. S – u – p – e – r. Jetzt hatte ich mal gerade so schön nicht an ihn gedacht … Mir entfuhr ein genervtes Stöhnen.

Tante Lisbeth deutete das falsch. »Ja, ich weiß«, sagte sie. »Mich stört es auch total, wenn Eltern Beziehungen nach dem Status des Partners beurteilen …«

»… aber Anwalt ist einfach so nützlich«, führte ich ihren Satz zu Ende. »Hattest du einen Verkehrsunfall, oder was?«

»Nein, das nicht. Jedenfalls nichts, was jemand bemerkt hätte.«

Da war es mal wieder. Bei Tante Lisbeth konnte man einfach nicht sagen, ob sie Spaß machte oder tatsächlich so abgefeimt war, Fahrerflucht zu begehen und das in nebensächlichen Randbemerkungen rauszulassen. Ich beschloss, nicht nachzufragen. Sie redete auch schon längst weiter. »Sag mal, wann warst du eigentlich das letzte Mal hier?«

»Öhm«, murmelte ich leicht schuldbewusst. Früher hatte ich sie regelmäßig besucht, aber Stephans und meine Urlaubspläne hatten eher Mittelmeer als Nordsee vorgesehen, und für einen Wochenendbesuch war es schlicht zu weit, seit ich in Berlin wohnte. »Ist schon etwas her. Aber, wie gesagt, sobald du tatterig wirst …«

»Das war kein Vorwurf«, beruhigte sie mich. »Ich meine nur, hast du von dieser ganzen Windrad-Geschichte hier bei uns überhaupt etwas mitbekommen?«

Noch mal: »Öhm.« Und ein gedehntes: »Jaaa, doooch.« Dabei zupfte ich vom Basilikum, das sich auf meinem Fensterbrett nach einem größeren Topf sehnte, die Blütenknospen ab. Vom Blühen soll das ja angeblich ungenießbar werden. »Energiewende und so. Viele neue Windräder …«, eierte ich.

»Der Windpark in Freesbüll?«, fragte sie ungeduldig. »Davon schon gehört?«

»Nee. Wie, *ihr* kriegt einen Windpark?«, wunderte ich mich. »*Offshore* im Wattenmeer?«

»Nee. Neben der Reithalle.«

»Das ist ja eher nah bei dir.«

»Eben. Deshalb brauche ich einen Anwalt.«

Tante Lisbeth erklärte mir, dass sie Angst hatte, gelinkt worden zu sein. Das ganze Dorf hatte in die neuen Windräder investiert, die man nun am Ortsrand hochgezogen hatte. Das war kein schöner Anblick. Sie hatte aber trotzdem einen dicken Batzen hineingesteckt, weil man ihr mit hohen Renditen gewunken hatte. Aber jetzt hatte sie im Fernsehen eine Sendung gesehen, die Windräder als »Risikoanlagen« entlarvt hatte. Und nun hatte sie Angst um ihr Geld und die schöne Landschaft und überlegte, ob sie nicht aussteigen und gegen die Bebauung vorgehen konnte.

»Soll ich mal meine Freundin Katja fragen?«, bot ich an.

»Wieso das denn?«, fragte Tante Lisbeth irritiert.

»Na, weil sie Anwältin ist.«

»Ja, und dein Freund?«

»Tante Lisbeth!«, entrüstete ich mich, »Frauen sind genauso gute Anwälte wie Männer. Ich finde dich sexistisch!«

»Pffh«, machte sie. Wenn ich doch nur Kritik so an mir abprallen lassen könnte. »Katja gehört nicht zur Familie. Ich finde, dein Freund kann ruhig mal etwas für uns tun.« Das klang, als wären wir die Mafia. Leider musste ich die Patin enttäuschen und gestand nach einigem Zögern, dass der Anwaltsfreund passé war.

Aber Tante Lisbeth überraschte mich mal wieder. Sie war bereit, ohne weiteres Gemurre auf den Anwalt in der Familie zu verzichten. »Na, dann ist es doch gut, wenn du den los bist«, stellte sie lakonisch fest, als ich von Stephans Seitensprung berichtet hatte.

Prima, sie war auf meiner Seite. »Und er hat noch gar nicht angerufen, um mich zurückzuerobern«, maulte ich daher mit Ich-armer-Wauzi-Stimme, die anzeigen sollte, dass ich dringend Streicheleinheiten brauchte.

Denkste. »Nee, wird er auch nicht mehr«, versetzte sie nur herb.

»Das ist aber ungerecht!«, beschwerte ich mich.

Das sah Tante Lisbeth ein. Hoffnungen wollte sie mir trotzdem keine machen. Aber dafür bot sie mir eine Therapie. Oder jedenfalls einen therapeutischen Tapetenwechsel. Ich solle sie besuchen, schlug sie vor. Das würde mich auf andere Gedanken bringen. Und ich könne mir die Unterlagen für den Windpark durchsehen, um für sie die Sache mit Katja zu besprechen.

Ich musste nicht lange überlegen. Im Gegensatz zu meiner Mutter, die auf Spontanbesuche mit Panik und Putzanfällen reagierte, machte meine Tante überraschenden Gästen einfach entspannt eine Dose Labskaus auf. Ich konnte ihre Einladung also ohne schlechtes Gewissen annehmen.

Kurz entschlossen simste ich Sandra, die nur zwei Straßen weiter wohnte, dass sie sich mit ihrem Ersatzschlüssel zu meiner Wohnung Milch, Butter und das Basilikum holen konnte, packte Laptop und ein paar Klamotten in meine Reisetasche und setzte mich in den nächsten Zug.

# ZWEI

Am Bahnhof entdeckte ich Tante Lisbeth sofort. Gut, am Husumer Fernbahngleis herrschte nun auch nicht gerade emsiges Gewusel. Aber selbst am Flughafen von Chicago wäre sie schnell auszumachen gewesen.

Tante Lisbeth beschreibt sich selbst gern mit den Worten »Ich bin genau wie Claudia Schiffer, nur etwas älter«. Damit meint sie, dass auch sie eins achtzig groß ist. Und okay, sie hat auch ein blaues Auge. Aber wirklich nur eins. Nicht von Geburt, sondern seit dem Unfall, als mein Opa vor vierzig Jahren am Steuer einen Herzinfarkt erlitten hatte. Mein Opa war vermutlich schon tot gewesen, als das Auto gegen einen Baum geknallt war. Tante Lisbeth, die auf dem Beifahrersitz gesessen hatte, kam dagegen buchstäblich mit einem blauen Auge davon. Ein Glassplitter hatte ihr linkes Auge verletzt; als Folge hatte sich daraufhin die Irisfarbe geändert. Das andere Auge ist weiterhin blassgrün. Richtigerweise sollte Tante Lisbeth, wenn sie denn schon Promi-Vergleiche anstellt, also auch David Bowie mit ins Boot nehmen. Und Lady Gaga, wegen ihrer schrillen Brillen. Denn auch Tante Lisbeth verfügt über ein beachtliches Repertoire an bunt gemusterten, ausladenden Brillengestellen. Damit lenkt sie zum einen den Blick von ihrer recht aristokratisch geformten Nase ab. Zum anderen soll hiermit, wie auch mit ihren stets barbiepink oder korallenrot leuchtenden Lippen und der bevorzugt sonnengelben Garderobe, der Betrachter auf ihr lebensbejahendes Wesen eingestimmt werden.

An diesem Tag trug Tante Lisbeth eine zitronengelbe Tunika mit schillernden Schmetterlings-Applikationen; darunter, darüber und in einer großen Wolke um sie herum außerdem das, was man ihr in der Parfümerie zweifellos als den neuesten Sommerduft vorgestellt hatte. Zur Begrüßung drückte sie mich kurz, aber heftig an ihre Brust. Weil ich einen ganzen Kopf kleiner bin als sie, handelte ich mir damit ein Schmetterlingspailletten-Relief auf der Wange ein. Tante Lisbeth hakte sich bei mir unter und führte mich aus dem Bahnhof. Direkt vor dem Portal wartete ihr schlüpfergrüner Peugeot mittig auf zwei Mutter-Kind-Parkplätzen. Ich lupfte eine Augenbraue.

»Mutter-Kind, Tante-Nichte, wer wird denn da so kleinlich sein«, beschwichtigte sie mich und bugsierte meine Reisetasche auf die Rückbank.

Die altbekannte Strecke von Husum nach Freesbüll entspannte mich. Links der Deich, rechts Marschland, alles schön übersichtlich. Für die Urlauber ein, zwei Landgasthöfe und an der Straße aufgestellte Schilder, die auf Bauernhofcafés und Antiquitätengeschäfte in der Nähe aufmerksam machten. Neu waren die Windräder. Tante Lisbeth hätte sich ihr »Guck mal! Das ist der Windpark!« auch sparen können, denn sie waren natürlich nicht zu übersehen. Wie an einer Perlenschnur aufgereiht standen sie in einer Reihe parallel zur Küstenlinie und dominierten die Landschaft. Die Sockel waren breit wie Einfamilienhäuser und wollten trotz ihres grasgrünen Anstrichs nicht ins Bild der Schafsweide passen, in der sie verankert waren. Es fiel mir schwer, die Höhe zu schätzen, aber ich hatte den Eindruck, dass die Anlagen hier sogar noch größer waren als jene, die ich entlang der Bahnstrecke gesehen hatte. Hundert Meter waren die locker hoch.

»Ist das normal?«, fragte ich.

»Sind Prototypen. Wird 'ne ganz neue Generation von Windrädern. Wir haben die als Erste«, gab Tante Lisbeth an. Mir fiel das hinterste der sechs Räder auf, das außer den Rotorblättern und dem Generatorblock noch eine Zusatzausstattung hatte, so etwas wie eine gläserne Manschette rund um den Mast.

»Ist das 'ne Aussichtsplattform?«

»Ja.«

»Cool! Lassen die da Besucher rauf?«, fragte ich hoffnungsvoll.

Tante Lisbeth zeigte auf den Sockel des Aussichtswindrades. Ein grelles Banner war einmal ringsherum gespannt. Als wir etwas dichter herangekommen waren, konnte ich auch die Aufschrift entziffern. »Windpark Freesbüll mit öffentlicher Aussichtsplattform. Feierliche Eröffnung am Samstag, den 6. September, 11.00 Uhr«. Das war in einer Woche. Ich beschloss, mindestens bis dahin zu Besuch zu bleiben.

Wir passierten ein Verkehrsschild. »Da war ein Schild mit Tempo 70«, sagte ich, weil Tante Lisbeth dem keine Beachtung schenkte.

Sie bretterte weiter. »Bist du sicher? Das Schild habe ich hier noch nie gesehen!«

»Na, selbst wenn, du fährst 140!«

»Ja und? Chill mal deine Basis!«

»Chill mal deine Basis«? War Tante Lisbeth beim Arzt eine *Bravo* in die Hände gefallen, oder woher hatte sie diesen Jugendslang? Ich chillte jedenfalls gar nichts. »Hier ist Landstraße! Da darf man höchstens 100!«

»Echt?« Tante Lisbeth beäugte mich misstrauisch, stieg aber gleich darauf kräftig auf die Bremse. Selbstverständlich nicht aus Einsicht.

»Gleich hinter dem Ortseingangsschild da vorn blitzen sie manchmal. Früher, da kannte ich den Polizisten, aber jetzt ist der in Pension, und der neue lässt nicht mit sich reden!«

Ich zog meinen Kopf an, bis ich ein Doppelkinn spürte, und hoffte, damit entrüstete Ungläubigkeit vorzuspiegeln. Glücklicherweise sah Tante Lisbeth aber mittlerweile auch schon wieder auf die Straße, und ich konnte bei gemäßigten Stundenkilometern die Ankunft in Freesbüll doch noch entspannt genießen.

Mein Vater war hier aufgewachsen, und im Haus meiner Oma und später bei Tante Lisbeth hatte ich regelmäßig meine Ferien verbracht. Die Menschen hatten hier alle einen Hund, mit dem sie zweimal am Tag am Reitstall vorbei die Runde zum Meer spazierten, und den Rest des Tages waren sie im Vorgarten, harkten ein bisschen im Blumenbeet und schnackten mit den vorbeikommenden Leuten, die gerade mit Gassigehen dran waren. Die Straßen im Ort hießen nicht nach Politikern, sondern »Heideweg«, »Wiesengrund« und »Am Walde«, und von der Infrastruktur her war auch für alles gesorgt. Es gab einen kleinen Kaufmann mit Bäckereiecke, einen Freibadimbiss mit Frittenverkauf auch zur Straße hin, einen Blumenladen, eine Minigolfanlage und vor allem eine Bilderbuchnatur. Unmittelbar an der Nordsee gelegen, bot der Ort am Abend traumhafte Sonnenuntergänge mit sich im Wasser spiegelnden Wolken, und tagsüber konnte man sich entweder am Meer den Kopf freipusten lassen, oder man ging geschützt eine Runde durch den Wald. Außerdem kann Freesbüll mit einer für den platten Norden geologischen Besonderheit aufwarten: Eiszeitliche Ablagerungen grenzen hier direkt an die Nordsee, weshalb der Ort auf einer kleinen Anhöhe liegt. Auf Karten ist das ganze großspurig als »Freesbüller Berg« mit Scheitelpunkt von einunddreißig Metern über Normalnull verzeichnet, was Gebirgsbayern und andere Höhenliebhaber mindestens schmunzeln lässt.

Pfffh, denkt sich der Friese dann, geht doch Enzian pflücken auf euren Zweitausendern, unser Berg ist trotzdem besser. Mit Recht! Ihrem Berg verdanken es die Freesbüller nämlich, dass man hier auf einen Deich verzichten kann und so von vielen Stellen des Ortes aus einen unverbauten Blick auf die Nordsee hat.

Beispielsweise von Tante Lisbeths Wohnzimmer. Von dort aus hatte man nicht nur Sicht auf das direkt gegenüberliegende Freibad, sondern konnte den Blick auch über die ein paar Hundert Meter dahinter liegende Husumer Bucht schweifen lassen.

Nachdem wir bei ihr angekommen waren und ich mein weniges Gepäck abgeladen hatte, stellte ich mich ans Fenster und sah den Surfern zu, die im Zickzack übers Wasser zischten. »Na, träumerischer Blick in die Ferne?« Tante Lisbeth trat neben mich. »Generationen von liebestollen Mädchen habe ich mit diesem Blick schon aufs Meer gucken sehen.« Das klang zynisch. Ob sie sich überhaupt in meine Lage hineinversetzen konnte?

Meines Wissens hatte sie nämlich nie einen festen Partner gehabt. Nur heiße Affären, zum Beispiel die Geschichte mit einem neapolitanischen Goldschmied namens Gianni. Von dem zeugte nach wie vor ein silbergerahmtes Foto, das seinen festen Platz in ihrer Schrankwand hatte. Es zeigte einen braun gebrannten Mann mit in den (extreeeem weit aufgeknöpften) Hemdausschnitt gesteckter Sonnenbrille, der dem Betrachter jovial entgegengrinste.

»Gianni hatte auch echt schöne Haare«, stellte ich fest.

»Klar. Italiener doch alle«, sagte Tante Lisbeth achselzuckend. Sie knuffte mich in die Seite. »So. Diesen Stephan vergisst du jetzt. Du bist noch halbwegs jung, machst dieses Übersetzungszeug …«

»Das ist kein Zeug! Ich habe ein Diplom!«

»Ja, egal, du hast jedenfalls einen Beruf und brauchst keinen Versorger.«

»Natürlich nicht. Aber …«

»Und außerdem hast du große Brüste. Es wird sich bestimmt bald ein Neuer finden.«

»Danke«, sagte ich und schielte genervt. »Wie gut, dass ich zu dir gekommen bin. Mama hätte mich nie mit meinen Brüsten getröstet.«

»Nur weil sie neidisch ist«, erklärte Tante Lisbeth sachlich. »In der Familie deiner Mutter haben sie alle nur diese verkümmerten Hummeltitten. Sei froh, dass du wenigstens hierin nach uns kommst.«

»Wie, ›*wenigstens*‹?«

»Na ja. Dein Gesicht ist ja ganz niedlich. Aber diese Ohren …«

»Tante Lisbeth! Meine Ohren sind schön!« Vielleicht etwas spitz. Das finden meine Freundinnen aber alle entzückend elfengleich. Ich kontrollierte dennoch, ob meine Haare ordnungsgemäß darüber hingen. »Und überhaupt! Darum geht es doch gar nicht! Ich meine, erstens kommt es bei wahrer Liebe nicht aufs Aussehen an …«

»Pfffh.«

»… und zweitens will ich auch gar keinen neuen Mann! Also, Stephan natürlich auch nicht mehr. Aber ich bin einfach so verletzt …« Ich wollte jetzt, immer schön der Reihe nach, erst mal meine Gefühle gehegt und gepflegt wissen. Die Ereignisse durchsprechen. Durch Drüberreden verarbeiten … Aber Tante Lisbeth verfolgte eine andere Taktik.

»Das Wichtigste ist jetzt, dass du auf andere Gedanken kommst«, unterbrach sie mich. »Ich habe da auch schon einen Plan. Wir gehen ins Fernsehen.«

Sie blickte mich bierernst an und zauberte vom Telefontischchen einen Ausdruck hervor, auf dem ich das Logo eines Fernsehsenders erkannte. Sie hatte also schon etwas vorbereitet. War das etwa ihre Vorstellung einer Therapie? »Ich soll in eine Flirtshow?«, fragte ich ängstlich. Wieso war ich nur hergekommen?

Aber sie winkte ab. »Quatsch.«

Puh. Ich atmete auf. Da war ich ihr aber ganz schön auf den Leim gegangen! Mich damit zu veräppeln, dass ich mich im Fernsehen vor Millionen von Menschen blamieren sollte! »Ich dachte schon …«

»Hase. Du sollst doch nicht denken.«

»Lustig«, sagte ich und freute mich über den Zufall, »das hat Stephan auch immer gesagt.«

Tante Lisbeth stemmt die Arme in die Hüften. »Sag mal, haben wir ein Problem mit Feminismus?«

»Nein! Das hat er ironisch gemeint. So wie du. Er hat mich voll respektiert. Äh. Glaub ich jedenfalls.«

Tante Lisbeth zog missbilligend einen Nasenflügel hoch. »Wie du dich behandeln lässt!«

»Hör mal! Du hast doch das Gleiche auch gerade gesagt!«, wehrte ich mich.

»Das ist etwas anderes. Ich bin deine Tante.«

»Soll ich denn jetzt denken oder nicht?«, fragte ich nach.

»Das musst du ganz allein wissen«, sagte sie trocken. »Notfalls hast du ja noch deine …«

Bevor sie den Satz beenden konnte, verdrehte ich derart stark die Augen, dass sie brav verstummte. Lediglich ihr Blick senkte sich deutlich auf mein Dekolleté.

»Jedenfalls bin ich sehr froh, dass wir nicht in eine Flirtshow gehen«, wollte ich das Thema beenden.

»Wunderbar. Wir gehen nämlich zum *Super-Quiz*.«

Sie meinte es ernst. Geschäftig begann sie, in das ausgedruckte Formular unsere Daten einzutragen.

»Ich überstehe da doch keine zwei Runden!«, versuchte ich ihr das Vorhaben madig zu machen.

»Keine Sorge. Beim *Super-Quiz* ist man zu zweit; ich kann einspringen, wenn du mal wieder nichts weißt.«

»Na, dann ist es für mich natürlich kein bisschen peinlich.«

»Genau.« Mein Sarkasmus prallte komplett an ihr ab. Zwar blickte sie für einen Moment vom Fragebogen auf und runzelte die Stirn. Aber das galt allein ihrer Überlegung, um wie viele Jahre sie bei ihrem Geburtsdatum pfuschen konnte, ohne aufzufliegen. Mit gönnerhaftem Nicken machte sie einen Abschlag von acht Jahren.

Ich probierte es weiter. »Ich hab nichts anzuziehen.«

»Ich leih dir was.«

Ich stellte mir vor, wie wir beide in einem glitzernden Paillettenoutfit auf die Bühne traten. »Vielleicht sollten wir uns gleich beim Eurovision Song Contest bewerben«, schlug ich vor. »Du singst, ich tanze?«

»Gute Idee. Aber erst mal zum Quiz. Da kommt man schneller ans Geld. Und davon fahren wir dann nach Italien.«

Dagegen hatte ich nichts. »Aber könnten wir nicht vielleicht einfach so ...«, regte ich an. Schließlich war Tante Lisbeth, das wusste ich genau, nicht gerade arm. Sie machte erfolgreich Kunst. Formal gesehen jedenfalls. Im Sinne von Farbe auf Leinwand, nicht im Sinne von Ästhetik. Es ging ihr rein um Kommerz: Sie produzierte jeden Monat dutzendweise Ölbilder. Sehr beliebt war zum Beispiel das Leuchtturmmotiv mit den kleinen pastellfarbenen Harlekinen, die von der Turmspitze bis zum Mond balancierten. Oder die Halligen bei Sonnenuntergang mit den Einhörnern, die davor auf der Salzwiese grasten. Erstaunlicherweise fanden diese grauenhaften Bilder problemlos Käufer. Lisbeths Freundin Renate vertickte sie in ihrem Café in St. Peter-Ording zu astronomischen Preisen an die Kurgäste. Ob die sämtlich an einer schweren Form des grünen Stars erkrankt waren? Dann gaben die Farbverläufe bestimmt Effekte wie bei einem gelungenen LSD-Trip. Tante Lisbeth sah das genauso. Tatsächlich kam der LSD-Vergleich von ihr – kannte sie sich da aus? Aus betriebswirtschaftlichen Gründen hatte sie jedenfalls ihren künstlerischen Anspruch hintangestellt und nachfrageorientiert gearbeitet. Vor einigen Jahren hatte sie dann erklärt, dass sie von der Malerei Kopfschmerzen bekäme – bei den Motiven allemal verständlich –, und über eine Volkshochschul-Kunstklasse ein paar Angestellte akquiriert. Ihr mangelndes Können machten sie durch beherzten Einsatz von Glitzerpuder auf Schaumkronen, Harlekinbommeln etc. wett. Das Geschäft lief seitdem besser denn je. Jeden Frühling flog Tante Lisbeth außerdem für drei Wochen nach Capri und holte sich, außer Massagen und ein paar Kilo Hüftgold, neue Anregungen von den italienischen Sonnenuntergangsmalern, die sie dann an ihre Auftragsmaler weitergab. Sie war also gut situiert. Da musste man sich doch jetzt wegen ein paar hundert Euro Reisegeld nicht im Fernsehen blamieren! Oder hatte sie etwa derart viel Geld in den Windpark gesteckt?

Mit einem Anflug von Besorgnis versuchte ich herauszuhören, ob es ihr nicht im Grunde darum ging, ihre Finanzen zu sanieren. Aber von Geld war nicht mehr die Rede. Im Gegenteil: Das Argument mit dem Reisegeld war offenbar nur vorgeschoben. Tante Lisbeth wollte einfach nur in der Quizshow auftreten! Sie geriet ins Schwärmen über Alexander Samson, den Moderator des *Super-Quiz*. Den allerschnuckeligsten Showmaster Deutschlands, wie sie fand.

Dass sie auf Quizshows stand, wusste ich ja schon. Wenn ich etwas mit ihr zu bereden hatte, aber keine Lust auf ausufernde Gespräche, richtete ich es immer so ein, dass ich während *Wer wird Millionär?* in Freesbüll anrief. Dann war meine Tante ganz einsilbig und auf ein schnelles Auflegen bedacht. Nur hatte ich bis dato angenommen, dass sich ihre Quiz-Ambitionen auf Besserwisserei vom heimischen Sessel aus beschränkten. Aber nein. Sie war auch bereits bestens über die Anmeldeprozedur informiert. »Also, meine Freundin Elke, die hat sich da mal mit ihrem Mann Hinnerk beworben«, erklärte sie. »Dann kam eine Einladung zum Casting. Man muss sich nämlich erst mal testen lassen, die nehmen nicht jeden! Elke und Hinnerk also ab nach Hamburg. Das war in so einem tollen Kongresshotel, und da haben sie dann einen Probefragenkatalog beantworten müssen, und wer weitergekommen ist, von dem wurden dann Videoaufnahmen gemacht!« Tante Lisbeth war hellauf begeistert.

»Und?«

»Ja, nix und. Elke und Hinnerk haben schon die erste Runde vergeigt. Aber die wären sowieso nicht weitergekommen, wo doch der Hinnerk so viele Warzen im Gesicht hat. Ich hab Elke gesagt, dass sie froh sein konnte, dass sie überhaupt zum Casting kommen durften.« Ich zuckte zusammen. Tante Lisbeth dachte offenbar, dass sie ihre Freundin damit getröstet hatte.

»Und hat sie dir auch gesagt, was das für Fragen waren in dem Probequiz?«

»Nee«, wunderte sie sich. »Sie wollte dann nicht mehr weiter darüber reden.«

Glücklicherweise verstand sich meine Tante aber als Medienprofi und bedurfte keiner weiteren Erfahrungsberichte von Dabeigewesenen. In den Castings zu diesen Shows gehe es immer um den »gewissen Touch«, erklärte sie mir. Ein Alleinstellungsmerkmal, das die Kandidaten gegenüber den anderen hundert Bewerberpaaren einzigartig und interessant machte. Die Geschichte, wie die welterfahrene, weise und warmherzige Tante (sie) der vom Liebeskummer geschüttelten, planlosen, aber schnuckeligen Nichte (mir) unter die Arme greifen und ihr zur großen Amore mit einem Italiener verhelfen wollte – das würden die Fernsehmacher und das Publikum lieben!

»Kommt gar nicht infrage!«, stellte ich klar.

»Papperlapapp«, sagte sie, griff zu Kuli und lavendelfarbenem Briefpapier und schrieb einen Begleitbrief zum Bewerbungsformular. Im letzten Absatz drängte sie die Redaktionsleitung, einen raschen Castingtermin zu vergeben, damit der Kummer beim Kind noch frisch wäre und die telegenen Tränen reichlich flössen. Das Ganze scannte sie ein und mailte es, ohne auch nur im Geringsten auf meinen anhaltenden Protest einzugehen, an die *Super-Quiz*-Redaktion. Ich fühlte mich übergangen. Außerdem war ich keine Heulsuse! Tante Lisbeth fuhr den Rechner herunter. »Übrigens«, sagte sie dabei beiläufig, »es gibt hunderttausend Euro zu gewinnen.«

*Hunderttausend Euro!*

Ich halte es für eine menschliche Stärke, wenn man dazu in der Lage ist, seine Meinung auch mal zu ändern. Das zeigt, dass man die innere Größe hat, sich guten Argumenten gegenüber nicht von vornherein zu verschließen, mitdenkt und nach eingehender Prüfung der Positionen einen angemessenen Interessenausgleich vorzunehmen imstande ist. Soll heißen: Kaum glimmte die Hoffnung auf dickes Geld auf, zerbröselte mein gesundes Schamgefühl zu Staub. Was war an einer Quizshow denn überhaupt schlimm? Ich musste keine Käfer essen, mich nicht nackig machen und nicht singen. Im Grunde war es sogar Fernsehen mit Bildungsauftrag ... Als ich so weit war, den Fernsehauftritt als Dienst an der Menschheit zu empfinden, und mit mir und Tante Lisbeths Plänen im Reinen war, zog ich mich ins Schlafzimmer zurück, um Katja anzurufen. Tante Lisbeth war noch mal kurz zum Kaufmann gegangen und hatte mich gebeten, endlich wegen des Windparks nachzufragen, was während der Zugfahrt wegen der ganzen Funklöcher nicht geklappt hatte.

Tante Lisbeths Schlafzimmer bestand im Wesentlichen aus einem riesigen Kleiderschrank, der die ganze Wand gegenüber dem Fenster einnahm und Kuriositäten aus vier Jahrzehnten barg, Omas Fuchsmantel etwa (»kommt alles wieder!«). Und natürlich dem eins vierzig breiten Polsterbett, das auf zwei Dritteln von Tante Lisbeth und zum Rest von den Sparkassen-Plüschtieren bewohnt wurde. Ich grüßte den altbekannten Riesenfrosch, den Löwen und den Maulwurf und schloss Bekanntschaft mit einer grell gepanzerten Schildkröte und einer Weltraummaus. Die Sparkasse ging offenbar mit der Zeit: Die Schildkröte hatte diese riesigen Mutantenaugen, aus denen einen aktuell auch viele Hutablagen-Kuscheltiere weinerlich anguckten, und die Maus hatte an ihrem Weltraum-Utensiliengürtel einen hellrosa Schlagstock. Oder handelte es sich um ein Erwachsenenspielzeug? Igitt! Ich beguckte das Tier genauer. Ah, nur ein Laserschwert, stellte ich beruhigt fest. Ich kuschelte mich zu den Tieren auf die Tagesdecke, drückte auf Katjas Namen in meinem Kontaktemenü und berichtete ihr von den Ereignissen und Rechtsfragen des Tages.

»Windparks sind ein komplexes Thema«, erklärte sie. »Ein bisschen habe ich damit zu tun. Unsere Mandanten haben teilweise WKA-Fonds in ihren Portfolios.«

»WKA?«

»Windkraftanlagen. Die Fonds sind ein Renner, weil sich die Leute wegen des EEG garantierte Profite vorstellen.«

»EEG?«

»Erneuerbare-Energien-Gesetz. Also, mal überlegen ...«

Katja überlegte laut. Und ausführlich. Beseelt referierte sie über Bauleitpläne, Umweltgutachten, eine gewisse Thea Lärm und ein sogenanntes Bimsch-Gesetz. Ich blickte den Maulwurf fragend an. Er guckte treuherzig, aber verständnislos zurück. Wir einigten uns darauf, uns keine weiteren Abkürzungen mehr erklären zu lassen, weil wir uns das alles sowieso nicht hätten merken können.

Ich hatte einen Flashback. Es ging mir gerade genauso wie bei Stephan, wenn der mir von seiner Arbeit erzählt hatte. Also, ich fand es natürlich super, dass er von seinem Tag im Büro berichtete, das machen die meisten Männer ja nicht. Dass er sich mir öffnete, nahm ich als ein Zeichen seiner Liebe. Und seine Fälle waren objektiv gesehen echt spannend. Er schaffte es zum Beispiel, einer deutschen GmbH & Co. KG durch Gründung einer Holding in Luxemburg zu einem verminderten Steuersatz zu verhelfen. Oder so ähnlich. Peinlicherweise konnte ich ihm nämlich nicht im Geringsten folgen. Mein Hirn geriet in der Regel nach zwei bis drei Paragrafen ins Stottern, trudelte noch ein Weilchen hinter seinen Analysen zur Europarechtsprechung hinterher und schaltete irgendwann unweigerlich in den Leerlauf. Das ließ ich mir natürlich nicht anmerken und machte wohldosiert interessierte Geräusche. Na ja, etwas überdosiert, denn die Sache hatte sich dazu ausgewachsen, dass Stephan nach anfänglichem Skizzen-auf-Servietten-Malen inzwischen ganze Schaubilder aus dem Büro mitgebracht hatte. Da, ein Pluspunkt für die Trennung. Bis

Weihnachten wäre es sonst womöglich noch zu Powerpoint-Präsentationen an meiner Schlafzimmerwand gekommen.

In Katjas Fall war ich natürlich auch selbst schuld. Ich hatte ja gefragt. Trotzdem ging ich dazwischen. »Katja, es reicht«, wimmerte ich. »Ich glaube, ich habe verstanden, dass Windräder nach einem irre komplizierten Verfahren genehmigt werden. Also, zusammenfassend: Wenn Tante Lisbeth die Dinger abreißen lassen will, muss sie einen Verfahrensfehler nachweisen?«

»Korrekt.«

»Und sollte sie das denn, oder lohnt sich das Geschäft? Was rätst du deinen Mandanten?«

»Kommt drauf an. Eigentlich kommt es nur auf den Standort an. Wo viel Wind, da viel Geld.«

»Dann Glückwunsch.« Keine Frage, Wind war da. In Freesbüll wuchsen sogar die Bäume schief, weil sie dauerhaft von Westen her eins drüberbekamen.

Ich gratulierte Tante Lisbeth. »Katja ist allenfalls noch ein bisschen skeptisch, weil eure Anlagen bisher nicht ausgetestet wurden. Du hast doch gesagt, dass das ein neuer Anlagentyp ist, oder?«, fragte ich, als sie ihre Einkäufe auf dem kleinen Küchentisch ausbreitete.

Tante Lisbeth stellte Teller neben das frisch eingekaufte Schwarzbrot, holte Butter, Käse, roten Heringssalat und ein Gurkenglas aus dem Kühlschrank und wies mich mit einem Fingerzeig an, am Tisch Platz zu nehmen. Jetzt gab es wohl Abendbrot. »Ja, das sind Prototypen. Wir haben die vorher nur als Zeichnung im Prospekt gesehen. Aber daneben war eine Grafik, und da ging die Profitkurve steil nach oben.«

»Und sonst so? Stand da was zur Technik? Oder Vorversuchen, im Windkanal oder so?«

»Keine Ahnung«, gab sie zu. »Der Rest von der Broschüre war mir zu trocken. Irgendwie hab ich mir gedacht, wenn alle anderen auch mitmachen, wird das schon einer von denen richtig gelesen haben. Wilm zu Beispiel. Der hat den Windpark ganz offiziell empfohlen.«

»Wilm?« Ich war gerade dabei, Butter auf einer Scheibe Schwarzbrot zu verstreichen, hielt bei dem ungewöhnlichen Name jedoch inne.

»Wilm Hansen. Das ist unser Bürgermeister. Und der Mann von meiner Freundin Kathrin.« Tante Lisbeth guckte stolz, fast so, als wäre sie mit der Frau vom Bundespräsidenten befreundet.

»Und der heißt *Wilm*?«, wunderte ich mich noch mal.

»Das ist ein ganz normaler Vorname!«

»Putzig.«

»Das ist nicht putzig! Das ist normal!«

»Normal ist Niklas. Oder Fabian.«

»Wenn man noch in den Kindergarten geht. Wilm ist über sechzig. Außerdem brauchen wir hier keine dusseligen Modenamen. Wir haben unsere eigenen. Das ist Teil unserer Kultur. Da sind wir fest drin verwurzelt! Schleswig-Holstein, mee-heer-u-hum-schlu-hungen ...« Jetzt hatte sie angefangen zu singen! Ich erkannte die Landeshymne. »Los, mach mit!«, unterbrach sie sich selbst. »Du bist doch schließlich auch hier geboren!«

»Ja, aber nicht aufgewachsen.« Aufgewachsen war ich in Bergisch Gladbach. Ich hob an zum Bergischen Heimatlied. Na ja, zu dem Teil, an den ich mich aus dem Grundschul-Sachkundeunterricht noch erinnerte. »Wo im Schatten der Eiche die Wiege mir stand ...«, schmetterte ich.

Das ließ Tante Lisbeth sich nicht bieten. »Schleswig-Holstein, stammverwandt ...«, brüllte sie mir dazwischen.

»Da ist meine Heimat, mein Bergisches Land!«, grölte ich dagegen.

»Wanke nicht, mein Vaterland!« Tante Lisbeth blickte mich finster an. Wir gingen in die Wiederholung.

Ich: »Da ist meine Heimat ...«

Sie: »Schleswig-Holstein, stammverwandt, wanke niiiiiiiiiiii iiiiiiiiiiiiiiiii … « Tante Lisbeth, fest entschlossen, hier nicht als Erste aufzuhören, hielt den Ton. Auf ihrer Stirn trat eine Ader hervor.

»… mein Beeeeeeeer… «, hielt ich mit.

»… iiiiiiiiiiiiiiiiiiiiiiiiii … « Tante Lisbeths Ader wurde besorgniserregend dick. Was, wenn die platzte? Mein Erste-Hilfe-Kurs war schon so lange her. Druckverband? Oder lief ihr davon das Hirn voll? Bekam sie dann einen Schlaganfall? Ich beschloss, es vorsichtshalber nicht drauf ankommen zu lassen, und beendete meine Einlage. »… gisches Land.«

»… cht mein Vaterland«, japste Tante Lisbeth. »Und merk dir das: Nur weil deine Eltern mit dir als Kind von hier weggezogen sind, hast du noch lange nicht fremde Hymnen zu singen.«

»Ich singe in der Regel überhaupt keine Hymnen. Außer wenn gerade WM ist.«

»Oh ja. WM. Zur WM musst du mal herkommen, dann ist hier was los! Was meinst du, wie wir die Balkone schmücken! Ich lass zum Beispiel bis ganz unten zur Parterrewohnung von Frau Schmied schwarz-rot-gelbe Stoffbahnen runterhängen. Und Frau Asmussen nebenan umhäkelt ihre Balkonkästen!«

»Stark.«

»Und wir haben Public Viewing. Hast du das schon mal gemacht?«

»Äh. Nee. Rudelgucken ist mir zu chaotisch«, gab ich zu. »Da sind so wahnsinnig viele Leute, und ich habe immer Angst, dass neben mir einer spucken muss.«

»Musst dann wirklich mal herkommen. Hier können sich die Leute benehmen. Außerdem ist die Fanmeile extra zwischen Marquardsens und dem Reitstall, da stehen die Mülleimer vom Reitverein rum, für den Pferdemist. Da wird notfalls draufgespeit, und es gibt keine Sauerei. Gucken tun wir auf dem Hof vor der freiwilligen Feuerwehr. Mit Grillwürstchen und Gulaschkanone. Ab Unentschieden gibt's dann Autokorso. Mit Treckern bis nach Paulstedt rauf!«

Das klang gar nicht so schlecht. Aber wir waren ein bisschen vom Thema abgekommen. »Wo waren wir eigentlich gerade stehen geblieben? Windpark-mäßig?«, kam ich daher darauf zurück und lud ordentlich Heringssalat auf meine Stulle.

»Du hast dich über unseren Bürgermeister lustig gemacht.«

»Das hast du falsch verstanden. Ich habe mich nicht lustig gemacht, ich war begeistert.«

Tante Lisbeth guckte skeptisch.

»Doch, wirklich«, versuchte ich, sie zu überzeugen. »Ich bin vollkommen hingerissen von norddeutschen Namen! Wenn ich mal Kinder bekomme, heißen die auf jeden Fall Jan-Ingwer oder Malte-Frerk oder so. Oder noch besser, ich heirate einen Mann mit einem typisch norddeutschen Nachnamen. Wie ›Petersen‹. Dann kann ich meinen Kindern so eine süße Namenskombination geben. Peter Petersen! Klaas Klaassen! Was ist eigentlich der richtige Vorname zu Feddersen?«

Da war Tante Lisbeth auch ratlos. »Fred?«, schlug sie vor.

»Finde ich gut. Fred Feddersen. Kannst du mir einen netten jungen Herrn Feddersen vorstellen?«

»Ich horch mich mal um. Meine Freundin Renate heißt Feddersen. Vielleicht sind die Neffen noch zu haben.«

»Super. Aber, 'tschuldigung, dass ich schon wieder abgelenkt habe. Herr Hansen ist also hier der Bürgermeister und hat gesagt, dass ein Windpark eine lohnende Sache wäre.«

»Ja, genau. Weil wir es als Gemeinde nämlich dringend nötig haben, mehr Steuern einzunehmen. Und so ein Windpark bringt uns in zwanzig Jahren eine Million Euro pro Anlage, allein durch die Gewerbesteuer!«

»Wow. Eine *Million?*«

»Eine Million. Und wir haben im Dorf zusammengelegt, damit uns eins von den Windrädern auch selbst gehört und nicht nur der Investorengesellschaft. So profitiert die Gemeinde von den Steuern, und wir Bürger bekommen was von der Rendite aus der Stromerzeugung.«

»Klingt doch perfekt. Wie wär's, wenn wir zur Sicherheit noch in deinen Unterlagen nachsehen, ob da irgendwo Berechnungsgrundlagen stehen?«, schlug ich vor.

»Gute Idee.« Tante Lisbeth stand aber nicht auf, sondern fischte sich als Zwischengang nach ihrem gerade vertilgten Käsebrot ein paar Gürkchen aus dem Glas. »Suche ich dir nachher raus. Aber jetzt erst noch mal was Wichtigeres: Ich habe einen Schlachtplan entwickelt.«

Zapp. Tante Lisbeth war nicht der Typ, der unbequemen Gedanken lange nachhing. Kein Wunder, dass sie ernsthaft fand, ich könne Stephan doch einfach vergessen. Sie schob die Sorgen um die Windräder einfach beiseite und war auch gleich wieder bester Dinge. Es ging schließlich um das Quiz. Wir würden uns, das hatte sie auf dem Weg zum Kaufmann beschlossen, die Themen aufteilen. Bei der Show wäre sie zuständig für Kultur, Geschichte, Literatur, Geografie und Wissenschaft.

»Dich brauchen wir dann nur für diesen Schnickschnack. Popmusik, Filme, Promis und so. Ansonsten gilt, was ich sage.«

»Na, hör mal.« Ich nahm mir vor, ihrer Überheblichkeit einen Dämpfer zu versetzen. »Du bist doch hier diejenige, die stundenlang im Fernsehen Prinzenhochzeiten guckt. Und dabei weint!« Ich verzichtete auf den zusätzlichen Hinweis, dass die Sparte Unterhaltung außerdem nicht ausschließlich »Schnickschnack« war. Zum Beispiel wusste ich, dass erfolgreiche Pop-Komponisten weniger Zeit mit Musenküssen als mit reiner Musiktheorie verbringen. Kommerzielle Ohrwürmer sind keine Magie, sondern speisen sich aus einer Formel berechenbarer Akkordfolgen und bei Balladen gern auch noch einer Tonartverschiebung in der letzten Strophe. Das hatte ich schon mit dreizehn beim Klavierunterricht gelernt. Eine kleine chromatische Rückung am Ende, und schon schmilzt das Hörerherz. Dieses Wissen hatte mich als Teenager freilich trotzdem nicht davor bewahrt, zum Klang meiner Kuschelrock-CDs Rotz und Wasser zu heulen. Ähnlich, so mutmaßte ich, ging es Tante Lisbeth mit ihren königlichen Hochzeiten.

»William und Kate hat ja nun wirklich jeder geguckt«, rechtfertigte sie sich. »Und damals bei dem Felipe von Spanien und seiner Letizia, das war quasi ein Akt des Patriotismus. Wo wir schon keinen eigenen König haben!«

Ich guckte verständnislos. »Und deshalb nehmen wir den spanischen? Du meinst, weil wir Deutschen sowieso schon halb Mallorca bevölkern?«

Tante Lisbeths Tonfall wechselte flugs von trotzig zu belehrend. »Wegen der Blutsbande! Das weiß man doch, dass der Felipe deutsche Vorfahren hat! Was meinst du, warum der so schön groß ist? Ich hoffe, du kannst dir das merken, so was kommt bestimmt dran.«

»Muss ich ja gar nicht«, stellte ich fest, »du kannst ja ein Veto einlegen, wenn ich mich bei so einem Königskram vertue.«

»Ja und nein! Bei dem Casting kann ich dich noch nicht rausreißen. Da muss jeder seinen eigenen Fragebogen ausfüllen!«

Na toll. Dann konnte Tante Lisbeth sich ihre Ressortverteilung gleich an den Hut stecken, wenn man in der Vorrunde sowieso alles können musste. Der Schreck ließ ein paar Synapsen in meinem Hirn auffunzeln, und lange verschüttetes Schulwissen irrlichterte durch meinen Kopf. $a^2 + b^2 = c^2$ … Einfallswinkel gleich Ausfallwinkel … Liberté, egalité, fraternité … Ach, das würde schon werden!

# DREI

Auch bei Tante Lisbeth waren alte Weisheiten wieder nach oben gekommen.

»*Mens sana in corpore sano!*«, schallte es nämlich am nächsten Morgen durch die Wohnung. Ich rollte von der Ausziehcouch im Wohnzimmer und nahm an, dass mich das auf Schonkaffee zum Frühstück einstimmen sollte. Ältere Damen lieben ja ihren »Schonkaffee«, neben Krampfadern ein guter Grund, das Alter zu fürchten. Erstens haben Morgengetränke ohne Koffein ohnehin keine Daseinsberechtigung, und zweitens sind sie schuld an wirklich schlechter Fernsehwerbung.

Wenigstens hätte selbst die entkoffeinierte Variante mir aber den Genuss von Kaffeeduft zum Aufstehen bescheren müssen. Ich schnupperte. Nichts. Hier waberte einzig der seifige Geruch des Lavendelsäckchens umher, das an den Rahmen der Milchglastür zum Flur gepinnt war.

Hinter dieser Tür nahm ich seltsame Bewegungen wahr. Ich ging nachgucken. Zuerst sah ich nur, aber das war ja auch schon eine ganze Menge, Tante Lisbeths Hinterteil, eingezwängt in eine goldene Radlerhose. Das sah aus wie eine wogende, überdimensionale Kalbsleberwurst. Erschrocken fuhr ich zurück, zum Glück, sonst hätte ich als Nächstes Tante Lisbeths Handkante im Magen gehabt, denn mittlerweile hatte sie sich aufgerichtet und vollführte zackige Rumpfdrehungen. Dehnübungen à la Turnvater Jahn. Ich staunte. Ich hatte meine Tante noch nie Sport machen sehen. Meines Wissens hatte niemand das. Außer ihren Freundinnen bei der Beckenbodengymnastik vielleicht, aber das gilt nicht. Den Beckenboden kann man schließlich trainieren, indem man so tut, als müsse man riiiichtig doll Pipi und kein Klo in Sicht. Also nach außen nicht sichtbar. Bei ihrer Gymnastik hockten die Damen wahrscheinlich im Kreis, plauschten, und die Krankenkasse würde nie dahinterkommen, ob auch nur eine von ihnen tatsächlich die Sitzbeinhöcker zusammenzog.

Tante Lisbeth machte noch ein paar Mal die Windmühle, dann justierte sie ihr pinkes Stirnband und drehte sich zu mir um.

»Morgengymnastik für einen gesunden Geist in einem gesunden Körper. Wow, Tante Lisbeth«, lobte ich.

»Das ist nur zum Aufwärmen! Wir können aber gleich los. Ich habe für dich keine Stöcke, aber du kannst ja einfach so nebenhergehen, ist besser als gar nichts.«

Stöcke ... Gehen ... Oh nein! Oh nein, oh nein, oh nein! Entsetzt riss ich die Augen auf. »Sag jetzt nicht ... «

»Nordic Walking! Doktor Treu sagt, das ist das Gesündeste überhaupt!«

Uff. Nur weil etwas gesund ist ... »Tante Lisbeth! Das geht gar nicht«, schimpfte ich. »Weißt du, wie uncool ... «

»Quatsch! Das machen alle hier, der halbe Kurs von meiner Beckenbodengymnastik.«

»Spazieren gehen mit Stöcken, das ist doch total peinlich.«

»Das ist kein Spazierengehen, das ist Sport! Hier, guck mal, ich habe sogar einen Pulsmesser.« Sie raffte ihr Hightech-Anti-Schwitz-T-Shirt hoch und zeigte mir einen Gurt mit einem schwarzen Plättchen, das unter ihrer Brust klemmte und sich sein Dasein als Sportgerät sicher auch anders vorgestellt hatte.

Hier war so einiges hingeblättert worden, und nun bekam ich das Herzstück ihrer Ausrüstung präsentiert, bei dem sie ganz offensichtlich auch nicht gespart hatte: ein Set türkismetallic lackierter Stöcke mit ergonomischen Griffen, Handschlaufen und aus Titan. Junge. Von allen Trends der Welt musste meine Tante sich ausgerechnet den albernsten aussuchen? Konnte sie nicht einfach in aller Ruhe zu Hause Teelicht-Lampenschirme zusammenlaminieren oder neckische Figuren aus Tontöpfen basteln? Oder, wenn sie etwas für ihre Gesundheit tun wollte, ganz einfach Zahnzwischenraumbürstchen benutzen?

Tante Lisbeth wurde langsam ungeduldig. »Kommst du jetzt mit? Oder schämst du dich etwa für mich?«

Mmmh, ja. Das traf es ziemlich genau. Aber gleichzeitig schämte ich mich auch dafür, dass ich mich schämte. Tante Lisbeth wollte etwas machen, das sie für Sport hielt. Ich dachte an die in der Regel von einer rosa-weißen Ballongirlande umkränzten Aufsteller für Damen-Fitnessstudios, auf denen fröhlich beieinander untergehakte Frauen zusammen Luftsprünge machten. Teamgeist, das ist beim Sport das Wichtigste, ganz besonders, wenn man ihn nicht gewohnt ist. Eine für alle, alle für eine.

Eine Viertelstunde später waren wir unterwegs. Ich hatte mich schnell angezogen und ignorierte Tante Lisbeths Frage, ob ich denn wirklich in Jeans und Jacke »Sport« machen wolle. Mein Spaziergang/ihr Training vor dem Frühstück führte uns zum Freesbüller Wald. Vor hundert Jahren hatte man hier das Experiment gewagt, trotz Wind- und Salzbelastung auf dem nährstoffarmen Hügel Bäume anzupflanzen. Der wackere Lehrer Altmann, an den heute noch eine Art Hinkelstein erinnert, hatte in trockenen Zeiten milchkannenweise Gießwasser den Berg hinaufgebracht, und heute profitierten mindestens ein Reh, haufenweise Spaziergänger, Jogger und, es ist wohl wahr, so manch ein Nordic Walker von dem inzwischen hohen Gehölz mit den großzügigen Waldwegen.

Man grüßte sich. Das ist allerdings noch kein Anzeichen für eine Verschwörung der Leute mit den albernen Stöcken, sondern eine Besonderheit des dünn besiedelten Nordfrieslands. Wenn man hier jemandem begegnete, dann freute man sich und sagte »Moin«, egal ob zu Bekannten oder Fremden. Manchmal auch »Moin, Moin!«. Ob das nun die Steigerungsform für tatsächlich gute Bekannte war oder vielleicht nur Ausdruck der besonderen Gesprächigkeit des Grüßenden, war mir nie ganz klar. Tante Lisbeth entschied sich bei den uns entgegenkommenden Walkern jedenfalls für die kurze Variante, aber das sicher nicht aus Atemnot. Ihr »Workout« zog sie nämlich in genau dem Tempo durch, das sie auch zum Brötchenholen an den Tag legte. Meinen spöttischen Blicken begegnete sie mit eiskalter Contenance.

»Man darf nur so schnell gehen, dass man sich noch gut unterhalten kann. Sonst kommt man in den anaeroben Bereich!«, dozierte sie und pfählte mit ihrem linken Stock eine verirrte Nacktschnecke. Angewidert verzog ich den Mund.

»Ja, ja, das ist die Hölle!«, missverstand sie mich. »Da übersäuern die Muskeln, und am Ende bricht man ein, wie Jan Ullrich damals in den Pyrenäen!« Na, von diesem Erlebnis waren wir noch mindestens so weit entfernt wie vom französischen Gebirgspass Col du Tourmalet.

»Na denn, statt zu plaudern, können wir ja auch üben. Also, wie heißt der höchste Berg der Pyrenäen?«

Oha, damit hatte ich jetzt nicht gerechnet. Jetzt ging das Ausfragen los. Ich holte erst mal tief Luft.

»Das muss schneller gehen! Du weißt aber schon, was die Pyrenäen sind, oder? Das sind die Berge zwischen Frankreich und IIIIEEEEHHH!« Tante Lisbeth schmiss mir ihren linken Stock vor die Füße. Sie hatte mit ihm herumgefuchtelt, offenbar, um mir die Geografie Südwesteuropas zu veranschaulichen, und dabei erst die suppige Schnecke an seiner Spitze gesehen.

Ich nahm das Ding – den Stock, nicht das Tier – und schubberte Letzteres an den Farnen am Wegesrand ab. An Tante Lisbeths Handgelenk fing es derweil aufdringlich an zu piepsen.

»O Gott, mein Pulsmesser! Ich bin anaerob!« In Tante Lisbeths Augen flackerte die Panik. Hektisch drehte sie sich um sich selbst. Kein Versorgungsfahrzeug in Sicht. Dafür ein Stück weiter vorn eine Bank.

»Ein Kollaps! Muss mich setzen!«, rief sie und stürzte los.

Der Schneckenschock und dieser – erstmalige – Lauf trieben ihren Puls weiter nach oben. Es piepste unaufhörlich, auch als sie schon saß.

»Was mach ich nur? Was mach ich denn jetzt?« Verängstigt, mit durchgedrückten Armen und angespannten Schultern blickte sie mich von ihrer Bank aus an.

»Atmen«, schlug ich vor.

Tante Lisbeth japste. »Piep, piep, piep«, machte das Gerät. Verzweifelt blickte meine Tante auf die Pulsanzeige. Doktor Treu hatte bei seinen Warnungen vor dem anaeroben Bereich wohl etwas übertrieben. »Keine Angst! Bis deine Muskeln sich selbst verdauen, ist es noch etwas hin. Leg einfach mal ein paar Minuten die Beine hoch, mach die Augen zu und denk an eine Sommerwiese!« Ich zog meine Jacke aus, rollte sie zusammen und bettete Tante Lisbeths Kopf darauf.

Das mit der Sommerwiese hatte ich automatisch gesagt, weil die Vorturnerin in meinem Yogakurs so immer die Entspannungsphase einleitete. Eigentlich hätte sie die Augen aber auch auflassen können, denn wir waren sowieso an einem ziemlich idyllischen Ort. Hohe Fichten. Dazwischen, im durch die Zweige fallenden Sonnenlicht golden aufleuchtend, würzig duftender Waldboden. Am Wegesrand standen lila Wildblümchen, nach dessen Namen Tante Lisbeth mich in besserer Verfassung bestimmt ausgefragt hätte. Und direkt hinter ihrer Lazarettbank ein kleiner Hügel voller Farne und Brombeerbüsche, die jetzt im Spätsommer verheißungsvoll schwarze Beeren trugen.

Nachdem Tante Lisbeth mich mit leerem Magen losgehetzt hatte, war endlich die Zeit für einen kleinen Morgenimbiss gekommen. Mit dem entschneckten Walkingstock bahnte ich mir einen Weg durch die Büsche, um oben auf dem Hügel die tollsten Früchte mit möglichst wenig Fuchspipi drauf zu erwischen.

Tante Lisbeth war allerdings schon weit genug genesen, um mich mit durchdringender Stimme zurechtweisen zu können. »Das ist unser Hünengrab!«, rief sie. »Da darf man nicht drauf! Wenn dich die Leute sehen!«

»Das denke ich mir schon den ganzen Morgen!«, murmelte ich in Anbetracht ihrer Sportkleidung. Aber sie hatte wohl recht: Am Fuß des Hügels verstreut waren die Reste eines ehemaligen Zaunes zu sehen. Eine der Latten hatten findige Waldameisen inzwischen als Eingangsplanke für ihren eigenen Hügel in Beschlag genommen.

»Dem Hünen wird's ja wohl wurscht sein!« Ich versuchte, durch Diskussion genug Zeit zu gewinnen, um zumindest ein paar Brombeeren hamstern zu können. Aber Tante Lisbeth versuchte gar nicht mehr, mich runterzukommandieren. Stattdessen setzte sie zu einer kleinen Lehrstunde an; ob fürs Fernsehquiz oder fürs Leben, wer weiß. »Der Freesbüller Lehrer Altmann hat hier 1907 ein Hünengrab gefunden.«

»Lehrer Altmann? Das ist doch auch der mit den Milchkannen! Umtriebiges Kerlchen!«

»Es stammt aus der Bronzezeit; Altmann hat im Hügel ein achtzig Zentimeter langes Bronzeschwert gefunden!«

»Der Typ hat einfach so im Hünengrab rumgebuddelt? Puh, dafür gäb's heute aber richtig Ärger! Übrigens: Wow. Du bist ja ganz schön gebildet!«

»Wenn man hier wohnt, dann weiß man das«, gab sie gelassen zurück.

Ich naschte noch ein paar Beeren, bevor ich mich wieder aufrichtete. Auch Tante Lisbeth stand jetzt wieder. Neben einem Infoschild am Rand des Hünenhügels. Aha. Wir befanden uns also auf dem Lehrpfad Freesbüller Wald. Tante Lisbeth fühlte sich ertappt und stellte sich vor das Schild mit dem Informationstext.

»Geht's denn wieder?«, fragte ich nachsichtig.

»Ja, ja. Aber für den Rest der Strecke werde ich es wohl langsamer angehen lassen.«

Noch langsamer? Na, da war es bis zu einem ordentlichen Frühstück wohl noch lange hin. Ich ließ meinen Blick umherschweifen. Neben dem Hünenhügel, links von der Bank, standen noch eine ganze Reihe Brombeerbüsche. Dahinter kam dichtes Unterholz. Vielleicht wohnte hier das Reh. Hmm, nee, das war kein Bambi-Bau, sondern wohl eher eine wilde Müllkippe. Jemand hatte in all dem Gestrüpp ein Fahrrad und Lumpen abgeladen. Dabei war der Wald doch sonst so aufgeräumt! Ich sah genauer hin. Da lagen definitiv eine alte Jeans und noch irgendwas Helles. Aber irgendwie sahen die Hosenbeine da gar nicht verlassen aus.

»Oh Sch…!« Mit Tante Lisbeths Stock als Machete kämpfte ich mich auf der Rückseite des Hünengrabes durch die Dornen.

»Was machst du da?«, rief Tante Lisbeth, die mich hinter dem Hügel und den Brombeerbüschen nicht mehr sehen konnte.

»Hier ist was.« Ich war bei dem Gestrüpp angekommen. Unter einem Busch lag tatsächlich eine Jeans. Und ein helles T-Shirt. Und darin ein Mann.

# VIER

Er lag auf dem Bauch, Gesicht nach unten. Und ich war mir ziemlich sicher, dass er nicht einfach schlief. Wer würde schon zum Schlafen in einen pieksigen Strauch kriechen? Und sich dabei, statt es sich bequem zu machen, wie lieblos ins Gestrüpp gestopft hinlegen?

Den *hatte* jemand lieblos ins Gestrüpp gestopft!

Der hatte sich stopfen *lassen!*

»TANTE LISBETH!!! EINE LEICHE!« Ich schrie nach meiner Tante, und gleichzeitig hatte ich Angst, dass ich den Mann damit aufwecken würde, absurd, denn unter den gegebenen Umständen wäre das ja eher ein Glücksfall gewesen. Aber er regte sich nicht.

Laut piepsend näherte sich Tante Lisbeth. Durch die Brombeerbüsche führte offenbar ein kleiner Trampelpfad, und sie war im Nu neben mir. Mein Geschrei hatte ihren Puls wieder in Fahrt gebracht, aber diesmal schnallte sie einfach den Gurt mit dem Sender ab, und das Signal hörte auf. Wenn's drauf ankam, war sie nicht zimperlich.

Außerdem konnte sie den Gurt gut gebrauchen. Sie flitschte das Gummi ein paar Mal an den Hinterkopf des Mannes. Der blonde, struppige Pferdeschwanz des Toten wippte ein wenig hin und her. Ansonsten regte sich nichts.

»Nee, der schläft nicht nur«, diagnostizierte Tante Lisbeth. Zur Sicherheit nahm sie dann auch noch den ihr verbliebenen Walkingstock und fing an, den leblosen Körper damit zu pieken.

»Ist gut jetzt«, stoppte ich sie. »Vielleicht ist er ja doch nur bewusstlos!«

»Man müsste ihn umdrehen!«, schlug sie vor.

»Ja.«

»Mach!«

»Ich fass den nicht an!«, protestierte ich.

»Ich auch nicht!« Also doch nicht so unerschrocken. Aber dafür ideenreich: Sie nahm ihren Pulsmesser und hielt ihn dem Mann mit spitzen Fingern ans Handgelenk.

»Kein Signal«, sagte sie mit Blick auf den Empfänger. Ich zückte mein Handy und rief die Polizei.

Wir beschlossen, lieber am Weg auf die Beamten zu warten. Tante Lisbeth erholte sich erneut auf ihrer Bank, während ich rastlos vor ihr herumwieselte, um das Adrenalin abzubauen.

»Wie ist der denn dahin gekommen?«, fragte ich argloser, als ich war. Aber ich hoffte noch auf eine Erklärung, die mit dem Ferienidyll in meinem Kopf zu vereinen war.

»Kind. Das ist hier kein Elefantenfriedhof, wo man zum Sterben hingeht. Du hast doch gesehen, wie er da liegt. Den hat jemand hier abgeladen!«

»Mord?« Na gut, ich hatte es mir ja auch gedacht.

»Mord!« Bei Tante Lisbeth klang das geradezu altklug. So, als hätte sie das schon hundertmal erlebt. Sie saß zurückgelehnt auf der Bank, hielt ihr Kinn zwischen Daumen und Zeigefinger und rieb sich mit der Fingerkuppe die Wange. Das wirkte sehr detektivisch, und tatsächlich, Miss Marple war schon am Kombinieren.

»Das Fahrrad gehört auch dazu. Vielleicht hat man ihn überfallen und dann mitsamt seinem Rad in die Büsche geworfen, damit man ihn nicht so schnell findet.«

Plötzlich kam mir ein Gedanke. Ich griff Tante Lisbeth am Ärmel. »Und was, wenn der Mörder hier noch in der Nähe ist?«, zischte ich ihr leise zu.

»Die Polizei hat gesagt, dass sie sofort hier ist, nicht wahr?«, brüllte sie mich mindestens vierzig Dezibel über Normalgesprächsstärke an.

»Ja, die Polizei wird jeden Moment da sein!«, schrie ich zurück. »Schade, dass wir nichts Verdächtiges gesehen haben!« Falls der Mörder uns trotzdem noch umlegen wollte, umfasste ich den Schnecken-Walkingstock und nahm mir vor, ohne Erbarmen damit zuzuhauen. Und zu stechen, für die Schnecke war der Stock immerhin tödlich gewesen.

Fünf Minuten später war immer noch keiner über uns hergefallen, und ich hatte mich wieder einigermaßen beruhigt. Gefährdungstechnisch. Gefühlsmäßig war ich in Aufruhr. Ich dachte die ganze Zeit an Stephan. Der Anblick des toten Mannes hatte so eine Art Trauerecho in mir ausgelöst. Was, wenn das Stephan gewesen wäre? Klar, ich wünschte ihm eine Glatze. Aber bestimmt nicht den Tod! Mein Herz krampfte sich richtig zusammen. Natürlich erlaubte ich Stephan keinen Platz mehr in meinem Leben. Aber wenn er nicht mehr *am* Leben wäre ... Ich bekam einen Kloß im Hals.

Tante Lisbeth dagegen hatte solche Phantomschmerzen nicht. Statt sich im Angesicht des Todes Sorgen um ihre Lieben zu machen, machte sie sich Gedanken um ihren Look. Es war schließlich auch mit Presserummel zu rechnen. Sie hatte das Schweißband abgenommen und kämmte nun ihre dünnen Haare mit den Fingernägeln zu einem schiefen Linksscheitel. »Ich denke schon die ganze Zeit darüber nach, wer das sein kann«, sagte sie dabei mit grübelnder Miene. »Ich hab ja das Gesicht nicht gesehen!«

»Überleg mal: männlich, blond, Pferdeschwanz.«

Tante Lisbeth zuckte mit den Achseln. Blond sei hier sowieso jeder, und seit die jungen Männer nicht mehr zur Bundeswehr müssten, sei das mit den langen Haaren fast schon normal.

Ähnliche Schwierigkeiten wie die Identifizierung bereitete uns die Bestimmung der Todesursache. Blut hatten wir keines gesehen. Tante Lisbeth regte an, ich könne ja noch mal zurückgehen, um nach Würgemalen am Hals zu sehen.

Mir schauderte.

»Oooch, erdrosselt, erschlagen, vergiftet ... tot ist tot«, gab ich daher möglichst abgeklärt zurück. Außerdem wusste man aus dem Fernsehen, wie wichtig es war, keine Spuren zu verwischen. Vor meinem inneren Auge sah ich schon eine ganze Wagenladung voller Spezialisten von der Spurensicherung in Ganzkörper-Schutzanzügen, einen Streifenwagen mit lustlosen Schupos, die Absperrungen aufbauten, und dann eine dunkel lackierte deutsche Oberklassen-Limousine mit dem Kriminaloberinspektor und seinem Assistenten, denen die Schupos die Absperrung hochhielten. Wir lauschten auf die Sirenen.

Nach weiteren geschlagenen zehn Minuten erschien endlich ein Polizeiwagen, nur einer, und zwar ein popeliger Kleinwagen. Und der auch noch ohne Blaulicht. Der Schupo, mutmaßte ich. Die Fahrertür ging auf, ein Mann stieg aus, und Tante Lisbeth kniff mich in den Oberschenkel. »Vergiss Italien!«, raunte sie mir zu und sprang von der Bank auf, um dem Polizisten entgegenzueilen.

Er war in Zivil. Jeans, T-Shirt, Sneaker. Nichts an seinem Äußeren ließ Rückschlüsse auf seinen Dienstgrad zu, allenfalls auf seine Hobbys. Der trainierte Oberkörper, der sich unter dem T-Shirt abzeichnete, und seine Sommerbräune ließen vermuten, dass er viel Outdoorsport machte. Rudern? Surfen? Seine Haltung strahlte jedenfalls Körperbeherrschung und Kraft aus, sehr gute Attribute, wenn in der Nähe ein Mörder lauert. Entsprechend wenig ließ er sich von der Gefahr beeindrucken. Geradezu gemächlich kam er auf uns zugeschlendert. »Pohl, Kriminaloberrat«, stellte er sich vor. »Sind Sie das mit der Leiche?« Seine hellgrünen Augen blitzten uns scheinbar vergnügt an, aber das lag sicher nur an den Lachfältchen, die seine Augenwinkel umrahmten, obwohl er kaum älter als ich zu sein schien. Hatte bestimmt beim Surfen viel in die Sonne geblinzelt.

Wir nickten ernst und nannten unsere Namen.

»Na, dann wollen wir mal. Wenn Sie mir das gute Stück bitte mal zeigen würden.«

»Das gute Stück«? Und jetzt grinste er wirklich! Verwirrt ging ich los. Warum war der so abgebrüht? »Sagen Sie mal, wie viele Leichen haben Sie denn hier im Jahr?«, fragte ich. Das mit dem Ferienidyll konnte ich mir wohl abschminken.

»Ach, kaum was«, sagte er beruhigend. »Höchstens mal einen Selbstmord, oder einer fällt in die Güllegrube, da muss man ja auch ermitteln, aber Kriminelles ist da am Ende wenig bei.«

Ich drehte mich zu ihm um und sah ihn geringschätzig an. »Dann grinsen Sie deshalb, weil Sie sich jetzt auf einen richtigen Mord freuen, oder was?« Ich fand, dass ich diesem Wüstling nicht auch noch den Weg durch die Brombeerbüsche bahnen musste, und schickte ihn voran.

»Hier durch?«, wunderte er sich. Im Gänsemarsch ging es ins Gebüsch.

Tante Lisbeth drängelte sich vor mich und heftete ihren Blick auf Kommissar Pohls Hintern.

Neben dem Toten ging Kommissar Pohl in die Hocke. Dann sah er zu uns hoch. Er lachte nicht mehr. Stattdessen zog er seine Augenbrauen zusammen und streckte seine Hand nach dem Hals der Leiche aus.

Als er sich wieder aufgerichtet hatte, sah er uns besorgt an. »Meine Damen, Sie haben hier einen grausigen Fund gemacht.«

»Sagen wir doch«, quakte Tante Lisbeth bockig.

»Ehrlich gesagt, wir waren sicher, dass Sie nur eine Schnapsleiche aufgetan haben«, erklärte er sich. »Seit gestern ist in Torsbüll Schützenfest. Da kippt schon mal einer auf dem Nachhauseweg vom Rad.« Er holte Luft und rieb sich die Nasenwurzel. »Aber der Mann hier ist tatsächlich tot. Und Sie hatten natürlich recht, die Kriminalpolizei zu verständigen.«

Ich machte Hamsterbäckchen. Das sollte heißen: *Und jetzt?*

Leider ist meine Mimik nicht immer eindeutig. Kommissar

Pohl schien jedenfalls so etwas zu verstehen wie *Mir ist schlecht, ich muss mich gleich übergeben.*

Er machte einen Schritt auf mich zu und bot mir an, mich zurück zur Bank zu bringen. Dabei streckte er den Arm nach mir aus, um mich fürsorglich zu stützen. Eigentlich sehr galant, allerdings … Er hatte damit schließlich gerade eine Leiche angefasst! Ürrg! Ich wich seiner Hand aus und lief allein zurück zum Lehrpfad.

Kommissar Pohl hatte Verstärkung gerufen, und mittlerweile werkelte im Wald tatsächlich die Spurensicherung. Zu meiner Genugtuung war endlich auch ein uniformierter Schupo erschienen, der eifrig mit einem gelben Absperrband herumhantierte. Er knotete es an die Bank, lief mit der Rolle in der Hand rückwärts und blieb im Ameisenhügel stehen, um sich nach einer weiteren Befestigungsmöglichkeit umzusehen. Die Ameisen rächten sich, indem sie ihn unter seiner Hose in die Wade bissen. Der Schupo jaulte. Ich nahm ihm das Absperrband ab und wickelte es um den Pfahl des Lehrpfadschildes.

Danach gesellte ich mich zu Tante Lisbeth, die Kommissar Pohl gerade von ihrem Schwächeanfall berichtete. Er versuchte offenbar, seine Flapsigkeit von vorhin wiedergutzumachen.

»Ja, mit dem anaeroben Bereich ist nicht zu spaßen«, hörte ich ihn verständnisvoll sagen.

»Hör gut zu, Inga, der Inspektor kennt sich aus!«, trumpfte Tante Lisbeth auf.

Er lächelte sie charmant an. »Frau Hering, ich finde es toll, wenn Damen Sport machen.«

»Nordic Walking«, grummelte ich korrigierend.

Er zwinkerte mir zu.

Die Spurensicherer sagten Bescheid, dass sie die Leiche jetzt aus dem Gebüsch ziehen würden. Kommissar Pohl bedankte sich freundlich bei Tante Lisbeth und mir und sagte, wir könnten jetzt erst mal nach Hause gehen. Dann verschwand er in den Brombeeren.

»›Können‹ hat er gesagt, nicht ›Müssen‹!«, flüsterte Tante Lisbeth und kraxelte aufs Hünengrab. Ich sah ihr entgeistert nach. Der Aufpasser-Schupo saß in seinem Streifenwagen und beguckte seine Beine.

»Duck dich wenigstens«, zischte ich ihr zu.

Aber sie reagierte nicht. Offenbar war da unten gerade etwas passiert, denn sie schlug sich plötzlich die Hand vor den Mund.

»Weiß jemand, wer das ist?«, hörte man Kommissar Pohls Stimme aus dem Gehölz.

Sie gab den Polizisten zwei Sekunden, dann hielt sie es nicht mehr aus und schrie laut: »Sönke Asmussen!«

Tante Lisbeth hatte wieder auf ihrer Bank Platz genommen und hielt Hof. Ihr Herrschaftswissen um die Identität des Toten sichtlich genießend, gab sie Kommissar Pohl und dem Rest der Polizisten, die sie allesamt interessiert umringten, gönnerhaft Auskunft. Sönke Asmussen war der Sohn von Anneliese Asmussen, Tante Lisbeths Nachbarin. »Wir wohnen ja alle sehr schön im Küstenblick-Haus, wissen Sie? Oberster Stock, da hat man die beste Sicht. Frau Asmussen hat die gleiche Wohnung wie ich, also wenn man von der spiegelverkehrten Anordnung einmal absieht. Und sie wohnt im anderen Aufgang. Ihre Balkonbepflanzung, das muss ich ja zugeben, ist einen Tick schöner, aber dafür habe ich eine Markise ...« Kommissar Pohl unterbrach vorsichtig. Ach so, nein, Sönke wohnte nicht mehr bei seiner Mutter, musste Tante Lisbeth zugeben. Er lebte im Nachbardorf Altfelde. Aber man sah sich, wenn er seine Mutter besuchte. Mit der sei sie übrigens dicke. Ob sie nicht besser mitkommen solle, wenn Kommissar Pohl ihr die traurige Nachricht überbrächte?

Kommissar Pohl ließ seinen Blick über Tante Lisbeths güldene Sportpelle wandern und erklärte dann höflich, dass das Polizeireglement eine Begleitung leider nicht zuließe. Wir könnten jetzt aber wirklich, und hier bekam sein Ton etwas sehr Bestimmtes, *wirklich* nach Hause gehen.

»Mehr wollen Sie nicht wissen?«, fragte Tante Lisbeth etwas beleidigt. Sie hatte sich wohl auf eine etwas längere Audienz eingestellt.

»Wir werden bestimmt in Kürze noch einmal auf Sie beide zukommen«, tröstete der Schupo, »aber im Moment ist es wichtiger, erst mal mit der Mutter zu sprechen.«

»Ach so. Na denn.« Einsichtiger, als ich erwartet hatte, sammelte Tante Lisbeth ihre Walkingstöcke ein und machte sich mit mir auf den Heimweg.

Alsbald hatte sie die störenden Stöcke mir übergeben und marschierte mit so flottem Tempo, dass ihr das Sprechen schwerfiel. Immerhin erfuhr ich, dass Frau Asmussen mit Tante Lisbeth zusammen dem Dorfdamen-Verein angehörte. Dort saßen die beiden Damen bei Ausflügen gelegentlich im Bus nebeneinander. Die vertraute Beziehung, die sie eben noch der Polizei gegenüber behauptet hatte, war das wohl nicht. Aber dieses Geständnis war mir lieber als die Vorstellung, sie könnte den Sohn ihrer Busenfreundin erst mal nicht erkannt haben, als er vor ihr im Gebüsch lag. Ein paar Sachen wusste sie trotzdem über ihn, aber der Kommissar hatte sie nicht länger dabeihaben wollen, selbst schuld. Dafür kam ich jetzt in den Genuss ihrer Enthüllung.

»Sönke«, sagte sie mit konspirativ tiefer Stimme, »war ein Opfer.« Pause. Holte sie nur Luft, oder sollte das tatsächlich die Information gewesen sein? Dass er das Opfer war, erschien mir als die einzige bereits geklärte Tatsache des Falles.

Tante Lisbeth merkte, dass ich nicht begriff. »Opfer, das sagt man doch so«, erklärte sie voll deutlich zur Schau gestelltem Unverständnis für meine Zurückgebliebenheit. »Für Loser.« Sie beäugte mich, ob ich jetzt mitkam.

»Opfer«? Las sie wirklich die *Bravo*? Sagte sie im Freundeskreis auch nicht mehr »Moin«, sondern »Alta, was geht«? »Voll krass«, versuchte ich vorsichtig mitzuhalten, »warum denn?«

»Sönke war einer von den Leuten, die immer nur rumwinseln und einem ein schlechtes Gewissen machen wollen. So ein missionarischer Weltverbesserer. Ist allen auf die Nerven gegangen.«

Wir kamen zu einer Waldwegkreuzung mit einer kleinen Bank. Tante Lisbeth, ganz aus der Puste, stellte kurz verschnaufend einen Fuß auf die Bank und stützte sich auf. Ein paar Spaziergänger mit puscheligem Minischnauzer an der Leine kamen vorbei. Der Hund trug ein Halsband mit blinkenden roten Leuchtdioden und fing an, voller Begeisterung meine Schienbeine zu beschnüffeln. Als wären meine Beine aus Leberwurst. Hey, warum rieb der seine nasse Nase nicht an Tante Lisbeth? Die sah in ihrem Sporthöschen wenigstens danach aus! Aber er interessierte sich nur für mich. Ja, gab's denn so was? Der sabberte ja schon vor Begeisterung. Ürrg. Mir kam ein schlimmer Gedanke. Roch ich vielleicht nicht nach Leberwurst, sondern Leiche? War Fifi im Aufspürrausch? Er bellte und schnüffelte jedenfalls wie auf Droge, sprang an mir auf und ab und fing jetzt auch noch an, sich an meinen Beinen zu schubbern. Hilflos blickte ich in die Runde. Man will ja nicht als Tierfeind gelten, aber ich hätte es schon ganz gern gehabt, wenn Herrchen und Frauchen, die notgedrungen bei uns stehen geblieben waren, mal langsam was unternommen hätten. Aber beide starrten nur verwirrt auf das, was der kleine Kläffer da gerade mit meinen Beinen abzog.

»Ein Männchen?«, fragte Tante Lisbeth freundlich.

»Äh, ja.« Frauchen fummelte verlegen an ihrem sauber am Hals verknoteten Seidentüchlein. »Das ist mir sehr unangenehm. So etwas macht er sonst nicht.« Dafür machte er es jetzt aber richtig. Schubber, schubber. Irgendwie fühlte ich mich billig. Endlich griff Herrchen ein, packte dem Hund ans Halsband und fing zu schimpfen an. »Aus, Charlie! Aus!« Charlie winselte unterwürfig. Kaum, dass sich Herrchen, behäbig und mit einer Hand den Rücken stützend, wieder aufgerichtet hatte, stürzte er sich aber aufs Neue auf meine Jeans. Frauchen – »Ich bin untröstlich!« – zoomte an ihrer Automatikleine und begann außerdem zu ziehen. Ein Machtkampf bahnte sich an. Charlie, zwar klein, aber sehr willensstark, stemmte seine drahtigen kleinen Beinchen in den Waldboden. Frauchen zog. Charlies Hinterbeine gerieten in Schräglage. Leider war er keine dänische Dogge. Also, Gott sei Dank nicht. Aber aus seiner Sicht heraus war er ungünstig klein und schmächtig, und statt standfest neben meinen duftenden Beinen zu bleiben, musste er unter Protestgewinsel erleben, wie er, vier schmale Streifen in den weichen Waldboden ziehend, von dannen geschleift wurde.

»Tschüss, Charlie«, sagte ich versöhnlich zum Abschied. Tante Lisbeth und ich setzten in entgegengesetzter Richtung unseren Heimweg fort, Charlies trauriges Gewinsel im Ohr. »Guck, ich sag doch, du findest bald 'nen neuen Kerl, der auf dich steht«, freute sich Tante Lisbeth für mich.

Ich streckte ihr die Zunge raus.

»Du hast aber schon bemerkt, dass Kommissar Pohl ein attraktiver Mann ist, oder?« Interessiert kniff sie die Augen zusammen.

Natürlich hatte ich das bemerkt. Auch wenn ich emotional zutiefst unter der Trennung von Stephan litt, nahm ich einen gut aus sehenden Mann natürlich als solchen wahr, das ist ja allein schon hormonell so vorgegeben. Markantes Kinn, leuchtend grüne Augen, dazu diese sympathischen Lachfältchen und der sportliche Body … den Kommissar könnte man unbedenklich für eine amerikanische Serie casten, als den guten Vampir oder so etwas. Genau mein Typ eigentlich. Das mochte ich aber nicht zugeben, weil ich Tante Lisbeth im Verdacht hatte, ihr ohnehin schon spärliches Mitgefühl ansonsten komplett einzustellen. »Na ja«, antwortete ich daher nur abwiegelnd, »der sah bestimmt ganz gut aus. Wenn man auf große Männer steht.«

Tante Lisbeth schnalzte verständnislos mit der Zunge. »Wer steht denn nicht auf große Männer?«

Mist! Ich hätte »blond« sagen sollen. Blonde Männer nicht gut zu finden, dafür hätte ich mich nicht rechtfertigen müssen, jedenfalls nicht vor einer Frau, die in Italien auf Männerfang gehen wollte. Ich saugte zwischen den Zähnen Luft ein. Sollte ich Präzedenzfälle für Freundinnen kleiner Männer nennen? Die Frauen von Tom Cruise vielleicht?

Aber Tante Lisbeths Frage entpuppte sich glücklicherweise als rhetorische. Sie hatte ein anderes Thema, das sie lieber vertiefen wollte. »Aber zurück zu Sönke.« Richtig. Sie war ja gerade dabei gewesen, volles Rohr über den Verstorbenen herzuziehen. Und mit dieser pietätvollen Unterhaltung sollte es jetzt weitergehen.

Tante Lisbeth blickte sich noch mal um, ob Charlies Besitzer auch wirklich außer Hörweite waren, und fuhr dann fort: »Also. Kennst du das, aus Jahrbüchern und so, wenn die Mitschüler abstimmen, wer von ihnen am ehesten Karriere macht, mindestens fünf Kinder kriegt, berühmt wird und so was?«

»Klar!«, rief ich. »Ich war ›am ehesten lebenslang im türkischen Knast, weil sie gutgläubig für einen süßen Typen am Flughafen Gepäck mitgenommen und sich damit zum Drogenkurier gemacht hat‹.« Ich zeichnete die Anführungsstriche in die Luft und machte einen Kannst-du-dir-so-was-Abwegiges-vorstellen-Augenverdreher.

»Passt«, kommentierte sie trocken.

»Und du? ›Am ehesten als Erste zum Mars fliegende Astronautin, weil sie gut auf menschliche Nähe verzichten kann?‹«, ätzte ich zurück. Aber Tante Lisbeth fühlte sich nicht beleidigt.

»Nee. Ich würde niemals einen Raumanzug anziehen. Da pinkeln die sogar rein«, erklärte sie nur. »Ich wollte auch nur sagen: Sönke wäre der, bei dem stünde: Am ehesten von einem entnervten Mitmenschen erschlagen. Er hatte nämlich so eine Art, die einen echt aggro gemacht hat.« Sie stöhnte theatralisch.

Ich auch. »Aggro«? Ging's noch?

»Im Ernst«, fuhr sie fort. »Er war so ein kleiner Besserwisser. Und Öko. Und hatte eine schlimme Stimme.«

»Das sind ja gleich drei Minuspunkte auf einmal!«, sagte ich ironisch. Aber Tante Lisbeth fand, dass ich das Ausmaß der Belastung, die von Sönke Asmussen auf die Menschheit ausgegangen war, nicht richtig einschätzte. »Jetzt stell dir mal vor, du wirst jedes Mal, wenn du deinen Einkaufskorb nach Hause trägst, von der Gutmenschenpolizei angeschnackt, warum du deine Milch nicht in Pfandflaschen kaufst«, ereiferte sie sich. »Und das mit dieser Kermit-der-Frosch-Stimme! Ich bin ja ein sehr zivilisierter Mensch und habe bei seinem Ökogequatsche einfach nur auf Durchzug gestellt. Aber wenn der mit seiner Windkraft-Geschichte angefangen hat …«

Jetzt verstand ich! »Sönke Asmussen hat euch den Windpark ausreden wollen!« Ein Öko. Der war doch bestimmt dagegen gewesen, direkt neben den Vogelbrutgebieten am Küstenstreifen eine WKA-Fläche zuzulassen. Kein Wunder, dass sie bei ihm eine Ausnahme vom Prinzip des Nicht-schlecht-über-die-Toten-Reden machte, wo sie doch – jedenfalls bis vorgestern – Feuer und Flamme für den Windpark gewesen war. Tante Lisbeth nickte mit dem Kopf und bog einen Ast weg, der weit in den Waldweg hineinragte. »Und wie. Ich sag's dir, das war ein Kampfzwerg. Keine halben Sachen. Er hatte sogar einen Bürgerentscheid gegen den Gemeinderatsbeschluss organisiert.«

»Dann wäre er eigentlich der Typ gewesen, mit dem du dich jetzt unterhalten müsstest«, stellte ich fest und duckte mich vor dem zurückflitschenden Ast. Katja hatte uns zur Kontaktaufnahme mit einer eventuell schon formierten Bürgerinitiative geraten, und aus Tante Lisbeths Unterlagen allein war ich nicht schlau geworden. Dort waren keine aussagekräftigen Belege für die zu erwartende Rendite zu finden gewesen.

»Mit dem hätte ich auf keinen Fall gemeinsame Sache gemacht!«, stellte Tante Lisbeth klar. »Der hat nicht gelten lassen wollen, dass wir das Geld für einen guten Zweck brauchen. Unser Freibad rottet vor sich hin, und ohne das Geld aus dem Windrad müssten wir es dicht machen. Aber die Ökos finden ja, dass das alles teuflischer Luxus ist!« Sie schnaufte aus Entrüstung und wegen ihrer hohen Schrittfrequenz. »Für die müssten wir alle in Lehmhütten hausen und Baströckchen tragen, weil wir uns ansonsten an der Natur vergehen.« Tante Lisbeth schilderte, wie Sönke Asmussen wieder und wieder versucht hatte, der Gemeinde Steine in den Weg zu legen. Der Gemeinderat hatte sich dazu entschlossen, sich in Kiel als neues Eignungsgebiet für Windparks zu bewerben. Eine einmalige Gelegenheit, weil im Zuge der Energiewende gerade die Landespläne geändert und neue Flächen ausgewiesen wurden. »Und dann kam plötzlich Sönke und hat versucht, die Sache aufzuhalten. Nicht wegen des Anblicks. Nicht wegen der Anwohner. Sondern wegen …« Tante Lisbeth schnaubte verächtlich und machte eine ausschweifende Armbewegung in Richtung Baumwipfel. »… graukralliger Zwergfledermäuse!«

Ich zog die Augenbrauen hoch.

»In echt!«, fuhr sie fort. »Graukrallige Zwergfledermäuse, furchtbar selten und beheimatet, ausgerechnet, im Freesbüller Wald! Außerdem: durchziehende Lappland-Ringelgänse und brütende Rotschenkel-Wattschnepfen …«

Sie nahm mich auf den Arm. Weil ich vorhin erzählt hatte, dass schon meine Klassenkameraden mich für extrem leichtgläubig gehalten hatten. »Das denkst du dir doch gerade aus!«, entlarvte ich sie. »Solche Tiere gibt's gar nicht.«

»Okay, vielleicht waren's auch rotkrallige Fledermäuse und Grauschenkel-Wattgänse. Aber der Rest stimmt. Irgendwelche Fledermäuse und so dumme Vögel, die zu blöd sind, halt einfach einen kleinen Umweg zu fliegen. Sönke hat behauptet, dass sich die Viecher von Windrädern zerhäckseln lassen, sich vor Schreck verfliegen und so Kram.«

»Das klingt gar nicht mal so unwahrscheinlich«, räumte ich ein.

»Ja und? Weißt du, wie viele Karnickel ich in meinem Leben schon totgefahren habe? Der Punkt ist doch, wir hören nicht auf, Auto zu fahren, nur weil es ab und zu mal ein Kaninchen erwischt. Und die sind viel flauschiger als Fledermäuse!«

Ich schwieg. Wir ließen den Wald hinter uns und marschierten entlang der heidekrautbewachsenen Wiese, auf der ich früher immer Ostereier gesucht hatte, zum Dorf hinunter. Hummeln und Schmetterlinge tanzten in der Luft. Zwei Amseln zwitscherten einander zu. Und an einem der Bäume hinter uns klammerte sich bestimmt gerade ein hilfloses Zwergfledermausbaby mit seinen kleinen grauen Krallen an seine Mama. Ich guckte grimmig.

Tante Lisbeth hakte sich bei mir ein. »Jetzt hast du's dir zu Herzen genommen«, stellte sie fest.

»Vielleicht, wenn du nicht immer hundertvierzig fahren würdest ...«, sagte ich vorwurfsvoll. »Und die armen kleinen Zwergfledermäuse ...«

»... haben nichts zu befürchten.«

»Nein?« Hoffnungsvoll blieb ich stehen.

»Nein. Hat sich rausgestellt, dass die Welt voller Ökobedenkenträger ist und dass ein Windpark tatsächlich erst dann genehmigt werden kann, wenn ein Gutachten eingeholt wurde.«

»Oh, gut.« Ich blickte zurück zum Wald und stellte mir vor, wie die kleine Fledermausfamilie zufrieden schnarchend in ihrem Wipfel baumelte.

»Alles voll berücksichtigt. Im Landesplan wurden fünfhundert Meter Abstand zum Watt und zum Wald festgesetzt. Und nachher, als es um die konkreten Windräder ging, wurde alles noch mal genau untersucht, mit Umweltgutachten und allem. Das Gutachten hat ergeben, dass der Abstand so ausreicht und die Vogelflugrouten genau dieses Gebiet aussparen. Praktisch, nicht? Die Bucht macht hier einen Knick, und die Vögel fliegen eine Abkürzung übers Watt.«

»Dann muss Sönke doch zufrieden gewesen sein«, mutmaßte ich.

Tante Lisbeth lachte zynisch. »Von wegen. Hatte ich schon erwähnt, dass Sönke ein verbissener Typ war? Im Anhörungsverfahren hat er hinter unserem Rücken einen Brief an die Landesregierung geschrieben, weil er es nicht gelten lassen wollte, dass er im Dorf mit seinem Bürgerentscheid baden gegangen ist. Und als die Pläne und später die Genehmigung kamen, hat er gezetert, dass alle korrupt seien und eine riesengroße Verschwörung hinter dem ganzen Windkraft-Boom stünde.«

»Und jetzt liegt er tot im Brombeergebüsch.«

»Ich sag ja, bei dem war's absehbar.«

Zu Hause angekommen – ich war immer noch froh, dass wenigstens *meine* Jahrbuch-Prophezeiung sich noch nicht bewahrheitet hatte und nahm mir vor, an Flughäfen misstrauisch gegen jeden Fremden zu sein –, empfahl Tante Lisbeth mir, meine Schuhe gleich anzulassen. Unsicher, was sich jetzt noch zwischen mich und mein Frühstück stellen würde, vespeiste ich rasch eine Banane. Tante Lisbeth beeilte sich, ihre Sportpelle gegen eine Stoffhose und ein apricotfarbenes T-Shirt mit Zebradruck zu tauschen.

Dann kramte sie eine Servierplatte aus dem Küchenschrank hervor und forderte mich auf, ihr zu folgen.

»Noch keiner von den Bullen da«, stellte sie vor dem Haus mit einem Blick auf den Parkplatz zufrieden fest und steuerte auf den Nachbareingang zu. Mir schwante Böses.

»Tante Lisbeth, ich glaube nicht, dass wir da jetzt ...«

Aber sie hatte schon geklingelt. Im Küchenfenster der Wohnung im zweiten Stock erschien kurz ein Kopf mit dunkelgrauer Blumenkohlfrisur, und gleich darauf ging der Summer.

»Was hast du vor?«, zischte ich Tante Lisbeth zu. »Der Kommissar hat gesagt, wir sollen da nicht bei sein!«

»Der Kommissar hat nur gesagt, dass das Polizeireglement

keine Begleitung zulässt. Aber ich begleite ja auch nicht ihn, sondern Anneliese. Sie ist ganz allein!« Tante Lisbeth sah mich herausfordernd an. »Würdest du wollen, dass ich ganz allein bin, wenn die Polizei mir sagen kommt, dass euch etwas zugestoßen ist?«

Was konnte ich dem entgegensetzen?

Tante Lisbeth drückte die Tür auf. Ich stolperte hinter ihr her die Treppe hinauf. »Und wie willst du's ihr sagen? Und muss das nicht der Kommissar machen?«, raunte ich dabei. »Die erste Reaktion ist doch bestimmt kriminalistisch wichtig.«

»Ich weiß. Wir halten erst mal den Mund. Und jetzt lächeln!«

# FÜNF

Frau Asmussen sah uns verwundert, aber freundlich an.

»Guten Morgen, Anneliese«, tönte Tante Lisbeth laut und strahlend.

»Kennen Sie meine Nichte Inga? Sie hat mich dran erinnert, dass ich Ihnen dringend Ihre Servierplatte zurückgeben muss. Die liegt jetzt schon seit dem Osterbasar bei mir auf der Anrichte.«

Frau Asmussen blinzelte irritiert.

»Das ist sehr nett von Ihnen, Lisbeth, aber das ist gar nicht meine Platte!«

»Ach so?« Tante Lisbeth blieb unbewegt stehen.

»Äh, ja dann ...« Frau Asmussen setzte ein Abschiedslächeln auf und griff zum Türknauf.

»Hier riecht es ja gut.« Tante Lisbeth trippelte einen kleinen Schritt nach vorn.

»Ach«, wehrte Frau Asmussen ab, »ich habe mir nur gerade einen Kaffee gemacht.«

Trippel.

Frau Asmussens gute Kinderstube setzte sich durch. »Möchten Sie vielleicht auf eine Tasse hereinkommen? Es ist allerdings nur Schonkaffee ...«

Tante Lisbeth drängelte sich siegreich an ihrer Nachbarin vorbei, und ich schüttelte verlegen Frau Asmussens weiche Hand. Tante Lisbeth lief durch ins Wohnzimmer und begann, von dort aus laut in die Küche rufend, ein Gespräch über das Wetter, ihre Königsdisziplin. Ich stellte meine Schuhe im Flur ab, folgte dann Tante Lisbeth und blickte mich im Zimmer um. Die Wohnung hatte den gleichen Grundriss wie Tante Lisbeths Wohnung, aber

Frau Asmussen hatte es geschafft, doppelt so viele Möbel darin unterzubringen. Eine Schrankwand, ein ausladendes Nussholzbuffet und eine dreiteilige Ledercouchgarnitur verstopften den Raum, und auf allen Simsen und Regalböden fingen Porzellanfigürchen, geschnitzte Elefanten, Glaskristalltierchen und Fotorahmen den Staub. Beziehungsweise taten es nicht. Respekt. Kein Staub. Das würde meine Mutter gut finden, die mir, vorgeblich »nur als Füllmaterial« in ihren Paketen, ständig Putztuchpackungen unterjubelte. Ich guckte mir die auf dem Buffet aufgebauten Fotos genauer an. Mittig stand ein silbergerahmtes Familienporträt, auf dem Frau Asmussen rund zwanzig Kilo leichter von einem freundlich guckenden Mann mit braunem Schnäuzer umarmt wurde, während sie selbst die Hände auf den Schultern eines bürstenhaarigen Schuljungen abgelegt hatte. Dieser stocksteif dastehende, krampfig lächelnde Jüngling im selbst gestrickten Pulli mit Polohemdkragen drunter, das war also offensichtlich Sönke. Auf dem Foto daneben sah er dafür entspannt aus, gut gelaunt und unkompliziert: Sönke um die achtzehn, noch immer im selbst gestrickten Pulli, aber inzwischen schon mit Pferdeschwanz, wie er mit Gummistiefeln im Watt steht und breit grinsend zwischen Daumen und Zeigefinger der Kamera einen Wattwurm präsentiert.

Frau Asmussen kam herein und stellte Tassen auf das zwischen den Sofas eingezwängte Glastischchen. Sie sah mich bei den Fotos und griff neben sich in die Schrankwand.

»Hier, das ist das Neueste.« Sie reichte mir ein Foto von Sönke vor einem mit Radtaschen bepackten Trekkingbike. Ich schätzte ihn darauf auf Anfang bis Mitte zwanzig. Braun gebrannt und mit zerzuppelten Haarfransen unter einem mit Peacezeichen bedruckten Kopftuch, hielt Sönke eine Trinkflasche in der Hand und lehnte sich stolz an ein Schild mit stilisierter Stadtsilhouette und der Aufschrift »København«.

»Das ist mein Sohn Sönke. Er ist im Sommer nach Kopenhagen geradelt«, erklärte Frau Asmussen überflüssigerweise. Sie studierte meine Reaktion, und ich lobte pflichtschuldig, dass er auf dem Foto einen sehr sportlichen Eindruck machte. Uff, war das unangenehm. Gleich würde die Polizei kommen und ihr sagen, dass Sönke tot war. Und ich saß hier und ließ mir Fotos von ihm zeigen! Frau Asmussen interpretierte prompt auch noch zu viel in meine Worte hinein. »Er ist aber schon vergeben«, klärte sie mich auf.

»Wie schade«, murmelte ich und legte das Bild verschämt auf den Kaffeetisch. Wenn Kommissar Pohl ihr gleich sagte, dass ich Sönke gefunden hatte, würde ich im Boden versinken.

Wieso war ich nur mit hochgekommen? Ich suchte verzweifelt nach einer Möglichkeit, höflich wieder zu verschwinden. Tante Lisbeth stand Frau Asmussen besser allein bei.

Zu spät. Es klingelte.

»Ich geh schon!«, rief ich hastig, schnappte mir meine Schuhe und rannte auf Socken zur Tür hinaus. Da halfen keine Ausreden, nur Flucht!

Am untersten Treppenabsatz traf ich auf Kommissar Pohl. Er plinkerte. Seine Augen mussten sich erst mal an das schummerige Licht im Haus gewöhnen. »Frau Hering? Sind Sie das?«, fragte er verwundert. Ich versuchte, mich an ihm vorbeizudrücken. Blöde Siebzigerjahrebauten. Alles so eng. Ich kam nicht weiter. »Ja, ja«, flötete ich so unbefangen wie möglich, »muss jetzt aber weg.«

»Isser schon drin?«, tönte es da von oben. Ich hörte den Summer brummen. »Inga, bist du runtergegangen?« Im Hall des Treppenhauses klang Tante Lisbeths Stimme noch herrischer.

»Wohnen Sie nicht im Nachbareingang?«, fragte Kommissar Pohl verwirrt. »Ich wollte eigentlich zu Frau Asmussen.«

»Ja, da sind Sie richtig.« Ich gab mich ganz unschuldig. »Tschüss!« Hastig versuchte ich, mich vorbeizuquetschen, und bemerkte flüchtig, wie gut er roch. Kommissar Pohl hielt mich am Arm. »Sie haben Ihre Schuhe in der Hand«, stellte er fest.

»Ist ja sehr warm draußen.« Ich tat einfach so, als sei das hier eine normale Unterhaltung. Er legte den Kopf schief. Seine Augen blitzten hellgrün. Obwohl es hier so schummrig war. Fluoreszierten die? Er ließ mich nicht los.

»Und Ihre Tante ist oben bei Frau Asmussen?«

»Mmh.« Ich machte ein argloses Ist-was?-Gesicht. Natürlich wusste ich, dass wir gegen seine Anordnung verstießen. Tante Lisbeths »Wir begleiten ja nicht ihn«-Auslegung war ja doch eher hölzern.

»A-ha.« Er parierte mit einem Sagt-mal-habt-ihr-sie-noch-alle?-Gesicht.

Flink hob ich meinen noch freien Arm samt Schuhen zum Abschiedsgruß und versuchte, mich aus seinem Griff zu lösen, aber er schnappte sich auch noch meinen zweiten Arm und bugsierte mich, sanft schiebend, wieder vor die Treppe. Dann beugte er sich zu mir runter. Ich spürte die Wärme seines Atems an meinem Hals und konnte plötzlich Charlie, den aufdringlichen kleinen Kläffer, gut verstehen, der erst schnüffeln und sich dann an mir hatte schubbern wollen. Aber Kommissar Pohl mochte sicher nicht beschubbert werden. »Sie werden mich doch nicht mit Ihrer Tante allein lassen?«, raunte er mir ins Ohr und schob mich vor sich her die Treppe wieder hoch. Seine Hände brannten auf meinen nackten Oberarmen.

»Haben Sie sich die Hände gewaschen, seitdem Sie die Leiche angefasst haben?«, erkundigte ich mich vorsichtshalber.

»Ähm, ja.« Trotzdem nahm er hastig die Hände weg. »Entschuldigung.« Er räusperte sich.

Oben wartete Tante Lisbeth mit der verwirrten Frau Asmussen. Man sah ihr an, dass sie nicht wusste, was all die Leute plötzlich bei ihr wollten. Kommissar Pohl nickte Tante Lisbeth kurz zu und wandte sich dann freundlich an Frau Asmussen. »Guten Tag, Frau Asmussen, ich bin Kriminaloberrat Pohl. Frau Hering hat schon mit Ihnen gesprochen?«

»Ja, nein, also, es war gar nicht meine Servierplatte«, stotterte Frau Asmussen verstört.

Tante Lisbeth nahm ihren Arm. »Anneliese!«, sagte sie eindringlich. »Sie müssen jetzt ganz stark sein!«

Wir hatten alle auf der Couchgarnitur Platz genommen. Frau Asmussen schien in der Tat recht froh über Tante Lisbeths Anwesenheit zu sein, jedenfalls ließ sie sich bereitwillig von ihr das Knie tätscheln. Kommissar Pohl hatte es geschafft, meine Tante durch strenge Blicke zum Schweigen zu bringen, und Frau Asmussen mitgeteilt, dass ihr Sohn tot aufgefunden worden war. Was sie ihm nicht glauben wollte. Sie hielt die Sache für ein Missverständnis und erklärte, dass sie doch schließlich gestern erst mit ihrem Sohn telefoniert habe.

Kommissar Pohl sprach behutsam. »Spaziergänger« – ich erntete einen Seitenblick – »haben heute früh im Gebüsch hinter dem Hünengrab eine Leiche gefunden.«

Ich blickte zu Tante Lisbeth, die den Mund geöffnet und schnell wieder geschlossen hatte. Jetzt war nicht der Zeitpunkt, um auf dem sportlichen Wert unseres Ausflugs zu beharren. Ich jedenfalls war dem Kommissar wahnsinnig dankbar für seine Diskretion.

Er nahm das Bild vom Kaffeetisch in die Hand. »Es handelt sich um diesen jungen Mann.«

Also eindeutig um Sönke. Das kam auch bei Frau Asmussen an. Aber es war zu viel für sie. Sie schaltete auf Autopilot und blickte nur noch mit tellergroßen Augen geradeaus.

Kommissar Pohl runzelte besorgt die Stirn und sah hilfesuchend zu mir rüber. Ich ging in die Küche, fand eine fast volle Flasche Melissengeist und ein Schnapsglas und stellte beides auf den Wohnzimmertisch. An der Garderobe hatte ich eine Häkelstola hängen sehen, die holte ich ebenfalls und legte sie Frau Asmussen um die Schultern. Sie war ganz klein und kugelig in sich zusammengesackt. Ich blieb ein Weilchen hinter ihr stehen, ließ die Hände um ihre Schultern gelegt und ruckelte sie ein bisschen.

Kommissar Pohl schenkte ein Glas Melissengeist ein, und Frau Asmussen trank wie ein Patient, der seine Medizin nimmt.

»Todeszeitpunkt war vermutlich gestern Nachmittag«, erklärte Kommissar Pohl. »Genaueres, auch zur Todesursache, wird erst die Obduktion ergeben. Wir müssen allerdings davon ausgehen, dass Ihr Sohn Opfer eines Verbrechens geworden ist.«

»Ist er ausgeraubt worden?«, fragte Frau Asmussen. Ich streichelte sie mitfühlend durch die großen Löcher der Stola hindurch.

Kommissar Pohl schüttelte den Kopf. »Es sieht nicht danach aus. Wir haben Geld in seinen Hosentaschen gefunden, über dreißig Euro. Einen Raubüberfall können wir eher ausschließen.«

»Dann haben *die* ihn ermordet.« Sie sagte das ganz nüchtern und bestimmt, schüttelte dann meine Hände ab, versteifte ihren Rücken und reckte das Kinn hoch. Verwundert setzte ich mich wieder. »Anneliese, was wissen Sie?«, platzte Tante Lisbeth heraus.

Anneliese wusste genug, um felsenfest davon überzeugt zu sein, dass »die Windkraft-Lobby« ihren Sohn umgebracht hatte. Zum zweiten Mal innerhalb einer Stunde bekam ich nun die Geschichte von Sönke und dem Windpark erzählt. Während aber Tante Lisbeths Erzählungen von ihrer Abneigung gegen Sönke geprägt gewesen war, triefte Frau Asmussens Version vor Verachtung vor den Verantwortlichen des Windparks.

In Frau Asmussens Version hatte Sönke eine Riesenverschwörung aufgedeckt. Der Gemeinderat war ihrer Meinung nach nur ein Spielball von korrupten Politikern und geldgierigen Investoren und mit finanziellen Lockmitteln dazu verleitet worden, Raubbau an Mensch und Natur zuzulassen. Tante Lisbeth verdrehte nur die Augen, aber Kommissar Pohl schrieb gewissenhaft mit.

»Die Menschen in der Umgebung werden krank! Infraschall! Haben Sie schon mal was von der vibroakustischen Krankheit gehört?«

Kommissar Pohl schüttelte höflich den Kopf.

»Herzerkrankungen! Kreislaufbeschwerden! Angstzustände!«, wetterte Frau Asmussen daraufhin, und an mich gewandt: »Fehlgeburten!«

Sie quittierte meinen entsetzten Blick mit einem zynischen Lachen. »Ja, ja, Sie denken alle, Windkraft sei harmlos. Und umweltfreundlich?« Auffordernd sah sie wieder ausgerechnet mich an. Ich nickte hilflos. Klar ist Windkraft umweltfreundlich. Oder hat da schon mal jemand Abgase rauskommen sehen? Aber Frau Asmussen lachte nur wieder verächtlich. »Das ist die größte Lüge überhaupt. Sie müssen überhaupt nicht glauben, dass durch die Windkraft auch nur ein Kraftwerk abgeschaltet wird. Im Gegenteil!« Frau Asmussen kam mir vor wie ein Tsunami. Als sie die Nachricht von Sönkes Tod vernommen hatte, war kurzfristig alle Energie aus ihr herausgewichen, so wie sich bei einem Tsunami vor der Flutwelle das Wasser noch mal kurz zurückzieht. Jetzt brach sie dafür mit aller Gewalt über uns herein. Am Anfang hatte ich sie für einen zurückhaltenden, sanften Typ gehalten. Sie mochte zwar erst Mitte fünfzig sein, aber mit ihrem ungeschminkten Gesicht, den grauen Haaren und ihrem Schonkaffee hatte sie trotzdem schon so etwas Großmütterliches an sich gehabt. Aber jetzt war sie laut geworden und gestikulierte wild.

Ich griff nach der Flasche Melissengeist und guckte bei der Prozentangabe nach. Na ja, wenn man keinen Alkohol gewohnt war? Nein, wahrscheinlich war das so eine Mütter-Sache. Die Mutter von dem Politiker in *The Good Wife* zog ja auch als Oma noch für ihn in jede Schlacht. Klar, Jackie Florrick in der Serie machte das etwas distinguierter als Frau Asmussen, die wie ein Rohrspatz zu schimpfen begonnen hatte. Aber Sönke war ja offenbar auch nicht gerade ein diplomatischer Typ gewesen. Ich betrachtete den verbissenen Zug, der sich um Frau Asmussens Mund gelegt hatte. Wenn es da eine Familienähnlichkeit gab, konnte ich mir gut vorstellen, wie das Ganze bei Sönkes Predigten vor dem Gemeinderat ausgesehen hatte und wie wenig Lust die Nachbarschaft daraufhin gehabt haben dürfte, ihm zuzuhören. Zumal die Aussagen gelinde gesagt abenteuerlich klangen. Windräder umweltschädlich? Fehlgeburten? Ich nahm mir vor, das später in Ruhe zu googeln.

Tante Lisbeth hatte ihre Plausibilitätsprüfung schon beendet. »Aber Anneliese«, meldete sie sich zu Wort und schenkte ihr etwas Melissengeist nach, »dann hätte man Sönke doch schon während seiner Protestkampagne umbringen müssen. Wozu jetzt noch? In einer Woche ist Eröffnung!«

»Eben deshalb!« Frau Asmussen klopfte mit der Hand so energisch auf den gläsernen Couchtisch, dass das Schnapsglas einen Hüpfer machte und überschwappte. »Die Lobby hat meinen Sönke doch bislang mundtot gemacht. Die Zeitung hat aus Prinzip nicht über ihn berichtet. Seine ganzen Leserbriefe, die Unterschriftenaktion … alles ignoriert! Aber wenn er auf der Eröffnung ans Mikrofon gekommen wäre – damit wäre er im Fernsehen gewesen!«

»Fernsehen? Die Eröffnung kommt im Fernsehen?«, echote Tante Lisbeth begeistert. Ihr Blick flatterte kurz. Sie ging in Gedanken offenbar schon ihre Garderobe für nächsten Samstag durch.

»Aber selbstverständlich«, erklärte Frau Asmussen leicht von oben herab. »Die haben die ganz große PR-Maschine angeschmissen. Die Windparks brauchen gute Presse. Die Leute haben doch langsam keine Lust mehr auf die Ökostromumlage, und die Investoren wandern ab zu den chinesischen Billiganlagen. Da wird es höchste Zeit, dass man mal wieder eine sogenannte ›Erfolgsgeschichte‹ auftischen kann, und Freesbüll ist ein Musterprojekt. Ich habe ja das Wind-Gutachten gesehen. Hier bei uns werden die Dinger endlich mal so profitabel laufen, wie man es den Leuten gern überall weismachen will.«

Ich sah ein selbstzufriedenes Grinsen über Tante Lisbeths Gesicht huschen. Die Sorge um ihre Geldanlage war sie los. Zum Glück hatte keiner außer mir diesen unangemessenen Ausdruck von Zufriedenheit bemerkt. Frau Asmussen hielt ihren Blick auf den Kommissar geheftet. »Es kommt sogar der Minister. Da werden richtig viele Medienvertreter anrücken. Was meinen Sie also, wenn mein Sönke sich da hingestellt und die Wahrheit ans Licht gebracht hätte? Ich sag's Ihnen. Die haben ihn umgebracht!« Frau Asmussens Augen blitzten.

Kommissar Pohl ließ sich nicht anmerken, ob er ihre Theorie plausibel fand. »Gegen wen richtet sich Ihr Verdacht denn konkret?«, fragte er.

Frau Asmussen fand die Frage blöd. »Die stecken doch alle mit drin! Wirtschaft. Banken. Politik.« Sie sah Kommissar Pohl mit leicht hervorquellenden Augen an. Tante Lisbeth traute sich nachzuhaken. »Etwas genauer, Anneliese!«

Sie fing sich einen geringschätzigen Seitenblick ein. »Noch nie Tatort geguckt?«, tadelte Frau Asmussen. »Folgen Sie der Spur des Geldes!«

»Und wohin führt die?«, fragte Kommissar Pohl geduldig. Unter anderem zu Tante Lisbeth, fiel mir ein. Sie hatte doch investiert! Sollte ich gleich hier und jetzt sagen, dass ich ihr Alibi war? Ich schaute unsicher zu ihr rüber. Aber glücklicherweise waren Kleinanleger für Frau Asmussen offenbar nicht von Interesse. »VentCollect. Die Typen von der Bank. Das Planungsbüro«, zählte sie auf.

Kommissar Pohl strubbelte sich durch seine ohnehin schon ziemlich zerzausten blonden Haare. Ich war mir sicher, dass er sich allmählich einen einfach aufzuklärenden Güllegrubenfall herbeisehnte. Er startete einen neuerlichen Versuch, eine konkrete Spur für seine Ermittlungen zu erhalten. »Gibt es denn jemanden, der in ganz besonderem Maße ein persönliches Interesse am Erfolg der Eröffnungsfeier haben könnte?«

Frau Asmussen verdrehte die Augen. Anhänger von Verschwörungstheorien grenzen den Verdacht nicht gern auf bestimmte Personen ein. Aber Tante Lisbeth tat dem Kommissar den Gefallen. »Gesa Christiansen«, sagte sie in die Stille hinein.

Kommissar Pohl drehte ihr verwundert den Kopf zu. »Gesa Christiansen, die Landtagsabgeordnete?«

»Ja, genau die.« Nachdem auch Frau Asmussen beifällig mit dem Kopf nickte, ließ Kommissar Pohl meine Tante weiterreden. »Ohne den Windpark wäre die weder in den Landtag gekommen noch bliebe sie da lange.« Tante Lisbeth schilderte den Werdegang von Gesa Christiansen. Zu dem Zeitpunkt, als der Windpark geplant wurde, war sie – Typ: gelangweilte Arztgattin – nur eine kleine Kreistagsabgeordnete gewesen. Zu ihrem Glück kam sie aus Freesbüll und hatte ihre Chance genutzt, sich mit dem Windpark zu profilieren und sich vor ihrer Partei und den Projektbeteiligten als unentbehrliche Vermittlerin in Szene zu setzen.

Frau Asmussen übernahm das Wort. »Gesa Christiansen hat alle und jeden beschnackt«, stimmte sie Tante Lisbeth zu. »Die Bauern, damit sie ihre Grundstücke verpachten. Die Einwohner, damit sie sich finanziell beteiligen. Den Bürgermeister, damit der Gemeinderatsbeschluss schnell gefasst wird. Und bei jeder nur denkbaren Gelegenheit hat sie sich hingestellt und Reden geschwungen über Energiewende und Arbeitsplätze.«

»Ja klar!«, rief Tante Lisbeth. »Weil das der entscheidende Hebel für sie war. Damit ist sie doch in die Zeitung gekommen. Ich will mal gar nicht darüber reden, ob die Windlobby die Partei mit Spenden geschmiert hat. Jedenfalls ist es Tatsache, dass sie letztes Jahr plötzlich ganz oben auf der Landesliste stand und seit Mai im Landtag sitzt!« Tante Lisbeth sah Kommissar Pohl bedeutungsvoll an. »›Die wunderbare Welt der Windkraft‹ ist ihr Hauptthema. Wenn es da einen Skandal gäbe, wäre sie geliefert.«

Tante Lisbeth war geradezu begeistert. Kommissar Pohl weniger. Ich sah, wie sich seine Kiefermuskeln anspannten. Das war ein schöner Anblick, es machte ihn noch kerniger. Aber ich vermutete, dass er sich innerlich gerade die Karten legte. Sollte er der Spur folgen, die eine vom Tod des Sohnes aus der Bahn geworfene Mutter mit Verschwörungsfantasien und eine aufdringliche Nachbarin aus dem Hut gezaubert hatten? Wer haltlose Ermittlungen gegen Landtagsabgeordnete einleitet, kann karrieremäßig wahrscheinlich erst mal einpacken. Andererseits konnte er auch schlecht ganz ohne Verdächtige weitermachen.

Ich beschloss, ihm zu helfen. »Oder es war Eifersucht?«, machte ich ein ganz neues Feld auf. Für eine Nanosekunde hoben sich Kommissar Pohls Mundwinkel. »In der Tat«, stieg er ein. »Sehr oft kommt der Täter aus dem direkten persönlichen Umfeld. War Ihr Sohn liiert?«

Frau Asmussen hob abwehrend die Hände. »Also, da brauchen Sie nicht zu suchen. Die Wibke hat ihm nichts getan. Er ist nämlich mit Wibke Lenz zusammen. Sie ist die Krabbenkönigin!«, sagte Frau Asmussen stolz und zeigte auf die Schrankwand. »Wenn Sie sich mal umdrehen, hinter Ihnen steht eine Mappe, da habe ich die ganzen Zeitungsartikel ...«

»Äh ja, danke, nicht nötig, ich kenne Frau Lenz«, sagte Kommissar Pohl und kritzelte in sein Notizbuch. Ich lehnte mich zu Tante Lisbeth rüber. »Krabbenkönigin?«, flüsterte ich ihr ungläubig ins Ohr.

»Zeig ich dir später«, raunte sie zurück, »hammerhartes Kostüm!«

»Hast du auch 'ne Mappe?«, frotzelte ich.

»Nee, aber Internet!«

Kommissar Pohl guckte uns streng an und fuhr fort. »Und was hat Sönke beruflich gemacht?«

Frau Asmussen zog die Schultern noch ein Stück weiter nach hinten. »Mein Sohn war Idealist.« Idealist. Ungewöhnlicher Beruf. Gab's für so was einen Ausbildungsgang? Ich runzelte die Stirn. Frau Asmussen sah das. »Sie brauchen gar nicht so zu gucken. Es muss ja nicht jeder tonnenweise Geld verdienen, um glücklich zu sein«, griff sie mich an.

»Natürlich nicht, das hat Frau Hering so nicht gemeint«, beruhigte Kommissar Pohl sie. Während Frau Asmussen nach ihrem Melissengeist-Gläschen griff, lächelte er mir kurz zu. Ich hab das Gleiche gedacht wie du, sagte mir sein Blick, denk dir nichts, wenn andere dich missverstehen. Ich lächelte verschwörerisch zurück, und seine Mundwinkel hoben sich noch ein wenig mehr, ehe er schnell wieder ein professionelles Gesicht aufsetzte und seine Befragung fortsetzte. »Wofür hat sich Sönke denn eingesetzt?«

»Er war sehr engagiert im Umweltschutz. Hat Wattführungen gemacht und Workshops mit Kindern und Touristen. Einmal hat er einen ganzen Sommer in der Naturschutzstation vor der Hamburger Hallig verbracht und Vögel beobachtet.« Sie warf mir einen feindseligen Blick zu, als hätte ich etwas dagegen. Ich sah automatisch zu Kommissar Pohl hinüber, der mir mit einer minimalen Bewegung seiner Lippen aufmunternd zuschmunzelte. Das Ganze tarnte er mit einem anschließenden Räusperer, bevor er sich mit einer Nachfrage an Frau Asmussen wandte. »Dann war er also beim Naturschutzverein angestellt?«

»Nein, das ist alles ehrenamtlich. Er hat regelmäßig andere Jobs angenommen, um sich zu finanzieren. Diesen Sommer hat er für den Bürgermeister gearbeitet. Im nächsten Jahr wäre auch die Wartezeit für die Uni herum gewesen, dann wollte er Biologie studieren ...« Frau Asmussen schluckte.

»Aber Bürgermeister ist doch in Freesbüll auch ein Ehrenamt«, lenkte Kommissar Pohl sie von dem trüben Gedanken ab, dass es für Sönke kein nächstes Jahr mehr geben würde. »Oder meinen Sie, dass er für die Gemeinde tätig war?«

Frau Asmussen schüttelte den Kopf. »Nein, nein. Bürgermeister Hansen hat privat eine Baufirma. Und für die hat Sönke gearbeitet. Wissen Sie, die Baustelle da am Waldrand nach Torsbüll raus? Da war Sönke mit zugange.«

»Oh!«, rief Tante Lisbeth entzückt. »Das Altenheim! Da zieh ich später auch mal ein. Da …«

Kommissar Pohl hob die Hand und brachte Tante Lisbeth damit zum Schweigen. »Und er wohnte in Altfelde?« Frau Asmussen nickte. »Das heißt, der Tatort liegt genau zwischen Arbeitsplatz und Wohnort. Wir haben noch keine genauen Erkenntnisse zur Tatzeit, aber grob gesagt war es gestern Nachmittag. Dann ist er vermutlich auf dem Rückweg von der Arbeit überfallen worden. Ich werde mich mal mit Herrn Hansen unterhalten.« Er machte sich weitere Notizen und blickte dann wieder auf. »Wann hatten Sie denn das letzte Mal Kontakt mit Ihrem Sohn?«

»Das habe ich Ihnen aber schon gesagt!«, stellte Frau Asmussen fest.

Kommissar Pohl guckte ganz lieb und dackelig. Frau Asmussen wurde weich. »Er hat mich gestern Nachmittag angerufen«, wiederholte sie versöhnlich. »Da war er noch auf der Baustelle.«

»Worum ging's denn?«

»Na ja, er hat mir abgesagt. Eigentlich hätte er am Abend zum Essen zu mir kommen sollen. Matjes Hausfrauenart, es ist noch etwas da, wenn Sie mögen?« Sie erhob sich schon halb. Die Kampfaktivistin hatte sich in die betüddelnde Omi zurückverwandelt. Kommissar Pohl lehnte aber höflich dankend ab und hielt Tante Lisbeth mit einem streng erhobenen Zeigefinger in Schach. Das war vielleicht ein Menschenkenner! Tante Lisbeth ließ enttäuscht die Schultern sinken.

»Aber er rief an …«, half Kommissar Pohl Frau Asmussen, den Faden wiederaufzunehmen. »Genau, er rief an, dass er nicht kann. Er hatte noch eine wichtige Verabredung.«

Alle hielten den Atem an. Eine wichtige Verabredung am Vorabend seiner Ermordung … »Mit wem?«, drängte Tante Lisbeth nach einer Antwort. »Wo? Wann?«

»Das hat er nicht gesagt.«

Ich verzog mein Gesicht zu einer fluchenden Grimasse, und Kommissar Pohl, der mich aus den Augenwinkeln beobachtete, nickte unauffällig. Er kritzelte noch etwas in seinen Notizblock und klappte ihn dann schwungvoll zu. »Wenn Ihnen noch etwas einfällt, dann rufen Sie mich bitte sofort an, ja? Das Unterste ist meine Handynummer, da bin ich jederzeit erreichbar.« Er gab ihr seine Karte. Tante Lisbeth hielt ihre Hand auf. Sein Blick wanderte zu mir. Wenn ich wegen Tante Lisbeths Übergriffigkeit weiterhin so oft hilflos-entschuldigend mein Gesicht verziehen musste, war ich bald vor der Zeit fällig für meine erste Botoxbehandlung! Andererseits – Tante Lisbeth hatte Erfolg. Er zückte eine weitere Visitenkarte und legte sie ihr in die Hand. »Sie dürfen mich natürlich auch jederzeit gern kontaktieren«, sagte er und fügte nach einer kurzen Pause, in der er wieder zu mir herüber sah, hinzu: »Beide.« Mir wurde ganz warm. Ich versuchte, ihn anzulächeln und spürte, wie ich rot wurde. Er lächelte zurück, und ich sah es an der Zeit, die Stickarbeiten auf Frau Asmussens Tischdecke einer gründlichen Musterung zu unterziehen.

Tante Lisbeth ermutigte Frau Asmussen, ihre im Nachbarort wohnende Schwester anzurufen. Während des Wartens auf ihre Ankunft erklärte der Kommissar Frau Asmussen die anstehenden Formalitäten. Frau Asmussen suchte Dokumente und den Zweitschlüssel zu Sönkes Wohnung heraus, und Tante Lisbeth nutzte die Tatsache, dass Anneliese stand, um sie herzlich in den Arm zu nehmen und dann unseren Abschied zu erklären. Man wolle sich ja schließlich nicht aufdrängen, und jetzt, wo die Schwester schon auf dem Weg sei, könne man sich doch zurückziehen. (Wohl eher: aus dem Staub machen, um vom Kommissar nicht doch noch wegen unserer aufdringlichen Anwesenheit zur Rede gestellt zu werden. Aber Tante Lisbeth war ein rhetorisches Ass.)

# SECHS

Zum Essenzubereiten hatte keiner Lust. Ich machte Tee, und Tante Lisbeth holte Kekse hervor und stellte, obwohl es erst Mittag war, auch eine Flasche Kümmelschnaps auf den Wohnzimmertisch. Die Friesen kippen sich das Zeug sorglos in den Tee. Und weil ich fand, dass man schließlich nicht jeden Tag eine Leiche findet, ließ ich mich heute ausnahmsweise auch auf einen kräftigen Schuss ein.

Ich machte es mir im Sessel vor dem Fenster gemütlich. »Beruf: Bauarbeiter und Idealist. Freund von der Krabbenkönigin. Feind der Windkraft-Verdiener«, fasste ich zusammen und hörte den Kandiszucker in meiner Tasse leise knacken.

»Das war ganz informativ, oder?«, freute sich Tante Lisbeth. »Ich denke, ich werde meine Anteile behalten. Scheint ja wirklich lukrativ zu werden.«

Das hatte ich mir schon gedacht. »Aber was hältst du sonst von dem, was Frau Asmussen gesagt hat? Du glaubst ja offenbar auch, dass es die Abgeordnete war?«

Tante Lisbeths Antwort erstaunte mich. »Nee«, sagte sie und blickte mir offen ins Gesicht. Ich stellte die Tasse ab und lehnte mich ungläubig zu ihr rüber. Ein Grinsen breitete sich auf Tante Lisbeths Gesicht aus. Ich hielt mir die Hand vor den Mund. »Du hast der Frau die Polizei auf die Fersen gesetzt und glaubst eigentlich gar nicht …?«, flüsterte ich entsetzt.

»Nee.« Tante Lisbeth lümmelte ganz entspannt in ihrem Fernsehsessel. Ich verschränkte die Arme. »Das musst du mir erklären.«

Tante Lisbeth zuckte mit den Schultern. »Ich habe nie gesagt, dass sie was mit dem Mord zu tun hat. Nur, dass sie von dem Windpark profitiert. Und das stimmt!«

»Kam in dem Zusammenhang irgendwie anders rüber.«

»Nicht mein Problem.« Tante Lisbeth rieb sich nicht vorhandene Lippenstiftrückstände von den Schneidezähnen und fuhr dann fort. »Gesa Christiansen ist eine hochnäsige, dumme Kuh. Sie interessiert sich weder für den Erhalt des Schwimmbads noch für das Wohlergehen der Leute, sondern einzig und allein dafür, dass sie im Mittelpunkt steht.« Tante Lisbeth äffte mit den Schultern einen affektierten Gang nach. »Sie war schon immer die High Society im Ort, die alle anderen als Gummistiefel tragende Landeier verlacht hat, und jetzt hat sie es geschafft, dass sie uns auch noch als Landtagslady vor der Nase rumscharwenzeln kann. Ich könnte kotzen.«

»Ausdruck«, tadelte ich.

»Du musstest sie auch noch nicht erleben.«

»Vielleicht bleib ich bis nächsten Samstag, dann sehe ich sie bei der Eröffnung des Windparks.«

»Solltest du dir nicht entgehen lassen«, riet Tante Lisbeth mir trocken.

Ich versuchte, mich an den Rest des Gesprächs bei Frau Asmussen zu erinnern und den Drall, den Tante Lisbeth der Sache in Richtung Gesa Christiansen gegeben hatte, dabei herauszurechnen. Hatten überhaupt irgendwelche von den Vermutungen, die Sönkes Mutter geäußert hatte, Substanz? »Und was denkst du ansonsten von Frau Asmussens Windkraft-Verschwörungstheorie?«, hakte ich nach.

»Alles Quatsch«, winkte Tante Lisbeth ab und trank einen ordentlichen Schluck. »Sönke Asmussen war ein Spinner. Das wussten auch alle. Dem hätte keiner zugehört. Außerdem, wenn der Minister kommt, dann haben die doch auch Security. Dann hätten die den Sönke einfach rausgeschmissen, wenn er zu stänkern angefangen hätte. Dafür muss man ihn nicht umbringen.«

Hmm. Stimmte irgendwie. »Vielleicht sollten wir das dem Kommissar sagen?«, schlug ich vor.

»Ich finde auch, dass du den dringend mal anrufen solltest«, sagte Tante Lisbeth mit süffisantem Lächeln und schob mir seine Karte rüber.

»Carsten Pohl, Kriminaloberrat«, las ich vor. Verlegen drehte ich das Kärtchen zwischen den Fingern. Wäre vielleicht besser, wenn ich ein bisschen mehr zu sagen hätte, als dass meine Tante falsche Fährten gelegt hatte. »Was wissen wir denn noch?«, ermunterte ich Tante Lisbeth zu kriminalistisch wertvollen Schlussfolgerungen.

»Na, das Spannendste ist wahrscheinlich, dass Sönke abends 'ne Verabredung hatte, die er nicht mehr erlebt hat. Wo, wann, und mit wem, ist nicht bekannt.«

Das fasste den Wissensstand leider ganz gut zusammen. »Wahrscheinlich weiß die Freundin mehr«, mutmaßte ich.

»Bestimmt. Anrufen oder hinfahren?«, fragte Tante Lisbeth.

Ich griff mir an die Stirn. »Nein, nein. Ich meinte nur, vielleicht kann sie *dem Kommissar* mehr sagen.« Ich probierte Kommissar Pohls Geste mit dem mahnenden Zeigefinger aus. »*Wir* halten uns ab jetzt aus den Ermittlungen raus!«

Das sah Tante Lisbeth gar nicht ein. Sie hatte ihr Leben lang darauf gewartet, dass in diesem Dorf mal was passierte. Und jetzt, erklärte sie, hatte ihr das Schicksal den Toten quasi vor die Füße gelegt. Sie war doch geradezu verpflichtet, Sönkes Mörder zu finden! Selbstsicher klopfte sie mit den Fingern auf die Marmorplatte ihres Couchtischs.

*Schicksal?*, dachte ich zweifelnd. Wenn ich mich richtig erinnerte, hatten uns nicht die Gestirne an das Hünengrab geführt, sondern eine Nacktschnecke. Aber selbst wenn man die zum Boten der Geschicke umdeutete: Schicksal war nicht so mein Ding. Ich tat mich ja schon schwer damit, an Horoskope zu glauben. Außer, wenn sie mir ganz eindeutig in den Kram passten. Was natürlich auch der Grund dafür war, dass Tante Lisbeth sich auf kosmische Fügung berief. Sehr clever: Wenn man etwas transzendental begründete, brauchte es nicht mehr logisch zu sein.

Tante Lisbeth langte über den Couchtisch und nahm mir die Visitenkarte ab, die ich seit Minuten in den Fingern hielt. »Jetzt gib endlich zu, dass der Kommissar ein süßer Typ ist«, sagte sie.

»Na gut. Er hat was«, räumte ich ein und dachte an seine verschwörerischen Blicke. »Aber ist das nicht merkwürdig? Ich trauere doch eigentlich noch um Stephan. Und jetzt gefällt mir schon der Nächste.«

»Vielleicht solltest du dich mal fragen, ob du diesen Stephan überhaupt geliebt hast.«

»Klar hab ich.«

»Was war denn an ihm Besonderes?«

Ich feixte. »Na, erstens ist er Anwalt.«

»Ich will wissen, warum *du* ihn geliebt hast, nicht deine Mutter.«

»Im Ernst?« Ich überlegte kurz. Dabei kramte ich mein Portemonnaie aus meiner Handtasche und holte das Foto raus, das noch in dem kleinen Klarsichtfach steckte. »Er hatte schöne Haare.« Tante Lisbeth ließ sich das Bild geben und nickte anerkennend, auch, weil ich ihr schon von meiner Racheaktion erzählt hatte. »Sehr gut. Man muss dahin gehen, wo's wehtut.«

»Außerdem hat er einen besseren Menschen aus mir gemacht.«

»Warum? Wolltet ihr euch gemeinsam fürs Friedenscorps anmelden?«

»Dafür hätte ich wohl eher mit Sönke Asmussen zusammen sein müssen. Stephan ist nicht so altruistisch.« Ich dachte an Katjas 007-Liste. Rücksichtslos. Intrigant. Egoistisch … Aber er hatte andere Qualitäten. »Er ist so gebildet«, versuchte ich, sein Mann-von-Welt-Charisma zu erklären. »Und diszipliniert! Für seinen Erfolg muss man arbeiten, und das hat er getan. Das hat mir wirklich geholfen, selbst aus dem Quark zu kommen. Er hat mich zum Beispiel unterstützt, mehr Sport zu machen.«

»Das war wirklich selbstlos von ihm. Du hast dich für ihn geschmeidig geturnt, und er ist dir in der Zeit fremdgegangen.«

So gesehen war das wohl kein Plus auf Stephans Konto. Ich überlegte weiter. »Er hat meinen Horizont erweitert. Er liest die FAZ! Den Politik-, Wirtschafts- und Finanzteil!«

»Lesen kannst du auch.«

»Ja. Aber allein habe ich da nicht so den Drang zu.«

»Und wenn dein Freund am Tisch sitzt, dann ja?«

»Mmmh.«

»Du hast die FAZ gelesen?«

»Mmmh.«

»Politik, Wirtschaft und Finanzen.«

»Mmmh.«

»Und du hast so getan, als würde dich das interessieren?«

»Das ist interessant!«, antwortete ich wider besseren Wissens. Aber jetzt zuzugeben, dass ich mich jedenfalls bei dem Wirtschafts- und Finanzteil gelangweilt hatte, spräche wohl eher gegen mich als gegen Stephan. Die Blöße wollte ich mir nicht geben.

»Es ist interessant, wenn man es versteht«, trumpfte ich deshalb möglichst überheblich auf. »Beim Kochen hat Stephan mir immer die Zusammenhänge erklärt. Ich weiß jetzt zum Beispiel, wie ein Unternehmenssteuerkarussell funktioniert.«

»Wahnsinn«, sagte Tante Lisbeth trocken. »Und wie meinst du ›beim Kochen‹? Hat er gekocht oder du?«

»Ich. Ich koche gern.«

»Das ist super!« Tante Lisbeth stand auf. Ich hörte, wie in der Küche Schranktüren auf- und zugemacht wurden. Dann kam sie mit einem riesigen, angegilbten Karteikasten zurück. »Hier drin sind lauter tolle Rezeptkarten. Hat meine Mutter mir hinterlassen«, erklärte sie. Sie öffnete den Deckel und fingerte sich durch die bedruckten Pappkarten. »Wildschweinrücken … Rheinischer Sauerbraten … Coq au vin …« Sie blickte hoch. »Kann es morgen Coq au vin geben?«

»Nein.«

Sie legte den Kopf schief. »Ich erzähle dir auch etwas Lehrreiches dazu. Wischtechnik beim Sonnenuntergangsmalen? Ach nee, du hast es ja lieber steuerrechtlich. Dann erklär ich dir, wie ich bei meiner Steuererklärung die Capri-Fahrten als Werbungskosten absetze?«

Ich guckte demonstrativ gelangweilt.

»Siehste.« Tante Lisbeth klappte den Rezeptkasten wieder zu. »Dieses Gesicht hättest du Stephan zeigen müssen! Merk dir das mal: Wenn ein Mann dich ausnutzt, langweilt und betrügt, hat das auch viel damit zu tun, dass du dich ausnutzen, langweilen und betrügen lässt.«

»Ich habe mich nicht betrügen lassen!«, widersprach ich beleidigt.

Tante Lisbeth beugte sich zu mir rüber und klopfte mir auf die Schulter. »Das stimmt. Den Teil hast du gut gemacht, ich bin sehr gespannt auf die Enthaarungsresultate. Und an dem Rest arbeiten wir noch.« Sie nahm das Foto, das sie auf den Couchtisch gelegt hatte, noch einmal in die Hand. Dabei sah sie mich streng an. »Also, Hand auf's Herz: Ist das wirklich Liebe, oder kann der weg?«

»Ähm.« Leicht panisch beobachtete ich, wie sich ihre Handfläche um das Bild zu schließen begann.

»Glaub mir«, fuhr sie fort, »wahre Liebe ist ein Hirngespinst. Und bei dem Kerl sowieso.« Das Bild bekam schon einen Knick. Ich schoss nach vorn und riss es ihr aus der Hand.

»Man wird ja wohl noch mal ein Erinnerungsfoto behalten dürfen«, sagte ich.

»Ts.« Tante Lisbeth schnalzte abwertend mit der Zunge. »Aber mach's wenigstens bei dem hübschen Kommissar besser: So sein, wie du bist, und nicht so, wie er dich gern hätte!«

Am späten Nachmittag erwachte ich mit Sonnenstrahlen auf meinem Gesicht aus meinem Kümmelschnaps-bedingten Mittagsschläfchen. Ich setzte mich auf und blickte aus dem Panoramafenster von Tante Lisbeths kombiniertem Wohn-, Ess- und Gästezimmer. Von der Nordsee war nicht viel zu sehen. Bei Ebbe verwandelt sich das Meer vor Freesbüll in eine weite Fläche voller Matsch. Biologisch hochinteressantem Matsch, selbstverständlich, wir reden hier schließlich vom offiziellen Weltnaturerbe Wattenmeer. Millionen von Lebewesen buddeln, ringeln und krabbeln im Schnitt durch einen Kubikmeter Watt und machen das Ganze wahnsinnig schützenswert. Weil ich's mit Glieder- und Krustentieren aber nicht so habe, war ich froh zu sehen, dass sich nicht nur dort, sondern auch landeinwärts etwas tat. Auf der Gemeindewiese hinter dem Schilfrand, wo eigentlich kein Fahrzeug hindarf, parkte ein Transporter. Eifrige Helfer waren damit beschäftigt, Bierbänke und Tische aufzubauen. Neben einem wagenradgroßen Schwenkgrill entstand ein gigantischer Tresen, und ein Dekorationskommando versuchte sich am Arrangement von Lichterketten. Ich guckte im *Freesbüller Dörpsblatt* nach. Ab achtzehn Uhr lud heute die Freiwillige Feuerwehr zu einem geselligen Beisammensein. Die Erlöse flossen in die Ausrüstung der Jugendfeuerwehr.

Vielleicht konnten wir da heute Abend mal hingehen. Ich war zwar seit Jahren nicht mehr hier gewesen, aber als Kind hatte ich im Laufe der vielen Ferien, die ich hier verbracht hatte, Freundschaft mit einigen Dorfkindern geschlossen. Vielleicht traf ich ja wen.

Erst mal musste ich mich aber noch mit Miss Marple auseinandersetzen. Es war nicht so, dass ich Angst hätte, mit Tante Lisbeth einen Mörder zu jagen. Damit uns einer blutige Pferdeköpfe aufs Kopfkissen legte, mussten wir ihm erst mal gefährlich auf die Spur kommen, und da machte ich mir keine Sorgen. Es wäre nur einfach zu peinlich, wildfremden Leuten private Fragen zu stellen. Für meinen Geschmack hatten wir schon durch unseren Besuch bei Frau Asmussen die Schmerzgrenze weit, weit überschritten. Allerdings, das war mir klar, hatte Tante Lisbeth dieses Gefühl sicher nicht. Ich hörte, wie sie sich nebenan im Schlaf wälzte, und nahm an, dass sie gerade davon träumte, Kreuzverhöre durchführend das Dorf rauf und runter zu tingeln und in Gartenschuppen nach Mordwerkzeugen zu suchen.

Um ihr die Abenteuererstimmung wieder auszutreiben, trimmte ich die Atmosphäre auf bodenständig. Ich stellte zwei Flaschen Malzbier raus und machte Schnittchen mit Schmelzkäse und Teewurst. Dann legte ich ein neues Tischdeckchen auf und fummelte die Spitzengardinen vors Fenster, die der Aussicht wegen normalerweise an den Rand geschoben blieben. Bei der Hintergrundmusik entschied ich mich für Tante Lisbeths alte Enya-CD. Die würde Tante Lisbeths Abenteuerlust ganz sicher beruhigen. Und um ihr Augenmerk zurück auf unser eigentliches Vorhaben zu lenken, das *Super-Quiz,* nahm ich mir eines ihrer Geschichtsbücher aus der Schrankwand und studierte die Anfänge der deutschen Geschichte.

Als Tante Lisbeth hereinkam, war ich bei der Schlacht im Teutoburger Wald. »Wie hieß der erste deutsche Freiheitsheld?«, stellte ich sie gleich auf die Probe.

»Hermann der Cherusker, Sieger über die römischen Legionen, sieben nach Christus«, kam es wie aus der Pistole geschossen. Ich spickte, auf das Datum hatte ich beim Lesen nicht so genau geachtet. Neun nach Christus stand hier, aber so kleinlich musste man ja auch nicht sein. Sieben und neun lagen ja – außer bei Schuhgrößen – wirklich dicht beieinander, und ich war beeindruckt. Erzählend sank Tante Lisbeth in ihren Sessel. Sie war mal in Detmold beim Hermannsdenkmal gewesen. Gut, so merkt sich so etwas natürlich besser. Meine Ausflüge führten mich eher auf die Balearen als ins Westfälische, das brachte mich hier nicht weiter. Aber vielleicht kam auch eine Frage über Lichtschutzfaktoren dran.

Letztlich aber egal, brachte ich mich selbst wieder auf Kurs. Sollte Tante Lisbeth mich doch in Grund und Boden belehren. Wer von Karl dem Großen berichtet (wir hatten achthundert Jahre gutgemacht und waren jetzt bei Tante Lisbeths Besuch in Aachen), jagt keinen Mörder. Nur darauf kam es jetzt an.

Tante Lisbeth freute sich auch über das Abendbrot. Als Single sei man das so gar nicht gewöhnt, an einen gedeckten Tisch gerufen zu werden, tönte sie gut gelaunt, während sie nach einer Wurststulle griff.

»Dafür muss man nicht Single sein«, informierte ich sie. Seit sie mir am Mittag die Augen für die Schieflage in Stephans und meiner Rollenverteilung geöffnet hatte, sprudelten immer mehr Beispiele in mein Bewusstsein. »Bei Stephan und mir war eigentlich immer ich die Deckerin und er der Gerufene.«

»Geht halt nichts über eine ausgewogen chauvinistisch-untertänige Zweierbeziehung«, merkte sie ironisch an. »Warum hast du dich darauf eingelassen?«

»Weil er sich sonst gar nicht mit mir hingesetzt hätte. Stephan ist eher der In-der-Küche-im-Stehen-einen-Joghurt-Löffler.«

Tante Lisbeth blieb ungerührt. »Hat er dir auch weisgemacht, dass er eher der Im-totalen-Dreck-Wohner und Ungebügelte-Hemden-Träger ist?«

»Er hat eine Putzfrau und gibt die Hemden zur Reinigung«, erklärte ich. Für wie blöd hielt meine Tante mich eigentlich? Aber ich durchschaute jetzt auch das Verhaltensmuster. Zumal er ein Problemlos-vier-Wochen-in-der-gleichen-Bettwäsche-Schläfer und Geburtstagsgeschenk-für-Freunde-zu-besorgen-Vergesser war. Mit den zu erwartenden Hilfestellungen meinerseits. Und was hatte er für mich getan? Nichts. Mich betrogen. Grollend freute ich mich auf Montag, wenn Katja vom Büro aus hoffentlich gute Resultate des Enthaarungsgels zu berichten haben würde.

Ich trank einen Schluck Malzbier. Das schmeckte nach Kindheit. Malzbier hatte es bei uns zu Hause auch immer gegeben. Das und Zitronentee aus diesem krümeligen Konzentrat, das so aussah wie Vogeldreck.

»Wie lange wart ihr eigentlich zusammen?«, erkundigte sich Tante Lisbeth.

»Knapp zwei Jahre.«

»Und wie bist du an ihn geraten?«

Ich überlegte. Wie viel sollte ich Tante Lisbeth davon erzählen?

Es war auf Katjas Geburtstagsfeier gewesen. Katja hatte damals gerade ihren Job bei Blöcher und Schramm angetreten. Das war eine der teuersten Kanzleien der Stadt, und Katja hatte vor lauter Begeisterung über ihr neues Umfeld alles an Kollegen eingeladen, was männlich, gut aussehend und Single war.

Sandra und ich waren zwei Stunden vor der Party erschienen und wurden von Katja cocktailpartygerecht ausstaffiert. Ich musste mein Spaghettiträger-Top abgeben und bekam eine flaschengrüne Seidenbluse mit Volant-Ausschnitt verpasst, der bis kurz über den Bauchnabel reichte und mit doppelseitigem Klebeband an meinen Brüsten befestigt werden musste. Katja – atemberaubend in einem silbrigen Charleston-Kleid – zeigte uns das Ergebnis einer weiteren Bastelarbeit: Sie hatte die Sohlen ihrer Ramschladen-Pumps rot lackiert. »Tolle Louboutins!«, lobten wir und freuten uns auf die Gäste.

Wir freuten uns auch noch, als sie kamen (gutaussehend!) und während der ersten Smalltalkrunden über Lufthansa Business Lounges und *Dos* und *Don'ts* in Tokio (weltmännisch!). Leider drehten sich die Gespräche auch nach zwanzig Minuten noch immer um die Widrigkeiten des Anwaltslebens, und ich musste mich schwer beherrschen, um nicht aus Langeweile heimlich mit meinem Handy zu spielen. Katja hingegen schien ihre Gäste ungemein fesselnd zu finden. Sie balancierte mit angewinkeltem Bein – das war unbequem, aber man sah das Rot ihrer Schuhsohle – am Arm eines Kollegen namens Ludger und bedachte dessen Anekdoten über schnarchende Flugzeugnachbarn mit ihrem einstudierten Partylachen. »Perlend« wollte sie das verstanden wissen.

»Die keckert ja wie ein Eichhörnchen«, raunte Sandra mir genervt zu und übernahm das Kommando. »Hört mal alle her! Wir spielen jetzt ein Spiel!« Sie verschwand kurz im Arbeitszimmer, kam mit einem Stapel Post-its zurück, und Patsch!, schon pappte ein Zettel an Ludgers Kopf. Sandra zog ihn und im Schlepp Katja, die offenbar heute nicht mehr loslassen wollte, zum Sofa und erklärte die Spielregeln.

»Auf deiner Stirn steht jetzt ein Name. Das bist du«, sagte sie zu Ludger alias Prinz William.

»Du musst den anderen Ja-/Nein-Fragen über dich stellen. Bei ›Ja‹ darfst du weiterraten, bei ›Nein‹ kommt der Nächste dran. Alles klar?« Sie knuffte ihn an der Schulter und machte sich daran, weitere Mitspieler heranzuholen. Neben mich bugsierte sie einen Hugh-Grant-Verschnitt, der mit skeptischer Miene die Runde taxierte. Harmoniesüchtig, wie ich bin, sprach ich ihn an, um ihn in die Runde zu integrieren.

»Ich bin Inga, Katjas beste Freundin«, sagte ich und strahlte ihn an.

»Stephan«, antwortete er wenig begeistert und kräuselte sogar noch ein wenig die Augenbrauen. Galt diese Abfuhr jetzt mir oder der Spielerunde? Unsicher strich ich mir die Haare über die Ohren.

»Was gibt's denn zu gewinnen?«, fragte Ludger. Wenigstens einer, der spielen wollte. Er wibbelte schon ganz aufgeregt auf der Sofakante.

»Pixie-Bücher? Lollis?«, frotzelte Stephan. »Ich sag euch mal was: Wir machen Strip-Zettelraten! Pro ›Nein‹ ein Kleidungsstück runter!« Ich sah ihn an. Ein schlüpfriges Grinsen spielte um seinen Mund. Bis er sich Sakko und Socken ausgezogen hatte, würde beispielsweise Katja längst in Dessous vor ihm stehen.

»Deal!«, riefen die anderen Männer, die die Situation auch

schnell gepeilt hatten. Ich erwartete ein Machtwort von Katja, die sich ja am Montag wieder im Büro sehen lassen musste. Aber sie hatte offenbar schon den einen oder anderen Caipirinha zu viel erwischt und grinste intellektlos aus der Wäsche. Schnell lief ich ins Bad, um mir von ihrem Schmuckständer ein paar Ringe und Armreife zu klauben. Als ich zurückkam, um ihr verschwörerisch diverse Accessoires als Notpfand an Finger und Handgelenke zu stecken, nutzte sie die Gelegenheit, um mir meinen Zettel anzukleben.

Ich setzte mich wieder auf meinen Platz und guckte mir meine Mitspieler an. Außer Prinz William hatten wir noch Schneewittchen, Marilyn Monroe, Garfield, Albert Einstein, diverse Schauspieler und Stephan als Spiderman.

Langsam tastete man sich heran. »Lebe ich noch?«, »Bin ich ein Mann?«, »Bin ich aus Deutschland?« ... Klassische Einstiegsfragen, mit denen sich die Leute langsam an ihre Persönlichkeit herantasteten. Mit »Bin ich eine Sexbombe?« ging Katja allerdings gleich aufs Ganze, und tatsächlich, ohne auch nur ein Kleidungsstück abgeben zu müssen, kam sie schon in der ersten Runde ans Ziel. Ludger beglückwünschte seine »Marilyn« überschwänglich und zog sie auf seinen Schoß.

Neben mir hatte Stephan nach anfänglichen Schwierigkeiten, die ihn seine dicke Uhr und das braune Cordsakko gekostet hatten, die wichtige Frage gestellt, ob er eine Comicfigur sei, also konnte auch ihm nicht mehr viel passieren. Ich dagegen tappte immer noch im Dunkeln. Meine einzigen Anhaltspunkte waren bislang diese: Ich war keine Frau, war berühmt und »wahnsinnig niedlich«, wie Katja mir bereits verraten hatte. Jetzt wollte sie wieder helfen.

»Denk an dein Bett!«

»Brad Pitt!«, schrie ich. Ich war sicher, dass Sie auf meine Einschlaffantasie anspielte. Die Sache, in der Brad mich beinahe mit seiner Harley überfuhr, besorgt zu mir herüberlief, sich herunterbeugte, in meine Augen schaute, mir dabei für immer verfiel … Katja hatte mir erzählt, dass ihre Brad-Pitt-Fantasie ganz ähnlich war, nur dass er als Mandant in ihr Büro kam, statt sie »niederzuführen« – Katja war Österreicherin und pflegte ein mitunter befremdliches Vokabular. »Ja aber, worum geht es denn in deiner Fantasie, wenn nicht ums ›Niederführen‹?«, hatte ich sie irritiert gefragt. »Wenn deine Fantasien so aussehen, dass du Männer juristisch berätst, statt mit ihnen ins Bett zu gehen, hast du ein Problem!«

»›Niederführen‹ heißt nicht ›flachlegen‹, sondern ›überfahren‹. Und selbstverständlich habe ich jede Menge Sex mit Brad Pitt«, hatte sie mich daraufhin belehrt.

Wegen dieses kleinen sprachlichen Missverständnisses war mir unsere Unterhaltung in guter Erinnerung, aber ich war auf der falschen Fährte.

»Nein, nein, nicht, mit wem du ins Bett willst. Deine Bettwäsche«, quietschte Katja aufgeregt. »Das muss dir doch nicht peinlich sein«, fügte sie überflüssigerweise noch hinzu und nickte mir aufmunternd zu. In Gedanken schlug ich ihr das Caipi-Glas aus der Hand. Schließlich war sie es gewesen, die mir – freilich bevor sie selbst angeschickert auf der Couch gelandet war – eingeschärft hatte, wie wichtig an diesem Abend eine gewisse Souveränität sei. Sie hatte mir dringend geraten, doch bloß niemandem zu verraten, dass ich weder Austern noch Golf mochte, und den Moonwalk durfte ich auch nicht vormachen. Und jetzt DAS??!!

Stephan, der mir bis dahin nur wenig Beachtung geschenkt hatte, lehnte sich zu mir rüber. »Solche Bettwäsche? Und darin hast du Sexfantasien?«, raunte er mir zu und senkte seine Stimme noch weiter ab. »Du kleines Lolita-Ferkel!« Er grinste anzüglich. Dabei weiteten sich seine Pupillen, und mein Puls begann, leicht zu flattern. Gleichzeitig spürte ich eine verlegene Röte in meinen Wangen aufsteigen.

»Bin ich ein Streifenmuster in Weiß-Gelb?«, klammerte ich

mich lahm an die unrealistische Hoffnung, dass meine zweitliebste Schlafgarnitur Gegenstand des Spiels geworden war. Stephan verneinte süffisant mit einem kaum merklichen Kopfschütteln, stand auf und schlenderte davon. Gedemütigt griff ich nach dem Zettel auf meiner Stirn. Da stand es: Ich war tatsächlich ein »Monchichi«. Ein kleines, pelziges, Daumen lutschendes Affenpüppchen. Beziehungsweise eine fünfundzwanzigjährige Frau, die in ihrer Kinderbettwäsche schlief.

Seit damals allerdings nur noch selten allein, denn nachdem ich den restlichen Abend angestrengt darauf geachtet hatte, nur noch absolute Stilsicherheit auszustrahlen und mir auf dem Klo sogar einen seriösen Klingelton aufs Handy gespielt hatte, überraschte Stephan mich mit dem Angebot, mich nach Hause zu bringen. »Ich muss die ganze Zeit an deine Monchichis denken«, hatte er mir vor der Tür zugeflüstert, und dann war er mit reingekommen und hatte mit mir Sachen gemacht, bei denen ich meinen Monchichis eigentlich die Augen hätte zuhalten müssen.

Toll, und schon war ich in Gedanken bei Sex mit Stephan und damit auch bei der rothaarigen Verrenkungskünstlerin. Ich seufzte.

»Auf 'ner Party«, beantwortete ich Tante Lisbeths Frage nach unserem Kennenlernen knapp. Eher aus dem Unwillen heraus, die Monchichis zu erwähnen, aber nicht etwa, weil ich hätte fürchten müssen, dass der schnelle Sex sie schockiert hätte. Wie mein Vater gern erzählte, hatte Tante Lisbeth sich nach einer unauffälligen Jugend plötzlich nach Italien davongemacht, um Kunst zu studieren, und von dort alle naselang Geschichten über Affären mit italienischen Männern verlauten lassen, bei denen ihm und seinen braven nordfriesischen Freunden die Ohren geschlackert hatten.

Nicht ahnend, dass ich sie mir gerade in wilden Knutschereien mit Typen vom Schlag eines Adriano Celentano vorstellte, prostete sie mir mit ihrem Malzbier zu und blätterte dann in der Fernsehzeitung. Ich fragte mich, wie wild jemand drauf gewesen sein konnte, der Inhaber eines derartigen Abos war.

Für heute gab Tante Lisbeth zufrieden bekannt, dass eine alte Folge *Traumschiff* käme, mit Sascha Hehn auf den Bahamas. Sie beäugte mich über den Rand der Programmzeitschrift hinweg. Normalerweise brachte ich, als vorweggenommene Rache für das im Anschluss zu erduldende Fernsehprogramm, in solchen Momenten bissige, überhebliche Bemerkungen zum Thema Rentner-Schmonzette. Diesmal machte ich zu ihrem Erstaunen nur ein freundliches Gesicht. »Hach, von *Traumschiff* kriegt man ja immer so ein behagliches Bauchgefühl«, säuselte ich fromm.

»Endlich ist bei dir Schluss mit diesem pubertären Rumgestänkere«, stellte Tante Lisbeth zufrieden fest. Sie warf einen Blick auf ihre penetrant tickende Armbanduhr Marke »Luxusmodell-Plagiat aus dem Türkei-Urlaub«. »Hm. Schon zwanzig nach sieben.« Jetzt hieß es Prioritäten setzen. Tante Lisbeth wollte ja eigentlich nach dem Abendbrot noch damit anfangen, einen Mörder zu fangen. Aber innerhalb einer Stunde zu Wibke Lenz fahren, sie befragen und wieder zu Hause auf dem Sessel landen, das würde knapp. Sah sie auch so. »Ist auch schon ein wenig spät für Zeugenbefragungen«, erklärte sie ganz sachlich und strich mit dem Daumenballen über die Heftung der Fernsehzeitschrift, damit die Seite nicht verblätterte.

Wenn ihr Abenteuersinn den Kürzeren zog gegen Sascha Hehn, fand ich das ein gutes Zeichen. Allerdings keine gute Abendunterhaltung, und so verließ ich sie dann doch, um der Feuerwehr einen Besuch abzustatten.

# SIEBEN

Am Grillplatz war schon richtig was los. In der Hoffnung, irgendein bekanntes Gesicht zu entdecken, schaute ich mir von einem der Biertresen aus die Festbesucher an. Leicht enttäuscht musste ich nach einer Weile feststellen, dass ich keine Bekannten aus Kindertagen entdecken konnte. (Und auch keinen großen Mann mit zerzausten blonden Haaren und hellgrünen Augen – auch das wäre mir aufgefallen.) Dafür blieb mein Blick an etwas anderem hängen. Also, an jemandem. Einer Frau. Einer merkwürdig verkleideten Frau. Sie trug ein fleischfarbenes Schlauchkleid, an dessen Ende ein langer Schwanz angebracht war. Wie bei einer Meerjungfrau, aber dieser Rumpffortsatz war länger und in Rosa gehalten. Die junge Frau hielt ihn ungelenk mit einer in großen Topfhandschuhen oder so was Ähnlichem steckenden Hand fest, damit er nicht im Dreck versackte. Vor dem Körper und auf dem Kopf gingen drahtige Antennen von ihrem Kostüm ab, und auf Stirnhöhe klebten zwei schwarz lackierte Tischtennisbälle. Sexy war das nicht, aber immerhin war die Pracht auf Brusthöhe besonders dicht mit Pailletten bestickt (ebenfalls fleischfarbenen allerdings; weshalb man es auch für eine glitzernde Schuppenflechte halten konnte), und die Beine des Kleides waren hochgeschlitzt. Mit zum Kostüm passend lachsfarbenem, dick aufgetragenem Lipgloss und dramatisch hohen Stilettos gab die Frau ihr Bestes, um in dem Outfit doch noch heiß auszusehen. Die Stilettos steckten nur leider mindestens fingerbreit in der weichen Erde der Wiese, und sie musste sich, um nicht umzukippen, an den Typen neben ihr lehnen.

»Was ist denn das?«, erkundigte ich mich bei dem stämmigen

rotblonden Feuerwehrmann hinter dem Biertresen, obwohl ich es eigentlich schon wusste.

»Das ist unsere Krabbenkönigin!«, erklärte er mir. Das hatte ich mir natürlich gedacht. Allerdings fand ich, dass das Kostüm doch eher in Richtung eines lachsfarbenen Aliens geraten war. Ich bestellte mir ein Flens.

»Bist nicht von hier, nä?«, fragte der Feuerwehrmann.

»Nee«, mischte sich da hinter mir eine Stimme ein, »und sie war auch schon so lange nicht mehr hier, dass sie nicht weiß, dass sie nicht mehr einfach nur ›ein Flens‹ bestellen kann. Willst du ’n Gold, ’n Radler, ’n Dunkles oder ’n Weizen?« Ich drehte mich um. Hurra! Ich kannte doch jemanden! Und zwar schon lange: Svenja Marquardsen, die Tochter des Kaufladenbesitzers, stand vor mir! Mit ihr hatte ich, seit meine Eltern mich als Dreijährige erstmals in der Buddelkiste vom Dorfspielplatz abgeladen hatten, immer viel Zeit in den Ferien verbracht. Damals hatte ich mit ihr meine meist mit Sand umhüllten Apfelschnitten geteilt und sie im Gegenzug mit mir Wissenswertes über die Süßigkeitenauswahl des Campingimbisses und wie man die Verkäuferin dazu bekam, ein paar grüne Frösche zusätzlich in die Papiertüte zu tun. Wie Tante Lisbeth mir berichtet hatte, arbeitete Svenja jetzt im Kaufladen ihres Vaters und war dort Dreh- und Angelpunkt der örtlichen Informationsbörse. Hinter der Kasse sitzend lauschte sie aufmerksam den Geschichten ihrer Kunden, gab Zuspruch bei Rheumabeschwerden der Älteren und Sehnsüchten der Jüngeren und tratschte alle Neuigkeiten unbekümmert an den nächsten Kunden weiter. Tante Lisbeth wusste diesen Service sehr zu schätzen und hatte wohl bei ihrem gestrigen Einkauf wieder Gelegenheit zu einem kleinen Klönschnack gehabt. Jedenfalls schlug Svenja mir, nachdem ich mir leicht verunsichert »ein ganz normales Pils« gewünscht und auch bekommen hatte, gleich mal kräftig zwischen die Schulterblätter, um ihrem Mitgefühl wegen Stephan Ausdruck zu verleihen. »Der hat dich nicht verdient!«, röhrte sie.

»Mann, wenn ich Lars dabei erwischen würde, wie er mit 'ner anderen rummacht, der könnte aber was erleben!« Sie machte eine »Kopf ab«-Geste. Der Feuerwehrmann, der mich eben bedient hatte, ging einen Schritt nach hinten. »Das ist übrigens Lars«, stellte Svenja uns vor.

»Svenjas Freund«, sagte er und kam wieder dichter, um mir die Hand zu geben. »Und Svenja absolut treu ergeben.« Er stellte sich auf Zehenspitzen, um Svenja über den Tresen hinüber einen Kuss geben zu können.

Als sie die Arme um seinen Hals legte, sah ich an der Innenseite ihres Oberarms eine Tätowierung. »Leider bin ich nicht so furchteinflößend wie du«, gab ich zu und verdrehte den Kopf, um herauszubekommen, was das Tattoo darstellte. Hilfsbereit hielt Svenja mir den Arm hin. Es waren schwer zu entziffernde, ineinander verschlungene gotische Buchstaben. »FURY«, las ich langsam und erschauderte. »Bist du in 'ner Gang oder so?«

»Ja klar«, antwortete Svenja düster und grinste dann breit. »Dem Reit- und Fahrverein Freesbüll!«

»Oh. Ich hatte etwas Gefährliches erwartet ... wegen ›Fury‹«, erklärte ich. »Hell's Angels oder so.«

Svenja lachte. »Erinnerst du dich etwa nicht mehr an Fury? Oder hast du deine erste Voltigierstunde verdrängt?« Ich schlug mir vor die Stirn. Na klar. Fury! So hatte Svenjas schwarzer Wallach geheißen, und der war ungefähr so bedrohlich gewesen wie der »kleine Onkel« von Pippi Langstrumpf. Ein lammfrommes Tier, auf das sogar ich mich raufgetraut hatte. Das Voltigieren hatte in meinem Fall zwar nur aus Rückwärtsreiten im Schritttempo bestanden, aber Pferde sind, wenn man drauf sitzt, plötzlich ganz schön hoch und schaukelig ... Da war auch Sitzenbleiben beim Rückwärtsreiten eine Leistung, auf die ich stolz gewesen war.

Svenja bestellte sieben Flens Gold für ihre Clique und lud mich ein, mit rüberzukommen. Nachdem ich doch keine Schläger-Rocker-Truppe, sondern nur Freunde des Reitsports zu erwarten hatte, nahm ich die Einladung gern an und half ihr beim Tragen. Oh wie schön, stellte ich unterwegs fest, es war die Gruppe mit Wibke Lenz! Ich hatte natürlich nicht vor, sie zu Sönke auszufragen. Obwohl ich es schon ein starkes Stück fand, dass sie noch am Abend des Tages, an dem er ermordet worden war, auf ein Grillfest ging. Aber vielleicht nahm sie ihr Amt – sie war ja sozusagen die Weinkönigin der Fischfangregion – sehr ernst. Dann war das hier ein offizieller Auftritt, den sie nicht einfach absagen konnte. Lebensmittelmessen, Feuerwehrfeste, ich war gespannt, wo überall sie noch Auftritte hatte.

»Hey, Leute, das ist Inga, die Nichte von Frau Hering«, stellte mich Svenja der Runde vor. »Der ein oder andere von euch kennt sie vielleicht noch von früher. Sie war in den Ferien oft bei ihrer Tante zu Besuch.«

Bei keinem der Umstehenden schien sich Erinnerung zu regen. Und auch ich hatte nicht den Eindruck, eins der Gesichter schon einmal gesehen zu haben. Es lagen womöglich auch zu viele Jahre zwischen der letzten Begegnung im Schwimmbad oder auf dem Minigolfplatz und heute.

»Du bist wirklich die Nichte von Lisbeth Hering?«, fragte eine Freundin von Svenja ungläubig. Sie hatte offenbar einen anderen Typ Frau erwartet. Tatsächlich hatte sich der Sinn fürs Extravagante nicht allzu sehr in meine Gene hineingemendelt. Ich trug bevorzugt schlichte Jeans und ein nett ausgeschnittenes T-Shirt. Das reichte allerdings dem Typen, der Wibke als Stehhilfe diente, bereits.

»Ich bin Jan«, stellte er sich meinem Busen vor. Dann fuhr er fort mit seiner Erzählung, die durch unser Hinzukommen unterbrochen worden war. »Voll krass, wie der da aus dem brennenden Flugzeug raus ist, oder?« Er unterbrach sich mir zuliebe noch mal. »Wir waren gestern im Kino«, erklärte er. »*Suicide Mission.* Voll geil!« Er blickte mit aufgerissenen Augen in die Runde. »Stellt euch mal vor, ja, ihr sitzt einfach nur so im Flugzeug, und dann sitzt da so ein Typ neben euch, und ihr fragt noch so aus Scheiß, ›Ey, sind das deine Bauchmuskeln oder hast du dir Dynamit umgeschnallt‹, und dann sagt der nur ›Ja‹ und explodiert! Voll krass, oder?!« Begeistert blickte er von einem zum anderen. »Ich meine, was würdet ihr da tun?«

»Sterben wahrscheinlich«, sagte ich trocken, als er mich fixierte. »Aber im Film scheint's gutgegangen zu sein.«

Die Krabbenkönigin beäugte mich kritisch und schmuste sich demonstrativ an Jans Ralph-Lauren-Poloshirt. Was war denn das? Ganz eindeutig wollte sie mir zu verstehen geben, dass Jan ihr gehörte. Und was war mit Sönke? Die war ja von der ganz schnellen Truppe! Zur Strafe schenkte ich Jan ein strahlendes Lächeln, bevor ich mich genauer in der Runde umsah. Neben Svenja stand ein drahtiger kleiner Typ mit lichtem Haar. Der kam mir beim zweiten Hinschauen doch irgendwie bekannt vor. Aber dann auch wieder nicht. Ich musterte ihn unauffällig, während Jan mit ausladenden Gesten, die Wibke bedrohlich ins Schwanken brachten, das Inferno an Bord und die geniale Flugaktion des Kinohelden schilderte. »Krass, wie der auf der abgerissenen Cockpittür durch die Luft gesurft ist, und dann so, uuuuuii, sutsche auf diesem Skihang gelandet! Ob der den Stunt selbst gemacht hat?«

Ich schaute noch mal zu Jan rüber. Meinte der das ernst?! Svenja bemerkte meinen Blick. »Süß, oder?«, raunte sie mir zu. »Wenn man so gut aussieht wie Jan, muss man nicht auch noch schlau sein.«

»Stimmt, das wäre ja unfair«, gab ich ihr recht. Jan sah aus wie ein Model für College-Klamotten. Er hatte so etwas unbeschwert Sportliches mit seinen neckisch in die Stirn fallenden honigblonden Haaren, dem jungenhaften Grinsen und seinem durchtrainierten Körper mit den breiten Schultern.

Dem drahtigen Kleinen, den ich nicht einordnen konnte, wäre Intelligenz dagegen gerechterweise zu gönnen gewesen, denn beim Aussehen konnte er kaum punkten. Die Augen standen ein wenig zu dicht beieinander, der Mund war zu groß, und der Adamsapfel poppte eckig aus dem Hals hervor. Woher kannte ich den nur? Flüsternd fragte ich Svenja nach ihm. Das, erklärte Svenja, sei Ole, der Sohn von Bademeister Jessen.

Ich war begeistert. Herr Jessen hatte mir vor zwanzig Jahren in den Sommerferien im Freesbüller Freibad das Schwimmen beigebracht! Mich nach Gummiringen tauchen lassen und vom Dreimeterbrett genötigt! Irgendwo in meiner Kinderzimmerkommode lagen noch immer die Schwimmabzeichen, die mir immer zu schade zum Aufnähen auf den Badeanzug gewesen waren. In meiner Erinnerung an Herrn Jessen sah ich eigentlich immer nur kurze weiße Shorts und braune Säbelbeine. Eben den Ausschnitt, den man so beim Paddeln im Becken vom Bademeister zu sehen bekommt. Aber jetzt, wo ich Ole sah, wurde mir klar, dass ich auch sein Gesicht nicht vergessen hatte. Die zwei sahen sich ziemlich ähnlich! Verstohlen versuchte ich herauszufinden, ob auch die Sache mit den O-Beinen in der Familie geblieben war. Wibke bemerkte das und kicherte affektiert. Gott, die hielt mich für eine lüsterne Schrittguckerin! Ich wollte mich verteidigen und sie drauf hinweisen, dass nicht jeder so drauf war wie ihr eigener busengaffender neuer Freund, aber dann hätte ich als Erklärung für meine Blicke auch Oles krumme Beinchen zur Sprache bringen müssen. Das wäre taktlos gewesen, und Ole hätte das auch gar nicht verdient gehabt. Er war nämlich, wie sich im nun entwickelnden Gespräch herausstellte, sehr nett. Erstens tat er beeindruckt, als ich aus Dazugehörigkeitsgründen meine Bierflasche mit dem alten Handkantentrick aufploppte, und zweitens ließ er danach alle meine Kindheitsreminiszenzen über sich ergehen. Dafür musste ich ihn ziemlich anschreien, denn es war ganz schön voll und laut auf dem Festplatz geworden.

»Oh, und die Fritten!«, schwärmte ich vom Freibadimbiss. »Und die Schleckmuscheln! Und die Fischbrötchen!« Das Büdchen war zur einen Seite hin Versorger des Freibadpublikums, zur anderen war es ein kleiner Imbiss, in dem die Spaziergänger auf dem Weg zur Seebrücke auf eine Stärkung vorbeikamen. Das erklärte das etwas wirre Sortiment.

»Mmmh«, schmunzelte Ole. »Es heißt, es hätten sich ein paar Mal schwangere Frauen über Nacht im Imbiss einschließen lassen. Wenn ich den Laden übernehme, stelle ich denen saure Gurken hin.«

»Echt, du übernimmst den Imbiss? Kriegt den immer der Bademeister, oder wie?«, fragte ich interessiert.

Ole lachte. »Nee, das wird ausgeschrieben. Und Bademeister ist übrigens auch kein vererbbarer Posten.«

»Oh. Ähm, das dachte ich nur irgendwie automatisch. Wegen der Ähnlichkeit.« Verdammt, jetzt guckte ich ihm schon wieder auf die Beine. Ich plapperte weiter. »Also, du siehst für mich so nach Bademeister aus, also, weil ich das so gewohnt bin, also, das heißt jetzt natürlich nicht, dass du automatisch Bademeister bist, also ...«

»Bist du auch zu schön, um schlau zu sein?«, griente Svenja mich an.

»Nein, ich habe nur zu lange auf fremde Beine geguckt. Das hat mich aus dem Konzept gebracht«, rechtfertigte ich mich kryptisch.

»Das geht mir auch häufig so«, gab mir Jan Rückendeckung – wieso müssen eigentlich immer solche Sätze von allen gehört werden? Wibkes Po-Pailetten kraulend wandte sich Jan wieder ab.

Ich kratzte mich verlegen am Kopf und überlegte mir einen wirklich klugen nächsten Satz. »Wegen des Imbisses –«, fing ich an. Das sprach sich schwer aus, »Imbisses«, wenn man nicht gerade Wurzeln im slawischen Sprachraum hatte, war aber nötig, um mit einer intelligenten Genitiv-Konstruktion glänzen zu können. »Hast du denn schon einen Businessplan?«

Für einen kurzen Moment guckte Ole etwas hilflos und verhakte die Finger ineinander. »Also, ich weiß ehrlich gesagt nicht genau, was ein Businessplan ist, aber ich habe jedenfalls ein Konzept, das ich bei der Bewerbung um den Pachtvertrag eingereicht habe. Meinst du das?«

Ermutigend nickte ich ihm zu, und er fuhr fort. »Ich arbeite ja schon da. Der jetzige Pächter ist umgezogen, der hat seit Kurzem eine Strandbar auf Mallorca, und ich mache den Laden für ihn, bis der Vertrag nächsten Monat ausläuft. Von daher weiß ich schon ganz gut, was für Publikum kommt und was die wollen. Prinzipiell muss man weg von dem schmuddeligen Stehimbiss-Charakter und mehr gehobenes Café-Ambiente schaffen. Pass auf. Als Name: ›Schaumkrone‹.« Begeistert sah er mich an. »Weil hier natürlich das Meer ist mit seinen Schaumkronen, und bei mir gibt es Milchschaum! Wie findest du das?«

Ich machte erst mal ein aufmunterndes Gesicht. Insgeheim dachte ich, dass ich »Freibadimbiss« als Namen auch nie schlecht gefunden hatte. Aber man musste offen für Wandel sein. »Vom Angebot her: modern«, erzählte Ole weiter. »Zeitgeist-mäßig. Keine Cola- und Frittenbude mehr, stattdessen: Frozen Yoghurt, Bagels, Latte macchiato … Und die Einrichtung: Zuckerbäckerstil! Holzdielen, Blümchentapete, kleine runde Tische, verschnörkelte Stühle und das Essensangebot auf Etageren und unter Glasglocken.«

Er war ganz aufgeregt und sah mich erwartungsvoll an. Innerlich krümmte ich mich. Meinen Schwimmbadimbiss wollte ich mir nicht in Pastell vorstellen. Ich liebte Linoleumfußboden, Wandfliesen und ausgeblichene Fotos von Currywurst-Pommes-Variationen! Aber nur meiner Nostalgie zuliebe würde ich Ole nicht in die Parade fahren.

»Hmm. Das klingt ja sehr … urban«, sagte ich diplomatisch.

Ole freute sich. »Urban« war genau sein Ziel. Er würde ein richtiger Barista werden, wie die Leute in den hippen Großstadtcafés. Natürlich mit Bonuskartensystem und Decaf-/Sojamilch-Angebot. Vielleicht auch laktosefrei? Und er wollte das Sortiment außerdem um Kuchen und Cupcakes erweitern, er backe so gern. Quiches konnte er sich auch gut vorstellen.

»Und wann kriegst du Bescheid?«, fragte ich mit einem tapferen Lächeln. Dass der Ole nur nicht die Schleckmuscheln aus dem Programm nahm!

Er wurde etwas verlegen. »In den nächsten Tagen, nehme ich an. Die Bewerbungsfrist ist vorbei, und es sieht so aus, als wäre ich jetzt der einzige Interessent … Also, das ist etwas makaber, aber als Mitkonkurrent um den Vertrag gab es nur den Sönke, und der ist ja nun, also, ich weiß nicht, ob du das weißt …«

Ich verschluckte mich fast.

»Tot. Ja, das habe ich mitbekommen.« Aber der Rest war neu! Das hatte Frau Asmussen gar nicht erzählt! Ich vergewisserte mich noch einmal. »Sönke wollte einen Imbiss führen?«

»Ja, also, als Imbiss und auch sonst. Sönke hatte das Konzept einer Mehrzwecknutzung. Hat Herr Michelsen vom Gemeinderat mir erzählt. So eine Art Stützpunkt, von wo aus er dann auch Exkursionen angeboten hätte. Wattwanderungen, Fahrradtouren und so.« Ein wenig fahrig juckte er sich hinterm Ohr. »Es ist etwas gemein, das zu sagen, wo Sönke tot ist, aber er hätte damit wohl sowieso keine richtige Chance gehabt. Weißt du, der Gemeinde kommt es natürlich drauf an, dass die Bewirtschaftung richtig läuft. Der Imbiss ist schließlich Anlaufstelle für die Feriengäste. Und bei Sönke wäre ehrlich gesagt zu befürchten gewesen, dass er die Gäste eher, na ja, verschreckt.« Er trat von einem krummen Beinchen aufs andere. Offenbar traute er sich nicht, Schlechtes über den Toten zu sagen. Ich half ihm über seine Verlegenheit hinweg, indem ich zu verstehen gab, dass ich über Sönkes umweltaktivistische Kämpfernatur bereits informiert war. »Er hätte wahrscheinlich in dem Büdchen gesessen und den Touristen etwas vom Teufelswerk der Windindustrie erzählt«, fasste ich zusammen.

»Genau«, sagte Ole erleichtert. »Und das, wo es Studien gibt, dass Touristen sich nur deshalb im Urlaub nicht an Windanlagen stören, weil sie denken, dass das der Umwelt nützt. Da kann man sich doch nicht hinstellen und die Theorie von der Energielüge herumposaunen.« Ole kehrte die Handflächen in einer bedauernden Geste nach oben. »Der Gemeinderat hätte ihm den Imbiss nicht geben können. Er hätte damit dem ganzen Ort geschadet.«

Ich nickte zustimmend und fragte mich gleichzeitig, warum Frau Asmussen von diesen Plänen ihres Sohnes nichts berichtet hatte. Hatte Sönke gar nicht mehr vorgehabt, Biologie zu studieren, und seiner Mutter das lieber verschwiegen? Hatte er sie überraschen wollen? Oder ihren Widerspruch gefürchtet? Jedenfalls riet ich Ole, am Montag zur Polizei zu gehen. Ole riss die Augen auf. »Polizei? Aber ich hab doch mit dem Mord nichts zu tun!«, rief er erschrocken.

In diesem Moment tippte mir jemand von hinten auf die Schulter. Der Wattenmeer-Ranger, der im Namen der Vögel Ruhe anmahnte? Ich drehte mich um. Es war wirklich die Obrigkeit. Kommissar Pohl. Er grinste mich an.

»Na, Frau Hering, haben Sie den Verdächtigen schon über seine Rechte belehrt?«

Welch ein Timing. Ich wollte im Boden versinken. Aber erst mal musste ich Ole erlösen, dem nach Kommissar Pohls Spruch nun wirklich das blanke Entsetzen ins Gesicht geschrieben stand. »Ole, so war es doch nicht gemeint!«, rief ich hastig. »Ich meinte doch nur, dass du der Polizei von Sönkes Plänen erzählen solltest. Weil das zum Opferprofil gehört.« Beschwichtigend legte ich ihm eine Hand auf den Arm. »Du bist natürlich nicht verdächtig.« Oles Gesichtszüge glätteten sich. Ich schielte zu Kommissar Pohl. Er sah mich mit hochgezogenen Brauen an, was sich sowohl als Kritik als auch Amüsiertheit deuten ließ. Nur hundert Meter weiter westwärts im Watt hätte ich tatsächlich im Boden versinken können, aber hier im dichten Grillfest-Gedränge war mir noch nicht mal eine landwärtige Flucht vergönnt. Als Plan C wählte ich daher eine Charme-Offensive. Ich schenkte Kommissar Pohl mein Heidi-Klum-Lächeln. Das heißt, ich zeigte so viele Zähne wie möglich. Leider verrutschte mir die Sache, und ich guckte wohl eher wie ein Breitmaulfrosch. »Sie müssen ja glauben, dass ich nichts Besseres zu tun habe, als mich in Sachen einzumischen, die mich nun wirklich nichts angehen«, mutmaßte ich.

»Stimmt«, entgegnete er trocken. »Haben Sie und Ihre Tante sich schon einen Polizeiausweis ausgedruckt, oder ermitteln Sie auf Privatbasis?«

»Ähm«, entgegnete ich wenig schlagfertig und zuppelte an meinen Haaren herum. Ich wurde aus Kommissar Pohls Verhalten nach wie vor nicht schlau. Drohte Ärger? War das, was Tante Lisbeth und ich getan hatten, Behinderung der Staatsgewalt oder so etwas? In dem Fall hielt ich mich mit dummen Sprüchen besser zurück. Aber jetzt senkten sich seine Augenbrauen, und er zwinkerte mir zu. »In dem Sportdress von heute Morgen sah Ihre Tante fast aus wie Lara Croft. Wie wäre es, wenn Sie sich beim Geheimdienst bewerben?«

Ich grinste erleichtert. Er wollte nur spielen. »Gute Idee. Mit den Nordic-Walking-Stöcken kann man die widerlichsten Gegner ausschalten«, traute ich mich zu scherzen. »Die sind aus Titan!«

»Wow.«

»Sie hat schon ganz rückgratlose Gesellen damit erledigt«, gab ich an und dachte an die Schnecke im Wald. »Ich denke, die CIA würde uns nehmen.«

»Ein Verlust für die hiesige Ermittlerszene!« Kommissar Pohl hielt mir kameradschaftlich seine Bierflasche entgegen. Wir prosteten uns zu. Ole, der während unseres Wortwechsels leicht ratlos danebengestanden hatte und jetzt beim Anstoßen aus Versehen übergangen worden war, drehte sich dezent zur Seite und klinkte sich in die Unterhaltung einer Gruppe Jungfeuerwehrmänner ein.

Kommissar Pohl blieb bei mir. Und fragte, wie ich meinen morgendlichen Fund verdaut hatte. Ui. Er machte sich Sorgen! Und roch dabei schon wieder so gut! Wir standen hier schließlich ganz schön eng beieinander im Grill-Gedränge. Ich schaute zufrieden an seiner Brust hoch in sein teilnahmsvolles Gesicht. Es dämmerte bereits, und entgegen meiner morgendlichen Beobachtung fluoreszierten seine Augen diesmal nicht. Vielleicht lag ihre Stärke abends eher im magnetischen Bereich, jedenfalls geriet bei seinem Blick mein Herzrhythmus ins Stolpern. Unwillkürlich drückte ich mir die Hand an die Brust. »Recht gut«, sagte ich verlegen. Er hielt das für Tapferkeit und strich mir beschützend mit der Hand über den Rücken, was den Effekt natürlich nur verstärkte. Jetzt musste ich wirklich tapfer sein, um mich nicht an ihn ranzuschmusen. Ich trat vorsichtshalber einen kleinen Schritt zurück. »Eigentlich habe ich damit gerechnet, dass ich noch Schimpfe kriege«, gab ich zu.

»Na ja«, Kommissar Pohl lächelte schief, »warum Sie noch vor der Polizei zur Mutter des Getöteten gelaufen sind, wundert mich schon.« Ich machte den Mund auf, um mich irgendwie zu rechtfertigen, aber er winkte ab. »Jedenfalls haben Sie das sehr gut gemacht, wie Sie Frau Asmussen getröstet haben. Das hat ihr, glaube ich, sehr geholfen, so ein bisschen betüddelt zu werden.«

»Ja, sie hatte danach einen ziemlichen Energieschub.« Wir schüttelten beide amüsiert den Kopf in Erinnerung an Frau Asmussens anschließendes Verschwörungstheorie-Gepolter. Da fiel mir etwas ein. Ich musste ihn noch davor bewahren, auf Tante Lisbeths falscher Fährte weiterzuermitteln! »Was diesen Verdacht bezüglich Gesa Christiansen angeht …«, setzte ich an – da spürte ich einen Arm um meine Schulter. Es war Svenja. Und sie störte nicht nur. Sie … kuppelte. Den anderen Arm um Kommissar Pohl gelegt, hängte sie sich zwischen uns und wurde vertraulich. »Carsten«, säuselte sie vielsagend, »kennst du schon meine Freundin Inga? Inga, kennst du schon meinen Freund Carsten?«

»Mmmh.«

»Ja.«

Wir nickten sachlich und versuchten, Svenjas Kontaktanbahnung wie eine seriöse Vorstellungsrunde durchzuziehen. Aber Svenja war noch nicht fertig. »Carsten, du bist doch so ein wunderbarer Tröster. Kümmer dich mal um Inga. Sie hat sich zu uns geflüchtet, weil ihr Freund sie betrogen hat. Stell dir vor, sie hat ihm dafür Enthaarungsmittel ins Shampoo gemischt!«

»Interessant«, sagte Carsten trocken.

»Ups«, Svenja kicherte, »das hätte ich besser nicht gesagt!« Sie senkte die Stimme. »Carsten ist nämlich bei der Polizei. Übrigens hat er den Mordfall übernommen, davon hast du schon gehört, oder? Und apropos, das da hinten« – sie wies auf Wibke – »die Wibke war die Freundin von Sönke, also der Leiche, aber jetzt ist sie mit dem Jan zusammen, na ja, sieht man ja …« In der Tat hatte Wibke gerade die Arme um Jans Hals geschlungen und sich an seinem Mund festgesaugt. Die war ja so was von unverfroren! Mir fiel die Kinnlade runter.

Carsten dagegen blieb völlig ungerührt und erklärte Svenja nur ganz sachlich, dass er aus dienstlichen Gründen unter vier Augen mit mir sprechen müsse.

»Verstehe«, sagte Svenja gedehnt und wippte verschwörerisch mit den Augenbrauen. »Na, wenn das so ist … dann lass ich euch zwei Hübschen mal allein.« Im Weggehen machte sie ein Daumen-hoch-Zeichen in meine Richtung. Oder auch Carstens. Jedenfalls hatten wir es beide gesehen.

Carsten und ich blickten uns peinlich berührt an. »Die Svenja …«, sagte ich und versuchte, ein Schmunzeln in meiner Stimme mitschwingen zu lassen, das mir aber selbst oberkünstlich vorkam. Carsten sprang mir bei, indem er an Svenjas Gerede anknüpfend unsere Unterhaltung fortsetzte. »Du bist also ein Justizflüchtling? Versuchte Körperverletzung bei deinem Freund?«, fragte er mit übertrieben investigativem Tonfall, der mich an

Claus Kleber erinnerte, wenn er den live zugeschalteten Interviewgast grillte, weil der etwas auf dem Kerbholz hatte.

Ich musste grinsen, gab dann aber den typischen Politiker, der auf eine Frage nicht antworten will. »Die Geschichte stimmt so gar nicht«, antwortete ich abwinkend mit einem beiläufigen Alles-halb-so-wild-Tonfall, um dann mit bedeutungsschwangerem Tonfall weiterzureden. »Wenn ich aber noch einmal kurz auf das *Wetter* zu sprechen kommen dürfte ... «

»Bombastisch«, fiel Carsten mir ins Wort und strafte die Bedeutung des Themas gleichzeitig mit extrem gelangweilter Stimme Lügen, »selten so einen tollen Spätsommer gehabt«, dann holte er in Nachrichtensprechermanier hörbar Luft, legte den Kopf leicht schief und bohrte weiter. »Um noch einmal darauf zurückzukommen. Was stimmt denn nicht an der Geschichte? Kein Freund? Keine Enthaarungscreme?«

»Na ja, erstens Exfreund.« Spielte da ein Lächeln um Carstens Mund? »Und zweitens nicht im Shampoo.«

Er gab die Nachrichtensprecher-Pose auf und beschrieb mit der Hand einen Bogen, um deutlich zu machen, dass ich mir nicht jedes Wort aus der Nase ziehen lassen sollte.

»Im Haargel«, gab ich zu.

Er spitzte anerkennend die Lippen. »Und? Resultate?«

»Stehen noch aus.«

»Mit dir sollte man sich nicht anlegen«, stellte er fest.

»Ich sag ja: CIA.« Ich guckte gespielt gefährlich. Okay. Dafür, dass ich gerade in eine plumpe Verkupplungsaktion verwickelt und auch noch als Betrogene geoutet worden war, was einen immer so würstchenhaft erscheinen lässt, war ich halbwegs cool aus der Sache herausgekommen. Plus, Carsten und ich duzten uns jetzt offenbar. Aber trotzdem wollte ich das Thema Exfreund schleunigst beenden. Carsten war schon dabei, das Etikett seiner Bierflasche zu betrachten; klassischerweise die unmittelbare Vorstufe zum Na-ich-geh-mir-dann-mal-ein-Neues-holen-Abgang.

Ich ratterte mein Register an möglichen Themen durch. Wetter. Fußball. Kino. Mord. Ich entschied ich mich für das ergiebigste Gebiet. »Kapierst du das mit Wibke? Warum knutscht die jetzt mit diesem anderen Typen rum?«, fragte ich.

»Na ja, Frau Asmussen war nicht auf dem neuesten Stand, was Sönkes Beziehung anging.« Carsten hatte am Nachmittag mit Wibke Lenz gesprochen und erfahren, dass sie vor zwei Wochen von Sönke zu Jan Christiansen übergelaufen war. Als ich bei dem Namen die Stirn runzelte, riet er meinen Gedanken und nickte. »Ja, Jan ist der Sohn von der Landtagsabgeordneten. Er ist für ein paar Monate vom Studium zurück nach Hause gekommen und hat sich die Krabbenkönigin geangelt. Wie man mir sagte«, sein Blick in Richtung Svenja gab seine Informationsquelle preis, »ist Jan ein ziemlicher Frauenheld.«

»Sag bloß«, kommentierte ich amüsiert.

Carsten guckte mich fragend an. Aber ich winkte ab und brachte das Gespräch zurück auf Frau Asmussen. »Die Sache mit der Freundin war übrigens nicht die einzige, mit der sie falschlag. Der Teil mit dem geplanten Studium nächstes Jahr war vielleicht auch nicht mehr aktuell. Darüber habe ich gerade mit Ole gesprochen. Wusstest du schon, dass Sönke sich um den Freibadimbiss beworben hat?«

»Ja«, antwortete Carsten. »Wibke hat es mir erzählt.«

»Aber Ole meint, er hatte keine Chance, den Zuschlag zu bekommen.«

»Na, wenn er sich da mal nicht täuscht.« Ich schaute irritiert. »Warum hätten die Sönke den Zuschlag geben sollen?« Carsten zögerte kurz, dann sagte er: »Es sieht so aus, als hätte Sönke im Zuge der Verhandlungen der Gemeinde versprechen müssen, nicht mehr öffentlich gegen den Windpark Front zu machen. Es gab da wohl einen Deal. Aber jetzt genug, bevor du noch wichtige Ermittlungsergebnisse aus mir rauslockst.«

Interessant. Ein Deal. Sönke hatte gar nicht mehr vorgehabt, die Eröffnung zu stören. Damit fiel das Motiv weg, das Frau Asmussen den Windleuten unterstellt hatte. – Ich verzichtete darauf, die Sache zu kommentieren, nachdem Carsten offenbar nicht weiter darüber sprechen wollte. Aber eine Sache musste ich noch loswerden. »Äh, ich muss dir noch etwas gestehen …«, sagte ich mit leicht zerknirschtem Ton. »Tante Lisbeth hat sich das mit Gesa Christiansen wohl nur ausgedacht, weil sie die Frau nicht leiden kann. Sie hält sie gar nicht für verdächtig. Aber ich nehme an, ihr ermittelt sowieso nicht mehr gegen die Investoren?«

»Inga!« Carstens Stimme lag irgendwo zwischen verzweifelt und genervt. »Gegen wen die Polizei ermittelt, geht dich einfach nichts an. Im Ernst, lass uns das Thema wechseln, ich komme noch in Teufels Küche!«

»Keine Sorge, ich will dir keine Dienstgeheimnisse entlocken. Aber ich frage mich«, Carstens Augenbrauen gingen warnend in die Höhe, und ich hob beruhigend eine Hand, »ich frage mich doch nur, warum Sönke das alles nicht seiner Mutter erzählt hat.«

Carsten zuckte mit den Achseln. »Na ja, Mütter halt.« Die laienpsychologische Einschätzung von Mutter-Sohn-Verhältnissen ordnete Carsten wohl nicht unter Dienstgeheimnis ein, sondern als seine privaten Gedanken. Jedenfalls machte es ihm nichts aus, laut weiterzuüberlegen. »Vor seinen Eltern muss man sich ja immer so rechtfertigen. Ich nehme an, er hat sich geschämt. Die Stillhalteklausel mit der Gemeinde war bestimmt eine ganz pragmatische Lösung, um an den Pachtvertrag zu kommen, aber Frau Asmussen wirkte ja schon recht …« Carsten rang nach Worten, um nicht taktlos zu werden.

»… in ihrer Position gefestigt«, half ich mit einem Euphemismus für »verbissen« aus.

»Genau. Danke. Und in Bezug auf Wibke … das war ihm bestimmt auch unangenehm. Ich weiß nicht, wie es dir geht, aber ich finde, wenn eine Beziehung in die Brüche geht, dann fühlt sich das so nach Versagen an. Obwohl es ja gar nicht stimmt.« Er sah mich bei diesen letzten Worten eindringlich an. »Und Frau Asmussen hat noch dazu einen ganzen Ordner mit Bildern von Wibke in ihrem Schrank stehen! Da hätte Sönke sich womöglich nicht etwa auf Mitgefühl, sondern auf Vorwürfe gefasst machen müssen.«

Carsten hatte den Nagel auf den Kopf getroffen. Also, ob in Sachen Sönke und Wibke, konnte ich natürlich nicht wissen. Aber Carsten hatte gerade in Worte gefasst, warum ich bislang nicht zum Telefon gegriffen und meiner Mutter vom Ende meiner Beziehung mit Stephan erzählt hatte. Für Mama war Stephan *der* Wunschkandidat, Traumschwiegersohn und Vater ihrer zukünftigen Enkel. Dass ich diesen charmanten und erfolgreichen Rechtsanwalt in die Flucht geschlagen hatte – denn so würde Mama das zweifellos sehen –, würde sie mir so schnell nicht verzeihen. »Ich kann Sönke verstehen«, sagte ich daher. »Vielleicht wollte er warten, bis er seiner Mutter eine würdige Nachfolgerin präsentieren konnte.«

»Immer schön den Blick nach vorn, das wäre auch meine Taktik«, pflichtete Carsten mir bei. »Im Fall von Sönke …« – In welchem Fall denn sonst? Ich grinste ihn an, und Carsten fuhr vielsagend zwinkernd fort. – »In diesem speziellen und nicht nachahmenswerten Fall halte ich es aber auch für möglich, dass er gehofft hat, die Sache könne sich wieder einrenken. Spätestens, wenn Jan nach seinem Praktikum in Husum zurück an die Uni muss. Oder auch vorher, wo doch der junge Herr Christiansen so einen Frauenverschleiß hat. Ach ja, nimm dich vor dem lieber in Acht!«

»Keine Sorge, nicht mein Typ.« Ich freute mich heimlich, dass Carsten sich derartige Gedanken zu meinem Liebesleben machte. Ich fand es auch eine durchaus in Erwägung zu ziehende Taktik, alsbald einen würdigen Nachfolger für Stephan zu finden, aber Jan Christiansen hatte ich dabei nicht im Auge … Das alles versuchte ich Carsten ohne Worte mitzuteilen. Ich verwendete meinen Supersonderflirtblick, bestehend aus einem verschmitzten Lächeln, bei dem ich den Kopf leicht schräg absenkte, um durch meine Wimpern hindurch hochblicken zu können. Als Antwort ließ er seine Augen blitzen. Einen Gang hochschaltend, machte ich eine kleine Bewegung nach vorn … und bekam einen Schlag vors Hirn.

»Na, na, nu ma immer schön langsam, junge Frau!«, polterte Jan Christiansen und drängte sich zwischen Carsten und mich.

Nein! Nicht wirklich! Was war mit diesem Ort los? Hatte ich einen Peilsender unter der Hacke, der Störenfriede magisch anzog? Entgeistert starrte ich den neuesten Eindringling an.

Der war entweder komplett schmerzfrei oder bekam einfach nicht mit, dass er nicht erwünscht war. »Hier«, er hielt mir die Bierflasche hin, die ich gerade an die Stirn bekommen hatte, »für dich, meine Blume!«

Belämmert griff ich zu. »Wieso?«

»Ein kleiner Beweis nordfriesischer Gastfreundschaft! Fühlst du dich wohl bei uns?« Kleine Grübchen erschienen auf seinen Wangen, als er mich offenherzig anlachte. Diesmal unterließ er es wenigstens, seinen Blick in Richtung Dekolleté schweifen zu lassen.

»Danke«, sagte ich hilflos. »Ich bin ja in netter Begleitung.« Ich wies auf Carsten. Das war von mir als dezente Aufforderung zum Weitergehen gemeint, wurde von Jan aber als Vorstellung gewertet.

»Moin!«, wandte er sich interessiert an Carsten. »Du bist der Inspektor, nicht? Man sieht dich hier ja auch viel beim Surfen. Was ist das denn für'n Brett, das du fährst?« Und während er, den Blick auf Carsten gerichtet, auf eine Antwort wartete, legte er mir doch glatt einen Arm um die Schulter! Fassungslos starrte ich ihn an. Er zwinkerte zurück und zog mich zu sich ran. Carsten, genauso verdaddert wie ich, gab brav Auskunft über seine Surfausrüstung, guckte aber, als wäre er im falschen Film. Jan dagegen schien sich der Übergriffigkeit seiner Tuchfühlung gar nicht bewusst zu sein und plauderte treuherzig mit Carsten weiter. Ich überlegte noch, wie ich am besten aus der Umarmung heraustauchte, ohne Jan vor den Kopf zu stoßen, da sah ich meine Rettung nahen. Wibkes Kopfantennen wippten hektisch durch die Menge. Schon stolperte sie zwischen uns. »Schatz, mir ist kalt, bringst du mich bitte nach Hause?«, keuchte sie.

Jan lächelte gequält und ließ mich los. An seinem rechten Arm zerrte schließlich Wibke. Er wuschelte mir noch eben durch die Haare, hielt Carsten lässig die Hand zum Abklatschen hin – was Carsten stirnrunzelnd und zögerlich tat – und trug dann mit einem freundlichen »Man sieht sich!« Wibkes Krabbenschwanz davon.

Carsten kaute auf seiner Unterlippe und wippte auf seinen Füßen vor und zurück. Ich hielt in jeder Hand eine Bierflasche und ärgerte mich. Dämlicher konnte ich nun wirklich nicht dastehen.

»Hier.« Ich reichte Jans Flasche an Svenjas Freund Lars weiter. Der hatte seinen Dienst hinterm Tresen offenbar beendet und stand nun bei seiner Clique; er hatte im Gegensatz zu mir auch nichts dagegen einzuwenden, dass er nun zwei Bier parallel trinken sollte. Dann sah ich zu, dass ich meine Unterhaltung mit Carsten wieder in Gang brachte. Beim Anblick von Wibke, die mit ihren hochhackigen Schuhen unelegant über die Wiese davonstrauchelte, fiel mir noch etwas ein.

»Was war denn jetzt eigentlich mit Sönkes Verabredung? Wer war die Person, wegen der er gestern Abend nicht zu seiner Mutter konnte? War das eine Frau?«

»Wibke war es jedenfalls nicht«, antwortete Carsten einsilbig. Man merkte, dass er langsam an mir und meinen Einmischungen verzweifelte. Er kullerte schon mit den Augen und ich sah ein, dass ich jetzt wirklich mal aufhören musste, wenn ich nicht eine unangenehm deutliche Abfuhr kassieren wollte. Carsten hatte aber auch gleich ein Ersatzthema parat. »Was übersetzt du eigentlich so?«, fragte er. Bei Aufnahme der Personalien am Tatort hatte ich als Beruf »freie Übersetzerin« angegeben. Das bot sich natürlich eigentlich als Andockthema an ... aber denkste. Die Antwort war gar nicht so leicht.

Ich biss mir von innen auf die Unterlippe. Was sollte ich jetzt sagen?

Natürlich konnte ich ihm von der Gebrauchsanleitung dieser Heizungsanlage erzählen, deren Übersetzung ich am Vorabend übrigens noch hinter mich gebracht hatte, obwohl Tante Lisbeth im Nachbarsessel verführerisch mit ihren Frauenzeitschriften geraschelt hatte. Auch die vorangegangenen Aufträge, Unterflurfräsmaschine und Helikoptergasturbine, boten sich durchaus an – denn je öder und abtörnender ich meine Übersetzungsobjekte fand, desto größer war erfahrungsgemäß die Resonanz bei Männern. Diese ganzen heimlichen Lego-Technik-Freaks hingen dann an meinen Lippen, und wenn ich ein paar Mal »Radialverdichter« und »Schubdüse« gesagt hatte, bekamen ihre Augen einen träumerischen Glanz, und sie behandelten mich wie eine Weltraumingenieurin.

Aber wenn alles nach Plan lief, war die GeoTherm 1600 mein letztes Ingenieursstück gewesen und ich würde nach meinem selbstverordneten Urlaub keine freischaffenden Technik-Übersetzungsaufträge mehr annehmen, sondern stattdessen feste Mitarbeiterin des Linder-Verlags sein. Des Verlags, der unter anderem die beliebte Reihe *Pochende Herzen* herausgab: Liebesgeschichten rund um Ärzte, Piloten und Seeräuber.

Das waren natürlich keine Titel der Weltliteratur, sondern romantische Schmonzetten, die die Autoren im Schnellverfahren konzipierten. Wenn man die ganzen Begriffe für Körperregionen, -flüssigkeiten und Ekstasezustände erst mal drauf hatte, war das auch für die Übersetzer nach ein paar Bänden wahrscheinlich reine Routine. Da machte ich mir nichts vor. Was mich aber dazu gebracht hatte, mich trotzdem bei dem Verlag zu bewerben, war die zusätzliche Herausforderung: Auf der Webseite war die Stelle nämlich mit »erweiterten Aufgaben im redaktionellen Bereich« ausgeschrieben. Ich hatte beim Linder-Verlag angerufen, um mir die Sache erklären zu lassen. Herr Linder – zu dem ich durchgestellt worden war, nachdem ich meine Qualifikationen als Übersetzerin mit Nebenfach Linguistik genannt hatte – hatte mir das Dilemma des Verlags geschildert: Im Moment veröffentlichte er überwiegend Geschichten aus der Feder deutscher Autoren. Zwar konnte er bei den Historienstücken problemlos ausländische Werke zukaufen, weil da alle gern von französischen Comtessen und englischen Earls lasen. Ansonsten aber wollte die deutsche Leserin nun einmal gern Geschichten, die vor lokaler Kulisse spielten und in denen der Chefarzt einen Mercedes fuhr. Aber auch wenn es in Deutschland von Autoren und Autorinnen nur so wimmelte: Im Kitschroman-Genre tummelten die sich nicht. Jedenfalls nicht in der Sparte, die auf Drehständern im Supermarkt verkauft wurde. »Die halten sich heutzutage alle für Nicholas Sparks«, hatte Herr Linder gestöhnt. »Entweder, ihre Einzigartigkeit verbietet es ihnen, sich bei uns unter Pseudonym verramschen zu lassen. Dann stellen sie ihre Texte lieber selbst als e-Book bei Amazon ein. Oder sie sind zwar total scharf drauf, gedruckt zu werden, notfalls auch bei uns, aber sie verfranzen sich in komplizierten Plots, die von unserer Kundschaft keiner lesen will.« Und dann hatte er mir seinen Plan erklärt: Anstatt sich mit den deutschen Autoren rumzuärgern, die um jeden Satz diskutierten, wollte er zukünftig mehr mit ausländischen Zukäufen arbeiten. Denen sei es wurscht, was man hier mit ihren Texten mache. »Und deshalb nehmen wir jetzt die ausländischen Dinger und stricken die um! Schwarzwald statt Rocky Mountains, Sylt statt Hamptons. Die Oberschwester heißt Gisela, die Schwesternschülerin Helene, und zum Mittag gibt's Kohlrouladen. Also, können Sie das?«

Das hatte ich ihm versprochen. Daraufhin hatten wir vereinbart, dass ich zu Probezwecken ein paar Textstellen übersetzen würde, um meine sprachliche Kompetenz unter Beweis zu stellen. Und dann sollte ich im Verlagshaus vorbeischauen und mich mit einer der Lektorinnen zusammensetzen, das kleine Einmaleins des Kitschromans lernen, dann noch ein, zwei Probe-Schmonzetten-Tunings abliefern, und dann hätte ich die Stelle. Und wer weiß, wenn ich auf diese Weise den Fuß in die Tür bekam ... vielleicht gab es in diesem Verlag irgendwann auch noch andere Tätigkeiten, die mich beruflich weiterbrachten! Außerdem hätte ich endlich mal eine Festanstellung. Ich fand, dass ich hier gerade ganz wichtige Weichen für meine Zukunft stellte ...

Aber sollte ich das alles Carsten erzählen? Carsten würde mich dann vermutlich statt mit Weltraumtechnik mit liebestollen Stewardessen assoziieren! Ich entschied, dass die ganze Sache mit dem neuen Job eh noch nicht spruchreif war, sagte knapp etwas über »technische Betriebsanleitungen, Turbinen und so« und sorgte für einen schnellen Themenwechsel. »Ich finde, jetzt darf ich mal fragen. Du weißt doch eh schon alles über mich, bis hin zu meinem Familienstand.«

»Ich hab halt einen Traumjob«, sagte er mit einem angedeuteten Lächeln und sah mir dabei tief in die Augen.

O mein Gott, dieser Blick! Da war mein Supersonderflirtblick nichts gegen. Irgendwas machte er mit seinen Augenwinkeln. Er schien sich zu mir ranzuzoomen. Oder mich zu ihm. Ich schluckte aufgeregt und machte mich darauf gefasst, gleich an seiner breiten Brust zu landen.

Aber nichts geschah. Als er nach einer kleinen Ewigkeit immer noch nicht über mich hergefallen war, tat ich bedauernd das, was gut erzogene Mädchen tun (und solche, die neben dem Supersonderflirtblick leider noch keine Magnetismus-Variante im Programm haben), und führte das Gespräch fort.

Jetzt war also ich dran mit Fragenstellen. Aber ich konnte unmöglich ansprechen, was mich wirklich interessierte, und darüber hinaus wollte mir nichts einfallen. Als Notlösung klapperte ich die Kategorien ab, die ich aus den *Meine-Schulfreunde*-Büchern in Erinnerung hatte. Carsten gab brav Auskunft. Lieblingsmusik: Coldplay. Lieblingsessen: Lasagne. Hobbys: – Er zögerte kurz. Offenbar wollte er ungern an das Gespräch mit Jan Christiansen erinnern. »Na ja, ich surfe wie gesagt gern«, sagte er nur schnell.

»Das finde ich super.« Vor allem, weil Tante Lisbeth ein Fernrohr hatte und man die Bucht von ihrem Balkon aus bestens überblickte. Von daher mussten wir leider doch noch kurz bei diesem Thema bleiben. »Muss man hier im Sommer eigentlich mit Neoprenanzug aufs Wasser?«, hakte ich nach.

»Eigentlich nicht, nein«, antwortete Carsten. Ich freute mich und kam zum nächsten Punkt. »Was wünschst du dir am meisten auf der Welt?« Ich erinnerte mich, dass meine Freundinnen und ich zu Grundschulzeiten alle noch die Wahrheit hingeschrieben (Barbieschloss und eigenes Pony, in den meisten Fällen), in höheren Klassen aber nur noch verlogen »Weltfrieden« eingetragen hatten. War ja auch eine beknackte Frage. Ich stellte sie auch nur, weil ich zu aufgeregt war, um mir etwas Besseres auszudenken. Carsten zögerte. »Dass Rauchen nicht ungesund wäre«, sagte er dann.

Ich lachte. »Du meinst, du wünschst dir eine Zigarette.«

»Nein, ich habe ja aufgehört. Weil es ungesund ist. Und du?«

»Weltfrieden.«

Er grinste. »Ich meinte, ob du rauchst.«

Ich druckste rum. »Nur, wenn ich schlimm betrunken bin. Aber gar nicht, wenn du es meiner Tante sagst.«

»Ich schweige, versprochen.« Er hielt drei Finger in den Wind und sah mich pseudofeierlich an. »Aber bevor du mich jetzt als Nächstes fragst, welches Instrument ich spiele …« – Ich war ertappt, aber er war schließlich auch Kommissar! – »Hast du vielleicht noch irgendwelche erwachsenen Fragen an mich?«

Klar. Ich wollte wissen, ob er eine Freundin hatte. Zur Sicherheit, vielleicht war die Kupplerin Svenja nicht auf dem neuesten Stand gewesen. Aber das konnte ich ja schlecht fragen.

»Pffffhhh«, machte ich und tat so, als würde ich mir das Hirn zermartern.

»Wenn ich zur Zeugenaussage vor Gericht muss, fragt der Richter zum Beispiel immer nach Wohnort und Familienstand«, schlug Carsten augenzwinkernd vor. Ich war ihm so dankbar.

»Na, wenn das so Usus ist …«, gab ich möglichst ungezwungen zurück.

Er senkte seine Stimme. »Wohnhaft Theodor-Heuss-Straße 12 in Husum …«, raunte er mir zu. Er schaute ernst, mit Pupillen, die so stark geweitet waren, dass seine Augen fast schwarz wirkten. Sein Blick wanderte von meinen Augen zu meinem Mund. Als er weitersprach, war seine Stimme ganz belegt. »Familienstand ledig«, brummte er und neigte den Kopf zu mir herunter.

Mal angenommen, diese Situation taucht im *Cosmopolitan*-Psychotest (»Sind Sie fit im Flirten?«) auf. Dann sähe das in etwa so aus:

> Frage: »Sie stehen an einem lauen Sommerabend einem total süßen Typen gegenüber. Die Grillen zirpen, das Meer rauscht. Er beugt sich mit hypnotischem Blick zu Ihnen herunter und sagt Ihnen, dass er Single ist. Was tun Sie?«
> A – Sie ziehen seinen Kopf zu sich heran und zeigen mit einem fordernden Zungenkuss, worauf Sie es abgesehen haben.
> B – Sie legen ihm eine Hand auf den Arm, heben den Kopf und öffnen leicht die Lippen.
> C – Sie fangen an, ihm von Ihrem Ex zu erzählen.

Mal ehrlich. Da würde man doch die Augen verdrehen und sich fragen, wie blöd denn eine sein muss, um am Ende beim Testergebnis nicht in der mittleren Gruppe (»überwiegend B: Sie sind eine tolle Flirterin! Weiter so!)« zu landen.

Nun ja.

Dabei hatte ich ihn wirklich nicht verprellen wollen. Im Leben nicht. Eine Erklärung (wenn auch nur geringen Trost) fand ich, später, allein auf der Schlafcouch und von mir selbst über alle Maßen genervt, im Internet unter dem Stichwort »Übersprungverhalten«. Ich las, dass sich zwei einander widersprechende Instinkte, wie zum Beispiel Angriff und Flucht, gegenseitig blockieren können. Dabei wird Triebenergie freigesetzt, die dann ungesteuert auf eine dritte Verhaltensweise überspringt. Diese Theorie, so las ich weiter, gelte aber mittlerweile als überholt. Nicht doch! Wissenschaft, nicht so voreilig! Schaut mich an! Da wollte mich ein Mann küssen, ein sexy, netter, gut riechender Mann. Das löste natürlich Instinkt »Angriff« aus. Als Blockadetrieb leider aber gleichzeitig auch Instinkt »Flucht«, denn ich bin nun mal ein feiges Huhn. Ergebnis: Übersprung auf Inga Herings Grundverhaltensweise drei: dümmliche Assoziationen herstellen und ungefiltert rausplappern.

Was also tat ich? Ich öffnete den Mund und sprach: »Mein Ex wohnt auch in der Theodor-Heuss-Straße.«

Carsten prallte so heftig zurück, als wäre er gegen eine unsichtbare Sprungfeder gestoßen. »So? Na ja, ist wohl ein häufiger Straßenname.« Er kratzte sich am Kinn. Ich biss mir mental in den Hintern, bewertete die Situation als komplett vergeigt und versuchte, mir wenigstens nichts anmerken zu lassen. »In Brandenburg haben wir auch viel Theodor Fontane.« Ich juckte mich in der Armbeuge.

»Den gibt's hier nicht«, sagte Carsten. »Dafür haben wir Theodor Storm.«

Stille.

»Jetzt weiß ich keine Theodors mehr«, sagte ich nur, um etwas zu sagen.

»Auch keine Theos? Zum Beispiel unter den Exfreunden?« Carstens Ton war ganz neutral, aber darin lag gerade der Vorwurf. Hey, lass uns über deine Exfreunde reden, wir sind hier voll auf Kumpelebene, es hat nie einen Flirt gegeben. Nix passiert. Alles nur eingebildet.

Wie kommt man aus so einer verfahrenen Situation wieder raus? Häh, *Cosmopolitan*? *Petra*? *Bravo Girl*? Seit fünfzehn Jahren lese ich Mädchen- und Frauenzeitschriften, aber auf das hier hat mich keine von euch vorbereitet! Ihr habt mir gesagt, wie ich mir die Haare machen muss und welche Schuhe ich zum ersten Date trage (und du, liebe *Cosmo*, auch noch die fünfzehn besten Stellungen für die anschließende Liebesnacht), aber wie, bitte, pariere ich diese Frage nach den Exfreunden? Häh? Da kann man doch nur alles falsch machen! Wenn ich sage, nee, da hieß keiner Theo, dann fragt er, wie denn dann, und ich muss ihm womöglich alle meine Exfreunde aufzählen. Und dann sagt er entweder, boah, so viele, oder boah, so wenige, oder er fragt weiter, wie die im Bett waren oder irgendwas anderes Pseudokumpeliges, und dann, dann kriegen wir die Kurve nie mehr!

»Ich mag mich eigentlich gar nicht über meine Exfreunde unterhalten«, sagte ich mit einem gequälten Lächeln.

»Du hast aber damit angefangen.«

»Das war ein Versehen.«

»Freud'sches Versehen?«

Wenn man das laut ausspricht, woran man unterbewusst denkt? »Voll nicht!«, protestierte ich. »Ich habe nicht an meinen Ex gedacht, sondern an Theodor Heuss! Einen großen deutschen Staatsmann, dem muss man ja auch mal Tribut zollen!« Wie gesagt, das mit dem Übersprungverhalten habe ich erst später gegoogelt. In der Not kam ich nur auf die blöde Politiker-Ausrede. Aber das war Mist.

»Was war der denn?«, stellte Carsten mich nämlich auf die Probe. Die Frage hätte auch von Tante Lisbeth sein können. Ich sah meine Chancen bei fifty-fifty. Bundespräsident oder Bundeskanzler.

»Bundespräsident«, erklärte ich und sah ihn unverwandt an.

Er zog skeptisch die Augenbrauen hoch.

»… natürlich nicht, sondern Bundeskanzler!«, schwang ich um.

Er grinste schadenfroh.

Ich schnappte nach Luft. »Das war ein billiger Polizistentrick!«, schimpfte ich und holte aus, um ihm im Spaß eine zu hauen. Klatsch. Ups. War vielleicht etwas viel Schwung gewesen.

Carsten rieb sich seine Wange und blickte dann auf seine Uhr. Das war deutlich, aber ich konnte es ihm nicht verübeln. Ich hatte an einem Abend gleich mehrere vielversprechende Momente vertan. Einmal hatte ich mich vom Dorfgigolo in den Schwitzkasten nehmen lassen, dann eine Kussszene mit einer Bemerkung über meinen Exfreund anmoderiert und Carsten schließlich auch noch eine gezimmert. Es sah ganz so aus, als wollte Carsten nicht abwarten, wozu ich noch alles fähig war.

Zu total missglückten Abschieden, beispielsweise. Das konnte doch auch wieder nicht gut gehen. Wie sich trennen? Wir waren hier in Norddeutschland, da gab man sich keine Küsschen. Auch nicht in Brandenburg, also kein Handschlag, und einfach so »tschüss dann« sagen traf auf keinen Fall den Ton, den ich zwischen uns gern gefestigt hätte. Eine Umarmung musste es mindestens sein, aber ich hatte das untrügliche Gefühl, dass auch das heute Abend in die Hose gehen würde. Und außerdem traute ich mich nicht.

Unbeholfen standen wir uns gegenüber, bis ich es nicht mehr aushielt. Besser feige als Volltrottel. Ich riss die Notleine und fummelte in meiner Hosentasche nach meinem Handy. »Vibrationsalarm«, erklärte ich, »ist bestimmt meine Tante.« Ich passte auf, dass er das Display nicht zu sehen bekam, und begann, mit der Luft zu telefonieren. »Hallo, Tante Lisbeth? Ich kann dich gar nicht richtig hören … Was? Hörst du mich denn … Was? Hier ist es so laut, warte mal einen Moment!« Ich hielt das Handy an meine Brust, wie um den Schall abzuschirmen, und erklärte Carsten schnell, dass ich leider telefonieren müsse und hier wäre es zu laut. »Ach weißt du, ich glaube, ich gehe dann am besten auch gleich rüber. Tante Lisbeth fürchtet sich bestimmt so allein, nach dem Mord und so.« Carsten sah mich verständnisvoll an, gab mir seine besten Grüße an Tante Lisbeth mit, und mit einer flink zum Gruß erhobenen Hand, das Handy schon wieder am Ohr, und meinem allerallercharmantesten Lächeln auf den Lippen machte ich mich aus dem Staub.

# ACHT

Am nächsten Tag war Sonntag und Tante Lisbeth verlangte nach frischen Brötchen und neuem Joghurt. In Freesbüll kein Problem, denn in Kurorten dürfen die Geschäfte sonntags öffnen. Taten sie auch alle beide, der Blumenladen und der Kaufmannsladen von Marquardsens.

Gleich beim Reinkommen sah ich Svenja an der Kasse sitzen. »Moin, Svenja!«, grüßte ich und stellte mich an den Lottotresen, der auf der Rückseite der Kasse aufgebaut war. Svenja rollerte die zwei Meter auf ihrem Kassen-Drehstuhl zu mir rüber.

»Mooooin«, antwortete sie lahm.

»Spät geworden?«, fragte ich verständnisvoll.

Sie zog sich am Tresen hoch und stützte sich auf ihre Unterarme. »Jaaaa«, ächzte sie. »Aber wird schon.«

Ich zeigte auf die Wikinger-förmige Plastiktrommel mit den Rubbellosen. Bei uns Herings war es Tradition, in den Ferien vom Brötchenholen Rubbellose mitzubringen.

»Sonntags geht das nicht«, sagte Svenja.

Ich schob die Unterlippe vor.

»Wir dürfen sonntags nur Sachen aus dem Laden verkaufen, kein Lotto«, erklärte Svenja.

Ich verstärkte das Schippchen, senkte zusätzlich die Nasenflügel, kräuselte die Augenbrauen und legte die Stirn in Falten.

»Ist das der Hundeblick, mit dem wir früher um Haribos gebettelt haben?«

»Iuuuh«, winselte ich bestätigend.

Svenja griff in die Lostrommel, zog zwei Lose heraus und legte sie vor mich hin. »Hier. Bezahl sie morgen.«

Ich hechelte freudig.

»Wie lief's denn gestern noch so mit Carsten?«, fragte sie.

Ich beendete die Hundenummer. »Joo. Ganz gut«, antwortete ich ausweichend.

»Immer dranbleiben. Ich finde, der wär was für dich.«

»Hat man gemerkt. Deine Kuppelei war ein klein wenig auffällig.«

Svenja hob Schultern und Hände in einer Und-wen-stört's?-Geste.

Mir fielen ihre Worte von gestern wieder ein. »›Carsten ist ein wunderbarer Tröster‹, hast du gesagt. Was meintest du eigentlich damit? Kennst du ihn gut? Hattest du auch mal was mit ihm?«

»Nein. Ist nicht mein Typ.«

»Aber meiner, oder wie?«

»Offenbar schon. Sonst stündest du jetzt nicht hier und würdest mich nach ihm ausfragen.«

Äh, na gut. Trotzdem war ich beleidigt. Mich mit jemandem zu verkuppeln, den sie selbst nicht gut fand, war ein bisschen so, als hielte sie mich für anspruchslos. »Und was stört dich an ihm?«

»Mach dir keinen Kopf. Ist nur so eine Geschmacksfrage. Aber ihr zwei passt gut zueinander.«

»Warum denn?«

»Wegen eurem Sinn für Humor«, sagte Svenja. Dabei malte sie bei »Sinn für Humor« Tüddelchen in die Luft. So, als hätten wir in Wahrheit keinen.

Ich protestierte. »Ich habe sehr viel Sinn für Humor!«

»Ich weiß. Ich habe ja auch nicht gesagt, dass du keinen hättest. Ich finde nur, er ist … merkwürdig.«

»Überhaupt nicht.« Am liebsten hätte ich jetzt einen Witz erzählt, um zu beweisen, wie unanfechtbar lustig ich war. Leider fiel mir keiner ein. Außer einer von diesen doofen Antiwitzen, »Kommt ein Mann um die Ecke, ist der Bus weg«. Das würde meiner Sache nicht helfen. Also drehte ich den Spieß um.

»Sag mal ein Beispiel!«, forderte ich sie auf.

»Für etwas, was richtig lustig ist und du nicht verstehst, oder für etwas nicht Lustiges, was du aber gut findest?«

»Gern beides.«

»Also, zum Beispiel das mit Jan Christiansen.«

»Der ist nicht lustig. Wie der da von seinem Film erzählt hat ... voll der Idiot. Doofer Film und noch doofer nacherzählt.«

»Unlustig warst eigentlich du.« Ich stutzte. Was hatte ich denn gemacht? Aber Svenja gab mir keine Gelegenheit nachzufragen und redete weiter. »Außerdem darfst du nicht so streng mit ihm sein. Der Jan ist niedlich. Wie ein Riesenbaby, sag ich immer. Arglos, verspielt und ein bisschen tapsig.«

»Babys sind nicht geschlechtsreif.«

»Du meinst, weil Jan alle angräbt? Musst du ihm nicht übel nehmen. Das ist für ihn nur die einfachste Art der Kommunikation. Gut aussehen und Balzen sind halt seine Kernkompetenzen.«

»Und das ist der Sohn von dieser Landtagsabgeordneten?«, wunderte ich mich. »Ist die auch so beschränkt? Ist das bei euch so wie in Italien, wo die dummen, hübschen Frauen ins Parlament gewählt werden?«

»Nee, Gesa Christiansen ist total intellektuell. Jan ist das schwarze Schaf der Familie, was sie aber nicht wahrhaben wollen. Als er in der Schule sitzen geblieben ist, haben sie ihn auf so ein Internat geschickt, wo jeder das Abi schafft. Und jetzt muss er BWL studieren und besteht seine Klausuren nicht. Darum hat seine Mutter ihm vorsichtshalber erst mal ein Praktikum bei der Windradfirma besorgt.«

»Vitamin B«, sagte ich verächtlich.

»Jo. Es heißt, sie hätte was mit dem Inhaber. Ist nur ein Gerücht. Aber man sieht sie wirklich sehr oft miteinander. Und muss man über Geschäftliches regelmäßig abends um zehn beim Italiener reden? Das andere Gerücht ist übrigens, dass Herr Christiansen in Wahrheit schwul ist und sich einfach nicht genug für sie interessiert.« So war das, wenn man sich mit Svenja unterhielt. Sie kam vom Hundertsten ins Tausendste und breitete die schmutzige Wäsche des ganzen Dorfs vor einem aus. Was ich aber im Moment nicht uninteressant fand. »Genau, wie man sich eine Politiker-Ehe vorstellt«, sagte ich. »Und weiß Jan das?«

»Ich hab ihn noch nie drauf angesprochen. Wenn es wahr ist, tut er mir jedenfalls leid. Und auf sein Praktikum kann man auch nicht neidisch sein, das ist total frustrierend. Er kreuzt hier dauernd mitten am Tag auf, weil die Kollegen keine Aufgaben haben, die sie ihm zutrauen. Das wurmt einen doch. Spaß hat er da jedenfalls keinen.«

»Apropos Spaß. Wieso fandest du mich denn jetzt bei meiner Begegnung mit Jan humorlos? Er hat mir auf die Brüste gestarrt«, rekapitulierte ich. »Hätte ich einen Tittie-Witz machen sollen? ›Das ist Hans und das ist Franz‹ oder so?«

»Nein.« Svenja guckte verstört. »Wer sagt denn so was zu seinen Brüsten?«

»Heidi Klum. In Amerika kam das auch total gut an.«

Svenja fasste mich beruhigend ans Handgelenkt. »Inga, das mit Heidi Klum musst du einfach mal gut sein lassen.« Ich stöhnte. Jetzt kam das wieder.

Ich habe ja schon erwähnt, dass Tante Lisbeth sich selbst gern mit Claudia Schiffer vergleicht. Das ist leider nur die Hälfte ihrer Model-Analogien. Was sie auch gern bringt, ist der Hinweis auf die biografischen Parallelen von Heidi Klum und mir. Gern auch gegenüber anderen. Was erklärte, dass Svenja informiert war. »Ich weiß, dass du und Heidi Klum beide in der gleichen Stadt Abitur gemacht habt«, sagte Svenja also. »Aber was für sie funktioniert, muss nicht auch bei dir gut sein. Du musst sie nicht nachmachen.«

»Sag das mal Tante Lisbeth. Dieser Das-hättest-du-sein-können-Blick, wann immer Heidi Klum irgendwo zu sehen ist. Und die ist verdammt oft irgendwo zu sehen!« Genervt rubbelte ich eins der Rubbellose auf, obwohl ich die eigentlich zum Nachtisch gekauft hatte. Drei mal fünfzig Cent. Ich zeigte auf die Lostrommel, und Svenja ließ mich für meinen Gewinn ein neues ziehen.

»Guck, du hast sogar was mit Jan gemeinsam. Ihr erfüllt die Erwartungen eurer Familie nicht.« Svenja grinste. »Nee, Quatsch. Ich hab nur Spaß gemacht. Ich denke, deine Tante ist in Wahrheit ganz schön stolz auf dich. Glaub mir, sie erzählt mir immer alles, was sie aus dir heraustelefoniert. Sie wäre halt noch ein klein bisschen stolzer, wenn du modeln, Fernsehshows moderieren und Millionen verdienen würdest, aber meine Güte. Ich wäre auch ein kleines bisschen stolzer, wenn mein Papa der Vorsitzende der Deutschen Bank wäre und nicht Besitzer eines Dorfkaufladens. Aber eigentlich bin ich doch top zufrieden mit ihm.«

Ich zuckte mit den Schultern. »Tante Lisbeth kann es halt nur nicht so zeigen. Aber jetzt sag schon, warum du meinen Humor merkwürdig fandest?«

»Ach so. Ja. Also, Jan hat von seinem Kinofilm erzählt. Und dann hat er gefragt, was man wohl tun würde, wenn im Flugzeug neben einem wer 'ne Handgranate zündet oder so was. Und dann hast du gesagt, ›wahrscheinlich sterben‹. Das war überhaupt nicht lustig.« Svenja hob hilflos die Hände. »Ich dachte, du hättest ihn falsch verstanden. Weil das doch nur eine rhetorische Frage war und Jan doch eigentlich gemeint hatte: ›Ey, wie abgefahren ist das denn‹. Und du hast ihn stattdessen wörtlich genommen und geantwortet, was normal passiert, wenn im Flugzeug was explodiert. Und plötzlich merke ich, wie der Carsten …«

»Der war da schon da?«, unterbrach ich sie.

»Schräg hinter dir, du hast ihn wohl nicht sehen können. Jedenfalls hat er voll gelacht und sich halb an seinem Bier verschluckt, und da ist mir erst klar geworden, dass das ein Witz von dir war, so ernst zu tun.«

Ich nickte etwas schuldbewusst. Ehrlich gesagt kam es häufiger vor, dass ich Späße machte, die keiner verstand. Ich sollte damit aufhören. Einerseits. Andererseits: Carsten hatte gelacht. Ich lächelte.

»Ihr seid wie füreinander geschaffen, der Carsten und du. Der wär echt was für dich«, wiederholte sie. Dann tastete sie unter dem Förderband nach ihrem isotonischen Katergetränk, und ich begab mich auf meine Einkaufsrunde. Als ich zum Bezahlen wiederkam, hatte sie das Thema immer noch nicht hinter sich gelassen.

»Und wie geht's jetzt weiter mit euch?«, fragte sie, während sie mir das Rückgeld abzählte. »Soll ich ihn mal für dich anrufen?«

»Sehe ich so aus, als würde ich mich das allein nicht trauen?«

»Ja. Außerdem sagt deine Tante auch, dass du keine Eier in der Hose hast.«

Ich klopfte mit den Fingernägeln auf die Plexiglasablage mit der Kleingeldkuhle. »Ich werde sie nach deinen Schwächen fragen!«, sagte ich rachsüchtig.

»Die kann ich dir auch sagen. Ich bin herrisch, indiskret und verfressen. Soll ich Carsten jetzt anrufen?« Bloß nicht. Einmal kuppeln reichte mir.

»Nee, ist nicht nötig. Wir sehen uns sowieso. Beruflich«, fügte ich hinzu, um nicht übereifrig zu wirken.

»Beruflich? Du bist doch Übersetzerin. Haben die einen Ausländer im Verdacht?« Svenja wunderte sich. »Ich dachte, die ermitteln bei den Windpark-Typen. Frau Nieswandt aus dem Süderbergweg war heute Morgen hier und hat gesagt, dass ihr Mann gestern Nachmittag extra ins Amt fahren musste, um der Polizei die ganzen Genehmigungsunterlagen rauszusuchen. Herr Nieswandt arbeitet nämlich in Husum beim Landesamt für Umwelt. Offenbar denkt die Polizei, dass da was im Busch ist.« Svenja strahlte. In Sachen Klatschbörse lief es für sie heute echt rund.

»Es geht nicht um meinen Beruf, sondern seinen. Wir sind Zeugen«, steuerte ich ein paar Infobröckchen bei. »Tante Lisbeth und ich, wir haben die Leiche gefunden.«

Svenja schlug so heftig auf das Förderband, dass die Shopper-Stopper-Balken aus ihrer Schiene hopsten. »Und das sagst du mir erst jetzt? Erzähl!«

Als ich nach Svenjas anschließendem Verhör endlich wieder in der Wohnung ankam, war Tante Lisbeth schon halb verhungert. Vorwurfsvoll und mit einer leicht fahrigen Handbewegung wies sie mich an, dass ich jetzt erst mal neuen Kaffee kochen könne. Den alten habe sie während der langen, entbehrungsreichen Wartezeit allein trinken müssen. Das erklärte das Zittern.

Aber ich machte alles wieder gut. Ich überließ ihr beide dänischen Blätterteigbrötchen und fütterte sie zusätzlich mit den Informationen, die ich am Abend zuvor bei dem Feuerwehrfest gewonnen hatte. Als ich zurückgekommen war, hatte sie mir nämlich nur verschlafen die Tür geöffnet, etwas von »nächstes Mal nimmst du gefälligst 'nen Schlüssel mit« gemeckert und war wieder im Schlafzimmer verschwunden. Jetzt war sie dank des ganzen Kaffees hellwach und nahm begierig alle Neuigkeiten auf. Ich erzählte von Ole, Sönkes Plänen mit dem Imbiss und dem Deal zwischen ihm und den Verantwortlichen der Gemeinde. Und ich berichtete, dass ich Wibke Lenz gesehen hatte und die jetzt mit Jan Christiansen zusammen war.

»Dem kleinen Christiansen?«, fragte Tante Lisbeth geringschätzig. Ich dachte an ihre Abneigung gegen Jans Politiker-Mutter und beschloss, sie ein bisschen zu ärgern. »Der ist eigentlich ganz niedlich«, stichelte ich. Hübsch war er ja. »Und wenn ich den heirate, kann ich meinen Sohn Christian Christiansen nennen!«

Tante Lisbeth blickte mich argwöhnisch an. »Da lass mal die Finger von.«

Ich grinste. Das hatte Carsten auch gesagt. »Halte dich mal besser an den Kommissar«, riet sie mir prompt.

»Der war übrigens auch da«, sagte ich beiläufig und fegte ein paar Krümel zusammen. Dann pellte ich mein Ei und streckte mich nach dem Salz, das Tante Lisbeth, ganz Single, nicht wirklich mittig platziert hatte. »Er heißt Carsten, hat keine Freundin, und wir duzen uns.«

»Fett«, lobte Tante Lisbeth.

»Wie schreibt man das eigentlich? Wirklich ›fett‹ wie ›Fettfleck‹?«, erkundigte ich mich.

»Das ist amerikanischer Gangsta-Hip-Hop-Slang. ›*Phat*‹ natürlich! P H A T.« Tante Lisbeth schüttelte den Kopf, um mir zu zeigen, dass das ja mal wieder eine unmögliche Frage war.

Ich machte eine Faust, aus der ich den kleinen und den Zeigefinger rausschauen ließ, und bog den Arm in einer megacoolen Hip-Hop-Video-Geste nach vorn. »Yo.« Das hatte gut ausgesehen, ich machte sie gleich noch mal und fügte an: »Respekt.«

Tante Lisbeth verdrehte die Augen. »Gib dir keine Mühe. Bei dir funktioniert das nicht.«

»Aber bei dir?«, zweifelte ich. Ich war wenigstens jung und könnte mit einem rückwärts aufgesetzten Basecap noch halbwegs cool aussehen. Damit hatte ich Tante Lisbeth – zum Glück – noch nicht gesehen. »Hast du denn die passenden Outfits?«, fragte ich.

»Brauch ich nicht. Ich hab auch so *Street Credibility*.« Sprach's und zog den gehäkelten Eierwärmer von ihrem Sechs-Minuten-Ei.

So ein Quatsch! »Meines Wissens sind Papa und du nicht in den Straßen der Bronx aufgewachsen, sondern im Heideweg. Wo ist'n da das Gangsta's Paradise? Die einzige Gelegenheit, bei der Oma euch mit einem scharfen Messer in der Hand rausgelassen hatte, war doch zum Unkrautkratzen zwischen den Terrassenplatten.«

»Dafür war ich in den Siebzigern in Süditalien.« Sie köpfte mit Schwung das Ei und fügte hinzu: »Mafia. Camorra. Cosa Nostra.«

Ich schüttelte streng den Kopf. »Du hast vor vierzig Jahren

mal einen Kunstkurs in Italien besucht. Das ist kein Grund, jetzt Hip-Hop-Slang zu benutzen. Nimmt dir keiner ab. Ehrlich gesagt glaub ich eher, dass die Leute dadurch denken, dass du 'n bisschen spinnst.«

Tante Lisbeth seufzte. »Mensch, Inga. Du verstehst aber auch echt keinen Spaß.« Sie legte den Eierlöffel wieder hin, den sie gerade in die Hand genommen hatte, und blickte mich ernst an. »Natürlich denken alle, dass ich einen Hau hab. Aber darum geht's doch gerade! Ich bin hier sowieso der Exot. Als Single. Da musst du dir schon was einfallen lassen, um nicht ständig nur mitleidig angeguckt zu werden. Das war schon immer so. Wenn du nicht klar machst, dass für dich andere Standards gelten, denken sie, du willst das Gleiche wie sie und kriegst es nur nicht. Zuerst dachten sie, ich bin neidisch auf ihre Männer. Dann auf ihre Kinder. Und jetzt schieben sie mir total selbstzufrieden ihre Enkelkinder vor die Füße. Als wäre es das Größte, so ein krakeelendes Balg an der Backe zu haben.« Sie machte eine Scheibenwischer-Bewegung. »Wenn die dann anfangen, mir die Stuhlkonsistenz vom kleinen Linus zu erklären, dann wird mir echt schlecht. Neulich hat Heidrun mich gebeten, kurz mal auf ihren Enkelsohn aufzupassen, während sie zur Lymphdrainage geht. Als sie zurückkam, konnte das Paulchen ›*motherfucker*‹ sagen. Das macht die nie wieder!« Stolz strahlte sie mich an.

So gesehen war es eine *phatte* Strategie. Ob ich mir die auch aneignen sollte, zum Beispiel um meine Mütter-Tauglichkeit bei Mamas ständigen Enkelkinder-Vorstößen infrage zu stellen? »Respekt!«, übte ich noch mal. Diesmal machte ich die Hip-Hop-Geste mit beiden Armen gleichzeitig.

»Sieht nicht aus«, bedauerte Tante Lisbeth.

Ich stand auf und wippte mit gebeugten Knien von einem Bein aufs andere, während ich meine Rapper-Armbewegungen machte. »Yo, krass *phat!* Ich bin der *Killa Checker* in der *Hood*. Respekt!«

»Zu gewollt.« Tante Lisbeth schüttelte den Kopf. »Komm, setz dich wieder hin.«

»Pfffh.« Ich streckte die Zunge raus, machte dabei ein Pupsgeräusch und nahm wieder Platz.

»Jetzt erzähl aber mal weiter vom Kommissar! Er hat keine Freundin, und ihr duzt euch. Und jetzt? Habt ihr ein Date?«

»Na ja. Eigentlich nicht.« Ich zog ein gequältes Faltenmops-Gesicht. Tante Lisbeth verschränkte die Arme und lehnte sich in ihrem Stuhl zurück. Sie hatte schon durchschaut, dass ich irgendetwas verbockt hatte. »Erzähl!!«

Ich gehorchte und beichtete ihr alles. Wie Carsten mich angesprochen hatte. Wie wir geflirtet hatten. Wie er mich fast geküsst hatte. Und wie am Ende alles in die Hose gegangen war.

»Und jetzt?«, fragte Tante Lisbeth, als ich mit dem Geständnis endete, dass ich mich auch noch ohne richtige Verabschiedung davongemacht hatte. »Rufst du ihn an?«

»Ich wüsste nicht, was ich sagen soll.«

»›Hallo, Carsten. Wollen wir zusammen was essen gehen?‹«, schlug Tante Lisbeth vor.

»Ich trau mich nicht.«

»›Hallo, Carsten. Ich mache so etwas normalerweise nicht, weil ich sehr schüchtern bin. Aber wollen wir vielleicht zusammen was essen gehen?‹«

Ich schüttelte bedauernd den Kopf.

»›Hallo, Carsten. Ich mache so etwas normalerweise nicht, aber vor Tante Lisbeth habe ich noch mehr Angst als vor dir, und sie sagt, dass sie mich rausschmeißt, wenn ich dich nicht anrufe. Wollen wir vielleicht zusammen was essen gehen?‹«

Ich schüttelte wieder den Kopf. »Tante Lisbeth, ich trau mich nicht! Wir kennen uns doch kaum. Und ich will auch nicht den Eindruck erwecken, als würde ich mich ihm an den Hals werfen!«

»Den Eindruck hat er nach gestern Abend bestimmt nicht.

Eher das Gegenteil. Deshalb würde ich an deiner Stelle auch nicht darauf warten, dass er anruft.«

»Ich weiß«, wimmerte ich. »Aber ich hätte so gern einen Grund, ihn anzurufen.«

»Hast du doch. Du findest ihn gut.«

»Ja. Aber das will ich doch nicht sagen.« Ich angelte nach dem Salzstreuer, der sich schon wieder neben Tante Lisbeths Teller befand, und ließ ihn diesmal bei mir stehen. Dann fällte ich eine Entscheidung. »Na gut.«

»Die Visitenkarte liegt im Flur neben meiner Sonnenbrille.«

»Nein, nein. Nicht ›na gut‹ wie in ›na gut, ich rufe jetzt Carsten an‹. Sondern ›na gut, dann ermitteln wir noch ein wenig im Mordfall‹. Wenn wir etwas rauskriegen, kann ich mich damit nämlich ganz lässig bei Carsten melden. Beruflich.« Wie ich es Svenja gesagt hatte.

»Geilomat!« Tante Lisbeth ballte eine Hand zur Faust und hielt sie mir dann zum Abklatschen hin. »Mörderjagd! Das wird Hammer!«

Ganz wohl war mir beim Abklatschen jedoch nicht, denn ich hatte nicht wirklich vor, mit Tante Lisbeth dem Dorf einzuheizen, so wie sie es zweifellos vorhatte. Ein bisschen Detektivspielen, nur, um die Verbindung zu Carsten zu halten. Zum Glück gab es ja auch noch unsere Quizshow-Pläne, so viel Zeit für die Verbrecherjagd würde sicher gar nicht bleiben.

Als Erstes wollte Tante Lisbeth bei der Altenheim-Baustelle vorbeischauen. Zum einen, weil das Sönkes Arbeitsplatz gewesen war und wir den Ort »auf uns wirken lassen« sollten. Und zweitens, weil sie da schließlich irgendwann einziehen wollte und sie meine Meinung interessierte.

Ach ja. Das Altenheim. Also echt. »Du musst einfach nur ein bisschen mehr Sport machen«, sagte ich und schüttelte verständnislos den Kopf. »Ehrlich, Tante Lisbeth. Mag sein, dass du keine

Lust mehr auf Kochen und Putzen hast. Aber das ist nicht die Lösung!«

Tante Lisbeth sah kritisch zwischen dem bei mir stehenden Salz und mir hin und her. »Ich habe irgendwo noch einen zweiten Salzstreuer, holst du den mal? Steht, glaube ich, im Besenschrank, hinter dem Karton mit dem Osterschmuck.« Sie ließ ein leicht verschlagenes Lächeln über ihre Lippen ziehen.

Versöhnlich schob ich das Salz in die Tischmitte. Tante Lisbeth nahm es wieder in Besitz und kam zurück auf das Altenheim. »Keine Sorge, so bald zieh ich dort ja nicht ein. Es geht nur darum, ob ich mich auf die Liste der grundsätzlich Interessierten setzen lasse. Wenn es dann mal so weit ist, hätte ich damit vorgesorgt. Du dürftest mich natürlich stattdessen auch pflegen. Aber so schmächtig, wie du bist, kriegst du mir nie ’ne Bettpfanne unter den Hintern geschoben.«

»Ich müsste dich in Windeln legen«, gab ich zu. »Und wegen des Fernsehprogramms gäbe es echt Streit. Wird das Altenheim denn schön?«

»Oh ja. In Wilms Büro steht ein Modell. Das wird echt hübsch, mit Balkonen und Frisör und sogar einem Pool. Und einem Aufbahrungsraum.«

»Aufbahrungsraum? Wie gruselig!«

»Na ja. Muss sein. Ist eben ein Altenheim und kein Mädcheninternat. Aber der Architekt hat’s echt ein bisschen übertrieben.«

Ich wusste, dass sie wollte, dass ich nachfrage. Aber ich wollte nicht. In Sachen Aufbahrungsräume wollte ich viel lieber eine Wissenslücke behalten.

»Weißt du, wie so ein Architektenmodell aussieht?«, fing sie trotzdem an.

»Will’s nicht wissen.«

»Die schmücken die immer so aus. Mit Pflanzen. Und kleinen Figuren.«

»Will’s nicht wissen.«

»Im Aufbahrungsraum sind auch welche. Eine ist die Leiche …«

»WILL'S NICHT WISSEN!«

»Es geht doch gar nicht um die Leiche«, sagte sie und verdrehte die Augen. »Kann ich jetzt weitererzählen?«

»Worum denn dann?«, fragte ich vorsichtig.

»Es geht darum, dass der Architekt die Trauerszene hyperrealistisch nachgebaut hat. Um die Leiche herum hocken Leute. Das ist wohl so vorgesehen. Als Totenwache. Und der Architekt hat die Menschen ganz detailverliebt hingebastelt, mit Tränen und Taschentüchern und allem.«

»Makaber.«

»Eben. Bei mir macht ihr das nicht, okay? Wenn ich mal sterbe, will ich verbrannt werden. Nicht so ein Tamtam mit Totenwache. Am Ende gehen die Leute nach Hause und erzählen sich, dass ich komisch rieche!«

»Versprochen.« Was für ein Thema am Frühstückstisch. Ich schluckte den letzten Bissen meines Brötchens hinunter und hoffte, dass das Thema beendet war.

Nein, war es nicht. »Oder ihr sitzt am Fußende und spielt auf euren Handys rum. Das wär respektlos!«

»Mach ich nicht.«

»Du nicht. Aber deine Kinder!«

»Der kleine Christian Christiansen?« Ich schaute sie frech an.

»Der kleine Fred Feddersen. Oh, das muss ich noch regeln. Wenn ich das nächste Mal Bilder zu Renate in die Galerie bringe, soll sie ein Foto von ihrem Neffen dahaben. Warte, ich schreib ihr gleich mal.« Tante Lisbeth angelte sich ihr Mobiltelefon und fing an zu tippen. »Jedenfalls, ohne Tamtam verbrennen«, kam sie danach wieder zum Thema ihres Ablebens zurück. »Und beim Leichenschmaus soll es kein Ragout fin geben! Das schmeckt nicht und sieht auch schon so nach Pampe aus.«

»Na und? Du wirst es nicht mehr miterleben.«

»Mein Sinn für Geschmack wird mich überdauern.«

Ich zuckte ergeben mit den Schultern. »Ist gut. Kein Ragout fin. Kommt noch mehr? Dann fang ich ’ne Liste an.«

»Schreib’s dir besser als E-Mail an dich selbst. Dann kann es nicht verloren gehen.«

»Jetzt gleich?«

»Frühstück ist doch vorbei. Oder willst du etwa noch einen Joghurt?«

Das »etwa« hatte geklungen, als wäre das ja wohl das Dekadenteste überhaupt, nach zwei Brötchen und einem Ei auch noch einen Joghurt essen zu wollen.

»Ist doch Sonntag!«

»Dann schick ich in der Zeit die E-Mail.«

Ich aß einen Vanilla-auf-Erdbeer-Joghurt. Genuss wollte nicht so recht aufkommen, denn Tante Lisbeth sprach laut mit, während sie nebenan auf ihrem Rechner herumtippte.

»Liebe Inga. Hier spricht deine geliebte Tante Lisbeth aus dem Jenseits zu dir. Ich bin tot, und du musst jetzt sehr stark sein.«

Ich hörte sie vernehmlich schniefen. Dann deklamierte sie mit bebender Stimme weiter. »Ich bin von euch gegangen, und es fällt mir sehr schwer, euch ohne meine schützende Hand zurückzulassen. Gevatter Tod, der arge Schnitter. Ihr müsst jetzt alle sehr stark sein!«

Ich legte den Löffel beiseite und fing an zu schielen.

»Lass mich euch in dieser schweren Stunde ein wenig Orientierung geben. Hier sind meine letzten Wünsche:

Bahrt mich nicht auf. Ich will ein Urnengrab an dieser hübschen neuen Stelle auf dem Friedhof. Am besten gleich neben Kathrin Hansen, wenn die schon tot ist, sonst möglichst weit vorn. Und eine schöne Messingplakette. Wegen der Aufschrift melde ich mich noch mal extra, das kann ich nicht so aus dem Stegreif entscheiden.«

»Auch per E-Mail, oder hast du vor, mir als Geist zu erscheinen?«, rief ich zu ihr rüber.

»Das ist mir zu unsicher!«, rief Tante Lisbeth zurück. »Heidemarie Degner sagt zwar immer, dass ihr ihr toter Mann erscheint, aber ich glaub das nicht so recht. Die nimmt mir zu viele Johanniskrautkapseln.«

»E-Mail wäre mir auch lieber. Ich glaube, ich bin zu schreckhaft für Gespenster.«

Tante Lisbeth schrieb, während ich die Küche aufräumte, noch eine Weile weiter. Das mit dem Ragout fin und die Traueranzeige, wobei sie einsah, dass sie uns Hinterbliebenen hier einen minimalen Gestaltungsspielraum überlassen musste. »Ich hoffe auf ›schnell und unerwartet‹. Bloß nicht ›nach langer schwerer Krankheit von ihrem Leiden erlöst‹«, erklärte sie. »Da müssen wir überhaupt noch mal drüber reden. In meinem Medizinschränkchen im Bad bunkere ich Schlaftabletten. Wenn es keinen Sinn mehr hat, dann schiebst du mir die rein, ja?«

Ich war mit der Küche so weit fertig und gesellte mich zu ihr. »Du kommst vom Hölzchen aufs Stöckchen. Eigentlich wollten wir doch nur das Grundstück von deinem Altenheim angucken. Und jetzt überredest du mich zu Sterbehilfe!«

»Ich würde das auch für dich tun!«, beschwerte sie sich.

»Zweifellos. Aber ich würde mich doch erst etwas genauer darüber unterhalten wollen, ab wann mein Leben aus deiner Sicht ›keinen Sinn‹ mehr hat.«

»Bin ich in deinem Testament? Bekäme ich deine *Doctor's Diary*-DVDs?«, fragte sie.

Ich verengte meine Augen zu Schlitzen. »Was wäre dann?«

»Dann bei einem Schnupfen.«

»Ich spende meinen Nachlass an Greenpeace«, erklärte ich in Gedanken an ihre Abneigung gegen »Ökofuzzis«.

»Ich meinen an die Ölindustrie.«

»Ich hätte deine *Schwarzwaldklinik*-Sammlung eh nicht gewollt.«

»Oder ich lasse sie dir doch«, überlegte sie. »Falls das mit dem Geistern klappt, könnte ich dann immer noch zum Gucken vorbeikommen.«

»Kannst du nicht einfach denen im Altenheim erscheinen? Da läuft so was bestimmt sowieso die ganze Zeit.«

»Stimmt. Das muss ich dem Wilm überhaupt mal sagen. Dass wir einen viel größeren Fernsehraum brauchen.«

Der schon wieder. »Wieso Wilm?«, fragte ich. »Der macht doch nur die Bauarbeiten.«

»Und er ist der Bürgermeister! Das Altenheim ist schließlich für die Gemeinde. Klar kann Wilm das bestimmen. Wilm bestimmt alles!«

»Aha.« Ich wunderte mich. Wilm Hansen bestimmte alles, und Tante Lisbeth war damit einverstanden? Lisbeth Hering gönnte einem anderen die Allesbestimmer-Rolle? Ich musterte meine Tante, die gerade auf »Senden« klickte und den Computer herunterfuhr. Hatte sie etwa ein Auge auf den Bürgermeister geworfen? »Wie ist Herr Hansen eigentlich so?«, fragte ich beiläufig.

»Sehr tüchtig!«

Das lag auf der Hand. Schließlich setzte seine private Baufirma gerade einen Bau um, den er von seinen Bürgern finanzieren ließ. Geschäftssinn hatte der Mann. »Aber wie sieht er aus?«, bohrte ich nach.

Tante Lisbeth ließ sich mit der Antwort verdächtig viel Zeit. »Ich will jetzt nichts Verkehrtes sagen. Er ist ja schließlich der Mann meiner Freundin«, gab sie schließlich zu. Aha! War das vorhin etwa ein verkapptes Geständnis gewesen? Hatten die Leute recht, und sie warf ab und zu ein Auge auf fremde Ehemänner? Ich guckte vielsagend, aber sie machte eine wegwerfende Handbewegung. »Darauf kommt es doch gar nicht an«, erklärte sie.

Ich begann, mir Sorgen zu machen. Erst der Windpark. Ich war mir immer noch nicht sicher, ob das Geld es wert war, dass das Dorf sich seinen Anblick verschandelte. Von diesem dubiosen Infraschall mal ganz zu schweigen, der Frau Asmussen zufolge ja schreckliche Krankheiten auslösen konnte. Und nachdem der Bürgermeister seine Gemeinde da reingezogen hatte, erteilte er sich als Nächstes selbst einen lukrativen Bauauftrag. Das war doch irgendwie fischig! War Tante Lisbeth ihm zu sehr verfallen, um das zu merken? Ich bohrte mal nach. »Sag mal, bei diesem Altenheim. Gibt's da auch keinen Haken? Habt ihr da auch noch privat Anteile gekauft, wie bei den Windrädern?«

»Quatsch, das bezahlt die Gemeinde von dem Geld aus dem Windpark«, erklärte Tante Lisbeth, und ich war halbwegs beruhigt. »Und Haken gibt's keine. Das wird ein supertolles Heim. Das Einzige, wobei ich mir nicht sicher bin, ist die Lage. Da auf dem Weg nach Torsbüll raus ... hübsch ist es ja. Auf der einen Seite Wald, auf der anderen Kühe. Galloways, übrigens. Schön puschelig. Aber irgendwie ganz schön abseits. Wo ich doch so gern in der City wohne ...«

Das stimmte. Tante Lisbeths Wohnung lag im absoluten Szeneviertel zwischen Kirche, Campingplatz und Kaufmann. Sie ging ja auch nie ohne Lippenstift vor die Tür. Ich willigte ein, die neue Location mit ihr zu scouten. Sie war zufrieden, auch mit meiner Wortwahl.

Als wir die Straße entlangspazierten, sah ich im Geiste eine buckelige, greise Tante Lisbeth am Rollator neben mir herschlurfen und stellte am Ende der Strecke fest, dass ein Spaziergang zum Meer für die Heimbewohner tatsächlich jenseits des Machbaren liegen würde.

Das Areal war riesig. Ehemalige Kuhwiese eben. Die alten Herrschaften würden jedenfalls viel Platz haben. Am hinteren Ende des Grundstücks stand, auf die unterste Astgabel einer riesigen Eiche gezimmert, sogar noch ein alter Jägerhochsitz, und ich fragte mich, ob man den wohl stehen lassen würde. Kletterfreudige Greise hätten dann die Möglichkeit, die Nachbarn im zweiten Stock bei der Fußpflege zu bespannen. Ich wies Tante Lisbeth darauf hin. Sie versprach, sich für den Erhalt einzusetzen. Ansonsten, gab ich ihr recht, war es wahrscheinlich wirklich keine dumme Idee gewesen, sich einen Platz zu sichern. Man will da ja gar nicht so drüber nachdenken. Aber wenn sie ins Heim musste – käme es ihr dann auf die Aussicht aufs Meer an? Würde sie überhaupt noch gescheit gucken können? Oder ging es nicht hauptsächlich darum, die alten Bekannten aus dem Dorf weiterhin um sich zu haben? Zum Beispiel den dicken Mann, der im Blaumann in einem Bagger saß und Sand aus der Baugrube schippte.

»Wilm!«, rief Tante Lisbeth ihm zu, als er mit dem Bagger zum Sandberg bei der Baustellenausfahrt gefahren kam.

»Es ist Sonntag! Was sagt denn Kathrin dazu?«

# NEUN

Das also war Wilm Hansen. Ich musste lachen. Den Mann, der jetzt behäbig aus dem Führerhäuschen stieg, hatte ich mir völlig anders vorgestellt. Wenn Tante Lisbeth nicht gerade auf XXXL-Typen stand, war körperliche Anziehungskraft jedenfalls nicht der Grund für ihre Geldanlage gewesen. Bürgermeister Hansen war ein schwer übergewichtiger Mann mit Schweinsäuglein und Tränensäcken, weichem Kinn und hellrosa Hautfarbe im Gesicht und auf dem fast kahlen Kopf. So ein stiernackiger Metzgertyp, bei dessen Anblick Kinder auf den Arm ihrer Mami wollen.

»Moin, Lisbeth!«, schnaufte er, als er auf uns zukam. »Du machst dir ja kein Bild, wie anstrengend das ist! Geht total auf den Rücken. Und das nach meinem Bandscheibenvorfall.«

Tante Lisbeth stellte mich vor. Der Bürgermeister zog ein großes blau-schwarz kariertes Stofftaschentuch aus der Brusttasche seines Blaumanns und wischte sich erst einmal Sand und Motorenöl ab, bevor er mir die Hand gab.

»Ihr habt die Leiche von Sönke gefunden«, stellte er fest.

Ich wunderte mich, dass die Polizei so mit unseren Daten umging. Wo Carsten uns doch zuvor nur »Spaziergänger« genannt hatte. »Hat der Kommissar das gesagt?«, fragte ich nach.

»Nee. Aber Svenja Marquardsen.«

Tante Lisbeth sah mich tadelnd an. »Das wollte ich ihr doch erzählen! Woher wusste die Svenja das schon?«

»Ich hab kaum was gesagt«, beruhigte ich sie, obwohl das gelogen war.

»Das stimmt. Svenja wusste fast gar nichts«, sprang Herr Hansen mir aber bei und bat Lisbeth mit einem Augenzwinkern in meine Richtung um Details.

Tante Lisbeth verschränkte ihre Hände und ließ zufrieden die Knorpel knacken. »Also. Wir waren gerade beim Sport …« Herr Hansen und ich lauschten interessiert ihrer Schilderung, wie sie ihr Kardiotraining hatte unterbrechen müssen, weil ich widerrechtlich auf dem Hünengrab herumgekraxelt war. Und wie sie die Leiche gefunden hatte, als sie mich da hatte herunterscheuchen müssen. Ob die unter Eid auch so flunkerte? »Ich hab der Polizei gleich gesagt, dass das Sönke Asmussen ist«, gab sie an und erzählte von dem Schupo, der bei der Spurensicherung in den Ameisenhaufen getreten war.

»Gab's denn Spuren?«, fragte Herr Hansen nach.

»Das Fahrrad lag daneben. Die Polizei denkt, dass er auf dem Rückweg von der Arbeit überfallen wurde«, berichtete Tante Lisbeth.

»Den Teil weiß ich«, sagte Herr Hansen. »Der Kommissar war gestern Nachmittag noch bei mir.«

»Und?« Tante Lisbeth horchte auf.

»Ich konnte ihm nicht viel sagen.« Herr Hansen zuckte mit den Schultern. »Bei der Arbeit war Sönke wie immer.«

»Hat er dir nicht gesagt, mit wem er am Abend verabredet war?«, forschte Tante Lisbeth nach.

»Nee«, bedauerte Wilm Hansen. »Ich war ja sein Chef. Da erzählt man nicht so viel Privates.«

Da fiel mir etwas ein, was mir schon schräg vorgekommen war, als Frau Asmussen von Sönkes Job erzählt hatte. »Was mich wundert, ist, dass Sie ihn überhaupt eingestellt haben. Ich meine, Sie müssen sich als Bürgermeister doch ganz schön über ihn geärgert haben, wegen seiner Attacken gegen den Windpark.«

Herr Hansen schmunzelte. »Und wie. Aber woher wissen Sie das denn? Sie sind doch gar nicht von hier.«

»Frau Asmussen glaubt, dass der Mord mit dem Windpark zusammenhängt«, erklärte Tante Lisbeth. »Sie hat dem Kommissar gesagt, dass Sönke bestimmt aus dem Weg geräumt wurde, weil er nicht aufhören wollte zu stänkern.«

Wilm Hansen machte große Augen. »Und jetzt stehe ich unter Mordverdacht?«

Wir waren echt gut darin, unbescholtenen Bürgern einen Schreck einzujagen. Ich guckte mich um, ob Carsten mal wieder in der Nähe war, um mich dabei zu erwischen. Leider nein.

Tante Lisbeth winkte auch schon ab. »Du doch nicht. Wenn, dann die Leute, die wirklich ein Problem bekämen, wenn jemand den Windpark schlechtmacht. Die Firma VentCollect oder …« Ich warf ihr einen warnenden Blick zu. Irgendwann würde Gesa Christiansen sie wegen Verleumdung anzeigen. »… die Politik«, endete sie unzufrieden.

»Außerdem haben wir erfahren, dass Sönke ohnehin eine Schweigeklausel unterschrieben hatte«, schaltete ich mich ein, um Tante Lisbeths Hetze weiter zu entschärfen. »Um den Freibadimbiss zu kriegen. Es kann also gar nicht sein, dass er wegen seiner Windkraft-Kampagne umgebracht wurde.«

»Sie wissen echt gut Bescheid!«, wunderte sich Wilm Hansen.

»Inga ist auf Facebook«, erklärte Tante Lisbeth aus Spaß. »Die Jugend weiß immer alles sofort. Die twittern sich so was.«

Erwartungsgemäß türmten sich Fragezeichen im Blick des Bürgermeisters auf.

»Das steht nicht im Internet. Aber ich hab von dem Schwimmbad-Deal gehört, und ich kenne auch Ole Jessen«, klärte ich Herrn Hansen zu Tante Lisbeths Verdruss auf. »Der dachte, dass er den Zuschlag bekäme. Ich finde übrigens, dass der Deal mit Sönke ein bisschen unfair war.« War das zu angriffslustig? Na, Wilm Hansen schien es mir nicht krummzunehmen. Er guckte mir weiterhin freundlich ins Gesicht. Ich fuhr fort. »Also, es ist ja schließlich ein Imbiss. Und Ole hat das drauf. Der hat sich schon die halbe Speisekarte überlegt. Und er hat Erfahrung. Anders als Sönke, und dem kam es doch gar nicht auf das Essen an. Der wollte doch vor allem sein Naturschutzzeug machen.« Ich sah den Bürgermeister herausfordernd an.

»Das stimmt«, sagte er. Mit so einem väterlich-wohlwollenden Lächeln, das verriet, dass ich in meinem jugendlichen Überschwang irgendeinen Denkfehler machte, den er mir aber verzieh. »Der Ole hat sich ein tolles Konzept ausgedacht«, wiederholte er meine Aussage. »Und Sie finden deshalb, wir hätten einen krummen Handel gemacht, als wir trotzdem Sönke den Vorzug gegeben haben?«

Ich setzte einen strengen Blick auf und imitierte Carstens Nummer mit dem investigativen Journalisten. »Die Gemeinde muss doch eigentlich entscheiden, wer besser für den Imbiss geeignet ist. Und dann nimmt sie den Schlechteren, nur um einen Deal machen und die Windpark-Leute aus der Schusslinie nehmen zu können. Ich finde, das hat ein bisschen was von Bananenrepublik. Das eine hat schließlich nichts mit dem anderen zu tun!«

Hatte ich etwas übersehen? Wilm Hansen guckte immer noch nachsichtig. »Doch«, erklärte er dann. »Sie wussten wahrscheinlich nicht, dass die Windrad-Investoren verpflichtet waren, eine Ausgleichszahlung zu leisten?«

Ich schüttelte den Kopf.

»Das ist gesetzlich so vorgesehen«, fuhr er fort. »Weil der Windpark die Landschaft beeinträchtigt, müssen die Geld für ein Naturschutzprojekt bereitstellen.« Hansen breitete die Arme aus. »Und da wären wir doch mit dem Klammerbeutel gepudert, wenn wir das Geld nicht im Ort behielten! Wir dürfen als Standortgemeinde ein Projekt vorschlagen. Und wenn Sönke im Imbiss seinen Naturstützpunkt errichtet hätte, wäre das erstens ein Tourismusfaktor, und zweitens hätten wir von dem Geld das Büdchen aufmöbeln können. Das Dach neu eindecken, eine schöne Toilette …« Wilm Hansens kleine Äuglein leuchteten. Windräder, Altenheim, Schwimmbadbüdchen … Investitionen an Land ziehen war ganz offensichtlich sein Hobby. Der würde auch als Regierender Bürgermeister von Berlin eine gute Figur machen. Im übertragenen Sinn. Der Blaumann spannte ganz schön. »Und mal ganz abgesehen von den Projektmitteln war das auch sonst die richtige Entscheidung«, sprach er weiter. »Jetzt hätte der Sönke wenigstens ein bisschen was für seine Umwelt zurückgekriegt. Ich muss das nämlich mal ganz ehrlich sagen.« Er verschränkte die Arme vor der Brust. »Natürlich hat Sönke uns getriezt. Aber deshalb habe ich nichts gegen ihn persönlich. Im Gegenteil.« Tante Lisbeth schnaubte verächtlich, aber Wilm Hansen hob den Zeigefinger, um zu zeigen, dass er noch nicht fertig war. »Nee, nee, Lisbeth. Da muss man fair bleiben. Sönke hatte vielleicht nicht ganz unrecht. Ich geb das offen zu.«

Ui. »Gab es Verfahrensfehler?«, fragte ich erstaunt und dachte an die ganzen Genehmigungsvoraussetzungen, die Katja mir am Telefon aufgezählt hatte. »Ist der Windpark illegal?«

»Nee. Aber Sönke hatte ja auch politische Bedenken. Er hat das ganze System des Energiewandels infrage gestellt.«

»Die ›Umweltlüge‹«, zitierte ich Frau Asmussen.

»Genau. Er hat behauptet, dass vom großen Ganzen her betrachtet Windkraft gar keine fossile Energie spart.« Wilm Hansen guckte in Erwartung eines Redebeitrags zu Tante Lisbeth rüber, aber die zertrat nur demonstrativ gelangweilt mit den Spitzen ihrer Absatzschuhe die Riffel, die das Profil des Baggers in den Boden gedrückt hatte. »Ich bin nach wie vor der Ansicht, dass die Windkraft eine gute Sache ist«, fuhr er fort. »Langfristig wird man das mit der nötigen Speichertechnik schon gelöst kriegen. Aber auf der anderen Seite kann ich auch nicht sagen, dass die Argumente der Windkraftgegner unplausibel klingen würden. Das wird mitunter sehr fundiert und wissenschaftlich dargestellt. Mit den teuren Backup-Kraftwerken und so was. Also, letztlich kann ich gar nicht beurteilen, welche von beiden Seiten recht hat.« Er blickte mich offen an. »Wissen Sie, mir als Bürgermeister ist es in erster Linie wichtig, dass bei uns die Straßenlaternen leuchten. Ob die Industrie dann die gesparten Kohlendioxid-Zertifikate nach Osteuropa verscheuert oder Kraftwerke unwirtschaftlich nebenherlaufen lässt, muss mir im Grunde egal sein. Dafür bin ich nicht zuständig.«

»Was ist mit diesem Infraschall?«, fragte ich nach. »Wenn die Leute im Dorf krank werden, geht Sie das doch sehr wohl etwas an.«

»Stimmt. Aber mit den Schäden durch Infraschall ist das wie mit Homöopathie. Kann keiner beweisen, muss man dran glauben. Gerade neulich stand aber zum Beispiel wieder in der Zeitung, dass das quasi ein umgekehrter Placebo-Effekt sei. Wenn man den Leuten erzählt, dass sie vom Infraschall krank werden, dann werden sie es auch. Genau wie bei einem Patienten, dem man eine falsche Diagnose mitteilt. Der findet dann trotzdem die passenden Symptome bei sich.«

»Das kenn ich«, stellte Tante Lisbeth fest. »Ich war doch mal in Indien, und da hat dieser Arzt zu mir gesagt, ich hätte Lepra. Den ganzen Urlaub über haben sich meine Finger locker angefühlt!«

Diesen Quatsch übergingen der Bürgermeister und ich selbstverständlich. »Jedenfalls habe ich für mich als Bürgermeister entschieden, dass unsere Gemeinde von dem Windpark mehr Nutzen als Schaden hat«, fuhr Wilm Hansen fort. »Aber wie gesagt, dass jemand anderes sich engagiert, finde ich völlig legitim. Auch wenn er sich damit gegen mich gestellt hat – der Sönke hat an seinen Idealen festgehalten, und das nötigt mir in gewisser Weise Respekt ab. Er hat sich jedenfalls nicht an dem Ablasshandel beteiligt.«

»Wohl. Er hat ja die Schweigeklausel unterschrieben, um an den Imbiss zu kommen!«, sagte Tante Lisbeth.

»Aber das war erst, nachdem die Genehmigung für die Windräder unanfechtbar war. Da konnte er unterm Strich mehr für die Umwelt tun, wenn er im Büdchen die Touristen zum Mülltrennen erzieht, als wenn er auf verlorenem Posten gegen den Windpark schimpft«, fand Wilm Hansen. »Aber vorher, als es darum ging, sich Beteiligungen an dem Windrad zu kaufen, da ist er nicht eingeknickt. Manch anderer hat in dem Moment ja sein Gewissen wegen der verschandelten Aussicht gegen ein Scheibchen von dem Profit eingetauscht. Ich habe ihm das also vollkommen gegönnt, sich mit dem Naturstützpunkt zu verwirklichen.«

Tante Lisbeth, die sich zwar nicht als »manch anderer« verstehen konnte, weil sie von Anfang an kein schlechtes Gewissen gehabt hatte, sich aber trotzdem offenbar angegriffen fühlte, hatte nun endgültig die Nase voll von dem Thema. »Jetzt sag aber mal, warum buddelst du hier am Sonntag auf der Baustelle rum?«, lenkte sie ab.

Wilm Hansen lachte hilflos. »Ich muss halt Sönkes Arbeit machen.« Achselzuckend erklärte er, dass in einer Woche schon die Betonpumpe kam, um das Fundament zu gießen. Da mussten die Baugrube fertig ausgehoben, die Abwasserrohre verlegt und die Schalung für den Beton aufgebaut sein. Und jetzt, wo Sönke ausfiel …

»War Sönke denn dein einziger Arbeiter?«, fragte Lisbeth verwundert.

»Natürlich nicht. Ich habe noch zwei. Die werden auch noch Überstunden machen müssen. Aber jetzt am Sonntag wollte ich die erst mal ihren Familien lassen. Kann ja sowieso immer nur einer im Bagger sitzen. Und ich hab mir auch einen Nusszopf eingepackt.« Er zeigte auf die Bäckertüte hinter der Windschutzscheibe des Baggers.

Dann würde die ungewohnte körperliche Betätigung heute jedenfalls keine Auswirkungen auf seine Figur haben. Außer, wenn er Tante Lisbeth mitessen ließe, die schon ganz interessiert »Mmmmh!« vor sich hin brummte. Ich drängte zum Aufbruch.

Als wir auf dem Waldweg waren und hinter uns den Motor vom Bagger wieder anspringen hörten, boxte Tante Lisbeth mich in die Seite.

»Du dachtest, ich stehe auf Wilm, oder?« Sie lachte.

»Kleiner Irrtum«, gab ich zu. »Zuerst hat er mich ja an einen Metzger erinnert. Aber er ist nett. Irgendwie so anständig.« Nachdem Wilm Hansen mir seine Denkweise erklärt hatte und so eine faire Einstellung gegenüber Sönke demonstrierte, musste ich das zugeben. Ich hatte mit meinem ursprünglich schlechten Bild von ihm wohl falschgelegen. »Vielleicht Bio-Metzger?«, schlug ich vor.

Tante Lisbeth grinste schief. »Das macht ihn auch nicht sexy. Er war aber mal hübscher. Das geht bei Männern ja entweder so oder so.«

»Bei Frauen auch.«

»Nee. Bei Frauen geht es leider immer nur so.« Sie zeigte mit dem Daumen abwärts und stupste dann an meinen Busen. »Oder glaubst du, das Bindegewebe bleibt ewig straff? Obwohl ich im Bleistifttest immer noch 'ne Zwei habe.«

»Häh?«

»Ohne BH bleiben nur zwei Bleistifte drunter hängen.«

»Das freut mich sehr. Und wenn du denen bei dem Quiz-Casting so was erzählst, kommen wir bestimmt weiter!«, stellte ich fest. »Wie geht's damit jetzt eigentlich weiter?«

»Sonntags passiert da wohl nichts. Aber ich rufe morgen mal an.«

»Sollten wir eigentlich noch irgendetwas vorbereiten?«

»Ich würde sagen, wir nehmen uns nachher mal den Sportteil und üben Fußballvereine. Und du kannst ja den netten Carsten mal fragen, ob er dir die Abseitsregeln erklären kann.«

Wir hatten einen Reitweg überquert. Jetzt machte der Waldweg eine langgezogene Rechtskurve. Dahinter, das wusste ich, lag das Hünengrab. Automatisch kamen wir wieder auf die Sache zu sprechen.

»Was auch gegen Frau Asmussens Theorie spricht, ist die Methode«, sagte Tante Lisbeth. »Wenn die Windkraft-Leute einen Killer angeheuert hätten, hätte der doch Sönke nicht hier liegen lassen. So was machen Profis nicht. Die lassen die Leiche verschwinden.«

»Stimmt«, pflichtete ich bei.

»Weißt du, was viel wahrscheinlicher ist? Ein Verbrechen aus Leidenschaft!« Tante Lisbeth schaute mich vielsagend an.

»O-kay«, sagte ich gedehnt. Verbrechen aus Leidenschaft? Schlafzimmer und blutige Messer kamen mir in den Sinn. Nicht Hünengräber und Brombeerbüsche. Ich bat Tante Lisbeth, mir das zu erklären.

»Erstens geschehen fast alle Verbrechen aus Leidenschaft«, dozierte sie. Aha? Ich hob zweifelnd eine Augenbraue. Tante Lisbeth sah, glaubte ich, zu viel fern. »Zweitens ist Sönke Asmussen ein junger Mann, und junge Männer sind nun einmal leidenschaftlich.« Ich wollte gerade einwenden, dass Sönke aber das Opfer und nicht der Täter war, aber Tante Lisbeth interpretierte meine gerunzelte Stirn als generelle Kritik an ihrer These über die Leidenschaft junger Männer und fuhr mir rein vorsorglich schon mal über den Mund. »Denk nur an deinen Stephan und die Rothaarige in seinem Bett«, versetzte sie.

»Das ist gemein von dir«, maulte ich. Wieso musste sie mich jetzt daran erinnern? Außerdem hatte das eine ja wohl nichts mit dem anderen zu tun. »Nur, weil Stephan leidenschaftlich gern Frauen bespringt, ist ja noch nicht gesagt, dass er auch aus Leidenschaft Verbrechen begehen würde. Und vor allem, wenn hier einer einen hätte umbringen müssen, dann ja wohl ich ihn.«

»Ja, hättest du eigentlich. Aber dafür fehlte dir ja der Mumm.«

»Ich hatte kein Messer zur Hand«, rechtfertigte ich den Makel, dass ich kein Menschenleben auf dem Gewissen hatte.

»Oder du hast Stephan nur nicht geliebt«, vermutete Tante Lisbeth. Wir waren am Hünengrab angekommen. Sie stieg über das polizeiliche Absperrband und ließ sich auf die Bank fallen. Ich blieb stehen und stemmte die Hände in die Hüften.

»Zu Enthaarungscreme hat's gereicht«, wehrte ich mich.

Tante Lisbeth blickte mich über den Rand ihrer Brille hinweg an. »Und war das nun Liebe oder verletzter Stolz?«, fragte sie abwertend.

»Du könntest ruhig mal ein bisschen mitfühlender sein.«

»Ich bin ein sehr empathischer Mensch«, sagte sie trocken. »Ich versuche nur zu ergründen, wie viel Mitgefühl du wirklich brauchst.« Immer noch fixierte sie mich schräg über ihre Brillengläser hinweg. Das kam streng rüber. Allerdings meinte ich zu wissen, dass Tante Lisbeth ihre Brille wegen starker Kurzsichtigkeit trug. Wahrscheinlich konnte sie mich gar nicht mehr erkennen. »Klar bist du sauer«, analysierte sie. »Und verletzt. Aber wie ein Mädchen mit gebrochenem Herzen bist du mir ehrlich gesagt nicht vorgekommen. Und das schon, bevor du Carsten kennengelernt hast.« Sie lehnte sich zurück und sah mich – jetzt wieder fokussiert – durch ihre Brille hindurch an. »Das ist ja auch ganz gut so.«

»Was weißt du denn schon darüber?«, versetzte ich. »Du hattest doch nie einen richtigen Freund.«

»Hast du 'ne Ahnung.«

»Also, ehrlich gesagt hab ich die. Alle wissen doch, dass du früher ein Mauerblümchen warst. Und dann bist du plötzlich nach Italien gefahren und hast voll aufgedreht. ›Dolce vita‹ und so«, fasste ich meinen Kenntnisstand zusammen. »Einen Typen nach dem anderen, ›Freund‹ kann man das ja wohl auch nicht nennen.« Tante Lisbeth schaute mich an, als sei ich völlig auf dem Holzweg. Ich wurde unsicher. »Äh. Das sagt Papa jedenfalls. Oder hattest du in Wahrheit was Richtiges mit Gianni?« Das würde auch erklären, warum das Foto von dem Typen einen Platz in Tante Lisbeths Wohnzimmer bekommen hatte!

Tante Lisbeth lächelte. »Süß, wie sich immer alle Gedanken um Gianni machen. Aber nein.« Sie schüttelte schmunzelnd den Kopf, wurde dann aber ernst. »Hör zu. Ich erzähl das normalerweise nicht. Niemand weiß davon. Aber in deinem Fall wären meine Erfahrungen sicherlich ganz lehrreich. Du scheinst ja wild entschlossen zu sein, an die Liebe zu glauben. Also pass auf.« Sie wies auf den freien Platz neben sich auf der Bank, und ich setzte mich, gespannt, was ich nun erfahren würde.

»Als ich ein junges Mädchen war, hatte ich einen Freund. Ich hatte mich ihm komplett verschrieben, mit Haut und Haaren. Es war die größte Liebe aller Zeiten. Dachte ich jedenfalls.« Sie schnaubte zynisch. »Plötzlich war er fort! Hat mich total im Stich gelassen. Ich habe mir die Augen aus dem Kopf geweint, monatelang kaum noch gegessen und so weiter. Aber wert war er's nicht.«

»So wie Stephan.«

»Auch irgendwie anders. Wenn mein Freund eine Zehn für Herzlosigkeit bekommt, kriegt Stephan allenfalls 'ne Drei.«

»Oha.« Ich wollte Tante Lisbeth eine Hand auf den Arm legen, aber sie wehrte ab. »Nein, nein, gehätschelt werden muss ich jetzt nicht mehr. Ich hab nur davon angefangen, um dir einen Rat zu geben. Glaub mir, es ist klüger, sich nicht derart in eine Beziehung reinzusteigern. Weißt du, nichts für ungut, und ich wünsche dir alles Gute mit Carsten – aber ich finde, du solltest realistisch bleiben. Es ist ein Hormonrausch, kein Liebestaumel. Frauen projizieren immer so schnell ihre ganzen Träume auf einen Mann. Dieses ganze Liebesthema wird vollkommen überbewertet. Man muss das ganz anders angehen.«

»Sagt die Frau, die *Traumschiff* guckt.«

»Ich bin ja nicht unromantisch. Ich meine nur, dass man es im echten Leben vernünftig betrachten muss. Irgendwann hat er die Nase voll, und wenn du dich dann zu sehr an ihn gebunden hast, dann bist du natürlich total am Ende. Das kannst du dir auch sparen. Einfach nur ein bisschen Spaß haben. Sonst tust du dir unnötig weh.«

Ich überlegte, ob ich Papa mal zu diesem mysteriösen Herzensbrecher in Tante Lisbeths Vergangenheit befragen sollte. Aber das brachte wohl nichts. Wenn Papa das wüsste, hätte er es erzählt. Papa erzählte immer alles. Jedenfalls, wenn es um Tante Lisbeth ging. Genauer gesagt war Tante Lisbeth sogar die Einzige in der Verwandtschaft, über die auch in delikaten Dingen getratscht wurde. Eigentlich ein bisschen unfair, wenn man mal so drüber nachdachte. Der ganze Rest der Familie hatte, soweit man es mir und den anderen Kindern mitteilte, nie eine andere Beziehung gehabt als die zu den bekannten Eheleuten. Glaubte ich zwar kein bisschen, aber am Kaffeetisch der Familie Hering gab es da eine klare Sprachregelung: Sie hatten sich alle füreinander aufgespart, und alle Ehe liefen blendend. Selbst die von Tante Mira, deren Mann die jungen aufgetakelten Sekretärinnen »nur wegen ihrer Qualifikationen« auswählte. Papa deckte sie alle. Nur Tante Lisbeth nicht. Jede Flasche Grappa, die am Ende einer Familienfeier unweigerlich hervorgebracht wurde, riss meinen Vater zu den immer gleichen Bemerkungen darüber hin, wie Tante Lisbeth ihre Reize am Mittelmeer großzügig unters Volk gebracht hatte.

»Bei Papa klingt das immer so, als hättest du dich durch halb Italien geschlafen, weil du … bindungsunfähig bist.«

»Du meinst ein Flittchen?«

»Ähm, ja.« Schnell versuchte ich, das zu relativieren. »Was ja total unsensibel ist, vor allem wenn man den Hintergrund kennt. Offenbar wolltest du dich ja nur davor schützen, noch mal das Herz gebrochen zu bekommen. Wenn Papa das nächste Mal davon anfängt, stell ich das richtig«, versprach ich. Aber das war gar nicht in Tante Lisbeths Sinne. »Um Himmels willen, sag bloß nichts!«, rief sie. »Dieser Freund war ein Geheimnis und soll es auch bleiben. Dein neugieriger Vater würde keine Ruhe geben, bis er rausgefunden hat, wer es war.«

»Ich bin auch neugierig«, gab ich zu.

»Du kennst ihn doch sowieso nicht«, sagte sie ruppig. Sie stützte sich auf meinem Bein ab, um leichter aufstehen zu können. »Wenn wir uns wieder auf unsere Ermittlungen konzentrieren könnten … wir waren bei Mord aus Leidenschaft.«

Na gut. Ich würde sowieso nichts mehr aus ihr rausbekommen. Also, wie war das gewesen? Wibke hatte Sönke für Jan Christiansen verlassen. Eine Dreiecksgeschichte, da steckte durchaus Potenzial für Leidenschaft drin. Ich erhob mich ebenfalls, und wir machten uns wieder auf den Weg. Wir waren uns einig, dass es Sinn machen würde, wenn Sönke auf Jan losgegangen wäre. Sönke war doch bestimmt stinksauer gewesen, dass der ihm Wibke ausgespannt hatte. Ausgerechnet dieser Schicki-Micki-Schönlings-Aufreißertyp! Dem aufzulauern und eine Abreibung zu verpassen wäre auch einem Pazifisten wie Sönke in der Situation durchaus zuzutrauen gewesen. Aber müsste dann nicht Jan tot sein und nicht Sönke? »Ich glaube, wir sind auf der falschen Fährte«, stellte ich fest.

»Im Gegenteil!«, trumpfte Tante Lisbeth auf. Sie hatte offenbar schon weitergedacht. Ihre Augen blitzten mich an.

# ZEHN

Wenn Sönke sich mit Jan geprügelt hat – glaubst du allen Ernstes, dass Sönke das gewonnen hätte?«, stellte sie mich zur Rede.

»Nie im Leben«, gab ich ihr recht. Sönke hatte mit seiner schlanken Figur vielleicht auf dem Fahrrad gut ausgesehen, aber bestimmt nicht im Boxring. Jan dagegen war groß und breitschultrig. Der hatte bestimmt zehnmal so viel Kraft. Langsam begriff ich, worauf Tante Lisbeth hinauswollte. Ich schätzte Jan eher als blöd ein und nicht als fies, von daher glaubte ich nicht, dass er Sönke mit Absicht tödlich hatte verletzen wollen. Aber bei dem Kräfteverhältnis hatte vielleicht schon ein abwehrender Schlag gereicht, damit bei Sönke die Lichter ausgingen. »Jan hätte aber bestimmt einen Krankenwagen gerufen, statt Sönkes Körper ins Gebüsch zu zerren. So einer ist das nicht. Und es wäre doch schließlich nur Notwehr gewesen.«

»Macht aber trotzdem keinen guten Eindruck«, stellte Tante Lisbeth fest. »Bei den Christiansens liegt es nicht gerade in der Familie, Verantwortung zu übernehmen. Wenn der Junge nach seinem Vater kommt, hatte er nur Angst um seinen guten Ruf.«

»Wieso? Was ist mit seinem Vater?«

»Nichts«, sagte Tante Lisbeth schnell und zupfte sich ein paar Fussel vom Ärmel. »Ich meine nur, Jan hat bestimmt Schiss gekriegt.«

Das fand ich nachvollziehbar. »Also: Jan könnte es gewesen sein«, sagte ich und fragte: »Soll ich jetzt gleich Carsten anrufen?« Denn schließlich wollten wir ja nur auf Spurensuche gehen, damit ich einen Grund hatte, ihn als Kriminaloberrat zu kontaktieren.

»Nein, auf keinen Fall«, lehnte Tante Lisbeth ab. »Der braucht harte Beweise, oder meinst du, ihn wird unser Bauchgefühl überzeugen? Außerdem können wir nicht einfach jemanden ins Blaue hinein bei der Polizei anschwärzen. Am Ende zeigen uns Christiansens noch wegen falscher Verdächtigung an.« Komisch, sonst war Tante Lisbeth doch nicht so zaghaft. Aber ihre Einwände waren berechtigt. Wir mussten erst Beweise sammeln.

Gemeinsam schmiedeten wir einen Plan, wie wir Jans Alibi für die Tatzeit überprüfen konnten. Als Erstes mussten wir in Erfahrung bringen, ob Jan heute zu Hause war. Ich brannte vor Tatendrang und drückte Tante Lisbeth, kaum dass wir zur Wohnungstür hereinkamen, das Telefon in die Hand. Aber sie hielt sich streng an die alte Regel, zwischen zwölf und drei niemanden anzurufen.

Das tat meine Mutter eigentlich auch, aber als um Viertel nach eins mein Handy klingelte, war sie es trotzdem.

»Mama!«, ging ich ran. »Alles okay?«

»Ingalein, stell dir vor: In Freesbüll ist jemand ermordet worden!« Mama war ihre Aufregung anzuhören.

»Ich weiß, Mama. Ich bin hier.«

»Wie, ›hier‹? In Freesbüll?«

Tante Lisbeth beugte sich zu mir rüber. »Moin, Barbara!«, schrie sie ins Telefon und blieb nahe dran, um mithören zu können.

»Um Gottes willen!« Mama japste bestürzt.

»Keine Sorge, Mama. Tante Lisbeth und ich beschützen einander.«

»Das müsst ihr auch! Bleibt auf jeden Fall immer zusammen. Und in geschlossenen Räumen!« Sie holte nochmal vernehmlich Luft. »Ich habe zu Papa gesagt, dass er fahren soll, um Lisbeth beizustehen. Aber doch nicht du! Gütiger Himmel!« Sie steigerte sich voll rein. »Verlasst nicht das Haus! Geht nicht so nah ans Fenster!«

»Wir sind hier im zweiten Stock, Mama. *Drive-by-Shootings* erwischen nur die im Erdgeschoss.«

»*Drive-by-Shootings?!*« Mama quiekte. »Rührt euch nicht vom Fleck! Ich schicke Papa.«

»Bloß nicht!«, rief Tante Lisbeth. »Wir haben alles im Griff. Das war ein Einzelfall. Die Bevölkerung ist nicht in Gefahr.«

»Sicher? Kann man das denn schon so genau sagen?«

»Sicher. Wir kennen den ermittelnden Polizisten.« Tante Lisbeth grinste mich an. »Und Inga ist auch schon über den Berg.«

»›Über den Berg‹? Was heißt hier ›über den Berg‹?« Mamas Stimme, die gerade so angenehm in eine normale Tonlage abgefallen war, quietschte jetzt wieder alarmiert. »Warst du etwa in der Nähe? Bist du verletzt??«

»Ich war nicht dabei, Mama. Mir geht's blendend. Ich bin nur nicht mehr mit Stephan zusammen.«

»Hhhh.« Ihr entfuhr ein Laut blanken Entsetzens. Als sie mich in körperlicher Gefahr gewähnt hatte, war sie nur bestürzt gewesen. Jetzt wurde sie hysterisch. »Was hast du falsch gemacht?!«, fragte sie mit sich überschlagender Stimme. Ich hatte es gewusst.

Tante Lisbeth verdrehte die Augen.

»Mama«, tadelte ich.

»Entschuldigung, Ingalein. Wie unsensibel von mir. Aber warum hat er dich verlassen?«

*Er* hatte natürlich *mich* verlassen. Nicht ich ihn. Für meine Mutter war vollkommen klar, wie es gewesen sein musste. Ich war beleidigt, und ich wollte ihr auch keine Details erzählen. Am Ende würde sie mir erklären, dass er schon einen Grund gehabt haben musste, mich zu betrügen. »Nicht zu lösende Differenzen«, sagte ich daher nur.

»Du musst am Boden zerstört sein«, stellte sie mitleidig fest.

»Geht so«, mischte Tante Lisbeth sich ein.

»Er ist Anwalt!«, wies Mama sie barsch zurecht.

»Er ist ein Arschloch«, erwiderte Tante Lisbeth.

»Das sagt man nicht!«, regte Mama sich auf. »Und außerdem ist er ein ganz feiner Mensch. Und so kultiviert. Weißt du noch, Inga, er hat uns Opernkarten geschenkt!«

»Er hat dir damit den Abend verdorben«, erinnerte ich sie. »Du wolltest viel lieber zu André Rieu!«

»Das konnte er ja nicht wissen.«

»Er wusste es. Ich hatte ihm erzählt, dass ihr zu dem Konzert wollt, und er hat gelacht und gesagt, dass bei ihm aus dem Firmenkontingent noch so blöde Opernkarten rumliegen und wir euch damit ärgern können. Weil er wusste, dass ihr euch für André Rieu schämt und euch nicht traut, ihm die Wahrheit zu sagen.«

Am anderen Ende herrschte kurz Stille. »So war das? Wie gemein von dir!«, sagte sie dann.

»Entschuldigung, Mama«, sagte ich zerknirscht.

»Und wie gemein von Stephan«, fügte sie nach einer kurzen Pause hinzu.

»Ich weiß, Mama. Du musst nicht traurig sein.«

»Vielleicht war er doch nicht der Richtige.« Mama klang ganz niedergeschlagen.

»Wir finden einen Besseren«, tröstete ich.

»Tun wir!«, fiel Tante Lisbeth mit ein. Ich hatte Angst, dass sie ihren Satz mit meinen großen Brüsten wiederholen würde, und wickelte das Gespräch schnell ab.

»Kopf hoch, Mama. Ich bin ja noch jung. Du, da kommt der Mann vom Pizzadienst. Grüß Papa von mir. Tschüssi!«

»Lass dir den Ausweis zeigen! Nicht, dass es der Mörder ist!«

»Mach ich. Tschüss, Mama!« Schnell legte ich auf.

»Puh«, sagte Tante Lisbeth.

»›Puh, das war hart für Mama‹? Oder ›Puh, ein Glück, dass sie nicht herkommen‹? Oder ›Puh, jetzt wo du den Pizzadienst erwähnst, habe ich echt Hunger‹?«

»Alles drei.«

»Gibt's hier einen Pizzadienst?«, fragte ich hoffnungsvoll.

»Schmeckt mir nicht. Wenn du die Pizza aus der Pappe holst, ist die immer schon so durchgeweicht. Aber ich habe noch eine Dose Königsberger Klopse.«

Nach dem Mittag zog sich die erschöpfte Köchin zum Nickerchen zurück. Ich setzte mich mit meinem Laptop an den Marmortisch im Wohnzimmer. Ich wollte mich endlich dem Probetext vom Linder-Verlag widmen. Herr Linder hatte einen englischen Roman aus seinen Beständen herausgegriffen und mich gebeten, ein paar Schlüsselszenen zu übersetzen. Von den Arzt- und Stewardessen-Romanen hatte er bis jetzt noch keine ausländischen Texte eingekauft, deshalb war es eines der schwülstigen Historienstücke: Bildhübsche Senatorentochter (Madeleine St. Claire. Wie klangvoll!) wird von glutäugigem Piraten entführt. Herr Linder hatte unter anderem die Anfangspassagen markiert, in der sie sich erst mal hassten und die Heldin nur herumzickte. Aber darauf hatte ich gerade keine Lust. Stattdessen nahm ich mir lieber das Kapitel vor, in dem es erstmals zur Sache ging. Wo der Pirat die Schnüre ihrer Korsage mit seiner Säbelspitze aufflitschte und Madeleine sich ihm auf den schmutzigen, schmutzigen Planken des Piratenschiffsdecks hingab, bis die Möwen von ihren spitzen Schreien der Lust aufgeschreckt wurden und sie in einer innigen Umarmung vereint liegen blieben.

Senatorentochter müsste man sein. Aber das war heute sicher auch nicht mehr, was es mal gewesen war. Ich erinnerte mich an Svenjas Worte, wie schlecht es Jan als Sohn einer Landtagsabgeordneten erging. Heutzutage dürfte Madeleine bestimmt auch nicht mehr einfach nur in schönen Kleidern auf Bällen das Tanzbein schwingen und darauf warten, sich von einem heißen Piraten entführen zu lassen. In der heutigen Zeit hätte sie bestimmt Kunstgeschichte studieren müssen, und der Pirat hätte aus Angst vor einer Schimpftirade über sexuelle Belästigung keine Hand an ihren wogenden Busen zu legen gewagt.

Nach dem Fünfzehn-Uhr-Kaffee rief Tante Lisbeth bei Gesa Christiansen an, die auch gleich persönlich am Apparat war. Sie wolle im Namen des Dorfdamen-Vereins daran erinnern, dass für den Lottoabend noch Preise fehlten, sagte Tante Lisbeth, und das war nicht mal erfunden. Ich hörte über Lautsprecher mit.

Sie habe vom Wahlkampf noch den halben Keller voll mit Linealen und Brotdosen, offerierte Gesa Christiansen bemüht freundlich.

»Üüh«, machte Tante Lisbeth unzufrieden.

»Wasserbälle?«, schlug Gesa vor.

Tante Lisbeth schnitt eine Fratze. »Bevor du als Nächstes mit Kugelschreibern und Zettelblöcken kommst: Nein danke. Der Lottoabend ist schließlich keine Parteiveranstaltung. Also bitte keine Werbegeschenke.«

»Ja aber ... soll ich etwa privat etwas spenden?«, fragte Gesa Christiansen entsetzt. Tante Lisbeth grinste zufrieden und zeigte schadenfroh auf den Hörer. Da war wohl jemand geizig.

»Bist du jetzt Ehrenmitglied bei den Dorfdamen oder nicht?«, stichelte sie.

»Na ja, nur weil ich Landtagsabgeordnete bin ...«

Tante Lisbeth fiel Gesa ins Wort. »Ja, ich weiß, dass du nur Mitglied geworden bist, um in den Landtag gewählt zu werden.«

»Nein, nein, du hast mich falsch verstanden«, versicherte die Stimme am anderen Ende der Leitung schnell. »Ich meinte, nur weil ich Landtagsabgeordnete bin, heißt das doch nicht, dass ich reich bin!«

»Nein, reich bist du, weil dein Mann seit vierzig Jahren schnarchenden Patienten das Gaumenzäpfchen abschnippelt«, lästerte sie bissig. Ich guckte entsetzt. Er tat was? Tante Lisbeth deckte kurz den Hörer ab. »HNO-Arzt«, raunte sie mir erklärend zu.

»Du hast echt Nerven.« Gesa Christiansens eben noch gekonnt herzenswarm modulierte Politikerinnenstimme klang auf einmal eiskalt. »Was genau willst du eigentlich?«, fragte sie. »Muss Henning wieder sein Scheckbuch holen?«

Hilfe. Tante Lisbeth fragte hier schließlich für einen guten Zweck. Okay, eigentlich nicht, der Charity-Lottoabend der Dorfdamen war ja nur vorgeschoben. Aber warum Tante Lisbeth wirklich anrief, konnte sie ja nicht wissen. Es gab also keinen Grund, meine Tante so anzufahren, als würde sie die Familie ausnehmen wollen. Die beiden mochten sich wirklich nicht. Tante Lisbeth holte Luft, um eine zweifellos patzige Antwort loszulassen. Ich hob beschwichtigend die Hände. Wenn sie diese Frau weiter so ärgerte, würde die womöglich noch auflegen, ehe wir über Jan Bescheid wussten. Ruhig, ruhig, bedeutete ich ihr daher. Tante Lisbeth rümpfte die Nase, riss sich aber zusammen.

»Liebste Gesa«, säuselte sie, »jetzt hast du mich falsch verstanden. Ich wollte selbstverständlich weder dein Geld noch das deines Mannes. Im Namen der Dorfdamen möchte ich lediglich anfragen, ob du nicht möglicherweise einen Gutschein deines Golf-Vereins für eine Probestunde organisieren kannst.«

»Ach so.« Sofort schlug Gesa einen versöhnlichen Ton an. »Gut, das lässt sich sicher machen. Ich spreche mal mit dem Vorstand. Also dann …«

»Ach, eine letzte Kleinigkeit vielleicht noch. Dein Sohn ist doch gerade zu Besuch. Könntest du den nicht vielleicht mitbringen?«

Durch den Lautsprecher hörte ich, wie Gesa Christiansens Stimme wieder reserviert wurde. »Meinen Sohn?«, fragte sie. »Warum sollte ich meinen Sohn mitbringen?«

»Och, ich dachte nur, um der Runde ein bisschen Schwung zu geben. Sind ja sonst nur lauter alte Schachteln da«, witzelte Tante

Lisbeth. »Und vielleicht noch meine Nichte, falls die so lange hierbleibt.«

»Mein Sohn hat kein Interesse«, entgegnete Gesa Christiansen spitz. Und ich hatte das Gefühl, dass sie damit nicht allein den Lottoabend meinte.

»Ah ja. Schade.« Tante Lisbeth streckte dem Hörer die Zunge raus. »Ist er denn gerade da? Dann könnte ich ihn vielleicht selbst mal fragen …«, schlug sie vor.

»Nein«, blaffte Gesa. »Der ist bei seiner Freundin. Und wenn nichts weiter mehr anliegt, ich habe noch einen Termin. Tschüss.«

Erstaunt fragte ich, was Gesa Christiansen mit dem frostigen »Muss Henning wieder sein Scheckbuch holen« gemeint hatte.

Tante Lisbeth zuckte mit den Achseln. »Keine Ahnung. Aber falls du als junges, ungebundenes Mädchen Lust hättest, ein bisschen mit Jan Christiansen zu flirten, nur so, um nicht aus der Übung zu kommen, dann solltest du das wirklich dringend tun!«

»Du willst dieser Gesa eins auswischen«, stellte ich fest. »Aber wieso hätte sie eigentlich was dagegen, wenn Jan sich für mich interessierte?« Ich war ein bisschen beleidigt.

»Wahrscheinlich passt es ihr in den Kram, dass Jan mit der Krabbenkönigin zusammen ist«, mutmaßte Tante Lisbeth. »Dann kommt Wibke bestimmt, um bei der Windpark-Eröffnung das Band durchzuschneiden.«

»Oh ja.« Das leuchtete mir ein. »Also, ich glaube, dass Wibke sowieso scharf drauf ist, wenn sogar das Fernsehen kommt. Aber wenn sie nicht mit Jan zusammen wäre, dann hätte sie jetzt wahrscheinlich ein schlechtes Gewissen wegen Sönke. Der wär doch bestimmt voll dagegen gewesen.« Mich beschlich ein übler Verdacht. War es überhaupt nur Zufall, dass Jan mit Wibke zusammen war? Ich erinnerte mich daran, wie Jan auf dem Feuerwehrfest meinen Ausschnitt bewundert und Wibke nur widerwillig nach Hause begleitet hatte. Verliebt hatte das nicht gerade gewirkt. Konnte es sein, dass die ganze Beziehung nur arrangiert war? Von Anfang an? Dass Gesa Jan richtig auf Wibke angesetzt hatte?

Puh. Tante Lisbeth hatte recht. Diese Familie Christiansen war ein intrigantes Pack. Die letzten Zweifel, ob ich mich in die Ermittlungen gegen Jan reinhängen sollte, verflüchtigten sich.

Jetzt gerade konnte ich nichts tun, denn Jan war ja offenbar bei Wibke. Aber morgen konnte ich loslegen. Dann waren Mama und Papa Christiansen zum Golfen beziehungsweise Polypenrauspulen unterwegs und Wibke in der Sparkasse. Svenja hatte gesagt, dass Jan eigentlich nicht an seinem Praktikumsplatz gebraucht wurde. Mit etwas Glück würde ich ihn also allein zu Hause antreffen.

Tante Lisbeth machte auch schon Feierabend. Aus dem Augenwinkel beobachtete ich, wie sie sich in ihren Sessel sinken ließ und sich dann der Zeitungslektüre widmete. Sie hatte mal wieder komplett umgeschaltet und den Kopf frei für einen Bericht über die Fischereiquoten in der EU. Ich dagegen war gedanklich noch immer mit unserem Gespräch über Jan Christiansen beschäftigt. Tante Lisbeths Aufforderung, den doch ruhig mal anzubalzen, hatte schon fast etwas von einem Intrigenplot à la *Gefährliche Liebschaften* – Tante Lisbeth als die hinterlistige Marquise, die die jungen Leute miteinander in die Federn schickte, nur um sich hintenrum an einer alten Feindin zu rächen. Neulich hatte ich die Verfilmung mit Keanu Reeves gesehen (Mensch, war der da noch jung gewesen!). Wenn man daraus Lehren ziehen wollte – die Geschichte war wirklich für niemanden gut ausgegangen. Gut, eine falsche Affäre würde mich heutzutage weder im Kloster noch in geistiger Umnachtung enden lassen. Aber ich wollte schließlich Carsten nicht betrügen!

*Carsten nicht betrügen*. Gut, dass ich diese Gedanken nicht laut ausgesprochen hatte. Tante Lisbeth wäre wahrscheinlich vor Lachen vom Sessel gerutscht. Denn Carsten, dem ich hier so treu die Stange hielt, wusste schließlich gar nichts von seinem Glück. Vielleicht sollte ich erst mal mit mehr Nachdruck am Zustandekommen der Beziehung arbeiten, um überhaupt etwas zum Treusein zu haben. Mein Plan war mit Abstand betrachtet eher unpraktisch, erst lange nach Mordfallinformationen zu fahnden, nur um einen schönen Aufhänger für ein Gespräch zu finden. Natürlich wäre es besser, ich riefe ihn jetzt gleich an. Ob ich mich doch trauen sollte?

»Hallo, Carsten«, übte ich erst mal hinter verschlossener Küchentür und mit ausgeschaltetem Telefon. Und noch ein paar Mal: »Haaallo, Carsten!« (aufgekratzt), »Hallo, Carsten?«(vorsichtig), »Hall-llo, Carsten!« (schmunzelnd. Gefiel mir am besten). Weiter. »Ich rufe an, weil ... wollen wir vielleicht ... ich wollte sagen, dass ich ... hättest du Lust ... ich fand dich ... ich fand, dass wir ... ich wollte dich fragen, ob ...«

Dreck. Mir kam nichts Gescheites über die Lippen. Und ich hatte noch nicht mal gewählt.

Da kam mir eine Idee. Heutzutage hat man ja schließlich Fortbildungsmöglichkeiten. Ich nahm mir mein Laptop und ging online.

Eine Stunde später wünschte ich mich in die Zeit der Briefromane zurück. Gott, die waren damals wenigstens hübsch gepudert, brokatverziert und mit blumigen Komplimenten aufeinander losgegangen. Wenn man sich demgegenüber heutzutage auf der Suche nach Verhaltenstipps umguckte, da fragte man sich, ob die geistige Umnachtung nicht doch schon weitere Kreise in unserer Gesellschaft gezogen hatte.

In Anbetracht der aktuellen Empfehlungen war ernsthaft zu überlegen, ob man das Paaren nicht ganz einstellen sollte. Zum Beispiel: Ein selbst ernannter Flirtexperte hatte eine Anmache entwickelt, die er mit folgendem Satz eröffnete: »Ich gehe jetzt aufs Klo. Und wenn ich zurückkomme, küsse ich dich!« Bevor ich damit jemanden heißzumachen versuchte, rannte ich doch lieber in eine Degenspitze! Dann waren da noch die Tipps von Typen, die nicht ohne ihren Wing Man loszogen, der ihnen half, die Frauen klarzumachen. Ich zweifelte, ob sich das auf Flirtunternehmungen von Frauen übertragen ließ – also, keine Frage, Tante Lisbeth wäre sicher sehr gern Wing Woman. Aber auf mehr als Ins-Bett-Kriegen waren diese Tipps nicht ausgelegt.

Die Flirttipps einer goldig ausschauenden Bloggerin mit eigenem Youtube-Kanal dagegen hatten mir eine Weile lang Hoffnung gemacht: Sie war mir sympathisch, und ihre Vorstellungen schienen sich mit meinen zu decken. Nicht aus dem Mund stinken, auch nicht nach Schweiß, nicht übermäßig Schuppen fallen lassen – da konnte ich direkt Häkchen dran machen. Aber dann ließ sie mich in meinem zentralen Unsicherheitsgebiet im Stich, indem sie sich mit dem Hinweis »authentisch sein, keine Gesprächsinhalte vorbereiten« aus der Verantwortung stahl. Darum ging's doch! Ich brauchte Inhalte! Carsten authentisch anzuschweigen brachte mich ihm auch nicht näher! Und um die Sache abzurunden, kam sie mir dann auch noch mit dem Tipp, beim ersten Date bloß nicht den Ex zu erwähnen. Wie ein getretener Hund verließ ich Goldis Kanal wieder.

Ich googelte noch ein bisschen weiter. Erst mal Infos zu Carsten selbst, aber die waren spärlich. Der Mann hielt sich aus sozialen Netzwerken raus, postete nichts, kommentierte nichts. Und die Kriminalpolizei Husum unterhielt auch keine bebilderten Blogs über ihre Mitarbeiter. Ich fand nur das Pdf zu einem Flyer über Prävention von Wohnungseinbrüchen, bei dem Carsten als Ansprechpartner der Polizei benannt war, und einen Telefonbucheintrag. Aber leider keine Homestory.

Dann suchte ich in Frageforen nach Antworten zu meinem Problem. Das hatten doch schon sicher andere vor mir gehabt! Die Suchmaschine hatte denn auch gleich mehrere Treffer zu

»was sag ich am Telefon«. Aber die Fragestellerinnen kamen offenbar eher aus dem Spektrum der Zwölf- bis Vierzehnjährigen. Denn ich fand leider nur Formulierungsvorschläge dafür, wie man die Eltern bittet, das Telefon an den Sohn weiterzureichen. Also, würde Herr Pohl senior ans Telefon gehen und Carsten somit noch zu Hause wohnen, dann würde ich den Anruf sowieso sofort abbrechen! Und zur Sucheingabe »Ich trau mich nicht« kam wieder die alte Leier mit »Sei ganz du selbst«.

Jo. War ich. Ganz ich selbst beschloss ich, einfach doch den morgigen Tag abzuwarten. Und bis dahin noch ein bisschen Schoki zu essen.

# ELF

Montag. Werktag. Seit neun Uhr morgens hatte ich die Radiolautstärke gedrosselt und mein Handy immer in Griffweite. Katja wollte mich schließlich anrufen, sobald sie einen Blick auf Stephans Haare geworfen hatte.

Bis um halb elf war leider noch nichts passiert. Zum Glück hatte ich noch mehr zu tun, als auf mein Display zu schauen, denn seit dem Frühstück arbeiteten Tante Lisbeth und ich an meinem Look für den Einsatz bei Jan Christiansen. Wir machten auf Doofmarie. Ich muss dazu sagen, dass Leute, die mich nicht kennen, dank meiner großen Augen ohnehin dazu neigen, mich nicht ernst zu nehmen (Leute, die mich kennen, tun dies eher aufgrund meines Musikgeschmacks). Wir hatten also gute Ausgangsbedingungen, und mit der Methode »von allem doppelt so viel wie sonst plus einen Farbton greller« erzielten wir dann auch wirklich ansehnliche Resultate. Als wir alle Tiegel, Döschen, Pinsel und Quasten einmal durchhatten, sah ich aus wie Gottes Antwort auf männliche Gebete, es willige Bräute vom Himmel regnen zu lassen. Zwar durften wir nach den bisher gesammelten Erfahrungswerten davon ausgehen, dass Jan mich auch sonst ins Haus gebeten hätte. Aber wir wollten es ihm leicht machen. Wie sich das mit meinem Entschluss vertrug, nicht mit Jan zu flirten? Na ja, nur mittel. Aber die morgendliche Einsatzbesprechung hatte ergeben, dass die Waffen einer Agentin durchaus auch die Waffen einer Frau sein durften. CIA-Circen, quasi, rein dienstlich. Emma Peel ging ja auch nicht in Latzhose zur Arbeit.

Frisch aus der Maske heraus, sah ich nicht nur zum Anbeißen aus. Ich duftete auch so verführerisch wie eine Tüte Gummibärchen. Das kam von je vier Pumphüben aus Lisbeths lilafarbenem Parfum-Flacon an Puls, Hals und Kniekehlen (Letztere auf Empfehlung von Tante Lisbeth. Ich hatte trotzdem nicht vor, Jan da schnuppern zu lassen) sowie von dem Lipgloss, den ich als zweite Schicht über Tante Lisbeths pinkfarbenen Lippenstift aufgepinselt hatte. Es klebte dermaßen, dass ich die Lippen unwillkürlich zu einem Entenschnabel aufstülpte.

»Genial«, lobte Tante Lisbeth. »Du bist ein Naturtalent!«

»Findescht du?«, nuschelte ich und blickte sie unter tonnenschwer getuschten Wimpern lasziv an.

Tante Lisbeth zuppelte an meinem Dekolleté. Sie hatte schon die Träger meines BHs extrem hochgezurrt und mir Glitzerpuder in den Busenritz gestreut. Jetzt fummelte sie an meiner Bluse rum, um den optimalen Einblick herauszukitzeln. »Und du beschwerst dich immer, ich würde deine Talente nicht wahrnehmen.«

»Sollten wir nicht spätestens da, wo die Rippen aufhören, mal einen Knopf zumachen?«, schlug ich vor.

»Oder wir nehmen eine Brosche!« Sie kramte in ihrer Schminkkommode und zauberte einen strassbesetzten Käfer hervor. »Mein *Love Bug!* Sieht der nicht aus wie von Swarovski?«, gab sie an und tackerte damit den Blusenstoff zusammen. Es gab auch noch passende Ohrclips.

Aua. »Hängen Hirn und Ohrläppchen eigentlich an derselben Blutversorgung?«, fragte ich. »Ich falle gleich in Ohnmacht!«

»Wer schön sein will, muss leiden«, tadelte Tante Lisbeth. Konzentriert steckte sie meinen Rock um. Er war Teil meines einzigen Businesskostüms, das ich eingepackt hatte, weil es noch in die Reinigung musste, ehe ich nächsten Montag meinen Termin im Linder-Verlag hatte. Aber egal, so dreckig, dass ich ihn nicht zum Spionieren anziehen konnte, war der Rock nicht. Er war bis heute sehr elegant gewesen: Bleistiftform, figurbetont, taubengrau und bis eine Handbreit überm Knie. Nachdem Tante Lisbeth ihre Heftstiche gesetzt hatte, nur noch zwei Fingerbreit unterm Po.

»Mama hätte jetzt Angst, dass ich mich verkühle.«

»Mama hätte Angst, dass dir ein Mann zwanzig Euro in die Hand drückt«, korrigierte Tante Lisbeth.

»Und dass mich jemand dabei sieht«, ergänzte ich, griff zum Stielkamm auf der Flurkommode und toupierte noch ein bisschen an meinen Haaren herum. Endlich piepste mein Handy. Aufgeregt sprang ich hin und rief die Mitteilung auf.

»Stephan ist mit Mütze ins Morgenmeeting gekommen. Nimmt sie nicht ab. Melde mich nachher.«

Wenn er seine Mütze anbehielt, war das kein gutes Zeichen. Für ihn. Für mich hieß das sehr wohl etwas Gutes. Genugtuung? Schadenfreude? Irgendwo dazwischen pendelten meine Gefühle sich langsam ein.

Die Christiansens wohnten in einer weiß getünchten Backsteinvilla mit sauber angelegtem Vorgarten. Ein Traumhaus. Mit seinen Erkern und Gauben, dem Reetdach und den blaugrau gestrichenen Fensterkreuzen sah es landhausmäßig-gemütlich aus, obwohl es gleichzeitig einen herrschaftlichen Eindruck machte. Mit den zwei vom Haupttrakt abgehenden Flügeln dürfte es über mindestens acht Zimmer verfügen. Ich wollte schon ein bisschen neidisch werden, aber dann rief ich mir in Erinnerung, dass Geld allein nicht glücklich macht. Die Familie hinter diesen Mauern hatte immerhin eine freudlose Ehe und einen Sohn mit kleinem Totschlagproblem zu verwalten. Wer wollte da schon tauschen? Ich schritt die geschwungene Kiesauffahrt hinauf, vorbei an der ebenfalls weiß gekalkten und reetgedeckten Doppelgarage, in Richtung des von Buchsbäumen flankierten Eingangsportals. Hinter der Garage, von der Straße aus nicht zu sehen, stand ein Gärtnereiwagen mit offener Ladefläche. Dutzende weiße und fliederfarbene Chrysanthemen und andere Spätsommerblumen quollen aus den Regalen. Ich trat etwas dichter heran und fragte mich gerade, ob eine Margeritenblüte im Haar *too much* wäre, als aus dem Garten eine aufgeregte weibliche Stimme zu mir drang. Ich pirschte mich vor zur Hausecke und schaute vorsichtig nach, wer da schimpfte.

Zwischen mehreren Körben mit Blumenzwiebeln stand, breitbeinig und mit kämpferisch in die Seite gestemmten Armen, ein grün geschürztes Mädchen in den Rabatten. Sie befand sich in einem Zustand der Verwüstung. Aus ihrem brünetten Zopf hatte sich ein gutes Dutzend Strähnen gelöst. Sie hatte sie sich wohl schon häufiger aus dem Gesicht gewischt, denn auf ihren Wangen waren überall dunkle, erdige Striche verteilt. So stellte ich mir Rambos kleine Schwester vor. »Du bist ein echtes Schwein!«, blaffte sie gerade in einer Lautstärke, die den Garten ihrer Kunden ganz nebenbei auch von Maulwürfen befreien dürfte. Ihre Standpauke galt Jan Christiansen, der vor ihr auf dem Rasen stand und sein Basecap zwischen den Händen knetete. Er wirkte überfordert. »Ach Mensch. Nimm es doch nicht so schwer«, bat er sie. »Ich hatte doch gesagt, dass ich keine Beziehung will.«

»Du hast gesagt, du wärst dafür zu beschäftigt! Vielleicht hättest du etwas genauer sagen können, dass diese Beschäftigung in einer festen Freundin besteht!«

Jan hob die Handflächen. »Ich dachte, das wäre egal. Ich meine, du bist doch sofort mit mir ins Haus gegangen. Wer poppt denn gleich nach zehn Minuten, wenn er mehr will als nur einen One-Night-Stand?«

Patsch! Das hätte er besser nicht gesagt. Vor allem nicht zu einem Mädchen mit einer Blumenschippe in der Hand. »Aua«, maulte er und stapfte in Richtung Terrassentür davon.

Gleich darauf vibrierte mein leise gestelltes Handy mit einer neuen Nachricht von Katja:

»Stephan musste Mütze abnehmen. Haare vorn und an der Seite weg. Sieht aus wie räudiger Hund!«

Hurra! In meinem Kopf spielte die Pumuckl-Melodie auf.

Hurra, hurra, der Kobold mit dem abben Haar!! Ich hatte mich noch gar nicht ausgefreut, da ruckelte es schon wieder. »Chef googelt Haarausfall und Krätze.«

Traumhaft.

Beschwingt ging ich zu Christiansens Haustür und klingelte.

Jan, ein Eispack an die Backe gedrückt, öffnete und sah mich erstaunt an. Erkannte er mich überhaupt? Ich schenkte ihm einen Bambi-Augenaufschlag und erklärte ihm, dass ich auf dem Feuerwehrfest einen Pulli gefunden hatte und den Eigentümer suchte. Dabei machte ich ein Hohlkreuz, damit der Strasskäfer noch besser zur Geltung kam. Na endlich, er erkannte mich wieder. Gern ließ er sich den quittengelben Pullunder zeigen, den Tante Lisbeth mir in einem Parfümerie-Tragetäschchen mitgegeben hatte. Nein, der gehöre ihm nicht.

»Oh! Wie schade«, flötete ich.

»Gar nicht schade«, sagte Jan entzückt, legte einen Arm um meine Schultern und bat mich auf einen Kaffee herein. Das Eispack ließ er achtlos in eine Silberschale fallen, die wohl für Schlüssel et cetera auf der schnörkeligen Anrichte in der Diele stand. Nur ein Schlüsselbund drin. Gut, kombinierte ich. Jan also allein zu Haus. Schneller Raumscan: Bodenvase mit Strelitzien-Arrangement. Goldgerahmter Spiegel. Schnörkelstuhl mit rotem Samtbezug. Ölgemälde. Marmortreppe mit Säulenbalustrade. Kristallleuchter. Aber kein Schrank. Kein Schuhregal. Mist. Ich hatte doch gehofft, irgendwo von Brombeerranken zerfetzte Kleidung zu finden! Oder Turnschuhe mit Waldboden an der Sohle. Irgend so was.

»Warum guckst du so komisch?«, fragte Jan.

Ich blinzelte. Agenten-Modus halt. Seit ich das Haus betreten hatte, schaute ich im Geiste durch sich überlagernde blassblaue Fadenkreuze und Quadrate hindurch, bildete mir im äußersten Augenwinkel mitlaufende Digitalanzeigen ein und sprach innerlich meine Beobachtungen auf Festplatte. Merkte man das?

»Ich seh mich nur um. Ist so schön bei euch«, sagte ich. »Wo hängt ihr denn eure Jacken auf?«

»Willst du mit mir in die Besenkammer?«, schmunzelte Jan.

Okay. Das war das Problem bei dem Plan, aufgedonnert herzukommen. Ich war davon ausgegangen, dass er mit mir flirten und dadurch unachtsam werden würde, aber dass er es riskierte, Wibke richtig zu betrügen, damit hatte ich nicht gerechnet. Seit ich die Vorwürfe des Gärtnermädchens gehört hatte, konnte ich mir Zurückhaltung seinerseits wohl abschminken. Klar hätte Agentin Inga Hering, die ja nun leider Single war, durchaus mit Jan in die Besenkammer gehen dürfen, um flink das Geständnis aus ihm rauszuschnackseln. Aber wenn ich überhaupt noch einmal in meinem Leben flink rumschnackseln wollte, dann bestimmt nicht mit Jan! Noch ein bisschen flirten, Informationen sammeln und dann Rückzug, nahm ich mir vor. Besen- und Wäschekammern aber unbedingt meiden.

»Hier sieht's ja aus wie in einem Hotel«, schwärmte ich, obwohl ich mich fragte, wie man so ein schönes Landhaus, das nach Bauernmöbeln schrie, von innen stattdessen wie das Herrenhaus der Carringtons einrichten konnte. Im Fernsehen lief gerade mal wieder eine Wiederholung der Achtzigerjahre-Serie über die Öl-Tycoons aus Denver. Wenn man jetzt noch Marmorstatuen in die Flurecken stellte, konnte Christiansens Haus gut als Kulisse durchgehen. Ich ging auf das Ölgemälde zu. Da, wieder: Denver-Clan ließ grüßen.

Nachdem ich Jan auf dem Bild erkannte, war das hier wohl ein Porträt der Familie Christiansen, der Signatur zufolge im vergangenen Jahr gemalt. Die Frau mit dem blonden Bob, die klunkerbehangen und kultiviert lächelnd wie Krystle Carrington in der Mitte thronte, musste demnach Gesa sein. Sie trug ein Wahnsinnsabendkleid aus ineinander verschlungenen swimmingpoolblauen Stoffbahnen. Der Mann hinter ihr hatte einen Smoking samt Bauchbinde verpasst bekommen. Das war also Herr Christiansen. Er war silberhaarig wie Blake Carrington, schlank, distinguiert und – ich dachte an das von Svenja erwähnte Gerücht – sah gar nicht so aus, als interessierte er sich nicht für Gesa, denn er hatte seine Hand nett auf ihrer Schulter liegen.

Der Einzige, der nicht total gestellt rüberkam, war Jan. Ihm hatte man allerdings auch kein Gala-Outfit verpasst, sondern gestattet, den sportlichen Jüngling zu geben. Er war mit einem hellblauen, noch nicht mal ganz bis oben zugeknöpften Oberhemd davongekommen, stand ebenfalls hinter Gesas Stuhl und blickte den Betrachter mit einem freundlichen Lächeln an. Ganz anders als die junge Frau mit der fluffigen Hochsteckfrisur, die auf dem Bild an Gesas anderer Seite saß. Die lächelte allenfalls huldvoll. Man hatte sie kunstvoll hindrapiert, die Füßchen unter einem glänzenden, wallenden Kleid verborgen, eine zarte Hand leicht auf die ihrer Mama gelegt. Ich konnte förmlich hören, wie sie »Mama« sagt. »Mam*aa*«, mit affektiert lang gezogenem zweitem a, mit dem erwachsene Kinder von Adelsfamilien ihre Mütter ansprechen. Stellte ich mir jedenfalls so vor. Hatte ich das aus *Sissi?* »Deine Schwester?«, fragte ich.

»Victoria«, sagte Jan.

»Ist sie älter oder jünger als du?«

Jan lachte. »Sie ist fünfzehn Jahre älter. Kommt auf dem Bild nicht so rüber, was?«

Nicht ganz. Statt Mitte dreißig sah sie aus wie Anfang zwanzig. Was konsequent war, denn auch Gesa wirkte auf dem Gemälde wie allenfalls Mitte vierzig. »Was macht deine Schwester so?«

»Victoria hat eine Juniorprofessur in Medienwissenschaften.«

»Nicht schlecht«, gab ich zu. »Und du?«

»Ich studiere BWL.« Er fuhr sich lässig mit der Hand durch die Haare. »Mach nur gerade 'n Praxissemester. Sieht gut aus auf 'm Lebenslauf, und ich kann ein bisschen chillen.«

»Ist ja lässig.«

»Voll, oder? Ich habe mit denen so 'nen Deal, dass ich nur ab und zu mal reinkommen muss, ganz relaxt. Wird ja auch nicht bezahlt. Aber wenn ich mein Diplom hab, komm ich wieder und werde Vorstandsassistent. Mit Gewinnbeteiligung. Geil, oder?« Er wippte weltmännisch mit dem Kopf. »In ein, zwei Jahren geht die Firma ganz groß mit Offshore-Windparks an den Start. Da verdien ich dann richtig fett Kohle.«

Mann, der plusterte sich ja mächtig auf. »Ich hab das Gefühl, dass ich dich schon mal gesehen habe«, leitete ich zu meiner Fangfrage nach dem Alibi über.

»Chica, das war am Samstag, auf dem Feuerwehrfest.«

»Ja.« Innerlich haute ich mir mit der Hand vor's Hirn. Der war aber auch blöd. »Ich meine davor. Ich bin ja noch nicht so lange hier. Mal überlegen … Freitagnachmittag war ich joggen. Im Wald. Da ist mir ein richtig sportlicher, durchtrainierter Typ begegnet … Das musst du gewesen sein, oder laufen noch mehr von deiner Sorte durch Freesbüll?«

Jan schmunzelte. »Ich will mich ja nicht loben. Aber wir können mit ziemlicher Sicherheit davon ausgehen, dass ich den besten Körper der Westküste habe.« Er drehte sich zu dem goldgerahmten Spiegel und posierte. »Spieglein, Spieglein an der Wand. Wer hat den besten Body im ganzen Land?« Mit verstellter Stimme gab er sich die Antwort. »Ihr, Herr Christiansen, seid der geilste Typ im Land.« Er drehte sich wieder zu mir um. »Siehste?«

»Dann warst du das?«

»Ich schlage vor, wir gehen rauf in mein Zimmer, und du kannst dich davon überzeugen.«

»Ähm. Ja …«, sagte ich zögerlich. »Aber kommt nicht deine Mutter bald zurück?«

»Mist, ja. Chica, du bist die Beste. Die sollte uns besser nicht sehen. Wir müssen woanders hin …« Er überlegte fieberhaft. »Wir haben über der Garage noch ein Gästezimmer. Aber der Weg durch den Garten ist auch gerade vermint … Können wir nicht zu dir?«

»Ich wohne bei meiner Tante. Die kocht uns bestimmt einen leckeren Tee.«

Jan machte ein langes Gesicht, kam dann aber auf die Lösung. »Dann eben *back to the roots*. Als ich früher mit meinem Roller unterwegs war, habe ich den Chicks manchmal dieses Vogelbeobachtungshäuschen im Naturschutzgebiet gezeigt. Da ist man ganz ungestört. Was meinst du? Wollen wir zu den Vögeln?« Während er »Vögeln« sagte, wackelte er bedeutungsschwer mit den Augenbrauen.

Was sollte ich jetzt sagen? Ich sah ihn erst einmal bloß skeptisch.

»Ich pack Isomatten ein«, versprach er.

Ich schaute immer noch nicht begeistert.

Er trat auf mich zu und nahm mein Kinn in seine Hände. »Chica. Ich lieg auch unten«, sagte er gönnerhaft.

Der ging ja dermaßen ran. Aber andererseits hatte ich es auch herausgefordert. Wer klingelt und so tut, als wolle er flachgelegt werden, muss sich nicht wundern. Nur wollte ich natürlich in Wahrheit keinesfalls mit in dieses Vogelhäuschen, obwohl Jan mit dem besten Body der Westküste recht haben könnte. Ich vermutete, dass er noch ein paar mehr Muskeln als Carsten hatte. Ich nahm mir vor, Carsten zu fragen, wann er wieder surfen ging, um das besser beurteilen zu können. Jan konnte ich gleich überprüfen.

»Zeig mal kurz deinen Bauch«, bat ich.

Er zog das Shirt hoch. Mjammi. »Hallo, Sixpack!«, grüßte ich. Er machte wieder zu. »Später, Chica.«

Schade, wo es doch kein »später« geben würde. Andererseits musste ich ihn tatsächlich noch mal treffen. Das Verhör war noch nicht abgeschlossen. Ja, er hatte möglicherweise seine Anwesenheit am Tatort im Tatzeitraum gestanden. Schließlich hatte er meiner Annahme, ihn am Freitag beim Joggen im Wald gesehen zu haben, nicht widersprochen. Aber so ganz gerichtsfest erschien mir das noch nicht. Ich beschloss, erst mal auf die Verabredung einzugehen.

»Ich muss mich noch frisch machen«, sagte ich. »Hol mich in einer Stunde ab.« In dieser Stunde fiel mir hoffentlich eine Taktik ein, wie ich ihn ausfragen konnte, ohne auf den Isomatten zu landen. Ich gab ihm Tante Lisbeths Adresse und machte, dass ich fortkam.

Zu Hause berichtete ich als Erstes von der Szene hinterm Haus. Tante Lisbeth reagierte ganz aufgeregt. Sie rieb die Hände aneinander und flüsterte triumphierend so etwas wie: »Ich hab's gewusst, ich hab's gewusst!«

»Er betrügt Wibke! Das hat sie jetzt davon!«, stimmte ich enthusiastisch mit ein.

Tante Lisbeth schaute verwundert. Das hatte sie gar nicht gemeint. »Die Gärtnerei! Gesa Christiansen macht ihren Garten gar nicht selbst!«

Tante Lisbeth ließ sich den Lieferwagen beschreiben. Er gehörte einem Floristen aus Niebüll; die Adresse hatte groß auf der Hecktür gestanden. Tante Lisbeth beschloss, dort später mal vorbeizugehen und das Mädchen ein bisschen zu befragen.

»Meinst du, Jan hat ihr von Sönke erzählt?«, fragte ich verwundert. »Das war doch nur ein One-Night-Stand. One-Afternoon-Stand. Wie auch immer.«

»Nee. Ich will rausfinden, ob Gesa ihre Teerosen auch nicht selbst gezüchtet hat. Weißt du, wie sie mit ihrem grünen Daumen angibt? Zu Pfingsten hat der Pastor sie gebeten, den Altarschmuck zu machen!«

Ich blickte auf die kümmerlichen Stiefmütterchen in Tante Lisbeths vermoosten Balkonkästen. »Das mach mal. Wenn Gesa disqualifiziert wird, werden sie bestimmt dich fragen.« Tante Lisbeth machte eine Siegerfaust.

Mein Handy klingelte. Katja war dran, völlig aus dem Häuschen. »Puh, endlich ist das Meeting vorbei. Inga, es ist so stark! Der Chef hatte solche Angst, weißt du, das ist doch so ein Hypochonder.« Wusste ich. Manchmal hatte ich Stephan oder Katja einen Besuch im Büro abgestattet, weil das direkt am Potsdamer Platz lag und wir von da aus prima zum Shoppen losziehen konnten. Nicht, dass ich dabei auf die Chefs der beiden traf – man trifft ja bei einem Rundgang durch die Reichstagskuppel auch nicht die Kanzlerin. Aber wie die Seniorpartner drauf waren, konnte man schon ganz gut aus der Gestaltung der Kanzleiräume ableiten. Chef Nummer eins, Herr Dr. Blöcher, war einer von der marketingdurchdrungenen Sorte und vertrat die These, dass eine aufgeweckte, moderne Anwaltskanzlei auch optisch Frische präsentieren müsse. Deshalb hatte er das Foyer quietschgrün streichen lassen. Die Obstschalen enthielten nur Kiwis und Granny Smith, und ungelogen, selbst das Klopapier war grün. Gelegentlich vergriff ich mich an den Reserverollen und, aus Vitaminmangel, auch an dem Obst. Wobei ich mir wünschte, dass Herr Dr. Blöcher stattdessen an die umsatzsteigernde Wirkung einer granatapfelroten oder papayaorangenen Raumgestaltung geglaubt hätte. Das hätte ich im Übrigen auch der Empfangsdame gewünscht, die mit dem grellgrünen Halstuch doch immer ein wenig kränklich wirkte. Was sie nie war, denn dann hätte Chef Nummer zwei, Herr Dr. Schramm, sie niemals an ihrem Pult Platz nehmen lassen. Der nämlich fürchtete nichts so sehr wie Keime. Die Seifenspender – Gott sei Dank gab es medizinische Seife in Kiwigrün, sonst wäre diese Sozietät wohl nie entstanden – hatten Krankenhausformat und waren mit den Unterarmen zu bedienen. An den Waschraumtüren hatte der Chef darüber hinaus im Zuge der letzten Schweinegrippen-Hysterie Piktogramme und Erklärungen anbringen lassen, wie man hygienisch in die Armbeuge nieste.

Und zu diesem Herrn Dr. Schramm hatte sich heute also ein nach einer fiesen Krankheit aussehender Stephan an den Konferenztisch setzen wollen. Ich lachte. »Erzähl mal, sah Stephan wirklich aus, als hätte er die Krätze?«

»Besser.« Katja schnalzte genießerisch mit der Zunge. »Also, keine Ahnung, wie man mit Krätze aussieht. Aber dein Schatz, Exschatz, hat seinen Haaransatz jetzt jedenfalls rund zehn Zentimeter weiter hinten als sonst. Sieht alles ziemlich unaufgeräumt aus auf seinem Kopf. Bisschen wie ein Clown. Er hat ständig versucht, sich die Haare von weiter hinten nach vorn zu streichen …«

»So wie mein Mathelehrer! Bei Wind hat's dem immer die Betonsträhnen hochgeweht«, erinnerte ich mich. »Das sah aus, als ob ein Deckel auf seinem Kopf aufklappt.«

»Na, dafür hat Stephan die Haare nicht gut genug festgeklebt. Oder die Kleister schon wieder weggefummelt, er friemelt ja ständig dran rum. Seine Kopfhaut leuchtet schon ganz rosa vom ständigen Drüberstreichen. Das musst du dir mal bildlich vorstellen. Obendrauf dieses Schweinchenrosa, und dann, zack! – kommt eine ganz scharfe Trennlinie zur normalen Stirn in Braun. Ziemlich dunkelbraun übrigens dafür, dass er den Mandanten rund achtzig Arbeitsstunden im Büro pro Woche in Rechnung stellt.«

Da konnte ich weiterhelfen. »Ich glaube, die Antwort auf dieses Rätsel findest du im Wellnessbereich vom Fitnessstudio.«

»Sonnenbank?«

»Mmh.« Ständig hatte ich meinen Augen-UV-Schutz in seiner Sporttasche suchen müssen.

Ich hörte, wie Katja in einen Apfel biss. Granny Smiths sind ja sehr knackig. »Jetzt hat er Zwangsurlaub bekommen«, sagte sie kauend. »Und pass auf, jetzt kommt's: Rate mal, wer Stephan vertreten wird?«

Also, Katja jedenfalls nicht. Dafür klang sie viel zu gut gelaunt. Sie hasste es, die Arbeit ihrer Kollegen mitmachen zu müssen, wo sie doch so schon immer bis um halb acht im Büro saß. Ich tippte auf Ludger, den Kollegen, mit dem sie auf ihrer Geburtstagsfeier so heiß geflirtet hatte. Aus den beiden war übrigens doch kein

Paar geworden, weil Ludger irgendwann zwischen Caipirinha Nummer fünf und sechs eingefallen war, dass sie eine arbeitsvertragliche Klausel gegen Bürobeziehungen unterschrieben hatten, weil die Kanzlei Klagen wegen sexueller Belästigung am Arbeitsplatz fürchtete. Aber ich lag falsch.

»Ich!«, jubelte sie.

»Ist es ohne mich in Berlin so langweilig, dass du freiwillig mehr arbeitest?«

»Tststs«, machte Katja vorwurfsvoll, aber nicht wegen meiner Anmaßung, sondern meiner Vergesslichkeit. »Das heißt, Herzchen, ich gehe für Stephan auf die Premiere!«

»Oh. Die Premiere«, hauchte ich. Daran hatte ich gar nicht mehr gedacht. »Toll.« Ich freute mich für sie. Aber nicht genug, denn Katja schrie so laut ins Telefon, dass ich hoffte, die Türen ihres Büros wären schallisoliert.

»Nicht ›toll‹. Genial! Fantastisch! Unglaublich!«, kreischte sie. »Ich gehe zu einer Filmpremiere mit Chris Fletcher! Oh Mann, ich bin so aufgeregt!«

»Hast du Herrn Herkenrath schon gesehen?«, fragte ich. Ich war gespannt, ob Stephans Geschichte von dem unangenehmen Schwabbelmandanten, mit dem der Abend eine Zumutung sein würde, so stimmte.

»Nein, der ist noch nicht in der Stadt.«

»Stephan hat gesagt, dass das ein schlimmer Mensch sei. Aufgedunsen und unkultiviert.«

»Na und? Jedenfalls wird er gut riechen, er produziert schließlich Düfte. Aber selbst wenn ich das Monster aus Ghostbusters bespaßen müsste – ist doch egal! Yippee-ka-yeah! Ich gehe auf die Premiere von *Glitter Angel!*«

Ich gratulierte noch einmal. Dann mussten wir Schluss machen, weil Katja weiter Steuerschlupflöcher und ich einen Weg ausfindig machen musste, wie ich Zeit mit Jan verbringen konnte, ohne die Beine spreizen zu müssen.

# ZWÖLF

Als er mich um kurz nach zwei abholen kam, stieg ich in sein Auto und ließ ihn erst mal losfahren. Kurz nach dem Ortsausgangsschild erklärte ich dann aber, dass wir das Vogelbeobachtungshaus verschieben mussten. »Ich hab meine Tage gekriegt«, sagte ich bedauernd.

Jan schlug frustriert aufs Lenkrad. »Und jetzt?«, fragte er. »Warum hast du das nicht gleich gesagt?«

»Ich dachte, wir könnten trotzdem einen Ausflug machen«, sagte ich ganz lieb. »Ich hätte Lust auf eine Schifffahrt.« Das hatte ich mir überlegt, weil Jan keine Angst haben musste, dort Bekannte zu treffen. Und weil ich tatsächlich Lust auf eine Schifffahrt hatte. »Um drei ist eine Fahrt zu den Seehundbänken.«

Jan seufzte. »Chica. Ich mag dich. Aber ... «

»Mit Seetierfang!«

»Hm.« Jan spitzte anerkennend die Lippen. »Warum eigentlich nicht«, sagte er und fuhr weiter zum Damm nach Nordstrand.

Als wir in Strucklahnungshörn ankamen und über den Deich zum Hafen hinunterliefen, sahen wir eine Menschentraube, die vor dem Ausflugsschiff schon Schlange stand. Es war ein sonniger Tag, und in Süddeutschland waren bestimmt noch Sommerferien. Kein Wunder, dass viel los war. Ich kaufte Tickets, und Jan stellte sich beim Büdchen mit den Fischbrötchen an. Vor dem Schiff trafen wir uns wieder, futterten noch schnell unsere Krabbenbrötchen und gingen dann so ziemlich in letzter Minute an Bord. Die Sitzbänke auf dem Außendeck waren schon von Familien und Rentnerpaaren belegt. »Die starren uns alle an«, stellte ich fest. »Darf man als Mittzwanziger nicht auf Seehundfahrten?«

Jan zuckte mit den Schultern. »Verstehe ich auch nicht.«

Wir suchten uns ein Stehplätzchen an der Reling. Unter uns machten sich die Reedereileute daran, die Gangway von der Bordwand abzumontieren. Eine ältere Frau mit Poloshirt und um den Bauch geknoteter Wetterjacke, die Jan und mich schon die ganze Zeit beäugt hatte, kam aufgeregt zu mir rüber. »Soll ich die aufhalten?«, fragte sie.

»Warum?«, fragte ich zurück.

»Na, das Kamerateam ist doch noch nicht da!«

»Brigitte! Misch dich nicht ein!«, rief ihr Mann. Er stand breitbeinig vor dem Schornstein am Heck des Schiffes und kramte in seiner Fototasche herum.

»Finde du endlich das Objektiv!«, herrschte sie ihn an und wandte sich dann wieder höflich an Jan und mich. »Er darf doch ein Foto von uns machen?«

Gesa Christiansen war als Politikerin wohl so bekannt, dass die Leute sogar ihren Sohn erkannten und mit ihm aufs Foto wollten. Und anscheinend dachte diese Frau, dass alle Promis permanent von Presse umringt wären. »Heute ist kein Kamerateam dabei«, beruhigte ich sie, als sie sich Ausschau haltend so weit über die Reling beugte, dass ich mir Sorgen zu machen begann.

»Dann sind Sie einfach so miteinander unterwegs?«, fragte sie.

»Ja. Keine Presse. Keine Bodyguards.«

»Siehste, Klaus. Das ist nicht gestellt!«, sagte sie triumphierend in Richtung ihres Mannes. Dann zwängte sie sich zwischen Jan und mich und legte einen Arm um seine Hüfte, den anderen um meine Schulter.

»Ich will nicht mit aufs Foto«, sagte ich und versuchte, mich aus ihrer Umarmung herauszuwinden. Brigitte ließ mich aber nicht los. Klaus hatte das Objektiv inzwischen gefunden und schraubte es auf seine Kamera. Ein Horn tutete. Wir legten ab. »Brigitte, bitte«, versuchte ich es noch mal. »Das ist mir unangenehm.«

»Wie süß. Klaus, hättest du gedacht, dass sie schüchtern ist?« Sie tätschelte mich am Oberarm. »Das ist bei Ihrem Beruf bestimmt schwierig.«

»Woher kennen Sie meinen Beruf?«

»Na, der Trailer für die neue Staffel läuft doch schon! Wussten Sie das nicht?« Brigitte starrte mich verblüfft an. Ich starrte verblüfft zurück. »Trailer? Neue Staffel?«

»*Frauen-Power für den Bauer!*« Sie wandte sich an Jan. »Und Sie sind der Landwirt aus Nordfriesland, bei dem die Nutte aus Cottbus eingezogen ist!«

»Escort-Lady, Brigitte! Es heißt Escort-Lady!«, korrigierte Klaus und ging in Position. »*Cheese!*«, forderte er uns auf.

»Ameisenscheiße«, hörte ich Jan sagen. Er grinste. Na gut. »*Cheese*«, machte ich mit. Ich hatte zwar seit heute Morgen kein neues Lipgloss mehr aufgetragen, aber trotzdem brauchte ich mich bei meinem Outfit eigentlich nicht über die Verwechslung zu wundern.

Klaus machte ein paar Bilder, schraubte die Objektivabdeckung wieder drauf und kam zu uns rüber. »Und wie läuft's so? Kommen Sie gut miteinander aus?«

Ich überlegte. *Frauen-Power für den Bauer*. Ich war eine Nutte und Jan der Bauer ... wie ging es uns da? »Er stinkt«, improvisierte ich. Brigitte schnüffelte an Jan. »Kann ich nicht finden«, sagte sie.

»Jetzt nicht. Aber auf dem Hof. Alles stinkt da. Wi-der-lich!« Ich schüttelte mich angewidert. »Deshalb sind wir auch hier. Ich brauchte mal dringend frische Luft!«

»Oh.« Brigitte guckte mitleidig und wandte sich an Jan. »Und wie geht's Ihnen?«

»Was soll ich sagen?«, fragte er gespielt beleidigt. »Die kann nicht kochen!«

»Oh wohl!«, beschwerte ich mich. »Ich habe gestern Caesar's Salad gemacht!« Ich machte zwei Schritte um Brigitte rum und baute mich bedrohlich vor Jan auf. »Ist doch nicht meine Schuld, dass du noch nicht mal probieren wolltest!«

»Ich habe einen Schweinezuchtbetrieb!« Jan warf theatralisch die Arme in die Luft. »Was soll ich da mit dem Hasenfutter? Meine Frau muss Kotelett können. Und Schnitzel!«

»Da hat er recht«, sagte Klaus. »Meine Frau und ich sind zweiundvierzig Jahre verheiratet. Ohne die Schnitzel wär das nicht so weit gekommen.«

»Schweinefleisch!«, sagte ich verächtlich. »Wissen Sie, was das mit Ihrem Cholesterinwert macht?«

»Ja, Klaus. Weißt du das?«, stimmte Brigitte mit ein.

Klaus zeigte an sich hoch und runter. »Ist doch alles gut in Schuss!«, erklärte er. Konnte man geteilter Meinung drüber sein. Ich fand, dass das, was sich da unter seiner beigen Vielzweckweste wölbte, schon mehr als ein Wohlfühlbäuchlein war.

Aus den Schiffslautsprechern ertönte eine Durchsage. »Verehrte Fahrgäste. Willkommen an Bord der *Flotten Robbe*. Wir werden in etwa einer halben Stunde die ersten Seehundbänke passieren. Vorher laden wir Sie zum Seetierfang ein. Ein Ranger des Nationalparks Wattenmeer wird Ihnen die hiesigen Meeresbewohner erklären. Das Schleppnetz ist schon ausgeworfen, wir werden es gleich wieder hochziehen. Bitte finden Sie sich bei Interesse auf dem unteren Deck ein.«

»Na dann mal los«, sagte Jan in meine Richtung.

»Ach, wollen Sie wirklich da runter? Da sieht man kaum etwas, wenn es so voll ist wie heute. Wir kennen das schon«, erklärte Brigitte. Jan blieb bei seiner Begeisterung, und ich unterstützte ihn, schon allein, weil wir unsere Groupies so anscheinend ohne weitere Inszenierungen abhängen konnten. »Dann bis später mal«, flötete Brigitte.

Als wir die Treppe hinunterstiegen, war ein Matrose gerade dabei, ein kleines Fischernetz an Bord zu ziehen. Dann leerte er es in ein flaches Edelstahlbecken, das auf einem Podest in der Mitte des Decks stand. Leider drängten sich tatsächlich derart viele Leute darum, dass selbst meine hochhackigen Schuhe mir nicht genug Höhe verschafften, um noch etwas zu sehen, nachdem wir die Treppe hinter uns gelassen hatten. »Die Krebse sind cool, oder?«, fragte Jan, der bei seiner Größe nach wie vor beste Sicht hatte. Ich hopste ein paarmal hoch. Beim fünften Mal jaulte ich auf. Meine auftoupierten Haare mussten sich irgendwo verheddert haben. Vorsichtig, damit es nicht noch mehr ziepte, drehte ich mich um, um nachzuschauen, was an meinen Haaren zog. Ich schrie auf: Ich hing in einem Skelett.

Zum Glück stand Jan direkt neben mir. Mit wenigen Handgriffen befreite er mich aus dem Gerippe. Es war natürlich nur ein Plastikskelett, das Werbung für die allwöchentliche Kinder-Piraten-Fahrt machte. Trotzdem nicht schön, mit den Haaren in einem Brustkorb zu hängen.

Dann erlebte ich die nächste Überraschung: Jan zeigte sich galant. Als er mich losgefriemelt hatte, umfasste er meine Hüfte und hob mich nach oben, damit ich bessere Sicht hatte. Ich konnte Krebse erkennen und dann noch so graues Gewürm mit Beinen und Fühlern. Das waren wohl Krabben. Lebende, nicht lecker rosa Krabbenbrötchenkrabben. Und die Krebse, die Jan so cool fand, hatten offenbar heute noch nicht gevespert und freuten sich über die leichte Beute. Im Becken war kein Wasser, und die Krebse waren klar im Vorteil. Alle zehn Seitwärtsschritte ein Kräbbchen, und happs. »Deine Krebse richten aber ein ganz schönes Gemetzel an«, stellte ich fest.

»Ja«, freute sich Jan. »Geil, oder?«

»Du Wüstling. Das mit dem Schnitzel kannst du echt vergessen. Bei mir gibt's nur vegetarisch.«

Jan ließ mich wieder zu Boden, und ich schlug vor, ein Weilchen unter Deck zu gehen. Schließlich war ich ja nicht zu meinem Vergnügen hier, sondern wollte in einem Gespräch mehr über Jan herausfinden.

Unter Deck paarte sich Standard-Seemannsdeko mit Siebzigerjahre-Gastro-Look. Gerahmte Knotentafeln und Messingsbeschläge an Pseudoholztäfelung aus glänzendem Kunststoff, Essnischen mit Resopaltischen und grüne Vorhänge, die an Schienen ober- und unterhalb der Fenster aufgespurt waren, damit sie einem auch bei Seitneigung des Schiffes nicht in den Kaffee baumelten.

Wir rutschten die mit Cord bezogenen Bänke entlang, bis wir uns am Fenster gegenübersaßen. »Schweinezucht könnte ich mir für dich auch gut vorstellen«, erklärte ich, um ihn aus Spaß zu provozieren, und merkte in dem Moment, dass ich mir damit wohl ein »Ich mir Nutte auch für dich« einfangen würde.

Aber Jan überraschte mich. Er nickte nur. »Ja, oder allgemein Landwirt«, sagte er dann bedächtig. »Wir haben hier nicht so viel mit Schweinen, aber einen Milchwirtschaftsbetrieb fände ich gut.«

»Meinst du das ernst?«, fragte ich erstaunt.

»Ja klar. Landwirte sind ganz viel draußen. Haben geile Maschinen. Spüren das echte Leben. Die Eltern von einem meiner Freunde haben einen Hof. Echt cool.«

»Ich dachte, du willst Manager werden?«

»Okay, Chica. Du bist nur ein paar Tage hier. Wir gehen dann wohl eh nicht mehr miteinander ins Bett, oder?«, vergewisserte er sich.

Ich schüttelte den Kopf.

»Also, dann kann ich ja auch ganz ehrlich sein: Ich finde diesen BWL-Kram kacke.«

Wow. Wenn er ein Mädchen nicht abschleppen wollte, konnte Jan also auf die großspurige Nummer verzichten. Lustig hatte ich ihn auch gefunden, als wir die Bauer/Nutten-Nummer abgezogen hatten. Und richtig nett konnte er sein, außer zu Krabben. Von daher tat es mir leid, dass sich Svenjas Verdacht bestätigte, wonach er sich mit seinem Studium nur abquälte.

Eine Kellnerin kam und nahm unsere Bestellung auf. Ich nahm eine Zitronenlimo. Jan bestellte eine Cola und ein Paar Würstchen. Wow. Hoffentlich gab es keine Turbulenzen oder wie das auf See hieß. Er hatte schließlich eben erst ein Krabbenbrötchen gegessen. Wurde ihm von diesem Durcheinander nicht schlecht? Die Kellnerin klärte die Senf/Ketchup-Frage und ging dann zu ihrem Tresen zurück. Nachdem ich ihr ein bisschen hinterhergeguckt und ihre Frisur noch ein Weilchen bewundert hatte – rosa Strähnchen in auftoupiertem Wasserstoffblond –, wandte ich mich wieder an Jan. »Warum machst du es dann, das Studium?«, fragte ich vorsichtig. »Wegen deiner Mutter, oder?«

»Ja. Die kriegt die Krise, wenn ich ihr sage, dass ich lieber Bauer wäre. Das ist doch nicht standesgemäß.«

»Und dein Vater?«

»Dem ist alles egal, solange ich viel Geld verdiene. Aber weil das bei Bauern meistens nicht der Fall ist, würde er auch Ärger machen.«

Jan blickte aus dem Fenster, das im Laufe der Jahre ein wenig milchig angelaufen war. Die Wellen, die weiter unten an die Schiffswand klatschten, sprühten neblige Gischt zu uns hinauf. Ich ließ meinen Blick über das Meer schweifen. Wieso war die Nordsee eigentlich auch bei strahlendstem Sonnenschein grau statt blau?

Aufmunternd griff ich nach Jans Hand. »Kommt es nicht hauptsächlich darauf an, dass dir dein Beruf Spaß macht?«

Jan sah mich wieder an. In seinem Blick lag Resignation. »Mein Vater glaubt nicht daran, dass einem irgendwas dauerhaft Spaß machen kann. Also findet er es unvernünftig, sich danach zu richten. ›Lebensfreude wird überbewertet‹, sagt er immer.«

»Was?« Ich konnte gar nicht glauben, was ich da hörte.

Jan zuckte mit den Schultern. »›Früher oder später wird man sowieso enttäuscht‹, sagt er. Also soll ich mein Leben nicht danach planen, was mir jetzt gerade gefällt, sondern danach, was langfristig Erträge abwirft.«

»Dein Leben ist doch kein Investmentfonds!« Wer gab denn seinem Kind solche Ratschläge?

»Na ja. Er hat's halt schwer gehabt.«

»Er ist Arzt und hat 'ne Villa mit Meeresblick. Der Arme«, sagte ich sarkastisch.

»Siehste. Du denkst auch, dass Geld glücklich macht.«

Ups. Dumme Angewohnheit. »Dann tut es mir für deinen Vater leid, dass er verbittert ist«, lenkte ich ein. »Aber du musst es ja nicht auch werden. Überleg doch mal! Wie vernünftig kann es sein, wenn du dich mit einem Fach abquälst, das du jetzt schon hasst? Wenn ich du wäre, würde ich mich mal ganz in Ruhe hinsetzen und überlegen, was ich wirklich will.« Die Kellnerin kam mit unseren Getränken und den Würstchen. Jan bot mir eines an, aber ich lehnte dankend ab. »Frag mal die Eltern von deinem Kumpel, was man als Bauer genau machen muss«, schlug ich vor, während er aß. Es war ein bisschen wie vorhin bei den Krebsen. Happs, happs, happs. Weg die Wurst. »Wo du das lernst, ob sie dir das zutrauen, ob sie dir dazu raten würden und so weiter. Wenn man mit der Landwirtschaft tatsächlich gar nichts mehr verdienen kann, dann hat dein Vater vielleicht recht. Aber sonst musst du dir ganz realistisch überlegen, mit wie viel Geld du leben kannst. Werden vielleicht ein, zwei Markenhemdchen weniger.«

Jan guckte an sich runter zu dem Nobelmarken-Logo, das auf der Brusttasche seines Hemdes prangte. »Ein Jammer. Die Frauen stehen drauf.«

»Du hast ja noch deinen Charakter.« Ich entsann mich Tante Lisbeths Tröstmethode. »Und deine Bauchmuskeln. Dürfte ich noch mal sehen?«

Jan grinste und zog einmal kurz das Hemd hoch. Oooh. Waren die schön. Ich ermahnte mich jedoch dazu, ihm wieder ins Gesicht zu schauen.

»Jo«, gab ich mich ganz sachverständig. »Ich verspreche dir, du wirst so schnell kein Frauenproblem haben.«

Er hielt mir seine Hand zum Abklatschten hin. »Danke, dass du dir solche Gedanken um mich machst«, sagte er.

Ich sah die Kellnerin auf uns zukommen und schob Jans leer gegessenen Teller weiter in Richtung Tischmitte, von wo sie ihn mit einem wortlosen Nicken mitnahm. »Ich habe halt ein Kümmersyndrom. Und du brauchst eindeutig Hilfe. Wo wir gerade dabei sind, ich muss dir noch etwas gestehen: Das mit dem Pulli war nur vorgeschoben.«

Jan zwinkerte mir zu. »Chica. Weiß ich doch. Willst du noch mal?« Er griff sich ans Hemd.

Ich schüttelte den Kopf. »Nee. Nicht nur der Pulli. Die Anmache auch.«

»Hä?«

»Ich hab gar nicht meine Tage«, erklärte ich. »Ich wollte in Wahrheit gar nicht mit dir ins Bett, sondern reden.«

Jan spielte den Verzweifelten. »Das ist einfach der Unterschied zwischen Männern und Frauen. Ihr wollt immer nur reden.«

»Nee, im Ernst. Wir müssen uns unterhalten. Ich weiß Bescheid über dich, Sönke und Wibke.«

Jan riss die Augen auf. »Echt?« Plötzlich saß er kerzengerade.

»Deine Mutter hat dich auf Wibke angesetzt, damit sie Samstag die Eröffnungsfeier macht, oder?«

»Äääähm. Ja«, sagte er erstaunt. »Woher ... «

Ich ließ ihn nicht zu Wort kommen. »Deshalb hast du sie dem Sönke ausgespannt ... « Ich sah ihn erwartungsvoll an.

»Ja, wieso ... «

»Und als er sich rächen wollte, hast du ihn aus Versehen erschlagen!«

»Was?« Jan schnappte nach Luft.

Ich hob beschwichtigend die Hände. »Keine Sorge. Das fällt unter Notwehr. Du kannst es ruhig zugeben.«

»Hä?«

»Ich sag doch, ich hab ein Kümmersyndrom. Ich hab das genau geprüft. Du kannst zur Polizei gehen und die Sache klären. Dir wird gar nichts passieren. Wenn du denen beschreibst, wie Sönke dich angegriffen hat und dass du dich nur verteidigt hast, kommst du gar nicht erst vor Gericht.« Stolz blickte ich Jan an.

»Du hast doch nicht alle Latten am Zaun«, erklärte er jedoch zu meiner Überraschung.

»Doch. Ich hab das gegoogelt. Hier!« Ich nahm mein Handy und zeigte ihm die Lexikonseite über den sogenannten Notwehrexzess. »Siehst du! Du musst nur sagen, dass du aus ›Verwirrung, Furcht oder Schrecken‹ gehandelt hast.«

»Das stimmt doch gar nicht.«

»Egal. Du darfst nur nicht sagen, dass es ›Zorn oder Kampfeifer‹ waren.« Ich zeigte noch mal auf den Lexikontext. »Hier, schau: Auch bei ›Motivbündeln‹ bist du entschuldigt. Du sagst einfach ganz ehrlich, du warst überrascht und hast deine Kraft gar nicht richtig einschätzen können. Aber vorsichtshalber sag auch, dass du Angst hattest.«

»Du tickst doch nicht ganz sauber.«

Ich verdrehte die Augen. Männlicher Stolz … »Ich weiß, dass Sönke Asmussen kein würdiger Gegner war, vor dem du hättest Angst haben müssen. Aber das lässt sich plausibel darstellen, in so einer Situation. Da musst du jetzt mal deinen Ruf als starken Mann hintan stellen!« Mann. Wie viel Macho kann man sein?

»Sag mal, du kapierst es nicht, oder?«

Bevor er mir noch vorwarf, wirklich ein bisschen doof zu sein, krempelte ich schnell den Rock runter, den Tante Lisbeth zum Glück nur mit wenigen lockeren Heftstichen fixiert hatte, nahm die Ohrclips ab und knöpfte die Bluse weiter zu.

»Was machst du da?«, fragte er verwundert.

»Das war alles nur Tarnung«, erklärte ich und fuhr mir mit flachen Händen glättend über die Haare.

»Das sollte man der Bundeswehr mal vorschlagen. Die Art Tarnung würde den Wehrdienst viel attraktiver machen«, sagte Jan. Sein Lachen klang jedoch eher hilflos.

Ich nahm auch die Brosche ab.

»Och, jetzt lass doch wenigstens die Discokugel dran!«, bat er mich. Ich versetzte sie kompromisshalber ans Revers.

»Wenn wir zurück sind, melden wir uns bei Carsten Pohl«, ordnete ich an.

»Dem Polizisten, mit dem du dich auf dem Feuerwehrfest unterhalten hast? Hat der dir gesagt, dass du mich verhören sollst?«

»Quatsch. Au!« Ich hatte mir mit der Nadel von Tante Lisbeths *Love Bug* in den Finger gepiekst. »Der hat mir gar nichts gesagt. Warum sollte er?« Ich lachte nervös und fummelte fahrig an dem Verschluss herum.

»Warum bist du dann gerade so nervös?«, fragte Jan.

»Nervös? Ich?« Mir flutschte die Brosche aus der Hand.

Jan hob den Strasskäfer auf und sah mir tief in die Augen, als er ihn mir wiedergab. »Geht da was zwischen dir und dem Inspektor?«

»Nein!« Ich wurde rot.

»Du kannst es mir ruhig sagen. Ich hab dir ja auch meine Geheimnisse verraten.«

Das stimmte. Es war nur fair. »Also, es wäre vielleicht etwas gegangen«, gab ich zu. »Wir hätten uns auf dem Feuerwehrfest fast geküsst. Aber ich hab's versaut. Ich hab ihm von meinem Exfreund erzählt.«

Jan seufzte. »So was sollte man nicht machen. Glaub mir, Chica. Männer wollen nichts über andere Typen hören. Der einzige Mann, über den du mit ihm reden darfst, ist er selbst. Und Bruce Willis.«

Ich musste lachen. »Danke, du Experte. Wenn ich aber auch mal einen Tipp geben darf: Du redest einen Tick zu wenig über Frauen. Dass du eine Freundin hast, zum Beispiel. Das arme Gärtnermädchen!«

»Du hast heute Morgen gelauscht!«, rief Jan entrüstet.

»Das Mädchen hat gekreischt.«

»Das machen sie bei mir immer.« Jan setzte ein schmieriges Grinsen auf.

»Bäääh.«

»Doch, wirklich.«

»Bäääh!«

»Ich könnt's dir zeigen.«

»Ieh, bäh! Wir sind doch jetzt Kumpel!«

Das war für Jan kein Hindernis. »Auf Kumpelbasis geht auch! ›Sexfreunde‹ nennt man das!«

»Ich will keinen Sexfreund.«

Jan winkte ab. »Wart's ab. Halt mal kurz still.« Er beugte sich quer über den Tisch zu mir rüber. Ich spürte seinen Mund an meinem Hals. Warm. Nass. Und jetzt kitzelte es ein bisschen.

Ich stieß ihn weg.

»Ich steh nicht so auf die Vampirnummer«, sagte ich barsch.

»Echt nicht?« Jan war nicht beleidigt, sondern nur ernsthaft verwundert. »Das klappt sonst immer. Hab ich aus der *Men's Monthly*. ›10 Kusstechniken, die eine Frau darum flehen lassen, Ihr Sexspielzeug sein zu dürfen‹. Warte, ich probiere eine der anderen.« Er beugte sich schon wieder zu mir herüber.

Ich wich aus. »Lass mal«, sagte ich und hob abwehrend die Hände.

Jan lächelte ergeben. »Da ist tatsächlich nichts zu machen. Komm, ruf deinen Kommissar an.«

# DREIZEHN

Nachdem Jan mich vor Tante Lisbeths Wohnung abgesetzt hatte, blieb mir noch ungefähr eine halbe Stunde, bis Carsten kommen wollte. Ich hatte ihn noch vom Schiffsanleger aus angerufen.

»Hi, Inga! Schön, dass du dich meldest!«, hatte er gesagt und, wie ich zufrieden registrierte, dabei sehr erfreut geklungen. »Was kann ich für dich tun?«

Ich hätte jetzt smalltalken können. Oder elegant an Samstagabend anknüpfen und die blöde Stephan-Sache mit einem leichtfüßigen Scherz ein für alle Mal aus der Welt schaffen. Aber wenn ich diese Fähigkeiten besäße, dann hätte ich mir die ganze Mordermittlung auch sparen und ihn gleich anrufen können. »Wir haben den Fall gelöst«, fiel ich also mit der Tür ins Haus. »Ich weiß, wer Sönke erschlagen hat.«

»Wahnsinn.« Carsten klang ungefähr so überzeugt, als hätte ich ihm gerade gesagt, dass ich einen Impfstoff gegen Cellulite erfunden hätte. Aber er war gutmütig genug weiterzufragen. »Wer war's denn?«

»Sag ich dir später. Jetzt bin ich noch unterwegs. Aber nachher können wir uns treffen.«

»Dir ist klar, dass die Leute, die so etwas sagen, im Krimi immer als Nächstes abgemurkst werden?«

Mir lief ein kurzer Schauer über den Rücken, bis ich mir in Erinnerung zurückrief, dass das in Notwehrfällen ja anders sein musste. Der Dramatik halber raunte ich trotzdem konspirativ, dass ich jetzt nicht frei sprechen könne und um halb sieben wieder in der Wohnung war.

»Oh. Oder ist das zu spät?«, fiel mir ein. »Bist du dann überhaupt noch im Dienst?«

»Für dich immer«, hatte er gesagt.

Das war doch ein gutes Zeichen. Mir war immer noch ganz warm ums Herz. Ich stand inzwischen unter der Dusche, um rasch den Nuttenlook zu beseitigen. Tante Lisbeth saß gegenüber auf dem rosafarbenen Klodeckelbezug. Sie hatte auch einiges zu erzählen. Erstens war bereits am nächsten Vormittag das Casting.

»Morgen schon?« Ich brüllte gegen das Plätschern der Dusche an. »Wie kann das denn sein? Du hast denen doch am Samstag erst die Bewerbung gemailt. Und dann rufen die gleich am Montag zurück und laden zum Dienstag ein?«

»Na ja. Die haben nicht angerufen. Aber ich.«

»Und *dann* laden die einen sofort ein?«, wunderte ich mich erst recht.

»Nicht gleich beim ersten Versuch.«

»Sondern?« Ich hatte das Wasser abgestellt, um mir die Haare einzushampoonieren, und schob mit dem Ellenbogen den Duschvorhang beiseite. Mit zusammengekniffenen Augen fixierte ich Tante Lisbeth. Sie feixte zurück. »Beim fünften. Zermürbungstaktik. Ich hab mit Nummernunterdrückung gearbeitet, das ist ein super Trick, auch wenn man bei der Bußgeldstelle ein Knöllchen wegdiskutieren will.«

»Du Fuchs«, lobte ich und spülte mir die Haare aus. Da fiel mir etwas ein. »Aber morgen ist doch auch die Beerdigung von Sönke.« Tante Lisbeth hatte heute Morgen die Traueranzeige in der Post gehabt. »Da wolltest du doch unbedingt hin!«, rief ich Lisbeth zu.

»Ja, das ist dumm«, räumte sie ein. »Aber das nächste Casting ist erst wieder in drei Monaten. Mal gucken, wenn wir Glück haben, schaffen wir beides. Das Casting fängt schon um neun an, und die Beerdigung ist erst um vier.«

Enger Zeitplan, wo doch das Casting in Hamburg war. Aber wenn Tante Lisbeth wollte, wuppte sie so einiges.

Tante Lisbeths zweite Neuigkeit betraf das Gärtnermädchen. Sie hieß Sabine Kramer und war recht gesprächig gewesen, als Tante Lisbeth sie im Gewächshaus der Gärtnerei angetroffen hatte. Zwar hatte sie keine Ahnung, wer sich um Gesa Christiansens Teerosen kümmerte, aber sie hatte anderweitig weiterhelfen können: »Stell dir vor«, sagte Tante Lisbeth, »sie war Sönkes Date!«

»WAS?! Erzähl!« Ich stieg aus der Duschwanne, quetschte mich an Tante Lisbeth vorbei und trocknete mich ab.

»Also, Sabine fühlt sich von Jan ausgenutzt und ist auf Rache aus. Und weil nicht jeder so kreativ ist wie du« – passenderweise reichte sie mir an dieser Stelle meine Haarbürste –, »dachte sie, sie ruiniert am besten Jans Beziehung.«

»Dabei hat er ihr *gesagt*, dass er nichts Ernstes will«, verteidigte ich Jan.

»Aber er hat ihr nicht gesagt, dass er eine Freundin hat«, schlug Tante Lisbeth sich auf Sabines Seite. Das hatte ich ihm gegenüber vorhin auch kritisiert. Aber wenn Tante Lisbeth im Team Sabine war, wollte ich der Fairness halber im Team Jan bleiben. »Wann denn auch?«, fragte ich daher. »Sie ist nach zehn Minuten mit ihm in die Kiste gestiegen!«

»Nur weil sie schnell zu Sex bereit war, durfte er sie belügen?«, schimpfte Tante Lisbeth.

»Nein! Er hat sie doch gar nicht belogen. Er hat ihr gesagt, dass er nur Sex will, und sie ist mitgegangen. Wieso beschwert sie sich jetzt drüber?«

»Ich finde, es macht einen Unterschied, ob man mit einem einsamen Wolf schläft oder nur das Betthupferl von einem ist, der danach zu seiner Freundin zurückgeht. Im ersten Fall fühlt sich der One-Night-Stand nach Freiheit an, im zweiten nach ausnutzen.«

Ich überlegte kurz, während ich in frische Jeans und T-Shirt schlüpfte. »Das stimmt«, gab ich dann zu. »Aber auch nur, wenn der Typ einem etwas vorgemacht hat. Und ich habe dem Gespräch schließlich mit eigenen Ohren folgen können. Jan hatte wirklich nicht vor, Sabine auszunutzen. Er war total verdaddert, als sie ihm Vorwürfe gemacht hat. Diese ganzen Feinheiten, was Frauen alles wissen wollen, das ist ihm doch schon viel zu hoch. Er hat seine Bedürfnisse klar mitgeteilt. Sex ja, Beziehung nein. Alles andere hätte sie ihn ausdrücklich fragen müssen.«

»Typisch Mann. Total unsensibel. Na, jedenfalls ist Sabine der Ansicht, dass Jan sie schlecht behandelt hat, und will sich das nicht gefallen lassen. Zuerst wollte sie ihn einfach bei Wibke verpetzen.« Tante Lisbeth wischte den Dunst vom Badezimmerspiegel, wählte einen Lippenstift und zog sich ihre Lippen hellpink nach. »Awa sie hat Angst, dass Wike ihr nich glaut«, nuschelte sie dabei. Dann nahm sie sich ein Blatt Klopapier, biss mit den Lippen darauf, um die überschüssige Farbe abzugeben und betrachtete sich zufrieden im Spiegel. »Deshalb wollte sie sich mit Sönke zusammentun. Sie hat gesagt, dass die beiden sich am Freitagabend treffen und gemeinsam planen wollten, wie sie Jan und Wibke auseinanderbringen könnten. Sie hatten vor, als Pärchen aufzutreten und Wibke eifersüchtig zu machen. Und Jan, nehme ich an. Weil, ganz ehrlich? Ich wette, in Wahrheit hätte Sabine nichts dagegengehabt, wenn aus dem One-Night-Stand mehr geworden wäre.«

»Wibke sollte zu Sönke zurück und Jan sich für Sabine interessieren? Das hätte doch nie geklappt. Aber manche Leute sind ja so verzweifelt. Die tun alles, um eine neue Chance zu bekommen.« Ich knotete mir das Handtuch um den Kopf und wischte letzte Reste des Powerfrau-für-Bauer-Make-ups aus dem Gesicht. Warum warf Tante Lisbeth mir jetzt so einen kritischen Seitenblick zu?

Lange vor der verabredeten Zeit hörte ich die Türklingel. Tante Lisbeth ging in den Flur, drückte auf den Öffnungsbuzzer, und ich betrachtete in Panik meinen Haarturban. Leider kann ich nicht diesen aufgetürmten schicken Handtuchkringel, mit dem es wirkt, als säße man in einem Nobel-Spa. Ich sah nur aus wie ein Lehrling im Fleischzerlegungsbetrieb. Ich riss mir das Handtuch vom Kopf und legte es mir lieber sportlich um den Hals. Darauf standen Surfer bestimmt.

Carsten kam mit einem breiten Grinsen im Gesicht zur Wohnungstür herein. »Die Damen Hering! Ich habe Sie schon vermisst!« Er reichte Tante Lisbeth seine Hand. Als wir dann Hände schüttelten, zwinkerte er mir zu. »Es ist echt klasse, dass ihr den Fall geklärt habt!«

Im Wohnzimmer hatte jemand einen Blumentopf auf den Fenstersessel gestellt, so dass Carsten neben mir auf dem Sofa Platz nehmen musste.

»Na, wer war's denn nun?«, fragte er erwartungsvoll und blickte zwischen Tante Lisbeth und mir hin und her.

»Jan Christiansen!«, schrien wir beide aufgeregt und erzählten dann abwechselnd von unseren Ermittlungen. Carsten vergaß, sich Notizen zu machen. Ich bemerkte es und stupste ihn an. »Lass mal«, sagte er und schlug bequem die Beine übereinander.

Ab und zu hakte Carsten interessiert nach. »Moment mal, du bist also als Schlampe verkleidet zu Christiansens gegangen? Wie sah das denn aus?«

Eifrig berichtete Tante Lisbeth von meinem knappen Outfit, während ich indigniert versuchte, den Bericht auf die Fakten des Falls zu beschränken. »Ich habe Jan also unter dem Deckmantel eines vorgetäuschten sexuellen Interesses aus der Reserve gelockt, und er hat gestanden, zur Tatzeit am Tatort joggen gewesen zu sein«, berichtete ich.

»Das ist jetzt ein wichtiger Teil. Wie täuschst du sexuelles Interesse vor?«, griente Carsten.

»Mann!«, antwortete ich genervt. »Carsten! Wir haben den Täter gefunden! Jan Christiansen hat es zugegeben! Sei endlich ernst!«

»'tschuldigung.« Er räusperte sich und setzte sich mit geraden Schultern in Position.

Ich berichtete also weiter, und Carsten schaffte es, die restliche Zeit über Haltung zu bewahren.

»Jan ist auf dem Weg hierher, um dir alles zu sagen«, schloss ich. Das hatte ich mit Jan so vereinbart. Er wollte kurz nach halb sieben kommen, um schon einmal informell die Formalitäten für die Aussageprotokollierung abzuklären. Ich freute mich auf Carstens Lob. Aber es kam anders.

»Hat er schon.«

»Häh?« Wann das denn? Hatten die sich unten schon getroffen? Aber warum hatte Carsten sich dann alles von mir noch mal erklären lassen?

»Ich war gestern schon bei Christiansens. Jan hat ein Alibi.«

»Hääh?«

Carsten nickte bekräftigend mit dem Kopf.

Ich packte seinen Arm und rüttelte genervt. »Wie? Alibi? Häh?«

Carsten nahm meine Hand von seinem Arm, legte seine andere Hand darüber und beugte sich zu mir. Dann sagte er betont langsam:

»Jan. Christiansen. Hat. Ein. Alibi.«

»Häh?«

»Er. War. Freitag. Woanders.«

»Ein Alibi.« Ich plinkerte und wandte mich hilfesuchend zu Tante Lisbeth. Die zuckte mit den Schultern und flitschte sich einen Krümel Blumenerde vom Kleid.

Mit einem offensichtlich falschen Lächeln drehte ich mich wieder zu Carsten. Wie bei dem Kinderspiel packte ich meine freie Rechte auf unseren Händestapel und tätschelte damit jetzt meinerseits Carstens obere Hand. Ich wählte das Timbre einer geduldigen Mutter.

»Aber er hat es mir gestanden. Ergo. Ist. Das. Alibi. Falsch.«

Carsten legte seine untere Hand nach oben und übernahm das Tätscheln.

»Jan Christiansen war Freitagmittag in Heide im Kreiskrankenhaus, Nierensteine entfernen. Das. Geständnis. Ist. Falsch. «

»Mist.« Ich zog meine Hände weg. »Sicher?«

»Sicher. Wir haben beim Krankenhaus nachgefragt.«

»Aber wieso hat er mir dann ... «

»Na ja. Du hast doch ›sexuelles Interesse vorgetäuscht‹. Ich nehme an, er fand, eine Joggingrunde im Wald käme bei dir mehr an als die Vorstellung, dass er zur selben Zeit unter ärztlicher Beobachtung kleine Bröckchen gepinkelt hat.«

»Das wäre zumindest richtig.« Ich versuchte, mir *nicht* vorzustellen, wie Jan Christiansens Nierensteinchen ins Urinal klöterten. Klöng. Oder in ein metallenes OP-Schälchen? Pling. Wenn man an etwas *nicht* denken will, tut man es garantiert. Zur Ablenkung tat ich so, als wäre es meine Aufgabe, mir nicht vorzustellen, dass Carsten ohne T-Shirt vor mir saß. Das war besser.

Da mischte sich Tante Lisbeth ein. »Das heißt doch gar nichts! Haben Sie schon mal Jan Christiansens Auto gesehen? Das ist so eine Rennmaschine. Wenn der am Mittag in Heide im Krankenhaus war, dann kann er locker – wann war der Todeszeitpunkt?«

»Zwischen vierzehn und fünfzehn Uhr.«

»Na, bis dahin kann er wirklich locker bei uns im Wald gewesen sein. Schon mit einem kleinen Peugeot kann man die Strecke in einer halben ... « Tante Lisbeth fing meinen entsetzten Blick auf und begriff, dass sie der Polizei nicht von ihren Geschwindigkeitsrekorden berichten musste. Aber in der Sache hatte sie recht! Herausfordernd blickte auch ich zu Carsten.

»Erstens«, versuchte er uns zu bremsen, »war Ihre Theorie doch, dass Jan beim Joggen war. Der Mann mag hart im Nehmen sein, aber nach einem Krankenhausaufenthalt zum Sport zu rasen, das ist doch eher unwahrscheinlich.«

»Männer sind Weicheier«, murmelte Tante Lisbeth unzufrieden.

»Das habe ich gehört«, rügte Carsten amüsiert. »Aber außerdem sieht es nicht so aus, als hätte ein Zweikampf stattgefunden. Die Leiche weist nur eine einzige Verletzung auf. Einen wuchtigen Hieb auf den Hinterkopf.«

Ich, trotzig: »Kann doch gut sein, dass Jan nur ein Mal hingelangt hat!«

»Auf den Hinterkopf, Inga. Wenn Sönke Jan überfallen hätte, dann hätte er ihm doch nicht den Rücken zugedreht! Nein, es sieht eher so aus, als ob jemand Sönke Asmussen aufgelauert hat.«

Pfffh. Ja. Na gut. Dann war es Jan eben nicht. Der war, wie mir im Übrigen auffiel, auch noch gar nicht gekommen. Ich sah auf die Uhr. Es war schon Viertel vor sieben.

Pling. Diesmal fiel nicht ein Nierenstein, sondern der Groschen. Mir wurde schlagartig klar, was es mit diesem falschen Geständnis auf sich hatte: Nicht nur ich hatte ein Kümmersyndrom!

Wenn ich an unser Gespräch auf dem Schiff zurückdachte, hatte Jan bei meinen Erklärungen zur Notwehr ehrlich gesagt ziemlich viel widersprochen. Er hatte andauernd »du spinnst« gesagt … Ich hatte in dem Moment gedacht, dass er nur mit meinem Vorschlag, Angst als Motiv zu nennen, nicht einverstanden gewesen war. Jetzt begriff ich, dass er genauso gut die komplette Tat bestritten haben konnte. Das war mir bislang gar nicht in den Sinn gekommen, weil er ja einverstanden gewesen war, dass ich Carsten anrufe. Aber, so im Nachhinein betrachtet, war das eigentlich erst gewesen, nachdem ich ihm von meinem vergeigten Flirt berichtet hatte. Der Gute! Er wollte kein Geständnis abgeben, er hatte mir nur zu einem zweiten Treffen mit Carsten verhelfen wollen!

Und ich nutzte das, indem ich Carsten anmoserte. Ich musste die Situation retten! Schnell schenkte ich Carsten ein strahlendes Lächeln. »Na ja. Schwamm drüber«, erklärte ich. »Das war außerdem nicht alles. Wir wissen, wer die Verabredung von Sönke war.« Wir erzählten von Sabine. Diesmal staunte Carsten wirklich. »Wow. Das hätte die CIA nicht besser herausbekommen!« Tante Lisbeth strahlte ihn an, während sie ihm die Adresse von dem Blumenladen gab, damit Carsten der Sache weiter nachgehen konnte.

»Aber in Zukunft lasst bitte uns ermitteln. Und das ist auch gar keine Bitte, sondern eine Anweisung!«

Er sah von Tante Lisbeth zu mir, klopfte sich auf die Schenkel und erhob sich. »Inga, kann ich dich mal kurz unter vier Augen sprechen?«

»Geht ins Schlafzimmer«, sagte Tante Lisbeth und lächelte breit. »Aber benehmt euch, die Weltraummaus ist noch minderjährig.«

Ich ging voran. »Sie nennt dich Weltraummaus? Und hält dich für minderjährig?«, flüsterte Carsten mir im Flur über die Schulter zu.

Ich öffnete die Tür zum Schlafzimmer. »Carsten – Weltraummaus. Weltraummaus – Carsten«, stellte ich Carsten und das Kuscheltier mit dem Laserschwert einander vor und klärte damit das Missverständnis auf.

»Sehr erfreut«, sagte Carsten. Er schob beide Hände in die Hosentaschen und sah sich verlegen im Raum um. »Lustig. Das gleiche Bild haben Christiansens auch«, sagte er und zeigte mit dem Kinn auf ein Gemälde, das Tante Lisbeth in jungen Jahren gemalt hatte. Sie hatte ein Bild von Renoir kopiert, ein junges Paar beim Tanz.

»Christiansens haben den bestimmt im Original«, mutmaßte ich.

»Ganz so reich sind sie dann doch nicht. Auch wenn Frau Christiansen gern den Eindruck erweckt.«

»Du meinst diese geschmackvollen Möbel im Flur?« Ich grinste.

»›Vestibül‹«, korrigierte er mich in gespielt affektiertem Tonfall. »Du und ich, wir haben einen Flur. Christiansens haben ein ›Vestibül‹. Da legt sie Wert drauf.«

»Die haben ganz schön einen an der Waffel«, stellte ich fest. »Mir tut Jan richtig leid.«

Carstens Augenbrauen fuhren nach oben. »Er tut dir leid?«

Mist, davon hätte ich nicht anfangen sollen. Erstens, weil Jan mit seiner Regel absolut recht hatte, dass ich Carsten gegenüber nicht von anderen Männern reden sollte, und zweitens, weil er mir die Probleme mit seinen Eltern schließlich im Vertrauen erzählt hatte. »Ich meine nur, ich glaube, er ist nicht so wie seine Eltern«, antwortete ich ausweichend.

»Na ja. Jedenfalls ist er zum Glück harmlos. Aber Inga«, er nahm die Hände aus den Taschen und legte sie mir auf die Schultern, »weißt du, dass das auch nach hinten hätte losgehen können? Das ist hier ein Mordfall! Ist dir klar, was da alles hätte passieren können?« Er sah mir streng in die Augen.

Ich schaute zerknirscht zu ihm hoch. »Entschuldigung.«

»Versprich mir, dass du so etwas nicht noch mal machst, okay? Ich will nicht, dass du dich in Gefahr bringst.«

»Okay … Ich – ich wollte doch nur einen Grund haben, um mich bei dir zu melden«, gab ich kleinlaut zu. Schickte dann aber noch schnell hinterher: »Und die Polizei tappt ja noch völlig im Dunkeln.«

»Glaub mir, wir kommen gut zurecht. Ein Amtshilfeersuchen an die CIA ist derzeit nicht nötig.«

»Habt ihr denn schon eine Spur?« Jetzt, da Jan als Mörder nicht mehr infrage kam, war ja alles wieder offen.

»Inga, das darf ich dir doch nicht sagen!«

»Sie haben Gesa im Verdacht!«, rief Tante Lisbeth durch die Tür. »Svenja hat dir gerade geschrieben, dass es da eine Hausdurchsuchung gibt!«

Sie hatte eindeutig gelauscht. Carsten und ich blickten einander kopfschüttelnd an. Seine Hände lagen immer noch auf meinen Schultern, obwohl die Ermahnung schon längst vorbei war. Ich trippelte ein Stück näher an ihn heran.

»Ich freue mich auch ohne Ermittlungshilfe, wenn du mich anrufst«, flüsterte er.

Gott sei Dank. Es hatte sich doch gelohnt. Jetzt gleich würden sich unsere Lippen berühren …

»Denkt an die Weltraummaus!«, mahnte da Tante Lisbeths Stimme hinter der Tür.

Ich rollte die Augen. War das normal, dass man in dem Alter noch so gut hören konnte? Carsten lächelte gequält. »Ich muss jetzt wieder los«, sagte er noch leiser als vorher und mit deutlichem Bedauern in der Stimme, nahm die Hände von meinen Schultern und strubbelte sich durch die Haare. »Deine Tante hat recht, wir machen gerade Hausdurchsuchungen.« Er hielt einen Moment inne und sah mich intensiv an. Ich biss mir von innen auf die Unterlippe. *Frag mich, frag mich, frag mich!*, bat ich ihn im Stillen und hoffte, durch meinen Blick auszudrücken, dass ich absolut auf jeden Fall um eine Verabredung gebeten werden wollte.

»Aber morgen ist es hoffentlich ruhiger …«, fuhr er fort und verstummte dann wieder. Aber er sah mich sehr erwartungsvoll an. Na gut. Dann eben ich. Ich nahm all meinen Mut zusammen. »Vielleicht gehst du nach der Arbeit surfen?«, fragte ich. »Dann könnten wir uns anschließend ja noch auf 'ne Schleckmuschel treffen.« Das war so ziemlich das unkomplizierteste Date, zu dem man sich verabreden konnte.

Carsten nickte und ließ seine Augen Funken sprühen. »Tolle Idee. Ich ruf dich dann an und geb dir die Zeit durch.«

Wir strahlten einander ein paar Sekunden lang an. Dann war

klar, dass wir wieder mal in der Zwickmühle feststeckten, uns weder zu lässig noch zu intim verabschieden zu wollen. Aber diesmal konnten wir auf Comedy zurückgreifen. Ich legte meinen Zeigefinger vor die Lippen, schlich mich zur Tür und riss sie mit einem Ruck auf. Tante Lisbeth, die dagegengelehnt hatte, stolperte zu uns herein.

Carsten fing sie wie ein Gentleman auf. Tante Lisbeth richtete ihre Frisur, glättete ihre Seidentunika und stieß dabei Flüche in meine Richtung aus, weil sie sich durch dieses Straucheln beinahe ihr neues Hüftgelenk ruiniert hatte. Carsten nutzte, wie von mir vorausgesehen, die Aufregung, um sich ohne Verlegenheit mit kurz erhobener Hand und charmantem Grinsen zu verabschieden. Puh. Das war jetzt aber auch das letzte Mal gewesen. Ab morgen, da war ich mir hundertprozentig sicher, würden wir uns nur noch mit romantischen Abschiedsküssen voneinander trennen.

Nachdem die Wohnungstür hinter Carsten ins Schloss gefallen war, musste ich erst noch einmal streng werden. »Man lauscht nicht an Türen, und man liest auch nicht anderer Leute Nachrichten«, maßregelte ich Tante Lisbeth im ersten Erziehungsgespräch, das ich in meinem Leben aus Erwachsenensicht führte. »Was hast du dir eigentlich dabei gedacht?!«

»Junges Fräulein«, antwortete sie. »Solange du deine Füße unter meinen Tisch stellst, bestimme ich, was hier gemacht wird.«

Ich blinzelte irritiert. »Ich bin hier derjenige, der schimpft!«, beschwerte ich mich.

»Du jung. Deine Füße. Mein Tisch«, wiederholte sie rechthaberisch und wandte mir den Rücken zu, weil sie lieber auf dem Balkon weiterreden wollte. Resigniert taperte ich hinter ihr her. Unterwegs griff ich mir mein Handy, um wenigstens den Code für die Bildschirmsperre zu ändern. Den alten hatte sie sich ja offenbar schon abgeguckt.

Es war spät geworden, und gegenüber leerte sich das Freibad zusehends. Die Stimmen der heimradelnden Kinder drangen zu uns herauf. Wir setzten uns auf die mit pinken Sitzauflagen gepimpten Klappstühle und legten unsere Füße auf die Brüstung. Tante Lisbeth wollte mit mir noch mal meine Vernehmungstechnik durchgehen. Sie meinte, geringe Diskrepanzen zwischen dem Tathergang und den von mir gewonnenen Aussagen Jan Christiansens ausgemacht zu haben. Ich meinte, von Carsten deswegen schon genug gedemütigt worden zu sein, und streckte ihr die Zunge raus. Dann griff ich zum Handy. »Ich schreibe an Jan«, erklärte ich.

»Jan. Svenja. Du bist seit zwei Tagen hier und hast von allen schon die Nummer?«, wunderte sich Tante Lisbeth.

»Geht ja ganz schnell; wir tauschen die Nummern mit Bluetooth«, erklärte ich. Eigentlich hatte ich Svenja und Jan bei mir anrufen lassen, um die Nummern dann meinen Kontakten zufügen zu können, aber Bluetooth klang professioneller.

Tante Lisbeth riss die Augen auf. »Mit Blut-Husten?!«, fragte sie entsetzt.

»Bluetooth«, wiederholte ich. »Das ist so 'ne Art Handyfunk.« Oder auch nicht. Keine Ahnung, was das war. Möglicherweise auch Zauberei. Aber von Tante Lisbeth waren auf diesem Gebiet zum Glück keine Nachfragen zu befürchten, also traute ich mich, neunmalklug zu gucken und vom Tonfall her rüberzubringen, dass ich ihretwegen in simple Worte kleidete, was ich eigentlich auch viel komplexer beschreiben konnte. Was von einer erfahrenen Übersetzerin technischer Betriebsanleitungen auch durchaus zu erwarten war. Ebenfalls zu erwarten war Tante Lisbeths desinteressiertes Moderner-Schnickschnack-Gesicht, bevor sie den Blick abwandte, um einer Möwe beim Erkundungsflug über dem Freibad zuzugucken.

Ich tippte meine Nachricht. »Du Blödmann! Du warst es gar nicht!«, schrieb ich, drückte auf »Senden« und legte das Handy auf das zitronenbonbongelbe Balkontischchen.

Keine zwei Minuten später piepte es mit Jans Antwort.

»'tschuldigung ;-). Nächstes Mal morde ich auch gern richtig, wenn dir das lieber ist. Wie lief's mit deinem Kommissar?«

»Alles wieder gut <3! Danke schön :-)!«

»Frag ihn nach der Hausdurchsuchung!«, sagte Tante Lisbeth. »Und warum ist alles nur gut kleiner drei?«

»Das heißt nicht ›kleiner drei‹, sondern ›Herz‹. Und du *sollst nicht* anderer Leute SMS lesen.«

Tante Lisbeth zeigte mit vielsagendem Blick zwischen dem Balkontischchen und meinen Füßen hin und her. »Frag ihn nach der Hausdurchsuchung!«, wiederholte sie dann.

»Mach ich nicht. Das ist ihm doch bestimmt peinlich!«

Tante Lisbeth erhob sich ächzend. »Immer muss man alles allein machen«, schimpfte sie vor sich hin und kam bald darauf mit ihrem Telefon in der Hand zurück, das sie neben meinem auf dem Tischchen parkte.

Sie hatte in Marquardsens Laden angerufen und berichtete mir jetzt, was Svenja beim kurzen Plausch an Fakten zusammengetragen hatte. Die Hausdurchsuchung bei Christiansens hatte ihren Grund offenbar darin, dass man jetzt doch wieder in Richtung Windpark ermittelte. Beim Feuerwehrfest hatte ich Carsten ja so verstanden, dass er Frau Asmussens Theorie nicht schlüssig fand. Allein schon, weil Sönke diesen Deal mit der Gemeinde geschlossen hatte. Aber jetzt gab es neue Hinweise. Die Polizei (in Form eines gewissen Polizeimeisters Clausen, der heute Nachmittag zum Lottospielen im Laden gewesen und von Svenja ausgehorcht worden war) hatte einen anonymen Tipp erhalten, *old-school*-mäßig aus Zeitungsschnipseln zusammengestückelt. Bestechung beim Windpark, hieß es dort. Das Umweltgutachten sei falsch, eigentlich hätten die Anlagen an dem Standort nicht genehmigt werden dürfen, aus Tierschutzgründen.

Bestürzt schlug ich mir die flache Hand vor den Mund. »Die graukralligen Hufeisenschnäbler!«

»So ein Schiet! Wenn die jetzt wegen deiner kleinen Freunde mein Windrad verbieten, schieß ich die alle einzeln von den Bäumen runter!«

Feindselig verengte ich meine Augen. »Dafür müsstest du erst mich erschießen«, sagte ich bedrohlich.

»Okay. Aber das machen wir auch im Wald, sonst blutest du mir hier noch den Teppich voll.«

»Und hat man schon was rausbekommen?«

»Blut? Aus Teppich? Eben nicht. Musst nachher mal im Flur gucken, der dunkle Fleck, bevor's in die Küche reingeht. Da ist mir mal ein Glas runtergefallen, und ich bin in die Scherben getreten. Kriegt man nicht mehr raus. Ich habe alles versucht. Salz. Fleckenteufel. Spüli …« Es war klar, dass sie mich absichtlich missverstanden hatte. Sie stellte sich nur doof und genoss es, die Sache herauszuzögern. »Chlorlauge. Bleichmittel …«

Ich trommelte ungeduldig auf den Tisch. »Hat man schon was rausbekommen in *Bezug auf den anonymen Hinweis?*«

»Ach so. Ja. Die Wörter waren aus der *Palette,* berichtete sie. Die *Palette* war das örtliche Anzeigenblatt. »Er hat die Kinoanzeige genommen, da brauchte man nicht mal lange zu forschen. ›Windkraft ist *Suicide Mission* für Tiere‹, stand darauf.« Beim Thema Kino musste ich an *Glitter Angel* denken. Ob Katja sich wohl schon ein Kleid gekauft hatte? Da musste ich auch mal nachhaken. Aber jetzt erst mal weiter mit dem Mord.

»Und? Wie hat die Polizei reagiert?«

»Wir wissen schon mal von Hausdurchsuchungen bei Gesa Christiansen und Wilm Hansen. Stell dir das vor, beim Wilm stehen sie auch! Svenja sagt, Heidemarie vom Dorfdamen-Verein sei schon im Laden gewesen, um eine Unterschriftenliste auszulegen. ›Freesbüll steht hinter seinem Bürgermeister‹ oder so ähnlich. Und der Sohn von Heidemarie bereitet gerade eine Onlinepetition vor.«

»Sauber.« Deshalb mochte ich das Landleben. Wenn in Berlin

ein Politiker Ärger mit der Polizei hätte, gäbe es nur Häme. Und vielleicht noch einen Farbbeutelanschlag obendrauf.

»Svenja glaubt, dass das noch nicht alle sind, bei denen die Polizei Durchsuchungen macht. Aber die Leute von der Vent-Collect und vom Planungsbüro wohnen in Husum. Das ist nicht mehr ihr Einzugsgebiet. Ich rufe jetzt mal Kathrin Hansen an.« Sie hob ihre geschliffene Sonnenbrille an, kratzte sich ein, zwei Mal an der Nasenwurzel und griff dann geschäftig nach dem Telefon. »Hol mal bitte mein Adressbuch, liegt auf dem Sekretär. Und dann gehst du rüber zu Anneliese Asmussen und versuchst herauszufinden, ob sie nicht doch noch etwas Nützliches weiß. Wir müssen herausfinden, ob Sönke schon von dem gekauften Umweltgutachten wusste. Das wäre absolut ein Motiv gewesen, denn das hätte Sönke garantiert auffliegen lassen, Imbiss hin oder her. Er hätte es ja auch anonym machen können, so wie es jetzt passiert ist. Frag Anneliese mal. Vielleicht hat er sich mit demjenigen getroffen, der jetzt den Hinweis gegegeben hat. Oder warte mal kurz – ANNELIESE!!!« Tante Lisbeth schrie plötzlich los, um zu testen, ob womöglich auch eine Balkon-zu-Balkon-Unterhaltung möglich war. Es blieb still, und Tante Lisbeth machte mit den Händen Flatterbewegungen, damit ich mich in Bewegung setzte.

Ich hob abwehrend die Hände. »Wir dürfen nicht mehr ermitteln. Und ich halte mich daran«, erklärte ich.

»Aber trösten. Du hast selbst gesagt, wie gut Carsten es fand, dass du Anneliese so schön getröstet hast. Also los, geh rüber und frag sie, ob du für sie was einkaufen gehen kannst oder so. Wenn sie dir nebenbei erzählt, mit wem Sönke in letzter Zeit Kontakt hatte, kannst du da doch nichts für.«

Ich schüttelte den Kopf.

»Ich rufe jetzt jedenfalls Kathrin Hansen an und quetsche sie aus. Das ist viel schlimmer. Stell dir vor, Carsten ist gerade bei denen und erfährt, dass du hier neben mir sitzt«, drohte sie.

»Das machst du nicht.«

»Vielleicht nicht. Vielleicht doch.« Sie grinste fies.

»Warum bist du so gemein?«

»Ach komm.« Tante Lisbeth schnalzte mit der Zunge. »Ich telefonier doch nur ein bisschen rum, und du schnackst mit der Nachbarin! Das sind die Hauptbeschäftigungen einer Frau in Freesbüll; da kann Carsten nichts gegen haben! Jetzt hab dich mal nicht so!«

Ich stöhnte. Aber dann schlurfte ich los. Natürlich würde ich Frau Asmussen gar nichts fragen. Nur lieb nach dem Befinden erkundigen und meine Botendienste anbieten, das gehörte sich sowieso. Und dass ich dabei kurz mal für zehn Minuten meiner verrückten Tante aus dem Weg ging, war bestimmt auch gut.

Als ich zweimal erfolglos geklingelt hatte, öffnete sich das Küchenfenster eine Etage tiefer. »Frau Asmussen ist nicht da. Die ist mindestens bis zur Beerdigung morgen bei ihrer Schwester in Mildstedt!«, rief mir die Nachbarin zu, der man anmerkte, dass sie die Ansage schon häufiger gemacht hatte. »Blumen können schon in die Kirche, Kondolenzkarten in den Briefkasten. Ich leere den zweimal täglich.«

»Das ist aber nett von Ihnen!«, sagte ich höflich.

»Sicher doch. Außerdem erfährt man viel über die Leute.«

»Machen Sie die Briefe auf?«, fragte ich entsetzt. Vielleicht war in dem Wohnkomplex irgendein Kunststoff verbaut, der ausdünstete und bei den Leuten unbemerkt Hirnschäden hinterließ, dass die hier alle so indiskret waren? Am Ende wurde ich wie Tante Lisbeth, wenn ich noch länger blieb?

»Nein, aber ich seh doch schon am Umschlag, wer einfach nur zum Kartenständer bei Marquardsens gegangen ist. Das ist diese olle Karte mit der Rose und dem blöden Spruch von den schwebenden Engeln. Passt überhaupt nicht zu Sönke. Oder die Geizigen, die gar keine Karten gekauft haben! Die Anita zum Beispiel, die hat einfach einen von den Briefumschlägen genommen, die sie noch von ihrem Robert übrig hatte. Das seh ich doch, ich hab doch dem seine Todesanzeige noch in der Schublade liegen!« Die Nachbarin griff zu einem Taschentuch, spuckte drauf und putzte damit Vogeldreck vom Fenster, wo es schon mal offen stand. Junge, Junge …

Zurück in Lisbeths Wohnung, schlich ich vorsichtshalber erst mal zum Teekochen in die Küche. Als ich mit zwei Tassen in der Hand wieder auf den Balkon heraustrat, hatte Tante Lisbeth ihr Gespräch mit Kathrin Hansen zum Glück schon beendet. Ich berichtete, dass Frau Asmussen bei ihrer Schwester war, und sie erzählte von ihrem Telefonat. »Kathrin ist total fertig. Die haben das ganze Arbeitszimmer durchsucht, Kontoauszüge kopiert und den Computer mitgenommen. Und Kathrin hatte nichts zum Anbieten da.«

»Die Arme.« Ich reichte Tante Lisbeth eine der Tassen. »Wenn die sich für die Kontoauszüge interessieren, dann verdächtigen Sie Herrn Hansen wohl wegen der Bestechung. Was hältst du davon? Meinst du, er könnte der Mörder sein?« Ich selbst war bei ihm echt hin und her gerissen. Im Film hätte man ihn mit seinem roten Schwitzgesicht bestimmt als Bösewicht gecastet, und rein vom Körperlichen her hätte er mit seiner Schlachterstatur den schmächtigen Sönke locker umhauen können. Zu Anfang hatte ich ja auch schlecht über ihn gedacht. Aber das hatte sich relativiert, als er Sönke und seiner Bürgerinitiative Respekt gezollt hatte. Oder war das vielleicht nur Show gewesen, um sich unverdächtig zu machen?

Tante Lisbeth schüttelte den Kopf. »Der Wilm war das nicht. Die Polizei hat der Kathrin auch gesagt, dass sie die Durchsuchung nicht persönlich nehmen sollen. Nach dem anonymen Hinweis sind sie einfach verpflichtet, jeden zu verdächtigen, der etwas mit dem Windpark zu tun hat. Hhhhhh!« Tante Lisbeth riss auf einmal die Augen auf. »Mich dann ja auch!«, entfuhr es ihr.

»Stimmt.« Ich hatte mich gesetzt und trank gelassen einen ersten Schluck Tee.

Tante Lisbeth war jede Ruhe abhandengekommen. »Ob Carsten mich verhaften wird?«, fragte sie entsetzt.

»Früher oder später auf jeden Fall. Spätestens, wenn du dir den Weg zu den Fledermäusen freigeschossen hast.« Ich tat, als ob ich überlegen müsste. »Ist Santa Fu eigentlich auch ein Frauenknast?«

Tante Lisbeth wedelte hysterisch mit den Händen. »Jetzt mal Spaß beiseite. Bin ich verdächtig?«

Okay, ich hatte mich genug für vorhin gerächt, als sie mich zum Gang zu Frau Asmussen genötigt hatte. »Ich glaube nicht«, sagte ich besänftigend. »Du bist ja nur Kleinanleger.«

Tante Lisbeth beruhigte sich aber nicht. »So klein auch nicht«, jammerte sie. »Fünfundsiebzigtausend Euro! Das ist sicher manchen Leuten schon einen Mord wert! Oje. Bald steht Carsten bestimmt vor der Tür. Nicht, dass ich am Ende ohne frische Unterwäsche in der Zelle sitze.« Sie nahm die Füße von der Balkonbrüstung, um aufzustehen. Ich legte ihr beruhigend eine Hand auf den Arm.

»Ganz ruhig, Tante Lisbeth. Wilm und Gesa sind bestimmt nicht durchsucht worden, weil sie investiert haben, sondern weil sie Einfluss auf die Windpark-Entscheidungen hatten. Die werden schon nicht jeden verdächtigen, der etwas Geld angelegt hat. Sonst müssten sie ja das ganze Dorf hopsnehmen.«

»Kannst du Carsten vielleicht mal fragen?« Sie angelte sich mein Telefon. »Hast du seine Nummer schon eingebluthustet?« Sie tippte wild auf dem Display herum. »Wieso funktioniert denn der Code nicht mehr?«

»Weil ich ihn vorhin geändert habe.«

»Ich sperr doch mein Telefon auch nicht!«, beschwerte sie sich.

Ich seufzte. »Wir rufen Carsten nicht an. Das nervt ihn doch nur.« Ich wollte ihm nicht schon wieder mit dem Mord kommen.

»Es geht um mich!«, sagte sie verständnislos.

Ich änderte die Taktik. »Wer sich verteidigt, klagt sich an. Verhalte dich lieber ruhig.«

»Oh. So gesehen ...«

Wir schauten eine Weile wortlos in die Ferne. Beim Freibad regte sich nichts mehr. Stattdessen kam bestimmt ein halbes Dutzend Hundehalter vom abendlichen Gassi-Gang mit ihren Fifis den Weg vom Meer zurückgelaufen.

Ich startete ein Ablenkungsmanöver. »Jetzt ist es kurz nach acht. Üben wir noch fürs Casting, oder gucken wir *Wer wird Millionär?*«

»Oh.« Tante Lisbeth wurde gleich viel ruhiger. »Wir gucken den Jauch«, entschied sie. »Eigentlich müssten wir natürlich Super-Quiz gucken, aber das kommt erst Donnerstag.«

Kein Wunder, dass ich das noch nie gesehen hatte. Da kamen schließlich meine Serien. Schnell holten wir die Sitzkissen rein und bezogen unsere Plätze vor dem Fernseher. Tante Lisbeth wies mich an, mich auf Günther Jauchs Verhalten zu konzentrieren. »Da hat mal einer die Million gewonnen, der beruflich Poker spielt«, sagte sie. »Und der hat gesagt, er hätte in Jauchs Gesicht die Antworten lesen können. Das machen wir auch!«

Ich sah genau hin. Bis zur Zweiunddreißigtausend-Euro-Frage hatte Günther Jauch unter anderem spitzbübisch gelächelt, kryptisch die Brauen gerunzelt, zugleich viel- und nichtssagend in die Runde geschaut und mit gespielter Unschuldsmiene, aber erkennbarer Freude über seinen Wissensvorsprung das Kinn gereckt. Verraten hatte mir das alles noch nichts, aber das war ja auch egal. Wozu Günther Jauch lesen lernen, wenn wir zu Alexander Samson wollten?

Um kurz vor neun machte mein Handy die *Rocky*-Melodie. Das war der personalisierte Klingelton, den Stephan für sich eingestellt hatte. Ich überlegte kurz, ob ich es ignorieren sollte. Das wäre eigentlich die beste Methode, um zu zeigen, wer hier der Chef im Ring war. Ich schaute auf mein Display. Stephan, Profilbild schmunzelte mich an. Ich starrte feindselig zurück. *Ta ta taaaa, ta ta taaa,* trompetete es aus meinem Handy … ich hielt es nicht aus. Meine Neugier war einfach zu groß. Ich ging ran.

»Stephan«, sagte ich trocken statt einer Begrüßung.

»Oh Cherie«, seufzte er. Er klang richtig erleichtert, meine Stimme zu hören. »Wo bist du?«

»Weg.«

»Schatz. Du fehlst mir.« Ich stellte auf Lautsprecher. Das dürfte Tante Lisbeth sogar Günther Jauch vorziehen.

»Ich fehle dir?«

»Mausi. Es tut mir so leid. Ich habe einen großen Fehler gemacht! Bitte verzeih mir!« Ach, das ging runter wie Butter.

»Bitte, mon Chichi, komm zurück. Ich brauche dich!«

Wahnsinn. Ich atmete tief durch. Er wollte mich zurück. Davon hatte ich vor wenigen Tagen noch heimlich geträumt! Jetzt eigentlich nicht mehr, aber … es tat trotzdem gut, sein Flehen zu hören. Er hatte seinen Fehler eingesehen und vermisste mich! Ich überlegte, wie ich ihm mit schonenden Worten beibringen sollte, dass ich gar nicht mehr zur Verfügung stand, aber er redete schon weiter. »Ich habe eine schreckliche Krankheit. Du musst dich um mich kümmern!«

Der Schuft! Daher wehte der Wind! Mein Herz versteinerte. »Was denn für eine Krankheit? Syphilis? Gonorrhö?«, fragte ich zynisch.

»Oh Schnecke, ist es nicht furchtbar? Mir sind büschelweise Haare ausgefallen. Und du hast leider recht. Das ist ein Zeichen für Syphilis!« Er winselte gepeinigt.

Das war ja besser gelaufen als erwartet! Krätze hatte ich schon toll gefunden, aber dass Stephan jetzt glaubte, geschlechtskrank zu sein, fand ich riesig. Dass er das allerdings als Anlass nahm, mich als Pflegepersonal zurückzurufen … Wie erbärmlich!

»Und jetzt soll ich zurückkommen und dich einsalben, oder wie?«, entfuhr es mir daher.

»Aber Mausi!«

»Nix Mausi! Soll er dir doch abfallen!«, fauchte ich und legte auf. Dann holte ich mein Portemonnaie, holte Stephans Foto raus und riss es vor Tante Lisbeths Augen demonstrativ in Stücke. Der konnte weg.

# VIERZEHN

Ich musste Elke und Hinnerk widersprechen. Das Hotel, in dessen Seitenflügel wir am Dienstagvormittag auf den Beginn des Castings warteten, war kein tolles Kongress-, sondern ein 08/15-Hotel in der Einflugschneise des Hamburger Flughafens. Wir saßen zusammen mit den anderen nervösen Fernsehshow-Bewerbern auf türkisfarbenen Polstersitzgruppen und warteten darauf, dass sich die Türen zum Tagungsraum »Amsterdam« endlich öffneten.

»Nelken sind ja die neuen Rosen«, sagte ich mit Blick auf die Kaffeetischdeko, um meine Anspannung wegzuplaudern.

»Nelken sind Friedhofsblumen«, sagte Tante Lisbeth abwertend. »Wenn ich mal sterbe, nimm Callas. Keine Lilien! Die riechen so penetrant!«

Schon wieder. Sterben schien ein großes Thema für Tante Lisbeth zu sein. »Du bist dann tot«, gab ich erneut zu bedenken. »Wenn du Lilien schön findest, mach dir um den Geruch keine Sorgen! Das ist wie mit dem Ragout fin!«

»Du willst doch nur sparen! Callas, hab ich gesagt.« Ich holte mein Handy raus, rief ihre E-Mail auf, drückte auf »Antworten« und ergänzte den Punkt mit den Callas.

»Jetzt hast du mir ins Jenseits geantwortet«, stellte Tante Lisbeth fest. »'ne Séance hab ich mir immer anders vorgestellt.«

Im Nachbarsaal »Helsinki« fand zeitgleich das Casting für eine Gerichtssendung statt. Dort hinein gingen Mädchen mit dunkel gebräunten Gesichtern und ultraschwarz gefärbten Haaren. Die Sessel vor unserem Saal waren dagegen bevölkert von den unterschiedlichsten Konstellationen mal biederer, mal gewollt flippiger Pärchen. Während der Wartezeit erzählte man sich, um die Nervosität zu lindern, was einen verband. »Chris ist mein Bewährungshelfer«, sagte ein Mann mit einem Ohrloch, das von einer Metallöse auf einen Durchmesser von ungefähr dem Umfang einer Coladose gespreizt wurde. Die Leute daneben waren angeblich eine Leihmutter und ihr inzwischen erwachsenes Kind.

»Torsten hat meinen Hund überfahren«, sagte die Frau direkt neben mir und legten ihrem Typen zärtlich eine schrill manikürte Hand aufs Bein. Die hatte ihren Hund wohl nicht so gemocht. Tante Lisbeth und ich warfen uns alarmierte Blicke zu. Das waren alles so tolle Storys!

»Und ihr?«, fragte Torsten in unsere Richtung.

»Äh. Tante Lisbeth ist meine Tante«, sagte ich.

»Und?«, fragte Torsten.

»Und tröstet mich bei Liebeskummer«, sagte ich zögerlich.

Ich sah noch, wie sich ein siegesgewisses Lächeln auf Torstens Gesicht ausbreitete, da bemerkte ich, dass sich die Tür zu unserem Saal endlich öffnete. Eine Kaugummi kauende Produktionsassistentin kam herausgestöckelt und verteilte Aufkleber mit Nummern und Klemmbretter mit Fragebögen. Tante Lisbeth und ich waren Paar Nummer sieben. Wir pappten uns weisungsgemäß die Nummern an die Brust, trugen sie auf dem Fragebogen ein und stellten fest, dass neben unseren Berufen und Hobbys tatsächlich auch die Frage nach der Gemeinsamkeit gestellt wurde. Tante Lisbeth nahm mir den Stift aus der Hand. Ich wusste, was sie vorhatte, und redete ihr aus, unsere fade Verwandtschaftsbeziehung durch das zusätzliche Verbindungselement »Leichenfinderinnen« aufzupeppen. Carsten würde mich umbringen, wenn wir einem Fernsehsender etwas über seine Ermittlungen ausplauderten! Tante Lisbeth grummelte und schlug für sich heraus, dass ich ihr zum Trost einen Cappuccino von der Hotelbar holte.

Zwanzig Minuten später wurde die gesamte Gruppe in den Raum gebeten. Tante Lisbeth hatte mir noch einmal eingeschärft, worum es ging: nicht primär ums Fragenbeantworten, sondern vor allem auch darum, telegen rüberzukommen und bei den Leuten einen Eindruck zu hinterlassen.

Vorn im Raum stand neben der Produktionsassistentin ein ebenso junger Bursche mit Out-of-Bed-gestylten-Haaren, genau an den richtigen Stellen zerschlissenen Jeans und selbstgefälligem Gesichtsausdruck. Er beugte sich ans Mikro und begrüßte die Gruppe. »Hallo, Leute! Ich bin der Max und leite heute das Casting. Wir gehen wie folgt vor: Jetzt kommt erst mal ein Basistest für alle. Wir teilen einen Fragebogen aus, den bitte jeder für sich beantwortet. Nicht abschreiben, nicht reden! Wir wollen dabei herausfinden, ob Sie das nötige Grundwissen haben, um in der Sendung die ersten Fragen zu überstehen. Sie wollen ja ein paar Runden sitzen bleiben, oder?« Er kicherte ölig. »Wer von Ihnen möchte gern mal ins Fernsehen?«

War das eine rhetorische Frage? Vereinzelt hoben sich verzagt ein paar Hände. Nur Tante Lisbeth schrie: »WIIIR! Wir sind wie für Sie geschaffen! Ich weiß viel, und meine Nichte sieht gut aus!«

Medien-Maxe grinste sie an. Tante Lisbeth hatte es drauf. Unterm Tisch hielt sie mir ihre Hand zum Abklatschen hin.

Der Test war albern. Es ging um den letztjährigen Zweiten beim DFB-Pokal, die Namen der Helden von Telenovelas und die Zutaten von Pizza Tonno. Manchmal musste ich allerdings auch raten. »Tränendes Herz« ... War das eine Pflanze oder etwa doch ein Roman von Nicholas Sparks? Ich schielte zu Tante Lisbeth. Sie hatte »organische Störung« angekreuzt. Meinetwegen. Ich machte mein Kreuzchen und prüfte unauffällig, ob den beiden Aufpassern mein Abschreibversuch aufgefallen war. Aber von wegen! Medien-Maxe und Klemmbrett-Minna interessierten sich nicht dafür, ob jemand spickte. Vielmehr hantierten sie da vorn mit den Fragebögen herum, die sie vorhin wieder eingesammelt hatten, noch bevor ich den Weg von der Hotelbar zurück zu den Konferenzräumen wiedergefunden hatte. Dabei blickten sie immer wieder auf, schauten im Saal herum und machten sich anschließend Notizen auf den Fragebögen. Der Basistest war offenbar nur Tarnung für eine Gesichtskontrolle.

Danach mussten wir wieder raus und warten. Wie nach einer Klassenarbeit schnatterten alle aufgeregt durcheinander. Ich erfuhr von einer grauhaarigen Frau mit Halbbrille, dass das Tränende Herz eine Staude sei. Tante Lisbeth winkte ab. Die Frau insistierte, aber Tante Lisbeth erzählte detaillierte Geschichten von perforierten Herzwänden, aus denen es in die Bauchhöhle tröpfelte, bis die Frau zusammenbrach und schluchzte, sie sei sich doch so sicher gewesen. Dann nahm Tante Lisbeth sich den Ohrloch-Typen vor, um ihn bezüglich seiner Antwort zum Pokalfinale aus dem Konzept zu bringen. Ich verzog mich auf die Hoteltoilette.

Als Tante Lisbeth mit ihrer Verunsicherungstaktik schon rund die Hälfte der Konkurrenz emotional in die Knie gezwungen hatte, kam Medien-Maxe wieder. Die zwanzig Pärchen wurden noch mal reingeholt, und wer dann aufgerufen wurde, musste nach Hause gehen. Tante Lisbeth winkte der Stauden-Frau nach, die unglücklich an der Hand ihres Pilates-Lehrers den Saal verließ. Wir blieben sitzen.

»Glückwunsch!«, jubelte Max. Wir übrig gebliebenen fünf Paare waren in der engeren Auswahl. »Das heißt, dass wir jetzt Einzelgespräche mit Ihnen führen. Wir haben dahinten« – er zeigte auf eine Ecke des Saales, in der eine Kamera und ein riesiger Scheinwerfer samt weißen Reflektorschirmen aufgestellt waren – »ein kleines Studio aufgebaut, und wir werden Sie bei unserem Interview filmen. Dafür rufen wir Sie nacheinander rein, jedes Paar ungefähr zehn Minuten lang. Das werten wir dann im Sender aus, und in ein paar Tagen erfahren Sie, ob Sie demnächst im Fernsehen sind!« Er riss vor Begeisterung die Augen auf und klatschte in die Hände. Wir taten es ihm nach.

Als wir zum Probeinterview gerufen wurden, legte Tante Lisbeth mir die Hand auf den Unterarm. Da sie das beim Spazierengehen eigentlich regelmäßig machte, um mir etwas von ihrem Gewicht abzugeben, dachte ich mir zunächst nichts weiter dabei, aber sie zog mich vehement zu sich rüber.

»Ich habe bei dem Fragebogen etwas geflunkert. Lass mich reden, und lächle du nur!«

»Okay.« Sie hatte ja auch schon bei der schriftlichen Bewerbung ein falsches Geburtsdatum eingetragen. Hoffentlich war es jetzt wenigstens das gleiche.

Telegen lächelnd nahmen wir im Scheinwerferlicht gegenüber von Max Platz. Schräg hinter ihm stand eine große Kamera, neben deren Objektiv ein rotes Lämpchen leuchtete. Der Kameramann machte ein Okay-Zeichen.

»Liebe Frau Hering und – äh, noch mal Frau Hering«, fing Max an.

»Lisbeth und Inga.« Tante Lisbeth strahlte ihn an.

»Sehr gern.« Er faltete mit den Händen ein Dach. Klassische Quiz-Moderatoren-Geste, Medien-Maxe hatte offenbar Ambitionen weit über den Castingbereich hinaus.

»Dann lassen Sie mich jetzt als Erstes einmal sagen, wie sehr ich Ihren Mut bewundere, mit Ihrer Geschichte an die Öffentlichkeit zu treten.«

Ich war mir dessen bewusst, dass wir uns mit der Vom-Freund-verlassen-deshalb-Geld-für-Italienreise-Sammeln-Story beworben hatten. Am besten blieben wir dabei, auch wenn ich jetzt Carsten hatte.

»Ich finde, man sollte einfach anderen Frauen in der gleichen Situation Mut machen«, sagte ich.

»Richtig. Brustkrebs ist ja auch kein Tabu mehr.«

Oh. Tante Lisbeth hatte sich einen Brustkrebs erfunden. Ich setzte sofort ein betroffenes Gesicht auf.

»Und dass Sie, liebe Lisbeth, dann auch gleich noch, äh, Gewebe gespendet haben, um Ihrer Nichte nach der Operation einen plastischen Wiederaufbau zu ermöglichen, der ist übrigens wirklich toll gelungen, also, das ist fantastisch!«

Mir verschlug es die Sprache. Tante Lisbeth dagegen plapperte los.

»Sie ist nun mal meine Nichte. Und ich liebe sie. Und eine Frau braucht doch Brüste!«

Max pflichtete ihr bei. »Absolut. Von wo genau wurde Ihnen denn das transplantierte Gewebe entnommen?«

Lisbeth sprang auf, zog ihren Rock runter und zeigte Max die Narbe von ihrer Hüft-OP. Die Kamera schwenkte auf Lisbeths entblößte Hüfte und wieder zurück zu mir. Ich kniff einmal feste die Augen auf und zu, und als die Szene sich danach nicht in Luft aufgelöst hatte, fing ich langsam und ungläubig an zu sprechen.

»Entschuldigung, aber das hier geht gar nicht! Die Show würden doch auch Leute sehen, die mich kennen!«

»Ja, und mich auch!« Tante Lisbeth sah mich eindringlich an. »Schau, was ich für Opfer bringe!« Sie wollte das hier tatsächlich durchziehen. Ich nicht.

»Du erzählst der Welt, dass meine Brüste aus« – angewiderter Blick – »fremdem Hüftspeck sind!«

»Und über mich erfahren Sie, dass ich so dick bin, dass man mir problemlos Speck absaugen und in Brüste umwandeln kann!«

Ich fauchte. »Das ist noch der realistischere Teil des Szenarios!«

Max war irritiert. »Wie jetzt? Ist der Rest etwa nicht realistisch?«

»Hallooo!«, fuhr ich ihn an. So heroisch ich Frauen mit Brustkrebsoperationen fand: Die Vorstellung, ich könnte Tante Lisbeths altes Fettgewebe auftragen, war ja wohl grotesk! Und megaunappetitlich. Das konnte ich so nicht stehen lassen. Auf keinen

Fall. Ich sprang auf und zog mein T-Shirt hoch. »Sieht das aus wie anoperierter Hüftspeck?« Medien-Maxe starrte mit offenem Mund auf meine in einen pinken Spitzen-BH gebetteten Brüste. Er schüttelte den Kopf. Augen und Mund ließ er aufgerissen.

»Die sind echt, kapiert? Nix Brustkrebs. Nix Implantation. Tante Lisbeth hat ein neues Hüftgelenk, das ist alles!« Ich zog mein T-Shirt wieder runter. »Tante Lisbeth wollte dringend in eure Show. Ich war bereit, Opfer zu bringen.« Ich wandte mich an Tante Lisbeth, die ganz in Ruhe ihren Rock glattstrich. »Aber das Opfer bestand darin, dass ich die deutschen Mittelgebirge auswendig gelernt habe. Ich lass doch die Welt nicht denken, ich hätte falsche Brüste!« Genervt stapfte ich aus dem Raum.

Eine halbe Stunde später hatte Tante Lisbeth sich immer noch nicht entschuldigt. Ich saß auf dem Beifahrersitz und blickte sie ununterbrochen vorwurfsvoll an. Aber die negativen Schwingungen, die ich mit aller Kraft aussandte, prallten an ihr ab wie ein Angry Bird an einem Felsbrocken. Irgendwann wurde mir die Kopfhaltung zu anstrengend. Ich konnte sie ja eigentlich auch mit Schweigen strafen und dabei auf meinem Handy spielen. Ich kramte das Gerät, das ich während des Castings auf »lautlos« gestellt hatte, aus meiner Tasche und sah, dass mir jemand auf die Mailbox gesprochen hatte. Wie sich herausstellte, war das Katja gewesen. Oh, die hatte ich ja ganz vergessen. Ich hatte doch fragen wollen, wie sie sich auf die Filmpremiere vorbereitete! Ich hörte die Mailbox ab. Wahrscheinlich berichtete sie von sich aus von ihrem Kleid.

Es ging tatsächlich um *Glitter Angel,* aber um weit mehr als das Kleid. Ich hörte Katja jubeln: Sie müsse nicht mehr mit dem fiesen Kunden hin, Herr Herkenrath sei verhindert. Und es käme noch besser: Er habe schon bis Samstag eine Suite im Ritz für sie bezahlt, weil er sich mit seiner Tochter ein paar nette Tage in Berlin hatte machen wollen. Der Teenager käme trotzdem, und Katja würde sich nun exklusiv um das sechzehnjährige Mädchen kümmern. Im Ritz und auf Kosten des Mandanten.

»Was ist das für ein Mädchen?«, fragte Tante Lisbeth nach, als ich ihr berichtete. Mit meiner Schweigestrafe hätte ich mir im Moment nur ins eigene Fleisch geschnitten. Ich wollte Katjas Nachricht so gern weitererzählen.

»Tochter von dem Parfumhersteller, mit dem Katja eigentlich auf die Premiere sollte. Katja wird mit ihr sicher etwas Sightseeing machen oder was das Mädchen will, wahrscheinlich verbringen sie die nächsten Tage auf dem Ku'damm und im Kino. Das ist mal ein angenehmer Job!«

»Deine Mutter hat doch gesagt, dass du Jura studieren sollst.«

Bei aller Unzufriedenheit darüber, dass ich das Casting vergeigt hatte (so sah sie das!), konzentrierte Tante Lisbeth sich in ihrer typischen Glas-halb-voll-Mentalität auf den Umstand, dass wir dank unseres abrupten Aufbruchs nun wenigstens die Chance auf Teilnahme an Sönkes Trauergottesdienst hatten. Als wir um Viertel vor vier auf den Parkplatz vor ihrem Haus einbogen, war sie denn auch bester Dinge. Sie hatte es, sogar ohne geblitzt zu werden, rechtzeitig zurückgeschafft und hetzte nun die Stufen zur Wohnung hoch, um sich umzuziehen. In einem schwarzen Hosenanzug kam sie wieder aus dem Schlafzimmer heraus.

»Kein Glitzer?«, wunderte ich mich.

»Hab ich extra für Beerdigungen. Und für Fasching. Renate und ich gehen gern als ›Blues Brothers‹ oder ›Men in Black‹. Renate leiht sich dann immer von ihrem Zahnarzt das Ding, mit dem er Füllungen aushärtet. Weißt du, so ein Stab mit blauem Licht vorn dran? Damit blitzdingsen wir die Leute. Und ich habe eine total lässige Sonnenbrille.« Sie griff sich das Teil – Riesengläser, verspiegelt und auch für eine Zuhälterverkleidung optimal geeignet – von der Ablage über dem Schlüsselbrett, und wir eilten zur Tür hinaus.

Das kleine Kirchlein war bis auf den letzten Platz gefüllt.

»Die sind doch alle nur aus Neugier da!«, raunte Tante Lisbeth mir zu. Das würde ich zwar niemandem unterstellen, aber in der Tat ließ der Lärmpegel rings um uns mehr an einen Basar als an eine Trauerfeier denken. Ich scannte die Gesichter. Carsten konnte ich leider nicht entdecken. Dabei war ich überzeugt, dass die Polizei sich die Beerdigung nicht entgehen lassen würde. Der Mörder war doch vielleicht auch hier! Oder nutzten sie die Zeit, in der ganz Freesbüll sich in der Kirche versammelte, um ungestört Spuren zu verfolgen? Vielleicht hatte Carsten auch einen Kollegen hergeschickt, dessen Gesicht die Verdächtigen noch nicht kannten? Nun ja, ich würde ihn ja heute Abend sehen. In drei bis vier Stunden ... Ich konnte gerade noch verhindern, dass mir ein unpassendes Vorfreudelächeln entschlüpfte.

Mit einem stummen, ernsten Nicken grüßte ich Svenja, Lars, Jan und Bürgermeister Hansen, die uns spät Gekommene bei der Platzsuche beobachteten. In der drittletzten Reihe sah ich Ole sitzen.

»Den kann ich notfalls auf den Schoß nehmen«, sagte Tante Lisbeth und zwängte sich an allen vorbei durch die Bank, um zu Ole zu gelangen. Gesangsbücher polterten zu Boden. Vor der dicken Frau, die neben Ole saß, blieb Tante Lisbeth stehen. »Könnten Sie bitte ein wenig rutschen?«, forderte sie. Artig ruckelte die ganze Reihe zusammen. Für mich wäre jetzt Platz gewesen. Aber für Tante Lisbeth brauchte es noch einiges. »Jetzt nimmt jeder mal die Arme hoch und legt sie ganz schmal vor sich auf den Schoß!«, kommandierte Tante Lisbeth.

Die Leute guckten schon. Auf der Bank dahinter beobachtete eine Frau, die ich als die nette Verkäuferin vom Bäckerstand erkannte, die Szene. Sie sah mich im Gang stehen, flüsterte mit ihren Banknachbarn, die rutschten, und schon war Platz für mich. Dankbar setzte ich mich zu ihnen.

Bei Tante Lisbeth wurde noch umgebaut. Die meisten in der

Reihe gehorchten, aber die Frau neben Ole blickte Tante Lisbeth feindselig an. »Das ist mir zu unbequem! Und wir sind extra früh hier gewesen!«, zischte sie.

»Hier geht's doch nicht um Bequemlichkeit! Wir wollen dem Verstorbenen Respekt erweisen«, tadelte Tante Lisbeth und wurde absichtlich immer lauter, damit man sie schön weit hören konnte. »Was würde das Jesuskind dazu sagen, wenn wir nicht teilen wollen?«

Die Orgel setzte ein. Tante Lisbeth drehte sich um und ließ sich einfach fallen. Die dicke Frau nahm gerade noch rechtzeitig ihren Arm weg. Tante Lisbeth saß. Zufrieden nickte sie Ole zu und zog sein Gesangbuch etwas weiter zu sich rüber.

Nach der Trauerfeier folgten die Angehörigen und engen Freunde dem Sarg zur Grabstätte, während die weiteren Trauergäste vor der Kirche verweilten. Es war eine bewegende Predigt gewesen. Anstatt wie Tante Lisbeth das Bild eines Kampfzwergs zu zeichnen, hatte die Pastorin mit blumigen Worten Sönkes genügsames, naturverbundenes Wesen geschildert. Es war, als wäre ein kleiner Waldelf gestorben. So ziemlich jeder hatte geweint. Ich auch. Während ich vor der Kirche wartete, wischte ich mir mit den Zeigefingern unter den Augen entlang, falls es meine Wimperntusche erwischt hatte.

Ob Tante Lisbeth auch Tränen verdrückt hatte, konnte man nicht sagen. Sie trat gerade erst aus der Kirche heraus und trug bereits ihre Sonnenbrille. In der Nähe von Jan Christiansen blieb sie stehen. Ich gesellte mich zu ihnen und wandte mich an Jan, der kurz zuvor Wibke einen kleinen Schubs gegeben hatte, damit sie den Verwandten ans Grab folgte.

»Für euch ist es nicht leicht, oder?«, fragte ich ihn.

»Ich wusste nicht, ob es respektvoller ist, zu kommen oder fernzubleiben«, gab er zu.

»Ich find's gut, dass du gekommen bist.«

»Meine Eltern sind auch da. Für die ist es erst mal blöd. Wusstest du, dass die Polizei jetzt gegen meine Mutter ermittelt? Guck mal, wie die Leute sie ansehen.«

Ich folgte seinem Blick. Herr und Frau Christiansen standen neben der großen Fichte am Friedhofstor. Ich erkannte beide von dem Gemälde aus Jans Haus. Herr Christiansen trug einen unauffälligen schwarzen Anzug, aber Gesa hatte dick aufgetragen. Zum taillierten schwarzen Kostüm hatte sie allen Ernstes einen Pillendöschen-Hut mit einem kleinen schwarzen Schleier aufgesetzt. Die *Denver Clan*-Phase hatte sie also immer noch nicht hinter sich gelassen. Mit unter den Arm geklemmtem Handtäschchen stand sie neben ihrem Mann. Sonst war sie als Landtagsabgeordnete bestimmt stets von Bürgern umringt, die sich mit ihr unterhalten wollten. Heute aber hielten die Leute einen Gafferabstand von drei Metern und steckten tuschelnd die Köpfe zusammen. Gesa hatte genug Politikerfahrung, um auch in dieser Situation Gelassenheit auszustrahlen und so zu tun, als wäre alles in bester Ordnung, aber ihr Mann wirkte ziemlich sauertöpfisch. Mit zusammengekniffenen Augen schaute er zu uns herüber. Tante Lisbeth richtete sich nervös die Haare.

»Du siehst gut aus«, versicherte ich ihr. »Der guckt nicht wegen dir so kritisch.«

»Wäre mir auch vollkommen gleichgültig!«, erklärte sie und wandte sich ab. Wow, stand sie gerade. Und sah ungewöhnlich schlank aus.

»Ich glaube, du gehst besser mal zu deinem Vater, der braucht bestimmt Beistand«, sagte ich zu Jan. Als er außer Hörweite war, streckte ich mich zu Tante Lisbeths Ohr empor. »Du kannst wieder einatmen!«, flüsterte ich. »Herr Christiansen guckt nicht mehr!«

Sie tat, als redete ich wirres Zeug, aber ihr Bauch kam wieder zum Vorschein. Ich wollte sie gerade auffordern, mit mir nach Hause zu gehen, als Ole auf mich zukam.

»Ich hab die Zusage für den Imbiss«, flüsterte er mir aufgeregt ins Ohr. Seine Augen leuchteten.

»Ist ja klasse«, sagte ich leise und beschloss, ihm nicht zu verraten, dass die Gemeinde eigentlich Sönke den Vertrag hatte geben wollen.

»Soll ich ein Retroschild aus geschwungenen Neonröhren nehmen?«, wisperte er. »Oder lieber eines aus Lack, das nur von Scheinwerfern beleuchtet wird?«

Ich wiegelte ab. »Neon sieht so nach Cocktailbar aus.«

»Wie in dem alten Film mit Tom Cruise«, pflichtete Tante Lisbeth mir bei, die sich herübergebeugt hatte, um mithören zu können. »Finde ich aber eine gute Idee. Willst du nicht lieber eine Cocktailbar aufmachen? Dann müsste ich nicht immer ein Taxi nach Hause nehmen. Die paar hundert Meter schaffe ich auch im Piña-Colada-Rausch. Du könntest sie *Sex on the beach* nennen!« Tante Lisbeth, die natürlich nicht geflüstert hatte, handelte sich empörte Blicke der umstehenden Leute ein.

Ole wackelte mit dem Kopf. »Ich glaube, Kaffee läuft hier besser.«

»Ach was. Der Trend ist doch längst vorbei. Ich sag's dir, die Leute wollen es jetzt dekadent. Cocktails sind die neuen Caramel macchiatos!«

»Immerhin nehme ich Gemüsecocktails ins Programm. Grüne Smoothies, die sind auch gerade im Kommen.«

Tante Lisbeth verzog angewidert das Gesicht. »Uäh. Und wer die Bonuskarte voll hat, kriegt einen Selleriestängel umsonst? Was soll denn der Mist?«, schimpfte sie. Ole lächelte jetzt nicht mehr, sondern plinkerte Tante Lisbeth unsicher an.

»Achte nicht auf sie«, riet ich ihm. »Tante Lisbeth geht eh nicht gern spazieren. Sie schiebt's auf ihre Hüftgeschichte.« Bei diesen Worten trat ich ihr einmal kräftig auf den Fuß, weil ich an heute Morgen denken musste. »Du musst dich also nicht nach ihrem Geschmack richten.«

»In der Tat. Meine Hüfte.« Tante Lisbeth hakte sich bei mir unter. »Bring mich doch bitte nach Hause. Und dann gehst du uns noch was Leckeres vom Imbiss holen. Der hat doch auf, Ole?«

»Ja, natürlich. Ich hab nur für die Beerdigung kurz mal geschlossen. Aber jetzt geh ich wieder rüber.«

Als ich den Imbiss betrat, brutzelten in der Friteuse schon frische Pommes. Die nahm ich. Und für Tante Lisbeth bestellte ich ein Matjesbrötchen. Ich hätte auch gern eins gegessen, aber Zwiebeln und Fisch kamen mir nicht unter, bevor ich mich mit Carsten traf. Im Gegenteil, nach dem Essen würde ich ausnahmsweise einmal alles benutzen, was ich von Sandras gestifteten Mundhygiene-Artikeln eingepackt hatte, sogar den fiesen Zungenschaber und das Gurgelzeug. Oder schmeckte ich dann nach Autowaschanlage? Machten sich Männer eigentlich genauso viele Gedanken, bevor sie zu einem Date gingen?

»Du-hu, Inga«, hob Ole an, während er Tante Lisbeths Brötchen in Butterbrotpapier wickelte, »deine Tante ist doch Künstlerin, oder?«

»In gewisser Weise.«

»Ich habe mich vorhin nicht getraut zu fragen, weil sie so streng rüberkommt. Aber ich habe neulich mal eins von ihren Gemälden gesehen, und ich glaube, dass sie mein Caféschild super hinbekäme. Meinst du, sie würde das machen?«

»Glitzer-Harlekin-Einhörner-Sonnenuntergang?«, fragte ich entsetzt. »Dann nimm lieber doch die Neonschrift!«

»Ich dachte, sie könnte mir eine Welle malen. In Rosa und Blau. Mit Schaumkrone natürlich. Weißt du, wo die Gischt so richtig fliegt. Und mit viel Glitzer!«

»Klingt nach einem Traum für jedes Kleinmädchenzimmer.«

Ole nickte begeistert. »Das sieht bestimmt stark aus! Kannst du deine Tante mal fragen?«

Eine Tüte mit unserm Essen in der einen Hand, hörte ich mit der anderen auf dem Rückweg zu Tante Lisbeth meine Mailbox ab. Katja schon wieder, diesmal hatte sie mir während der Beerdigung draufgesprochen. Ihre Begeisterung über den Babysitter-Job mit der Tochter des Mandanten hatte sich deutlich abgekühlt. »Hi, ich bin's. Boah, das ist vielleicht ein Miststück!«, wetterte sie los. »Ich will niemals Kinder kriegen. Jedenfalls keine Töchter. Und wenn doch, dann kommen sie während der Pubertät ins Internat. Obwohl, das hilft ja auch nicht, Sassi *ist* ja auf dem Internat.« Die Worte sprudelten aus Katja raus. Wenn sie auf eine Mailbox sprach, legte sie immer den Turbo ein und redete ohne jede Pause. Wahrscheinlich holte sie mit den Ohren Luft. »Ihr Vater hat sie nur für diese eine Woche rausgeholt, von wegen *Quality-Time* zu zweit, dass ich nicht lache, der ist bestimmt nur froh, dass er fort konnte. Pah!« Sie lachte höhnisch, als ihr offenbar etwas klar wurde. »Ich wette, der hatte gar keinen Termin, sondern er hat sich nur aus dem Staub gemacht, als er gemerkt hat, wie anstrengend das Gör ist. Die will doch allen Ernstes ihre Zeit in Berlin dazu nutzen, zum It-Girl zu werden. Hallooo?« Mit dieser sarkastischen Infragestellung von Sassis Verstand war Katjas Zeit für die Mailbox abgelaufen. Aber sie hatte gleich darauf noch ein zweites Mal angerufen. »Also«, fuhr sie bei der nächsten Nachricht grußlos fort, »wir waren heute schon die Friedrichstraße rauf und runter, und jetzt sitzen wir beim Frisör, die ganze Zeit sabbelt die Göre dummes Zeug, der Frisör verdreht auch schon die Augen, und essen tut sie auch nichts! Oh, sie ist fertig, oder nein, Mist, der Frisör wirft sie doch tatsächlich raus ... Sassi«, jetzt rief Katja offensichtlich in den Laden hinein, »das *ist* die Frisur von Taylor Swift! Das hat der Herr doch gut hingekriegt ... Warten Sie! Ich brauch doch auch noch Strähn ... « Und die Nachricht endete.

Ich wählte Katjas Nummer.

»Wo seid ihr gerade?«, fragte ich nach unserer Begrüßung. »Kannst du frei sprechen?«

»Ja, ja. Wir sind im Starbucks, und Sassi ist gerade zum Wischerln gegangen.« Österreichisch für Piesi gehen, das wusste ich schon von vielen Clubbesuchen mit Katja, bei denen wir zusammen Wischerlpause eingelegt hatten. »Oh Mann, Inga«, stöhnte sie jetzt. »Dieses Kind ist echt unglaublich. Sie redet wie aufgezogen von irgendwelchen Jungs und Partys und Schminke und Typen aus dem Fernsehen und wer mit wem geht und wie viel Sex alle haben ...«

»Eigentlich doch genau deine Themen!«, wunderte ich mich über ihre Entrüstung.

»Ja, aber die sind sechzehn. Sechzehn, Inga! Mit sechzehn habe ich ...«

»... auch nicht mehr Pferdeposter gesammelt«, nahm ich an. Ich schmunzelte.

»Aber das hab ich wenigstens vor den Erwachsenen verheimlicht! Bei Herkenraths dagegen findet offenbar überhaupt keine Erziehung statt!«, schnaubte Katja ungläubig. »Der Papa hat seiner kleinen Sassi gestern, bevor er gefahren ist, sogar noch höchstpersönlich ein Kleid gekauft. Und was für eins. In dem sieht sie aus wie ein Callgirl! Sassi hat es mir vorhin im Hotel vorgeführt. So ein goldener Fummel mit Riesenausschnitt und Schlitz bis zum Po! Es war natürlich elendsteuer. Aber leider ist es eine Nummer zu klein, weil die Verkäuferin wohl gesagt hat, dass es nur in Size Zero gut aussähe. Und jetzt hungert die Kleine, damit es ihr bei der Filmpremiere passt. Wenn ich ehrlich bin, hab ich auch den Verdacht, dass sie im Moment nicht nur zum Lulumachen auf Klo ist. Wetten, sie würgt gerade den Obstsalat wieder raus, zu dem ich sie gezwungen habe? Starbucks hat auch schon mal mehr Spaß gemacht.«

»Sind ja nur noch vier Tage!«, machte ich Katja Mut. »Und wenn Sassi schön dünn ist, kannst du viel besser an ihr vorbei zu Chris Fletcher schauen!«

Gott sei Dank musste ich nicht so lange ohne Essen auskommen. Da würde ich auch zickig werden. Ich servierte unser Imbissfutter auf dem Balkon und trug Tante Lisbeth Oles Bitte wegen des Schildes vor. Sie war sofort begeistert. Ein meterbreites Schild, direkt an der Nordseestraße – was für eine Werbung! Das würde sie höchstpersönlich malen. Sie tätigte gleich einen Anruf bei ihren Zulieferern, damit die ein Blech in der richtigen Größe besorgten, und setzte sich dann wieder zu mir auf den Balkon. Es war jetzt fast sechs, und der Wind war zum Nachmittag hin aufgefrischt. Hochwasser war schon vor einer halben Stunde gewesen; ein paar Surfer flitzten bereits durch die Bucht. Langsam wurde ich ungeduldig! Als ich die Hälfte meiner Fritten weggeputzt hatte, piepste endlich mein Handy. »Mache mich jetzt auf den Weg. Surfe eine Runde und hole dich gegen acht ab. Okay? LG, Carsten«

Hurra! Mein Herz hopste. »Die ist von Carsten. Er geht gleich surfen«, erklärte ich frohlockend.

»Ich weiß. Und danach geht ihr ›auf eine Schleckmuschel‹.« Tante Lisbeth rollte mit den Augen und machte sich daran, das Fernrohr aufzubauen.

Dieser Tag hatte es für einen Ferientag wirklich in sich. Volles Programm. Erst dieses Horrorcasting, dann die Beerdigung von Sönke Asmussen, und jetzt zog ich mich doch tatsächlich für mein Date mit Carsten um. Ich wählte einen Jeansrock und das dunkelblaue, enge Shirt mit dem tiefen V-Ausschnitt, den ich »unabsichtlich« genau so weit verrutschen lassen konnte, dass man die pinke Spitze meines BHs sehen konnte.

Während ich mich zurechtmachte, wurde ich immer hibbeliger. Nur, um etwas zu tun zu haben, ging ich im Anschluss sogar freiwillig abwaschen. Ich zog Tante Lisbeths schicke Spülhandschuhe mit Sonnenblumenapplikationen an und rein vorsichtshalber zur Schonung meines Outfits auch noch die Kochschürze. Dann ließ ich Wasser ins Spülbecken einlaufen und schaltete das

Radio an. »Umdada, umdada, umdada, umda ... «, machte es. Das kam mir bekannt vor. »SANTA MARIA!«, schallte es dann auch gleich aus dem Lautsprecher. Roland Kaiser. Lange nicht gehört.

»Mach mal lauter!«, rief Tante Lisbeth vom Balkon rüber. Ich drehte vorsichtig am Lautstärkeregler. » ... tief in ihrem Innern verborgen brannte die Sehnsucht, Santa Maria ... «, säuselte es.

»Lauter!«

» ... den Schritt zu wagen, Santa Maria ... «

»Lauter!«

»VOM MÄDCHEN BIS ZUR FRAUUUU!« Auweia. Wie schlüpfrig. Das war mir an dem Lied bis jetzt noch nie aufgefallen. »Warum hat das eigentlich nie jemand auf den Index gesetzt?«, wunderte ich mich lautstark. »Das ist ja jugendgefährdend!«

»Absolut!« freute sich Tante Lisbeth und steckte den Kopf in die Küche. »Du hast das als Kind immer mitgesungen. Und guck, wie verdorben du geworden bist. Man kann deinen BH sehen!«

»Und ich dachte, ich wäre so ein sexy Vamp, weil ich deine Gene hab«, frotzelte ich zurück.

Sie lächelte stolz. »Ich wollte übrigens Bescheid sagen, dass Carsten da ist.«

Ich schlug mir auf den Mund. War er schon wieder früher gekommen, als wir ausgemacht hatten? Ich hatte gar keine Klingel gehört. War er schon oben? Hatte er das mit dem sexy Vamp gehört?

»Nicht hier. Beim Surfen!«

Erleichtert lief ich auf den Balkon. Das Meer ist etwa fünfhundert Meter von der Wohnung entfernt, und ich konnte beim besten Willen nicht ausmachen, welcher der Surfer Carsten sein sollte. Ich beugte mich zum Fernrohr. Man sah den Anfang der Freesbüller Seebrücke, ein Stück kiesigen Sandweges, Schilf und, mittig im Bild, eine rostige Konstruktion aus zwei Fahrradreifen und einem Brett in der Mitte. Es war eines dieser Wägelchen, mit denen die Surfer ihre Bretter vom Parkplatz bis zum Wasser karrten. Oben auf dem Wagen lagen ein Rucksack, eine Jeans und ein T-Shirt.

»Du Spanner«, schalt ich Tante Lisbeth neidisch und suchte mit dem Fernrohr das Wasser ab.

»Wie bitte?«, fragte Tante Lisbeth.

»Spanner!«, wiederholte ich. »Du hast Carsten doch beim Umziehen zugeguckt!« Den Vorwurf überging sie.

»Das Fernrohr kannst du jetzt lassen«, empfahl sie mir stattdessen und zeigte aufs Wasser. »Er ist der Rote.«

Ich guckte aufs Meer. Das Brett mit dem roten Segel düste mit einem Affenzahn durch die Bucht, wendete und donnerte in die andere Richtung. Mit dem Fernrohr kam man da nicht hinterher.

»Du kannst ja denen zusehen«, tröstete Tante Lisbeth und zeigte auf einen Haufen Surfschüler, die im flachen Wasser der Bucht dümpelten und mit ihren Segeln kämpften. Sie hatte jedenfalls genug gesehen.

Ich holte mir ein großes Glas Apfelschorle, meinen Nagellack und machte es mir auf dem Balkon bequem. Auf die Entfernung war von Carsten leider mehr zu erahnen, als zu sehen. Während ich beobachtete, wie sein Brett das Wasser durchpflügte, stellte ich mir vor, wie er mit angespanntem Waschbrettbauch und sich wölbendem Bizeps das Rigg hielt, die Haare zerzaust, Meersalz auf den Lippen … vielleicht hatte ich mich in letzter Zeit zu viel mit Kitschromanen beschäftigt. Jedenfalls dauerte es nicht lange, bis ich völlig abtauchte in eine Fantasie, in der Carsten an Land watete wie Daniel Craig, und dann führte er mich zu einem blickgeschützten Plätzchen in den Dünen, wo er mich mit vor Verlangen brennenden Augen auf den Boden drückte und mich leidenschaftlich küsste …

Tante Lisbeth tippte mir auf die Schulter. »Telefon.«

Widerwillig kam ich wieder in die Realität zurück und nahm mein Handy entgegen.

»Jetzt machen wir Promi-Sightseeing«, sagte Katja grußlos und genervt.

»Und? Schon wen gesehen?«

»Nein. Sassi dachte, in Prenzlauer Berg würden die im Fünf-Minuten-Takt die Straße runtergeschickt, aber die haben sich alle in ihren Löchern verkrochen ... Sassi, guck weg!«, unterbrach Katja sich plötzlich selbst. »Das ist kein Modelscout, der verteilt nur Flyer! Weißt du, Inga«, wandte sie sich wieder mir beziehungsweise dem Handy zu, »Sassi will nämlich entdeckt werden. Sie läuft die ganze Zeit mit so einem komischen Wackelgang herum und grinst die Leute blöd an.«

»Kann sie dich nicht hören?«, wunderte ich mich über Katjas laute Stimme. Vorhin hatte sie schließlich nur in Sassis Abwesenheit über sie gelästert. Wie man das eigentlich ganz friedlich machte. Aber Katja schien inzwischen jegliche Skrupel verloren zu haben. »Klar kann sie mich hören«, bellte sie nämlich. »Ich hab ihr auch schon tausendmal ins Gesicht gesagt, dass sie mit diesem dämlichen Gegriene aufhören soll.«

»Was stört dich denn daran?«

»Was mich daran stört? Dass Sassi dieses ganze Drückertypen-Gesocks anzieht wie Scheiße die Fliegen.«

»Ausdruck, Katja!«, rügte ich. Die Tochter ihres Mandanten mit einem Hundehaufen zu vergleichen, kam mir nicht sehr geschickt vor. Aber Katja war selbst das wohl schon völlig egal, so genervt war sie. Sie wetterte weiter, extra laut, damit Sassi es auch ja hören konnte.

»Jedes Mal, wenn ich ihr den Rücken kehre, hat sie wieder eins von diesen Zeitungsabos an der Backe. Und vorhin hat sie doch tatsächlich bei diesem Tierschutzverein unterschrieben!«

»Na ja, das kannst du ihr nicht unbedingt vorwerfen«, murmelte ich.

»Ja, Inga, ich weiß, dass du das auch gemacht hast«, sagte sie. Ich hab Sassi auch von deiner ›Model‹-Entdeckung erzählt. Aber sie lässt sich ja durch nichts abschrecken.«

Erschüttert schrie ich auf. »Du hast Sassi von meinem Model-Job erzählt?« Die Geschichte, hochnotpeinlich wie sie war, hatte ich Katja und Sandra nur unter dem Einfluss von zu viel Sekt und – das war entscheidend – dem Siegel der Verschwiegenheit erzählt.

Leider war ich in meiner Bestürzung laut geworden, was Tante Lisbeth hellhörig werden ließ, die auf dem Balkon sitzend Sudokus machte. Während Katja abwiegelte, dass Sassi mich doch schließlich gar nicht kennen würde, quatschte meine Tante munter dazwischen. »Model-Job? Du? Bei *den* Ohren?«

»Meine Ohren sind schön!« Dass sie immer wieder damit anfangen musste!

»Deine Ohren sehen aus wie die von einem Hobbit!«, gab Katja durch den Hörer ihren Senf dazu.

»Wenn man auf Vulkanier steht …«, sagte Tante Lisbeth von rechts. Ich stand von zwei Seiten unter Beschuss und wollte gerade anfangen, patzig zu werden, da hakte meine Tante nach. »Was war das denn für ein Job?«

Patzig war jetzt nicht mehr gut. Zurückhaltend gelangweilt musste ich stattdessen wirken, wenn ich aus der Nummer noch heil rauskommen wollte. »Ach, die Azubine beim Frisör hat mir bei ihrer Zwischenprüfung Strähnchen gemacht«, sagte ich daher in einem Ton, als wäre jedes weitere Wort zu viel der Ehre für die uninteressante alte Geschichte.

»Lügnerin«, sagte Katja am Telefon. Was Tante Lisbeth zum Glück nicht hören könnte. »Ach deshalb«, murmelte sie und wandte sich wieder ihrem Rätselheft zu. Ich wollte schon aufstehen, um im Spiegel zu kontrollieren, was sie damit wohl gemeint haben könnte, da sah ich, dass Carstens Surfbrett sich dem Ufer näherte. Nachdem Multitasking nicht so meine Sache ist und ich mich ganz aufs Gaffen konzentrieren wollte, verabschiedete ich mich von Katja und ging zum Fernrohr. Carsten war ins hüfthohe Wasser gesprungen und zog das Brett an Land. Noch besser als Daniel Craig! Ich speicherte das Bild für zukünftige Dünensex-Fantasien ab. Carsten schleifte das Brett zu der Stelle, an der sein Wägelchen stand, und begann, daran herumzuwerkeln. Nun, da er sich nicht mehr so schnell bewegte, funktionierte das Fernrohrspannen ausgezeichnet. Ich beobachtete ihn und seinen Trapezmuskel dabei, wie er das Segel abmontierte. Dann ging er zu seinem Wägelchen und nahm etwas aus dem Rucksack. Mein Handy klingelte. »Carsten« zeigte es an. Ich fühlte mich ertappt.

»Hallo?«, sagte ich daher möglichst sachlich wie einer, der eigentlich eher mit einem Werbeanruf seines Mobilfunkanbieters rechnet.

»Ja, hi, hier ist Carsten. Was machst du gerade?«

»Ich … ähm«, ich stellte mich zurück ans Fernrohr, »ich seh fern!«

»Aha.« Er räusperte sich. »Hör mal, ich bin jetzt fertig. Ich muss noch eben das Brett wegbringen. Ich hol dich in einer halben Stunde ab!«

Ich rannte ins Bad und kontrollierte mein Make-up.

# FÜNFZEHN

Als Carsten klingelte, lief ich gleich die Treppe zu ihm runter, damit er nicht raufkommen und Tante Lisbeth ihm meinen T-Shirt-Verrutsch-Trick verraten konnte. Sie stand winkend am Küchenfenster, und Carsten und ich beließen es bei einem berührungslosen »Hallo«. Er hatte nur seinen Rucksack dabei.

»Wo hast du denn deine Surfsachen hingebracht?«, erkundigte ich mich, während wir losspazierten.

»Die stehen in der Surfschule. Der Besitzer ist ein Kumpel von mir.«

Schweigend gingen wir ein Stückchen, umrundeten das Haus und überquerten die Straße.

»Schleckmuschel?«, fragte Carsten. Ich grinste. Wir liefen über den Freibadparkplatz zum Imbiss. Ole freute sich, mich heute schon zum dritten Mal zu sehen, und natürlich über die Nachricht, dass Tante Lisbeth bereit war, das Schild für den Imbiss zu malen.

»Merke: Schleckmuscheln werden vom Publikum stark nachgefragt!«, schärfte ich ihm ein, während Carsten und ich uns jeder eine aus dem Bonbonglas fischten. Carsten zückte sein Portemonnaie.

»Sollen wir halbe-halbe machen?«, bot ich an.

»Das kannst du von einem Gentleman nicht verlangen. Du bist selbstverständlich eingeladen«, tönte er mit pseudogönnerhafter Geste und einem Augenzwinkern. »Aber damit es dir nicht unangenehm ist, sollten wir machen, dass das nächste Mal du bezahlst. Ich kenne da auf Sylt dieses kleine, feine ... «

»Vier-Sterne-Restaurant?«

»Ich wusste, wir sind auf einer Wellenlänge!«

Wir wünschten Ole einen schönen Abend und schlugen den Weg am Schwimmbad vorbei zum Meer ein. Es war ruhig hier draußen. Die Gassigänger saßen wohl schon vorm Fernseher. Sogar auf der Seebrücke war kein Mensch zu sehen.

Wir gingen an den Heckenrosen vorbei, die das Schwimmbad umsäumten. Ich dachte daran, wie es hier duftete, wenn die Sträucher blühten. Dieser intensive, zu Kopf steigende Geruch, der mich immer an Nordfriesland erinnerte, wenn er mir irgendwo in die Nase stieg, denn nirgendwo waren Heckenrosen so beliebt wie hier. Sie umfriedeten Parks und schmückten Grundstücksgrenzen, und auch wenn sie statt der pinkfarbenen Blüten wie jetzt ihre orangeroten Hagebutten trugen, waren sie eine Pracht. Das hatte ich schon immer gefunden – als Kind allerdings hauptsächlich deshalb, weil man aus den reifen Früchten prima Juckpulver machen konnte. Das war noch zu Zeiten gewesen, in denen ich mich mit Jungs vorzugsweise geärgert hatte. Das hatte sich geändert …

Ich riskierte einen Seitenblick auf Carsten. Er sah mich ernst an. »Wie lange bleibst du eigentlich?«, fragte er dann.

Ich schluckte. Das war ein kniffeliges Thema. Ich griff in meine Haare, die mir der Westwind bereits serviceorientiert aus dem Gesicht wehte, und fummelte daran herum.

Rein faktisch gesehen war die Sachlage so: Mit Tante Lisbeth war noch nichts ausgemacht, außer, dass ich jedenfalls noch bis Samstag hierbleiben würde, um mir die Windpark-Eröffnung anzuschauen. Am Sonntag musste ich dann jedenfalls übergangsweise nach Berlin zurück, weil am Montag ja das Gespräch mit der Lektorin beim Linder-Verlag anstand. Danach konnte ich durchaus noch mal wieder herkommen und das Probelektorat von hier aus machen. Aber das war nicht des Pudels Kern …

Als ich nicht sofort antwortete, sprach Carsten weiter. »Also, ich frage mich ja, wie das so ist, als freie Übersetzerin.« Er traute sich also, ihn direkt anzusprechen. Den Pudel. Oder den Kern? Was war das eigentlich für eine beknackte Redewendung? Ich zwirbelte jetzt wie wild in meinen Haaren. Carsten guckte mich derweil verschwörerisch an. »Wenn man rein theoretisch irgendwo, äh, richtig gute Freunde wohnen hat. Dann könnte man doch, äh, auch rein hypothetisch natürlich, auch eine Weile dort wohnen und von da aus arbeiten, oder?«

Tja. Das genau war die Frage, die mich innerlich auch die ganze Zeit beschäftigte. Wie ging es weiter? Natürlich wäre ich mit meinem alten Job als freiberufliche Übersetzerin vollkommen flexibel gewesen, und ich hätte Carsten überschwänglich mit Ja geantwortet. Doch der neue Job bei Linder in Berlin würde eine Festanstellung werden. Wenn ich ihn bekäme. Aber ich hatte die Stelle ja noch nicht mal sicher. Und außerdem gab es ja auch Homeoffice! Beim Termin am Montag würde ich das alles erfragen. Und vorher die Pferde scheu zu machen, kam mir übermotiviert vor. Und geradezu töricht, wenn man mal die klassischen Flirtregeln zurate zog. Wir hatten uns noch nicht mal geküsst! Sollte ich ihm da etwa auseinanderlegen, wie ich in Zukunft Liebe und Beruf miteinander zu vereinbaren gedachte? Da konnte ich ihm ja gleich erzählen, wie ich unsere Kinder nennen wollte! Das war klammernd. Ein Flirt-Killer. Das machte man nicht.

Nur leider tat Carsten es gerade. Also, nicht klammern. Aber fragen. Die Frage nach der Zukunft ging, fürchtete ich, in seinem Fall nur nicht in die romantische Ich-bin-mir-unserer-Sache-so-sicher-lass-uns-mal-die-Blumen-für-die-Trauung-besprechen-Richtung. Im Gegenteil. Carstens Blick war prüfend. Und seine Frage war es auch. Er sicherte sich ab. Wollte ich hierbleiben oder nicht? Was er gerade entschied, war nicht die Zukunft, sondern die Gegenwart: Wenn ich ihm keine zuversichtliche Antwort, keine Perspektive gab, würde er sich gar nicht erst auf mich einlassen.

Aaargh! Ich überlegte fieberhaft, wie ich ihn trotz Jobaussicht in fünfhundert Kilometern Entfernung überzeugen konnte, es mit mir zu versuchen. Das war doch alles kein Beinbruch! Notfalls pendelten wir halt wochenendweise. Und in der Zwischenzeit konnten wir skypen. Okay, um Telefonsex zu erwähnen war es noch ein bisschen früh. Aber auf jeden Fall konnten wir uns jede Menge Textnachrichten schreiben. Das konnte so romantisch sein! Genau wie in dem neuen Bridget-Jones-Buch, das ich gerade las. Gut, Bridget Jones nahm ich mir auch lieber nicht zum Vorbild, bei der ging immer so viel schief. Das Entscheidende war doch: Ich war mir ganz sicher, dass das hier nicht nur irgendein Ferienflirt war. Das galt es jetzt zu vermitteln! Während dieser Gedankenfluten in meinem Kopf versuchte ich verzweifelt Zuversicht auszustrahlen … und endlich meine Haare loszulassen, musste aber feststellen, dass ich mich total verheddert hatte. Mit einem Ruck zog ich die Hand trotzdem raus. »Autsch!«, rief ich unwillkürlich. Das war mindestens ein Dutzend Haare! Ich legte die Hände hinter den Rücken und versuchte, die losen Haare abzustreifen. »Autsch?« Carsten runzelte die Stirn. Dann wurde sein Blick bestürzt. »Oh nein, Inga! So hab ich's doch nicht gemeint!«

Häh?

»Also, ich meinte doch nur, es wäre schön, wenn du hierbliebst«, erklärte er. »Aber denk bitte nicht, dass ich dich aus deinem Leben reißen will! Es war nur, weil mein Job halt hier ist … du hältst mich jetzt nicht für einen Pascha, oder?«

Ich musste lachen. Wenn Carsten ein Pascha war, dann musste die Welt neu skaliert werden. »Ich kann gut mit Paschas«, tröstete ich ihn in scherzhaftem Ton. »Ich lebe schließlich in Tante Lisbeths Kalifat.«

Carsten schmunzelte wissend.

»Weißt du, was interessant ist?«, fragte ich. Ich musste irgendwie von dem Thema Zukunftsplanung wegkommen, und das hier war meine Chance. »Tante Lisbeth kommandiert einen ja echt ziemlich rum. Aber es tut mir sogar ganz gut.«

»Oh? So bist du also drauf?« Carsten ließ eine Augenbraue in die Höhe gehen. »Das eröffnet ja völlig neue Perspektiven. Heißt das, ich muss mich mit dir nicht beim Wäschewaschen abwechseln? Putzt du mir auch die Schuhe? Und küsst du mir die Füße, wenn ich nach Hause komme?«

»Von der Seite und von unten«, versprach ich, »besonders, wenn du vorher wieder so einen Güllegruben-Fall hattest.«

Carsten verzog das Gesicht. »Bah! Ich will hier gerade eine Schleckmuschel essen!«

Ich zwinkerte ihm zu. »Aber im Ernst. Tante Lisbeth ist so …«, ich suchte nach dem richtigen Begriff, »… auf sich fixiert. Ich glaube, sie macht das gar nicht mal so sehr mit Absicht. Sie ist es nur überhaupt nicht gewohnt, Rücksicht auf andere zu nehmen. Neben der könnte ich glatt verhungern, und sie würde es nicht bemerken.«

»Und das tut dir gut? Hattest du früher Figurprobleme? Sieht man gar nicht.«

»Also, das Komplimentemachen hast du echt raus.« Ich stellte ihm ein Bein. Er machte aber gar keine Anstalten, von selbst um sein Gleichgewicht zu ringen, sondern legte, um sich abzustützen, seinen Arm um meine Schultern. Und ließ ihn zur Sicherheit noch ziemlich lange dort liegen. Ich grinste zufrieden an ihm hoch. »Weißt du, ich habe mich nie so richtig durchsetzen müssen. Wenn man klein und blond ist, kümmern sich die anderen in der Regel schon automatisch um einen mit.«

»Ja, hab ich auch schon von gehört. Darwins nicht ganz so bekannte zweite Evolutionsregel: ›Das Überleben der Niedlichsten‹. Wie bei den ganzen pelzigen Tierbabys.«

»Genau.« Ich dachte an die Fledermaus- und Kaninchenbabys, denen Tante Lisbeth schon ganz ausdrücklich ihr Mitgefühl versagt hatte, und zuckte mit den Schultern. »Aber die hätten bei Tante Lisbeth auch keine Chance. Bei Tante Lisbeth muss man in der Lage sein, Kontra zu geben. Ist eine gute Schule für mich.«

»Was macht ihr jetzt eigentlich den ganzen Tag, deine Tante und du? Ich meine, wo ihr keine Mörder mehr fangt? Stricken?«

Ich musste lachen. »Stricken? Tante Lisbeth?«

Carsten lachte mit und schüttelte den Kopf. »Du hast recht. Das kann ich mir auch nicht vorstellen. Ach so, ich weiß. Sport!« Das sagte er in einem scheinbar respektvollen Tonfall.

»Ja, genau. Wir haben mir gestern auch so ein Outfit besorgt und Walkingstöcke«, antwortete ich genauso ernst. »Wir üben für den Einmal-rund-um-Pellworm-Walk.«

Carsten gab sich interessiert. »Und tretet ihr dann in derselben Klasse an? Oder ist das nach Altersgruppen organisiert?«

»Nach Altersgruppen. Aber das wird noch ein Problem«, improvisierte ich. »Tante Lisbeth startet in der Gruppe ›Ü 60‹. Aber dann gibt es nur noch ›Ü 70‹ und ›Ü 50‹, alles andere sammelt sich bei ›Unter 50‹. Ich habe so ein bisschen Angst vor den Neunundvierzigjährigen in meiner Gruppe.«

»Dass die es unsportlich finden, wenn du mitmachst, und dich mit ihren Stöcken verhauen?«

»Nee. Dass die schneller sind als ich.«

»Das Risiko bleibt«, grinste Carsten und zwinkerte mit den Augen. »Ich kenn das. So geht's mir, wenn ich mit meinem Vater Fahrradfahren geh. Diese blöden Best Ager sind doch alle gedopt.«

Ich guckte über die Schulter nach hinten. Tante Lisbeth hatte mir versprochen, uns wenigstens nicht mit dem Fernrohr hinterherzugucken. Es stand auch nicht mehr auf dem Balkon. Ob sie es im Wohnzimmer wieder aufgebaut hatte, ließ sich wegen der spiegelnden Fensterscheiben allerdings nicht sagen. Demonstrativ leckte ich möglichst lasziv an meiner Schleckmuschel.

Als ich mich wieder umgedreht hatte, gab ich Carsten gegenüber allerdings zu, dass ich mir das mit den Schleckmuscheln eigentlich etwas sexyer vorgestellt hatte.

»Du meinst, du hast dich auch nicht mehr dran erinnert, dass einem davon klebriger Sabber am Kinn runterläuft?« Er wischte sich mit dem Handrücken durchs Gesicht. Schnell machte ich es ihm nach.

»Streck mal unauffällig deine Zunge raus«, forderte ich ihn auf. Er öffnete den Mund und ließ mich seine Zungenspitze sehen. Unsere Schritte wurden langsamer. Mein Herz schlug dafür schneller. »Grün«, erklärte ich.

»Jetzt du.«

Ich schob das vorderste Stück meiner Zunge nach vorn.

»Blau«, sagte er. Daran, dass seine Stimme seltsam belegt klang, merkte ich, dass auch er ans Küssen dachte.

»Wenn wir jetzt stehen bleiben, sieht Tante Lisbeth alles, was wir machen«, sagte ich so leise, als würde sie uns auch belauschen können, und ließ durch eine leichte Bewegung meiner Schulter meinen T-Shirt-Ausschnitt absacken.

Carstens Blick wanderte für einen Augenblick dahin, wo ich wusste, dass jetzt pinke Spitze sichtbar geworden war. Dann holte er tief Luft und sah mich mit funkelnden Augen an. »Dann gehen wir doch noch ein paar Schritte.«

Konspirativ liefen wir weiter. »Heute Morgen waren wir übrigens beim Casting für die *Super-Quiz*-Show«, erzählte ich, während wir die Reste unserer Schleckmuscheln bei einem Mülleimer am Grillplatz entsorgen. Carsten warf mir mit gekräuselter Stirn einen Seitenblick zu.

»In echt«, half ich ihm. »Wir waren in Hamburg, da war eine Auswahlrunde. Wir sind aber rausgeflogen.«

Carstens Stirnfalten vertieften sich.

Ich zog die Schultern hoch und hob die Arme zu einer Was-denn?-Geste.

»Okay, ich dachte, du willst mich immer noch auf den Arm nehmen«, gab er zu. »Andererseits, wie ich deine Tante und dich so kennengelernt habe …«

»Red dich ruhig weiter um Kopf und Kragen«, schimpfte ich im Spaß. »Sag, dass du uns für Spinner hältst …«

»Ihr seid schon exzentrisch!«

»Das war Tante Lisbeths Idee! *Sie* will ins Fernsehen!«

»Und wessen Idee war der Besuch bei Frau Asmussen?«, bohrte er.

»Tante Lisbeths!«

»Der Blumenkübel auf dem Sessel?«

»Tante Lisbeth!«

»Und wer war auf Bootstour mit Jan Christiansen?«

»Ähm.« Ich holte Luft und überlegte. Da war wohl nichts zu machen. »Okay, das war ich«, gab ich zu. »Aber ich wollte dir doch nur helfen!«

Ich sah zu Carsten rüber. »Inga«, sagte er und fuhr sich mit den Händen durch die Haare. »Du hilfst mir nicht, indem du mit lüsternen Typen Ausflüge machst.«

»Ich hatte alles im Griff!«, rechtfertigte ich mich.

Carsten blieb stehen. »Du hast dich als Nutte verkleidet!«

»Ich dachte, du findest das lustig.« Er hatte gestern doch schließlich gelacht.

Carsten verdrehte die Augen. »Ich habe gesagt, dass ich das gern mal gesehen hätte. Aber Inga, wenn du einen Mann im Verdacht hast, ein Verbrecher zu sein, dann setzt du dich doch nicht zu dem ins Auto! Und tust so, als ob er mit dir leichtes Spiel hat!«

»Wir dachten, Jan hätte aus Notwehr gehandelt. Kein Verbrecher also. Alles ganz ungefährlich.« Langsam nervte es mich. Das hatten wir doch gestern schon gehabt. Warum machte Carsten die schöne Stimmung zwischen uns zunichte?

»Verbrecher nicht. Lüstling schon. Du hast ja offenbar ganz schön einstecken müssen, um das ›Geständnis‹ zu bekommen.«

»War alles ganz zivilisiert«, beruhigte ich ihn.

»Ich dachte nur, weil du da einen Knutschfleck hast«, sagte er trocken.

»Was?« Bestürzt riss ich die Augen auf. Carsten berührte die Stelle an meinem Hals.

OH SCHEISSE!

Carstens Augen hatten sich verfinstert.

»Das war nicht so, wie du jetzt denkst«, sagte ich hilflos.

»War's denn gut?«, fragte er zynisch.

Ich ballte die Fäuste. »Nein, hör zu …«

»Sorry.« Er drehte sich weg, aber ich hielt ihn am Arm fest.

»Carsten, das war keine Knutscherei. Es war nur ein Experiment.«

»Wie schnell Blutgefäße platzen?«, fragte er mit schneidender Stimme.

»Ob ich ihm widerstehen kann.« Ich lachte, um zu unterstreichen, dass wir nur herumgealbert hatten. »Jan hat behauptet, alle Frauen würden bei ihm willenlos. Peinlich, oder?«

Carsten schlug sich entgeistert an die Stirn. »Ich weiß ja, dass der Typ gut aussieht. Aber, Inga, wirklich? ›Wetten, du kannst mir nicht widerstehen?‹ – Und dann lässt du ihn tatsächlich ran?« Er raufte sich die Haare.

Ich hob abwehrend die Hände. »So doch nicht.«

»Wie dann?« Er zog den Rucksack zurecht, der ihm von der Schulter zu rutschen drohte. Die Fingerknöchel traten weiß hervor. Ohne mich antworten zu lassen, redete er weiter. »Pass auf, Inga. Es ist ja auch gar kein Vorwurf. Ich kann das voll verstehen, wenn du dich ein bisschen austoben willst. Deine Freiheit genießen und so weiter. Ich schätze, da hast du mit dem Christiansen gar nicht mal die falsche Wahl getroffen.« Knurrend stapfte er los, aber in Richtung Straße. »Ehrlich gesagt verstehe ich dich doch nicht. Jan Christiansen ist ein hirnloser, fauler Sack, der sich auf dem Geld seiner Eltern ausruht und Frauen wie Objekte behandelt. Ist er wirklich so sexy, dass dir der Rest egal ist?«, schimpfte er. »Und ich dachte ehrlich, zwischen uns beiden wäre was. Doof, oder?« Er lachte enttäuscht.

»Ist es doch auch!« Ich lief ihm vor die Füße und stolperte im Rückwärtsgang vor ihm her. »Ich habe doch gar nicht …«

Er hob abwehrend die Hände. »Inga, ich bin nur ein Landei. Nenn mich altmodisch, aber ich hab's gern mit Gefühl. Und ich teile nicht gern.«

Wollte er mir sagen, dass ich gefühllos war? Ich blieb abrupt stehen. Jetzt standen wir ganz nah voreinander. »Darf ich jetzt auch mal was sagen, ohne dass du mich unterbrichst und beleidigst?«, sagte ich streng. »Weißt du, wie ich's gern hab? Wenn ein Mann mir Vertrauen entgegenbringt. Und auch mal zuhört.« Carsten kniff noch immer skeptisch die Augen zusammen. Ich ließ nicht locker. »Mit Jan ist nichts, aber auch gar nichts gelaufen. Man könnte ihn mir nackt auf den Bauch binden, und es würde nichts passieren. Er hält sich für Gottes Geschenk an die Frauen, also habe ich ihm gezeigt, dass er mich kaltlässt.« Carsten stemmte die Arme in die Hüften. Oh Mann. Wie misstrauisch kann man sein. »Nicht nackig auf'm Bauch«, stellte ich klar, »nur am Hals! Er dachte, dass bei seiner Halskussmasche jede Frau den Verstand verliert, und ich habe das Gegenteil bewiesen. Und außerdem ist es total unfair, wenn du über Jan herziehst, weil der nämlich auf deiner Seite steht.«

»Ist der auch HSV-Fan?«

»Haha. Schön, dass dein Humor zurückkommt.«

»Das ist schließlich meine Waffe bei den Frauen.« Carsten sah mich herausfordernd an. »Das und wie du die Kiefermuskeln anspannst, wenn du sauer bist«, half ich nach.

»Das ist sexy?«

»Sehr«, gab ich zu.

»Dir steht das auch.«

Ich griff mir an die Wangen. »Ist das nicht eher maskulin? Da stehst du drauf?«, wunderte ich mich.

»Nein, ich meinte, wenn du zeigst, dass du sauer bist und einen Streit offen austrägst.«

»Oh. Ja.« Ich hatte mich gestritten! Ich strahlte ihn an.

»Ich meine, nichts gegen deine heimlichen Bestrafungsaktionen. Sehr kreativ. Aber mir ist es noch lieber, du sagst mir direkt, was dir nicht passt, als wenn mir auch demnächst die Haare ausgehen.«

»Ich hätte eher an ein Loch im Segel gedacht.«

Er ging vor mir in die Knie. Theatralisch breitete er die Hände aus. »Liebste Inga, es tut mir sehr, sehr leid, dass ich dir eine lockere Moral unterstellt habe. Es geschah nur aus Eifersucht.«

»Er möge sich erheben.« Huldvoll reichte ich ihm die Hand und half ihm auf.

»Puh.«

»Er möge mich außerdem wieder ans Meer zurückgeleiten, weil wir sonst den Sonnenuntergang verpassen.«

»Warte, Moment noch.« Carsten legte seine Hände an meine Taille und beugte sich zu mir runter.

Sein Gesicht näherte sich meinem, und mein Herz begann zu flattern. Ich schloss die Augen. War mir zwar kurz noch Tante Lisbeths Gafferei bewusst, aber das war mir jetzt egal, sollte sie doch ruhig alles sehen. Ich öffnete etwas die Lippen, hielt den Atem an und spürte dann Carstens Mund. Allerdings nicht auf meinem. Ich bekam einen zweiten Knutschfleck! Ich fühlte, wie er seine Lippen weich und fest zugleich an meinem Hals presste und an meiner Haut sog, und es kribbelte nicht nur an meinen Hals, sondern auch in meinem Bauch. Und weiter südlich. Ich wollte mich enger an ihn schmiegen, aber da hatte er sich schon wieder von mir gelöst. Mit prüfendem Blick begutachtete er sein Werk. Zufrieden schürzte er die Lippen.

»Meiner ist größer.«

»Jungs.« Ich schüttelte nachsichtig den Kopf.

»Und wie war es für dich?«

»Jederzeit nackig auf den Bauch binden.« Ich gab ihm zwei Gefällt-mir-Daumen.

Er grinste selbstgefällig. Dann wies er einladend Richtung Westen und legte wieder den Arm um mich. Wir schlugen erneut den Weg in Richtung Meer ein.

Die Landschaft hatte sich in ein Emil-Nolde-Gemälde verwandelt. Die untergehende Sonne färbte den Horizont und spiegelte sich als langes glitzerndes Band im Wasser und auf dem Watt. Ein paar Wolken zogen über den Himmel und hoben sich dramatisch davon ab, im Kern dunkle Schatten, an den Seiten glühend orange eingefärbt.

»Wie hattest du das eigentlich eben gemeint, dass Jan auf meiner Seite steht?«, fragte Carsten unterwegs. Ich erzählte ihm, dass Jan offenbar absichtlich meine Fehldeutung seines »Geständnisses« nicht korrigiert hatte, um mir einen Grund zu liefern, Carsten anzurufen.

»Guter Mann«, lobte Carsten.

Wir kamen zur Seebrücke. Wenn es diesen Holzsteg nicht gäbe, wäre es seit Jahren nicht mehr möglich, bis ans Meer zu gelangen, ohne sich durch einen breiten Streifen von Schlickgras und anderen Bewuchs zu kämpfen. Der vor Freesbüll betriebene Küstenschutz hatte nämlich beachtliche Erfolge gebracht. In den Buhnen aus Reisig und Holzpflöcken verfingen sich nach jedem Hochwasser Strandgut und Sedimente, sodass sich salztolerante Pflanzen ausgebreitet hatten. Es roch nach Meer, und der Wind, der uns hier vorn entgegenschlug, rauschte in meinen Ohren. Das Wasser hatte sich zurückgezogen, aber das Holz des Steges war noch glitschig von den Wellen, die die Planken bei Flut überspült hatten. Ich rutschte weg und verlor das Gleichgewicht. Aber ich fiel nicht. Carsten hielt mich fest im Arm. Er zog mich noch dichter an seine Seite. »Wollen wir bis ganz nach vorn?«, schlug er mit rauer Stimme vor.

Ich nickte. Die Sonne, tiefrot, hing kurz über dem Horizont. Noch ein, zwei Minuten, dann würde sie untergehen.

Mit weichen Knien ging ich an Carstens Seite bis zum Ende des Steges. Ich zitterte ein bisschen. Erstens wehte der Wind kalt durch mein töricht dünnes T-Shirt, und zweitens war ich fürchterlich nervös. Carsten stellte seinen Rucksack ab und holte eine Decke heraus.

»Alf?« Trotz aller Romantik musste ich kichern. Die Decke zeigte ein großes Bild des außerirdischen Rüsselschweins. Vor Carsten musste mir meine Monchichi-Bettwäsche jedenfalls nicht peinlich sein!

Er guckte verlegen. »Die hab ich schon, seit ich klein bin. Liegt bei meinen Surfsachen als Notfalldecke. Ich hab sie vorhin eingepackt, weil ich dachte, du Großstadtkind bist bestimmt zu kalt angezogen.« Er nahm zwei Enden der Decke, legte sie mir um die Schultern und zog mich damit ganz nah an sich heran. Mir war fast ein bisschen schlecht vor Aufregung. Ich spürte die Wärme, die von seinem Körper ausging. Jetzt war es so weit.

Ich machte noch einen kleinen Schritt auf ihn zu und legte meine Hände auf seine Oberarme. Carsten ließ die Decke los, umfasste meine Taille und zog mich an sich heran. Seine Pupillen weiteten sich, als er zärtlich seinen Blick über mein Gesicht wandern und auf meinen Lippen verweilen ließ. Langsam neigte er den Kopf zu mir herunter. Mein Herz pochte mir bis in den Hals. Ich schloss die Augen und spürte Carstens Atem auf meinem Gesicht. Und dann, endlich, küsste er mich.

Ich spürte, wie seine Lippen sich auf meine legten. Ein Kuss voller Gefühl, sanft und liebevoll. Mein Herz stolperte. Ich spürte die Wärme seiner Hände an meiner Taille, seiner Lippen auf meinem Mund. Das hier fühlte sich so richtig an! Seine Hände hielten mich, als wäre mein Körper eine Kostbarkeit. Und seine Lippen küssten mich behutsam, verweilten auf meinen, schenkten durch ihren sanften Druck unendliche Zärtlichkeit. Ich vergaß zu atmen. Als ich endlich Luft holte und die Luft an seinen Lippen vorbei in meinen Mund strömte, erschauderte ich. Carsten zog mich noch dichter an sich, umfasste mit einer Hand meinen Kopf. Als seine Lippen sich von mir lösten, öffnete ich die Augen und sah in sein Gesicht, nur wenige Zentimeter von meinem entfernt. Sanft strich er mit dem Daumen über meine Wange. Unsere Blicke verschmolzen miteinander, offenbarten die Gegenseitigkeit unserer Gefühle. Ich las Zärtlichkeit in Carstens Augen, Staunen und Glück … Ich spürte, wie der Druck seiner Hände sich verstärkte, und schloss die Augen zu einem neuen Kuss. Das Blut rauschte in meinen Ohren, und ich hörte von irgendwo, aus weiter Ferne, den Schrei einer Möwe und – Tante Lisbeth.

# SECHZEHN

»Inga! Carsten! Huhu!«, rief sie durchdringend. Ich blinzelte. Carsten hob ebenfalls den Kopf. Wir blickten zur Seite in Richtung Land.

Tante Lisbeth schlidderte in Stöckelschuhen über den Steg.

Ich winselte leise. »Das darf doch nicht wahr sein.«

»Huhu! Ich hab tolle Neuigkeiten!«, rief Tante Lisbeth uns zu.

Carsten ließ mein Gesicht los, behielt aber den anderen Arm um meine Taille. Ich legte ebenfalls einen Arm um ihn, und Seite an Seite warteten wir auf Tante Lisbeths Näherkommen.

»Hallo, ihr zwei«, begrüßte sie uns, musterte unsere Umarmung und die Alf-Decke, die immer noch über meinen Schultern lag. »Kuschelig habt ihr's hier!«

»Hrm«, knurrte ich.

»Stellt euch vor. Ich habe vorhin den Müll runtergebracht. Und da hab ich Frau Asmussen getroffen. Sie ist jetzt wieder zu Hause. Wir sind ins Plaudern gekommen, und jetzt weiß ich, was passiert ist!« Triumphierend blickte sie uns an.

Wir regten uns nicht.

»Wie, wollt ihr gar nicht wissen, was ich rausgefunden habe?«, fragte sie fassungslos.

Carstens Manieren waren besser als meine.

»Was denn, Frau Hering?«, fragte er höflich.

»Also. Ihr kommt besser mal mit«, sagte sie und hakte sich auch schon bei Carsten ein. »Rutschig hier, kann ich mich auf dem Rückweg etwas auf Sie stützen? Es dämmert ja schon!«

»War ja auch gerade Sonnenuntergang!«, grummelte ich, aber ich wurde nicht beachtet. Tante Lisbeth zog Carsten von mir fort.

Ich nahm seinen Rucksack und ging hinter den beiden her. Carsten blickte über seine Schulter und lächelte mir tapfer zu.

Tante Lisbeth machte sich keine Gedanken um ihr Timing oder ihre Erwünschtheit. Anstatt sich wenigstens dafür zu entschuldigen, dass sie in unseren Kuss geplatzt war, krallte sie sich jetzt auch noch an meinen Carsten, als wäre sein Bizeps ein Haltegriff, und plapperte drauflos: Frau Asmussen hatte Tante Lisbeth noch mal von dem letzten Telefonat berichtet, das sie Freitagmittag mit Sönke geführt und in dem er von seiner abendlichen Verabredung erzählt hatte. Frau Asmussen hatte sich an etwas erinnert: Sönke hatte gesagt, dass er beim Ausheben der Baugrube auf etwas gestoßen war.

»Was denn?«, fragte ich, jetzt doch interessiert.

Carsten winkte ab. Er hatte natürlich auch längst ein vertiefendes Gespräch mit Frau Asmussen geführt. »Sönke hat das nicht genauer beschrieben«, berichtete er. »Er hat seiner Mutter nur erzählt, dass er irgendein komisches Gedöns gefunden hat.«

»Giftfässer!«, platzte Tante Lisbeth heraus.

»Bitte?« Wir hatten inzwischen den Steg verlassen und liefen nebeneinander den breiteren Weg zur Straße hinauf. Tante Lisbeth hatte Carsten trotz Ende der Rutschgefahr nicht loslassen wollen, und ich griff auf der anderen Seite nach seiner freien Hand.

»Das ist doch glasklar!«, erklärte Tante Lisbeth. »Ihr seht nur den Wald vor lauter Bäumen nicht, weil ihr euch in diese Windpark-Intrige verbissen habt. Nichts für ungut.« Sie knuffte ihm freundschaftlich in den Arm, den sie mit der anderen Hand immer noch so fest hielt, dass man dort bestimmt gut Blutdruck messen konnte.

Carsten drückte meine Hand. »Rein vorsichtshalber könnten Sie mir den Tipp ja trotzdem geben«, schlug er mit einer wohl abgewogenen Mischung aus Höflichkeit und Ironie vor. Er konnte ja nicht wissen, dass Tante Lisbeth die Kunst des akustischen Rosinenpickens beherrschte. Sie entschied sich, nur die Freundlichkeit in seiner Stimme wahrzunehmen, und informierte ihn mitteilungsfreudig über ihre Theorie, wieso die Windkraft-Lobbyisten als Verdächtige ausfielen. Die hätten nicht holterdiepolter im Wald über Sönke herfallen müssen. Man hätte ihn schön bequem beispielsweise nachts bei sich zu Hause überfallen können. Dann hätte man in aller Ruhe die Leiche zersägen und zur Müllkippe fahren können. Oder in eine Güllegrube werfen. Oder mit einem Gewicht beschwert im Meer versenken. Oder beim Schlachthof unter die Tierabfälle mischen. Oder tiefkühlen und …

»Das haben Sie sehr schön, ähm, breitgefächert durchgespielt«, versuchte Carsten sie mit Klapsmühlenpfleger-Lächeln zu stoppen. Bevor Tante Lisbeth das A-Z der Leichenbeseitigung in Gänze durchdeklinierte, fasste er ihren Befund für sie zusammen. »In der Tat hat der Mörder von Sönke Asmussen außergewöhnlich wenig Sorgfalt bei der Beseitigung der Leiche walten lassen.«

»Genau, und zwar, weil er dazu keine Zeit hatte. Er hat ihn am helllichten Tage umgebracht und konnte ihn schlecht durch den halben Wald zerren, um ihn in sein Auto verfrachten und entsorgen zu können. Was war jetzt eigentlich die Tatwaffe?«

»Ein Holzpflock vom alten Zaun des Hünengrabes«, gab Carsten preis.

»Siehste! Keine vorbereiteten Killer, sondern ein spontaner Überfall!«

Carsten zuckte mit den Schultern. So weit war Tante Lisbeths Theorie tatsächlich plausibel. Sie fuhr fort. »Der Grund für den Mord muss also ganz neu entstanden sein, unmittelbar bevor Sönke umgebracht wurde.«

»Vielleicht ist Sönke ja im Wald demjenigen begegnet, der das Planungsbüro bestochen hat?«, schlug ich vor. »Dann hat er ihn beschimpft, und der andere hat ihn spontan umgenietet?«

»Umnieten sagt man nur bei Schusswaffen«, belehrte mich

Tante Lisbeth. Ich guckte zweifelnd. Wir sahen beide zu Carsten, damit der ein professionelles Urteil abgab. Mein Blick war einladend, aufmunternd und verhieß viele zärtliche Belohnungen. Tante Lisbeths Blick verhieß Ärger. Er zögerte. »Äh, also, ich nehme an, dass man das überwiegend als Synonym für ›niederschießen‹ verwendet.« Ich rümpfte die Nase und lockerte den Griff meiner Hand in seiner. Verräter. »Weil quasi das Projektil wie ein Niet einschlägt«, fügte er etwas lahm hinzu. »Hmmm«, grummelte ich. Dass er sein Urteil begründen konnte, war nicht der Punkt. Die Sache war, dass ein Mann seiner Freundin zur Seite steht, egal ob sie recht hat oder nicht. Spätestens, wenn sie mit Liebesentzug droht.

Tante Lisbeth war jedenfalls begeistert über Carstens Unterstützung und hackte auch gleich noch weiter auf mir rum. »Außerdem kann das so nicht gewesen sein. Wenn Sönke von dem gezinkten Gutachten wusste und bis jetzt dichtgehalten hat, dann, um damit am Samstag bei der Eröffnung aufzutrumpfen. Da hätte er sie nicht eine Woche vorher gewarnt, dass er Bescheid weiß.«

Carsten blinzelte mir wie bei einer Entschuldigung zu. Da war er wohl schon wieder auf Lisbeths Seite.

»Und glaubst du jetzt auch noch, dass es deshalb Giftfässer gewesen sein müssen?«, pampte ich ihn an.

Tante Lisbeth guckte um Carstens Brust herum zu mir rüber. »Das ist aber doch die einzig logische Erklärung, Inga. Auf dem Grundstück hat jemand Giftfässer vergraben. Und Sönke hat sie ausgebuddelt. Das hat der Mörder mitgekriegt und sich Sönke vorgeknöpft, noch bevor er mit jemand anderem drüber reden konnte.«

Das glaubte ich nicht. »Und wieso hat Herr Hansen davon nichts erzählt?«, gab ich zu bedenken.

»Ich nehme an, dass er sich deshalb gar keine Gedanken gemacht hat. Der Sönke war ja so ein Umweltfuzzi, der wird gleich gewusst haben, dass es ein Problem ist, wenn irgendwo Fässer im

Boden sind. Aber Wilm, der hat die Dinger wahrscheinlich einfach irgendwo in die Ecke gestapelt und weitergemacht.«

Das war doch an den Haaren herbeigezogen! Oder nicht? Neben mir räusperte sich Carsten. Na, jetzt war ich aber mal gespannt. »Mit Respekt, aber Ihre Theorie halte ich für, äh, unwahrscheinlich«, sagte er höflich. Endlich war er mal auf meiner Seite. Na ja, eigentlich war es ja auch nicht wirklich fies gewesen, sondern im Gegenteil sehr charakterstark, mir vorhin zu widersprechen, obwohl ich ihn gerade mit Pheromonen eindampfte. Außerdem streichelte er jetzt mit seinem Daumen von innen meine Hand. Mein Magen schlug Purzelbäume. O Gott, was war ich verknallt.

Tante Lisbeth gegenüber gab Carsten den sachlichen Cop. »Das Gebiet, in dem die Baugrube liegt, war bislang unbebaut«, erklärte er. »Die Wiese war immer nur Weideland. Kein Fabrikgelände oder irgend so etwas. Altlasten kann es da nicht geben.«

So schnell wollte Tante Lisbeth ihre Theorie nicht aufgeben. »Dann hat jemand sie nachts da verbuddelt! Um sie loszuwerden«, warf sie ein.

»Und sich vom Weidevieh angreifen zu lassen?«, fragte Carsten skeptisch. »Da waren bis zu Beginn der Bauarbeiten die Bullen von Bauer Wieschmann drauf. Zu denen würde ich nicht auf die Wiese schleichen. Außerdem hätte man es gesehen, wenn da jemand drin rumgegraben hätte. Dem Bauern wäre das aufgefallen, und der hatte die Weide schon seit Jahrzehnten.«

»Irgendwas ist da aber faul«, beharrte Tante Lisbeth. »Überlegt doch mal! Sönke findet da irgendein verdächtiges Zeug, und hopp, wird er abgemurkst.«

Wenn man es so betrachtete … ich sah Carsten fragend an. Er geleitete uns zwei Damen erst mal über die Straße.

»Es war kein verdächtiges Zeug«, erklärte Carsten. »Ich habe das schon mit Herrn Hansen geklärt. Er hat ausgesagt, Sönke sei beim Ausbaggern mit der Schaufel auf einen Felsbrocken gestoßen. Wie Sie vielleicht wissen, ist der Freesbüller Berg eine geologische Besonderheit. Hier hat es in den Eiszeiten viele Verschiebungen gegeben. Da ist der Bagger wohl an erdgeschichtlichem Geröll hängen geblieben.« Schweigend umrundeten wir Tante Lisbeths Wohnanlage. Sie tat sich offenbar schwer damit, sich von ihrer Theorie zu verabschieden, fand aber keinen rechten Hebel mehr, um sie wieder flottzubekommen. Genervt rupfte sie alle paar Meter eine Hagebutte von der Hecke und zerpulte sie. Carsten und ich lächelten uns derweil verstohlen zu. Als wir an dem Weg zu Tante Lisbeths Aufgang ankamen, blieb sie stehen. Sie bot Carsten an, noch auf ein Glas Wein mit hochzukommen.

Carsten drückte meine Hand. »Ein andermal gern.«

Tante Lisbeth ging vor zur Eingangstür. »Und du, Inga?«, rief sie. »Kommst du mit rauf, oder wollt ihr hier noch ein bisschen rumknutschen?«

Örrrh. Ich krümmte mich innerlich. Warum musste Tante Lisbeth das laut sagen? Ich spürte, wie ich rot wurde, schnitt eine verzweifelte Grimasse und sah Carsten hilflos an.

Der wusste auch nicht recht, was tun. Männliche Vogelstrauß-Taktik ließ ihn den Unbeteiligten mimen. Er pfiff leise eine schiefe Melodie, die ich als *Wind of Change* von den Scorpions identifizierte, und unterzog den Himmel einer genauen Betrachtung. Ich folgte seinem Beispiel. Tante Lisbeth, das sah ich aus dem Augenwinkel, stand immer noch in der offenen Tür. Sie erwartete wohl tatsächlich eine Antwort.

Mein Dilemma war nicht nur, dass Küssen mit Ansage mich etwas verlegen gemacht hätte. Vor allem stand ich vor dem Problem, dass ich eigentlich schon nach Hause gebracht war. Wenn wir uns jetzt weiterküssen wollten und das nicht hier vor den Augen der ganzen Wohnanlage (jedenfalls einer garantiert aus dem Küchenfenster linsenden Tante Lisbeth), dann mussten wir uns noch mal auf den Weg machen. Seebrücke hatten wir schon. Wald war zu finster – blieb Carstens Auto. Und so, wie ich heute schon bei Carstens kleinsten Berührungen innerlich in Aufruhr geraten war – ganz ehrlich? Von da würde ich es nicht mehr nach Hause schaffen. Fleisch und Geist: beide schwach. War das der Eindruck, den ich hinterlassen wollte? Wo Carsten sich bei unserem Kuss selbst doch so viel Zurückhaltung auferlegt hatte? Romantik und Gefühl, das war es, was unser erstes Date bis jetzt geprägt hatte. Und das wollte ich nicht mit meinen mit mir durchgehenden Trieben unterspülen.

»Wir machen morgen weiter«, flüsterte ich Carsten deshalb zu.

»Und vorher lege ich deiner Tante eine elektronische Fußfessel an«, wisperte er zurück und gab mir einen zärtlichen Abschiedskuss auf die Wange.

Oben schnappte ich mir meinen Laptop und wollte mich mit einem »Ich werde mal noch ein bisschen arbeiten« in die Küche flüchten, als Tante Lisbeth sich in ihren Sessel sinken ließ und mir mit den Händen Einhalt gebot. Sie legte die Füße auf den Hocker. Die Pumps, die sie draußen angehabt hatte, behielt sie dabei an. Tat sie immer, man sah es an den schwarzen Abriebspuren der Lackfersen auf dem ausgeblichenen Veloursbezug.

»Jetzt warte erst mal! Was ist denn jetzt mit dir und Carsten?«, fragte sie.

Das hatte ich befürchtet. Aber ich wollte nicht zum Rapport antreten.

»Alles bestens«, antwortete ich daher nur einsilbig.

»Jetzt sag doch! Wie küsst er denn so?«

»Mann, Tante Lisbeth!« Ich kam ein paar Schritte auf sie zu und sah wütend auf sie herab. »Du hast vielleicht Nerven. Ich soll dir sagen, wie er küsst? Dann ist es dir aufgefallen, ja? Dass wir aus dem Grund zum Meer hinunter spaziert sind? Warum bist du uns denn dann hinterhergerannt?« Ich stampfte frustriert mit dem Fuß auf. »Manno! Es war gerade so romantisch gewesen!«

»Oh«, sagte sie tatsächlich ein bisschen kleinlaut. »Daran hab ich in dem Moment nicht gedacht.«

»Ja, leider!«, gab ich pampig zurück.

»Aber warum bist du denn dann mit reingekommen?«, fragte sie verständnislos. »Ihr hättet doch die ganze Nacht weiterknutschen können, wenn es gerade so schön war!«

»Weil es vielleicht nicht mehr romantisch war?«, stänkerte ich.

»Romantik wird überbewertet«, sagte sie sachlich und griff zu ihrer Nagelfeile. »An deiner Stelle wäre ich einfach in sein Auto gestiegen und mit zu ihm nach Hause gefahren. Aber nein. Die böse Tante hat den Sonnenuntergang versaut, also wird der Abend abgebrochen, weil er nicht mehr perfekt romantisch ist. Wie dämlich.«

»Das ist nicht dämlich. Wir kommen gerade erst zusammen. Da fällt man nicht mit der Tür ins Haus.«

»Kann ich auch nichts für, wenn ihr erst stundenlang am Strand herumschnäbeln wollt, ehe ihr zur Sache kommt«, sagte sie schulterzuckend. »Aber gib mir nicht die Schuld daran, wenn du den Abend allein verbringst. Ich an deiner Stelle hätte jetzt Sex mit Carsten.«

»Zweifellos«, antwortete ich feindselig. »Weil du immer mit allen gleich in die Kiste gestiegen bist!«

»Ja.« Sie blickte von ihren Nägeln auf, die sie zu spitzen Krallen feilte. »Und ich hatte einen Mordsspaß dabei. Du dagegen hockst schon wieder hier und winselst rum.«

»Ich winsele nicht. Ich sage nur, dass man es ruhig auch mal etwas langsamer angehen kann. Ich meine, klar kann auch schneller Sex Spaß machen. Aber das ist nichts im Vergleich dazu, wenn schon die kleinsten Andeutungen kribbeln, weil man verliebt ist!« Ich dachte an unsere Beinaheküsse heute Abend. Als wir uns unsere eingefärbten Zungen gezeigt hatten und als Carsten mir den Knutschfleck gemacht hatte. Und dann natürlich der echte Kuss … »Wenn es der Richtige ist, dann reicht ein einziger zarter

Kuss, um sich wie im Himmel zu fühlen«, erklärte ich schwärmerisch.

Tante Lisbeth schüttelte bedauernd den Kopf. »Kind. Jetzt steigerst du dich schon wieder so rein.«

Na ja. Von außen betrachtet sah es vielleicht so aus. Ich versuchte, es Tante Lisbeth zu erklären. »Ich weiß ja, dass das komisch aussieht. Ich komme zu dir als heulendes Elend, um mich wegen Stephan trösten zu lassen, und kaum sind drei Tage rum, schwärme ich von dem Nächsten. Aber glaub mir, das ist jetzt etwas anderes! Du hattest recht, ich habe Stephan gar nicht geliebt. Also ja, es war wohl kein gebrochenes Herz, sondern verletzter Stolz, und ich hätte mir das Genöle sparen sollen.«

Tante Lisbeth nickte.

»Aber das hat ja alles nichts mit Carsten zu tun! Das mit Carsten … das ist etwas anderes! Ich habe ein so gutes Gefühl! Ich glaube … also, ich will zum jetzigen Zeitpunkt natürlich noch nicht von der großen Liebe sprechen, aber …«

»Solltest du auch nicht«, fiel sie mir mit eisiger Stimme ins Wort. »Das wäre nämlich ein ziemlich einseitiges Vergnügen. Sieh's ein. Männer sind nicht dazu geschaffen, eine Frau richtig zu lieben. Schon evolutionsmäßig nicht, schau dich im Tierreich um!«

»Schwäne bleiben ein Leben lang zusammen«, wandte ich ein.

»Ja, und vielleicht auch noch Pantoffeltierchen und Feuerquallen. Super Beispiel, Inga! Vielleicht nehmen wir besser welche, die uns genetisch nahestehen? Zum Beispiel Affen?«

»Selber super Beispiel. Pantoffeltierchen und Feuerquallen haben überhaupt keinen Sex.«

»Deshalb können sie auch treu sein«, wandelte sie den Quatsch auch noch in einen Punkt für sich um. »Aber die Affen, die schlafen sich durchs Rudel. Und interessieren sich nur mal kurz für ein Weibchen, wenn ihnen ihr dicker roter Hintern gefällt. Danach sind sie ganz schnell wieder weg. So ist das bei Männern auch.«

Damit wäre immerhin geklärt, warum Tante Lisbeth sich nicht schämte, ihren dicken Hintern in Leggins durch die Landschaft zu tragen. Mit der Pavianpo-Theorie lag sie damit bei den Männern ganz weit vorn. »Und wenn du dir das nicht klarmachst«, fuhr sie fort, »verbringst du dein ganzes Leben damit, dir Gedanken darüber zu machen, was jetzt schon wieder schiefgelaufen ist. Solche Frauen gibt's ja. ›Winsel, winsel, der hat mich nicht geliebt‹, ›Jammer, jammer, und der hat mich verlassen‹, ›Heul, und was habe ich nur bei dem falsch gemacht‹, … total nervig.«

»Ich weiß.« Tante Lisbeth hatte mir ja schon erklärt, dass sie ein ganz grundsätzliches Problem mit der Liebe hatte. Neulich, als sie mir beweisen wollte, dass meine Depriphase wegen Stephan nicht mit Liebeskummer zu verwechseln sei und mir zum Gegenbeweis von ihrem eigenen episch gebrochenen Herzen berichtet hatte. Aber ich fand es fies, dass sie mir deshalb Carsten madigmachen wollte, deshalb gab ich meiner Stimme einen bissigen Ton. »Wie war das noch mal? Du hattest vor vierzig Jahren mal einen Freund, der dich nicht so sehr geliebt hat, wie du dachtest. Und seitdem hältst du es für eine Dummheit, sich zu verlieben. Richtig?«

Tante Lisbeth warf mir wieder einmal ihren berühmten Über-den-Brillenrand-Blick zu. »Du musst es mir ja nicht glauben. Aber wenn du meine Meinung hören willst: Geh's lockerer an! Dann bist du nachher nicht wieder so enttäuscht.«

»Nein, ich will deine Meinung nicht hören!«, erwiderte ich patzig. »Ich bin sicher, du willst nur mein Bestes. Und es tut mir sehr leid, wenn du so schlechte Erfahrungen gemacht hast, dass du keinem Mann mehr über den Weg traust. Aber ich mag Carsten, und ich lasse ihn mir nicht schlechtreden! Der interessiert sich nicht nur für meinen Hintern. Und bevor du mir total die Stimmung versaust, gehe ich jetzt.« Ich griff nach dem Laptop und verließ das Wohnzimmer.

In der Küche ließ ich mich auf einen der Stühle fallen und fuhr den Rechner hoch. Es tat mir leid, dass ich Tante Lisbeth so angefahren war. Sie meinte es bestimmt gut. Aber was für eine krude Theorie!

Ich hatte Carstens Alf-Decke mit reingenommen. Die zog ich mir fest um die Schultern und öffnete die Datei mit meiner angefangenen Probeübersetzung. Wie gut, dass die in die richtige Bresche schlug. Als Ausgleich zu Tante Lisbeths Alle-wollen-nur-das-eine-Theorie konnte ich mir bei dem Kitschroman-Genre sicher sein, dass immer auch unsterbliche Liebe mit im Spiel war. Na ja. Und das Eine auch. Viel von dem einen, ehrlich gesagt. Vorgestern hatte ich bereits eine Szene übersetzt, in der sich die Senatorentochter vom Seeräuber vernaschen ließ. Ich blätterte die Vorlage durch, um zu gucken, was Herr Linder noch als Probepassage markiert hatte. Weiter vorn wurde ich fündig. Der Pirat trat zu Madeleine an Deck … Ich tippte munter übersetzend drauflos.

›Meine Hände klammerten sich an das Holz der Reling, die mich vom Meer trennte. Bangend sah ich ihn näher kommen. Sein blondes Haar wehte ihm in die Stirn, und sein nachlässig geschnürtes Hemd offenbarte seinen muskulösen Körper.

Als er mich fest am Arm packte, roch ich das Salz und Meer auf seiner Haut. Er sah mich aus glühenden Augen durchdringend an. »Du machst mich wahnsinnig«, stieß er hervor. Dann legte er seine Hand an meine Kehle. Ich fühlte eine Ohnmacht nahen.‹

Oh, die folgten wohl doch eher Tante Lisbeths Schule und fackelten nicht lange. Nun ja. Ich gab zu, auch das hatte seinen Reiz. Mit einigem Vergnügen übersetzte ich weiter.

›Meine Halsmuskeln spannten sich unter seinen rauen, starken Fingern. Da glitt seine Hand hinab. Er umfasste meine Brust. Statt zu protestieren, genoss ich seinen festen Griff über meinem pochenden Herzen. Mit einem kehligen Stöhnen, das mich seinen heißen Atem spüren ließ, verlor er die Beherrschung. Ich spürte, wie sich sein fester Körper an mich drängte, und gab willig nach, als seine Zunge meine Lippen zu einem Kuss öffnete, der mir schier die Sinne raubte.‹

»Ich dachte, du wolltest arbeiten?« Ups, der Seeräuber-Sex hatte mich ganz schön in seinen Bann gezogen. Ich hatte gar nicht gemerkt, wie Tante Lisbeth in die Küche gekommen war. Nun blickte sie über meine Schulter auf den Monitor. Mist. Den Schundroman-Job wollte ich doch nicht an die große Glocke hängen! Und wenn ich Tante Lisbeth ins Vertrauen zöge, wären binnen zwei Stunden meine Mutter, Svenja und im Anschluss die halbe Weltbevölkerung Geheimnisträger, inklusive Carsten.

»Öhm. Ja. Nein«, druckste ich rum und schob unauffällig ein herumliegendes Supermarktprospekt über meine englische Romanvorlage. »Tagebuch«, erklärte ich dann. Mir fiel einfach nichts Besseres ein.

»Mit ›glühenden Augen‹ und ›kehligem Stöhnen‹?« Interessiert beugte Tante Lisbeth sich vor, um den Text besser lesen zu können.

»Tagebuch, Tante Lisbeth! Vertraulich!«, schimpfte ich nervös und brauchte quälend lange Sekunden, um mit dem fummeligen Laptop-Cursor das rote Fenster-schließen-Kreuz zu erwischen. »Das bleibt unter uns!«, schärfte ich ihr ein.

»Klar! Ich fahr übrigens noch mal ins Atelier, wegen Oles Schild.«

»Jetzt noch? Es ist schon elf!«

»Ich bin gerade so inspiriert.« Sie klopfte mir auf den Rücken. »Geh du ruhig schon ins Bett. Und träum schön … von Carsten, meinetwegen.«

# SIEBZEHN

Leider erinnerte ich mich am nächsten Morgen nicht mehr daran, wovon ich geträumt hatte. Vielleicht wusste Alf Bescheid, dem ich beim Kuscheln anscheinend ein paar Flecken auf den Rüssel gesabbert hatte. Ich machte das Bett. Zudecke, Kissen und Laken kamen in den Bettkasten. Dann schob ich die Schlafcouch zusammen. Die Alf-Decke legte ich, Rüssel zum Trocknen nach oben, auf die Armlehne. Schließlich griff ich nach meinem Handy und schrieb Carsten eine Nachricht. »Freue mich auf heute Abend! I.« Gleich darauf piepte es zurück. »Ich auch! Hole dich um sieben ab. Kann's kaum erwarten! C.« Das Leben war schön.

Tante Lisbeth war ebenfalls bester Laune. Sie hatte Brötchen geholt und Multivitaminsaft und gab bekannt, dass wir ja auch mit vollem Magen walken gehen konnten. Ich lachte. Tante Lisbeth zog das mit dem Walktraining offenbar durch. Gab es tatsächlich so was wie den Einmal-rund-um-Pellworm-Walk? Aber weil ich gut gelaunt war und außerdem diesmal sogar zuerst frühstücken durfte, verkniff ich mir jede Lästerei. Meinetwegen konnten wir bis nach Dänemark walken, solange ich am frühen Abend zurück war.

Beim zweiten Brötchen klingelte mein Handy. Eine unbekannte Nummer. Es war Katja, die auf Herrn Herkenraths Kosten vom Festnetz des Ritz aus anrief.

»Sassi hat Pickel«, informierte sie mich.

»Wer hat das mit sechzehn nicht?«, fragte ich lakonisch.

»Meine große Schwester, die Kuh. Und Sassi. Bis gestern jedenfalls. Seit heute Morgen sieht sie aus, als hätte sie in einem Bett voller Wanzen gelegen. Brust und Rücken knallrot und pustelig.«

»Wanzen kann man im Ritz wohl ausschließen. Hat sie vielleicht eine Allergie? Auf das Waschmittel vom Bettzeug oder so?«

»Aber dann hätte sie den Ausschlag doch gestern schon gehabt, sie ist schließlich seit Montag hier.«

»Und das Gesicht ist frei?«

»Ja. Seltsam, gell? Der Arzt weiß auch nicht, was es sein kann.«

»Arzt?«, wunderte ich mich. »Es ist doch erst kurz nach neun, und Sassi war schon beim Arzt? Wegen ein paar Pickeln?«

»Wenn ein Gast im Ritz einen Arzt braucht, dann kommt der flink. Gerade bei Notfällen. Und glaub mir, das hier ist ein Notfall, oder, Sassi?«

Auf dieses Kommando hin setzte ein qualvoll hochfrequentes Geräusch ein. So ein bisschen, als würde jemand die Öffnung eines Luftballons ganz weit auseinanderziehen, um die Luft quietschend entweichen zu lassen. UIIIIIIIIEEEEEEEEEEeeeehhhhh. Und dann wieder. UIIIIIIIIEEEEEEEEEeeeeehhhhh. Ich hielt den Hörer auf Abstand.

»Ist das Sassi?«, rief ich Katja zu.

»Mmh.«

»Hat sie dieses Geräusch heute schon mal gemacht?«

»Seit sie in den Spiegel geguckt hat, alle fünf Minuten.«

»Okay. Dann halte ich es auch für einen Notfall. Ich hoffe, es war ein Ohrenarzt.«

»Es ist wegen ihres – Sassi, kannst du bitte ins Badezimmer gehen«, das Geräusch wurde leiser, »wegen ihres Kleides. Ich hab dir doch davon erzählt. Der goldene Fummel für die Filmpremiere. Mit dem Riesenausschnitt. Das geht mit dem Ausschlag natürlich gar nicht.«

»Das war ihr doch sowieso zu klein.«

»Sie glaubt fest dran, dass es noch passen wird. Heute Morgen hat sie sich nur einen Grapefruitsaft und einen Klecks Joghurt gegönnt.«

Und das im Ritz. Ich bestrich den Klumpen, den ich mir aus dem Brötcheninneren geknetet hatte, mit Marmelade und stellte mir vor, was es im Ritz wohl alles am Frühstücksbuffet gab. Das Mädchen war doch verrückt. Und Katja wirkte nicht mehr nur genervt, sondern auch besorgt.

»Und warum, sagtest du, muss sie unbedingt dieses Kleid anziehen? Kann sie sich nicht einfach ein neues kaufen, das ein bisschen hochgeschlossener ist?«

»Also, erstens war dieses Kleid nicht eben billig. Und zweitens hat Sassi ihre ganz eigenen Vorstellungen davon, wie es auf der Premierenparty laufen wird. Sie will als Sexbombe gehen. Das verschafft ihr nämlich ihrer Meinung nach einen großen Auftritt. Dann wollen sie angeblich alle Promis kennenlernen, und die Fotografen werden sich auf sie stürzen, und sie wird Deutschlands neues It-Girl.«

»So ein Quatsch. Wenn überhaupt, dann landet sie im Bett von irgendeinem C-Prominenten. Und dann viel Spaß mit Papa Herkenrath! An deiner Stelle wär ich froh über die Pickel.«

»Ach was«, flüsterte Katja, falls Sassi sie aus dem Hotelbadezimmer doch noch hören konnte. »Sassi ist in Wahrheit viel zu schüchtern. Sie erzählt zwar ständig etwas davon, wie sie angeblich reihenweise die Jungs aufreißt, aber das glaube ich ihr nicht. So wie sie immer wegguckt, wenn ihr mal ein süßer Typ zulächelt. Wenn die wirklich das Kleid anzieht, dann wird sie sich wahrscheinlich den ganzen Abend über auf dem Damenklo verstecken.«

»Na, dann ist ja alles gut.«

»Nichts ist gut. Ich muss die nächsten drei Tage mit dieser pubertierenden Heulboje verbringen. Das halte ich nicht aus!«, fluchte Katja. »Wenn diese Pickel nicht schleunigst verschwinden, werde ich einen von uns beiden umbringen müssen. Hast du nicht vielleicht irgendeinen Geheimtipp?«

»Arsen.«

»Gegen Pickel? Gibt's das in der Apotheke?«

»Ich dachte, du meinst einen Tipp fürs Umbringen.« Gut, dass wir das Missverständnis noch rechtzeitig geklärt hatten. Gegen die Pickel fiel mir aber leider nichts ein. Ich versprach, drüber nachzudenken. Aber noch bevor ich mich fürs Erste verabschieden konnte, machte Tante Lisbeth mir ein Zeichen, dass sie den Hörer wollte.

»Ich wollte mich noch mal für die Tipps zu den Windrädern bedanken. Ist übrigens alles in Butter, der Standort ist super. Na ja, bis auf diese doofen …«

»Tante Lisbeth!«, rügte ich.

»… 'tschuldigung, diese niedlichen Mist-Fledermäuse.«

Ich schnitt ihr eine feindselige Grimasse.

»Ist aber auch egal, ich wollte nur sagen, danke für deine Hinweise, Katja! Und weil ich eben zufällig euer Gespräch mit angehört habe«, ich verdrehte die Augen, als ich Tante Lisbeth, die die Ohren ganz weit aufgesperrt hatte, das Wort ›zufällig‹ sagen hörte, »wollte ich sagen, dass ich mich jetzt revanchieren kann. Gegen Pickel weiß ich was. Ihr müsst herkommen! Wir machen ihr eine Packung aus Watt, das wirkt Wunder!« Während sie mit dem Telefon in den Flur wanderte, schwadronierte Tante Lisbeth, wie die Mineralien aus dem Meeresboden die Haut versorgen, beruhigen, aufpolstern und tausend Dinge mehr. Ich guckte ihr skeptisch nach. »In der Parfümerie gibt es wahnsinnig teure Cremes mit Extrakten aus Meeresschlick, was meinst du, was da drin ist?«, erklärte sie an meine Adresse, als sie mit dem Telefonbuch unter dem Arm zurückgewandert kam. »Und wir wohnen hier direkt an der Quelle, das müssen die Mädels doch nutzen!«

Mit ans Kinn geklemmtem Hörer suchte Tante Lisbeth bereits die Nummer vom Dorfgasthof aus dem Telefonbuch raus.

Ich überlegte, ob ich Katja später eine SMS schicken sollte, den Wahrheitsgehalt von Tante Lisbeths Aussage erst noch mal zu überprüfen. Andererseits konnte so eine Behandlung Sassi zumindest nicht schaden, und es würde auf jeden Fall Spaß machen, wenn Katja herkäme. Dann würde sie vielleicht auch Carsten mal sehen. Entzückt stellte ich mir vor, wie es wäre, ihn als meinen neuen Freund vorzustellen. Tante Lisbeth setzte sich mit dem Telefon am Ohr zurück an den Frühstückstisch und löffelte ihren Joghurt. Inzwischen hatte sie Sassi dran. Deren Geheul drang lautstark bis zu mir herüber.

»Kind, du musst aufhören zu weinen, wenn ich mit dir reden soll. Vom Heulen kriegt man außerdem Falten«, sagte sie streng. Sofort wurde es stiller. Tante Lisbeth konnte gut mit Kindern. »Jetzt beschreib mal genau, wie die Pickel aussehen.«

»Iiieh, so genau doch nicht. Ich würde an deiner Stelle auch aufhören, daran rumzupulen.« Angewidert legte Tante Lisbeth den Joghurtlöffel aus der Hand. Sie gab Sassi den Tipp, vor der Reise Pfefferminztee-Kompressen aufzulegen, und versprach, dass alles gut werden würde.

Wir räumten den Frühstückstisch ab. Die beiden würden erst am Nachmittag eintrudeln, wenn Flut war. Ich fragte Tante Lisbeth, ob wir dann vorher bei Ebbe schon mal ein paar Eimerchen Watt herbeischaffen sollten. Sie winkte ab. Es reiche auch, wenn wir sie morgen früh einschmierten. Als sie kurz darauf den Kaffeefilter in den Müll werfen wollte, hielt sie inne. »Oh. Sagte ich eigentlich Kamillen- oder Pfefferminztee-Kompresse?«

»Pfefferminz.«

»Na, schadet bestimmt auch nicht«, murmelte sie schulterzuckend.

Hier stimmte doch was nicht. »Sag mal, so richtig ernst scheint es dir mit Sassis Genesung ja nicht zu sein.«

»Doch, sicher! Warum hätte ich sie denn sonst eingeladen?«

»Genau das frage ich mich.« Ich musterte sie inquisitorisch. »Als ich früher Pickel hatte, hast du mir die heilende Wirkung des Watts nicht verraten.«

»Da wusste ich das auch noch nicht. Habe ich erst erfahren, als ich Mitglied im Dorfdamen-Verein wurde.«

»Ich habe aber noch nie jemanden gesehen, der sich damit einbalsamiert hat. Wenn deine Geschichte stimmt, müssten sich doch regelmäßig ganze Schulklassen im Watt suhlen.« Ich lehnte mich in den Türrahmen und verschränkte die Arme.

»Die machen das alle heimlich zu Hause im Bad«, sagte Tante Lisbeth und drängelte sich an mir vorbei ins Schlafzimmer, um sich für den Sport umzuziehen.

Sie griff zu einem himmelblauen Jogginganzug mit rosa Stulpen und Pulswärmern.

»Es ist Sommer. Wird dir vielleicht etwas warm werden?«

»Ist wegen der Gelenke!« klärte Tante Lisbeth mich auf. Jane Fonda wäre stolz auf sie.

Wir gingen wieder in den Wald – auch wegen der Gelenke, weicher Waldboden sei da gut, dozierte meine Tante. »Und ich bleibe dabei«, schnaufte sie, als wir den Freesbüller Berg erklommen hatten und der Schauplatz des Verbrechens in Sichtweite geriet, »dass Sönke mehr gefunden hat als nur einen Felsbrocken!« Sie wollte die Sache anscheinend immer noch nicht auf sich beruhen lassen. In der Hoffnung auf Inspiration drosselte sie ihr Tempo und blieb schließlich vor dem Hünengrab stehen. Es war immer noch abgesperrt. Völlig umsonst; halb Freesbüll musste sich hier inzwischen umgesehen haben. Niedergetrampeltes Moos, abgerissene Brombeerranken, ein Taschentuch und ein Bonbonpapier lagen herum. Geradezu rührend fand ich die Fürsorge der unbefugten Tatorttouristen untereinander: Da hatte wohl einer sein Basecap verloren, und der nächste hatte es als ehrlicher Finder fein säuberlich mit dem Kunststoffriemen, mit dem man es hinten enger stellen kann, an das rot-weiße Absperrband gehängt. Das Band hing deshalb ziemlich durch, und ich überlegte, ob ich es strammer ziehen sollte. So als kleiner Service für Carsten. Ich machte ein paar Schritte auf das Schild zu, an dessen Pfosten der Schupo am Samstag die Absperrung befestigt hatte. Plötzlich bekam ich Gänsehaut.

# ACHTZEHN

»Tante Lisbeth!« rief ich aufgeregt und stürzte die letzten Meter auf das Schild zu. Wie war das noch gleich gewesen, kurz bevor ich die Leiche gefunden hatte? Ich hatte auf dem Hünengrab gestanden, und Tante Lisbeth hatte doziert, was auf der Hinweistafel stand. Aufgeregt las ich nach.

> »Mehrere Funde von Werkzeugen, Tonscheiben, Bronzeschwert, Grabbeigaben und menschl. Skelettteilen an mehreren Stellen der Gemarkung Freesbüll und den Nachbardörfern deuten auf Siedlungen in der Alt- bis Jungsteinzeit (4000 bis 2000 v. Chr.) sowie Bronzezeit (2000 bis 1000 v. Chr.) hin. Dieser Grabhügel ist das letzte noch erkennbare sog. ›Hünengrab‹ und stammt aus der Bronzezeit. Der Freesbüller Lehrer Altmann fand 1907 ein Bronzeschwert (Länge: 80 cm) im Hügel. Der damalige Zustand deutet jedoch auf ein früheres Öffnen des Grabhügels hin.«

Darunter das Bild eines aus Steinplatten zusammengesetzten Hünengrabes und verschiedener Grabbeigaben.

»Ohfff«, machte ich. Für ein intelligenteres Geräusch war ich zu überwältigt. Wenn ich hier richtig kombinierte ... Mit offenem Mund wandte ich mich an Tante Lisbeth und zeigte auf das Schild. »Ein Hünengrab!«, erklärte ich. Meine Stimme klang seltsam hohl.

*So weit nichts Neues,* sagte mir Tante Lisbeths Gesichtsausdruck.

Ich schluckte und bemühte mich, meine Stimmbänder wieder

in den Griff zu bekommen. »Tante Lisbeth, Sönke hat ein Hünengrab ausgebuddelt!«

»Ohfff«, machte Tante Lisbeth. Das Geräusch lag wohl in der Familie.

Aufgeregt tigerte ich umher. »Das waren die Felsbrocken, auf die er mit dem Bagger gestoßen ist. Na klar. Sönke hat Grabreste gefunden.« Ich blieb stehen. »Als ich studiert habe, weißt du noch, da habe ich doch in diesem Wohnheim gewohnt ...«

»Wo's so geschimmelt hat?«

»Ja, und ...«

»Wo alles voller leerer Wein- und Martiniflaschen stand?«

»Ja, aber ...«

»Wo in der Küche diese ganzen Fotos von nackigen Männern hingen?«

»Jaha!«, fuhr ich Tante Lisbeth an. »Mensch, jetzt lass mich doch mal weiterreden! Also, gegenüber von der Wohnung war so eine Ausgrabungsstelle. Ich glaube, eigentlich hat man da eine Autowerkstatt bauen wollen, aber nachdem dort Römerzeugs gefunden wurde, war das Gelände erst mal zwei Jahre lang gesperrt. Da haben die von so einem Archäologie-Institut Zelte aufgebaut und im Schneckentempo mit Minischippen und Pinselchen jeden Zentimeter einzeln abgetragen. Das Bauprojekt war jedenfalls gestorben.« Ich fuchtelte wild mit den Armen. »Und weißt du noch, Herr Hansen? Der hat doch am Sonntag mutterseelenallein dafür gesorgt, dass blitzschnell die Baugrube fertig ausgehoben wurde! Wetten, der hat die Spuren beseitigt? Stell dir mal vor, ein Hünengrab! Da hätte er das Altenheim-Projekt vergessen können!«

»Willst du damit sagen, dass Wilm ...« Tante Lisbeth starrte mich ungläubig an. Aber mir fiel noch etwas ein. »Sag mal, du hast doch gesagt, dass die Gemeinde das Altenheim bezahlt, richtig?«

»Richtig.«

»Mit dem Geld aus dem Windpark.«

»Richtig.«

»Aber bislang laufen die Windräder doch noch gar nicht. Habt ihr das Geld überhaupt schon?«

Tante Lisbeth zuckte mit den Achseln. »Weiß ich nicht«, gab sie zu. Ich holte mein Handy raus und tippte drauf rum.

»Moin, Ole!«, grüßte ich, als er sich gemeldet hatte.

»Blut-Husten!«, wisperte Tante Lisbeth. Eigentlich hatte ich nur die Nummer vom Freibadimbiss gegoogelt und dort angerufen, aber ich ließ das mal so stehen. »Hör mal, ihr baut doch da am Stadtrand das Altenheim. Wer finanziert das?«, fragte ich Ole.

»Das wird mal die Gemeinde übernehmen. Wenn das Geld aus dem Windpark kommt, dann sanieren wir das Freibad und kaufen Herrn Hansen das Altenheim ab«, gab er mir bereitwillig Auskunft.

»Also jetzt gehört es Herrn Hansen?«

»Ja, er streckt das vor.«

»So einen riesigen Bau?«

»Ja. Er hat ganz schön Kredite aufgenommen, aber er meinte, er will demnächst in Rente und mit dem Bauen nicht noch warten, bis das Windradgeld da ist. Was er jetzt an Zinsen zahlt, rechnet er einfach in den Kaufpreis mit ein. Die Gemeinde hat dann ja das Geld.«

»Danke, Ole«, sagte ich triumphierend. »Tante Lisbeth ist übrigens schon dran an deinem Schild!« Sie hatte mir berichtet, dass sie in der Nacht einen ersten Entwurf angefertigt hatte. »Sag mal, bist du eigentlich am Samstag bei der Windpark-Eröffnung dabei?«

»Logisch! Ich mache einen Kuchenstand. Da kann ich schon mal ausprobieren, ob die Leute Strawberry-Swirl-Cheesecake oder Double-Choc-Choc-Brownies besser annehmen.«

»Oh lecker. Leg bitte was für mich beiseite!«

»Siehste!«, triumphierte ich, nachdem ich aufgelegt hatte. »Das Heim baut Hansen auf eigene Kappe. Die Gemeinde kauft es ihm erst ab, wenn es fertig ist. Das heißt, wenn es nichts wird, sitzt er da mit dem Grundstück und den ganzen Kosten. Das Risiko trägt er ganz allein.«

Tante Lisbeth war unwohl. »Ja, aber«, sagte sie mit Unglauben in der Stimme, »du kannst doch Wilm nicht des Mordes verdächtigen!«

»Überleg doch mal!«, ereiferte ich mich. »Erinnerst du dich? Frau Asmussen hat dir gesagt, Sönke habe ›komisches Gedöns‹ gefunden. Deshalb hast du ja auch gedacht, da wären Giftfässer. Denn wenn er nur Felsbrocken gefunden hätte, dann hätte er auch ›Felsbrocken‹ gesagt und nicht ›komisches Gedöns‹. Aber weißt du, was? Er ist eben nicht nur auf Steine gestoßen. Sondern auf Grabbeigaben!« Ich wies auf das Schild. »Tonscheiben, Bronzeschwert, Tralalala … – DAS ist ›Gedöns‹!«

Tante Lisbeth zuckte unentschlossen mit den Schultern. Sie zwirbelte an dem Polizeiband und blies Luft durch ihre Backen. »Na, ich weiß nicht«, murmelte sie mit schief gelegtem Kopf.

»Komm mit!« Ich wollte zur Baugrube und ging los. Tante Lisbeth kam kaum in Tritt. Ich hoppelte wie ein Kind, das Pipi muss, bis meine Tante endlich zu mir aufgeschlossen hatte.

Als wir uns näherten, deutete ich auf das verbeulte »Hansen Bau«-Schild neben dem Baugelände und den Bagger, von dem der Lack abbröselte. »Sieht nicht so aus, als wäre Wilms Firma ein florierendes Geschäft. Der kann sich den Baustopp wirklich nicht leisten!«

»Fffh.« Tante Lisbeth wollte sich auf meine Theorie nicht so recht einlassen. Er machte ja so einen respektablen Eindruck. Und dann war er auch noch der Mann ihrer Freundin … Ich beschloss, sie zu ködern. »Eigentlich bin ich ja nur wegen deiner Giftfässer-Theorie drauf gekommen«, schmeichelte ich ihr. »Es war ja deine Idee, dass Sönke auf der Stelle aus dem Weg geschafft werden musste, weil er etwas entdeckt hat … und du hast gesagt, dass es auf der Baustelle gewesen sein muss, sonst hätte man ihm nicht auf dem Heimweg aufgelauert …«

»Ja«, sagte sie zufrieden.

»Du hattest recht.« Ich tat, als gäbe ich mich geschlagen. »Es tut mir leid, dass wir dich verkannt haben.«

»Schon gut.«

»Du hast den Mörder überführt«, lobte ich.

Sie nickte. »Ich hab da ein Gespür für.«

Ich durfte Carsten anrufen.

»Hi, Inga«, flüsterte er. »Ich bin gerade in einer Teamsitzung. Kann ich dich später anrufen?«

»Wir haben den Fall gelöst!« Das konnte nicht warten.

»Was, schon wieder?«

»Nein, in echt! Keine Sorge, ich mache nichts Gefährliches, aber wir sind drauf gekommen: Es war ein Hünengrab! Sönke hat Grabbeigaben gefunden, und deshalb hat Wilm Hansen ihn umgebracht und das Zeug verschwinden lassen!«

»Äh, pass auf, ich melde mich später wieder, ja? Sorry, bis dann!«

Ich ließ enttäuscht das Handy sinken. »Carsten glaubt uns nicht.« Das hatte man aus seiner Stimme ganz klar heraushören können.

Tante Lisbeth strich mir tröstend übers Haar. »Ingalein, es ist aber auch nicht leicht für ihn. Guck mal, wir haben ihm schon Jan Christiansen geliefert, und dann die Giftfässer …« Das sah ich ein. Als Hilfssheriffs hatten wir unsere Glaubwürdigkeit längst eingebüßt. Und jetzt?

Ich ging näher zur Baustelle. Hansen stand zusammen mit seinen beiden Arbeitern in der Baugrube. Sie waren dabei, mit Holzbrettern den Umriss des Altenheimes zu stecken. Demnächst sollte ja das Fundament gegossen werden. Selbst wenn Hansen noch Teile des Hünengrabes übersehen hatte, würden diese in

Kürze von einer dicken Betonschicht versiegelt sein. Mist. Die Polizei hatte sich in die Windpark-Theorie verbissen, und Hansen konnte in aller Ruhe hier dichtmachen.

Na klar! Mir fiel es wie Schuppen von den Augen. Der anonyme Tipp mit dem Umweltgutachten – das war auch Hansen gewesen! Damit hatte er die Polizei auf eine falsche Fährte gelockt, um sich Zeit zu verschaffen! Ich winkte Tante Lisbeth zu mir rüber.

»Komm, wir tun so, als würden wir Dehnübungen machen«, forderte ich sie auf. Es sollte nicht so aussehen, als beobachteten wir jemanden. Ich machte einen Ausfallschritt und Tante Lisbeth ihre bewährten Rumpfdrehungen. So konnte man sich aber nicht unterhalten, ohne entweder aus großer Distanz zu schreien oder eine verpasst zu bekommen. Spaßeshalber sah ich mir ihre Übungen noch eine Weile an, dann bat ich sie, mit mir die Rückenlockerungsübung zu machen, in der man den anderen Huckepack nimmt. Wir stellten uns Rücken an Rücken und hakten einander unter. Dann sprang sie ab. Und ich brach zusammen.

»Hallo, Lisbeth, hallo, Fräulein Hering! Alles klar?« Hansen hatte uns gesehen. Unsere Übung musste mehr wie ein Zweikampf ausgesehen haben. Ich rappelte mich auf. »Alles bestens! Machen nur Sport! Moin, Herr Hansen!« Ich kreiselte mit Kopf und Schultern. »Wann kommt denn der Betonmischer?«

»Montag!«, rief er. »Wirklich alles gut?«

Tante Lisbeth kam erst langsam auf die Beine. »Das gehört so!«, rief auch sie. Wir stellten uns wieder auf. »Jetzt bin ich oben!«, rief ich, aber da war sie schon wieder abgesprungen. Wir stürzten erneut.

»Mann!«, zischte ich sie an, während ich unter ihr hervorkrabbelte. »Was soll denn das?«

»Ich war noch gar nicht richtig dran gewesen! Du fällst ja immer gleich um!«

»Es geht auch nicht ums Dransein! Ich wollte dich nur unauffällig was fragen! Also lass mich jetzt rauf!«

Wir nahmen wieder Position ein, und Tante Lisbeth lupfte mich mühelos auf ihren Rücken. »Also was ist?«, flüsterte sie.

Ich legte den Kopf zur Seite. »Der anonyme Tipp kam von Hansen«, flüsterte ich zurück. »Wir haben ihn, glaube ich, sogar selbst drauf gebracht!«

Tante Lisbeth hüpfte ein bisschen, und ich hörte meine Wirbel knacken. »Wie das?«

»Na, als wir hier bei ihm an der Baustelle waren! Ich weiß noch, dass er gesagt hat, dass Sönke nicht ganz unrecht hatte, gegen den Windpark zu sein. Und da hab ich gefragt, ob es bei der Genehmigung einen Verfahrensfehler gegeben habe. Das hat ihn bestimmt erst auf die Idee gebracht, die Polizei mit einer falschen Geschichte darüber abzulenken.«

Tante Lisbeth stellte mich wieder auf die Füße. Wir streckten dehnend unsere Hände zum Boden und beobachteten Hansen aus den Augenwinkeln. Heute trug er eine Bundfaltenjeans und ein kurzärmeliges Hemd. Unter seinen Armen hatten sich dicke Schwitzflecken ausgebreitet. »Das passt ihm doch optimal in den Kram«, überlegte ich in mäßiger Lautstärke. »Er hat sich selbst in Verdacht gebracht, sodass nie im Leben jemand auf die Idee käme, er könnte der Hinweisgeber sein. Und von der Hausdurchsuchung hat er nichts zu befürchten. Sie haben wegen Bestechung ermittelt, und Hansens Kontoauszüge sind garantiert tipptopp.«

»Der Lump.« Tante Lisbeth richtete sich wieder auf und hielt sich dann an mir fest. »Mir ist schwindelig. Bring mich nach Hause.«

Unterwegs regten wir uns auf.

»So ein Mist!«, schimpfte ich. »Das kann ja wohl nicht sein, dass der jetzt ungeschoren davonkommt.«

»Die Grabbeigaben hat der bestimmt längst irgendwo ins Meer geworfen. Und wenn die doch mal einer findet, denken die, sie haben das in den Fluten untergegangene Rungholt wiederentdeckt.«

»Und nachdem die Felsbrocken nicht mehr in Hünengrabformation stehen, sind die auch nichts Besonderes mehr. Die könnte er sich in seinen Vorgarten legen, und sie würden ihn nicht mehr belasten.«

Wir blieben stehen. Ich kreuzte die Arme. Tante Lisbeth tat es mir nach und stellte sich mir breitbeinig gegenüber. Jetzt sahen wir aus wie zwei, die eine Bande gründen.

»Man müsste ihm eine Falle stellen«, überlegte ich grimmig.

»Hat Carsten dir nicht verboten, dich in Gefahr zu bringen?«

»Schon«, räumte ich ein und stellte mich weniger verbissen hin. »Aber von selbst ermittelt er doch nicht gegen Hansen! Und wir können den doch nicht davonkommen lassen! Wir müssen uns halt eine Methode ausdenken, bei der es für uns ungefährlich bleibt.«

# NEUNZEHN

Bis zum Mittag hatten wir einen Plan. Wir brauchten nur noch ein paar Requisiten. Für Schritt eins ging ich kurz bei Jan Christiansen vorbei, weil bei Tante Lisbeth das Druckerpapier alle war. Als ich zurückkam, empfing mich Tante Lisbeth mit der Nachricht, dass ich Carsten knapp verpasst hätte.

»Er war hier?« Sofort fing mein Herz an zu hüpfen. »Wie lange ist das her?« Ich kramte in meiner Tasche nach meinem Handy. Vielleicht war er ja noch in der Nähe.

»Fünf Minuten oder so«, sagte Tante Lisbeth. »Suchst du das hier?« Sie zeigte auf mein Mobilgerät. Ich hatte es auf der Flurkommode liegen lassen.

»Es tat ihm ein bisschen leid, dass er heute Morgen am Telefon keine Zeit für dich hatte, da wollte er in der Mittagspause mal nach dir sehen.«

Oooh. Wie süß! »Glaubt er uns denn inzwischen?«, fragte ich.

»Nö.« Tante Lisbeth zuckte mit den Schultern.

Auf dem Display meines Handys war eine kleine Sprechblase. Ich öffnete die Nachricht. »Heute Abend geht nicht. Carsten.«

Ach Männo. Ich wählte seine Nummer. Nach einmal Klingeln ging die Mailbox ran.

»Er hat mich weggedrückt!«, beschwerte ich mich bei Tante Lisbeth und circte dann auf die Mailbox, dass ich ihn gern sprechen würde, sobald er wieder Zeit hätte.

Während ich bei Jan gewesen war, hatte Tante Lisbeth ihre Kontakte genutzt. Inken von der Beckenbodengymnastik hatte im Anbau ein Töpferatelier. »Fürchterliches Zeug«, sagte Tante Lisbeth, »lauter klobige Sachen. Vasen, Krüge, Butterdosen und so abartige Zierfiguren. Alles aus dickem, wurstigem Ton, wer will denn so was haben?«

Ich zuckte mit den Schultern. »Vielleicht geht es gar nicht darum, wer es haben will, sondern ob es ihr selbst gefällt?«, schlug ich vor. So machten das ja manche Leute.

Tante Lisbeth rümpfte die Nase. »Dann würde es ja reichen, wenn sie ihre eigene Bude mit dem Kram vollstellt. Aber nein, sie schleppt es auch immer als Geschenk an. Warte mal.« Sie zog ihren Ankleidestuhl aus dem Schlafzimmer heran, kletterte drauf und wühlte im obersten Fach vom Besenschrank herum. »Halt mal«, sagte sie hustend und reichte mir eine Flasche braune Möbelpolitur, drei leicht angesengte Christbaumengel, eine Kiste mit erzgebirgischen Osterdekorationen und den Frühlingstürkranz, nur um dann wieder ihren Kopf im Schrank zu versenken. »Ich weiß, was du vorhast, und es reicht, wenn du mir die Sachen beschreibst!«, rief ich ihr zu. Mir wurde trotzdem noch eine Flasche Scheuerpulver mit abblätterndem Etikett und vierstelliger Postleitzahl runtergegeben. Dann ein Viererpack Kühlschrank-Glühbirnen, Fondue-Brennpaste und ein Schuhanzieher. »Leg den mal zum Schuhschrank, der andere hat einen Riss!«, kommandierte sie von oben. Dann stieg sie hinunter. »Mir ist gerade eingefallen, dass ich das Zeug ja in der Küche stehen hab. Kannst das hier wieder einräumen.«

Seufzend fing ich an, den Kram wieder hochzupacken. Tante Lisbeth hatte einen viel böseren Blick als Carsten. Da fiel mir das mit dem Durchsetzen noch schwerer.

Weil ich einen Kopf kleiner bin als Tante Lisbeth, hatte ich meine Probleme damit, die Sachen bis nach hinten zu bugsieren. Ich nahm den Türkranz und warf ihn wie ein Frisbee. Die Engelchen warf ich auch, hatten ja schließlich Flügel. Den Rest stopfte ich mit dem Schuhanzieher rein. Tante Lisbeth tauchte wieder neben mir auf.

»Jetzt guck!« Sie hielt ihr Tablett in den Händen. Bis jetzt hatte ich dieses Tablett für den hässlichsten Gegenstand in ihrer Wohnung gehalten; ein gelbliches Plastikmonster, das sie vor Jahren aus einem Urlaub mitgebracht hatte. »*Gelati di Capri*«, stand in riesigen, verschnörkelten Lettern in der Mitte, und drum herum waren schlechte Fotoprints von Glaspokalen mit ungenießbar bunten Eiskugeln. Aber diese Scheußlichkeit hatte ihren Meister gefunden. Es stand auf dem Tablett, und ich glaubte, es war eine Butterdose. Vielleicht auch ein Mäusesarg. Das Objekt war, wie Tante Lisbeth gesagt hatte, aus wulstigem Ton. Am oberen Rand hatte die Künstlerin ein Wellenmuster hineingekämmt. Dazu, einmal um die Mitte herum, eine Tonwurst gelegt, und das ganze leberwurstgrau glasiert.

»Jooo«, versuchte ich, im Interesse der Kunstfreiheit abzuwiegeln, dass es doch sooooo hässlich eigentlich gar nicht war, da erhob Tante Lisbeth die Stimme.

»Das ist natürlich nicht das hässlichste Tonobjekt der Welt«, sagte sie versöhnlich.

»Nein, finde ich auch nicht«, sagte ich freundlich.

Sie stellte das Tablett auf den Boden und hob den Deckel der Butterdose. »Aber das.«

Entweder, es war doch ein Mäusesarkophag und jemand hatte vergessen, die Maus vorher einzubalsamieren. Oder Tante Lisbeth hatte recht. »Was ist das?«, fragte ich entsetzt.

»Eine Katze. Du darfst sie behalten.« Ich kletterte vom Stuhl und nahm das deformierte Objekt, das Tante Lisbeth mir schadenfroh entgegenhielt, mit spitzen Fingern in Empfang. Das Tontier hatte einen aufgeblähten Bauch, eitergelbes Fell und grüne Punkte. Die aufgerissenen Garfield-Augen glupschten ins Leere. »Ich glaube, davon werde ich unfruchtbar«, sagte ich und legte das Ding schnell wieder unter seinen Deckel. »Hat diese Inken eine Psychose? Oder lässt sie ihre Tiere nicht richtig impfen?«

»Beides, glaube ich. Aber sie ist ein herzensguter Mensch.«

Ein etwas leichtgläubiger noch dazu. Sie hatte Tante Lisbeth abgenommen, dass ihre Nichte für eine Unihausarbeit töpfern sollte. Dass die Artefakte heute Nachmittag noch fertig werden mussten. Und dass man dazu Apfelkuchen brauchte.

»Wo genau kommt denn der Apfelkuchen in unserem Plan vor?«, wunderte ich mich.

»Heute Nachmittag, auf meinem Teller. Die Inken backt viel besser, als sie töpfert. Mittagessen fällt heute aus!«

Bis wir losfuhren, hatte ich noch zwei Mal Carstens Mailbox dran. Noch mal konnte ich es unmöglich versuchen, wie verzweifelt käme ich sonst rüber? Selbst wenn er wieder in irgendwelchen Sitzungen saß – warum schrieb er denn nicht wenigstens eine Nachricht, wann wir uns sehen konnten? Die einzige Mitteilung, die ich vom Handy-Anstarren bekommen hatte, war von Katja, die genervt mitteilte, dass Sassi und sie auf der A 24 im Stau steckten und in den nächsten drei Stunden mit ihnen noch nicht zu rechnen war. Bis dahin sollten wir mit dem Töpfern durch sein.

Inken wohnte in einem kleinen, von Kiefern überschatteten Backsteinhaus am nördlichen Ende des Dorfes. Der vermooste Garten, der das Haus umgab, war liebevoll mit den verschiedensten Ton-Abnormitäten geschmückt. Wir liefen ums Haus herum und versuchten zu erraten, worum es sich jeweils handeln sollte.

Ich zeigte auf ein Ding und riet: »Seehund.«

»Das arme Tier! Das kann kein Seehund sein!«, sagte Tante Lisbeth.

»Dann ist es Jabba the Hutt!« Mit *Star Wars* kannte ich mich aus.

Tante Lisbeth zeigte auf etwas Stacheliges und sagte: »Südseemuschel.«

»Stegosaurus«, widersprach ich.

»Der hätte doch Beine!«, rügte Tante Lisbeth.

»Beinamputierter Stegosaurus.«

Wir konnten uns nicht einigen und nahmen das Nächste. »Frosch«, sagte Tante Lisbeth zu dem Ding, das aussah wie ein Klumpen versteinerter Riesenrotz.

»Jabba the Hutt«, sagte ich wieder.

»Du kannst nicht immer Jabba the Hutt sagen!«

»Dann Seehund.«

Tante Lisbeth zuckte mit den Schultern und zeigte auf etwas am Rande des Teichs. »Qualle?«

»Schwierig aus der Entfernung. Nachgeburt?«

Ich deutete auf etwas anderes vor uns im Gras. »Ein Nacktmull?«

»Ich glaube, das ist gar nicht aus Ton. Das hat ein Hund hingemacht.«

Ürgh. Wir achteten vermehrt darauf, wo wir hintraten, und klopften dann an die Tür des Ateliers. Eine vor Freude strahlende korpulente Frau öffnete uns. Ihre Nase und Wangen säumten geplatzte rote Äderchen. Um den Hals baumelte an einem Goldkettchen eine mehlbestäubte Lesebrille. Sie trug Filzpantoffeln und eine vollgekleckerte Schürze mit dem aufgestickten Spruch »Bäckerbrot macht Wangenrot«. Es duftete nach Apfelkuchen.

»Ja, kommt rein!« rief sie herzlich und drückte fest meine Hand. »Du bist die Inga? Ja, was studierst du denn?«

»Archäologie«, log ich.

»Und da müsst ihr Tonwerke herstellen? Ich finde das so toll, wenn die jungen Leute an der Uni auch mal mit ihren Händen arbeiten. Nicht nur so verkopft. Das ist so eine wichtige Erfahrung, etwas aus Ton zu formen! Das steckt im Menschen einfach drin ...«

Ich sah mich um. Auf raumhohen Regalen standen unzählige Figuren, Gefäße und Teller in verschiedenen Vollendungsstufen. »Kreativität ist echt eine Gabe«, sagte ich möglichst kryptisch.

Inken kicherte erfreut. »Ich mach's halt einfach gern«, sagte sie bescheiden und richtete sich verlegen die Frisur. Danach lugten noch mehr Haare aus ihrer Hochsteckfrisur heraus als vorher. Sie führte mich an meinen Platz. Es war schon alles vorbereitet. Auf dem großen Holztisch in der Mitte des Raumes lag ein großer, feucht glänzender Quader Ton. Daneben jede Menge Werkzeug. »Worum genau geht es denn in deinem Seminar?«, fragte sie interessiert.

»Wir sollen zeigen, wie man früher gelebt hat!« erklärte ich.

»Dann machen wir eine Amphore?« Inken klatschte begeistert in die Hände.

»Nicht ganz. Wir machen gerade Jungsteinzeit.«

Ich zog die Ausdrucke hervor, die ich mir an Jans Computer nach der Internet-Recherche über Hünengrab-Beigaben gemacht hatte.

»Ja, fein!«, freute sich Inken, als sie die Bilder ansah. »Das kriegst du leicht hin! Zum Glück macht ihr keine Ausstellung über die Porzellanzeit, nicht wahr«, sagte sie kichernd. Sie teilte mit einem Draht eine dicke Scheibe Ton ab und legte sie vor mich. »Brauchst du Hilfe?«

»Das wäre schön …«, antwortete ich dankbar, aber Tante Lisbeth fiel mir ins Wort. »… aber leider müssen die Studenten ihre Projekte ganz allein machen, sonst wäre es ja gemogelt.« Angewidert klopfte sie sich den Atelierstaub von der Bluse. Sie schob Inken in Richtung Verbindungstür zum Wohnhaus. »Hier riecht es auch schon so köstlich …« Jetzt wollte sich die Tante in die Küche absetzen und mich die ganze Arbeit allein machen lassen!

Inken drehte sich zu mir um. »Ja, kommst du denn zurecht?«, fragte sie besorgt.

»Etwas Gesellschaft wäre jedenfalls schön!« Ich strahlte Inken an.

»Ja, da hat sie recht, oder?«, sagte sie zu Tante Lisbeth. »Wenn wir nichts anfassen, dann geht doch auch alles nach den Regeln!«

»Dann trinken wir halt hier Kaffee.« Tante Lisbeth setzte sich mir gegenüber auf einen Schemel und wartete, bis Inken den dampfenden Kuchen auftrug. Ich fing derweil an, den Ton ein bisschen durchzukneten. Mal abgesehen davon, dass ich Tante Lisbeth nicht einfach so davonkommen lassen wollte, brauchte ich Inkens Gesellschaft tatsächlich. Mein letztes Mal Töpfern hatte in der Grundschule stattgefunden, daran erinnerte ich mich jedoch kaum noch. Aber Inken war sehr hilfsbereit. Sie zeigte mir, wie man mit Wasser die nötige Geschmeidigkeit herstellte und den Ton richtig in Form strich. Eigentlich war es nicht schwer. Nachdem ich mich erst mal ein bisschen eingeknetet hatte, brachte ich grobschlächtige Näpfe und unebene Teller zustande, die Inken sofort in ihren schon vorgeheizten Brennofen packte. Gab's zwar in der Jungsteinzeit nicht, aber zum Lufttrocknen fehlte uns die Zeit. Nebenher ließ ich mir von Tante Lisbeth zwei Stück Apfelkuchen füttern.

Inken studierte die Bilder, die ich mitgebracht hatte. »Schade, dass die damals nicht so viel verziert haben«, stellte sie fest und holte einen ihrer eigenen Lieblingskrüge herbei, der mit dicken, narbenartigen Gravuren, aufgesetzten Tonbobbeln und verschiedenfarbigen, ineinander verlaufenden Glasuren aussah, als hätte er eine ansteckende Krankheit. »Viel hilft viel, aber das wussten die damals noch nicht«, bedauerte ich. »Oder es hat die Zeit nicht überstanden.«

»Ja, das ist bei Ton das Problem. Wie oft mir meine Freunde berichten, dass ihnen meine Geschenke kaputtgegangen sind!«

Als wir die »Grabbeigaben« in Inkens Ofen notdürftig so weit getrocknet hatten, dass sie wenigstens nicht mehr weich waren, legten wir sie vorsichtig in alten Weinkartons verpackt in Tante Lisbeths Kofferraum. Inken bot außerdem an, mir den Rest vom Kuchen mitzugeben, damit ich arme Studentin noch etwas Anständiges zu essen hätte, wenn ich wieder allein in meiner Studentenbude hockte. Tante Lisbeth fand das eine wunderbare Idee und legte das Kuchenpaket vorsichtig auf die Rückbank.

Als Tante Lisbeth bereits den Motor gestartet hatte, tauchte Inken wild gestikulierend noch mal neben dem Auto auf. »Ja, Lisbeth, mir ist da gerade noch etwas eingefallen!«

»Sahne?«

Inken guckte irritiert. »Äh, nein, also, mir ist eingefallen, dass wir doch Preise für den Lottoabend stiften sollen, und weil ich nächste Woche nicht kann, also, vielleicht könntest du meine Preise mitnehmen?«

Wir luden die Kiste mit ein. Es handelte sich um eine breite Auswahl ihrer Töpferkunstwerke.

»Jetzt habe ich wenigstens keine Angst mehr davor, den Golf-Gutschein von Gesa zu gewinnen«, lästerte Tante Lisbeth, nachdem wir losgefahren waren.

Auf dem Weg nach Hause überprüfte ich mal wieder mein Handy. Es hatte Akku, es hatte Empfang. Aber keine Nachricht von Carsten. »Soll ich einfach mal hin fahren?« fragte ich Tante Lisbeth um Rat.

»Tsts«, tadelte sie mich. »Du musst dich rarmachen.«

»… aber …«

»RARmachen!«, fuhr sie mir mit rollendem »R« über den Mund. »Das ist emanzipiert, und außerdem macht es die Männer heiß.«

Ich schielte argwöhnisch zu ihr hinüber. »Ist das jetzt nur ein Trick, um uns auseinanderzubringen? Zu meinem eigenen Besten, weil du ja findest, dass Verliebtsein Unglück bringt?«, fragte ich.

»Ingalein«, sagte Tante Lisbeth und sah mich so lange eindringlich an, dass ich nervös wurde. Wegen des grünen und blauen Auges und weil sie am Steuer saß und besser auf die Straße schauen sollte. »Ich würde nie jemanden austricksen.«

»Außer gerade eben Inken.« Ich deutete auf das Kuchenpaket.

»Das war nur aus Rücksicht auf ihre Zuckerwerte.«

»Mmh.« In diesen Punkt musste ich mich nicht verbeißen. »Aber du torpedierst nicht mein Liebesleben?«

»Nee«, stellte sie klar. »Da musst du deine Erfahrungen schon selbst machen.«

»Danke. Und du findest, ich sollte mich rarmachen?«

»Ja.«

»Aber was, wenn irgendetwas passiert ist? Oder wenn er dann denkt, ich interessiere mich nicht genug für ihn?«

»Nachdem du ihm fünfmal auf die Mailbox gesprochen hast? Das Missverständnis können wir wohl ausschließen.«

»Warum ruft er dann nicht an?«

»Weil er sich rarmacht!« Tante Lisbeth klang schon ganz genervt.

»Aber warum???« Genervt war ich auch.

»Weil es die Frauen heißmacht.«

Also, mit Tante Lisbeth diskutierte ich nicht weiter. Was sie nicht begriff, war, dass es hier nicht um irgendeinen Gigolo ging, sondern um Carsten! Wir waren doch zusammen seit unserem Kuss, oder nicht? Jetzt noch Spielchen zu spielen, das wäre doch lächerlich! Und unsere Verabredung abzusagen, das war nicht nur albern, das war grausam. Nein. Ihm musste etwas Wichtiges dazwischengekommen sein. Ich drückte auf »Wiederwahl« und bat seine Mailbox, mich doch wirklich unbedingt zurückzurufen.

Das einzig Gute an Carstens Absage war, dass ich Zeit hatte, als Katja und Sassi am Abend endlich ankamen. Das Gepäck hatten sie schon im Dorfgasthof vorbeigebracht. Jetzt polterten sie die Treppe zu Tante Lisbeths Wohnung hinauf. Katja hatte ganz lässig ihre Frottee-Yogajacke und Leggins angezogen. Sassi dagegen trug eine Jeans, die ihr wahrscheinlich fürchterlich am Hintern kniff, und ein Designershirt, das ich als eines der Must-haves der Saison in einer Zeitschrift gesehen hatte. Tante Lisbeth erkannte auch etwas wieder, nämlich das Täschchen, das an einer goldenen Kette von Sassis Schulter baumelte.

»So was verticken die in der Türkei am Strand. Hab die noch nie als Original gesehen«, raunte sie mir in der Küche zu, als ich ihr beim Teekochen half. Ich stellte die Porzellantässchen mit dem Rosendekor auf das fiese *Gelati-di-Capri*-Tablett, dazu Kandis und Sahne. Sassi würde sich das wohl verkneifen, aber vielleicht mochte Katja damit ja gegen die Tatsache ankämpfen, dass Tante Lisbeth ihre Ostfriesentee-Mischung sehr kernig dosierte. Tante Lisbeth trug die Teekanne ins Wohnzimmer und bat die Gäste, das Stövchen anzumachen.

»Habt ihr vielleicht ein Feuerzeug dabei?« Sie hielt den Blick auf Sassis Handtasche geheftet.

Aber Sassi rauchte nicht und wunderte sich, dass ihr das jemand übel nahm, denn Tante Lisbeth runzelte missbilligend die Stirn, als sie noch nicht mal im Täschchen nachsah. Katja, die sich bei Sassi als Raucherin ausgegeben hatte, um ab und zu ein paar ungestörte Minuten herauszuschlagen, tat so, als könne sie ihres nicht finden, und so wurde ich nach Streichhölzern geschickt.

»Sassi, hast du Taschentücher in deiner Handtasche?«, fragte Tante Lisbeth gerade, als ich zurückkam. »Dich hab ich nicht gefragt!«, ranzte sie Katja an, die ihr ein Papiertaschentuch hinhielt. Undankbar schnäuzte sie sich trocken in Katjas Taschentuch.

Ich erkundigte mich nach der Reise. Sassi beschwerte sich über die Musik. Bis kurz vor Hamburg hatte Katja sie mit ihrer AC/DC-Playlist gefoltert, und die nachfolgende *Best of Apocalyptica* hatte auch nicht ihren Geschmack getroffen. Sassi machte ein Geräusch wie eine Katze, die einen Haarball hochwürgt. Um Katjas Mund spielte ein Lächeln. Da hatte sich wohl jemand für einen langen Tag voller Teenager-Generve gerächt.

Tante Lisbeth räusperte sich und fragte, ob wohl jemand einen Taschenspiegel griffbereit habe. Langsam wurde es mir zu blöd. »Gib ihr deine Handtasche«, forderte ich Sassi daher auf.

»Aber ich habe gar keinen …«

»Sie will auch keinen. Aber solange sie nicht einen Blick in deine Tasche geworfen hat, wird sie trotzdem keine Ruhe geben.«

Mit ratlosem Gesicht reichte Sassi ihr Täschchen rüber. Tante Lisbeth griff erfreut und ohne auch nur einen Anflug von Verlegenheit zu.

»Tatsache!« Sie befummelte das Leder. »Viel weicher.« Sie schnupperte. »Echtes Leder, riecht man auch.« Dann nahm sie das Innenfutter unter die Lupe.

Sassi strich sich befremdet über ihr glänzendes langes Haar. Sie hatte alles drangesetzt, ihren kindlichen Typ mit Fön und Lidschatten zu verhunzen. Eigentlich war sie sehr hübsch. Neidisch stellte ich fest, dass das einzig Erweiterte in ihrem Gesicht nicht etwa Äderchen oder Poren, sondern nur die Pupillen in ihren sanftmütig dreinblickenden Rehaugen waren.

Tante Lisbeth gab die Tasche zurück. Nachdem Sassi diese Indiskretion anstandslos geduldet hatte, konnte sie ja auch gleich in die Vollen gehen. »Welches Parfum trägst du denn? Ist das von deinem Papa?« Sie beugte sich vor und fing doch tatsächlich an, Sassi zu beschnuppern. Selbst das ließ diese sich gefallen. Es mochte sein, dass sie Katja gestern mit ihren Pubertätsgeschichten genervt hatte. Aber ihre Schüchternheit weckte in mir Beschützerinstinkte.

»Na ja, nein …«, piepste sie verunsichert.

»Aber ist dein Vater dann nicht enttäuscht? Guck dich mal um, ich wohne immer noch in den Möbeln, die mein Vater damals verkauft hat. Er war nämlich Möbelvertreter. Hier«, sie sprang auf, drehte einen Stuhl am Esstisch um und zeigte auf einen Stempel, »guck mal, WOHNGUT, die haben ganz feine Stühle gemacht damals. Schön, oder?«

Sassi nickte. Tante Lisbeth guckte streng. »Du brichst deinem Vater doch das Herz, wenn du einen anderen Duft trägst!«

»Ich glaube nicht, dass …«

Tante Lisbeth setzte sich demonstrativ auf Opas Stuhl und verschränkte die Arme.

»Ja, aber«, brachte Sassi da endlich hervor, »mein Vater macht doch Raumdüfte!«

»Oh.« Vorwurfsvoll sah Tante Lisbeth zu mir hinüber. »Habt ihr nicht gesagt, Parfums?«

Ich gab den Blick an Katja weiter. Möglicherweise hatte ich etwas von Parfums erzählt. Aber was hatte Katja denn zu mir gesagt, als sie von Herrn Herkenraths Firma sprach?

Der Vorwurf prallte an ihr ab. »›Duftindustrie‹. Ein weites Feld.« Katja zuckte mit den Schultern. Ich bezweifelte, dass SIE in Richtung Klospray gedacht hatte. Aber sie war schließlich Anwältin, da gab man Missverständnisse nicht zu.

»Und damit kann man reich werden?«, fragte Tante Lisbeth ungläubig und deutete mit dem Kinn auf Sassis Handtasche.

»Total. Raumdüfte sind ein riesiger Markt.« Sassi blickte von einem zum anderen. »Sie müssen sich mal in der Drogerie angucken, was es da alles gibt. Das ist ein ganzer Gang voll! Steckdosen-Technik. Sprays. Bambusstäbchen.« Sie war ganz stolz. »Plastikbehälter oder Dekoflakons. Und die ganzen WC-Produkte! Wir haben Ein-, Zwei- und Dreikammersysteme …«

»Okay, reicht«, gebot Tante Lisbeth ihr Einhalt. »Eigentlich hatte ich euch eingeladen, weil ich dich um Pröbchen bitten wollte. Weißt du, diese kleinen, die aussehen wie die echten Flakons. Die rücken die im Laden ja kaum noch raus. Früher gab's die umsonst dazu!«

»So etwas haben wir leider nicht«, sagte Sassi bedauernd.

»Na ja. So einen Klostein würde ich mir auch nicht in den Setzkasten stellen wollen. Aber«, sie hatte schon eine neue Idee, wie sie aus dem Besuch Kapital schlagen konnte, »vielleicht fällt dir eine Lösung für mein Badezimmer ein!«

Ich jubelte auf. »Au ja!« Tante Lisbeths Badezimmer war fensterlos. Und lüftungstechnisch war das, wie soll man sagen …

»Wenn da einer auf Klo war, dann stinkt das grauenvoll«, erläuterte Tante Lisbeth ungeziert und geleitete Sassi zu einer Augenscheinnahme. »Ich hab schon verschiedene Sprays ausprobiert, aber das riecht dann halt einfach so, als hätte jemand im Fichtenwald oder auf einen Berg Mandarinen gemacht. Bäh.«

»Sehr hübsch«, sagte Sassi, als Tante Lisbeth ihr die Tür zum rosa gefliesten Bad öffnete, »aber olfaktorisch natürlich eine Herausforderung. Das kriegen wir aber hin. Wissen Sie, was Cyclodextrine sind?«

Das wusste keiner. Aber es war bestimmt auch nur eine rhetorische Frage gewesen. Sassi kam zurück an den Wohnzimmertisch und ließ sich Papier und Kugelschreiber geben. Dann malte sie eine Zeichnung, wie ich sie im Chemieunterricht schon nicht verstanden hatte. Viele Os, viele Hs, dazwischen Striche. »Cyclodextrine sind Oligosaccharide. Sie bestehen aus Glucosemolekülen, also Stärke. Das Interessante ist, dass sie einen molekularen Hohlraum bilden«, erklärte Sassi, während sie ein ringförmiges OH-Gebilde strichelte.

Tante Lisbeth beugte sich zu mir. »Häh?«, flüsterte sie.

»Wegen dieser Kavität können sie eine Einschlussverbindung mit anderen Stoffen bilden.« Sassi deutete mit der Kulispitze auf den Innenraum ihrer Zeichnung und schaute uns begeistert an.

»Mmmmh.« Tante Lisbeth kaute auf ihrer Unterlippe rum und tat so, als würde sie sich die Sache durch den Kopf gehen lassen. Sassi legte den Stift weg. »Gern geschehen.« Tante Lisbeth gab mir einen unauffälligen Stoß mit dem Ellenbogen.

»Sassi, ich hab's nicht verstanden«, stellte ich mich zur Verfügung.

»Oh. Also.« Sie nahm den Kuli wieder zur Hand. »Das funktioniert so. Mithilfe von einem Enzym werden aus der Stärke einzelne Glucoseeinheiten herausgeschnitten. In denen ordnen sich die Hydroxilgruppen so an, dass das Molekül endolipophil und exolipophob wird.« Sie malte neue Os und Hs und Striche. Ich legte ihr die Hand auf den Arm. »Sassi, was?«

»Innen entsteht ein hydrophober Hohlraum und außen ein hydrophiler Bereich.«

Ich schüttelte den Kopf.

»Jedenfalls, das Entscheidende ist, dass die Cyclodextrine deshalb mit anderen Molekülen Komplexe bilden können.«

»Ich bilde auch gerade einen«, stellte ich fest. »Wie alt bist du noch mal?«

»Sechzehn.«

»Machst gern Chemie, was?«

Sie strahlte. »Wir waren damit bei Jugend forscht.«

»Okaaayyyyyyyyy.« Ich nickte respektvoll. »Ich war da nie. Ähm ... Eher so der Sprachentyp ... Ähm ...« Ich fasste mir ein Herz und sagte: »Sassi, ich habe *kein* Wort verstanden. In ganz einfachen Worten: Was machen diese popolipophilen Dinger auf Tante Lisbeths Klo?«

»Ich finde, es klingt ein bisschen pervers«, flüsterte Katja.

»Sie binden Geruchsmoleküle.«

»Aaaah.« Katja begriff. »Ein Geruchskiller!«

Ein verständnisvolles Raunen ging um den Kaffeetisch. Tante Lisbeth war hochzufrieden mit Sassi, vor allem als sie versprach, ihr ein Paket von diesem Wunderklospray schicken zu lassen. Als Gegenleistung beschrieb sie jetzt Sassi, wie sie morgen früh durch eine Wattpackung von ihren Pickeln geheilt würde. Sassi war erleichtert.

»Eines verstehe ich aber nicht«, sagte Tante Lisbeth. »Du machst einen netten Eindruck, und schlau bist du auch. Was soll der ganze It-Girl-Mist und deine Hungerkur? Das hast du doch gar nicht nötig!«

Sassi guckte betreten. »Sagen Sie das mal den Jungs in meiner Schule. Die finden mich langweilig.«

»Bitte?« Tante Lisbeth guckte ungläubig.

»Stillsein ist vielleicht Trend bei Mineralwassern, aber Jungs haben Mädchen gern quirlig«, erklärte Sassi. »Michelle zum Beispiel ist total hyper und quatscht immer nur dummes Zeug, aber die hat schon mit fünf Jungs …«

»Dafür bist du eh zu jung!«, riefen Katja und ich gleichzeitig.

»Man ist nie zu jung für seine erste Geschlechtskrankheit«, sagte Tante Lisbeth.

Katja und ich sahen sie strafend an.

»Spaß gemacht«, sagte Tante Lisbeth und wunderte sich über unseren fehlenden Sinn für Humor. »Aber jetzt mal im Ernst, Sassi. Du hattest noch nie einen Freund?«

»Nö.« Sie senkte ihre Augen.

»Und das stört dich.«

»Ja.«

»Bis hierhin kann ich folgen«, sagte Tante Lisbeth. »Aber was soll das jetzt mit dieser Premierenparty?«

»Ich flirte mit den Stars. Das steht dann in der *InTouch*. Und ich bin kein langweiliges Mauerblümchen mehr«, erklärte Sassi ihren Plan.

Tante Lisbeth runzelte die Stirn. »Beknackter Plan. Allein schon aus frauenrechtlicher Sicht.«

Katja beugte sich zu mir rüber. »Jetzt keine Frauenrechte«, wisperte sie mir zu. »Für eine Nacht mit Chris Fletcher würde ich mein Abitur verschenken!« Ich normalerweise auch. Nur, dass ich derzeit an niemand anderen außer Carsten denken konnte. Der nach wie vor nicht angerufen hatte …

»Das hat doch außerdem keinen Sinn«, fuhr Tante Lisbeth fort. »Ich meine, wenn du schon nicht an die Jungs an deiner Schule rankommst – meinst du, dann klappt es bei Leonardo di Caprio?«

»Chris Fletcher«, sagte Sassi.

»Wer?«, fragte Tante Lisbeth.

»Leonardo di Caprio spielt in dem Film nicht mit, sondern Chris Fletcher«, erklärte Katja.

»Wer?«, wiederholte Tante Lisbeth. Manchmal kam sie mir alt vor.

»Ist doch auch egal«, sagte Katja. »Auf jeden Fall hat Frau Hering recht, Sassi. Ich sehe das auch nicht.«

Aber Sassi hielt an ihrer Hoffnung fest. »Na ja, ich denke mir, ich bin dann quasi wie in einer Rolle. So wie gestern in Berlin, Katja, da habe ich doch auch so getan, als wäre ich cool, und du und alle Leute auf der Straße haben es mir auch abgenommen!«

»Du warst nicht cool, sondern nervig. Meinst du, Taylor Swift zickt so rum, wenn sie in 'nem Frisörladen sitzt? Die haben uns rausgeschmissen, erinnerst du dich?«

»Das nennt man Allüren, das gehört dazu!«, beharrte Sassi.

»Äh-äh«, machte Katja und schüttelte den Kopf, »das nennt man ›blöde Kuh‹, und damit wirst du nix. Die Leute haben dir Flyer für Dönerbuden zugesteckt, nicht ihre Telefonnummern!«

Sassi ließ die Schultern sinken. »Du fandst mich nicht cool?«, fragte sie enttäuscht.

»Nervig ist schon ein guter Anfang, Sassi«, tröstete ich. »Das ist schon ein ganzes Stück weiter als unsichtbar!«

»Unsichtbar hätte ich besser gefunden«, ätzte Katja. »Aber Schwamm drüber.«

Wir tranken alle einen Schluck Tee, und Tante Lisbeth streckte sich nach dem obersten Fach ihrer Schrankwand, in der sie für Notfälle eine Packung Weinbrandbohnen gebunkert hielt.

»Sassi ist erst sechzehn«, mahnte ich.

»Sind auch zu viele Kalorien«, sagte Sassi.

»Mann, jetzt hör doch mal damit auf!« Katja verdrehte die Augen.

»Kind, du musst was essen!«, sagte auch Tante Lisbeth streng.

»Weinbrandbohnen?«, fragte ich skeptisch.

»Ich schmier ihr auch gern 'ne Stulle. Aber so geht das hier nicht weiter!«

»Aber mein Kleid …«, lamentierte Sassi.

Natürlich ließ Tante Lisbeth das nicht gelten. Bevor Sassi in ihrer Wohnung ohnmächtig wurde und sie das dem Vater erklären musste, wollte sie dafür sorgen, dass Sassi ein paar Nährstoffe zu sich nahm. Sie ging in die Küche und kochte Haferschleim. Sassi setzte ein Niemals!-Gesicht auf, aber Tante Lisbeth griff zu einem der ältesten Tricks erfahrener Pädagogen: Erpressung. Ihr war beim Kochen die Lösung für Sassis Problem eingefallen. Behauptete sie jedenfalls. Aber die würde Sassi erst erfahren, wenn sie den ganzen Teller leer gegessen hatte. Gebieterisch lehnte sie sich in den Türrahmen. Sassi guckte unzufrieden auf die bräunliche Pampe, auf der ein Butterklumpen zu einem fettigen See zerschmolz. Aber sie aß.

Dann erfuhren wir den Plan. Tante Lisbeth hatte sich Folgendes gedacht: Im Grunde war es doch gar nicht nötig, dass Sassi tatsächlich mit den Promis flirtete. Was sie brauchte, waren doch eigentlich nur Fotos, auf denen es so aussah, als ob ... Die Lösung war also die, dass Katja sich wie eine Pressefotografin benehmen und Sassi zu den Promis hinschieben würde. Die würden, sobald ihnen jemand ein dickes Objektiv vor die Nase hielt, schon ganz reflexartig den Arm um Sassi legen und sich mit ihr fotografieren lassen. Die Bilder kämen dann zwar nicht in die Zeitung, aber Sassi könnte sie immerhin bei Facebook posten.

»Das ist eine geniale Idee!«, fand Katja. »Und vielleicht schließen sich sogar noch richtige Fotografen an. Ich erzähle denen, dass du die Gewinnerin von irgendeinem Land bist, in dem *Topmodel* noch läuft, *Latvia's Next Topmodel* oder so, genau, das kann so schnell keiner nachprüfen. Und du kannst so tun, als würdest du kein Wort verstehen und musst dich auf keinen Fall unterhalten.«

»Inga, Hauptstadt von Lettland?«, fragte Tante Lisbeth mich daraufhin unvermittelt ab, als ob wir noch fürs Casting üben müssten.

»Riga«, antwortete ich.

»Falsch. Vilnius.« Tante Lisbeth gab mir mit einem Augenrollen zu verstehen, dass ich als Partner für die Quizshow ohnehin eine Zumutung gewesen wäre. Und ich hätte schwören können … Da schaltete Sassi sich ein. »Äh, Vilnius ist die Hauptstadt von Litauen. Inga hat recht. Die Hauptstadt von Lettland ist Riga«, sagte sie.

»Sassi, in manchen Fällen ist Schweigen wirklich Gold.« Tante Lisbeth funkelte sie an. »So, Kinners, und nun sollten wir besser ins Bett und unseren Schönheitsschlaf machen.«

# ZWANZIG

Donnerstagmorgen. Noch zweieinhalb Tage bis zu Sassis Premierenauftritt. Höchste Zeit für die Anti-Pickel-Behandlung im Watt. Bevor wir uns alle auf der Seebrücke wiedertrafen, hatte ich aber die Husumer Nachrichten auf Unglücksfälle unter Polizistenbeteiligung durchgeguckt und trotz Tante Lisbeths missbilligendem Kopfschütteln versucht, mich auf dem Revier zu Carsten durchstellen zu lassen. Aber ich kam nicht an ihn ran.

Die Seebrücke war sehr vielseitig. Abends hauptsächlich Ziel für romantische Spaziergänge, fungierte sie tagsüber außerdem je nach Wasserstand noch als Ausgangspunkt für sportliche und naturkundliche Aktivitäten. Ich betrachtete die angebliche Wundermatsche, in der Sassi sich gleich suhlen sollte. In etwas weiterer Entfernung, wo sich Wanderer wegen der Tücken des Gezeitenwechsels nicht hinwagten, lag das Watt unangetastet da. Dort schimmerte die Oberfläche samtig. Hier aber, im Umkreis der Seebrücke und ihrer Badestelle, war das Watt aufgewühlt und morastig. Schon die Schwimmer hinterließen Spuren, denn selbst bei Flut kam das Wasser hier nur so hoch, dass man beim Schwimmen mit den Füßen den Boden berühren konnte. Die tieferen, gleichmäßigeren Spuren, die ihren Ausgang an der Seebrücke nahmen, blieben von den Wanderern, die bei Ebbe auf Erkundungstouren durchs Watt stapften. In diesen Abdrücken waren bei Ablaufen des Meeres Pfützen zurückgeblieben, die jetzt in der Sonne glitzerten. Das Watt blubberte und zischte. Als wir die Stufen, die vom Ende des Stegs ins Watt hinabführten, hinuntergegangen waren und barfuß im Schlick wateten, machten unsere

Schritte satt schlürfende Geräusche. Die Pampe quoll zwischen den Zehen durch und um die Füße herum, bis wir wadentief versanken. Ich war erstaunt, wie angenehm sich der warme Matsch anfühlte.

Wir trugen nur unsere Badeanzüge. Es gab also keinen Grund zur Zurückhaltung. »Nimm dies!«, rief ich Katja zu und schleuderte ihr eine Ladung Watt an den Bauch.

»Du Miststück«, quiekte sie vergnügt und warf eine Portion zurück. Ich drehte mich weg und fühlte den Schlamm an meinen Rücken klatschen. Dann versetzte mir jemand einen Schubs, und ich fiel vornüber ins Watt. Als ich mich wieder aufrappelte, klebte mir das Zeug an der Stirn und in den Haaren. Katja stand neben mir und lachte. Alle anderen hielten Abstand zu uns. Ich nahm eine Handvoll Schlick und rieb damit Katjas rechte Wange ein. »Da, ein Adler!«, rief ich und verpasste ihr, als sie nach oben guckte, einen kleinen Tritt in die Kniekehle. Sie knickte ein und glitschte bei dem Versuch, sich abzustützen, auch noch mit dem Oberkörper in den Modder.

»Geil! Die machen Schlammcatchen!«, rief da ein etwa zwölfjähriger Knirps auf dem Steg.

»Und die daneben befummelt sich selbst!«, jubelte ein etwas größerer Junge mit halblangen Haaren, der neben ihm stand. Er meinte wohl Sassi, die im Watt saß und sich gerade sorgfältig das Dekolleté behandelte. Die Jungs holten ihre Handys raus und filmten begeistert.

Tante Lisbeth fand das nicht gut. Squotsch!, traf eine Handvoll Watt das Handy von dem einen, und squatsch!, hatte auch der andere Watt vor der Linse kleben.

»Ey, Alte! Was soll der Sch…?«, rief der Kleine.

SQUABOTSCH! Jetzt kam eine richtig große Ladung, direkt in sein Gesicht.

»Das war für die ›Alte‹«, erklärte Tante Lisbeth. »Das davor war nur wegen der Verletzung unserer Bildrechte.«

Die Jungs sahen sich ungläubig an.

»Hammer«, sagte der Kleine.

»*Zero Tolerance*«, rief der Langhaarige und riss sich die Kleider vom Leib. Der Kleine zog mit, und Sekunden später fegten sie, nur in Unterhose, die Stufen herunter und stürzten sich auf Tante Lisbeth.

Mir fiel kein Schlachtruf ein. »Selber *Zero Tolerance!*«, rief ich deshalb, während ich Tante Lisbeth zu Hilfe eilte. Auch die anderen wateten herbei. »Absolut *Zero Tolerance!*«, schrie Katja. »*Zero Tolerance* total!«, rief Sassi.

Zuerst seiften Tante Lisbeth und ich den Kleinen ein, Katja und Sassi den Langhaarigen.

Dann kippten irgendwie die Allianzen, und der Langhaarige und Tante Lisbeth kümmerten sich um mich. Katja und der Kleine nahmen Sassi.

Als jeder jeden durchhatte und die Jungs zum Mittagessen nach Hause mussten, kletterten wir wieder auf den Steg zurück. Wir stellten uns unter die kalte Dusche, die die Kurverwaltung freundlicherweise auf der Plattform installiert hatte, und wuschen uns, so gut es ging, den Schlamm runter. Nur das Watt auf Sassis Oberkörper musste noch ein bisschen einwirken.

Katja und Sassi schlugen Tante Lisbeths Warnungen vor einer Blasenentzündung in den Wind und setzten sich zum Trocknen auf die Holzstufen. Ich lehnte mich, in mein Handtuch gewickelt, an die Stegbrüstung und ließ den Blick über die Bucht schweifen. Der warme, leichte Westwind strich mir sanft die Haare aus dem Gesicht. An dieser Stelle hatte ich vorgestern mit Carsten gestanden … Ich beugte mich zu meiner Tasche runter, kramte nach meinem Handy und prüfte zum x-ten Mal, ob er sich inzwischen gemeldet hatte. Aber nein. Kein entgangener Anruf, keine Nachricht. Fluchend setzte ich mich neben Katja auf die Treppe und weihte sie ein. Ich erzählte von dem romantischen, wenn auch unterbrochenen Date, der geplatzten Verabredung und dass Carsten sich seit gestern tot stellte. Dann fragte ich sie, was sie von Tante Lisbeths Man-muss-sich-rarmachen-Theorie hielt. Tante Lisbeth, die sich zu Hause umziehen wollte, war schon außer Hörweite, also konnte sie ganz ehrlich sein.

»Taugt nichts«, sagte Katja.

Das hatte ich hören wollen. »Dann rufe ich ihn gleich noch mal an?«, fragte ich hoffnungsvoll.

»Bloß nicht!«

»Hinfahren?«

»Auf keinen Fall!«

»Liebesgrüße übers Radio?«

»Siehst du, Inga, genau das ist dein Problem«, sagte Katja.

»Häh?«

»Männer wollen nicht übers Radio gegrüßt werden.«

»Mein Opa hat sich sehr gefreut, als ich für ihn im Radio gesungen habe«, rechtfertigte ich mich.

»Wann war das?«, fragte Katja entsetzt.

»Opa ist seit zwanzig Jahren tot«, sagte ich. Ich erinnerte mich noch, wie traurig ich gewesen war, als Opa gestorben war. Es war das erste Mal gewesen, dass mir der Verlust eines lieben Menschen widerfahren war. Der andere Opa war zwar auch schon tot gewesen, aber da er bereits vor meiner Geburt bei einem Autounfall gestorben war, hatte ich keine Bindung zu ihm gehabt.

»Du hast deinen toten Opa gegrüßt?« Sassi beugte sich vor, um an Katja vorbeigucken zu können, und schaute mich mit großen Augen an.

»Ich dachte, du wärst so schlau?«, sagte ich spitz. »Da hat er noch gelebt. Ich war sieben.«

»Gott sei Dank. Verjährt. Dann muss ich mich ja nicht mehr für dich schämen«, sagte Katja. »Oder hast du so was in letzter Zeit noch mal wiederholt? Bei Stephan zum Beispiel?«

»Hätte ich gern. Aber Stephan hat da mal so eine Bemerkung gemacht. Die einzige Überraschungs-Grußbotschaft, über die er sich freuen würde, wäre eine Stripperin in der Geburtstagstorte.«

»Und hast du das gemacht?«, fragte Sassi interessiert.

»Natürlich nicht!«

»Siehst du, Inga, genau das ist dein Problem«, sagte Katja. Schon wieder.

»*Was?* Was bitte sehr *ist* denn jetzt mein Problem?«, fragte ich genervt.

»Dein Problem ist, dass du nicht weißt, was Männer wollen.«

»Stimmt«, sagte ich.

»Stimmt«, sagte auch Sassi.

»Sassi! Schweigen! Gold!«, fuhr ich sie an.

»Also, Inga«, hob Katja an und machte ein Gesicht, als werde sie sogleich die Weltformel preisgeben. »Männer wollen Sex.«

»Das ist nicht neu, und das ist auch nicht mein Problem«, sagte ich.

»Wohl. Sonst wäre der Typ ja noch da.«

»Unterstellst du mir, verklemmt zu sein?«, rief ich entrüstet. »Ich bin gleich am ersten Abend mit Stephan ins Bett gegangen!«

Sassi machte große Augen.

»Siehst du. Den hast du schließlich behalten!«, stellte Katja fest. »Wobei das auch kein Gewinn war. Stephan hat Inga betrogen«, wandte sie sich erklärend an Sassi. »Mit einer rothaarigen Sexgöttin. Inga hat die beiden in flagranti erwischt. Die Rothaarige hatte ihre Beine hier«, sie zeigte mit ihren Armen den Spagat an, den ich ihr beschrieben hatte. »Junge, *das* muss richtig guter Sex gewesen sein.«

Wenn die so weitermachte, würde ich sie demnächst mit einem Betonblock um den Hals ins Watt stürzen. »Zurück zum Thema«, forderte ich sie auf. »Was genau soll ich jetzt mit Carsten machen?«

»Der Junge hält dich für prüde. Weil du lieber mit deiner Tante abziehst, statt dich mit ihm zu vergnügen«, stellte Katja fest. »Und das ist ihm zu anstrengend.«

»Stimmt nicht. Carsten mag es nicht, wenn man zu viel Gas gibt. Er fängt lieber langsam an. Mit Gefühl. Romantisch. *Old school.*«

»Mmh«, murmelte Katja, klang aber nicht überzeugt. Sie holte ihr Handy aus der Tasche und checkte kurz ihre E-Mails. Dabei streichelte sie Sassi zärtlich übers Haar. Der Kollege im Büro, der sie in ihrer Abwesenheit vertrat, hatte sie bei seinen E-Mails auf »cc« gesetzt. »Wenn du nicht wärst, müsste ich jetzt eine *Due Diligence* machen«, freute sie sich.

»Aha«, antwortete Sassi lahm. Ich machte eine Sei-still!-Geste. Sassi sollte bloß nicht nachfragen, was diese *Due Diligence* war. Den Fehler hatte ich bei Stephan schon gemacht. Da waren selbst meine Betriebsanleitungs-Übersetzungen spannender.

»Nie darf ich was sagen!«, maulte Sassi.

»Das stimmt doch gar nicht, Sassi. Sag doch mal die Uhrzeit«, schlug ich vor.

Sassi kramte in ihrer Handtasche. »Kurz nach halb zwölf«, vermeldete sie nach einem Blick auf ihre schmale Cartier-Uhr. Die war bestimmt auch kein Mitbringsel aus einem Türkeiurlaub.

»Na, dann können wir hier ja langsam mal fertig werden. Inga, hilf Sassi doch mal, das Zeug abzuwaschen. Ich muss hier gerade noch ein paar Nachrichten checken«, sagte Katja.

Ich ging mit Sassi zur Dusche und wusch ihr das bröselige, angetrocknete Watt vom Rücken.

Als das Duschintervall abgelaufen war, blickte ich zu Katja rüber. Sie hielt mein Handy in der Hand und tippte drauf rum.

»Das war ein tolles Bild! Wollt ihr mal sehen?«, rief sie begeistert, während sie noch eben etwas eingab.

»Was …?«, fragte ich.

»Ich habe Carsten ein Bild von dir geschickt!«, erklärte sie. Katja zeigte feixend das Display. Sassi und ich beim Duschen. Es sah aus wie ein Standbild aus einem Softporno. Ich war entsetzt. Sassi auch.

»Meine Pickel sind immer noch da!«, krakeelte sie.

Katja guckte noch mal aufs Handy. »Die sieht man doch gar nicht richtig«, beruhigte sie Sassi.

»Ich würde das Bild trotzdem nicht auf Facebook einstellen«, sagte ich und gab Katja eine Kopfnuss. »Was hast du dir dabei bloß gedacht?«

»Wetten, jetzt meldet er sich?«

Ich nahm mir vor, Katja nie wieder ins Vertrauen zu ziehen, und rief Carstens Mailbox an, dass er den blöden Scherz einer Freundin ignorieren solle. Allerdings sah ich auf dem Foto eigentlich richtig gut aus. So baywatchig. Insgeheim war ich gar nicht unzufrieden mit der Aktion. Katja erklärte Sassi unterdessen, dass die Haut ein paar Stunden brauchte, um kraft der heilenden Meereswirkstoffe die Pickel zurückzubilden. Wichtig sei jetzt die ausreichende Versorgung mit Vitaminen, um die Regeneration der Haut zu unterstützen. Ich glaubte ihr kein Wort, aber die Idee, etwas zu essen, fand ich gut. Ich setzte selbst noch eine schnelle Handynachricht ab und zog mich dann gemeinsam mit den anderen an, um auf dem Rückweg zu Tante Lisbeth beim Kaufladen vorbeizugehen.

In Marquardsens Laden war jetzt zur Mittagszeit wenig los. Sassi und Katja suchten Gemüse aus. Brokkoli hatten sie schon. Bei den Kartoffeln diskutierten sie noch darüber, ob vorwiegend festkochend oder mehligkochend besser sei. Ich hielt mich da raus und guckte beim Zeitschriftenregal. Gerade versuchte ich, mich zwischen zwei Heften zu entscheiden, als ich Jan Christiansen auf dem Parkplatz sah. Gut, er hatte meine Nachricht bekommen. »Achtung!«, rief ich Katja zu und duckte mich hinter den Drehständer mit den Kitschromanen. Oh, interessant. Die hatten hier die *Pochende Herzen*-Reihe. Der Ständer geriet ins Wanken, als

Katja zu mir sprang. »Bauch rein, Brust raus! Üb für morgen!«, rief sie Sassi zu. Sassi – planlos, aber gehorsam – richtete sich auf.

»Ey, hier ist kein Platz für zwei«, zischte ich Katja an. Katja hoppelte weiter und versteckte sich hinter dem Gestell mit den Saattütchen. Gerade noch rechtzeitig, denn schon betrat Jan den Supermarkt und nahm sofort Kurs auf. Ich hatte ihm gerade das Foto von Sassi und mir gemailt mit dem Hinweis, dass Sassi gleich im Laden sein würde und bitte mal kurz eine Runde harmlos angeflirtet gehörte. Ich fand, das war ein toller Plan, um Sassi ein bisschen locker zu machen. Sassi hatte ich im Gegensatz zu Katja natürlich nicht eingeweiht, aber auf Katjas Ansage hin stand sie jetzt kerzengerade und mit dem Brokkoli wie einem Brautstrauß vor der Brust da und bemühte sich nach Kräften, Jan nicht zu bemerken. Was schier unmöglich war, denn er kam direkt auf sie zu.

Als herrschte das größte Gedränge, rückte er ihr auf den Leib, um an ihr vorbei ins Gemüseregal zu greifen. Dabei »geriet« er ins Stolpern und »musste« sich an ihr festhalten. »Du bist der reinste Magnet!«, entschuldigte er sich und ließ sich Zeit dabei, wieder auf eigenen Beinen zu stehen. Dabei sah er sie an, als könne er sein Glück kaum fassen, hier mit ihr am selben Ort zu sein. »Ich habe dich noch nie gesehen. Wer bist du?«, fragte er staunend.

»Sassi«, antwortete sie brav und wurde rot wie eine Tomate. Wie passend, in der Gemüseabteilung.

»Und was machst du hier?« Er fragte so ehrfürchtig, als rechnete er mit einer Antwort in der Art von: Ich bringe der Menschheit das Licht der Schöpfung.

»Ich kaufe Brokkoli«, antwortete Sassi.

»Das ist ja wie bei *Dirty Dancing*«, raunte Katja mir zu. Sie hatte sich mitsamt ihres Gemüsesamenständers dichter an mich herangeschlichen. »Du weißt schon: ›Ich habe Wassermelonen getragen‹ und so.«

»Ein Naturtalent«, frotzelte ich. »Wenn's hier gut läuft, können sie ja im Watt Hebefiguren üben gehen.«

Noch sah es allerdings nicht so aus, als würden Sassi und Jan irgendwas gewuppt kriegen. Wir sahen Sassi zu, wie sie vor Nervosität dem Brokkoli die Röschen auszupfte. Aber Jan ließ, nachdem er ein paar Momente vergeblich darauf gewartet hatte, dass sie ihn auch nach seinem Namen fragte, nicht locker. »Der Brokkoli steht dir wahnsinnig gut. Ist genau dein Gemüse«, schwurbelte er. Katja guckte mich an. »Und der hat Erfolg bei Frauen?«, fragte sie zweifelnd. Svenja hatte sich von hinten angenähert und kauerte sich zu uns. »Wart's ab«, ließ sie Katja wissen.

»Katja – Svenja. Svenja – Katja«, stellte ich flüsternd vor und erklärte die Sachlage. »Das ist unser Protégé Sassi. Jan übt ein bisschen mit ihr, damit sie es am Samstag auf 'ner Party besser kann.«

»Was kann? Gemüse zerfleddern?« Svenjas Frage war nachvollziehbar. Sassi, hochnervös, gab es dem Brokkoli jetzt nämlich richtig. Ihre Finger pflückten wie ein Epiliergerät, und grüne Knospen fielen wie Konfetti um sie herum zu Boden. Wenn das das Resultat der Gegenüberstellung mit einem unbekannten Friesen war – dann wollte ich nicht sehen, was sie am Samstag auf der Premiere den Kanapees antun würde. Immerhin, sie blickte nicht zu Boden, sondern sah Jan mit einem leicht wackeligen Lächeln ins Gesicht. Derart angespornt, setzte er seine Anmache fort. In Ermangelung gemeinsamer Themen und weil der Spruch mit dem Brokkoli ja gar nicht so schlecht angekommen war, baute er die Sache aus zu einer umfassenden botanischen Typberatung. Jedes Mal auf ein Maximum an Körperkontakt bedacht, griff er hinter Sassi in die Auslagen und hielt ihr dann das Gemüse neben das Gesicht, als seien es Seidentücher bei der Stilanalyse. »Fenchel macht dich zu blass«, konstatierte er. Sassi blieb regungslos. »Blumenkohl ist erst was für die Frau ab fünfzig.« Das ausrangierte Gemüse stapelte er neben sich auf der Gemüsewaage. »Aubergine?« Wie ein kritischer Designer legte er den Kopf schief. »Für eine Elfe wie dich zu pummelig! Aber Zucchini! Das steht jeder Frau.« Die Zucchini durfte in den Einkaufskorb, den Sassi neben sich stehen hatte. Sassi strahlte. Seit der Aubergine war das Eis gebrochen. »Dreh dich mal um«, bat Jan sie jetzt. »Aha. Dachte ich mir schon. Zwiebeln müssen wir auch nehmen!«, legte Jan jetzt fest.

Sassi drehte sich wieder zurück. »Wieso? Rieche ich von hinten?«

»Nein, wegen deinem Po! Er ist so schön, dass einem die Tränen kommen!« Jan nahm eine Handvoll Tomaten zur Hand und begann eine Jonglage-Nummer. »Gegen die bin ich allergisch«, informierte Sassi ihn. Er zog sofort die Hände weg und ließ die Tomaten auf den Boden klatschen. »Geschieht ihnen recht«, erklärte Jan und zog Sassi zum Obst.

»Das sieht langsam aus wie 'n vegetarisches Splattermovie!«, beschwerte sich Svenja. »Ich mach das nicht weg!«

»Aber sie sind doch so süß«, versuchte ich, sie zu beruhigen.

Jan hatte Sassi den Brokkoli abgenommen und ihr, tatsächlich, eine Wassermelone zum Halten gegeben.

»Der Typ ist ja super«, freute sich Katja. »Kann ich den später auch mal haben?«

»Ziemlich sicher«, sagte Svenja trocken.

Jetzt gerade hatte er aber nur Augen für Sassi. Er legte sich mächtig ins Zeug. Zitrusfrüchte wurden als zu zickig diskreditiert; Aprikosen, Pfirsich und Nektarine durften wegen Ähnlichkeit zu Sassis Haut allesamt in den Korb. »Erdbeermund dürfen wir nicht auslassen«, stellte Jan fest.

»Das war leicht«, fand Katja. »Der soll mal etwas über die Litschis sagen.«

»Soll Sassi etwa ›Aaaa‹ machen, damit er ihre Rachenmandeln vergleichen kann?«, fragte ich kritisch. »Am Ende führt das noch zu Doktorspielen!«

Nicht auszuschließen, denn die zwei verstanden sich blendend. »Himbeeren mag ich auch«, sagte Sassi gerade und legte Jan wie ein Flirtprofi eine Hand auf den Arm. »Sag was Gutes über Himbeeren«, bat sie lächelnd.

»So rot wie deine Wangen«, schlug Jan vor und verlor leider die Hälfte, als er das Schälchen nur auf Fingerspitzen zu Sassi Korb balancieren wollte.

Jetzt hatte Svenja aber genug. Sie kam aus der Deckung und stützte die Hände in die Hüften. »Jan Christiansen«, rief sie streng, »das bringst du alles wieder in Ordnung!«

Jan und Sassi blickten kurz erschrocken drein. Dann fingen sie an zu kichern. Svenja ging zur Kasse und holte aus dem Fach unter dem Fließband eine Jumborolle Küchenkrepp und Reinigungsspray hervor. Die drückte sie den beiden in die Hände. Wie ein ertapptes Schülerpaar, das bei einem Streich erwischt wurde, machten sie sich an die Arbeit. Und wie bei ertappten Schülern schweißte das gemeinsame Strafarbeitmachen noch weiter zusammen. »Ich könnte dir eine tolle Vogelbeobachtungsstation zeigen«, schlug Jan vor, während er neben Sassi hockend Himbeermatsch zusammenwischte.

Panisch blickten Katja und ich uns an. »Pfoten weg«, simste ich Jan.

Sein Handy piepte. Er ignorierte es.

»Ey!«, simste ich.

Piep. Es war ihm egal. Sassi hatte mittlerweile in die Vogeltour eingewilligt.

Ich erhob mich. »Moin, Jan. Sassi ist erst sechzehn.«

Jan war verdaddert. Er guckte an die Stelle, an der ich stand und wo eben schon Svenja erschienen war. »Wie viele von euch sind da noch?«

»Nur ich.« Katja stand auf.

»Und ich.« Etwas weiter versetzt trat eine mir völlig fremde Frau hinter dem Postkartenständer hervor. Sie war schon ziemlich alt und zog einen bunten Einkaufstrolley hinter sich her.

»Was soll das werden?«, fragte Jan.

»Ich glaube, ein Flashmob«, erklärte die Alte. »Tanzen wir jetzt?«

Ich hob die Schultern. »Nee. Es gab nur die Nummer mit dem Gemüse«, bedauerte ich.

»Schade.« Die Frau wünschte uns einen schönen Tag und zuckelte an uns vorbei ins Ladeninnere.

»Wir müssen dann auch los«, sagte Katja. »Frau Hering wartet. Komm, Sassi.«

»Die sollte man nicht warten lassen«, stimmte Jan zu. »Ihr könnt ja schon mal vorgehen. Sassi kommt gleich nach.« Sassi wirkte nicht unglücklich über diesen Vorschlag.

»Okay«, sagte ich und wandte mich an Sassi. »Bring 'ne Klatschzeitschrift mit. Und einen anderen Brokkoli!« Katja und ich machten uns auf den Weg.

Zehn Minuten nach uns betrat Sassi die Wohnung mit einer Frage auf den Lippen. »Ist das normal, dass Männer, die man gar nicht kennt, einem zum Abschied einen Zungenkuss geben?«

Tante Lisbeth war schon in der Küche zugange. »Dann hast du alles richtig gemacht!«, rief sie. »Helft mir hier mal mit dem Gemüse!«

Wir kamen zu ihr in die Küche. Ich dünstete den Brokkoli in Gemüsebrühe, wegen der Vitamine. Wegen des Geschmacks gab Tante Lisbeth eine Packung Sauce Hollandaise drüber. Und weil es kalorienmäßig damit auch schon egal war, zauberte sie außerdem zwei Tüten Bratkartoffeln hervor. Sassi hatte in der Aufregung natürlich nicht mehr an Kartoffeln gedacht. »Was es nicht alles in Tüten gibt!«, wunderte sich Katja, als Tante Lisbeth die Packungen aufschnitt und das Zeug in die Mikrowelle packte. Nach drei Minuten machte es »Pling«. Wir trugen unser Essen zum großen Tisch im Wohnzimmer und füllten unsere Teller. Von der Watt-Schlacht ausgepowert, langten alle zu. Nur Sassi nicht.

»Du musst etwas essen!«, befahl Tante Lisbeth. »Gut möglich, dass deine Pickel auf Mangelernährung beruhen.« Da hatte sie wahrscheinlich sogar recht. Sassi nahm sich einen Happs Brokkoli.

Ich schlug die das Heft auf (das hatte Sassi zum Glück nicht vergessen). »Das sind keine Manieren!«, tadelte Tante Lisbeth und nahm mir die Zeitschrift weg. Wo sie sie aber nun schon mal in der Hand hatte, beschloss sie, dass sie sie ganz kurz mal durchschauen konnte. Sie blätterte die Seiten um. Ich trommelte vorwurfsvoll mit den Fingernägeln auf die Tischplatte, aber das konnte sie gut ausblenden. »Ist nicht wahr!«, sagte sie plötzlich. »Das Kleid hab ich auch!« Sie zeigte auf ein Foto von Kate Hudson bei einem Charity-Event. Sie trug eine weiße Abendrobe mit pinken und türkisen Stickereien. Um Hals und Schultern wogten duftige Federn. »Kleid: Vintage Yves Saint Laurent«, stand unter dem Foto.

Wir folgten Tante Lisbeth ins Schlafzimmer. Sie schubste Bügel hin und her, öffnete ein paar Kleidersäcke, und tatsächlich – als sie den Reißverschluss eines grauen Schutzsacks herunterzog, kam das Kleid zum Vorschein. Der Stoff glänzte zart, und kaum waren sie an der Luft, bauschten sich die bunten Federn fluffig auf. Wir sahen ehrfürchtig zu, als Tante Lisbeth das Kleid aus der Hülle holte und auf dem Bett drapierte.

»Was sind das für Federn?«, fragte Sassi.

»Marabu«, sagte Tante Lisbeth.

»Vor allem: Was ist das für eine Größe?«, fragte ich erstaunt.

»Achtunddreißig!«, sagte Tante Lisbeth stolz. »Das Kleid hab ich seinerzeit auf Sylt zum Neujahrsball getragen. Ich sag doch: Wie Claudia Schiffer, nur ein anderer Jahrgang!«

»Ob Claudia Schiffer weiß, was da noch auf sie zukommt?«, flüsterte Katja mit einem Blick auf Tante Lisbeths Hüften. Ich versuchte, mein Lachen mit einem vorgetäuschten Hustenanfall zu überdecken.

Sassi streichelte die Federn. Sie war total fasziniert. »Richtige Haute Couture!«

»Dagegen ist dein goldener Fetzen ein Putzlappen«, stichelte Katja.

»Ich leih's dir!«, sagte Tante Lisbeth.

Wir waren baff. »In echt?«, fragte Sassi.

»Ich kann es doch sowieso nicht mehr tragen. Weißt du, es ist mir ein oder zwei Nummern zu klein«, sagte Tante Lisbeth lässig, als ob es keine große Sache sei. »Welche Größe trägst du denn?«

»Sechsunddreißig.«

»Du weißt, was das bedeutet!«, sagte Tante Lisbeth.

Es bedeutete, dass Tante Lisbeth noch eine Packung Bratkartoffeln öffnete und mir verschwörerisch zublinzelte, als Sassi glücklich alles in sich hineinschaufelte. »Und dann ist es auch noch hochgeschlossen!«, jubelte sie. Pickelproblem gelöst.

Wenn man nur alle Probleme so einfach aus der Welt schaffen könnte. Für die Katastrophe, die wenige Minuten später über mich hereinbrach, sah ich jedenfalls erst mal keine Rettung.

# EINUNDZWANZIG

Zuerst hatte ich beim Klingeln meines Handys natürlich gehofft, es wäre Carsten. Aber nein. Stephan, meldete das Display. Oh Mann. Was wollte der denn noch?

»Und, wie geht's der Syphilis?«, fragte ich gelangweilt statt einer Begrüßung.

»War nur eine Kosmetikallergie«, antwortete er gut gelaunt. »Mein Arzt hat mir geraten, meine Stylinglinie zu wechseln, weil es immer da passiert ist, wo ich mir Gel reingemacht hatte. Jetzt kommen schon wieder neue Haare nach. Aber ich mach jetzt erst mal auf Glatze. Stell die vor, die Chicks mögen das. Oh.« Jetzt merkte er offenbar, dass das unsensibel war, und schob ein halbherziges »*Sorry*« nach. War es wirklich erst eine Woche her, dass ich mit ihm zusammen gewesen war? Ich schüttelte ungläubig den Kopf. »Kein Problem«, sagte ich nüchtern.

»Prima. Du wirst dich ja jetzt vor Angeboten auch kaum retten können.«

»Stimmt. Danke der Nachfrage.« Wenn man Jans Knutschfleckexperiment mitzählte und den Kläffer im Wald, herrschte sozusagen ein wahrer Run auf mich.

»War 'ne Feststellung. Sogar ich profitiere davon. Dass du meine Ex bist, erhöht meinen Marktwert. Lustig, oder?«

*Lustig*? UNFAIR! *Der* konnte Frauen von seiner Ex erzählen, und die mochten das? Ich dachte an das Feuerwehrfest zurück, als ich Stephan Carsten gegenüber erwähnt hatte. *Mir* hatte es den Abend versaut. Und Stephan liefen sie dafür noch extra hinterher? »Dann läuft ja alles rosig«, sagte ich pikiert.

»Ich bin echt froh, dass wir uns noch so gut verstehen.« Da

hatte er wohl meinen ironischen Unterton überhört. »Ich wollte dir nämlich was anbieten. Ich kann doch dein Telefonjoker sein!«

»Häh?«

»Na, ihr könnt doch während der Sendung jemanden anrufen. Und ich bin schließlich sehr gebildet. Das sagst du dann natürlich auch, wenn der Samson dich nach mir fragt. Am besten auch noch so was wie › ... und das, wo er noch dazu so gut aussieht!‹. Kannst du vielleicht auch erwähnen, dass ich Rechtsanwalt bin? Ist so eine Sendung eigentlich live?« Mir wurde unheimlich. Stephan redete ganz offensichtlich vom *Super-Quiz*. Woher wusste der von unseren Plänen?

Stephan wertete mein Schweigen als Zögern. »Der Sender wird das gut finden!«, beschwor er mich. »Ich könnte die Echtheit deiner Möpse bestätigen!« Ich schluckte. ›Die Echtheit meiner Möpse‹ ... Verdammt! Er sprach von der Szene beim Casting!

»Woher weißt du davon?«, fragte ich vorsichtig.

»*News Online*. Die haben einen Link zum Video auf der *Super Quiz*-Seite. Ich hab ein paar Screenshots bei mir auf Facebook. Wird sehr viel geliked! Was ist denn jetzt? Machen wir das? Wann ist denn nun der Auftritt?«

*News Online* ... Video ... »Ich denk drüber nach«, sagte ich vage, legte auf und schlug mit dem Kopf auf die Tischplatte.

»So sieht das aus, wenn du nachdenkst?«, wunderte sich Tante Lisbeth, die nur meinen Teil des Gesprächs hatte hören können.

Es war kein Scherz. Binnen zwei Minuten hatten wir mein Dekolleté in allen möglichen Medien wiederentdeckt. Die Senderseite, Youtube, Stephans Facebookseite und sogar sein Whatsapp-Profilfoto dokumentierten den Moment, in dem ich beim Casting mein T-Shirt hochgezogen hatte. Zum Glück hielten sich die Aufrufzahlen bei Youtube in Grenzen. In zwei, drei Tagen würde sich hoffentlich keiner mehr an diese Veröffentlichung erinnern. Trotzdem. Die konnten das doch nicht einfach hochladen! Und dass der Sender das Video dann auch noch »Sind die echt oder aus Hüftspeck?« betitelt hatte, fand ich geschmacklos.

»Kann ich die verklagen?«, fragte ich Katja. »Das ist doch Privatsphäre!«

»Öh-hm«, räusperte sich Tante Lisbeth. »Weißt du noch, der Fragebogen? Da haben wir unterschrieben, dass wir dem Sender alle Rechte am Material aus dem Casting und Interviews rund um die Sendung abtreten.«

Oh. »Dieses ganze Kleingedruckte?«, fragte ich nach.

»Ts, ts.« Katja, die Anwältin, schnalzte missbilligend mit der Zunge. »Das muss man doch lesen! Vor allem bevor man sich vor eine laufende Kamera stellen will. Da brauchst du dich dann echt nicht zu wundern. Du hast eingewilligt. Aus die Maus«, antwortete sie in einem für meinen Geschmack etwas zu überheblichen Selbst-schuld-Tonfall. Das bekam sie zurück.

»Du meinst, darauf kommt es an, ja? Wenn also jemand stattdessen *ohne meine Einwilligung* Fotos von mir macht und sie weitergibt, dann könnte ich den aber anzeigen?«

»Dann schon eher. Wenn sie intim sind.«

»Dann verklag ich dich für das Foto vom Steg!«, trumpfte ich auf. Das Foto, das Katja von Sassi und mir beim Schlammabwaschen gemacht hatte, hatte schließlich etwas sehr Intimes.

»Grundsätzlich ginge das.« Katja prüfte den Rechtsstreit Hering ./. Danzinger mal eben ganz nüchtern durch. »Wenn ich dir Schadenersatz leisten soll, müsstest du aber auch geschädigt sein. Und das Ganze war doch rein in deinem Interesse!«

»Hat dein Freund eigentlich schon reagiert?«, fragte Sassi. Ich tat so, als müsste ich nachgucken. In Wahrheit überprüfte ich alle paar Minuten unauffällig, ob ich womöglich eine Benachrichtigung überhört hatte. Ich schüttelte den Kopf.

»Und jetzt?«, fragte Sassi.

»Rarmachen«, sagte Tante Lisbeth mal wieder.

»Hinfahren«, sagte ich. Gerade jetzt sehnte ich mich nach Carsten. In seine starken Arme kuscheln! Weiterküssen! Beschützt werden! Diese ganzen fiesen Typen da draußen, die mir im Internet auf den Busen guckten, vergessen und mich bei Carsten sicher fühlen!

»Observieren«, sagte Katja.

Alle Blicke richteten sich auf sie. »Na, da ist doch was im Busch!«, erklärte Katja. »Wenn der sich nach *dem* Foto nicht meldet, liegt er entweder irgendwo angeschossen auf 'nem Hinterhof oder er führt ein düsteres Doppelleben. Ist in Wahrheit schwul oder hat Frau und Kinder oder so.«

Ich schluckte. Ich wusste im Moment nicht, was schlimmer wäre. Überhaupt wusste ich gerade gar nicht mehr, was ich von Carsten zu halten hatte. Schließlich kannte ich ihn ja erst seit ein paar Tagen, also, ich kannte ihn, ehrlich gesagt, so gut wie gar nicht. Okay, ich wusste ganz genau, wie verführerisch er roch, und schon die Kostprobe am Watt hatte mir gezeigt, dass er wahnsinnig gut küsste. Aber sonst? Reichte es, sich auf die Chemie zwischen uns zu verlassen und meiner Intuition zu folgen?

»Zeig mal das Foto.« Tante Lisbeth warf einen kritischen Blick auf mein Handy. »Mindestens so gut wie Heidi Klum«, sagte sie dann.

»Ach, Tante Lisbeth!«, rief ich. Wie sehr hätte ich mich unter anderen Umständen über diese Anerkennung gefreut.

»Wir machen, was Katja gesagt hat«, bestimmte Tante Lisbeth. »Mein Atelier ist gegenüber von der Polizeidirektion. Da legen wir uns auf die Lauer, und wenn er rauskommt, verfolgen wir ihn.«

Es war halb vier am Nachmittag, als Tante Lisbeth ihren Wagen wieder einmal auf dem Mutter-Kind-Parkplatz vor dem Bahnhof abstellte. Ich trug meinen Laptop und Sassi das Fernrohr samt Stativ. Katja und Tante Lisbeth, die das Ganze »Operation Nordic Stalking« genannt hatten, gingen wichtig voran. Ich persönlich glaubte, nachdem ich mich wieder gesammelt hatte, ja nicht, dass Carsten eine andere hatte. Seine Eifersucht auf Jan Christiansen, seine Sorge um mich, wenn ich mich in Gefahr brachte … und dazu dieser Ausdruck in seinem Blick, nachdem wir uns auf der Seebrücke geküsst hatten – Carsten meinte es ehrlich mit mir, da war ich mir sicher.

Inzwischen hatte ich eine bessere Erklärung. Carsten machte sich einfach zu viele Sorgen um mich. Er war schließlich leitender Ermittler eines Mordfalls. Ich wusste ja nicht, gegen wen er gerade ermittelte (nur, dass gegen den Falschen, denn von unserer Erkenntnis über Hansen hatte er ja nichts hören wollen), aber womöglich hatte er irgendwelche furchtbar skrupellosen Typen im Verdacht. Und jetzt hielt er mich, solange das nicht geklärt war, auf Abstand. Vor meinem inneren Auge sah ich Entführungsszenen. Pockennarbige Gangster, die mir eine Knarre an die Schläfe hielten und mich durch die Dunkelheit schleiften. Lange Tage und Nächte in einem feuchten, modrigen Verlies, ein Telefonhörer, den man mir hinhielt. »Carsten« (ich, mit zittriger Stimme), »sie wollen eine halbe Million. Und die Versicherung, dass du ihnen nicht mehr folgst.« … Da nahm er doch lieber ein paar Tage der Trennung in Kauf, als die Verbrecher von meiner Existenz wissen zu lassen! Ich schluckte ergriffen. Okay, ich hatte wahrscheinlich ein paar Schippchen Melodramatik zu viel draufgelegt und behielt diese Bilder lieber für mich. Aber vom Grundsatz her glaubte ich, dass ich Carstens Urteil, wann Funkstille geboten war, besser einfach mal trauen musste.

Was aber nicht bedeutete, dass ich das Vorhaben mit der Observierung abblies. Im Gegenteil. Wenn wir uns schon nicht trafen – dann war doch so ein klein bisschen im Haus gegenüber verstecken und ihm hinterhergucken eine gute Zwischenlösung! Wir mussten ihn ja nicht gleich verfolgen, aber einfach mal kurz einen Blick erheischen, wie er in sein Auto stieg – das war mir Grund genug.

Den anderen natürlich nicht, und sie glaubten auch nicht an meine Theorie. Aber wenn man mal ehrlich war, waren ihnen sämtliche Theorien rund um Carsten ziemlich schnurz. Sie brauchten keine triftigen Observierungsgründe. Sie hatten einfach nur Lust, sich als Detektivinnen die Zeit zu vertreiben. Oder war es wirklich nötig, sich gegenseitig Codenamen zu geben? Tante Lisbeth legte gerade fest, dass wir sie für die Dauer der Operation »Miss Peel« nennen sollten.

Das Polizeigebäude lag, weiß und klobig, in der Nachbarschaft einer ehemaligen Tankstelle und eines verlassenen Autohauses in einem leicht heruntergekommenen Gewerbegebiet. Die Autohändler der Stadt waren den Baumärkten und Fast-Food-Ketten, Supermärkten und Textildiscountern bereits vor Jahren in die neuen Gewerbegebiete an der Ausfallstraße gefolgt. Polizei und Kunsthandwerkschmieden harrten aber hier neben dem Bahnhof aus. Tante Lisbeth steuerte auf die Eingangstür des Sozialen Dienstes neben dem Bahnhof zu. Sassi warf mir einen fragenden Blick zu. »Was macht deine Tante eigentlich genau?«

»Kunst. Gemälde. Im weiteren Sinne«, sagte ich achselzuckend. Was aber auch nicht erklärte, warum wir jetzt tatsächlich durch den Eingang zum Bahnhofssozialdienst traten.

Eine Frau mit grau melierten, kurzen Haaren und Jeansweste stand freudig hinter ihrem Tisch auf, als sie uns hereinkommen sah. »Moin, Lisbeth!«, rief sie und kam mit ausgestreckten Armen zu uns herum. »Du hast dich ja lange nicht mehr blicken lassen!«

»Läuft ja auch ohne mich. Außerdem komme ich lieber nachts, wenn sonst keiner da ist. Anita, das ist meine Nichte Angelina mit ihren Freundinnen Hillary und Taylor.«

»Freut mich! Wollt ihr euch mal ansehen, wo eure Tante ihr Karma fürs nächste Leben aufpoliert?«

Ich verstand nur Bahnhof. Sagte ich auch. Aber ich musste feststellen, dass es bei anderen Leuten keinerlei Erklärungsimpulse auslöste, wenn man in einem Bahnhof »Bahnhof« sagt. Anita nickte nur und führte uns dann durch eine Art Flohmarkt-Café hindurch in einen seitlich abgehenden Raum.

Uns bot sich ein skurriles Bild. In dem Raum arbeiteten drei Männer, die im Leben noch nie eines der Kosmetikprodukte aus Stephans Badezimmer in der Hand gehabt haben dürften. Ihre Haut war von der, wie ich annahm, einen oder anderen Variante des Drogenmissbrauchs fahl und zerfurcht, die Haare und Bärte ungepflegt, und auf ihren Armen prangten gruselige Tattoos. Eigentlich stellte ich mir so den harten Kern einer Rockerbande vor ... nur schraubten diese Männer nicht gerade an ihren Harleys. Stattdessen werkelten sie, ihre Köpfe im Takt eines dumpfen Bassgewummeres nickend, an Tante Lisbeths Kitschbildern!

Tante Lisbeth steuerte auf die Stereoanlage zu und drehte sie aus. »Mensch, Leute, was hört ihr nur immer für einen Quatsch?«, tadelte sie. »*Wenn bei Capri die rote Sonne im Meer versinkt,* das passt zu unseren Motiven. Nicht dieses Heavy-Metal-Zeug.«

»Death Metal«, korrigierte ein circa fünfzigjähriger Mann mit Nietenlederweste, der gerade mit einem Schwämmchen pinke Wolkenränder auf seine Leinwand tupfte. Seine raue Stimme klang nach Zigaretten ohne Filter.

»Death Metal?«, fragte Tante Lisbeth missbilligend. »Was soll das'n sein?«

»Das ist eine Form von Extreme Metal«, klugscheißerte Katja. »In den Songtexten geht es oft um Nihilismus und Resignation. Manchmal auch Satanismus.«

»Ihr spinnt wohl!« Tante Lisbeth kramte in der Kiste neben der Musikanlage rum, fand eine Best-of-Hitparade-CD und legte sie ein.

Die Männer verzogen leidend die Gesichter. »Nicht *Das Märchen von Rhodos*«, bettelte der kleine Ausgemergelte, der an einer Werkbank frische Keilrahmen bespannte. Tante Lisbeth klickte weiter. »Auch nicht *Schön ist es auf der Welt zu sein*«, wimmerte der dritte Mann, der weiter hinten im Raum mit zittriger Hand Glitzer über schon fertig bemalte Bilder streute.

»Ich hab da auch gerade noch eine Modern-Talking-CD gesehen!«, drohte Tante Lisbeth. Die Männer flehten um Gnade. Aber da fasste Sassi sich ein Herz, ging zu Tante Lisbeth und machte die Anlage aus.

»Sind das die Teilnehmer deiner VHS-Klasse?«, fragte ich Tante Lisbeth verwundert.

»Nee. Die haben alle gekündigt. Haben gesagt, sie könnten den Kitsch auf Dauer nicht aushalten.«

»Wir hören den Metalkram ja auch nicht zum Spaß«, sagte der Nietenrocker. »Wir brauchen das zum Ausgleich.«

Ich zeigte zwischen den Männern und Tante Lisbeth hin und her. »Und wie habt ihr euch gefunden?«

»In der Bahnhofsmission«, sagte Tante Lisbeth schulterzuckend. Ich brauchte jemanden, der keine Alternative hat.«

Anita vom Sozialen Dienst schaltete sich ein. »Ihre Tante hat bei uns diesen Raum gemietet und bietet den Herrschaften reguläre, sozialversicherte Jobs. Und nebenan hat sie die ehemalige Goldschmiedewerkstatt in eine WG für die Männer umgebaut. Sie ist ein richtiger Engel.«

Man sah Tante Lisbeth an, dass ihr die Lobhudelei unangenehm war. »Quatsch«, sagte sie ruppig. »Ich mach das nur, weil mein Steuerberater sagt, dass ich eine Meldeadresse für meine Leute brauche. Außerdem sollen die nicht auch gleich wieder abhauen. Die haben nämlich Talente!« Sie zeigte von einem zum anderen. »Holger da drüben«, das war der Ausgemergelte, »hat im Knast Tischler gelernt, der kann super die Rahmen bauen, und Andi mit seinem Alkproblem«, das war der Zittrige, »hat einen richtig guten Tatter in der Hand, mit dem kann er Glitzer verteilen wie kein anderer. Leider kann keiner von den Jungs so richtig mit Pinseln umgehen, aber ich habe einfach auf Siebdruck- und Schwammtechnik umgestellt. Klappt gut, nä, Jürgen?«

Der Nietenrocker nickte stolz und machte eine ausladende Handbewegung, mit der er uns aufforderte, all die schon fertigen Werke anzuschauen, die an den Wänden lehnten. Das wollte ich aber um jeden Preis vermeiden, nicht dass ich auch noch zur Entgiftung Death Metal anhören musste. Ich ging lieber schon mal zum Fenster an der langen Seite des Raumes.

»Dann baut ihr doch schon mal auf«, sagte Tante Lisbeth zu Katja und mir. »Taylor« – das war der Codename von Sassi – »gehst du mal mit Anita mit und lässt dir die Kaffeemaschine erklären? Und dann gehst du rüber und findest raus, in welchem Büro Carsten arbeitet. Vielleicht können wir den von hier aus mit dem Fernrohr sehen. Ich signier noch schnell ein paar Bilder.«

»Was macht ihr denn da?«, fragte Jürgen interessiert, als ich das Fernrohr aufbaute und Katja das Laptop hochfuhr.

»Wir überwachen einen Polizisten«, sagte Katja knapp.

Holger, der Knasti, blickte von seiner Werkbank zu uns rüber. »Normalerweise isses andersrum.«

»Ich gucke jetzt erst mal, ob wir seinen Standort peilen können«, sagte Katja und stellte ihr Handy so ein, dass der Computer darüber eine Internetverbindung herstellen konnte.

»*Modern stalking!*«, freute ich mich.

Katja klickte auf ihren Browser. »Wenn man bei Facebook etwas postet, wird manchmal der Standort mit angegeben. Warte mal ... ist der gar nicht bei Facebook?«, fragte sie dann verwundert.

»Nö.«

»Google Plus?«

»Nein.«

»Oder habt ihr die Freunde-Finder-App?«

»Äh-äh.«

»Hmm.« Katja überlegte. »Es gibt natürlich noch diese ganzen Partner-Tracking-Programme, aber heimliche Handy-Ortung ist illegal.«

»Ich bin noch auf Bewährung!«, rief Holger.

»Dann hör weg«, sagte Tante Lisbeth, die mit Pinsel und Palette von Bild zu Bild ging und sie schwungvoll signierte. »Guck mal hier, Inga! Das ist der erste Entwurf für Oles Schild!«

Na gut, ich guckte hin. Oh. Wow. Was für eine Welle! Auf zwei Metern Breite überschlugen sich rosa-lilafarbene Wassermassen. Die Gischt schäumte in glitzerndem 3D-Relief. Ich musste zugeben, es wirkte. Das Schild war romantisch, fantasievoll, ... und irgendwie appetitlich. Bei den ineinander verschlungenen Pastellwirbeln musste ich an Cupcakes denken. Sie hatte den Stil, den Ole sich für das Café wünschte, gut getroffen.

»Hab ich gestern Abend gemacht. Ich finde, Ole kann den Schriftzug ruhig trotzdem noch als Neonschrift dazu machen. So türkis, wie in Handschrift, quer rüber. Was meint ihr?«

Ich fand es eine gute Idee. Nachdem ich das Schild ausgiebig gelobt hatte, sah ich mir dann rein interessehalber die Homepages von ein paar Ortungsdiensten für Handys an. Leider stellte ich fest, dass die Peilungsfunktion erst funktionierte, wenn von dem überwachten Handy aus eine Zustimmungs-SMS an den Betreiber gegangen war. Ich informierte die anderen bis auf Holger, der weiter weghörte.

»Dann ruft Sassi an, äh, Taylor, dass sie nicht nur sein Zimmer rausfinden soll, sondern auch kurz sein Handy nehmen«, sagte Tante Lisbeth.

»Das geht nicht«, sagte Katja.

»Doch, klar. Er kennt sie doch nicht«, sagte Tante Lisbeth. »Sie geht einfach rein und fragt nach dem Weg zum Klo, fegt ein paar Blätter vom Tisch, er bückt sich, sie nimmt das Handy. Auf dem Gang schreibt sie die SMS, dann geht sie noch mal rein, sagt, sie hätte sich verlaufen, und legt das Handy zurück.«

Jürgen machte einen beeindruckten Pfiff. »Guter Plan, Boss.«

»Nix da«, schimpfte Katja. »Ich bin Sassis Anwältin, nicht ihre Bandenkomplizin. Wir machen nichts Illegales.«

»Wollt ihr jetzt wissen, was Carsten macht, oder nicht?«

»Carsten?«, fragte Holger.

»Du sollst doch weghören!«, sagte Tante Lisbeth.

»Würde ich ja, aber Sie sind so laut. Geht's um Kommissar Carsten Pohl?«

»Ja.«

»Der hat mich damals festgenommen.«

»Was haben Sie denn gemacht?«, fragte ich.

»Einbruch. Beim Motorradladen an der Bundesstraße. War keine gute Idee. Die Bullen waren sofort da.«

»Und wie war Carsten so?«, fragte ich.

Holger klammerte mit seiner Tackerpistole ein fertig zugeschnittenes Stück Leinwand auf einem neuen Holzrahmen fest.

»Komische Frage. Er ist reingekommen, hat ›Hände hoch‹ gesagt, Handschellen, fertig.« Holger grinste mich mit seinem Mund voller schiefer Zähne an. »Ist ein hübscher Typ, nä? Ich hatte den Eindruck, dass die Staatsanwältin ihn mit Absicht länger im Zeugenstand behalten hat. Was habt ihr denn mit ihm vor?«

Katja schilderte die Lage, und ich schaute durchs Fernrohr. Sassi war schon wieder auf dem Rückweg. Ich sah, wie sie das Gebäude verließ und zu uns herüberkam.

»Carsten hat Zimmer 284. 2. Stock, Rückseite. Er ist drin, ich habe durch die Tür jemanden telefonieren gehört«, sagte sie, als sie zurück im Atelier war.

»Ist es auch kein Doppelzimmer?«, fragte Katja. »Nicht, dass du jemand anderen gehört hast.«

»Erstens steht nur sein Name drauf. Und zweitens stand die Tür zum Nachbarbüro offen. Da sitzt immer nur einer.«

»Gute Arbeit«, sagte Tante Lisbeth. »Jetzt ist bestimmt der Kaffee schon durch. Für mich mit zwei Stück Zucker! Nimm dir wen zum Tragenhelfen mit, aber nicht den Andi.«

Überflüssigerweise hob Andi entschuldigend eine zitternde Hand.

Holger legte seine Tackerpistole weg, um mit Sassi zu gehen, und Tante Lisbeth schoss selbst spaßeshalber eine Runde Klammern in der Gegend rum. »Boss, das kann ganz schön ins Auge gehen!«, warnte Jürgen. Zack, landete eine Salve Klammern in seiner Leinwand.

»Ups.« Tante Lisbeth legte die Pistole fort und stellte sich neben ihn. Jürgens Bild, eine Marschlandschaft bei Abendstimmung, hatte jetzt eine Ansammlung silbriger Striche mitten auf der Wiese. »Also, wir könnten Strukturpaste nehmen und da ein Relief drübermachen«, schlug Tante Lisbeth vor. »Ein Schaf oder so.«

»Das kann ich nicht«, sagte Jürgen. »Da hab ich keine Schablone für.«

»Und ich hab keine Lust«, sagte Tante Lisbeth. »Dann lassen wir es einfach so. Renate soll den Leuten sagen, das seien Mondspiegelungen. Sternenstaub. Einhornwimpern.« Sie richtete sich auf und strich die Handflächen aneinander. »Aus so was entstehen neue Trends. Die Leute kaufen echt *jeden* Mist.«

Nach dem Kaffeetrinken wurde uns langweilig. Sassi hatte Carsten telefonieren hören. Er war also offensichtlich körperlich unversehrt, und er hatte in der letzten Viertelstunde auch keinen Versuch unternommen, auf die Straße hinauszutreten und sich anschießen zu lassen. Höchstwahrscheinlich würde das heute auch nicht mehr passieren, außer Tante Lisbeth entschloss sich zu einem Amoklauf mit dem Tacker.

»Stalken habe ich mir besser vorgestellt«, maulte Katja.

»Da passiert ja nix«, moserte auch Sassi.

»Ich muss mich schonen«, sagte Tante Lisbeth, die als Einzige bequem auf einem Stuhl mit Armlehnen saß, den Jürgen ihr von nebenan geholt hatte.

»Wegen der Sache nachher?«, flüsterte ich. »Willst du dich davor noch mal hinlegen? Sollen wir Holger noch nach Tipps fragen?« Wir hatten in der Nacht noch Dinge vor, bei denen der Erfahrungsschatz eines Einbrechers vielleicht ganz hilfreich war.

»Nein, den ziehen wir besser nicht mit rein«, flüsterte sie zurück. »Das verstößt bestimmt gegen seine Bewährungsauflagen. Ich meinte auch nur, ich muss mich schonen, weil wir uns morgen doch schon wieder den Hintern plattsitzen, wenn wir Wilm Hansen auflauern!«

Jetzt beugte sich Katja zu uns. »Sie haben als Arbeitgeber doch ein Weisungsrecht«, flüsterte auch sie. »Wie wär's, wenn Sie Ihre Jungs bitten, statt zu malen für uns das Stalken zu übernehmen?«

Damit waren alle einverstanden. Jürgen, Holger und Andi versprachen, die Polizeidirektion im Auge zu behalten und an Carsten dranzubleiben, um herauszufinden, mit was und vor allem mit wem er den Abend verbrachte. Wie gesagt, ich hielt es für mehr als unwahrscheinlich, dass er mich hinterging. Aber es war ein Akt der Nächstenliebe, Tante Lisbeths Malergehilfen mal für einen Nachmittag die Netzhaut entspannen zu lassen. Tante Lisbeth vergab noch schnell neue Codenamen (»Tick«, »Trick« und »Track«), dann fuhren wir zurück nach Freesbüll und setzten Katja und Sassi beim Gasthof ab, bevor wir uns auf die Nacht vorbereiteten.

# ZWEIUNDZWANZIG

Als Tante Lisbeth ein paar Stunden später Richtung Nordstrand fuhr, hatte sie einen Star an Bord. Mich.

Es hatte um kurz nach acht am Abend mit einer SMS von Stephan begonnen: »Der Sender hat das Video in den Nachrichten gebracht. Bitte, Chichi, nimm mich als Joker!« Und von da an hatten sich ständig Freunde und Bekannte gemeldet, die mich um Erklärungen und Details baten. Jetzt war ich ausgesprochen froh, dass Carsten nicht in sozialen Netzwerken unterwegs war. So entgingen ihm die ganzen Tweets und Postings hoffentlich, mit denen die Leute einander auf das Video aufmerksam machten. Svenja jedenfalls, die als eine der Ersten »gratuliert« hatte, hatte mir Stillschweigen versprochen, »ausnahmsweise«.

Als wir in Strucklahnungshörn über den Deich fuhren, war es stockduster. Im Licht der Autoscheinwerfer sahen wir aber die *Flotte Robbe* im Hafenbecken liegen. Nirgends war ein Mensch zu sehen, und auch auf den Booten war es dunkel. Tante Lisbeth parkte unmittelbar vor dem Schiff und schaltete den Motor ab.

»Wie spät ist es?«, flüsterte ich.

»Halb zwölf. Hier ist keiner mehr.«

Ich band mir einen Pferdeschwanz, setzte vorsichtshalber mein Basecap auf, einfach weil das im Fernsehen die Einbrecher immer so machen, und stieg aus. Der Wind hatte im Laufe des Abends aufgefrischt. Deutlich hörte ich das klatschende Geräusch, mit dem das Wasser an den Wellenbrechern der äußeren Hafenmauer aufschlug. Irgendwo im Hafen klapperte etwas. Ein rhythmisches, metallisches Schlagen. Ich ging mit meiner Taschenlampe an der Kaimauer entlang und folgte dem Geräusch. Es kam von einem der Krabbenkutter. Ich leuchtete ihn mit meinem Taschenlampenkegel ab, bis ich die Ursache fand. Eines der an den Aufbauten befestigten Drahtseile war nicht stramm gespannt und schlug im Wind gegen den Mast.

»Nun komm schon!«, rief Tante Lisbeth mir zu. »Hier ist keiner!« Ich ging zurück und nahm die *Flotte Robbe* in Augenschein. Auch hier ließ ich das Licht der Taschenlampe über das Schiff wandern. »Hhh!«, entfuhr es mir. Es war zwar genau das, was ich suchte, aber trotzdem erschrak ich, als im Lichtkegel das Skelett erschien, in dem ich mich vor drei Tagen verheddert hatte.

Wir holten die Leiter. Sie gehörte Tante Lisbeths Hausmeister, der sie zum Glück im Waschkeller aufbewahrte. Ich hatte sie mit mehreren Handtüchern gepolstert auf Tante Lisbeths Autodach festgebunden. Gott sei Dank war das Ding aus Alu; Tante Lisbeths Kleinwagen war sicher nicht für Schwertransporte ausgelegt.

Neben dem Schiff gerieten wir ins Grübeln. Am Montag hatten die Matrosen zum Ein- und Aussteigen ein Stück aus der Reling ausgeklappt und eine Gangway an Land gelegt. Jetzt war die Reling intakt. Damit hatten wir natürlich gerechnet, daher die Leiter. Ärgerlicherweise war aber genau auf der Höhe, wo das Schiff der Hafenwand am nächsten lag, nicht etwa eines der Ausflugsdecks, sondern die verglaste Kabine. Bis zum Schiffsdach, auf dem die Seenot-Rettungs-Kapseln vertäut waren, mussten es etwa fünf Meter sein. So weit reichte unsere Leiter nicht.

Dann hatten wir es eben so zu machen, dass ich nicht hoch-, sondern seitwärts zum Heck rüberkletterte. Und weil gerade niedriger Wasserstand war und das Schiff tief unten im Hafenbecken lag, konnten wir die Leiter mehr oder weniger waagerecht hinüberschieben und am Rand der Reling einhaken. Ich stellte mich auf die Enden, die auf unserer Hafenseite auflagen. Die Leiter kippelte.

»Und wenn ich runterfalle?«, fragte ich skeptisch. Am Ende

fiel ich unglücklich zwischen Schiffs- und Hafenwand und wurde zermalmt!

»Du musst mal aufhören, immer so negativ zu denken«, tadelte mich Tante Lisbeth.

»Würde ich sofort, wenn mein Job so wie deiner aus hochriskantem Schmierestehen an Land bestehen würde.«

»Ich setz mich hier auf die Enden, guck mal, dann kippelt es gar nicht mehr«, beruhigte sie mich und machte es sich bequem.

Also gut. Ich klemmte mir die Taschenlampe zwischen die Zähne und stieg auf die Leiter. Auf allen vieren kletterte ich los und hoffte, dabei ein bisschen wie eine von diesen in schwarzen Catsuits geschmeidig an Fassaden herumkraxelnden Kino-Meisterdiebinnen auszusehen.

»Bin ich sexy, oder was?«, versuchte ich rund um den Taschenlampenkolben zu artikulieren. Dabei rann mir etwas Speichel aus dem Mundwinkel. Das retouchierten die im Kino wohl immer weg.

Tatsächlich war der schwerste Teil der Übung, nicht die Taschenlampe zu verlieren. Ich biss kräftig zu, aber der schwere Griff drückte in meinen Gaumen und drohte, mir langsam zu entgleiten. Zum Glück war das Klettern nicht schwer. Nach nur wenigen Sekunden kam ich drüben an und sprang an Deck. Ich nahm die Lampe in die Hand, wischte mir mit dem Ärmel den Mund ab und winkte stolz zu Tante Lisbeth hinüber. Dann inspizierte ich das Skelett. Es war, wie ich es in Erinnerung hatte, aus Plastik und in Lebensgröße. Auf Rippenhöhe war es an zwei Ringen in der Schiffswand aufgehängt. Erleichtert stellte ich fest, dass es nicht mit Schlössern, sondern mit Kabelbindern festgemacht worden war. Mit unserer Werkzeugauswahl war es nämlich leider nicht weit her. Bolzenschneider und Kneifzange hatte Tante Lisbeth nicht. Während ich mich um die Befestigung der Leiter gekümmert hatte, hatte sie in ihrer Wohnung Geflügelschere, ein Brotmesser, den Knochen vom Fahrradreparaturset und eine Garnitur Inbusschlüssel zusammengetragen.

»Sieht gut aus!«, rief ich Tante Lisbeth zu. »Ich brauche jetzt die Schere!«

Tante Lisbeth griff in den Korb mit unserer Einbrecherausrüstung. Sie holte aus, warf, und ich hörte das Platschen, als die Schere im Hafenbecken landete. »Dann kommt jetzt das Messer!«, rief sie.

»Wirf diesmal weiter!«, empfahl ich.

Tante Lisbeth machte ein Geräusch wie eine Kugelstoßerin. Und traf.

»Aaaah!«, schrie ich. Ich war zwar nicht getroffen. Aber das Skelett. Das Messer hing in seinem Brustkorb. »Bist du irre? Guck doch nur, was du getan hast!«

»Wieso, war doch ein guter Wurf! Brauchst dich nicht mal zu bücken!«, rechtfertigte sie sich.

»Man wirft mit dem Griff zuerst! Das hätte auch ich sein können!« Im unruhigen Schein der Taschenlampe sah das erdolchte Gerippe furchterregend aus. Es war so gruselig, dass ich es am liebsten nicht angefasst hätte. Aber es half ja nichts. Ich fummelte die Klinge heraus und begann, an den Kabelbindern zu sägen. Das war nicht ganz einfach. Nicht nur, dass ich die Taschenlampe wieder mit dem Mund halten musste. Das Messer war außerdem viel zu lang und sperrig, und eine feinere Säge als die eines Brotmessers wäre auch praktisch gewesen.

»Wieso hast du eigentlich kein Taschenmesser?«, erkundigte ich mich über meine Schulter hinweg, als ich mal kurz Pause machte, um meine Kiefer zu entspannen.

»Hatte ich, aber solche Sachen haben du und dein Bruder euch alle bei mir geliehen, als ihr kleiner wart. Hab ich nie zurückgekriegt!«, klärte Tante Lisbeth mich auf.

»Oh.« Ich dachte an das Taschenmesser, das in meiner Küchenschublade lag. »Na, geht auch so.« Tatsächlich hatte ich das erste

Plastikband schon fast durchgesäbelt. Auch das zweite bekam ich durch, und dann stand ich da, mit Taschenlampe zwischen den Zähnen, Brotmesser in der Hand und Gerippe im Arm.

»Warte mal kurz!«, rief Tante Lisbeth.

Ich hörte sie laufen, dann die Autotür schlagen, dann kam sie zurückgewetzt.

Als es blitzte, erschrak ich so, dass ich schrie und die Taschenlampe aus meinem Mund fiel.

»Hab nur ein Foto gemacht!«, erklärte Tante Lisbeth hastig.

Oh Mann. »Das wird aber nicht ins Internet gestellt!«, warnte ich sie. Schnell sortierte ich mich neu. Ich warf das Messer zurück an Land und klemmte mir das Gerippe unter den Arm. So konnte ich aber nicht an Land klettern. Dann eben anders.

»Hol mir mal die Seile aus dem Auto!«, rief ich Tante Lisbeth zu.

»Wie heißt das?«, fragte sie pikiert.

»Was?« Was wollte sie denn jetzt? Ich stand hier mitten in der Nacht auf einem fremden Schiff, ein Gerippe im Arm, das ich im Begriff war zu stehlen, und sie stellte komische Fragen.

»Wie heißt das?«, wiederholte sie.

»Äh, Stricke, Seile, Tampen, Taue ... Egal, ich will mir den Typen hier umbinden, damit ich an Land klettern kann. Beim Auto liegen diese Schnüre, mit denen ich die Leiter festgebunden hatte.«

»Es heißt: ›Hol mir BITTE die Seile‹.«

Ich schlug mir gegen die Stirn.

»Liebste Tante Lisbeth, würdest du mir BITTE die Seile holen, damit ich diesen unseren kriminellen Akt zu Ende bringen kann?«, leierte ich ungeduldig.

Sie schob ab, über Ganovenetikette würden wir eindeutig noch sprechen müssen, sagte ihre ruckhafte Körpersprache. Aber sie kam mit den Seilen wieder und schaffte es, sie mir nach fünf Anläufen erfolgreich rüberzuwerfen.

Ich band mir das Skelett auf den Rücken. Sein Kopf lehnte an meinem, ich spürte die kantigen Hüftknochen, und seine Arme schlenkerten leblos an meiner Seite. Dann klemmte ich mir wieder die Taschenlampe zwischen die Zähne und kletterte auf die Reling. Als ich auf der Leiter kauerte und anfing zu krabbeln, sah ich, wie die Arme des Gerippes an meiner Seite herabbaumelten. Klar, es war nur Plastik. Aber hätte jetzt eine Eule geschrien oder auch nur ein Wattwurm gepupst, ich hätte mir in die Hose gemacht. Schnell kletterte ich an Land und lief mit meinem gruseligen Anhang zum Auto, was Tante Lisbeth wiederum fotografisch dokumentierte.

»Ich glaube, das machen Einbrecher nicht«, rügte ich.

»Ich glaube, normalerweise sehen Einbrecher auch nicht so lustig aus.« Sie zeigte mir das Bild. Sah tatsächlich ganz witzig aus.

»Hätte ich mich doch geschminkt!« Ich posierte noch ein bisschen. Der Bruch hatte doch tatsächlich geklappt, und jetzt, heil wieder an Land, wurde ich albern. Aufgekratzt tanzte ich mit dem Skelett. »Ich will ihn Lothar nennen!«, erklärte ich.

»Wieso Lothar?«, erkundigte sich Tante Lisbeth. »Hattest du mal einen magersüchtigen Freund?«

»Nö, auch noch nie einen, der Lothar hieß, aber sieh doch, Lothar ist einverstanden!« Ich ließ das Gerippe nicken. »Lothar kann auch Moonwalk!« Ich hielt ihn mir vor den Bauch und tanzte.

»Ich glaube, Lothar geht jetzt mal in den Kofferraum und ruht sich aus«, machte Tante Lisbeth meinem Übermut ein Ende.

»Warte, warte, Lothar muss sich noch in der Nase bohren – ups, hat ja gar keine!« Ich wollte mich ausschütten vor Lachen.

»Adrenalin.« Tante Lisbeth verdrehte die Augen. »Na, wenigstens jammerst du nicht mehr wegen Carsten.«

Das saß. Carsten hatte sich jetzt schon seit anderthalb Tagen nicht mehr gemeldet. Und obwohl ich es bedauerte, hatte ich mich inzwischen einer traurigen Einsicht gestellt. Die Theorie, dass er mich zum Schutz vor Verbrechern aus seinem Leben verbannte, war nicht sehr belastbar. Eine Zeit lang hatte ich mich ja ganz gut über Wasser gehalten mit Fantasien über die damit verbundenen heroischen Rettungsszenarien, wie Carsten mich aus den Händen von vor nichts zurückschreckenden Bösewichten befreite. Aber ... hier war Nordfriesland, und Carsten war nicht James Bond. Mediziner haben so eine Diagnose-Faustregel: »Häufiges ist häufig. Seltenes ist selten«. Und wenn man sich dem mal ergab, dann ... na ja. Was war häufiger? Er ruft nicht mehr an: a) Wegen der Gefahr kaltblütiger Entführer, die sich dann meiner bemächtigen könnten, oder b) weil er einfach nicht so auf mich steht?

Ich seufzte. Ich hatte mir das alles ganz anders vorgestellt. Und ich drehte zum wiederholten Male alles in meinem Kopf in der Hoffnung, doch noch eine andere Erklärung zu finden. Unser Kuss ... das war doch nicht nur Geknutsche gewesen! Die Zärtlichkeit. Das Herzstolpern. Und was ich da in seinen Augen gelesen hatte ... oder hatte ich mich etwa geirrt? Aber nein! Er hatte mich gefragt, ob ich bei ihm wohnen will, verdammt noch mal!

War es vielleicht das? Hatte er kalte Füße bekommen? War auch ihm in der Zwischenzeit aufgegangen, dass wir uns eigentlich so gut wie gar nicht kannten? Hatte er Angst davor, dass eine Fremde in seine Wohnung einzog, die sich dann womöglich als Psychopathin herausstellte? Ich blickte auf das Skelett in meiner Hand.

Schnell packte ich Lothar in den Kofferraum.

»Und jetzt? Wollen wir gleich weitermachen?«, fragte ich, als wir den Damm zum Festland überquerten. Es war halb eins.

»Vernünftigerweise sollten wir abwarten. Bringt ja nichts, wenn wir alles überstürzen und nicht ausgeschlafen sind. Wir besorgen uns morgen erst mal einen Spaten, dann gehen wir ganz früh ins Bett, und für übermorgen stellen wir uns den Wecker, schmieren uns Stullen, nehmen eine Thermoskanne Tee mit, eine Decke ...«

»... und Kekse und die neue *Brigitte?* Wir gehen doch nicht zum Picknick!« Ich war im Agentinnen-Modus und dachte daran, dass Lara Croft bestimmt auch nicht mit Lunchpaket zur Arbeit geht, während Tante Lisbeth unseren Verbrecherfang offenbar in englischer Landhausromantik gestalten wollte.

»Selbstverständlich darfst du dir auch im Bundeswehrladen einen Tarnanzug besorgen und dich von staubigen Fitnessriegeln ernähren«, sagte Tante Lisbeth beleidigt. »Ich nehme mir jedenfalls ein Kissen mit. Und ruhe mich jetzt aus.«

Als wir in die Wohnung zurückkamen, blinkte der Anrufbeantworter. Jürgen hatte sich gemeldet, um von der Operation Nordic Stalking zu berichten. »Hallo, Boss. Hier ›Tick‹. Das Objekt hat um halb sieben das Büro verlassen und dann im Ratskeller gegessen. Scholle mit Bratkartoffeln. Allein. Danach ins Kino. Haben nicht mitgekriegt, wofür das Objekt sich seine Karte geholt hat, also haben wir uns auf die wahrscheinlichsten Filme aufgeteilt. ›Trick‹ musste in den 3D-Film mit den sprechenden Zootieren, der kann morgen vielleicht noch nicht wieder zur Arbeit, muss schlimm gewesen sein. Ich war in *Suicide Mission,* war gut, geile Flugzeugszene, aber Objekt war in dieser Liebeskomödie mit Hugh Grant. Ohne Begleitung. ›Track‹ saß zwei Reihen hinter ihm. Danach ist Objekt nach Hause. Auch allein. *Over and out.*«

Ich freute mich. Immerhin hatte er keine andere. »Nachricht zwei. Gestern. Dreiundzwanzig Uhr fünfunddreißig«, sagte der Anrufbeantworter.

»Hi, hier ist Katja. Ich dachte, ich rufe mal besser nicht auf dem Handy an, nicht dass es bei dem, was ihr gerade macht und was ich nicht weiß und auch nie wissen will, klingelt und ihr geschnappt werdet. Stellt euch vor, bei uns hat einer gefensterlt! Jan war da! Für Sassi! Hat Steinchen ans Fenster geworfen. Romantisch, gell? Die sind total ineinander verschossen, die beiden. Ich mach's kurz: Sassi bleibt jetzt hier. Die Premiere ist ihr plötzlich wurscht. Aber sie tauscht mit der Freundin von Jan. Die kommt jetzt morgen mit mir nach Berlin auf die Premiere. Dafür kriegt Sassi Jan. Und – Achtung, jetzt wird's skurril – so ein komisches Kostüm, das die Freundin eben vorbeigebracht hat. Sassi vertritt sie hier morgen auf einer Veranstaltung. Als rosa Alien, so wie's aussieht. Haben die hier 'ne *Star Wars*-Convention? Egal. Wir telefonieren morgen früh. Wenn ich euch vorher irgendwo aus dem Knast rausholen soll, ruft an. Ich hab's Handy auf dem Nachttisch.«

»So einfach geht das«, stellte Tante Lisbeth fest und zog sich ins Schlafzimmer zurück. Tante Lisbeths Wohnung lag zwar im zweiten Stock, aber ich fand, dass Carsten auch für solche Höhen bestimmt noch eine Leiter zum Fensterln hätte auftreiben können. Aber unserem Observierungs-Team zufolge hatte er ja keinen Versuch unternommen. Genervt richtete ich mir mein Schlafcouchlager und legte mich hin.

In die Alf-Decke gekuschelt dachte ich darüber nach, was schiefgelaufen war. Lag ich damit richtig, dass Carsten bei unserer Von-null-auf-hundert-Beziehung mulmig war? Brauchte er Bedenkzeit? Das hätte er mir dann aber doch wenigstens sagen müssen! Allmählich schlug meine Verunsicherung um in Verärgerung. Wer einen so küsst, wie Carsten es am Steg getan hatte – der durfte sich danach nicht einfach totstellen! Ein Uhr nachts hin oder her – ich nahm mein Handy und wählte seine Nummer. Sich einfach nicht zu melden, das war doch feige von ihm!

Mailbox.

»Carsten, ich hab für alles Verständnis. Nur nicht, wenn du dich nicht meldest. Jetzt geh halt bitte ran!«, erklärte ich seiner Mailbox in moderatem Motzton. Und schickte dieselbe Botschaft gleich noch mal als Textnachricht hinterher.

So! Er hatte schließlich gesagt, dass er es mochte, wenn ich mich durchsetzte! Konnte er haben!

So.

Soooo.

Und jetzt?

An Einschlafen war nicht zu denken. Nach zehn Minuten nahm ich wieder mein Handy zur Hand, um eine Runde Angry Birds zu spielen. Um mal zur Abwechslung nicht an Carsten zu denken, konzentrierte ich mich dabei auf Jan und Sassi. Das war ja wirklich süß. Wenn Sassi all ihre It-Girl-Pläne sausen ließ *und* Chris Fletcher, dann war sie wohl jetzt schon am Ziel ihrer Träume. Jan war ja auch ein niedliches Kerlchen. Und meinte es offenbar ernst mit ihr, wenn er ihretwegen mit Wibke Schluss gemacht hatte – mit der er schließlich im Hoheitsauftrag der Mutter angebandelt hatte. Und wie reibungslos alles lief! Andererseits war das ja auch die einfachste Trennung der Weltgeschichte gewesen. »Hase, ich will nicht mehr, aber hier, du bekommst 'ne Karte für Chris Fletcher!« Wer würde da nicht gern sitzen gelassen werden?

Ey, warum hatte Stephan das eigentlich nicht bei mir gemacht? Er hatte schließlich die Karte gehabt! Um seinen Mandanten hätte ich mich auch gerade noch kümmern können. Jetzt war ich doch wieder ein bisschen sauer, obwohl Stephan mich in den letzten Tagen so schön kaltgelassen hatte. Den kumulierten Frust über Freunde, alte und neue, ließ ich voll an den Angry Birds aus. Aber das half auch nicht.

»Inga?«, hörte ich Tante Lisbeth nach zwanzig Minuten flüstern. »Bist du noch wach?«

Sie steckte ihren Kopf zur Tür herein. »War alles so aufregend. Kann nicht schlafen. Du auch nicht? Klingt so, als würdest du hier Karate üben.«

»Meinst du das hier?« Ich spannte das Katapult und flitschte einen Vogel auf die Reise. »Aaah-HiAA«, machte das Ding, bevor es an einer Steinwand aufschlug, »AU!« schrie, Federn ließ und platzte.

»Ja, genau.« Sie kam rüber und schaute mir über die Schulter. Ich schoss den Nächsten los. »Macht das Spaß?«, fragte Tante Lisbeth.

»Fang bloß nicht damit an!«, riet ich ihr. »Man will eigentlich immer aufhören und tut es trotzdem nicht und ärgert sich darüber. Ich habe schon ganze Nächte damit verbracht, ›nur noch diesen einen Level zu Ende‹ zu spielen. Ätzend!«

»Lass mich mal!«

»Nein, wirklich nicht. Zu zweit ist noch schlimmer. Dann ärgert man sich auch noch über den anderen.«

»Nur ein Mal! Ich glaube, wenn du das Katapult etwas weiter runterziehst, erwischst du den einen hinter dem Stein!«

»So fängt es an, Tante Lisbeth. Genau so fängt es immer an.« Tante Lisbeth versuchte, mir das Handy zu entwinden, aber ich riss mich los und sprach ein Machtwort. »Du kannst jetzt deine Zudecke holen, und wir gucken zum Einschlafen noch ein bisschen fern. Handy gespielt wird nicht mehr.«

»Männo.« Tante Lisbeth schlurfte ins Schlafzimmer, und ich versteckte mein Handy unter der Couch. Als wir uns beide eine gemütliche Position eingerichtet hatten, schaltete ich den Fernseher ein und zappte los. Es lief nur Mist.

Um vier hatten wir jeder eine heiße Honigmilch getrunken, zweieinhalb Folgen SpongeBob hinter uns gebracht und Jean-Claude van Damme durch weite Strecken eines sinnfreien Kickboxfilms begleitet.

»Ich kann nicht mehr«, stöhnte ich.

»Das einzig Gute war eben die Werbung für den Bauchmuskeltrainer«, stimmte Tante Lisbeth in mein Gejammer ein. »Soll ich mir so einen kaufen?«

Ich lupfte ihre Zudecke und betrachtete ihre Bauchregion. »Wär gut«, sagte ich ganz sachlich. Da zog sie ihrerseits meine Bettdecke beiseite. »Kannst ihn dir dann gern mal ausleihen«, bot sie an.

»Obwohl das überhaupt nicht in unsere Lebensphilosophie passt«, gab ich zu bedenken. »Wir sind doch auch ohne Bauchmuskeln glücklich, oder nicht?«

»Also, ich wäre glücklicher mit. Aber vielleicht kommt auch noch Werbung für diesen Elektrogürtel, mit dem du dich verkabelst und ganz ohne Anstrengung dünn wirst. Das wäre eher meins.«

»Das funktioniert doch bestimmt nicht. Oder es funktioniert, aber wenn dir aus Versehen Kaffee drüberläuft, wirst du gegrillt.«

»Oder es funktioniert, und unsere Umwelt reduziert uns auf unsere Körper.«

»Claudia Schiffer und du, ihr habt es echt nicht einfach!«

Wir ließen das Bauchmuskelproblem dahinstehen und ertrugen duldsam den Rest der Werbepause. Jetzt versprach eine großbusige Frau Spaß am Telefon.

»Schlechte Blondierung«, kritisierte Tante Lisbeth.

»Wir sind wohl nicht Zielgruppe«, mutmaßte ich.

»Nee. Aber da hast du's mal wieder: Männern geht es nur um Sex.«

»Und nicht um die Frisur.«

»Das meinte ich nicht.«

»Ich weiß. Aber jetzt mal im Ernst.« Ich drehte mich ein bisschen in meiner Ecke der Schlafcouch, um Tante Lisbeths Gesicht zu sehen. »Was hat er dir getan?«

# DREIUNDZWANZIG

Tante Lisbeth schob misstrauisch ihr Kinn vor. »Wer?«

Ich schaltete den Fernseher stumm. »Tante Lisbeth. Seit einer Woche erklärst du mir, dass Männer nur Sex wollen. Dass ich keinem trauen darf. Dass man sich Liebe nur einbildet. Dass Männer sowieso nicht dafür gemacht sind, eine Frau zu lieben. Und das alles basiert offenbar auf dieser *einen* schlechten Erfahrung, die du vor vierzig Jahren gemacht hast. Findest du das nicht ein bisschen übertrieben?«

Tante Lisbeth biss sich auf die Unterlippe und blieb stumm.

»Mal ehrlich, Lisbeth. Jeder macht doch mal schlechte Erfahrungen. Und du bist doch sonst so hart im Nehmen! Wenn man vom Pferd fällt, muss man wieder aufsteigen!«

»Bin ich ja.«

»Bist du nicht. Du hast viel Sex gehabt, ja. Und alle denken, du wärst die wildeste und emanzipierteste Hippiebraut nördlich des Nord-Ostsee-Kanals. Aber das stimmt doch gar nicht! Mal abgesehen von deinen Outfits.«

»Wohl bin ich emanzipiert.«

»Klar, du lässt dir von keinem was sagen. Aber du bist doch deshalb so stachelig, damit keiner dicht genug ran kommt, um dir wehzutun! Das ist nicht emanzipiert, das ist traumatisiert. Ganz ehrlich? Ich glaube, du hattest bei deinen ganzen tollen Männergeschichten so viel Spaß wie ein Tierpfleger beim Gehege ausmisten.«

»Schöne Metapher.«

»Ich hatte noch deinen Vergleich mit den Pavianhintern im Kopf«, gab ich zu. Ich griff neben mir in die Schrankwand und holte das Foto von Gianni aus dem Regal. »Wie war's denn zum Beispiel mit Gianni?«

»Gianni hat's gar nicht gegeben«, sagte sie.

Jetzt war ich baff. Ich dachte, sie hätte *sich* etwas vorgemacht. Nicht *mir*.

»Und wer ist dann das hier?«, fragte ich.

»Das ist Signore Romano, der Mann meiner Vermieterin in Neapel. Der saß immer halbnackt am Frühstückstisch, wenn ich aus meinem Zimmer kam. Und einmal habe ich ihn fotografiert und das Bild nach Hause geschickt.«

»Aber wozu? Damit hast du dir doch deinen Ruf ruiniert!« Ich dachte an die Geschichten, die mein Vater immer zum Besten gab. Von Tante Lisbeth und ihren kleinen Italienern, dem Dolce Vita und der verlorenen Unschuld.

»Na klar. Alles, was ich deinem Vater, der alten Klatschbase, geschrieben habe, wurde sofort haarklein herumerzählt. Auf ihn ist sogar noch mehr Verlass als auf Svenja«, freute sie sich.

Langsam dämmerte es mir. »Dann hast du dich an deinem Freund rächen wollen!«, stellte ich fest.

»Ja. Ich wollte ihm beweisen, dass ich über ihn hinweg war. Ich hoffe, es hat ihn richtig geärgert.«

Ich zog die Alf-Decke vor meinen Bauch und hörte mit wachsendem Staunen zu, als Lisbeth mir ihre Geschichte erzählte.

Sie war achtzehn Jahre alt gewesen und, so weit waren die Berichte meines Vaters noch korrekt, das graue Mäuschen, das hinten im Lager des Möbelgeschäftes meines Großvaters ein tugendhaftes und vollkommen ereignisloses Leben absaß. Ihre einzigen Highlights waren die Stunden, in denen sie sich mit ihrer Staffelei auf dem Rücken von zu Hause abseilen konnte. Sie hatte einen alten Steg gefunden, dessen Ende scheinbar von einer Sturmflut weggerissen worden war. Hinter einer Wand aus meterhohem Schilf war er nach einer kurzen Lücke aber weitergegangen und hatte ihr, von allen Seiten von Schilf umschlossen, ein Refugium geboten, in das sie sich zum Malen und Träumen zurückzog.

Eines Tages war sie aber doch gestört worden. Ein junger Mann stand plötzlich neben ihr. Sie kannte ihn und hätte erwartet, dass er sich über das Bild, an dem sie arbeitete, lustig machen würde. Aber er interessierte sich für ihre Maltechnik und die Farbenmischung. Und für sie. Er kam immer wieder, brachte seinen eigenen Skizzenblock mit, und gemeinsam träumten die beiden davon, ihre langweiligen Existenzen hinter sich zu lassen und Künstler zu werden.

Mir war natürlich aufgefallen, dass Tante Lisbeth keinen Namen nannte, und fragte nach, wer »er« denn gewesen sei, obwohl ich schon eine ziemlich konkrete Vorstellung hatte.

»Das ist nicht wichtig«, wich sie mir aber weiterhin aus. »Er war ein Junge aus gutem Hause. Seine Eltern wollten ihn zum Studieren nach Heidelberg schicken, damit er in die Fußstapfen seines Vaters tritt. Ein Kunststudium fanden sie natürlich vollkommen unvernünftig.« Sie fuhr sich mit den Händen durch die Haare. »Wenn unsere Eltern auch sonst nichts gemeinsam hatten, das verband sie. Und uns. Du kannst dir nicht vorstellen, wie gut es tat, jemanden zu haben, der so fühlte wie ich. Und er sah wahnsinnig gut aus! Ich lebte quasi nur noch für unsere Stunden auf dem Steg. Wir fühlten uns wie Romeo und Julia, außer dass wir natürlich dachten, dass *wir* es gemeinsam schaffen würden. Wir malten uns aus, zusammen fortzugehen. Nach Italien, in die Wärme, in die Freiheit! Wir wollten von der Kunst leben. Und dann wurde ich schwanger.«

Wow. Ich stellte mir vor, was es vor über vierzig Jahren bedeutet haben musste, unverheiratet – und war man damals nicht mit achtzehn sogar noch minderjährig? – schwanger zu sein. Tante Lisbeth schwieg einen Moment. Sie zog die Beine an und legte die Arme darum.

»Und dann?«, fragte ich vorsichtig.

Ihre Stimme, die eben noch sanft und schwärmerisch gewesen war, wurde kalt und schneidend. »Dann kam ein Anwalt in unser Büro. Ich war hinten im Lager, aber Papa wurde so laut, dass ich alles gehört habe. Die Eltern von meinem Freund boten uns fünfzigtausend Mark dafür, dass ich das Kind wegmache und den Kontakt abbreche.« Wieder schwieg sie. Eine Minute verstrich, in der ich vergeblich versuchte, mich in ihre Gefühle von damals hineinzuversetzen. Das war echt eine Nummer zu groß für mich. »Und dann?«

»Mein Vater war schrecklich wütend.«

»Auf dich?«

»Nein.« Tante Lisbeth lächelte. Ich sah, wie ihre Augen verdächtig zu schwimmen begannen. »Mein Papa war großartig. Er hat den Anwalt angeschrien, für wen er sich und uns denn halten würde, und ihn achtkantig rausgeschmissen. Dann hat er mich aus dem Lager geholt, in sein Auto gesetzt und ist mit vollem Karacho losgefahren. Er wollte diesen Leuten die Meinung sagen. Er war nicht gerade stolz auf mich, aber er hat meine Hand gehalten. Und dann …« Tante Lisbeths Stimme brach weg. Tränen liefen ihr das Gesicht runter. Sie wischte sie mit dem Ärmel ihres Nachthemds weg. »Dann hatten wir den Unfall«, brachte sie den Satz zu Ende.

Der Unfall. Ich saß mit den Händen vor dem Mund da und versuchte, meine Gedanken zu ordnen. »Ich dachte, Opa hätte im Auto einen Herzinfarkt gehabt«, sagte ich.

Tante Lisbeth nickte. »Das haben wir auch allen so erzählt. Aber Papa hatte keinen Herzinfarkt. Er war nur so aufgebracht, dass er in der Kurve unachtsam war und die Kontrolle über das Auto verloren hat.«

»Das ist ja furchtbar.« Arme Lisbeth! Und … »Und was war mit dir? Und dem Baby?«

»Ich habe es verloren«, sagte sie leise. »Der Aufprall war zu heftig. Das Baby hatte Quetschungen. Es war ein Junge. Die Ärzte haben ihn tot auf die Welt geholt. Meine Mutter fand, dass wir jetzt auf meinen Ruf achten müssten, und hat allen nur von meinem Auge erzählt.«

Ich robbte zu Tante Lisbeth rüber und nahm sie in den Arm. »Und dein Freund?«, fragte ich zaghaft.

Tante Lisbeth forderte mich auf, mir ihre Dokumentenmappe aus einem Fach in der Schrankwand zu geben. Ich stand auf, fand die dicke lederne Mappe und reichte sie Tante Lisbeth. Sie öffnete den altmodischen Schnappverschluss und blätterte durch Geburts- und Sterbeurkunden, Impfausweis und Kaufverträge, bis sie weit hinten einen Brief aus einer Hülle zog und mir wortlos reichte. Ich faltete ihn auf und las.

Liebe Lisbeth,
ich möchte Dir mein Beileid zum Tod deines Vaters aussprechen. Außerdem bin ich sicher, auch dich quält der Verlust unseres Kindes. Aber ich denke, vor Schuldvorwürfen gilt es sich zu hüten.
Meine Eltern haben mir alles gesagt. Ich bin schockiert, dass sie dir Geld geboten haben. Ich fange jedoch an zu begreifen, dass unser Traum naiv war. Brotlose Künstler, die ihr Kind nicht ernähren können … Wie sagt schon Schiller? »Der Wahn ist kurz, die Reu ist lang.« So lass uns dem flüchtigen Glück entsagen und unsere Pflichten unseren Familien gegenüber erfüllen. Ich werde noch in dieser Woche nach Heidelberg gehen. Sei versichert, dass ich dir für dein Leben nur das Beste wünsche.
Dein Henning

Henning.

Henning Christiansen.

Ich hatte richtiggelegen. Die Feindseligkeit, die Tante Lisbeth gegenüber Gesa an den Tag legte. Die absurde Freudlosigkeit Hennings, von der Jan berichtet hatte, die wie ein Spiegelbild zu

Tante Lisbeths tiefer Verbitterung passte. Die Szene bei der Beerdigung, als er zu uns rübergeguckt hatte und Lisbeth ganz nervös geworden war. Und dann dieser unglaubliche Zufall mit dem Ölgemälde, das sowohl Henning als auch Lisbeth besaßen …

Ich bekam eine unbändige Wut auf diesen Mann. »Er hat dich mit einem Brief abserviert?«, fragte ich fassungslos.

»SMS gab es damals ja noch nicht«, sagte Lisbeth zynisch.

»Hat er sich überhaupt jemals im Krankenhaus blicken lassen?«

»Kein einziges Mal. Er hat meiner Freundin Renate den Brief mitgegeben, und fort war er. Hat Medizin in Heidelberg studiert und seine Eltern glücklich gemacht.«

»Wie er sie in Schutz nimmt!«, regte ich mich auf. »›Ich bin schockiert, aber begreife es.‹ Erbärmlich! Zu verzeihen, dass sie hinter seinem Rücken sein Kind wegmachen lassen wollten.«

»Sie haben ihm offenbar zu verstehen gegeben, dass er mit mir sein Leben wegwirft«, sagte Tante Lisbeth bitter.

»Ja, sie müssen ihn ganz schön in die Mangel genommen haben. Der Feigling. Na, immerhin hat er auch gelitten. ›Dem flüchtigen Glück entsagen‹, schreibt er.« Ich lachte bitter. »Das hat sich als Devise dann auch gehalten. Jan sagt, er bekäme immer Vorträge, dass man sein Leben nicht nach kurzen Glücksmomenten ausrichten dürfe. Der scheint sein Leben so zu genießen wie einen Besuch beim Zahnarzt.«

»Das gönn ich ihm auch«, sagte Lisbeth mit verengten Augen. »Außerdem hat er mich nämlich auch noch hopp, hopp ersetzt, während ich nicht über ihn wegkam. Stell dir vor, kein Jahr später hat er Gesa geheiratet! Gegen die hatten Christiansens wohl nichts. Ihr Vater war schließlich Chefarzt im Kreiskrankenhaus«.

»Tja. Aber das war nicht gerade die beste Entscheidung. Kennst du die Gerüchte? Sie geht mit dem VentCollect-Typen fremd. Eine glückliche Ehe ist das jedenfalls nicht.«

»›Der Wahn ist kurz, die Reu ist lang!‹«, sagte Tante Lisbeth schnippisch.

»Und du bist ab nach Italien«, stellte ich fest.

»Sicher. Ich wollte denen nicht auch noch dabei zusehen, wie sie vor meinen Augen herumscharwenzeln. Ich habe deinen Vater bearbeitet, dass er auch lieber studieren gehen soll, wenn er sein Abi hat, statt Papas Laden zu übernehmen. Und dann haben wir Mutti überredet, das Geschäft zu verkaufen. Damit war ich frei.«

»Und dann hast du den Italienplan allein umgesetzt. Und dafür gesorgt, dass Henning alles erfährt.«

»Ja. Dass er mit Gesa dann so unglücklich wurde, war natürlich das Tüpfelchen auf dem i. Als ich das erfuhr, habe ich beschlossen, dass ich genauso gut zurückkommen kann. Ist viel zu heiß in Italien. Mein Ruf war natürlich weit und breit ruiniert, und keine Frau hat je ihren Mann mit mir allein im Raum gelassen. Aber ich glaube, die meisten waren neidisch.«

»Und wie ist es mit dir und Henning weitergegangen? Habt ihr jemals miteinander geredet?«

»Nee.«

»Das ist hier aber doch ein Dorf! Ihr müsst euch doch ständig über den Weg laufen!«

»Wir nicken einmal kurz und gucken dann weg. Und manchmal merke ich, wie er feindselig zu mir rüberstarrt. Zum Beispiel neulich bei der Beerdigung.«

»Der hat aber echt einen fiesen Charakter. Schließlich hat *er dich* sitzen lassen. Und jetzt ist er unzufrieden, weil du dir die Freiheiten nimmst, die er sich nicht getraut hat.«

»Ja. Christiansens sind wirklich ein Traumpaar. Meinst du wirklich, dass Jan nicht so schlimm ist? Sonst müssen wir uns vielleicht wegen Sassi noch was einfallen lassen.«

»Nee, keine Sorge«, beruhigte ich sie. »Jan ist cool. Der muss sich nur noch von seinen Eltern freistrampeln.«

»Und Sassi macht übermorgen die Krabbenkönigin?« Tante Lisbeth grinste.

»Ja.« Ich feixte zurück. »Das ist doch fast besser als *Glitter An-*

*gel.* Morgen, übrigens. Es ist schon Freitag. Du kannst deine Fernsehzeitschrift umblättern.«

»Wie spät ist es eigentlich?«, fragte Tante Lisbeth. »Gibt's schon Frühstücksfernsehen?«

»Halb fünf.« Ich zappte rum. Es liefen überall noch die alten Comedy- und Serienwiederholungen.

»Können wir trotzdem frühstücken? Ich bin hellwach«, stellte Tante Lisbeth fest.

»Ich auch.«

»Oder wollen wir doch gleich heute die Hansen-Falle aufstellen? Morgen macht uns das frühe Aufstehen sonst wieder was aus!«

Während wir aßen, belegte Tante Lisbeth gleich noch zwei Stullen für später. Sie hobelte grobe Späne von der Butter ab und belegte jedes Brot mit zwei Scheiben Bierschinken. »Oah nee, keine Wurststulle«, beschwerte ich mich. »Da wird mir vom Geruch schon schlecht, wenn du die später auspackst.«

»Marmelade schmiert zu doll«, konterte Tante Lisbeth.

»Dann nimm einen Apfel mit.«

»Kann ich nicht abbeißen.«

»Banane?«

»Wird matschig.«

»Trockenes Brot?«

»Bin ich ein Pferd? Jetzt stell dich mal nicht an.«

Wir machten einen Deal. Ich ertrug ihr Picknick, und sie gab nach, was die Kleidung betraf. Ich hatte wieder meine schwarze Montur von gestern Nacht an und bestand darauf, dass auch Tante Lisbeth sich tarnte. Sie sah ein, dass Gelb und Pink einer Observierung schaden konnten, und erklärte sich bereit, den guten Geschmack ausnahmsweise hintanzustellen. Etwas leihen, wie sie vorschlug, wollte ich ihr allerdings auch nicht. Mal angenommen, sie würde in eins meiner Oberteile überhaupt hinein- und auch wieder hinausfinden, befürchtete ich, dass es danach trotzdem nie wieder dasselbe sein würde. »So viel Synthetik ist nichts für dich«, log ich daher diplomatisch. Etwas ratlos standen wir also vor ihrem Kleiderschrank. Grelle Farben, wo man auch hinguckte. Bis auf das Beerdigungs-Kostüm, aber das wollte sie sich bei unserem Vorhaben nicht ruinieren. Ich öffnete Kleidersäcke und guckte in Hutkartons. Endlich, in einem Schuhkarton, fand ich etwas, was jedenfalls farblich passte, ein dunkellila-braun-orangefarbenes Irgendwas. Ich zeigte drauf.

»Ach das. Das sollte ein Pullover für deine Mutter werden. Aber ich krieg irgendwie die Arme nicht hin.« Ich nahm das Ding in die Hand und schüttelte es auf. Es war ein Pullunder mit einem kurzen, kelchförmigen Rüssel an der linken Seite, da, wo eigentlich ein Ärmel hingehört.

»Wie hast du denn das, ähm, Muster hinbekommen?«, fragte ich nach dem Ursprung der psychedelisch verschwimmenden Farbflecken.

»Geschieperte Wolle, praktisch, was? Man strickt immer nur mit demselben Faden, und raus kommt so ein tolles Muster«, freute sich Tante Lisbeth.

»Mmmh. Wie schade für Mama, dass du den nicht fertig gemacht hast«, log ich wenig überzeugend. »Aber dafür können wir ihn jetzt gut brauchen. Zieh mal an!«

Sie streifte das Teil über ihr Spitzenunterhemd, und ich war begeistert. »Ein Tarnpullunder erster Güte!« Tante Lisbeth sah aus wie Tarzans Jane nach dem ersten Strickkurs. Der halbe Ärmel schlackerte etwas unmotiviert um ihren bleichen Arm und würde sich in seiner wabernden Form sicher nicht als Modetrend durchsetzen. Für unsere Zwecken war dieses Ding allerdings perfekt.

»Aber an den Armen wird mir kalt!«, wandte Tante Lisbeth ein.

Das sah ich ein. Wir hatten zwar Spätsommer, aber vor Sonnenaufgang war es recht frisch. Ich dachte an Lisbeths Walking-Outfit. »Du hattest doch beim Sport so tolle Stulpen an. In welchen Farben hast du die denn noch so?«

Tante Lisbeth öffnete den Deckel einer mit Blümchenpapier beklebten Waschmitteltrommel. »Rosa, Gelb und Gold«, verkündete sie wühlend.

»Gib mal die goldenen!« Tante Lisbeth zog ein Paar erstaunlicher Disco-Wadenwärmer aus der Trommel empor.

»Hm. Die Glitzerfäden reflektieren wahrscheinlich etwas stark«, verwarf ich die Idee. »Hast du vielleicht noch eine alte Strumpfhose? Weißt du, eine mit Löchern, die man eh nur noch zum Drunterziehen benutzt?«

Klar hatte sie. Aus der Ecke ihres Schranks zog sie eine prall gefüllte Plastiktüte hervor. »Es gibt nie genug kaltes Wetter, um die Strumpfhosen aufzutragen«, seufzte sie. Da merkte man mal wieder, dass wir verwandt waren. Auch ich hatte das Gen, das mir sagte, eine Strumpfhose, die fünfzehn Euro gekostet hatte, auf keinen Fall nach nur einem Tragen wegzuwerfen, nur weil da eine Mini-Laufmasche … und so hob ich sie ebenfalls auf, um sie bei kaltem Wetter unter einer Jeans noch mal anziehen zu können. Alle zwanzig Paar oder wie viele ich davon bei mir hortete.

Ich schlug Tante Lisbeth vor, sich aus den fleischfarbenen Strumpfresten Armstulpen zu basteln.

»Sehr kreative Idee!«, lobte Tante Lisbeth. »Ich weiß echt nicht mehr, wohin mit den alten Dingern!«

»Wir hätten sie gestern für unseren Bruch auch als Strumpfmasken nehmen können. Schade, dass wir nicht daran gedacht haben.«

»Deine Mutter macht damit Servietten-Knödel«, verriet mir Tante Lisbeth.

»Iiieh! Ich will keine Lebensmittel da, wo früher mal Füße waren!«

»Im Fernsehen kam auch mal, wie man daraus notfalls Kaffeefilter …«

»Aaah! Hör auf!«

»... oder Kresseköpfe!«

»So Figuren, die Haare kriegen?« fragte ich interessiert, während ich mit der Küchenschere Fuß- und Poteil einer Strumpfhose abschnitt.

»Ja, genau. Man streut angeblich einfach Kressesamen rein, stopft Erde drauf und macht einen Knoten. Wenn die mich für die Kirchendeko einteilen, könnte ich das für Erntedank mal ausprobieren.«

Tante Lisbeth zog die Stulpen über. Das heißt, sie trug jetzt zu ihrem Tarnpullunder fleischfarbene Nylonschläuche an den Armen. »Super«, lobte ich. Wenn sie in diesem Aufzug gesehen würde, würde sie zwar auf der Stelle entmündigt werden. Aber unser Ziel war ja gerade, nicht gesehen zu werden.

Was Tante Lisbeth zu bedauern anfing. Sie hatte die Arme gehoben und schlackerte mit den Ellenbogen. Dabei betrachtete sie sich im Spiegel. »Siehste! Da wabbelt gar nichts!«, freute sie sich über ihre bestulpten Oberarme.

»Stützstrumpfhosen?«

»Jo. Ich glaube, ich bin da einer ganz heißen Geschäftsidee auf der Spur.«

# VIERUNDZWANZIG

In der Morgendämmerung stellten wir das Auto außer Sichtweite von Hansens Baugrundstück und der Straße auf dem Parkplatz für Waldspaziergänger ab. Unser Gepäck hatten wir schon abgeladen. Am Baustelleneingang türmten sich Lothar das Skelett, ein rostiges Balkongärtner-Utensil, das vorn eine Miniharke und hinten ein Schippchen hatte, das Töpferzeug aus Inkens Atelier, die Decke von Tante Lisbeths Autorücksitz und meine mit Alf, ein Picknickkorb, eine Videokamera und Paketband. Tante Lisbeth brachte das Observierungsmaterial zum Hochsitz, während ich den Rest die Baggerrampe hinunter in die Baugrube trug. In der vordersten Ecke, wo ich im Schutz der Grubenwand und des an der Straße verlaufenden Knicks jedenfalls für vorbeifahrende Autos nicht sichtbar war, fing ich an zu buddeln.

Das war mit der nur tortenhebergroßen Blumenschippe einigermaßen mühsam. Der Boden war, ich lobte mir die sandige Geest, zwar recht locker. Aber Tante Lisbeths Schaufel war einfach lächerlich klein. Ich dachte an meine Kindheitsprojekte, an Sommertagen unseren Liegeplatz am Strand mit einem Sandwall zu umfrieden, und wie ich damit eigentlich immer den ganzen Tag beschäftigt gewesen war. Gut, ich hatte nicht vor, unser nachgemachtes Hünengrab zum Schluss mit Muschelmustern zu verzieren. Aber trotzdem, das dauerte mir hier zu lange. Und wo blieb eigentlich Tante Lisbeth? Ich hielt nach ihr Ausschau. Nichts zu sehen.

»Tante Lisbeth?«, rief ich.

Keine Antwort.

»TANTE LISBETH???«

»Piep.« Das kam aus hundert Metern Entfernung aus dem Hochsitz. Da stand sie, Thermoskannenbecher in der Hand, Decke um die Schulter, mir mit einer Stulle in der Hand freundlich zuwinkend. Empört stapfte ich zu ihr rüber. »Soll ich hier die ganze Arbeit allein machen, oder wie?«, schimpfte ich sie aus, als ich vor dem Hochsitz stand.

»Ich wollte nur mal unsere Tarnung testen.«

»Was?«

»Na, ich hab mich die ganze Zeit angestrengt auf die Bank hier drinnen gekauert, und siehste, du hast mich eindeutig nicht sehen können von der Baugrube aus.«

»Ja. Das war ein ganz wertvoller Beitrag von dir.«

»Teechen?«

»Später.« Ich wurde ungeduldig. »Kannst du jetzt mal endlich …«

Tante Lisbeths Augenbrauen schossen hoch. Ich erinnerte mich an die Szene beim Piratenschiff.

»… bitte …«

Sie nickte zufrieden.

»… mit buddeln helfen? Mit diesem Teil hier brauche ich bis morgen früh. Am besten, du nimmst dir eines von unseren Tonschälchen und gräbst mit.«

Tante Lisbeths Kopf verschwand im Innern des Hochsitzes, und kurz danach stieg sie vorsichtig die nicht sehr vertrauenerweckende Leiter herunter. »Du hast ja Absatzschuhe an!«, rief ich entsetzt. Mit Pumps ins Gelände! Also echt.

»War ein Versehen«, gab sie zu. »Ich wollte eigentlich meine Sportschuhe anziehen. Der Sand hier zerkratzt total den schönen Lack.«

Ich rollte mit den Augen. »Das ist wahrscheinlich auch der Grund, warum die beim Weitsprung immer Turnschuhe anhaben.«

Wir umrundeten die Baugrube. Links und rechts davon türmten sich Berge mit Baumaterialien. Eisengitter und -stangen, Plastikrohre und Kieshügel. Weiter hinten stand ein verdellter Bauwagen. »Hast du eigentlich da mal nach einer Schaufel geguckt?«, fragte Tante Lisbeth.

»Oh. Öhm. Der ist doch sicher abgeschlossen.«

»Quatsch. Hier bei uns wird nicht geklaut.«

»Nur gemordet?«

»Das ist was anderes.«

Tatsächlich. Der Bauwagen war offen. Wir traten ein.

Am hinteren Ende befand sich ein kleines Fenster. Davor standen zwei Pressholzbänke und ein kleiner Tisch, auf dem sich alte Zeitungen und Kekspackungen stapelten. Der Rest des Wagens diente als Materiallager. Die Regale enthielten alle möglichen Utensilien von Handschuhen über Silikonpistolen und Schraubenzieher bis hin zu Nägeln und Schmirgelpapier. Und an die Regale angelehnt lagerten glücklicherweise auch ein paar betonverkrustete Schaufeln. Tante Lisbeth war sogar Komplize genug, ebenfalls nach einer Schippe zu greifen, aber ich winkte ab. Mit einer richtigen Schaufel bekam ich das Loch auch allein schnell hin. Sie sollte lieber die Deko übernehmen.

Ich buddelte eine etwa dreißig Zentimeter tiefe Mulde, in die ich Lothar legen konnte, und Tante Lisbeth platzierte fleißig Töpferware um ihn herum. Dann schaufelte ich die Erde wieder drauf. »Halt!«, rief Tante Lisbeth, als ich auf Brusthöhe von Lothar angelangt war. Sie kniete sich hin und nahm seine Hand. »Wir müssen den Arm raushängen lassen!«

Ich hatte mich an Lothar ja schon gewöhnt. Ihn zu beerdigen war trotzdem ein wenig schauderhaft. Als dann letzten Endes – wir hatten die Erde schön glattgeklopft – die Baugrube wieder unberührt dalag bis auf einen aufragenden, weißen Gerippearm, da gruselte ich mich richtig. Wir traten ein paar Schritte zurück.

»Ist gut geworden.«

»Aber zu auffällig.« Tante Lisbeth kniff die Augen zusammen.

»Die Baugrube ist locker fünfhundert Quadratmeter groß. Da fällt doch so ein kleines Ärmchen nicht auf!«, hielt ich dagegen. »Außerdem, sonst findet ihn doch keiner!« Der Plan war, einen zufälligen Passantenfund vorzutäuschen.

»Na ja. Aber Wilm hat die Grube selbst gemacht. Der muss sich doch sagen, dass er es gesehen hätte, wenn was aus dem Boden rausgeguckt hätte!« Das stimmte. Wir grübelten eine Weile.

»Ein Hund!«, hatte Tante Lisbeth da die rettende Idee. »Wir wühlen ein bisschen den Boden auf und sagen, ein Hund hätte die Knochen ausgebuddelt!«

»Super!« Ich formte meine Hände zu Pfötchen, ging in die Knie und wirbelte zwischen meinen Beinen Sand auf.

»Das machst du sehr schön.«

»Ich versuche, mich in diesen Fiffi von neulich hineinzudenken. Was würde Charlie tun, wenn er einen Knochen wittert?«, erklärte ich meine Buddeltechnik.

»Das zeichnet dich einfach aus. Deine Gabe, dich in andere hineinzuversetzen.«

Ich schleuderte ihr ein Pfötchen voll Sand ans Bein. »Hätte Charlie auch gemacht.«

»Blöde Töle.« Tante Lisbeth ging vor zum Hochsitz und ließ mich die Schaufel allein wegräumen.

Um halb sechs saßen wir auf unserem Observierungsposten. Der Hochsitz war in Baumhausmanier auf den dicken untersten Ast einer alten Eiche gebaut worden. An drei Seiten waren wir von Wänden aus eng nebeneinander gesetzten Brettern umgeben, nach vorn hin abgeschlossen von einer Art Fensterbrett, auf dem die Jäger wohl ihre Flinten abstützten. Ohne die Erwartung zu wecken, im Ernstfall besonders effektiv vor Regen zu schützen, war auf dürren Pfosten hoch über uns ein schiefes Dach montiert, von dessen Seiten allerhand Einkokoniertes und Achtbeiniges an seidigen Fäden herunterbaumelte und sich im Wind sanft wiegte. Neben mir, wo die Leiter nach unten führte, war der Hochsitz völlig offen. Einzig ein in Brusthöhe zwischen die Pfosten genagelter Balken bewahrte den im Blutrausch taumelnden Jäger vor dem Absturz. Die Erbauer waren außerdem so freundlich gewesen, ein inzwischen leicht angemorschtes Bänkchen an die Rückwand zu nageln, aber mit Komfort hatten es die Jägersleute wirklich nicht. Es war einfach fürchterlich eng hier. Außerdem war die Bank schmal, das Holz splitterte, und bis auf die Stellen, wo ein gelblicher, bauschaumartiger Pilz wucherte, orthopädisch hart.

Tante Lisbeth fluchte, dass sie doch noch vergessen hatte, sich ein Sitzkissen mitzubringen. Aber sie hatte im Auto noch dieses Plastikleder-überzogene Verbandskissen. »Möglicherweise schon etwas veraltet?«, stichelte ich. Ihr Gewissen plagte sie nicht. »Ist noch aus dem Käfer«, freute sie sich. »Und wenn ich jemandem damit das Leben rette, dann wird er mich deswegen schon nicht verklagen.«

Weil ich wusste, dass das Kissenholen wieder meine Aufgabe geworden wäre, das Kissensitzen dagegen Tante Lisbeths, argumentierte ich dagegen. Auf diesem voluminösen Ding würde sie so hoch sitzen, dass man sich nur umso unbequemer zusammenkauern musste, um von draußen nicht gesehen zu werden. Das sah Lisbeth ein und wackelte bedauernd hin und her, um ihre Körpermasse zumindest in maximale Entspannungsposition sinken zu lassen.

Ich nahm die Videokamera in Augenschein. Es war ein analoger Klopper mit echten Filmkassetten. »Gutes Gerät, oder?«, fragte Tante Lisbeth. »Habe ich mir vor Jahren gekauft, als ich zum ersten Mal Cluburlaub gemacht habe. Danach habe ich sie eigentlich nicht mehr benutzt, ich mach lieber Fotos.« Das bedeutete wahrscheinlich, dass sie nicht wusste, wie man die Kamera an den Fernseher anschließt. »Aber damals auf Teneriffa«, fuhr sie fort,

»da hab ich einzigartige Aufnahmen gemacht. Hier, spul mal ein bisschen zurück, dann müsste zum Beispiel der Clubtanz kommen.« Plötzlich fing sie an, mit den Armen zu fuchteln. »AAAGAAADUDUDU!«, grölte sie dazu in seliger Erinnerung.

»Pscht«, zischte ich.

»Musst du immer so eine Spaßbremse sein?«, maulte Tante Lisbeth.

»Bitte. Dann sing halt.« Wir hatten, weil wir es noch zu früh für den vorgetäuschten Spaziergängerfund fanden, Hansen noch nicht alarmiert. Da brauchten wir auch noch nicht leise zu sein. Aber Tante Lisbeth war beleidigt. »Jetzt hab ich keine Lust mehr.« Sie verschränkte die Arme vor der Brust.

»Okay, komm. Dann lass uns jetzt anrufen. Nicht, dass am Ende die Bauarbeiter früh zur Arbeit kommen und die ganze Sache verderben.«

»Nein, noch nicht«, bremste Tante Lisbeth. »Jetzt sind gerade ganz schlechte Schwingungen zwischen uns. Das geht nicht, wenn man als Team eine Prüfung auf Leben und Tod anpacken muss!«

»Kommt mir das jetzt nur so vor, oder bist du gerade übertrieben theatralisch?«

»Wegen der ›negativen Schwingungen‹? Ich bin einfach ein sehr sensibler Mensch!«

»Ich meinte eigentlich wegen der ›Prüfung auf Leben und Tod‹. Besonders den Teil mit dem ›Tod‹.«

»Ach so. Ja. Da vielleicht ein bisschen. Aber wegen dieser negativen Schwingungen … die müssen noch weg.«

»Okay. Also gut. Aaaagadudu …« Ich fing an zu singen. Tante Lisbeth unterbrach mich sofort. »Was machst du da?«

»Ich dachte, darum ging es dir? Dass ich mitmache?« Ich hob die Arme so wie sie vorhin. »Aaaaga …«

»Nein.« Tante Lisbeth zog meine Arme wieder runter. »Ich meinte einen Beweis gegenseitigen Vertrauens. Ich muss mich jetzt gleich ganz auf dich verlassen können, und da ist es wichtig, dass zwischen uns nichts ist.«

Häh? Ich guckte sie verständnislos an.

»Kein Blatt Papier darf mehr zwischen uns passen«, fuhr sie fort.

»Sag doch, wenn du kuscheln willst.« Mensch, seit sie mir letzte Nacht die Geschichte mit Henning anvertraut hatte, standen wir einander wirklich nahe. Ich schlang die Arme um sie, aber Tante Lisbeth hob beschwichtigend die Hände und schob mich wieder weg. »Nicht im körperlichen Sinne. Geistig. Seelisch. Totale Offenheit.« Wie süß! Ich kannte sie bislang nur als einen total verschlossenen Menschen, der sich davor hütete, sich anderen Menschen zu öffnen. Und jetzt brach es aus ihr heraus. Als wäre ein Damm gebrochen.

»Okay«, sagte ich und guckte sie liebevoll an.

»Ehrlichkeit«, sagte sie eindringlich. Ich fühlte mich geschmeichelt, dass sie mich zu ihrer Vertrauten machen wollte.

»Absolut«, bestärkte ich sie.

»Dann sag mir jetzt, was das in Wahrheit für ein Model-Job von dir war.«

Ich stöhnte und rieb mir die Stirn. Von wegen Damm gebrochen!

»Na los. Spuck's aus. Ich hab dir das nämlich keine Sekunde lang geglaubt, diese Friseur-Geschichte. Worum ging es da in echt, als du neulich mit Katja telefoniert hast? Was war das für ein Model-Job, von dem sie Sassi erzählt hatte?«

Ich seufzte. Ich hatte wirklich, wirklich keine Lust, dieses peinliche Erlebnis vor Tante Lisbeth auszubreiten. Aber natürlich konnte ich nach ihren Enthüllungen von gestern schlecht mauern. »Also gut«, sagte ich daher unmotiviert. »Ich bin vor ein paar Jahren mal auf der Straße angesprochen worden. Der Typ hat sich als Model-Scout ausgegeben. Ich bin mitgegangen, und es stellte sich heraus, dass er mir nicht ganz die Wahrheit gesagt hatte.«

»Du hast einen Porno gedreht!«, schrie Tante Lisbeth.

»Nein!« Tante Lisbeth musste wirklich mal zum Psychiater.

»Schade.«

*Wirklich* mal zum Psychiater. »Das findest du schade?«, rief ich sie zur Ordnung. »Deine Nichte als Pornostar, das wäre für dich eine gute Sache?«

»Natürlich nicht.« Sie winkte ab. Wenig überzeugend, wie ich fand. »Ich meine doch nur, dann hätte dein Vater endlich mal eine andere Skandalgeschichte zu erzählen, das mit mir wird so fade. Und als Anekdote wäre es echt lustig.«

»Geht so. Aber vielleicht reicht dir das hier ja schon. Also. Ich bin mitgegangen, weil er gesagt hat, bei einer Modenschau wäre ein Model ausgefallen, und ich könnte jetzt gleich unter Beweis stellen, ob ich das Zeug dazu habe.«

»Aber du bist doch viel zu klein!«

»Vergiss nicht meine Ohren«, erinnerte ich sie.

»Das kommt noch dazu. Deshalb hatte ich ja schon das mit dem Frisuren-Modeln nicht geglaubt. Also jetzt sag schon. Wenn es keine Modenschau war, was war es dann? Hast du ein Tattoo bekommen?« Tante Lisbeth klatschte begeistert in die Hände. »Hast du ein Arschgeweih? Oder so ein chinesisches Schriftzeichen, das angeblich ›Liebe‹ bedeutet und in Wahrheit ›Brechdurchfall‹ oder so was? Und wo? An der Hüfte? Fußgelenk? Hast du das gestern einfach nur geschickt mit Watt vollgeschmiert, damit wir anderen es nicht sehen?«

»Nein.«

»Piercing? Zungenstecker? Entglittene Fingernagelmodellage?«

Ich wackelte mit ausgestreckter Zunge und Fingern vor ihr rum. Alles ganz naturbelassen.

»Okay, dann sag's endlich. Wir müssen hier auch mal fertig werden.«

»Orthopädie. Es war eine Modenschau für ein Orthopädie-

Geschäft. Die hatten in den Shopping-Arkaden einen Laufsteg aufgebaut, und dann … aaah.« Ich wandte mich ab. Es war eine schmerzliche Erinnerung.

»Na ja, dann hast du halt ein paar Stützstrümpfe vorgeführt. Ist doch nicht schlimm. Guck.« Sie wackelte mit ihren bestrumpften Armen vor mir herum.

»Nee. Der Teil war okay. Auch der mit dem Rollator. Aber kennst du diese Stühle, auf denen man Pipi machen kann? Damit haben sie mich über den Catwalk geschoben!« Ich machte ein Gesicht, als müsste ich weinen.

Tante Lisbeth grinste. »Musstest du reinpieseln?«

»Nein«, wimmerte ich. »Ich habe gleichzeitig einen Inkontinenz-Slip vorgeführt!«

Tante Lisbeth fand das nicht schlimm. Im Gegenteil. »Dann kennst du dich ja jetzt richtig aus. Pass auf, wenn das mit dem Altenheim nichts mehr wird, weil der Wilm in den Knast geht, lass ich mich doch von dir pflegen.« Sie malte mir aus, wie sie in Phase eins einen Treppenlift installieren könnte. Und dann einen für die Badewanne. Und dann einen fürs Bett. Sie kannte die Produktpalette schon ganz gut, aber das war weniger fortschreitender Immobilität geschuldet als ihrer Autoclub-Mitgliedschaft. Die Mitgliederzeitung, die sie als Klolektüre im Badezimmer postierte, bestand schließlich im Wesentlichen aus Werbung für Flusskreuzfahrten und Personenhebeanlagen. Während sie mir weiter von revolutionären Erfindungen aus dem Seniorenbedarf berichtete, guckte ich nach einer guten Position für die Kamera. Beim Einstieg ins Baumhaus ließ sie sich wahrscheinlich gut zwischen dem obersten Stück der Leiter und der Vorderwand einklemmen. Erst filmte Tante Lisbeth aber noch meinen Anruf mit, denn es war jetzt Zeit.

Er meldete sich schläfrig. »Hansen.«

»Schumacher hier, Polizeidienststelle Husum.« Ich bemühte

mich, so zu klingen, wie ich mir eine Beamtin am Ende der Nachtschicht vorstellte. Müde und abgespannt also. »Herr Hansen, sind Sie verantwortlich für die Baustelle am Waldrand zwischen Freesbüll und Torsbüll?«

»Jo, das ist meine Baustelle.« Hansen war alarmiert. »Ist was passiert?«, fragte er lauernd.

»Wir haben gerade einen Anruf von einem Hundehalter bekommen. Der meldet, sein Hund hätte in der Baugrube ein Skelett ausgebuddelt. Einen Arm. Wir schicken gleich einen Streifenwagen hin. Wollen Sie zugegen sein?«

»Was? WAS? Ein Skelett in meiner Baugrube?« Hansen war jetzt hellwach.

»Exakt«, leierte ich. »Haben Sie darüber irgendwelche Kenntnisse?«

»Nein! Natürlich nicht!« Hansen antwortete hastig. »Ein Skelett? Das kann nicht sein!«

»Herr Hansen, es macht ihnen ja niemand einen Vorwurf«, besänftigte ich ihn. »Aber womöglich hat es etwas mit dem Mord am Hünengrab zu tun. Haben Sie davon schon gehört?«

»Ja, natürlich«, grummelte Hansen. »Ich habe meine Aussage schon gemacht.«

»Oh? Haben Sie denn etwas damit zu tun?« Ich tat, als erwache mein Interesse.

»Natürlich nicht!«, blaffte Hansen. Seine Stimme war scharf geworden. Er hielt offenbar Angriff für die beste Verteidigung. »Ihre Kollegen haben mich nun weiß Gott schon lange genug damit genervt. Als hätte ich nichts Besseres zu tun! Ich bin schließlich Bürgermeister! Und jetzt kommen auch noch Sie …«, schimpfte er. Ich hätte ihn gern noch ein bisschen länger toben lassen, aber das passte nicht zu unserem Plan. Ich musste Hansen das Gefühl geben, dass er der Polizei voraus war. Dafür musste ich jetzt die Verständnisvolle spielen. »Ja nun, Herr Hansen. Also, Herr Bürgermeister«, ich räusperte mich und tat so, als würde mir der Respekt vor dem hohen Amt auf die Stimmbänder schlagen, »wir wollen Ihnen natürlich nicht lästig werden. Passen Sie auf, wir machen es so: Sie frühstücken erst mal in Ruhe, und dann übernehmen nachher die Leute von der Frühschicht die Sache … Meinen Sie, Sie könnten es einrichten, so um acht rum auf der Baustelle zu sein? Dann kommen meine Kollegen dazu, und Sie gucken sich die Sache gemeinsam an.« Ich tat so, als käme mir ein Gedanke. »Wissen Sie, Herr Bürgermeister, … der Anrufer war auch schon recht betagt. Und er selbst hat sich auch gar nicht nah rangewagt, da steht wohl auch ein Schild, ›Betreten der Baustelle verboten‹ … Vielleicht steckt da auch nur ein knorriger Zweig im Boden. Aber nach dem Mord liegen hier halt überall die Nerven blank.«

»Wohl wahr.«

»Aber wir müssen das überprüfen. Polizeiliche Ermittlungspflicht. Sie als Amtsträger haben gewiss Verständnis …«

»Schon gut. Also dann um acht.«

Tante Lisbeth klatschte mich ab. Ich hatte Hansen erfolgreich die Information vermittelt, zwei Stunden Zeit zu haben, um unbehelligt das Skelett verschwinden lassen zu können. Er hatte sogar den Tipp bekommen, dass man einen im Boden steckenden Ast als Erklärung hinnehmen würde. Dass er in Wahrheit allein durch seinen Vertuschungsversuch, den wir heimlich aufnehmen würden, Beweise für seine Täterschaft lieferte, davon ahnte er nichts.

»Was meinst du, wie lange er braucht, bis er hier ist?«, fragte Tante Lisbeth.

»Viertelstunde? Zehn Minuten?« Mir wurde ganz kribbelig. Tante Lisbeth offenbar auch, denn nachdem sie die Kamera mit Zielrichtung Lothar positioniert hatte, fing sie an, mit den Fingern Laufmaschen in ihre Nylon-Armstulpen zu ziehen.

»Wieso haben wir eigentlich keine Waffen dabei?«, fragte Tante Lisbeth unvermittelt.

»Ich hoffe, weil du keine besitzt!« Ich sah sie misstrauisch an. Versteckte Tante Lisbeth etwa einen Damenrevolver im Nachttisch? Ihr verächtliches Schnauben konnte alles Mögliche bedeuten. Jedenfalls hatte sie ihn nicht eingesteckt, und das bereitete ihr Unbehagen. Sie kramte ihr Balkonschäufelchen aus dem Rucksack, den wir unter die Sitzbank gestellt hatten, und hielt es fest umschlossen in der Hand. »Sind nur hundert Meter bis da rüber. Was, wenn er uns riecht?«

»Heute ausnahmsweise mal nicht.« Tante Lisbeth hatte schließlich darauf verzichtet, ihre Parfumdusche zu nehmen. Außerdem saßen wir hier gut geschützt. Ich erklärte es ihr. »Das ist ein Hochsitz. Der steht so im Wind, dass das Wild den Jäger nicht wittern kann!«

»Der Jäger hat aber auch ein Gewehr«, insistierte sie.

»Aber nicht, weil er Angriffe fürchtet. Rehe tun nix.«

»Siehste! Wenn der Jäger schon ein Gewehr dabeihat, obwohl bei ihm gar nichts Gefährliches auf der Wiese steht, dann brauchen wir doch erst recht eins!« Tante Lisbeth war beunruhigter denn je. Ich rätselte, an welcher Stelle die Argumentation aufgehört hatte, logisch zu sein. Offenbar merkte man mir meine Verwirrung an, jedenfalls meinte Tante Lisbeth, jetzt für uns beide sprechen zu müssen. Mit der Stimme der Vernunft. Sie straffte die Schultern. »Ich ruf jetzt Carsten an.« Autoritär streckte sie die Hand aus, damit ich ihr das Handy reichen möge.

»Tust du nicht! Wir kriegen nur Ärger! Der glaubt uns das niemals!«

Sie schnalzte meinen Einwand mit der Zunge aus der Welt.

»Carsten soll sich anpirschen, damit Hansen nichts merkt, und dann sieht er es gleich mit eigenen Augen und kann auch noch auf uns aufpassen.«

Ich wurde langsam feindselig. »Tante Lisbeth, Carsten lacht uns doch nur aus. Willst du, dass er mich für völlig verrückt hält? Wie sieht das denn aus, wenn wir ihn um sechs Uhr morgens aus dem Bett klingeln, damit er uns aus der Patsche hilft. Bei einer waghalsigen Täterüberführung, die aus seiner Sicht mehr als fragwürdig ist! Und obwohl ich ihm versprochen habe, mich nicht mehr in Gefahr zu bringen! Dann war's das endgültig mit uns!«

»Herzchen, aber du bist in Not! Da wird es deinem Freund nicht auf die Uhrzeit ankommen!«

»Ist vielleicht auch gar nicht mein Freund«, pampte ich resigniert.

»Natürlich ist er das. Du bewertest wieder alles total über!«

»Dass er mir seit zwei Tagen aus dem Weg geht, findest du normal?«

Tante Lisbeth fuchtelte mit der Balkonschaufel vor mir herum. »Das gehört doch zum Spiel! Zuerst macht man einander ganz heiß – das habt ihr sehr gut gemacht –, dann macht man sich rar, damit es spannend bleibt – da hapert es bei dir –, und zwei, drei Tage später ruft man dann wieder an. Und dann geht's weiter.«

Ich guckte sie ungläubig an.

»Ist so. Wirst sehen, morgen Abend seid ihr miteinander im Bett.« Wusste sie das aus dem Fernsehen oder von ihren Italienern? Wie viele hatte es davon überhaupt in echt gegeben, wenn schon Gianni gelogen war? Auf jeden Fall bildete ihre Dating-Regel meine Situation nicht ab.

»Wir haben uns doch noch nicht mal ›ganz heißgemacht‹! Da war ein ganz züchtiger, zärtlicher Kuss!«

»Jaaa. Klar.« Sie rollte mit den Augen. »Was du so alles ›züchtig‹ nennst.«

»Was soll das denn jetzt?« Ich bekam Lust, ihr das Schäufelchen aus der Hand zu reißen und über den Kopf zu ziehen. »Darf ich dich daran erinnern, wie unser Date abgelaufen ist? DU bist uns lärmend auf die Seebrücke gefolgt und hast dich an Carsten rangepfropft. Ich hatte ja gar keine Gelegenheit mehr, ihn richtig zu küssen!« Musste ich mich dafür auch noch von ihr beleidigen lassen? Offenbar ja. Tante Lisbeth winkte meine Vorwürfe doch tatsächlich einfach fort. Affektiert wedelte sie mit der Hand, als wäre mein Leid ihr lästig!

»Ich roch das Salz und Meer auf seiner Haut«, hauchte sie dabei mit verstellter Stimme. Das kam mir bekannt vor, aber ich konnte es nicht einordnen. Irritiert sah ich sie an, während sie mit anzüglichem Grinsen fortfuhr. »Willig gab ich nach, als seine Zunge meine Lippen zu einem Kuss öffnete ...« Auf einmal dämmerte es mir. ... So oder ähnlich stand es in dem Seeräuberroman! Den ich ihr als mein Tagebuch verkauft hatte! Ich schlug mir mit flacher Hand gegen die Stirn. »Das waren nicht Carsten und ich«, klärte ich sie auf.

»Lustig, das hat Carsten auch gesagt.«

»WAS?«

»Na, er hat auch so getan, als wäre nichts gewesen. Schämt ihr euch vor mir, oder was?«

Mir schwante ganz, ganz Böses.

# FÜNFUNDZWANZIG

Mein Hirn schaltete auf Notfallmodus. Ich glaube, es klappt dabei die Seitenlappen nach unten, jedenfalls spürte ich ein Ziehen über den Ohren. Tante Lisbeths unschuldig dreinblickendes Gesicht ließ mich Schlimmstes befürchten.

»WANN hast du dich mit Carsten WORÜBER unterhalten?«, fragte ich drohend.

»Vorgestern Mittag. Er kam doch kurz vorbei, als du bei Jan die Töpfervorlagen ausgedruckt hast. Das mit dem ›Rarmachen‹ habe ich ihm auch erst erklären müssen. Die Jugend von heute kann wirklich keine Spannung mehr aufbauen. Dass der da gleich auf der Matte stand ... Jedenfalls, er hat auch so getan, als wäre zwischen euch noch nicht viel gelaufen.«

Ich krallte mich am Holz der Sitzbank fest.

»Woraufhin du ihm die Passagen aus meinem ›Tagebuch‹ vorgelesen hast?«

Tante Lisbeth kicherte ein bisschen. »Ich hab ja nicht in deinem Computer gestöbert. Nur das gesagt, woran ich mich noch erinnert hab. Ich will ja nicht in deine Intimsphäre einbrechen.«

»Ähäää. ›Nicht in meine Intimsphäre einbrechen‹ geht anders, Tante Lisbeth!«

Spät, sehr spät, schien ihr aufzugehen, dass Plaudereien über fremder Leute Tagebücher nicht okay waren. »Na ja, aber es waren ja nur nette Sachen«, versuchte sie sich zu rechtfertigen. »Ich hab ihm gesagt, dass er ja offenbar ein äußerst leidenschaftlicher Liebhaber ist und du sehr beeindruckt bist. Zungenküsse, die dir schier die Sinne raubten und so. Er hat es abstreiten wollen, ihr hättet euch gerade mal einen ersten Kuss gegeben, hat er behauptet, und dass er damit nicht gemeint sein könne.«

»Und dann?«, fragte ich voller Angst vor den Schlüssen, die Carsten daraufhin gezogen hatte.

»Stell dir vor, er hat gesagt, dass das noch dein Ex aus Berlin gewesen sein muss!« Puh. Mein Griff an der Holzbank lockerte sich ein wenig. Richtig. Tante Lisbeth konnte einfach die falsche Seite vom Tagebuch erwischt haben. Kein schönes Erlebnis, das Geknutsche mit dem Vorgänger rezitiert zu bekommen. Aber Carsten wusste ja, dass ich gerade erst aus einer jäh beendeten Beziehung kam. »Und dann?«, fragte ich hoffnungsvoll.

Tante Lisbeth pikste triumphierend einen Zeigefinger in die Luft. »Und dann hab ich gesagt, dass ich mich nicht so leicht hinters Licht führen lasse. Der Ex in Berlin hätte bestimmt nicht nach ›Meer und Salz‹ gerochen, hab ich gesagt. Ich könne durchaus zwei und zwei zusammenzählen!«

Auweia. Ich schluckte sauer schmeckende Spucke herunter. »Und dann?«

Tante Lisbeth zuckte mit den Schultern. »›Ich auch‹, hat er gesagt und ist gegangen. Irgendwie war er schlecht drauf.« Sie sah mich trotzig an. »Ach, kommt schon, Leute. So schlimm kann es doch nicht sein, dass die Tante von eurer Geschichte weiß!« Sie zog einen neuen Faden aus ihrem Ärmelstulpen und ergänzte gerade stolz, dass sie es noch nicht mal Svenja weitererzählt habe, da hörten wir Motorengeräusche.

Wir duckten uns und spähten über den Bretterrand. Ein nicht mehr ganz neuer, aber ordentlich gewaschener Mercedes fuhr auf das Baugrundstück. Hansen stieg aus, schlug die Tür zu und blickte sich mit in die Hüfte gestemmten Händen um. Wir machten uns noch kleiner. Tante Lisbeth schaltete die Kamera ein. Sobald Hansen ins Sichtfeld der Kamera käme, würden wir ihn aus unserem Versteck heraus über den Monitor beobachten können.

Bis dahin sahen wir – nichts. Nur die Holzwand direkt vor unseren Augen.

»Was ist, wenn er erst mal zum Hochsitz geht?«, flüsterte Tante Lisbeth. Mir war gar nicht mehr abenteuerlustig zumute. Ich zog mein Handy – gut, leise gestellt! – aus der Hosentasche. Zu dieser Zeit rief zwar normalerweise nie einer an, aber seit ich ein Internetstar war, wollte ich das nicht mehr ausschließen. Die letzte Textnachricht, in der eine alte Studienkollegin sich nach mir und meinem Bindegewebe erkundigt hatte, war von vier Uhr morgens.

Ich drückte auf die Schnellwahltaste für Carsten. Viertel nach sechs. Er ging nicht ran. Notgedrungen flüsterte ich eindringlich auf seine Mailbox ein. Der Wichtigkeit nach. »Carsten, Tante Lisbeth hat dir totalen Mist erzählt! Ihre Zitate aus meinem angeblichen Tagebuch sind reine Erfindung. Ich kann das alles erklären. Wirklich – ich habe nur dich geküsst und will auch nur dich küssen.« Kleine Liebeserklärung zum Sonnenaufgang ... Aber das war ja nicht der einzige Grund meines Anrufs. »Außerdem rufe ich an, weil, also, vielleicht solltest du besser kommen. Weißt du, wir haben ein Skelett in der Baugrube vom Hansen versteckt, und jetzt ist Hansen gerade gekommen, um es auszugraben, weil er denkt doch, das ist ein Hünengrab, deshalb hat er ja Sönke umgebracht. Keine Sorge, wir haben uns versteckt. Aber kommst du bitte trotzdem?«

Hansen war immer noch nicht zu sehen. Ich starrte gleichzeitig auf den Monitor und die offene Flanke unseres Hochsitzes.

»Unser Versteck ist doch nicht so sicher«, fügte ich noch an, bevor ich das Handy wegsteckte, und kümmerte mich dann um die Optimierung der Verteidigungsmittel vor Ort. »Halt die Schaufel andersrum«, wisperte ich Tante Lisbeth zu. Am anderen Ende hatte die Balkonschippe eine Miniharke mit drei Krallen, mit denen man einem an einem Hochsitz hochkletternden Mörder vielleicht die Finger wegbiegen konnte. Oder auch blutige Löcher reinhauen.

Dann sah ich Hansen. Der Monitor war klein und Hansen hundert Meter weit weg. Man konnte seinen Gesichtsausdruck nicht erkennen, auch wenn die Videokamera schon wesentlich dichter ranzoomte, als mein Handy es gekonnt hätte. Jedenfalls hatte er unser Skelett gefunden. Er kniete sich neben Lothars aus der Erde ragenden Unterarm, fasste ihn aber nicht an. Zuerst beguckte er die Knochen, dann blickte er sich nach allen Seiten um. Schließlich stand er auf und ging wieder weg.

»Hat er uns gesehen, oder was?« Tante Lisbeths Knöchel traten weiß hervor, so fest umklammerte sie die Gartenkralle. Aber Hansen war nicht in unsere Richtung gegangen. Nach einer gefühlten Ewigkeit, während derer ich die Thermoskanne als potenzielles Schlagwerkzeug entdeckt und zu mir herangezogen hatte, tauchte er wieder auf. Er hatte sich eine Schaufel aus dem Bauwagen geholt. Jetzt war es amtlich: Wilm Hansen war der hiermit überführte Mörder von Sönke Asmussen.

Trotz seines Alters und seiner Körperfülle kam Hansen schnell voran. Nach wenigen Minuten hatte er Lothar komplett ausgebuddelt. Dabei war er auch auf so manche »Grabbeigabe« gestoßen. Bei der ersten hatte ich die Luft angehalten, als er sich bückte und die Scherbe in die Hände nahm. Fiel ihm die Fälschung auf? Aber er hatte kein Auge fürs Detail und schmiss sie ohne lange Betrachtungen beiseite. Nachdem er noch mehr Scherben ausgegraben hatte, stapfte er davon, kam mit einer Schubkarre wieder und warf alles, was er fand, achtlos hinein. Ich fragte mich, was er eigentlich mit den echten Grabbeigaben gemacht hatte. Lagen wertvolle Artefakte aus der Bronzezeit jetzt zerdeppert im Bauschuttcontainer? Fürs Erste verfrachtete er die Fundstücke jedenfalls in seinen Kofferraum. Das konnten wir mit eigenen Augen sehen, denn wir hatten die unbequeme Hocke auf dem Boden des Hochsitzes längst aufgegeben. Hansen schaute sich sowieso nicht um, und außerdem konnten wir das Gefühl der Ungewissheit, wenn Hansen aus dem Blickfeld des Monitors verschwunden war, nicht länger ertragen. Wir drückten uns also mit dem Rücken eng an die Wand des Hochsitzes, versicherten einander, dass wir so vollkommen vom Schatten des Daches verschluckt wurden, und spähten über den Rand der Vorderwand.

Hansen stand am Kofferraum seines Autos und warf mit beiden Händen Tonzeug hinein. Das Geschepper war auch in hundert Metern Entfernung deutlich zu hören. Als er fertig war, blieb er vor der geöffneten Klappe stehen und sah, mit einem Arm auf den Kotflügel gestützt, hinein. Mit seiner gebeugten Haltung machte er einen ziemlich erschöpften Eindruck. Körperliche Arbeit war er, wie wir ja schon am Sonntag erlebt hatten, nicht gewohnt. Also verschnaufte er beim Anblick des gehobenen Hünenporzellans. Lothar hatte er noch nicht dazugelegt; der lag relaxt neben dem Auto in der Schubkarre. Ein Arm baumelte an der Seite herab. Dessen Schatten, in der gerade erst aufgegangenen Morgensonne meterlang, zeigte in direkter Linie zu seinem »Grab«. Ich zog die Videokamera hervor und filmte die Szene. Der Mörder und die mahnende Leiche, grandios.

»Worauf wartet er?«, flüsterte Tante Lisbeth.

»Ich hoffe nicht, dass er das Töpferzeug genauer unter die Lupe nimmt!« Je länger Hansen da so stand, desto mehr unnötige Verzierungen an meinen Schälchen und Tellern kamen mir in Erinnerung. Ich hatte mich vielleicht etwas zu sehr von Inken mitreißen lassen. Plötzlich fiel mir etwas viel Schlimmeres ein. »Was ist eigentlich mit dem Zeug von Inken? Das sie uns für die Tombola mitgegeben hat? Haben wir das etwa auch mit ins Grab geworfen?«

Mit schreckgeweiteten Augen sahen wir uns an. Blumentöpfe und Aschenbecher, Salz- und Pfefferfässchen hatte Inken uns mitgegeben. Nicht gerade Teil einer Hünenaussteuer. »Kann nicht sein, oder?« Leicht panisch versuchten wir, uns zu erinnern und aus Hansens Verhalten Schlüsse zu ziehen. Er starrte noch immer aufgestützt in den Kofferraum. Aber er griff nach nichts, und er sah sich auch nicht um. Wir versuchten, einander zu beruhigen. Natürlich wären wir nicht so blöd gewesen, Inkens Kunstwerke mit zu verbuddeln, oder? Aber es war wie mit der vermeintlich angeschalteten Herdplatte, über die man nach zwanzig Kilometern Wegstrecke zu Beginn des Sommerurlaubs ins Grübeln gerät. Na klar hatte man den Herd ausgemacht, sagte der Verstand, aber je länger man drüber nachdachte, desto stärker wurde die gefühlte Gewissheit, dass in Kürze die Wohnung abfackeln würde. Wir versuchten, uns jedes einzelne Teil vorzustellen, das wir in die Baugrube befördert hatten. Und wie war das noch mal gewesen, als wir die Sache aus dem Auto geholt hatten? Tante Lisbeth hatte die rettende Erinnerung. »Dein Kram war doch in Weinkartons, und Inken hat ihr Zeug erst hinterher gebracht. Genau, das ist in so einer Klappkiste. Nee, das haben wir nicht mit ausgeladen!« Puh. Ich freute mich. Wir waren ja nicht blöd.

In Hansen kam wieder Bewegung. Er sah auf seine Armbanduhr. 6:48 zeigte mir gleichzeitig die Videokamera an. Ob er überlegte, wie viel Zeit ihm bis zum Eintreffen der Polizei noch blieb? Oder fingen seine Arbeiter bereits vor acht an? Er wandte sich Lothar zu. Doch während er sich vorbeugte, um ihn aus der Schubkarre zu ziehen, hielt er inne. Ich hatte schon auf hundert Prozent rangezoomt und konnte trotzdem keine Details erkennen, aber allein die Körperhaltung sprach Bände. Wilm Hansen hatte etwas bemerkt. Er fasste sich mit einer Hand an den Mund. Mit der anderen griff er nach Lothars knöchernem Arm, der neben der Schubkarre schlenkerte. Vom Oberarm bis zu den Fingern ließ er den Arm des Gerippes durch seine Hand gleiten, hielt es dann am Zeigefinger fest und schlackerte damit herum.

»Was macht der da?«, raunte ich Tante Lisbeth zu. »Lothar ist doch keine Schlenkerpuppe!«

»Oh Mist! Leider doch. Ein dreitausend Jahre altes Skelett hätte gewiss keine heilen Gelenke mehr. So was verrottet doch!«

»Mist!«, sagte ich jetzt auch. »Wir hätten Lothar auseinandermontieren müssen. Warum sagt einem das auch keiner?« Man kann ja schließlich nicht alles googeln.

»Dass Knorpel nicht für die Ewigkeit sind? Weiß man doch! Was meinst du, warum ich ein künstliches Hüftgelenk habe!«

»Dann hätte dir das auffallen müssen!«, schimpfte ich. »Sollen wir abhauen?«

»Blöde Idee!« Tante Lisbeth schnaubte verächtlich. Sie hatte recht. Noch ehe wir die Leiter vom Hochsitz heruntergeklettert wären, würde Hansen uns entdeckt und jedenfalls den Langsameren von uns überwältigt haben. Gerade Tante Lisbeth gefiel der Vorschlag daher gar nicht. »Vielleicht haut er ja auch einfach ab!«

Tat er nicht.

Nachdem er Lothar als Fälschung entlarvt hatte, ließ er das Gerippe achtlos zu Boden fallen. Aber anstatt auf den Fahrersitz zu hechten und mit quietschenden Reifen davonzujagen, richtete Hansen sich hoch auf und sah sich um. Schnell duckten wir uns. Ich legte die Kamera beiseite und griff nach meinem Telefon. Wieder nur Carstens Mailbox. »Er hat es gemerkt! Jetzt will er uns bestimmt umbringen! Komm sofort zur Baustelle«, flüsterte ich eindringlich. Dann ergriff ich mit beiden Händen die Thermosflasche. Wenn Hansen an der offenen Seite des Hochsitzes auftauchte, würde ich ihn damit bewerfen oder so.

Tante Lisbeth und ich trauten uns noch nicht einmal mehr zu flüstern, aber ich sah ihr an, dass sie sich dieselben Gedanken machte wie ich. Hatte Hansen eine Waffe dabei? Lief er gerade mit gezogenem Revolver auf den Hochsitz zu? Mein Blick fiel auf die morsche Bretterwand vor mir. Die war doch im Handumdrehen durchsiebt! Okay, okay, Wilm Hansen war Bürgermeister und nicht Mafiaboss. Eine automatische Waffe dürfte er nicht haben. Aber trotzdem. Ich dachte an lächelnde Zaubererassistentinnen in lila Glitzerkostümen, die in Kisten eingepfercht darauf warteten, dass der öde Trick mit den Messern vorbei ist. Würden uns gleich in echt von vorn, links und unten Messerstiche durchbohren?

Das Schlimmste war, nicht zu wissen, wo Hansen gerade war. Suchte er uns überhaupt? Ich traute mich nicht, über die Wand rüberzulugen. Trotz meines Bedürfnisses, möglichst verteidigungsbereit zu sein, ließ ich mit einer Hand die Thermoskanne wieder los und holte noch einmal mein Handy raus. Zu telefonieren wagte ich nicht mehr, konnte ja sein, dass Hansen schon ganz nah war. Aber ich schrieb eine SMS. »Hilfe, er will uns umbringen Baustelle zw Freesbüll und Torsbüll Hilfe!!!!!!!!!« Einen kurzen Moment überlegte ich, ob 110 eine Vorwahl hat, wenn man eine SMS hinschickt. Ich wählte 04841 vor. Außerdem hätte ich mich gern bei meiner Mama gemeldet, aber im Moment war es sinnvoller, wieder eine gute Haltung mit meinem Thermoskannen-Knüppel einzunehmen. Tante Lisbeth, die direkt neben der Leiter kauerte und den ersten Feindkontakt abbekommen würde, starrte mit entschlossen zusammengekniffenen Augen nach draußen und hielt ihre Gartenschippe wie ein Tomahawk. Wir waren darauf gefasst, dass Hansen plötzlich vor uns auftauchen würde.

Umgekehrt war Hansen nicht darauf gefasst, dass *wir* vor ihm auftauchen könnten. Wer weiß, womit er gerechnet hatte. *Dass* da jemand im Hochsitz saß, war ihm offenbar klar gewesen. Denn mit ein paar schnellen Bewegungen, die Schaufel wie eine Lanze vor sich, war er schreiend und angriffslustig am Fuß der Leiter aufgetaucht. Dass allerdings dort oben eine zeitgleich losquietschende Tante Lisbeth im geschieperten Tarnpullunder auf ihn wartete, überraschte ihn.

Sein Schlachtruf, ein dumpfes »OAAAHHR«, kletterte um zwei Oktaven und wurde zu einem fassungslosen »Hhüü?«. Ich nutzte das Überraschungsmoment, um aus dem Hintergrund die

Thermoskanne zu werfen. Sie war aus Edelstahl und noch halb voll und hätte ihn glatt ausgeknockt. Wenn ich denn getroffen hätte. Leider flog sie mit einem Meter Abstand an ihm vorbei. Das war auf einer Flugstrecke von etwa drei Metern recht viel Abweichung. Musste am Angstzittern liegen.

»Hüü?«, machte Hansen noch mal, während er dem Geschoss nachblickte, und Tante Lisbeth räusperte sich tadelnd.

»'tschuldigung«, sagte ich.

»Macht nix«, antworteten Tante Lisbeth und Wilm Hansen.

»Ich wollte Sie schon treffen. Ähm. Entschuldigt hab ich mich eigentlich nur bei meiner Tante«, klärte ich das Missverständnis auf.

»Ach so.« Wir waren alle drei ratlos. Statt mit brutalen Schlägen bedachten wir einander mit zivilisierter Konversation. Wir machten das halt alle nicht hauptberuflich.

»Was machst du hier?«, fragte Hansen Tante Lisbeth.

Sie zuckte die Schultern. »Nichts. Und du?«

»Auch nichts.«

Es gab eine kurze Pause, während jeder grübelte, ob es einen Weg gab, mit heiler Haut aus der Sache wieder rauszukommen.

»Picknick!«, rief ich von hinten und reichte Tante Lisbeths letzte Wurststulle nach vorn durch. Wenn wir ganz harmlos taten, würde er uns dann in Ruhe lassen?

»Willst du mal beißen?«, bot Lisbeth freundlich an.

»Nee, danke.« Hansen klopfte nervös mit den Fingern an der Leiter herum. »Und warum haben Sie mich abwerfen wollen?«

»Ich hab mich nur so erschrocken. Hab Sie für ein Wildschwein gehalten!« Das klang doch plausibel.

»Wildschweine gibt's hier nicht!«

»Echt? Lustig. In Berlin lernt jedes Kind, was bei einem Wildschweinangriff zu tun ist.«

Hansen guckte skeptisch. »Und wozu picknickt ihr hier auf dem Hochsitz? Um diese Zeit?«, bohrte er nach.

»Rehe!«, erklärte Lisbeth. »Wir wollten Rehe gucken!«

»Und wozu die Schippe?«

Tante Lisbeth kratzte sich mit der Gartenkralle am Kinn. Da musste ich doch noch mal auf die Säue zurückgreifen. »Wir wussten ja nicht, dass es keine Wildschweine ...«

»Schon gut.« Hansen winkte ab. »Und? Irgendwas gesehen?«

»Nein!«, rief Tante Lisbeth beflissen. Hansens Blick wanderte zu ihr. Seine Augen wurden schmal.

»Also, keine Rehe«, brabbelte meine Tante. »Und auch sonst gar nichts. Wir haben in Ruhe frühstücken wollen, bevor wir zu gucken anfangen, und da saßen wir jetzt also erst mal ganz gemütlich im Hochsitz und haben nur so geplaudert und irgendwie ganz vergessen rauszugucken, was, Inga?«

Ich lächelte dümmlich.

Hansen biss sich auf die Oberlippe und schaute vom Hochsitz zu dem Ort, an dem er Lothar ausgegraben hatte. Es war tatsächlich kaum möglich, dass jemand in dem Hochsitz sitzen und die Buddelei *nicht* bemerken konnte. Er fixierte wieder uns Frauen. »Andererseits«, las ich seine Gedanken, »können diese zwei Hühner doch unmöglich ...« Sein Blick ging zwischen uns und dem Fundort hin und her. Plötzlich ergriff er energisch die Leiter.

»Lisbeth Hering! Du hast Hackenschuhe an!« Er setzte einen Fuß auf die unterste Sprosse. »Und deine Spuren führen über die Baugrube!« Tatsächlich. Tante Lisbeth war zwar, nachdem ich sie für ihr Schuhwerk getadelt hatte, auf Strümpfen bei Lothar unterwegs gewesen. Aber auf halber Strecke zum Hochsitz musste sie die Pumps wieder angezogen haben. Anders als meine Sneakers und ihre bloßen Füße, die in dem für das Fundament schon festgeklopften Sand keine Spuren hinterlassen hatten, waren die Absätze in den Boden eingesunken. »Ich ruinier mir doch nicht die Söckchen!«, verteidigte sie sich gegenüber meinem strengen Blick. Hansen erklomm die unterste Sprosse.

»Bleib unten!«, quiekte Tante Lisbeth.

»Komm runter!«, rief er wütend.

»Wir haben alles auf Video!«, drohte sie. Toll, dachte ich sarkastisch. *Das* wird ihn bestimmt veranlassen, von uns abzulassen. »Und haben es schon an die Polizei gemailt!«, bluffte ich daher.

Tante Lisbeth war auf die Knie gegangen und pickte mit der Gartenkralle in der Luft herum. Wenn Hansen höher kraxelte, würde sie ihm damit ordentlich eins verpassen. Die vermutlich vor Wut gerötete kahle Stelle auf seinem Kopf bot sich an.

Vernünftig betrachtet hatten wir hier eine fein austarierte Pattsituation. Wir kamen nicht runter. Aber Hansen auch nicht rauf, ohne sich von Tante Lisbeths Krallenwerkzeug beträchtliche Wunden zufügen zu lassen.

Tatsächlich aber verboten sich vernünftige Betrachtungen. Denn zwei Meter unter unseren Füßen verwandelte sich Wilm Hansen gerade in ein wildes Tier. Er fletschte die Zähne und riss die Augen auf. Seine Halsschlagader war dick angeschwollen und pochte wütend. Wenn die Knöpfe seines karierten Hemdes plötzlich abgesprungen und ihm Haare aus dem Kragen gewachsen wären, es hätte mich nicht gewundert. Wie ein tollwütiger Gorilla stürzte er sich auf die Leiter und kletterte ohne Rücksicht auf Verluste die Sprossen hoch. In der linken Hand hielt er dabei die Bauschaufel. Er machte auch schon wieder dieses »OOAAAHHR!«-Gebrüll.

Tante Lisbeth holte mit der Kralle aus. Sie traf Hansens teigigen Zeige- und Ringfinger, die bereits die vorletzte Sprosse umklammerten. Blut quoll heraus. Die Kralle hatte breite Haut- und Fleischstücke abgeschrammt. Aber Hansen sagte noch nicht mal »Aua«. Er zog die Hand einfach unter der Kralle weg. Die Bauschippe fiel dabei zu Boden. Unsere Gartenkralle leider auch. Tante Lisbeth hatte wohl vor Schreck über das Blut den Griff gelockert. Ich zog ihr einen Pumps aus und quetschte mich neben sie. Jetzt übernahm ich die Verteidigung und haute Hansen mit dem Absatz auf die Hände. Einmal erwischte ich ihn damit auch an der Schläfe. Der Schuh hinterließ eine viereckige Rötung, bei Hansen aber keinen weiteren Eindruck. Er kletterte eine Sprosse höher, ließ mit einer Hand die Leiter los, holte aus, drehte sich in der Bewegung auf mich zu und entriss mir den Schuh, mit dem ich gerade seine von roten Adern gezeichnete Nase treffen wollte. Mit irrem Blick biss er in den Absatz und riss den Schuh auseinander.

Das hätte er besser nicht getan. Neben mir erklang ein grollender Schrei. Aus dem Augenwinkel sah ich Tante Lisbeths Beine hervorschnellen. Sie hielt sich mit den Händen an dem Balken fest, der den Einstieg des Hochsitzes absicherte, und schwang ihren Körper darunter nach draußen. Ein Unterschwung alter Schule. Ihr Fuß traf Hansen am Kehlkopf. Er ließ los und fiel rückwärts anderthalb Meter in den Sand. Kein schlimmer Sturz, aber sein Problem kam von oben. Tante Lisbeth war nämlich nicht wieder in den Hochsitz zurückgependelt. Sie flog hinterher und landete mit dem Hintern auf Hansens Brust. Man hätte bestimmt Rippen brechen hören können, aber Tante Lisbeths Wutgeheul übertönte alles. »Das waren Ferragamos!«, schrie sie Hansen an und bearbeitete ihn mit ihren Händen. Ohrfeigen klatschten ihm ins Gesicht. Hansen ruderte mit den Armen, um freizukommen. Keine Chance. Und Lisbeth war noch nicht mit ihm fertig. Sie verlagerte ein bisschen das Gewicht – Hansen stöhnte – und klemmte seine Oberarme mit den Knien fest. »Die hab ich aus Italien!« Sie streifte sich die Armstulpen ab. »Komm runter, Inga!«, rief sie mir zu. Derweil zog sie Hansen am Ohrläppchen. »Weißt du, wie schwierig es ist, in Italien Schuhgröße achteinhalb zu kriegen?«

Ich fesselte Hansens Füße mit Paketband. Er trat noch ein bisschen, aber das Gewicht von Tante Lisbeth auf seinem lädierten Brustkorb hatte ihm den Kampfgeist genommen. Sie stocherte mit dem Finger auf ihm herum und hielt einen Vortrag über Schuhläden auf Capri und die vielen, vielen Stunden, die sie mit der Suche nach den ruinierten Schuhen verbracht hatte. Plötzlich tippte mir jemand auf die Schulter.

Erschrocken fuhr ich herum. Hatte Hansen einen Komplizen?

# SECHSUNDZWANZIG

Aber es war Carsten. Er grinste. »Eigentlich kommt ihr ja auch ganz gut allein klar!«, stellte er fest.

Tante Lisbeth schaute kurz hoch, grüßte und schimpfte dann weiter auf Hansen ein. »Nehmen Sie diese Furie von mir runter«, stöhnte der.

»Ein Geständnis wäre erst noch ganz schön«, sagte ich.

»Das ist Folter«, murmelte Carsten mit kaum merklichen Lippenbewegungen in meine Richtung, mischte sich aber nicht ein.

»Ich wollte dem Jungen eigentlich nichts tun«, ächzte Hansen. »Ich bin ihm nur hinterher, um mit ihm zu reden. Wir haben doch schließlich schon ein Hünengrab, das reicht doch!«

»Und dann hast du ihn doch lieber umgebracht?!!« Tante Lisbeth verlagerte ihr Gewicht hin und her, was Hansen erneut zum Stöhnen brachte.

»Ich hab's nicht gewollt! Ich hab ihm ins Gewissen geredet, dass er mir nicht meine Existenz ruinieren soll, aber er hat sich einfach umgedreht und wollte weggehen. Na ja, und da ist bei mir eine Sicherung durchgebrannt. Plötzlich hatte ich diesen Pfosten in der Hand. Ich weiß auch nicht …«

Wilm Hansen hatte offenbar ein kleines Wutkontrollproblem. Der Hulk, zu dem er eben am Hochsitz geworden war, hatte das deutlich belegt. Jetzt schien er schon wieder zahm zu sein.

Carsten bat Tante Lisbeth, noch ein bisschen sitzen zu bleiben, und zog mich aus Lisbeths Blickfeld heraus zur Leiter des Hochsitzes. Dann schob er meine Haare beiseite und betrachtete meinen Hals.

»Wir machen keine Knutschflecke mehr!«, schärfte ich ihm ein.

»Nein, nein«, murmelte er, vergrub seinen Kopf in der Kuhle zwischen meinem Hals und dem Schlüsselbein. »Ich wollte nur mal nach dem Rechten sehen.« Mmhm. So wie er nach dem Rechten sah, wurde mir ganz schwummrig im Bauch. Er knabberte mit den Lippen an meinem Hals. »Anzahl und Position unverändert«, erstattete er Meldung. »Willst du nicht doch noch einen?«

Ich hörte Sirenen. Ein Polizeiwagen kam durch die Felder herangefahren. »Kommen die wegen meiner SMS an die 110, oder hast du mir dieses Mal geglaubt?«, fragte ich und zerzauste Carsten ein wenig die Haare.

»Wegen der SMS, fürchte ich.« Er schaute mich lüstern an. »Ich habe mich überwiegend für den Teil mit dem Küssen interessiert.«

»Toll. Und wenn Hansen uns umgebracht hätte?«

»Ich dachte, ihr spinnt mal wieder ein bisschen.«

»Hase. Du sollst doch nicht denken.«

»Mein Fehler. Aber jetzt mal was anderes.« Als er weitersprach, war seine Stimme eine Oktave tiefer. »Mir wurde gesagt, du stehst auf leidenschaftliche Liebhaber?« Er drängte sich näher an mich, was mir für einen Moment den Atem stocken ließ. Dann packte er mich an den Hüften und schob mich mit dem Rücken an die fast senkrecht stehende Hochsitzleiter. Dabei fixierte er mich mit einem intensiven, herausfordernden Blick.

»Oh. Äh. Das.« Verlegen blickte ich in seine Augen. Seine Hände wanderten hoch zu meiner Taille. Ich spürte, wie er mich ein Stück anhob. Meine Füße fanden Halt auf der untersten Leitersprosse. »Das war wirklich nicht mein Tagebuch …«, setzte ich noch mal zu einer Erklärung an. Er kam jetzt so nah heran, dass ich seine Haut roch. Ich wusste nicht, ob er mich zuerst nur hatte ärgern wollen. Meine Verlegenheit jedenfalls hatte einem anderen, sehr realen Gefühl Platz gemacht. Ich legte meine Arme um seinen Hals und merkte, wie er gleichzeitig mein linkes Bein ergriff. Ohne die Augen von mir zu nehmen, drückte er meinen Oberschenkel an sich. Ich spürte seinen Hüftknochen an der Innenseite meines Schenkels. Und vor allem spürte ich deutlich, wie Carsten sich an mich drängte. Unwillkürlich biss ich mir auf die Unterlippe. Carstens Blick flackerte auf, und er presste sich noch heftiger an mich. Blut schoss durch mich hindurch. Mir wurde heiß. Carstens Brust hob und senkte sich zunehmend intensiv, er atmete merklich kontrolliert, so als müsse er etwas in Zaum halten. Und mit jedem Atemzug versenkte sich sein Blick weiter in meinen. Ich griff nach seinen Haaren, hielt mich darin fest und sah, dass das Grün seiner Augen fast vollständig dem Schwarz seiner geweiteten Pupillen gewichen war. »Es war ... nur ... ein Kitschroman«, sagte ich mit belegter Stimme. Das Reden fiel mir schwer. Als Antwort umfassten seine Hände meine Taille noch fester. Mein Atem verfing sich, ich schnappte nach Luft. Und dann verschloss Carsten meinen Mund mit einem Kuss. Die Hitze seiner Lippen entbrannte endgültig meine Lust, dann, ungeduldig, trafen sich unsere Zungen. Hungrig erkundete Carsten meinen Mund. Ich presste mich jetzt ebenfalls an ihn. Carsten so zu spüren war köstlich und quälend zugleich. Während die Sirenen des herannahenden Polizeiwagens immer lauter wurden, versetzten mich unsere Küsse in einen Rausch, dem wir uns hier und jetzt gar nicht hingeben durften. Als die Sirenen uns beinahe erreicht hatten, riss Carsten sich los. »Ich bin im Dienst«, sagte er mit rauer Stimme, ließ mein Bein los und griff nach meinen Händen, die sich in seinen Haaren vergraben hatten. »Ich brauche mehr von dir«, flüsterte er heiser und drückte meine Hände. »Heute Abend?« Ich nickte. Sprechen ging noch nicht wieder. Carsten beugte sich noch einmal vor und gab mir einen letzten, diesmal sanften Kuss. Dann ging er arbeiten.

Der Streifenwagen mit Carstens Kollegen fuhr auf das Grundstück. Carsten erklärte ihnen die Situation und führte Telefonate.

Die Husumer Beamten befreiten Hansen aus Tante Lisbeths Klammersitz und verfrachteten ihn in den Streifenwagen. Einer der Polizisten sicherte sich die unversehrt gebliebenen Tonteile für einen Polterabend. Und Tante Lisbeth, da nur mit einem Schuh unterwegs, hängte sich mal wieder an Carsten ran und ließ sich von ihm zu seinem Auto geleiten. Ich sammelte Lothar ein und setzte mich mit ihm und unserer Picknickausrüstung auf die Rückbank.

»Wir haben das Skelett auf der Straße gefunden«, erklärte Tante Lisbeth, nachdem Carsten losgefahren war. »Ich glaube, das haben Jugendliche da liegen lassen.«

»Aha.« Carsten konzentrierte sich auf die Straße. »Irgendwelche Vermutungen, wo die Jugendlichen das her hatten?«

»Einfach mal so ins Blaue hinein würde ich sagen, das haben die vielleicht in Strucklahnungshörn von so einem Ausflugsschiff gemopst. Ich würde das aber ganz unbürokratisch behandeln. Ist doch nur ein Dumme-Jungens-Streich.« Tante Lisbeth kramte im Handschuhfach rum.

»Kann ich helfen?«, fragte Carsten.

»Wo ist denn das magnetische Blaulicht? Das man im Notfall aufs Dach klickt?«

»Hab ich nicht.«

Tante Lisbeth sah ihn missbilligend an. »Dann hätte ich auch mit meinem Auto fahren können.«

»Und jetzt?«, fragte ich.

Carsten sah mich im Rückspiegel an. »Ich fahre euch nach Hause. Das Auto bringen meine Kollegen. Dann düse ich ins Präsidium, um Hansen zu vernehmen. Und nach Dienstschluss hole ich dich ab. Um sechs? Ich habe da übrigens so ein Foto aufs Handy bekommen, über das wir dringend mal sprechen sollten.« Er nahm eine Hand vom Steuer, suchte nach meinem Bein und drückte es sanft. Während ich mich von ihm streicheln ließ, plante ich schon mal überschlägig die nächsten zehn Stunden. Acht bis elf: Schlaf nachholen. Elf bis sechs: duschen, rasieren, Haarkur, Bodylotion, Augenbrauen zupfen, Gesichtsmaske, Haare machen, Nägel feilen, schminken, anziehen. »Gut. Dann kann ich bis um fünf schlafen und noch mal kurz duschen«, log ich.

Ich richtete mir mal wieder ein Alf-Decken-Kuschellager auf der Schlafcouch her. Gleichzeitig telefonierte ich kurz mit Katja. Die war gerade mit Wibke auf der Autobahn Richtung Berlin. Ich hörte die AC/DC-Musik aus der Stereoanlage.

»Wir haben Herrn Herkenrath gesagt, dass ihr jetzt auf Sassi aufpasst, ist doch okay?«, brüllte Katja.

»Klar!«, schrie ich zurück. »Nervt Wibke dich auch, dass du sie mit AC/DC strafst? Mach doch mal leiser!«

Katja gehorchte.

»Nee. Wibke hat nur auch einen guten Musikgeschmack!« Wie auf Ansage hörte ich eine laute Stimme die Musik mitgrölen.

»Hast du eine Freisprechanlage?«

»Nee. Mach also schnell, ehe mich hier einer telefonieren sieht.«

»Wir haben Hansen überführt, und ich bin jetzt mit Carsten zusammen«, fasste ich mich ultrakurz.

»Cool. Wegen meinem Foto, oder?«

»Bestimmt. Und weil es da ein Missverständnis gab, das jetzt ausgeräumt ist. Er dachte, dass ich was mit Jan habe.«

»Weil du von dem einen Knutschfleck hast? Die Wibke übrigens auch. Der sollte mal eine Youtube-Anleitung dazu drehen. Scheint ja der Bringer zu sein.«

»Absolut«, hörte ich Wibkes Stimme. Fand ich ja nicht, aber ich hielt mich da raus. »Und was sind jetzt eure Pläne?«, fragte ich stattdessen.

»Heute Nachmittag Kleid kaufen für Wibke. Morgen schön machen und dann zur Premiere.«

»Um wie viel Uhr ist die?«

»Fünf.«

»Dann schafft ihr das.« Die zwei hatten sich wahrscheinlich für morgen ein ähnliches Beauty-Programm vorgenommen wie ich für heute Abend. Sie hatten zwar nur Chris Fletcher und nicht wie ich Carsten Pohl zu erwarten, aber es konnte ja nicht jedem so gut gehen wie mir. Ich verabschiedete mich, kurbelte die Markise runter, um das Tageslicht ein wenig zu dämpfen, stellte mein Handy auf lautlos und kuschelte mich in die Kissen, um mit meinem Plan nicht in Verzug zu kommen und zu schlafen.

Zwei Minuten später steckte Tante Lisbeth den Kopf zur Wohnzimmertür herein. Sie hatte schon angefangen, die Geschichte herumzuerzählen. »Schönen Gruß von der Inken. Ich habe ihr gesagt, wie kraftraubend die Nacht auf dem Hochsitz war. Sie backt uns einen Butterkuchen. Schlaf gut!« Tante Lisbeth zog die Tür hinter sich zu.

Ich hatte gerade mal fünf Minuten die Augen geschlossen, da klingelte Lisbeths Telefon. Och nee. Und so würde das jetzt garantiert weitergehen. Wenn die Geschichte im Dorf rumging, würden alle anrufen, um Tante Lisbeth nach ihrer Heldentat zu befragen. Ich zog mir die Alf-Decke über den Kopf.

Tante Lisbeth kam hereingestürzt.

»Ich will schlafen«, jammerte ich.

»Weißt du, wer das war?« Tante Lisbeth japste hörbar.

»Wenn es nicht Carsten war, will ich's nicht wissen!«

»Max!«

»Kenn ich nicht. Ich will schlafen.«

»Ma-hax!! Der Max!«

»Kenne keinen Max. Will schlafen.« Ich drehte mich zur Wand.

»Medien-Max!!!«

Ich drehte mich zurück. »Der vom Fernsehen?«

»Ja, der. Wir sollen morgen in die Sendung.«

Jetzt war ich wieder hellwach.

Es stellte sich heraus, dass der Videoclip vom Casting es im Internet mittlerweile auf über fünfhunderttausend Klicks geschafft hatte. Und der Sender mit Anfragen nach uns überflutet wurde.

»Die wollen doch nur, dass ich wieder mein T-Shirt hochziehe und wir Lügengeschichten erzählen!«

»Nein, nein. Das ist schon geklärt. Wir schreiben in den Vertrag, dass du dich nicht auszuziehen brauchst. Und wir bleiben bei der Wahrheit, versprochen.«

Hmm. Hollywoodstars und ich, wir haben solche Klauseln. Ich nahm mir vor, abwechselnd von Carsten und meinen künftigen hunderttausend Euro zu träumen.

Als Carsten pünktlich um sechs Uhr abends klingelte, drückte ich gar nicht erst auf den Summer, sondern lief zu ihm runter. Direkt in seine Arme. »Ich habe Blumen und Pralinen für dich«, erklärte er mir zwischen Küssen.

»Wo denn?« Ich sah nichts. Seine Hände waren leer.

Er grinste. »Auf meinem Kopfkissen.«

»Du Schuft. Du hältst mich wohl für ein leichtes Mädchen.«

Er hob mich in die Luft und trug mich zu seinem Auto. »Absolut!«

Die Pralinen waren köstlich. Den Blumen ging es nicht mehr so gut, weil wir seit geraumer Zeit Besseres zu tun hatten, als sie ins Wasser zu stellen. Wir hatten alles, was da auf dem Kopfkissen gelegen hatte, einfach nur auf den Boden gefegt und nahtlos da angeknüpft, wo wir heute Morgen hatten aufhören müssen, hatten uns gegenseitig Jeans und T-Shirt ausgezogen und uns übereinander hergemacht. Klar, ich hatte Tante Lisbeth vor drei Tagen noch erklärt, es langsam angehen lassen und den Zauber der zarten Annäherung auskosten zu wollen. Aber das, was Carsten und ich hier taten, hatte auch seinen Zauber!

Noch nie hatte ich mich bei einem Mann so sicher gefühlt. Unsere Küsse und unsere Berührungen fühlten sich gut an, ganz ohne Scham, und jeder Schritt, den wir weitergingen, kam mir nicht nur richtig vor, sondern geradezu alternativlos. Als wären wir ganz vertraut miteinander, und gleichzeitig versetzte mich jede neue Berührung in atemloses Staunen. Mit wachsender Erregung küssten wir uns, berührten uns, erkundeten den Körper des anderen. Ich küsste seine muskulöse, glatte Brust und sah, wie sich sein Blick verhang, als ich ihn berührte. Und Carsten beobachtete meine Reaktion, als er seine Hand unter meinen Slip schob und ich unter seinen Berührungen schier dahinschmolz. Er zog mir den Slip aus, begleitete ihn auf seinem Weg über meine Füße, und als er ihn neben dem Bett fallen gelassen hatte und sich auf den Rückweg machte, ließ er seinen Mund meine Beine entlang nach oben wandern. Er bedeckte mich mit Küssen. Langsam, sinnlich liebkoste er mich. Ich spürte ein köstliches Ziehen in mir, und als wir uns zu lieben begannen, erst langsam und verhalten, sahen wir einander zärtlich in die Augen. Mein Herz wollte mir fast zerspringen, und als er seine Zurückhaltung aufgab, ich seine Kraft spürte und hörte, wie er vor Lust stöhnte, da schloss auch ich die Augen und gab mich der Welle der Erregung hin, die von mir Besitz ergriffen hatte.

Jetzt lag ich matt und erschöpft auf seiner Brust und regulierte meinen Energiehaushalt mit einem Noisette-Herzchen. Carsten hatte sich ein Kissen unter den Kopf geschoben und streichelte meinen Rücken. Ab und zu nahm ich eine der Pralinen aus der Packung, die ich vom Teppich zu mir aufs Bett geangelt hatte, und streckte meinen Arm in Richtung von Carstens Kopf. Er schnappte sie sich dann mit dem Mund und küsste bei der Gelegenheit jedes Mal meine Finger.

Jetzt legte ich mich so hin, dass ich sein Gesicht sehen konnte.

»Ich müsste dich noch was fragen«, hob ich an.

Carstens Augen wanderten von meinem Gesicht zu meinen nackten Brüsten und wieder zurück. »Ich hoffe, es ist nichts Anspruchsvolles. Ich kann mich schon wieder überhaupt nicht mehr konzentrieren.« Er nahm eine Hand, legte sie um meine linke Brust und begann, sie mit dem Daumen zärtlich zu streicheln. Unersättlich, der Typ. Allerdings ... in meinem Schoß begann es auch schon wieder zu kribbeln. Ich schloss die Augen und genoss das Gefühl. Nur mit Mühe gelang es mir, mich nicht fortreißen zu lassen und die Augen wieder zu öffnen.

»Jetzt echt«, sagte ich mit dem festen Entschluss, mich unter Kontrolle zu halten. Ich musste ihm noch so einiges erzählen. Wie ich das mit dem Bewerbungsgespräch am Montag aufziehen wollte, wusste ich dabei noch nicht einmal. Aber schon davor lag ja eine Baustelle. Das *Super-Quiz*. Morgen Nachmittag war die Aufzeichnung, von der Carsten noch gar nichts wusste. Ich fürchtete, dass ich, die ich noch einen massiven Schlafmangel mit mir herumschleppte, nach einer weiteren Runde Sex womöglich direkt einschlief. Und mich morgen früh mit den Worten »Bin dann jetzt mal weg zum Fernsehen. Willste mal 'nen lustigen Link sehen?« zu verabschieden, erschien mir ein wenig frech. Also ermahnte ich mich, der Versuchung, die von Carstens Berührungen ausging, zu widerstehen, und sprach weiter. »Ich hatte dir ja erzählt, dass Tante Lisbeth und ich bei diesem Quiz-Show-Casting waren.«

Carsten nickte interessiert. Mit einem teuflischen Zwinkern in den Augen bewegte er aber gleichzeitig den Daumen in Richtung meiner Brustwarze und streichelte sanft um sie herum. Mein Atem verfing sich. Carstens Mundwinkel verzogen sich zu einem angedeuteten Schmunzeln, während er seinen Daumen wandern ließ. »Es – Es sah ja zunächst so aus, als wären wir nicht genommen worden ...«, stotterte ich weiter. Ich spürte, wie sein Streicheln immer kleinere Kreise zog. Als er die Spitze meiner Brustwarze berührte, fuhr die Erregung wie ein Blitz durch meinen Körper hindurch. Ich schnappte nach Luft. Carstens Augen blitzten triumphierend.

»Sprich dich ruhig aus!«, ermunterte er mich scheinheilig.

»Jetzt doch!«, stieß ich schnell hervor, »Wir gehen jetzt doch zum Quiz!«

»Wegen dieses netten Videos?«

Ich riss die Augen auf. Statt Erregung war da jetzt Verwirrung. »Du weißt ... ?«, stammelte ich. Ich hatte es ihm eigentlich ganz behutsam beibringen wollen.

»Jeder weiß«, erklärte er grinsend. »Ich persönlich finde ja das Bild, das du mir da aufs Handy geschickt hast, viel erotischer.«

»Und ... äh ... es macht dir nichts aus?«

»Ich fänd's ganz schön, wenn du da keine Karriere draus machtest. Wie gesagt, ich teile nicht gern.«

»Es war doch keine Absicht!«

»Ich weiß.« Carsten strich mir noch einmal über die Brust, legte dann aber die Hand auf meine Wange. »Du kleines Tüffelchen. Wo du immer reinstolperst ... Aber mit dem Fernsehauftritt morgen, das hast du doch in der Hand. Bist du sicher, dass das eine gute Idee ist? Die walzen die Sache doch garantiert noch weiter aus.«

»Das tun sie sowieso.« Mir war die Sache heute noch oft durch den Kopf gegangen. Eingeschlafen war ich tatsächlich gar nicht mehr. Ans Telefon gegangen aber auch nicht. Die ganzen Mailboxanrufe, Textnachrichten und E-Mails, in denen man mich wegen des Videos befragte, das sich wie ein Virus zu verbreiten schien, hatten mir gereicht. Und ich hatte mir die Frage, die Carsten aufgeworfen hatte, natürlich auch gestellt. War der Show-Auftritt eine gute Idee? Aber ich war zu dem Schluss gekommen, dass mir das nur nutzen konnte (von dem erhofften Geldpreisgewinn mal ganz abgesehen). »Flucht nach vorn«, erklärte ich es Carsten. »Ich werde in die Show gehen und ganz cool drüber stehen. Dann hören endlich die Anrufe von den Leuten auf, die mich fragen, ob mir die Sache peinlich ist. Und dann ist es schnell vergessen.«

»Ich find's auch nicht peinlich«, sprang Carsten mir bei. »Du bist schließlich wunderschön. Wenn sich einer vor laufender Kamera nackig machen kann, dann du.« Er legte seine Hand unter mein Kinn. »Aber ab sofort hätte ich gern Exklusivrechte, okay?«

»Mmmh«, versprach ich und nickte dabei nachdrücklich.

Carsten lehnte sich zurück und verschränkte entspannt die Hände hinter dem Kopf. »Sonst noch etwas, das ich wissen sollte?«

Ich schluckte. *Los, Inga, sag schon!*, feuerte ich mich an. *Ich habe übermorgen ein Bewerbungsgespräch und werde dann vielleicht fest in Berlin arbeiten* ... Aber es kam mir nicht über die Lippen. Jetzt, in diesem Moment, erschien es mir unvorstellbar, von ihm getrennt zu sein. Oder auch nur drüber zu reden.

Als ich nicht antwortete, runzelte Carsten die Stirn. »Inga?«

Ich malte mit dem Zeigefinger Sternchen auf seine Brust. Ich war so müde. Sicher ließ sich die Sache morgen viel besser besprechen. Aber Carsten griff nach meiner Hand und hielt sie fest. »Inga, *ist* noch irgendwas?«

»N-nh«, verneinte ich und fand mich dabei selbst nicht sehr überzeugend.

»Inga. Wir zwei hatten gefühlte fünfundneunzigtausend Hindernisse auszuräumen, um endlich zusammenzukommen. Exfreunde, Knutschflecke, Tagebücher ... und nebenbei deine abstrusen Agentenstunts, bei denen mir noch im Nachhinein angst und bange wird. Und jetzt gerade habe ich das Gefühl, dass schon wieder was im Busch ist. Dein Leben ist wie ein Minenfeld, bei dem einem ständig etwas um die Ohren zu fliegen droht. Weißt du, in meinem Beruf muss ich mich schon ständig mit unerwarteten Ereignissen rumschlagen! Sagst du mir *bitte* in Zukunft rechtzeitig, was bei dir los ist? Gibt es noch etwas, worauf ich mich einstellen muss?!«

Kleinen Umzug nach Berlin, wenn du in meiner Nähe sein willst. – Das konnte ich doch nicht sagen! In meinem Kopf, zäh wie Kaugummifäden, zogen sich die Gedanken, was ich jetzt machen und was ich Carsten sagen sollte. Oder sollte ich einfach gar nichts sagen und die Bewerbung zurückziehen? Aber diese doofen Betriebsanleitungen, die wollte ich endlich hinter mir lassen … Das *war* aber auch vertrackt! Ich kam mit meinen Gedanken nicht voran, musste mir das alles noch mal in Ruhe überlegen, und zwar nachdem ich meinen akuten Schlafmangel behoben hatte.

Plötzlich fing Carsten an zu schmunzeln. »Ach du meine Güte, jetzt weiß ich, was dich quält!«

»Oh?«

»Du musst dir keine Sorgen machen. Lothar hat dichtgehalten.«

»Ach?« Häh?

»Wir haben der Reederei das Plastikskelett übergeben, und die haben von einer Anzeige abgesehen. War bestimmt ein Dumme-Jungen-Streich, wie deine Tante gesagt hat. Muss jemand in der Nacht von Bord gemopst haben. Sie sind nur froh gewesen, dass sie es gleich zurückbekommen haben.« Carsten lachte. »Weißt du, du hast gerade echt hilflos aus der Wäsche geguckt. Hättest. Hast ja keine an.«

Ich grinste schief.

»Ohne dass ich Details hören will … Du hast gestern Nacht nicht besonders viel geschlafen, was? Müde?«

Das war mal eine Frage, die ich leicht beantworten konnte. Vor Müdigkeit war mir schon ganz schwindelig. Ich nickte. Carsten zog meinen Kopf auf seine Brust, fischte von irgendwo neben dem Bett eine Decke herauf, mit der er mich zudeckte, und ich glaube, er streichelte mir das Haar, bis ich eingeschlafen war.

# SIEBENUNDZWANZIG

Für den Samstag hätte ich ein Double gebraucht, denn am liebsten hätte ich mich mit Carsten im Schlafzimmer verkrochen. Aber erstens hatte ich heute noch einen Fernsehauftritt. Und zweitens wurde der Windpark eröffnet, und ich hatte Sassi versprochen, sie mir als Krabbenkönigin angucken zu kommen. Außerdem musste ich mich durch Oles Kuchenangebot futtern. Ich frühstückte also nur eine Multivitamintablette und bat Carsten dann, zuerst einen Stopp bei Lisbeths Wohnung zu machen, damit ich mich umziehen konnte. Carsten wich nicht von meiner Seite, was ich sehr romantisch fand. Es behinderte allerdings mein Nachdenken über mein weiteres Vorgehen in Bezug auf das Jobangebot. Folgende Zwischenlösung hatte ich mir überlegt: erst einmal nicht so ein großes Ding draus machen und auf die richtige Eingebung und/oder passende Gelegenheit für ein Gespräch mit Carsten warten. Es war schließlich noch nichts entschieden.

Tante Lisbeth, die schon unterwegs zum Frisör war, um sich Fernsehhaare machen zu lassen, hatte mir etwas rausgelegt. Mein Callgirl-Outfit von Montag lag, inklusive Unterwäsche und Glitzerbrosche, ausgebreitet auf dem Sofa.

Ich griff zum Telefon und wählte Lisbeths Nummer. »Moin, Inga«, meldete sie sich.

»Was soll das?«, fragte ich.

»Ich weiß. Der BH geht nicht unter der Bluse, aber ich habe deine Luderwäsche nicht gefunden. Ich nehme an, die hast du gerade an, was? Wie war's denn gestern so?«

»Joa«, antwortete ich ausweichend, »ganz gut, ne.«

»Meine Nichte hat gestern zum ersten Mal mit ihrem neuen

Freund geschlafen«, hörte ich Tante Lisbeth sagen. »Kann ich noch ein so'n Zuckertütchen mehr haben?«

»Mit wem sprichst du da?«

»Mit der Steffi. Die können hier übrigens nicht nur Haare schneiden, die machen auch viel besseren Kaffee als du.«

»Und deshalb informierst du sie über mein Liebesleben?« Carsten, der neben mir stand und den von Tante Lisbeth wieder liebevoll kurz umgenähten Luderrock an mich hielt, um den Effekt abzuschätzen, runzelte bei diesen Worten die Stirn. »Würde ich. Aber du erzählst ja nichts. ›Ganz gut, ne.‹« Sie äffte mich mit verächtlichem Tonfall nach. »War er leidenschaftlich? Oder sanft? Stöhnt er? Ruft er deinen Namen?«

Je länger Tante Lisbeth sprach, desto mehr verzog ich angewidert mein Gesicht. Ja, ich fand es auch schön, dass wir mittlerweile ganz vertraute Gespräche miteinander führen konnten. Aber bitte. Doch nicht darüber!

»Steht die Steffi noch neben dir?«, fragte ich.

»Ja. Scheint sie auch zu interessieren.«

»Dann gib sie mir doch bitte mal.«

»Sie will mit dir reden«, sagte Tante Lisbeth, und ich hörte an ihrer leiser werdenden Stimme, dass sie das Handy weitergab. »Hallo«, sagte dann eine vorsichtige Stimme. Ich schätzte die Frau auf um die fünfzig.

»Hallo, Steffi. Ich bin Inga. Ich hatte gestern Nacht super Sex.« Carsten schüttelte ungläubig den Kopf.

»Äh. Das ist schön.«

»Und wie war's bei Ihnen so beim letzten Mal?« Carsten zeigte mir einen Vogel.

»Ähm. Also. Ich will jetzt nicht unhöflich sein, aber das ist irgendwie privat ...« Ach was.

»Danke, Steffi«, sagte ich zufrieden. »Dann geben Sie mir doch bitte meine Tante wieder.«

»Was sollte das jetzt?«, fragte Tante Lisbeth.

»Stell dir vor, die Steffi findet, dass ihr Sexleben privat ist.«

»Das ist nur 'ne Ausrede. In Wahrheit kann sie sich ans letzte Mal nur nicht erinnern.«

»Steht sie immer noch da?«

»Ja.«

Na ja. Dann war sie wahrscheinlich selbst schuld, wenn sie Tante Lisbeths Kommentare hörte. »Also? Wie war's?«, bohrte Tante Lisbeth weiter.

»Also? *Also,* ich schließe mich Steffis Meinung an. Es war *privat!* Und ich will, dass du mich nie wieder nach Details über mein Sexleben fragst!« Carsten legte erleichtert eine Hand auf die Brust und atmete tief durch.

»Warum das denn?«

»Weil es dich nichts angeht!«

»Ey, komm. Ich habe ja nicht verlangt, dass du es filmst oder so was.«

Ich schüttelte mich.

»Wo du schon so einen knackigen Kerl abbekommen hast! Ist er gut ausgestattet?«

»Wirklich, Lisbeth. Ich finde das unmöglich! Versprich, dass du nicht wieder fragst.«

»Muss ich mir erst überlegen«, sagte sie.

»Versprich es! Oder wir tun es gleich hier noch mal. Und lassen alle deine Kuscheltiere zugucken.«

Carsten beugte sich zu mir. »Auch die kleinen!«, rief er ins Telefon.

»Ihr seid doch beide blöd«, moserte sie. »Nach allem, was ich für euch getan habe!«

»Das stimmt«, sagte ich ironisch. »Du hast wirklich dafür gesorgt, dass es spannend bleibt.«

»Und jetzt schließt ihr mich so aus. Aber ich weiß schon was: Zum Trost kann Carsten uns aber nachher nach Hamburg fahren. Mit Blaulicht.«

»Ich frag ihn. Und Lisbeth, ich zieh das Nutten-Outfit nicht an!«

Carsten guckte traurig. »Geht um's Quiz«, raunte ich ihm zu.

Für Carsten hatte ich es natürlich schnell noch mal übergezogen. Und weil wir zum Ausziehen im Wohnzimmer geblieben und extra leise gewesen waren, hatten die Kuscheltiere auch sicher keinen Entwicklungsschaden davongetragen. Danach beeilten wir uns, zum Windpark zu kommen.

Schon hundert Meter vor der Zufahrt war der Straßenrand auf beiden Seiten komplett zugeparkt. In der Zeitung war heute eine große Anzeige für die Eröffnungsfeier erschienen, und es half natürlich auch, dass im Titelbericht über Hansens Festnahme der Vorwurf der Korruption ausgeräumt worden war. Das Wetter spielte auch mit. Die spätsommerliche Wärme hielt nach wie vor an, die Sonne schien, und es wehte eine frische Brise. Das war gut, schließlich sollten sich die Windräder, die im Moment noch arretiert waren, nachher schön drehen.

Es tummelten sich bestimmt dreihundert Zuschauer, die darauf warteten, dass nach den Ansprachen auf der extra aufgebauten Bühne die Aussichtsplattform in Betrieb genommen wurde. Bis dahin verteilten sie sich auf die Hüpfburg, beim Entenangeln und an den verschiedenen Essens- und Getränkeständen.

Mitten unter den klassischen Würstchenbuden hatte Ole seinen Stand aufgebaut. Es gab Käsekuchen, Muffins, Brownies, Streuselkuchen und Cupcakes und leider auch eine unendlich lange Schlange von gierigen Kunden. Ich winkte Ole zu, der den Andrang gelassen und mit einem freundlichen Lächeln im Gesicht meisterte. Mit einem Fingerzeig auf meine Uhr deutete ich ihm an, dass ich später vorbeikommen würde.

Erst mal bahnten Carsten und ich uns einen Weg zur Bühne. Es war wenige Minuten vor elf, und die Prominenz hatte sich schon in der Nähe des Podiums versammelt. Ich sah Gesa Christiansen mit einer festbetonierten Chignon-Frisur und einem schwarz-weißen Tweedkostüm, das zusammen mit der Handtasche mit dem auffälligen Markenlogo auch der letzten Bauersfrau verdeutlichen musste, es hier mit französischer Couture zu tun zu haben. Dem schnauzbärtigen Mann zu ihrer Linken wurde gerade von einem Reporter ein Mikrofon unter die Nase gehalten. »Das ist unser Energiewende-Minister«, informierte mich Carsten. An Gesas anderer Seite stand ein Herr mit gut sitzendem Anzug und trotz des Windes ordentlich gescheitelter Frisur, der ein Dauergrinsen im Gesicht trug für den Fall, dass der Kameramann einen kurzen Schwenk zu ihm machen sollte. Ob das ihr Lover war?

Jan und Sassi standen direkt neben dem Aufgang zur Bühne. Sassi war eine tolle Krabbenkönigin. Klar, die Tennisball-Augen auf der Stirn sahen auch bei ihr befremdlich aus, aber ihr hübsches, natürliches Gesicht strahlte sympathisch lächelnd darunter hervor, und anders als die ewig auf ihren Hackenschuhen kippelnde Wibke hatte Sassi sich mit Ballerinas gerüstet. So konnte sie sich ohne Probleme zu einer Gruppe kleiner Mädchen herunterbeugen, die die Krabbenkönigin natürlich viel spannender fanden als den Minister. Ich überlegte gerade, dass es wirklich nicht dumm von Gesa gewesen war, sich die Krabbenkönigin für diesen Termin zu sichern, da wurde die über den Platz tönende Shantychor-Musik ausgedreht. Eine Stimme kündigte den Geschäftsführer der VentCollect an. So ein bisschen wie im Sportstadion. »Meine Damen und Herren, begrüßen Sie mit mir« – Kunstpause – »Herrn Torbeeeeeen NicoooooLAISEEEEEN!!!« Der schnieke Typ, der neben Gesa Christansen gestanden hatte, joggte unter Beifall sportlich die Stufen hinauf. Während er über die Bühne ging, ruckelte er sich kurz am Krawattenknoten und trat dann ans Rednerpult.

»Mein sehr verehrter Herr Minister, liebe Frau Abgeordnete,

liebe Bürgerinnen und Bürger! Es ist mir eine große Ehre, Sie zur Eröffnung des Windparks Freesbüll begrüßen zu dürfen!« Er unterbrach seine Rede, um den Leuten noch mal Gelegenheit zum Klatschen zu geben, aber nur um den Beifall dann mit einer pseudobescheidenen Handbewegung wieder zurückweisen zu können. »Wie Sie wissen, arbeitet unser Land mit Hochdruck an der Energiewende. Wir alle sind uns einig, dass wir in Zukunft mit sauberen und erneuerbaren Energiequellen auskommen wollen. Und heute möchte ich mit Ihnen allen feiern, dass es uns, der VentCollect, gelungen ist, die Weichen für die endgültige Unabhängigkeit von konventionellem Strom zu stellen. Was Sie hinter mir sehen, ist eine neue Generation von Windrädern, deren innovative Technologie Erträge ermöglicht, von denen man bisher nur träumen konnte …«

Der Mann schwafelte, und ich gab Carsten ein Zeichen, dass ich lieber zu Ole wollte, als mir die Selbstbeweihräucherung der Windrad-Firma anzuhören. Wir schlängelten uns aus dem Zuschauerpulk heraus und gingen zu Oles Stand. Es standen immer noch eine Menge Leute an. Ich reihte mich ein, aber Ole winkte mich nach vorn. Flink zog er unter dem Tisch einen Teller hervor, der mit einer Auswahl aller angebotenen Kuchensorten bestückt war. »Geht aufs Haus. Bitte alle durchprobieren und später bewerten«, sagte er schnell und nahm schon wieder die nächste Bestellung auf.

Jippee! Wir setzten uns neben Oles Stand auf zwei leere Apfelsaftkisten und futterten uns durch.

»Willst du heute eigentlich noch auf die Aussichtsplattform?«, fragte Carsten zwischen zwei Happen Brownie.

»Nee, das geht nicht. Was, wenn wir im Aufzug platzen? Außerdem, guck dir mal die Schlange an.« Jetzt gerade redete der Minister von Zukunftstechnologie und Umweltverantwortung, und die Hälfte der Leute hatte sich offenbar dafür entschieden, dass sie sich schon mal anstellen konnten. »Ich muss ja um zwei in Hamburg sein. Tante Lisbeth hat gefragt, ob du uns hinfahren kannst.«

»Okay.«

»Mit Blaulicht?«

Er guckte streng.

»Ich meine ja nur, weil Lisbeth erst um zwölf vom Friseur zurück ist. Und ich habe keine Ahnung, wie lange man zu diesen Fernsehstudios braucht.«

Auf der Bühne gruppierten sich gerade alle um einen Sockel mit einem überdimensionierten roten Knopf. Sassi, flankiert vom Minister und Gesa Christiansen, drückte mit einem Lächeln, das ihr die Miss-World-Krone eingebracht hätte, ihre Hand auf den Buzzer. Applaus brandete auf, und während sich hoch über uns die Rotorblätter langsam in Bewegung setzten, dröhnte aus den Lautsprechern *Wind of Change*.

»Du pfeifst das jetzt nicht mit«, warnte ich Carsten.

»Du bist ja bossy«, wunderte er sich. »Ich liebe dieses Lied!« Er spitzte die Lippen.

Und ich hasste es. »Drei Tage keinen Sex!«, drohte ich.

»Schaffst du eh nicht«, sagte er und pfiff eine Tonfolge.

Mist, verdammter. Da hatte er recht. »Dann sing ich im Bett *Looking for Freedom*!«

»Cool.« Er pfiff weiter und beobachtete mich aus den Augenwinkeln.

»Ich schneide mir am Frühstückstisch die Fußnägel!«

Er tat, als geriete er in eine Pfeif-Ekstase.

»Und flitsche sie in deinen Joghurt!«

Er kam ein bisschen ins Stocken. Schnell machte ich weiter. »Ich benutze in deiner Anwesenheit Zahnseide! Und lasse überall meine Haare liegen. Im Abfluss. In der Dusche. In deinem Kamm …«

»Wann kannst du einziehen?« Er zog mich in seine Arme und küsste mich.

Da war es wieder. Mein schlechtes Gewissen. Ich hätte Carsten längst von meinem Job-Angebot erzählen müssen. Ich hatte mich die ganze Zeit davor gedrückt, aber mit jeder Bemerkung, jeder Geste, mit der Carsten mir seine Zuneigung zeigte, schämte ich mich mehr. Sollte ich es ihm jetzt sagen, oder konnte ich noch bis Montag nach dem Gespräch im Verlag warten? Oh, ich konnte mich so schwer konzentrieren, wenn Carsten mich küsste ...

»Yo, Man!«, hörte ich ein Stimme und spürte dann, wie Carstens Hand von meinem Rücken abließ. Ich machte die Augen auf und sah, wie er mit Jan abklatschte. Jan und Sassi waren herübergekommen.

»Wie geht's bei euch jetzt eigentlich weiter?«, fragte ich Sassi, die sich genauso in Jans Arm kuschelte wie ich in Carstens.

»Jan fährt mich morgen Abend zurück nach Hildesheim«, sagte Sassi. »Ich muss Montag ja wieder in die Schule. Aber ab dem Wintersemester ist er dann ganz in meiner Nähe.«

»Ich gehe nach Göttingen, da kann man Agrarökonomie studieren«, erklärte Jan. »Weil es ein Studium ist, krieg ich meine Eltern schon noch besänftigt. Eigentlich ist eine Ausbildung viel wichtiger, aber die mach ich dann danach. Für dieses Jahr wäre ich eh zu spät dran gewesen.«

»Landwirtschaft?«, fragte Carsten verwundert.

»War immer mein Traum. Inga hat mich ermutigt, ihn umzusetzen«, sagte Jan. Und sie hat mich mit Sassi verkuppelt. Chica, du hast was gut bei mir!«

Er zwinkerte mir zu und gab dann Sassi einen Schmatzer. »Du bist mir doch nicht böse, wenn ich Inga ›Chica‹ nenne? Meine Traumfrau bist nur du! Dir folge ich überallhin!«

»Aber ist Göttingen denn überhaupt in der Nähe von Hildesheim?«, fragte Carsten vorsichtig.

»Hundert Kilometer. Da brauch ich mit meiner Kiste keine halbe Stunde!«

Carsten und ich sahen einander an.

»Du, Sassi«, fragte ich, »wollen wir nachher zusammen einen Ausflug machen?«

Als die beiden gerade wieder im Gedränge Richtung Windrad verschwunden waren, weil Sassi noch für ein Foto mit dem Minister auf die Aussichtsplattform musste, trat ein Mann zu uns heran. »Frau Hering. Ich müsste einmal mit Ihnen sprechen«, sagte er, und mir fiel die Kinnlade herunter.

»Henning Christiansen«, stieß ich hervor. Was wollte der von mir?

»Ich kam eben nicht umhin, Ihr Gespräch mit meinem Sohn mit anzuhören.« Er sah mich missbilligend an. »Ich muss Sie bitten, ihn in Zukunft nicht weiter negativ zu beeinflussen.«

»Bitte?«, fragte ich ungläubig.

»Sie haben mich verstanden«, sagte er kalt. »Wegen Ihnen gibt er sein Studium auf und scharwenzelt einem Schulmädchen hinterher. Ich werde es nicht zulassen, dass Sie sein Leben verpfuschen!«

Carsten runzelte die Stirn und trat einen Schritt auf Jans Vater zu. »Herr Christiansen«, sagte er streng, »ich fürchte, Sie vergreifen sich hier gerade ein wenig im Ton.« Ich nahm Carstens Arm und zog ihn zurück. »Danke, Carsten. Aber das regle ich allein«, sagte ich und wandte mich dann an Henning Christiansen. Seine Stimme war kalt gewesen. *Meine* war eisig. »Sie wollen nicht, dass ich ihm das Leben verpfusche? Das erledigen Sie lieber selbst, oder was?«

»Ich verbitte mir …«, fuhr er mich an.

»Und ich mir erst mal«, zischte ich. »Ihr Sohn hat sich jahrelang Ihnen und Ihrer Frau zuliebe abgequält. Sie wissen doch, dass er nicht der Typ für BWL ist! Und Sie haben ihn trotzdem dazu getrieben. Nur weil Sie finden, dass es nicht zählt, ob man an seinem Leben Spaß hat. Was ich ja sowieso total krank finde!«

Carsten, der von Tante Lisbeths Geschichte natürlich nichts wusste und denken musste, dass jetzt ich zu weit ging, legte mir beruhigend die Hand auf den Rücken, aber ich hatte gerade erst angefangen. »Sie haben ja wohl echt Nerven, ausgerechnet *mir* etwas darüber zu erzählen, dass man anderer Leute Leben nicht verpfuscht. Meine Tante leidet heute noch darunter, dass Sie sie sitzen gelassen haben!«

Henning zog erstaunt eine Augenbraue hoch. »Ich weiß nicht, was Ihre Tante Ihnen erzählt hat. Aber ich kann Ihnen versichern, dass das nicht der Fall ist.«

»Woher wollen Sie wissen, ob sie leidet, wo sie doch seit dem Unfall kein einziges Wort mehr mit ihr gesprochen haben!« Ich wandte mich an Carsten. »Lange Geschichte. In Kurzform: Tante Lisbeth war als Mädchen schwanger von Herrn Christiansen. Und als sie das Baby verloren hat, hat er sich aus dem Staub gemacht, ohne sie auch nur ein einziges Mal im Krankenhaus zu besuchen.«

»Und das werfen Sie mir vor?« Jetzt war der auch noch so unverschämt, höhnisch zu lachen!

»Carsten, halt mich fest, oder ich verkloppe den. Ist mir ganz egal, wie alt er ist. Böse alte Männer darf man hauen!«

»In Ihrer Familie haben ja wirklich alle Frauen Klasse«, ätzte Henning Christiansen.

»Immer noch mehr als die Männer in Ihrer! Pass mal auf, Carsten: Tante Lisbeth und Herr Christiansen waren total verliebt, wollten das Kind haben, zusammen weggehen und so weiter. Aber seine Eltern haben versucht, Tante Lisbeth Geld zu geben, damit sie das Kind wegmachen lässt. Dann hat sie es verloren, und Herr Christiansen hatte einen Sinneswandel. Er hat sich nie wieder blicken lassen und sich eine bessere Partie gesucht. Und Tante Lisbeth hat nie wieder einem Mann vertraut.« Ich starrte Henning Christiansen mit gefletschten Zähnen an.

»Das geht jetzt eindeutig zu weit«, sagte der. »Ich habe mich immer bemüht, Lisbeth gegenüber fair zu bleiben. Weiß Gott, ich habe versucht, ihr keine Schuld zu geben. Aber dass sie die Dinge jetzt auch noch so darstellt …« Er schüttelte den Kopf.

»Schuld? Woran denn Schuld?!« Das klang ja so, als hätte sie ihm mit Absicht das Kind untergeschoben. Ich musste ihn schlagen. Ich *musste* ihn schlagen! Aber Carsten hielt meine Arme fest.

»An der Abtreibung«, sagte Henning und sah mir fest in die Augen.

»Bitte? Wovon sprechen Sie? Sie hat das Kind bei dem Autounfall verloren!«

»Das stimmt doch nicht! Es tut mir leid, aber da sind Sie einer falschen Darstellung aufgesessen. Ja, Lisbeths Vater ist bei dem Unfall ums Leben gekommen. Aber Lisbeth und das Baby haben dabei keinen großen Schaden genommen. Sie hat nur bei der Gelegenheit die Abtreibung vornehmen lassen und den ganzen Krankenhausaufenthalt als Folge des Unfalls vertuscht.« Ich sah zu Carsten rüber, um meine Entrüstung zu zeigen. Henning Christiansen sprach ungerührt weiter. »Wie gesagt, ich habe seinerzeit versucht, Verständnis für Lisbeth zu haben. Ich dachte, man hätte ihr eingeredet, dass unsere Pläne naiv waren. Ich bin fortgegangen, weil ich nicht wollte, dass wir einander leiden sehen. Auch da war Ihre Tante ja weniger rücksichtsvoll. Wie sie nach Italien ging und allen ihre Künstlerkarriere und ihre Liebschaften unter die Nase gerieben hat … Das fand ich sehr verletzend. Offenbar hatte sie ihren Künstlertraum doch nicht aufgeben wollen, sondern nur mich. Sie hat mich wohl nicht so sehr geliebt, wie ich gedacht hatte.«

Da hatte er sich ja eine schöne Variation der Wahrheit zusammengereimt! »Andersrum, Herr Christiansen, andersrum!«, schnaubte ich. »Das mit der Abtreibung ist nicht wahr, und Tante Lisbeth ist fortgegangen, weil sie es nicht ausgehalten hat, dass *Sie* sie nach dem Unfall ignoriert und dann auch noch Gesa geheiratet haben! Aber Lisbeth hat nicht aufgehört, sie zu lieben! Wissen

Sie, dass meine Tante immer noch das Bild an der Wand hat? Von diesem Liebespaar?«

Carsten schaltete sich ein. »Das hat Herr Christiansen doch auch!«

»Eben!«, regte ich mich auf. »Das ist ja das Bescheuerte! Jeden Tag gucken die beiden sich zu Hause das Liebespaar an, das sie vor vierzig Jahren füreinander gemalt haben. Sie sind doch nie wirklich voneinander losgekommen! Ist das nicht absurd? Herr Christiansen hat gekniffen, weil er nicht dachte, dass die Jugendliebe ausreicht, um ein Leben lang glücklich zu sein. Und jetzt sind sie beide ein Leben lang unglücklich, weil er abgehauen ist.«

»Ich bin nicht abgehauen«, sagte Herr Christiansen. Mit ihm war etwas Merkwürdiges vorgegangen. Seine Augen, mit denen er mich eben noch so zornig fixiert hatte, flackerten, und seine vorher noch so angespannten Gesichtszüge waren weicher geworden. »Sie haben nur die Geschichte nicht richtig erzählt bekommen. Es ist nun mal Tatsache, dass Lisbeth das Kind damals abgetrieben hat. Ohne mich vorher auch nur zu fragen. Sie hat eben lieber das Geld meiner Eltern genommen, die unsere Trennung von ihr verlangt haben. Das musste ich akzeptieren.« Er runzelte die Stirn. »Sie hat das Bild noch?«

»An der Wand im Schlafzimmer«, sagte ich. Meine Wut war verpufft. Henning Christiansen hatte Tante Lisbeth gar nicht sitzen lassen wollen? »Ich bin ganz sicher, dass es keine Abtreibung war«, versicherte ich. »Wie kommen Sie denn darauf, das zu denken?«

»Ich habe die Krankenhausakte gesehen.« Wir starrten einander an. Nicht mehr feindselig, sondern in gemeinsamer Verwirrung. Was, wenn die beiden einander all die Jahre fälschlich im Verdacht gehabt hatten?

»Tante Lisbeth hätte keine Grund, mich anzulügen«, stellte ich fest. »Sie hat das Kind bei dem Unfall verloren, ganz sicher. Und sie hat mir Ihren Brief gezeigt: Der las sich wirklich, als würden *Sie* sich trennen wollen. Und als würden Sie Ihren Eltern verzeihen, was sie von Lisbeth verlangt haben!«

»Nein. Meinen Eltern habe ich es nicht verziehen. Aber ich wollte nicht, dass Lisbeth Schuldgefühle hat.« Henning Christiansen zog leicht die Augenbrauen zusammen, während er sich den Brief in Erinnerung rief. »Also habe ich geschrieben, dass unser Traum wohl naiv war ... Ungeschehen machen konnte ich die Abtreibung ja nicht mehr, also wollte ich es im Nachhinein nicht noch schlimmer für sie machen. Aber Sie ahnen nicht, wie schrecklich die Situation für mich war. Als mein Vater mit der Akte in der Hand kam. ›Da siehst du‹, hat er gesagt, ›so ist dieses Mädchen! Kaum hat man ihr etwas Geld geboten, schon hat sie's wegmachen lassen.‹«

Carsten schaltete sich ein. Seinem kriminalistischen Verstand war etwas aufgefallen. »Wie kam denn Ihr Vater überhaupt an die Akte?«

»Er war Arzt.«

»Im Krankenhaus?«

»Nein. Er war niedergelassener HNO-Arzt. Wie ich jetzt. Er wird wohl Verbindungen ins Krankenhaus gehabt haben.«

Jetzt fiel mir etwas auf. Etwas Ungeheuerliches.

»Ihre Beziehung mit Gesa Christiansen ... wie kam die eigentlich zustande?«, fragte ich.

»Reine Vernunftehe«, sagte Henning schulterzuckend. »Ich hatte nicht vor, noch mal so etwas durchzumachen wie mit Lisbeth. Und sie wollte einen Mann mit guten Berufsaussichten.«

»Haben Ihre Eltern sie einander vorgestellt?«

»Ja.« Er runzelte wieder die Stirn. »Wieso fragen Sie?«

»Gesas Vater war Chefarzt im Krankenhaus!« Das wusste ich aus Tante Lisbeths Erzählung. Sie war ja so verletzt gewesen, weil sie dachte, Gesa wäre Henning deshalb als die bessere Partie erschienen. »Welche Abteilung?«, fragte ich Henning.

Jetzt begriff auch er. Seine Augen weiteten sich. »Gynäkologie!«

Fünfzehn Meter von uns entfernt stand Gesa Christiansen zusammen mit VentCollect-Nicolaisen und einer kleinen, drahtigen Frau im Hosenanzug an einem Stehtischchen.

»Gesa! Kommst du bitte mal?«, rief Henning. Seine Stimme war so laut und eindringlich, dass er das Shantychor-Gedudel und sämtliche Unterhaltungen der Umgebung locker übertönte. Gesa stellte ihr Sektglas ab, sagte ein paar Worte zu ihren Begleitern und kam dann mit einem strengen Ausdruck im Gesicht zu uns herüber. Sie nickte Carsten kurz zu und blaffte dann ihren Mann an. »Das war die Fraktionsvorsitzende. Ich soll vielleicht die Ombudsfrau für den Stromtrassenausbau werden. Kann das hier nicht warten?«

»Nein. Gesa, ich möchte dir Inga Hering vorstellen.«

Gesa musterte mich abfällig.

»Tag.« Das klang eher gespuckt als gesprochen. Nur, weil ich nicht in ihrem Wahlkreis war, musste sie ja noch lange nicht auf alle Höflichkeit verzichten!

»Sie ist die Nichte von Lisbeth.«

»Ich weiß«, zischte sie.

»Meine Frau kennt meine Vorgeschichte mit Ihrer Tante«, erklärte Henning.

»Und jetzt? Ziehen Sie die ganze Nummer noch mal durch?«, fragte sie schneidend.

»Bitte?«

»Sie haben uns doch diese neue kleine Krabbenkönigin untergejubelt. Haben Sie ja super hingekriegt. Schon will Jan sein Studium schmeißen. Na, was müssen wir bezahlen, damit sie sich vom Acker macht?«

Ich wollte schon zurückgiften, aber dann merkte ich, dass dieser Angriff eigentlich für Gesa sprach. Mir fiel auch das Telefongespräch zwischen Lisbeth und Gesa wieder ein, bei dem ich mich so gewundert hatte, warum die beiden Frauen so schnippisch zueinander gewesen waren. Ob Henning wieder sein Scheckbuch holen müsse, hatte sie gefragt, als Tante Lisbeth sie zu der Spende für den Lottoabend aufgefordert hatte. Offenbar ging auch sie davon aus, dass Tante Lisbeth sich damals für die vermeintliche Abtreibung hatte bezahlen lassen. Dann steckte sie wenigstens nicht mit drin.

Ich verkniff mir also eine schnippische Antwort, und Henning ergriff das Wort.

»Gesa. Frau Hering sagt, Lisbeth hätte damals gar keine Abtreibung gehabt. Das Kind sei bei dem Unfall gestorben. Und ich glaube ihr. Offenbar wurden die Krankenhausakten gefälscht.« Er sah sie erwartungsvoll an.

Gesa Christiansen war nicht dumm. Sie überlegte nur ein paar Sekunden, dann war ihr klar, was dies bedeutete.

»Das heißt, sie wollte sich gar nicht von dir trennen. Jemand hat euch absichtlich auseinandergebracht.«

»Und dieser ›jemand‹ sind deine und meine Eltern.«

»Wieso meine?«

»Dein Vater war Chefarzt auf der Station. Ohne ihn wäre das nicht gegangen.«

Gesa strich sich über den Hals. Das war ein übler Vorwurf. Aber sie wies ihn erst mal nicht zurück.

»Und dann haben sie Sie verkuppelt«, ergänzte ich.

Gesa verzog das Gesicht. »Was für eine bittere Unterstellung. Aber was ist nicht bitter an dieser Beziehung.«

»Sie wollten doch eine Vernunftehe, oder?«, fragte ich.

»Ja.« Sie schnaubte verächtlich und wandte sich an Henning. »Ich wollte eine vernünftige Ehe. Aber keinen emotionalen Krüppel. Weißt du, dass die Leute denken, du wärest schwul? Ich kann es ihnen nicht übel nehmen, so wenig, wie du dich für mich interessierst.«

Henning hob erstaunt die Hände. »Wir waren uns doch einig, dass wir keine Romantik voneinander erwarten! Es ging immer um eine solide Partnerschaft. Ehrlichkeit, Respekt und ein Heim für unsere Kinder.«

»Keine Romantik erwarten ist nicht dasselbe wie damit klarkommen, dass du über eine alte Romanze nicht hinwegkommst! Wie ich es hasse, dieses Bild in deinem Arbeitszimmer. All die Jahre lässt du es da hängen. Was ist daran eigentlich ehrlich und respektvoll, dass du ein Bild von einer anderen Frau anhimmelst?«

»Das weißt du?«, fragte Henning bestürzt.

»Es ist mit ›LH‹ signiert! Komisches Kürzel für Auguste Renoir.«

Henning guckte zerknirscht. »Es tut mir leid. Ich wollte dich nicht unglücklich machen. Ich war es zwar selbst, aber ich dachte, du kämest mit diesem Vernunftehen-Konstrukt gut klar.«

»Zum Teufel mit der Vernunftehe! Worauf haben wir uns da nur eingelassen!« Gesa Christiansen wollte sich durch die Haare fahren. Sie blieb in der festgesprayten Hochsteckfrisur stecken und riss genervt die Klammern raus. Daraufhin stand ihr das Haar wild in alle Richtungen vom Kopf ab.

Henning machte einen Schritt auf Gesa zu und strich es ihr ordnend glatt. »Ich dachte, es ist die beste Lösung. Weil Liebe sowieso vergeht und Respekt beständig ist«, sagte er dabei leise.

»Und ich dachte, wir würden einander lieben lernen. Stattdessen haben wir den Respekt verloren.« Oha. Das ging ganz schön ans Eingemachte. Aber auch Gesa hatte es nicht giftig gesagt, sondern ganz ruhig. Eigentlich sogar freundlich. Als wäre es eine Erleichterung, endlich einmal offen über ihre Beziehung zu reden.

»Ich weiß, dass du dir andere Männer genommen hast«, sagte Henning. Auch er ohne jede Spur von Groll. »Du hast etwas mit dem Nicolaisen.«

Gesa drehte sich um zu dem Tisch, an dem der VentCollect-Geschäftsführer noch immer mit der Fraktionsvorsitzenden zusammen Sekt trank. Er lächelte Gesa zu, und ich sah, wie sich ihre strengen Gesichtszüge erstmals zu einem freundlichen Ausdruck lösten.

»Torben und ich sind seit bald einem Jahr zusammen«, gab sie zu. »Er drängt mich dazu, unsere Verbindung öffentlich zu machen.«

Henning lächelte seine Frau an. »Was würden deine Wähler sagen?«

Gesa blickte ihren Mann stumm an. Dann, allmählich, formte sich ein Lächeln auf ihren Lippen. »Weißt du was?«, fragte sie ihn dann. »Ich glaube, es ist mir egal!« Gesa fing an zu strahlen. »Henning. Was meinst du. Wollen wir uns scheiden lassen?«

Henning nahm Gesa in die Arme. Dann wirbelte er sie wie erleichtert herum und sagte begeistert: »Ich will.«

Einer der Fotografen, die noch über das Gelände schlenderten, sah die Szene und riss seine Kamera hoch. Na, ob der mit seiner Bildunterschrift wohl richtig liegen würde?

# ACHTUNZWANZIG

Meine Hände schwitzten. Und meine Oberlippe, aber die Frau aus der Maske, die auch im Studio noch mit ihrer Puderquaste herumtigerte, hatte streng verboten, dass ich mir weiterhin nervös daran herumwischte. Ein neues Kaugummi kauendes Mädchen mit Clipboards unter dem Arm – davon hatte der Sender anscheinend viele, es war nicht die vom Casting – hatte uns auf den Kandidatenstühlen abgeladen, bei denen sich Aussehen und Sitzkomfort leider entgegengesetzt proportional verhielten. »So etwas hätte es bei deinem Großvater niemals gegeben!«, hatte Tante Lisbeth geschimpft, als sie auf dem harten Sitz mit der viel zu aufrechten Rückenlehne Platz nahm. Die Stühle waren am Boden verschraubt, um ein Herauskippeln aus dem Bildausschnitt zu verhindern. Auch die Konsolen für den Monitor und unsere Wassergläser waren fest in die Bühne eingelassen. Bisschen wie im Flugzeug, außer dass einem da keiner gegenübersitzt. Wir warteten natürlich auf Alexander Samson, aber dessen Moderatorenstuhl vor uns stand noch leer.

Dafür hopste schon seit zehn Minuten ein Warm-upper über die Bühne und die Publikumsreihen rauf und runter. Das Hemd demonstrativ aus der Hose raushängend, nach dem Motto: »Es geht ja noch gar nicht richtig los, und wir sind alle noch voll locker drauf«, brachte er den Zuschauern die wesentlichsten Publikumsmanieren bei. Zum Beispiel, wie man auf sein Zeichen hin klatschte und dass die Handys ausgeschaltet in die Jackentaschen und die Finger nicht in die Nase gehörten. »Wenn wir etwas interessant finden, zoomen wir nämlich ran, Fräulein Hering hier kennt das!«, witzelte er zum Vergnügen des Publikums. »Wer von

Ihnen kennt das Video mit den Damen Hering? Bitte klatschen!« Das Studio raste vor Vergnügen. »Merken Sie sich den Applaus! So will ich, dass das nachher klingt, wenn Alexander Samson reinkommt!« Er wandte sich mir zu. »Die kennen es alle! Wie geil ist das denn, was, Ingaaaa???« Er riss die Augen auf und strahlte wie eine koksende Meerkatze. »Ich freu mich so«, sagte ich lahm in das Mikrofon, das er mir ins Gesicht hielt. Der Warm-upper beschwerte sich nachäffend über meinen mangelnden Enthusiasmus. Selbst schuld bei der Themenwahl, obwohl ich mir natürlich eigentlich vorgenommen hatte, locker-flockig mit der Sache umzugehen. Aber ehrlich gesagt hätte ich im Moment sogar dann Probleme damit gehabt, Freude zu mimen, wenn er mir eine Grußbotschaft von Brad Pitt vorgelesen hätte.

Ich hatte es versaut. Nachdem sich das ganze Drama um Tante Lisbeth, Henning und Gesa Christiansen offenbart hatte, war mir klar geworden, dass Offenheit und Ehrlichkeit in einer Beziehung unverzichtbar waren. Von Anfang an. Auf dem Weg zurück zu Lisbeths Wohnung hatte ich Carsten daher von meinem Bewerbungsgespräch berichtet. Und er war völlig perplex gewesen.

Als wäre ich unter Wasser, nahm ich verschwommen den Warm-upper wahr, wie er dem Publikum armwedelnd schlechte Witze erzählte, und hörte dabei in meinem Kopf das Gespräch von Carsten und mir noch einmal.

»Du hast ein Bewerbungsgespräch für einen festen Job in Berlin?«, hatte er tief enttäuscht meine Beichte wiederholt.

»Ich hab mich da schon vor Wochen beworben. Da wusste ich doch noch nicht, dass ich dich treffen würde! … Und ich möchte mich beruflich unbedingt noch weiterentwickeln … vielleicht wird ja auch gar nichts draus!«

»Aha.« Carsten hatte seinen Blick gesenkt. »Das merke ich wohl.« Er hatte sein Auto vor Lisbeths Haus geparkt und starrte aufs Lenkrad.

»Ich meinte den Job! Nicht uns!« Ich hatte seinen Arm berühren wollen, aber er hatte ihn zurückgezogen. »Du gehst jetzt besser«, hatte er gesagt und mich immer noch nicht angesehen. »Ihr müsst euch beeilen.«

»Lass es mich doch bitte noch erklären, bevor ich nach Hamburg fahre«, hatte ich verzweifelt gesagt.

Da hatte er mir den Kopf zugewandt. »Inga, was gibt es denn da noch zu erklären?« Abweisung lag in seinem Blick. »Ich hab es dir gestern gesagt. Ich vertrage keine Überraschungen mehr. Ich habe mich total in dich verknallt, und ich wünsche mir eine ehrliche, stabile Beziehung. Und ich dachte, du wärst vielleicht die Richtige ... Und dann erfahre ich so ganz nebenbei, dass du einen Job in Berlin annehmen willst?« Carstens Augen, sonst so zärtlich und liebevoll, hatten kein auch noch so winziges Strahlen mehr für mich.

Es war schwer, diesen Blick zu ertragen. Aber genau dieser Blick war es, der mir die Antwort vorgab. Auch wenn es schwerfiel. Verlangte er etwa, dass ich zwischen ihm und dem Job wählte? Ich wusste doch nicht einmal, ob die mich überhaupt nehmen würden. »Ich muss zu diesem Bewerbungsgespräch«, hörte ich mich sagen. Mein Verstand trug sein Emanzipations-Catsuit und bestand darauf, dass ich mir in diese Entscheidung nicht reinreden ließ. Mein Herz ging derweil kotzen.

Und dann hatte Carsten es getan. »So wird das mit uns nichts«, hatte er gesagt, über meinen Schoß hinweg zum Türöffner gegriffen und meine Tür aufgestoßen.

Es hatte sich angefühlt, als hätte er mir in den Magen geboxt. Aber ich hatte versucht, mir nichts anmerken zu lassen. Tapfer hatte ich das Kinn hochgereckt. »Also, wenn du das so siehst, dann muss ich mich tatsächlich beeilen«, hatte ich möglichst majestätisch geantwortet. »Denn dann muss ich jetzt noch packen, damit ich gleich von Hamburg weiter nach Hause fahren kann.« Und ich war ausgestiegen und hatte die Tür hinter mir zugeworfen.

»Meinst du, er ruft an?« Ich lehnte mich zu Tante Lisbeth rüber, die auf dem Monitor vor sich verfolgte, wie die Uhr bis zum Beginn der Show-Aufzeichnung runtertickte. Nur noch wenige Momente.

»Geht das wieder los?«, fragte sie mit einem missbilligenden Seitenblick und guckte schnell wieder auf den Monitor.

Ich hatte mir auf der Autofahrt zum Fernsehstudio in Hamburg reichlich Luft gemacht. »Aber ich kann die Bewerbung doch nicht zurücknehmen? Ich kann mir von ihm doch kein Ultimatum stellen lassen«, versicherte ich mich vorsichtshalber bei Tante Lisbeth noch mal. »Das geht doch nicht! Wir sind doch nicht in den Fünfzigern!«

»Will ich meinen«, zischte sie.

»Und was soll ich jetzt tun?«

»Rarmachen!«

Ich ließ den Kopf auf den Monitor sinken. Die Puderquasten-Frau kam hektisch angerannt, richtete mich wieder auf und wischte mir die Stirn ab. Der Warm-upper grölte ins Mikrofon. Noch fünf Sekunden.

»Meine sehr verehrten Damen und Herren. Bitte begrüßen Sie mit mir Ihren Gastgeber … ALEXANDER SAMSON!!!«

Die Uhr auf dem Monitor stand auf 0:00.

Zur eingespielten Titelmelodie und frenetischem Jubel kam Alexander Samson ins Studio geschlendert. Als wir in der Maske gesessen hatten, hatte er uns vorhin schon kurz begrüßt. Der schleimigste unter all den dauergrinsenden Typen, die im deutschen Fernsehen Quizshows moderieren, war fast genau so klein wie ich. »Wir haben eben schon eine Show aufgezeichnet und fünfzigtausend Euro an ein Paar verloren, das doch tatsächlich wusste, welche Staaten am Wiener Kongress beteiligt waren. Finden Sie eigentlich, dass man so eine Krawatte ungestraft in der Öffentlichkeit tragen darf?« Er hatte missbilligend an sich runtergeguckt. Sein Schlips, offenbar vom Show-Sponsor so vorgegeben, zierte ein Muster aus rosa und violetten Kringeln. »Pink geht immer«, hatte Tante Lisbeth ihm Mut gemacht. Sie selbst hatte zu ihren ondulierten Haaren eine duftige limettengrüne Chiffonbluse mit rosa Leopardentupfern gewählt. Ich trug einen Rollkragenpulli. Wegen der beiden Knutschflecken an meinem Hals und um meinen Nackte-Haut-im-Fernsehen-Saldo etwas nach oben zu korrigieren. »Sie können ganz entspannt sein«, hatte Alexander Samson gesagt und mir zugezwinkert. »Ich werde ein, zwei Witzchen über das Casting machen müssen, aber wir sind eine Familiensendung, und Sie brauchen sich keine Sorgen zu machen. Na dann, bis später!«

Jetzt stand er also mit ausgebreiteten Armen im Studio, begrüßte freudestrahlend sein Publikum und gab dann mit einer ausladenden Handbewegung das Zeichen, die auf unsere Kandidatenstühle gerichteten Scheinwerfer aufzudrehen. »Meine Gäste heute Abend sind Elisabeth und Inga Hering!« Donnernder Applaus. Tante Lisbeth winkte in die Kamera, ich grinste. Angstgrinsen nennt man das auch. Ich grinse auch bei Beerdigungen oder wenn ich schlimm Schimpfe kriege. Aber in diesem Fall wirkte es nicht deplatziert, also machte ich mir keine Sorgen. Alexander Samson nahm uns gegenüber Platz. »Wir hätten Sie beide eigentlich auch in unsere Prominentensendung einladen können, so bekannt sind Sie in den letzten Tagen geworden.« Er wandte sich einer Kamera zu, die schräg hinter mir stand und für die Moderatoren-Close-ups verantwortlich sein musste. »Falls Sie zu den wenigen Menschen in Deutschland gehören sollten, die das Video noch nicht gesehen haben, hier ein kleiner Ausschnitt. Vorigen Dienstag haben sich die beiden beim Casting zum Super-Quiz unserem Team vorgestellt, und da geschah Folgendes.« Der Monitor vor uns wechselte vom Quiz-Logo zum Video. Als ich mein T-Shirt hochzog, wurde mein BH von einem schwarzen Balken überdeckt. Das hatte Alexander Samson also mit »Familiensendung« gemeint. Das Publikum, das auf Screens an der Studiodecke das Fernsehbild mitverfolgen konnte, johlte und klatschte, als ich Medien-Maxe zum Abschluss eine donnerte. »Das Video wurde im Internet schon über fünfhunderttausend Mal angeguckt. Da hat sich eine veritable Fanbase für die Damen Hering gebildet. Sie ahnen gar nicht, wie wir bestürmt wurden, sie in die Sendung einzuladen!«, sprach er in die Kamera und setzte dann ein verschmitztes Lächeln auf. »Ich muss zugeben, ich war auch neugierig. Frau Hering – darf ich Lisbeth sagen?«

»Na gut.«

»Zunächst mal, Lisbeth, wen haben Sie uns denn heute ins Studio mitgebracht?« Das war beim *Super-Quiz* üblich. Im Publikum saßen immer noch zwei Angehörige oder Freunde der Kandidaten, deren mitleidende Gesichter bei kniffeligen Fragen eingeblendet wurden.

»Unsere Freunde Sassi und Jan.« Die beiden wurden ausgeleuchtet. Sassi winkte strahlend in die Kamera. Jan gab ihr einen Wangenkuss.

»Und warum die?«

»Sie sind ausgesprochen telegen, und Jan hat uns hergefahren. Sein Auto fährt 240«, erklärte Tante Lisbeth.

»Lauter gute Gründe«, lobte Alexander. In Wahrheit irritierte ihn Tante Lisbeths Antwort aber wohl ein bisschen. Jedenfalls blätterte er in seinen Karteikarten und leitete ziemlich abrupt zum eigentlichen Quiz über. »Also dann. Ähm. Dann fangen wir mal an. Ich erkläre noch einmal kurz die Regeln. Wie immer fangen wir bei der Hundert-Euro-Frage an. Danach steigern wir uns langsam hoch bis hunderttausend – wenn Sie so lange dabeibleiben. Sie antworten abwechselnd, und der andere kann jeweils ein Veto einlegen. Außerdem haben Sie einen Fifty-fifty-Joker, einen Telefonjoker und einen Publikumsjoker. Alles klar?«

»Alles klar.« Die Fanfare ertönte. Wir rieben uns die Hände.

Nichts lenkt besser von Liebeskummer ab als ein Liveauftritt im Fernsehen.

»Frage eins«, las Alexander vor. »Wenn einem Jugendlichen etwas gefällt, dann wird es von ihm …

A. gemobbt,
B. geflashed,
C. geliked,
D. gedisst.«

Tante Lisbeth antwortete geschäftsmäßig. »Das ist C. geliked.«

»Veto?«

»Nein.«

Eigentlich war das hier die Eisbrecherfrage, bei dem die Kandidaten erst mal in Ruhe dem Publikum vorgestellt werden sollten. Man kann schließlich nicht von jedem Pärchen Unterwäschefilmchen einspielen. In unserem Fall arbeitete Alexander die Nummer nur schnell geschäftsmäßig ab. »Dann logge ich das ein …«, Happy-Jingle, »… richtig. Wenn einem Jugendlichen etwas gefällt, dann wird es von ihm ›geliked‹. Wir machen gleich weiter mit der Zweihundert-Euro-Frage. Inga antwortet. Welches dieser Bücher gibt es nicht zu kaufen? Harry Potter und …

A. der Stein der Weisen,
B. der Taliban vom Hindukusch,
C. der Gefangene von Askaban,
D. die Kammer des Schreckens.«

»B. Der Taliban vom Hindukusch«, sagte ich und grinste. »Hey, und ich habe extra Nobelpreisbücher auswendig gelernt!«

»Das ist mit uns wie mit der Schule. Man lernt nicht fürs Quiz, sondern fürs Leben. Das können Sie bestimmt irgendwann noch mal gebrauchen«, tröstete er mich. »Also B? Kein Veto?«

Tante Lisbeth schüttelte den Kopf. Alexander tippte auf seinen Monitor, Antwort B wurde farblich unterlegt, und schon erklang erneut das schöne Jingle.

»Die Fünfhundert-Euro-Frage. Was war oder ist der ›Rosenkrieg‹?

A. Ein Rosamunde-Pilcher-Roman,
B. der englische Thronfolgekrieg im 15. Jahrhundert,
C. die Liebesbeziehung zwischen Richard Burton und Elizabeth Taylor,
D. der Preiskampf der holsteinischen Blumenzüchter.«

»E. Ein Film mit Kathleen Turner und Michael Douglas«, sagte Tante Lisbeth und guckte Alexander herausfordernd an. Der sagte gar nichts. »Na gut«, sagte sie, »obwohl es richtig wäre. Also, A nicht. Das weiß ich.« Sie warf mir einen triumphierenden Seitenblick zu. Wie schön, dass ihre Kenntnis vom Gesamtwerk Rosamunde Pilchers uns hier voranbrachte. Ich lächelte gequält. »Mit dem Burton und der Taylor, das wüsste ich auch«, überlegte sie weiter. »Also nein. Bleiben B und D. D klingt gut. Die sind da rund um Pinneberg nämlich sehr bekannt für ihre Rosen. Holsteinische Blumenzüchter – Rosenkrieg. Könnte passen.« Alexander sagte immer noch nichts, obwohl Tante Lisbeth ihren berühmten Über-den-Brillenrand-Blick an ihm ausprobierte. »Oder B? Englischer Thronfolgekrieg?« Sie tippte sich mit dem Zeigefinger an die Nase. »Rose und England. Das hat was miteinander zu tun. Elton John hat doch *Goodbye England's Rose* gesungen, als die Diana gestorben ist! Also B, oder?«

Alexander hob die Schultern. »Ihre Entscheidung!«

»Sie könnten ruhig mal einen Tipp geben«, moserte Lisbeth.

Bockigkeit war Alexander von seinen Kandidaten nicht gewohnt. »Sie haben drei Joker«, motzte er zurück und ließ damit seine Schwiegersohnfassade fallen. »Benutzen Sie doch einen!«

»Für fünfhundert Euro?!« Das fand Tante Lisbeth Verschwendung.

»Besser, als jetzt rauszufliegen«, sagte ich. Ich durfte, bis sie durch war, nicht verraten, ob ich's wusste. Ich wusste es auch gar nicht.

»Na gut. Den Fifty-fifty-Joker, oder?« Ich nickte. Es jinglete ... Und übrig blieben B und D.

»Das haben Sie doch mit Absicht gemacht!«, schimpfte Tante Lisbeth. Alexander hob abwehrend die Hände. »Da sitzt doch oben im Regieraum einer und tippt das ein, weil das die Einzigen sind, die ich nicht ausgeschlossen habe!«, bockte sie weiter. Sie schützte ihre Augen vor dem Kameralicht und suchte nach dem Schuldigen.

Ich stupste sie mit dem Fuß an. »Ist doch jetzt egal, Tante Lisbeth«, flüsterte ich.

»Nee, nicht egal. Das ist total ungerecht! So spiel ich nicht mit! Das ist Schiebung!« Tante Lisbeth lehnte sich in ihrem Stuhl zurück, verschränkte die Arme und schob den Unterkiefer vor. Das Publikum sprang ihr bei. Eine leere Plastikflasche wurde auf die Kandidateninsel geworfen und landete vor Alexanders Füßen. »Jetzt ist erst mal Zeit für Werbung!«, posaunte Alexander mit neu aufgesetzter Fröhlichkeit in seine Kamera. Ein Pausenzeichen erschien auf dem Monitor. Der Warm-upper wurde gerufen und versuchte mit ein paar neuen Witzen, die Wogen zu glätten. Puderquasten-Mädchen tupften an Alexander herum, dem auf der Stirn der Schweiß ausgebrochen war. Ich beruhigte inzwischen Tante Lisbeth. »Das war doch bestimmt nur Zufall. Oder, Alexander? Das ist ein Zufallsgenerator?« Eine Gruppe im Publikum – vorn, dort, wo die Plastikflasche hergeflogen war – skandierte über die Witze des Warm-uppers hinweg »Schiebung, Schiebung, Schiebung«. Sassi und Jan machten keinen Wirbel, aber sie hielten ihre Arme hoch. Mit sich berührenden Daumen und gekrümmten Zeigefingern zeigten sie uns Herzchen. So, wie man das auf Handyfotos gern macht. Süß. Ich zeigte ein Herzchen zurück.

Alexander drückte sich mit dem Finger auf den durchsichtigen Knopf in seinem Ohr, mit dem er mit der Regie verbunden war. »Die Antworten des Fifty-fifty-Jokers werden schon vor der Sendung programmiert«, erklärte er, und seine Stimme wurde laut in das Studio übertragen. Er deckte sein Mikro mit den Händen ab. »Okay, Lisbeth? Wir sollten dringend das Publikum ein wenig beruhigen.«

Tante Lisbeth guckte ihn verkniffen an. Sassi und Jan fingen an zu fuchteln. Sie schüttelten den Kopf zu ihrer Herzchengeste, dann drehten sie die Arme, sodass das Herzchen auf der Seite lag, und nickten. Und wieder von vorn.

Das war kein Herzchen, das war ein B! Ich stupste Tante Lisbeth an und zeigte auf Jan und Sassi. Sie nickte kaum merklich mit dem Kopf, um mir zu signalisieren, dass sie verstanden hatte. »Na gut«, sagte sie dann in Alexanders Richtung, und sie drehte sich in die Richtung, aus der die »Schiebung«-Rufe ertönten, und machte eine besänftigende Handbewegung. Es wurde leise. Alexander nahm einen erleichterten Schluck aus seinem Wasserglas. Das Weitermach-Jingle ertönte.

Lisbeth ließ »B, Thronfolgekrieg« einloggen, und wir segelten glatt durch diese und die nächsten Fragen. Tante Lisbeth half mir bei der Frage nach dem Vulkanausbruch von Pompeji (logisch, da war sie mal gewesen), ich ihr dafür bei der Frage, was für ein Wesen Jacob aus der *Twilight*-Saga ist. Bei fünftausend Euro gab es Hilfe vom Publikum bezüglich des Wappentiers vom 1. FC Köln, und ich bezweifelte bei der nächsten Runde kein bisschen, dass Tante Lisbeth die Zutaten eines Long Island Ice Tea richtig aufsagte. Damit waren wir schon bei der Fünfundzwanzigtausend-Euro-Frage angelangt. Und sie drehte sich ganz zufälligerweise um die Materialien für künstliche Hüften.

»Ach ja, haben Sie nicht bei dem Casting gesagt, dass Lisbeths Narbe in Wahrheit von einer Hüft-OP stamme?«, fragte mich Alexander pseudospontan, und schon lief das Video wieder. Tante Lisbeth fühlte sich provoziert. Sie klopfte mit den Fingernägeln auf ihrer Armlehne herum und guckte wütend. Im Tante Lisbeths Fanblock rumorte es. Alexander blinzelte hektisch, und am Rande der Bühne tauchte der Warm-upper auf, bereit, bei einer Notfall-Unterbrechung sofort zur Stelle zu sein. Aber ich legte Tante Lisbeth besänftigend eine Hand auf den Arm. Ich nahm an, dass die Nation inzwischen derart oft das Video vorgespielt bekommen hatte, dass sich sogar mein Exfreund Stephan mittlerweile gelangweilt in der Zeit ein Bier aus dem Kühlschrank holen ging. Außerdem bekamen wir auf diese Weise die Frage quasi geschenkt. War ja klar, dass wir wussten, dass Tante Lisbeth Titan im Oberschenkel trug.

Bei Fünfzigtausend konnte Tante Lisbeth richtig sagen, dass eine Rupophobie die Angst vor Schmutz ist. Ich ging also mit unserem Telefonjoker in die Hunderttausend-Euro-Frage. Sie lautete: »Was ist eine Tonsillitis?

A. Eine eitrige Mandelentzündung,
B. eine Lehm-Sand-Gemisch,
C. eine dümmlich klingende Abfolge von Geräuschen,
D. ein bauchiges Gefäß.«

»Geh auf Nummer sicher! Nimm den Joker! Jetzt nicht raten! Selbst wenn du's weißt! Nimm erst mal den Joker!« Tante Lisbeth, bislang beispiellos entspannt, war mit einem Mal tierisch aufgeregt. Die letzte Frage … Wenn sie wüsste, was noch auf sie zukam … »Entspann dich!«, riet ich ihr und genoss die Situation. »Also, ich denke, möglicherweise C …«

Sie krallte sich meinen Rollkragen und zog mich zu sich rüber. »Ich entspanne mich nicht! Nimm sofort den Joker!«

Alexander beugte sich vor. »Sagen Sie mal, Inga, da an Ihrem Hals. Ist das ein Knutschfleck?«

Ich befreite mich von Tante Lisbeth und rückte den Kragen zurück. »Der ist von meinem Freund«, sagte ich kurz angebunden.

»Nein. Das ist der auf der anderen Seite. Der links ist von Jan«, korrigierte Tante Lisbeth.

Alexander schlug begeistert mit den Händen auf seine Armlehnen. »Großartig, großartig. Womöglich der Jan, der hier für Sie im Publikum sitzt?« Der auf Sassi und Jan gerichtete Scheinwerfer ging wieder an. Jan nickte fröhlich.

»Weiß Ihr Freund davon?«, fragte Alexander weiter.

Ich machte eine Fingerpyramide. Das wirkte gefasst und hinderte meine Hände daran, sich würgend um Tante Lisbeths Hals zu legen.

»Jaaa«, sagte ich bedächtig.

»Verstehe, verstehe«, freute sich Alexander. »Wie ist das mit Ihnen?« Er blickte zu Sassi hoch. »Macht Ihnen das nichts aus?« Keine Ahnung, ob Sassi die Geschichte schon kannte. Jedenfalls schüttelte sie großmütig den Kopf.

»Und Ihrem Freund, Inga?«

»Nein. Aber um Missverständnissen vorzubeugen, stelle ich lieber klar, dass Jans Knutschfleck« – ich vergewisserte mich bei Tante Lisbeth, die nickte, als ich auf Jans Stelle zeigte – »rein wissenschaftlichen Zwecken diente.«

Alexander klatschte in die Hände. »Ach, Leute! Ihr seid echt super.« Begeistert legte er die Fäuste vor sein Gesicht.

»Sind wir jetzt beim Du?«, fuhr Tante Lisbeth ihm in die Parade.

»Oh. Entschuldigung. Also, Inga, ein ›wissenschaftlicher Knutschfleck‹. Was haben Sie denn da erforscht?«

»Wissen Sie, Jan hat zu viele Männerhefte gelesen.«

Johlender Applaus aus Tante Lisbeths Fankurve. Ich drehte mich zu ihnen um. »Ihr wieder! Ich meine *Men's Monthly* und so Kram. Er hatte da was über eine Technik gelesen, die Frauen total wild machen soll. Einmal auf die richtige Art und Weise angesaugt, und schon seien einem die Frauen hörig.«

Alexander lehnte sich interessiert vor. »Und?«

»Nix und.« Ich verdrehte die Augen. Allein schon die Nachfrage! Männer wollten das wohl glauben. »Es hat sich angefühlt wie ein Blutegel und war auch genauso erotisch.«

»Das ist schade. Sind Sie denn sicher, dass Sie alles richtig gemacht haben?« Mittlerweile stand der Warm-upper neben Jan und hielt ihm sein Mikrofon hin.

»Jo«, sagte Jan.

»Und warum hat's dann nicht funktioniert?«, wollte Alexander wissen.

»Lag an Inga. Weil die schon dem Carsten verfallen war. Wahre Liebe und so was. Da konnte das nicht klappen.«

»Und sonst würde es gehen?«

Jan zeigte neben sich auf Sassi. Die nahm ihr Halstuch ab ... Auweia. Die Leute klatschten.

»Sassi!«, rief Tante Lisbeth entsetzt. Sassis Hals war übersät mit blauen Flecken.

»Und sind Sie ihm jetzt hörig?«, fragte Alexander interessiert.

Sassi nickte. »Und umgekehrt.« Jan nahm seinen Schal ab. Alles blau. Das Studio tobte.

Tante Lisbeth und ich machten die Daumen-hoch-Geste. Papa Herkenrath würde ihr zwar den Kopf abreißen, und möglicherweise stünde demnächst auch das Jugendamt vor der Tür, aber in ihrer Peergroup dürfte Sassi damit ein starkes Standing haben.

»Wunderbar. Ähm ...« Alexander musste sich erst mal sammeln. »Sie geben bitte nachher am Ausgang Ihre Kontaktdaten ab, wir brauchen Sie fürs Spätprogramm ... aber hier machen wir erst mal weiter mit dem *Super-Quiz*. Inga. Wie sieht's aus. Haben Sie eine Antwort für mich?«

»Ich nehme den Telefonjoker.«

»Wunderbar. Da haben Sie ja unmittelbar vor der Sendung noch einmal die Person geändert.«

Tante Lisbeth guckte irritiert. Ich beachtete sie gar nicht, sondern unterhielt mich weiter mit Alexander. »Ja, genau. Ursprünglich sollte das Stephan Herzog sein, ein wahnsinnig gebildeter Mann. Er ist außerdem Rechtsanwalt und sieht *super* aus. Und er erklärt den Frauen, die Symptome seiner Geschlechtskrankheiten seien nur eine Kosmetikallergie.« Ich sah aus den Augenwinkeln, wie das Mädchen mit dem Clipboard eifrig mitschrieb. Stephan kam bestimmt auch ins Spätprogramm. »Aber in letzter Minute habe ich einen noch besseren Joker gefunden.«

»Herrn Henning Christiansen aus Freesbüll«, las Alexander Samson von seinem Monitor vor. Tante Lisbeth schnellte zu mir herum und guckte zornig. »In welcher Beziehung stehen Sie denn zu dem Herrn?«, ging Alexander seinen Telefonjoker-Text durch.

»In gar keiner«, blaffte Tante Lisbeth ihn an. Sie wusste von nichts. Vor allem nichts von Hennings und meinem Gespräch am Vormittag.

Alexander kratzte sich nach Lisbeths heftiger Reaktion am Kopf. Was hatte er denn jetzt schon wieder falsch gemacht?

»Sie liebt ihn«, erklärte ich.

»Häh?« Ich war froh, dass Tante Lisbeth nicht Feuer speien konnte. Sie war stinksauer und nahm mich mit funkensprühenden Drachenaugen ins Visier. »Ist das jetzt die Rache für die Castingsache, oder was?«

Ich hob beschwichtigend die Hände. »Lisbeth, ganz ruhig. Alles ist gut. Ich hab mich gestern mit Henning unterhalten. Er hat dich nie verlassen.«

»Deshalb hat er auch 'ne andere geheiratet«, versetzte sie schnippisch.

»Ja, aber nur, weil er dachte, dass *du ihn* verlassen hättest.« Ich wollte hier im Fernsehen natürlich nichts von dem Baby und der vermeintlichen Abtreibung sagen, deshalb beließ ich es bei einer generellen Umschreibung. »Es war alles ein Missverständnis. Er dachte, du wolltest ihn nicht mehr. Aber er liebt dich.« Der Warm-upper und das Publikum klatschten. Aufruhr, Tipps für sexuelle Hörigkeit und jetzt auch noch romantische Verstrickungen – was für ein gelungener Abend!

»Dann rufen wir da jetzt mal an.« Alexander musste ja auch irgendwie mit seiner Show vorankommen. Die Regie spielte digitale Wählgeräusche ein.

»Christiansen«, meldete sich Hennings Stimme. Sie wurde über Lautsprecher ins Studio übertragen.

»Spreche ich mit Henning Christiansen?«

»Am Apparat.«

»Guten Abend, Herr Christiansen. Hier spricht Alexander Samson.«

»Moin.«

»Herr Christiansen, vor mir im Studio sitzen Lisbeth und Inga Hering. Sie sind ihr Telefonjoker. Inga, lesen Sie doch bitte die Frage vor.«

»Mm-h. Gleich. Herr Christiansen?« Ich wusste nicht, wo ich hingucken sollte. Ich entschied mich für Tante Lisbeth. »Ich hab's ihr gesagt.«

»Und?«, fragte er erwartungsvoll.

Tante Lisbeth hatte sich, seit ich ihr gesagt hatte, dass Henning sie liebe, nicht gerührt. »Sie steht unter Schock«, berichtete ich und sah in ihre geweiteten Pupillen.

»Guter oder schlechter Schock?«

»Schock ist bei Tante Lisbeth zunächst mal immer gut«, sagte ich. »Dann ist sie so schön still.« Alexander Samson nickte zustimmend.

»Darf ich kurz etwas sagen?«, fragte Henning.

»Aber wirklich nur kurz«, sagte Alexander. »Unsere Sendezeit ist gleich vorbei.«

»Lisbeth, es tut mir so leid!« Henning Stimme wurde brüchig.

»Wenn ich nicht gedacht hätte, dass du … Ich dachte, du hättest das Angebot meiner Eltern angenommen. Ich wäre sonst nie fortgegangen! Es war alles ein Missverständnis.«

»Wir alle wüssten zu gern, was das für ein Missverständnis war«, unterbrach Alexander relativ ungerührt, »aber uns läuft die Zeit davon. Wir haben nur noch eine Minute. Inga, lesen Sie bitte Ihre Frage vor. Herr Christiansen, Sie haben dann dreißig Sekunden Zeit.«

»Ach Quatsch«, rief ich, »Antwort A, weiß ich doch eh, loggen Sie's ein! Henning, Sie müssen Ihr sagen, dass Sie sie lieben!«

»Aber wenn sie mir nicht verzeiht?«, zauderte Henning.

»Henning! Jetzt hört sie Ihnen wenigstens zu!« Meine Sorge war nämlich gewesen, dass ich Lisbeth sonst nie zu einer Konfrontation mit Henning bekommen hätte. Deshalb die ganze Sache mit dem Telefonjoker: Hier konnte sie Hennings Stimme nicht entkommen.

»Henning! Sagen Sie's!« Das Publikum wollte auch anfeuern, aber ich legte den Finger vor den Mund. Sofort waren alle mucksmäuschenstill.

»Ich liebe dich, Rehlein.« Das war gerade noch rechtzeitig, denn das folgende »Prööööt«-Geräusch zeigte an, dass die Leitung zum Telefonjoker wegen Zeitablaufs gekappt worden war.

»Wunderbar«, sagte Alexander. »Ob das ein sinnvoll eingesetzter Telefonjoker war, vermag ich nicht zu sagen.« Doch, war es. Das war doch ein Lächeln, was sich da auf Tante Lisbeths Gesicht zeigte! Nicht das übliche halb hoch-, halb runtergezogene ironische Lachen, mit dem sie der widrigen Welt Spaß abzutrotzen pflegte, sondern ein ungewohnt zartes, feines Lächeln, das ihren Mund umspielte und sie zehn Jahre jünger erscheinen ließ – was auch sehr gut zu dem Alter passte, das sie dem Sender gegenüber angegeben hatte.

»Jedenfalls habe ich in der Zwischenzeit schon mal Antwort A eingeloggt. Lisbeth, haben Sie Einwände?«

Tante Lisbeth hatte ihre Sprache wiedergefunden. »Nein. Inga hat alles richtig gemacht«, sagte sie. Sie griff meine Hand und drückte sie.

»Dann werden wir jetzt erfahren, ob Sie beiden nun hunderttausend Euro reicher sind!«

Das Happy-Jingle ertönte. Ein Regen aus silbernen und goldenen Glitzerstreifen fiel auf uns herab. Lisbeth und ich hatten das *Super-Quiz* gewonnen! Hunderttausend Euro!

»Und jetzt? Nach Italien?«, fragte Alexander.

»Nach Freesbüll!«, rief Tante Lisbeth und fiel mir in die Arme.

# NEUNUNDZWANZIG

Im Gegensatz zu Tante Lisbeth wollte ich nicht nach Freesbüll zurück, sondern zum Hauptbahnhof und von dort nach Berlin. Nach dem Streit mit Carsten gab es für mich keinen Grund mehr, noch einmal zurückzukehren, bevor ich am übernächsten Morgen mein Bewerbungsgespräch im Linder-Verlag hatte. Aber als wir nach viel Papierkram und Fotogedöns für den Sender, der sich angeblich sehr über unseren Gewinn freute, zu Jan und Sassi ins Foyer traten, hatte Jan eine schlechte Nachricht für mich. Sturmtief Rüdiger hatte in Brandenburg Stromleitungen gekappt und Bäume auf die Bahntrasse gefegt, und die Zugverbindungen waren bis auf Weiteres unterbrochen. Ich musste also doch noch mal mit nach Freesbüll. Notfalls musste ich mir dann morgen Tante Lisbeths Auto leihen.

Wenigstens war ich in Tante Lisbeths Wohnung nicht fünftes Rad am Wagen. Seit dem Ende der Fernsehaufzeichnung hatten Henning und Tante Lisbeth einander unentwegt Nachrichten geschickt, und eine enthielt im Anhang die Reservierungsbestätigung für die Hochzeitssuite in Husums edelstem Hotel. In Freesbüll angekommen, eilte Tante Lisbeth in einem Tempo die Treppen hinauf, bei dem ihr Pulsmesser wahrscheinlich Warnmeldungen ans nächste klinische Herzzentrum gefunkt hätte. Aber Lisbeth freute sich nur atemlos, dass ein angekurbelter Kreislauf bestimmt rote Wangen machte, schmiss ihre schönsten An- und Ausziehsachen in ihren mit Capri-Aufklebern übersäten Rollkoffer und war auch schon weg.

Ich ließ mich seufzend in den Fernsehsessel fallen. Die Aufzeichnung unserer Show wurde erst am Montag gesendet. Lethargisch hielt ich die Fernbedienung auf den Bildschirm und guckte, was kam. Es war wieder Samstag – es kam wieder *Traumschiff*. Erst verdrehte ich die Augen und zappte weiter, aber die Castingshows und Ballerfilme auf den anderen Programmen waren mir jetzt viel zu laut und anstrengend. Ach, warum eigentlich nicht, besann ich mich. Auf dem *Traumschiff* kam die Welt wieder in Ordnung. Das brauchte ich doch jetzt. Ich schaltete zurück ins Zweite.

Einmal noch musste ich aufstehen. Die blöde untergehende Sonne störte mich beim Fernsehen. Ich kurbelte die Markise runter, holte mir auf dem Rückweg zum Fernsehsessel die Flasche Champagner aus dem Koffer, die uns der Sender geschenkt hatte, und spülte mir Chefsteward Victor mit lauwarmem Schampus runter.

Als die Sonne es hinter sich hatte, trat ich wieder raus auf den Balkon. Ein mögliches Anlageobjekt für Tante Lisbeths Anteil an dem Gewinn konnte zum Beispiel eine neue Markise sein. Die Schabracke des orange-ocker gestreiften Monstrums vor ihrem Balkon war vom rauen Nordseewind schon hier und da zerfetzt, und die Tuchbahnen hatten im Laufe der Zeit einigen Möwenschiss abbekommen. Am schlimmsten aber war diese altmodische Kurbelkonstruktion, bei der man rein mechanisch mit Muskelkraft das ganze fünf Meter breite Ding raus- und reinwuchten musste. Ich hob den Kurbelhaken vom Balkonboden auf, steckte ihn in die Metallöse neben der Markisenstange und begann zu drehen.

Nach nur zwei Sekunden brach die Öse ab. Ich starrte erst auf die Markisenstange und dann auf die Kurbel in meiner Hand. Und jetzt?

Ratlos ließ ich meinen Blick schweifen. Alle anderen hatten ihre Markisen schon eingefahren. Angeber. Dann guckte ich rüber auf die andere Straßenseite. Ole war nicht da. Um diese Zeit hatte der Schwimmbadimbiss wohl schon zu; außerdem hatte er heute ja extern bei der Windraderöffnung gearbeitet. Die Flagge, die neben dem Imbiss flatterte, war auch kein Indiz für einen geöffneten Laden – seit der WM wehte dort die Deutschlandfahne im Dauerbetrieb. Heute flatterte die ganz schön. Auch die Bäume, die das Schwimmbadgelände säumten, wiegten sich im Wind.

Oha.

Was, wenn Sturmtief Rüdiger heute Nacht aus dem Osten zu uns rübermachte?

Was war nur mit meinem Karma los? Gut, ich hatte vor nicht mal fünf Stunden die Hälfte von hunderttausend Euro gewonnen. Aber davon mal abgesehen: Mein Freund war ein Chauvi, der mich zwischen sich und meinem Job wählen lassen wollte. Eigentlich auch schon wieder Exfreund. Wie sollte es da schließlich weitergehen? Wenn ich den Job bekam, dann wurde das von Carstens Seite aus »mit uns nichts«. Aber selbst wenn ich den Job nicht bekam – wollte *ich* dann mit Carsten zusammenbleiben? Nach der Nummer? Aaaaargh! Ich ärgerte mich so! Auf dem Weg zur Seebrücke hatte Carsten mir noch erklärt, dass er sich nicht als Pascha aufführen wollte. Das war wohl nur Schönwettergerede gewesen.

Was jetzt gerade noch fehlte, war ein Sturm über Nordfriesland und ich mittendrin mit zehn manövrierunfähigen Quadratmetern Segeltuch auf elf Metern Höhe. Dass die Markise sich lösen würde, war stark zu befürchten. Ein Sturm, der in Brandenburg Bäume umriss, konnte auch locker Markisen aus ihrer Verankerung hebeln. Im besten Fall würde sie vom Sturm nach Nordstrand geweht, und die Schafe am Deich wunderten sich einmal kurz, was denn nu schon wieder los war. (»Bäääh, weiß einer, was das ist?« – »Bäääh, keine Ahnung. Aber hässliche Farben.«) Aber sie flog wahrscheinlich nicht einfach nur sanft davon. So eine Markise ist kein Drachen, der sich in die Lüfte schwingt. Dafür war sie zu schwer. An der Schabracke und da, wo sich das Tuch einrollte, waren Stangen und links und rechts die beiden breiten Metallarme, die sich einknickten, wenn man die Markise einholte. Wenn der Wind die Markise losriss, geschah höchstwahrscheinlich Folgendes: Entweder sie wurde vom Sturm in Tante Lisbeths oder eines der Fenster ihrer Nachbarn geschleudert. Oder sie erschlug irgendeinen armen Menschen auf der Straße vor dem Haus.

Das konnte ich nicht zulassen. Ich ging zum Besenschrank und ging meine Optionen durch. In einer großen Kiste tat ich dutzendweise Vierzig- und Sechzig-Watt-Glühbirnen auf – Tante Lisbeth würde also zu Lebzeiten niemals das kalte Licht moderner Energiesparlampen ertragen müssen. Eine wesentlich kleinere Kiste enthielt Utensilien für den Haus- und Schuhputz. Und ein Schuhkarton ganz hinten enthielt dann endlich etwas Werkzeug. Ich beäugte es. Leider keine Metallsäge. Die hätte sie ja sonst sicher auch zum Skelettklauen mitgebracht. Ich fand nur: Hammer. Schraubenzieher (diverse Größen). Holzleim. Dübel. Sekundenkleber (versteinert). Rohrzange. Rauchmelder. Nägel. Das auch jetzt wieder unbrauchbare Fahrradreparaturset und die Inbusschlüssel. Bilderhaken. Silberfischköder.

Die Rohrzange war nicht schlecht. Ich ging mit ihr wieder auf den Balkon zurück.

Der Stift, von dem die Metallöse für die Kurbel abgebrochen war, befand sich unterhalb des Dachvorsprungs. An der Trennwand zum Nachbarbalkon war ein Haken, den man ausklappen konnte, um ein paar Bügel dranzuhängen oder ein Geschirrtuch darauf zu trocknen. Ich schob einen Balkonstuhl heran, kletterte rauf, klappte den Haken aus und belastete ihn probeweise. Solide.

Also dann. Ich hob den Arm mit der Rohrzange, probierte ein bisschen rum und stellte fest, dass meine Position am stabilsten war, wenn ich nicht mit beiden Beinen auf dem Stuhl stand, sondern mich mit dem linken ein wenig auf der Balkonbrüstung abstützte. Nur mit wenig Gewicht, ich lehnte mich nicht hinaus, sondern hatte meinen überwiegenden Halt mit der rechten Hand an dem Geschirrtuch-Haken. Ich presste die Rohrzange zusammen und drehte. Ja. Es bewegte sich was.

Aber … wie wenig! Ich warf einen Blick über meine Schulter und beäugte die nutzlos gewordene Kurbel, die ich auf dem Balkon abgelegt hatte. Super. Das war bestimmt irgendeine Art von Hebelwirkung, die mir jetzt fehlte. Wenn ich doch nur irgendwas macgyvern könnte. Aber ehe ich versuchte, mir mit dem ebenfalls im Besenschrank gelagerten, originalverpackten Crème-brulée-Flambierer aus Hosenbügeln eine revolutionäre Rohrzangen-Winkel-Verlängerungs-Kurbel zu löten, machte ich wohl besser einfach weiter. Verbissen drehte ich. Und die Markise fuhr zentimeterweise rein.

Nach zwanzig Zentimetern musste ich Pause machen. Meine Schulter brannte. Ich ließ den Arm sinken, stieg auf den Balkon hinunter und rieb mir die Muskeln. Abes es half ja nichts. Ich nahm einen Stärkungsschluck Champagner und ging zurück an die Arbeit.

Rechter Fuß: Balkonstuhl, rechte Hand: Haken, linker Fuß: Balkonbrüstung, Rohrzange, Metallstift, drehen.

Nach weiteren zwanzig Zentimetern beschloss ich, dass eine halb eingefahrene Markise bestimmt schon keine Gefahr mehr darstellen würde. Also noch ein guter halber Meter zu schaffen. Stärkungsschluck, und auf ging's.

Vier Rohrzangendrehungen weiter, und meine linke Schulter gab auf. Ich probierte, ob ich mich auch mit links an der Balkondecke statt mit rechts auf dem Geschirrtuchhaken abstützen konnte, damit ich mal die rechte Hand zum Drehen frei hatte. Ja, ging. Also wechselte ich die Stellung, nahm die Rohrzange in die andere Hand, arbeitete jetzt mit neuer Energie …

… und rutschte ab.

# DREISSIG

Ich hing an dem Metallarm von Tante Lisbeths Markise. Das war gar nicht schlecht, wenn man bedachte, dass ich auch weiter unten in den Heckenrosen vor Herrn Sutermanns Parterrewohnung hängen könnte. Aber zum Glück war es mir gelungen, beim Verlust meines Gleichgewichts nach vorn zu greifen und die Metallstrebe zu erwischen. Da baumelte ich jetzt, den Balkon in meinem Rücken. Die Heckenrosen unter mir. Elf Meter unter mir.

*Ganz ruhig, Inga. Denk an Kletterwald. Easy peasy. Einfach ein bisschen hangeln.*

AAAAaaargh! Ich musste mir selbst widersprechen. Wenn ich jetzt anfing zu hangeln und dabei abrutschte, war ich Matsch! Ich spannte stattdessen meine Bauchmuskeln an, zog meine Beine hoch und verklammerte die Füße über der Stange ineinander. Jetzt hing ich da in der Position von Kannibalenopfern, wie sie mit Händen und Füßen an einer Stange hängend durch den Urwald getragen werden.

Ich beschloss, dass es mit Selbstgesprächen nicht mehr getan war. »HIIIILLFEEEE!!!«, schrie ich. Außerdem versuchte ich, mich mit den Füßen abzudrücken und mich auf diese Weise nach hinten zu schieben, damit ich möglicherweise doch noch mal aus eigener Kraft auf den Balkon zurückkäme. Aber dafür bekam ich mit den Füßen nicht genug Griff. Ich rutschte immer wieder ab.

»HIIIILLFEEEEE!«, schrie ich noch mal.

Nichts geschah.

Ich entsann mich der alten Regel, die Großstädtern zum Überleben in der U-Bahn eingeschärft wird. Wenn in Not, immer die Leute direkt ansprechen, statt generell um Hilfe zu rufen. Die Wohnung rechts neben Tante Lisbeths, der ich mit meiner Stange am nächsten war, war nur eine Ferienwohnung. Da war im Moment keiner. Links wohnte Frau Asmussen.

»FRAU ASMUSSEN!!!! HIIILFFEEEE!!! FRAU ASMUSSEN!!!!«

Ich hörte ihre Balkontür aufgehen und drehte den Kopf. Über meine Schulter hinweg konnte ich Frau Asmussens auf ihrem Balkon stehen sehen.

»Was machen Sie denn da?«, fragte sie verwundert.

Oh Mann. »Yoga.«

»Ist das nicht ein bisschen gefährlich?«

»JAAAA! Verdammt, Frau Asmussen, helfen Sie mir! Ich falle gleich runter!!!!!«

»Was soll ich denn ...?«

»FEUERWEHR!«

Kurz darauf waren sie alle da. Svenjas Freund Lars, der mir bei dem Grillfest das Bier verkauft hatte, und die ganzen anderen Männer von der Freiwilligen Feuerwehr Freesbüll. Sie waren mit dem Leiterwagen gekommen. Aber leider hatten sie ihn gegenüber auf dem Schwimmbadparkplatz abgestellt.

»Lass los, Inga!«, rief Svenja mir zum wiederholten Male zu.

Unter mir standen fünf Feuerwehrmänner und hielten ein Sprungtuch gespannt.

Auch zum wiederholten Male schüttelte ich den Kopf. »Holt den Leiterwagen!«, forderte ich. Das war seit zehn Minuten mein Mantra. »Ich springe da nicht rein. Holt den Leiterwagen!«

Aber der Einsatzleiter, der mir von Frau Asmussens Balkon aus mit Rat (und meiner Meinung nach viel zu wenig Tat) zur Seite stand, wich nicht von seinem Standpunkt ab. Es täte ihm auch leid, dass man wegen der dornigen Heckenrosen nicht das sonst übliche aufblasbare Sprungkissen verwenden konnte. Ich könnte aber vollstes Vertrauen in das Sprungtuch und die Jungs dort unten haben. Mit dem Leiterwagen würden sie nur den Zaun und die Rosen und den Rasen kaputtmachen, und ich würde ihm später noch danken, dass er mir die Kosten dafür erspart hätte.

»Ich bin haftpflichtversichert!«, hatte ich gerufen, und dieser dreiste Mensch hatte zu behaupten gewagt, dass mein Verhalten »allem Anschein nach grob fahrlässig« gewesen sei und meine Versicherung nicht zahlen würde. »Es war eine mutige Rettungsaktion, mit der ich Freesbüller Bürger vor dem Tod durch Markisenschlag bewahren wollte!«, hatte ich zurückgegeben, und nur weil der Wind jetzt wieder abgeflaut und Sturmtief Rüdiger mir den Rücken gekehrt hatte, musste mein dramatisch heldenhaftes Tun noch lange nicht in Siegerjustizmanier umgewertet werden! Aber der blöde Einsatzleiter hatte mich doch tatsächlich ausgelacht und erklärt, dass außerdem das Tuch völlig reiche und er mangels Notfallsituation den Einsatzbefehl für den Wagen garantiert nicht geben werde. Frau Asmussen mischte sich ein und warnte mich mütterlich vor verkühlten Nieren, wenn ich weiterhin so mit nackter Haut – zwischen der Jeans und meinem hochgerutschten T-Shirt lag ein Streifen Rücken frei – in der Luft hing. Ich dankte und warnte meinerseits vor gebrochenen Halswirbeln, wenn ich das In-der-Luft-Hängen aufgäbe.

Und dann erschien auch noch Carsten.

»Inga, lass los!«, rief er.

»Das kannst du vergessen!«, schrie ich zornig. Mir taten die Hände und die Füße weh. Die Schulter auch noch, von vorhin, aber am schlimmsten waren im Moment eindeutig die Hände, und ich wusste nicht, wie lange ich mich noch halten konnte. Bis jetzt war es die Angst gewesen, die mich vom Springen abhielt, Angst vor diesem fipsigen Sprungtuch da unten, und vor den ungeübten Feuerwehrmännern, die es bestimmt nicht fest genug hielten und womöglich falsch standen. Ab sofort war es auch noch Trotz.

»Bitte, Inga. Sei doch vernünftig!«

»Selber!«

Ich hörte, wie der Einsatzleiter Frau Asmussen fragte, was ich denn damit wohl meinen könnte.

»Das weiß er ganz genau!«, rief ich.

»Moment.« Der Einsatzleiter lehnte sich über die Brüstung. »Ist das hier gar kein Unfall? Sondern ein Beziehungsdrama? Ein Selbstmordszenario?! Ich bin dafür geschult!« Vor Begeisterung redete er immer schneller. »Inga, bleiben Sie jetzt ganz ruhig!«

Ich verdrehte die Augen. Das konnte er leider nicht sehen. In dem ungünstigen Winkel schräg hinter mir, wie er stand, hatte ich immer höchstens mit einem Auge Blickkontakt. »Ich bin die Ruhe selbst«, versicherte ich ihm, »kommt jetzt bitte der Leiterwagen?«

»Oh. Ähm.« Die Schulung war wohl schon etwas her. Musste man Selbstmordkandidaten jetzt alle Wünsche erfüllen, ja oder nein?

Ich guckte wieder nach unten. Carsten war vom Rasen verschwunden. War das ein Psychotrick? Oder hatte er mich schon aufgegeben? Damit hatte ich nicht gerechnet!

»Der Leiterwagen kommt trotzdem nicht«, entschied sich der Einsatzleiter. »Sie dürfen aber nicht absichtlich danebenspringen.«

»Das habe ich auch überhaupt nicht vor! Ich will mir das Genick nicht brechen! Wirklich ganz und gar nicht! Aber ich tue es, wenn ich auf diesem labbrigen Fetzen da unten aufkomme!« Maaaannn! War denn hier keiner, der zu mir hielt?

Plötzlich war auf Frau Asmussens Balkon was los. Erst Gemurmel. Ich konnte niemanden sehen. Aber dann, lauter, hörte ich die Stimme vom Einsatzleiter: »Ich weiß nicht, ob das wirklich zur Zuständigkeit der Polizei …«

Und dann sah ich Carsten. Er kletterte auf Frau Asmussens Balkonbrüstung. Und von da aus auf Tante Lisbeths Balkon.

»Ich bin jetzt hinter dir«, hörte ich ihn sagen. »Wenn du mit den Füßen loslässt, dann kann ich dich vielleicht zurück auf den Balkon ziehen.«

»›Vielleicht‹!«, schnaubte ich. »Und wenn nicht?«

»Dann landest du im Sprungtuch. Alles wird gut.«

»Nix wird gut.«

Er streichelte mir den Kopf. Ich versuchte, ihn abzuschütteln. Totale Missbrauchssituation, das hier!

»Es tut mir leid, okay?«, sagte er dann aber mit zärtlicher Stimme. Ich hielt den Kopf still. Er streichelte weiter. »Ich habe überreagiert«, gab er zu. »Ich war so enttäuscht, weil du mich nicht einbezogen hast … aber jetzt habe ich die ganze Zeit Angst, dass du fortgehst! So, wie du heute davongestapft bist, klang das echt so, als würdest du nicht mehr wieder herkommen.«

»Wollte ich auch nicht«, informierte ich ihn. »Du kannst mich nicht zwingen, die Bewerbung zurückzuziehen. So behandelt man mich nicht! Und wenn du mir drohst, dass es dann aus ist, dann ist es eben aus!« Tränen liefen mir über das Gesicht. Zum Glück konnte Carsten das nicht sehen. Aber er hielt mit seinem anmaßenden Kopfstreicheln inne.

»Häh?«, fragte er nach. »Zwingen? Drohen? Aus sein? Redest du von mir?«

»Heute im Auto!«

»Überhaupt nicht.«

»Wohl! Als ich gesagt habe, dass ich nicht auf die Bewerbung verzichte, hast du mich abserviert. ›So wird das mit uns nichts‹«, hast du gesagt!«

»Ja, aber doch nicht wegen deines Jobs. Sondern wegen deiner Einstellung! Und das war auch kein Abservieren, sondern eine Prognose.«

»Leeeuuuteeeee!«, hörte ich es da von unten rufen. Vorsichtig schielte ich zum Boden. Einer der Feuerwehrmänner, die das Sprungtuch hielten, hob kurz den Arm. Ich konnte ihn nicht besonders gut erkennen, es war inzwischen schon ziemlich dämmrig. Das war auch der Grund für seine Einmischung. »Könnt ihr vielleicht langsam mal zu Potte kommen da oben?«, rief er mir zu. »Dat wart jetzt langsam so düster, dat du dat Sprungdook gleich nich mehr süsst. Und min Fru hät sit över twindig Minuten dat Essen öp'n Düsch.«

»Ich spring sowieso nicht!«, schrie ich zurück. »Holen Sie den Leiterwagen!« Dann senkte ich wieder die Stimme und schimpfte mit Carsten. »Und was soll das heißen, ›wegen meiner Einstellung‹? Die Einstellung, dass eine Frau sich ihren Job selbst aussucht? Komm, ey, die Diskussion führ ich nicht.« Ich schrie noch mal in Richtung Nachbarbalkon. »Echt jetzt, holen Sie mich endlich hier runter! Mir tun die Hände weh, und der Typ nervt!«

»Springen Sie halt«, schallte es mitleidslos zurück.

Ich spürte, wie Carstens Hände ihr Streicheln an meinen Schläfen wiederaufnahmen. »Ich meinte deine Einstellung, mich nie an deinen Gedanken teilhaben zu lassen. Wir können doch nicht nur miteinander ins Bett gehen! Ich meine, Bootseinbrüche, okay. Aber wenn du so wichtige Dinge wie deine Berufspläne nicht mit mir besprichst, welchen Wert hat dann eine Beziehung?«

»Der Teil tut mir leid«, gab ich zu.

»Und mir tut's leid, dass ich mich so schlecht ausgedrückt hab, dass du mich missverstanden hast.«

»Jetzt noch mal genau«, vergewisserte ich mich. »Dir ging es nur ums Miteinanderreden? Gegen den Job hast du gar nichts?«

»Na ja. Ich hab auch nichts für ihn. Aber du musst das schon selbst wissen, wie wichtig das für dich ist. Notfalls müssen wir halt pendeln. Und mailen. Und so.«

Ein riesiger Stein fiel mir vom Herzen (und landete möglicherweise sogar sicher im Sprungtuch. Hatten die endlich mal was zu tun da unten.)

»Mit Telefonsex?«, hakte ich nach.

»Ähm … können wir das vielleicht bereden, wenn wir allein … Vor allem wenn du wieder festen Boden unter den Füßen hast? Kannst du erst mal loslassen?«

»Trau mich nicht«, gab ich kleinlaut zu.

Carsten hörte auf, mich zu streicheln. Kurz darauf spürte ich ein Wackeln in der Markisenkonstruktion. Wollten die mich jetzt hier runterschütteln? Aber dann sah ich entsetzt, wo das Wackeln wirklich herkam. Carsten war dabei, sich neben mir an den anderen Markisenarm zu hängen! Er kannibalenbaumelte sich fest und wandte mir grinsend den Kopf zu. »Ich spring dir das einmal vor. Und dann machst du's nach, okay?«

»Verdammt!«, schrie jetzt der Einsatzleiter. »Die sind *doch* lebensmüde!«

Ein bisschen musste ich ihm recht geben. Carsten jedenfalls war es. Ich lächelte ihn liebestrunken an. »Okay«, hauchte ich.

»Ich springe zuerst«, informierte Carsten den Einsatzleiter.

»Sprungtuch naaach links!!«, befahl der daraufhin mit militärischem Zack. Die Feuerwehrmänner unter uns trippelten zu Carstens Stelle. Und dann gab es ein schlimmes Geräusch. Erst knarzend, dann brechend. Und dann sackte Carstens Seite plötzlich weg.

Ein Schrei ging durch die Menge der Feuerwehrleute und Gaffer. Ich schrie beherzt mit, kniff die Augen zusammen, hoffte inständig, dass die Sprungtuchmänner an der richtigen Stelle standen, hielt meine eigene Stange umklammert und spürte sofort darauf einen Ruck. Carstens Stange war nicht ganz ab. Sie hatte sich aber von der Wandseite gelöst und hing nur noch an der vorderen Verstrebung, und Carsten baumelte jetzt einen Meter weiter unten. Aber wer weiß, wie lange noch! Es knarzte schon wieder – die Verbindungen seiner Stange zu der Schabrackenverstrebung schienen das ganze Gewicht schlecht auszuhalten.

»Lass los!«, rief ich ihm zu.

»Ich kann nicht.«

»Ich liebe dich, und du kannst.«

»Ich liebe dich auch, und mein linker Fuß ist eingeklemmt. Ich *kann nicht* loslassen.«

»LEITERWAGEN!«, kommandierte der Einsatzleiter. Gleich mehrere Feuerwehrmänner sprinteten über die Straße. Der schnellste sprang auf den Fahrersitz, und drei Sekunden später durchbrach der Leiterwagen den Jägerzaun der Wohnanlage. Innerhalb weniger Augenblicke hatten sie die Leiter mit dem Korb am oberen Ende hochgefahren, ein Feuerwehrmann stützte Carsten ab, und ein anderer durchtrennte mit Motorsäge die Metallstange, die Carstens Fuß einklemmte. Dann zogen sie ihn zu sich in den Korb.

»Lassen Sie sich jetzt bitte endlich fallen?«, hörte ich die Stimme des Einsatzleiters. Ich wandte ihm entgeistert mein linkes Auge zu.

»Bitte was?«

Der Einsatzleiter zeigte nach unten. Tatsächlich. Der Leiterwagen stand im Neunzig-Grad-Winkel zum Haus, und daneben hatten sich doch tatsächlich wieder die Jungs mit dem Sprungtuch postiert.

»Ist nicht Ihr Ernst.«

»Sie sind kein Notfall.«

Der Korb des Leiterwagens war exakt zwei Meter von mir entfernt.

»Sie sind ein Prinzipienreiter!«, schimpfte ich.

Der Korb mit Carsten und den Feuerwehrmännern wurde runtergefahren. Die Feuerwehrleute stiegen aus. Aber Carsten blieb drin. Neben dem Feuerwehrwagen standen zwei Personen. Trotz des immer schummriger werdenden Lichts erkannte ich Svenja und Lars. Svenja streckte mir eine Hand mit Victory-Geste entgegen. Lars fummelte an der Seite des Leiterwagens rum, und dann fuhr der Korb wieder hoch. Lars lenkte die Leiter! Ich sah, wie der Korb mit Carsten neben mir in die Höhe stieg. Dann vollzog er eine Seitwärtsbewegung, und ich verlor Carsten aus dem Blick. Er musste sich jetzt unter mir befinden. Das Surren des Leitermotors hörte auf. »Geht noch ein bisschen höher?«, hörte ich Svenja aufgeregt sagen. »Es fehlt noch ein Stück.«

»Ist schlecht bei dem Winkel«, gab Lars zurück. »Sonst muss ich hier unten mit dem ganzen Wagen rangieren.«

»Jetzt ist aber Schluss!«, schimpfte es da vom Nachbarbalkon. Der Einsatzleiter. Er hob an, sich gegenüber Lars über Dienstgrade, Weisungsbefugnisse und Gehorsamspflichten auszulassen. Was genau er sagte, kam nicht bei mir an. Allein schon deshalb, weil ich jetzt Carstens Hand auf meiner Haut spürte. Seine Fingerspitzen berührten meinen entblößten Rücken. Ein Schauer durchfuhr mich. »Ich bin direkt unter dir!« Carsten sprach leise, mit tiefer, warmer Stimme. »Du kannst loslassen.«

Und mit einem Mal fühlte ich mich vollkommen sicher. Ich schloss die Augen und fiel endlich, endlich in seine Arme.

ENDE

# NACHBEMERKUNG

Ein ganz herzliches Dankeschön an alle, die mich beim Schreiben dieses Buches unterstützt haben:

Meine Familie, die mich bestimmt manchmal gern gegen jemanden austauschen würde, deren liebste Beschäftigung nicht Schreiben ist, sondern Hausputz. Oder Gärtnern. Oder Aufräumen.

Danke an meine Freundinnen und Freunde für die Unterstützung bei allen Ideen und Fragen, mit denen ich ständig ankommen darf! Besonderen Dank hierbei an Katrin und Conny für die vielen Tipps und Hilfestellungen, Barbara für ihre Verhaltensstudie bei Quizmoderatoren und Peter für das musiktheoretische Drübergucken.

Danke auch an alle, von denen ich bei meiner Feldforschung Infos einsammeln konnte. Zum Beispiel all die Aussteller der Windmesse in Husum, denen ich mit Nachfragen zu Windrädern (und Fledermäusen) zu Leibe rücken durfte, oder Menschen, die im Internet Chemie verständlich erklären (ratet mal, was ich in der Schule als Allerserstes abgewählt habe?). Besonders kurzweilig war meine Recherche in Sachen Flirttipps im Internet. Aus dramaturgischen Gründen musste Inga auf Videoschnipsel stoßen, die sie in der Sache nicht weitergebracht haben. Damit aber kein falscher Eindruck entsteht: z. B. auf dem Youtube-Kanal von Lola Sparks (meiner Inspirationsquelle für »Goldi«) finden sich in Wahrheit noch Unmengen von Beiträgen zum Thema Mann/Frau/Flirt. Und Haartutorials, seufz … kann mir mal jemand lange Haare hexen??! Danke auch den Damen, die mir mit dem

Friesischen und Österreichischen geholfen habe und an Inga für die Beratung in Sachen Feuerwehr.

Herzlichen Dank an Katja Debski von der Berliner Designagentur für die tollen Autorenfotos.

Und ganz dicken Dank an Christine Härle von der Agentur Brauer für die Vermittlung des Manuskripts, an Sylvia Gredig für das großartige Lektorat und an Karin Schmidt von Bastei Lübbe, die sich mit so viel Einsatz dieses Buchprojekts angenommen hat!